Michael Reich

Apokalyptiker

Thriller

Langen*Müller*

Schutzumschlag: Wolfgang Heinzel/Claudia Sanna
Schutzumschlagmotiv: akg-images, Berlin
Satz: EDV-Fotosatz Huber/Verlagsservice G. Pfeifer, Germering
Gesetzt aus: 10,7 pt/13,8 pt GaramondBQ
Druck und Binden: GGP Media GmbH, Pößneck
Printed in Germany
ISBN 978-3-7844-3211-3

www.langen-mueller-verlag.de

Vorwort

I

Er ging zum Bücherregal und zog zielsicher einen Band aus einer langen Reihe. Sanft glitt seine Hand über den Einband aus weichem Leder. Baudelaire. »Die Blumen des Bösen«.

Wie ein dunkler Schatten kam die Erinnerung. Er hörte eine sanfte Stimme, die Verse las aus diesem Buch. Er blätterte, bis er die Seite fand, die er gesucht hatte, ging zum Schreibtisch, nahm ein Blatt Papier und einen Füllfederhalter und schrieb sie auf.

Er würde einen Weg beschreiten, von dem es kein Zurück mehr gab. Er gedachte der Jahre, in der er zur Einsamkeit verdammt gewesen war, und fand sich in seiner Entscheidung bestärkt. Für ungesühntes Unrecht gibt es kein Verfallsdatum. Er hatte schon zu lange gewartet. Seine Hand zitterte, als er zum Telefonhörer griff.

II

Seine Schritte waren schwer, die Füße vermochten sich kaum vom Boden zu lösen. Es war, als sähe er sich selber zu. Ein fremder Mann, der einsam durch menschenleere Straßen schlich. Die erleuchteten Fenster der Häuser spiegelten sich auf dem regennassen Asphalt. Er ging wie in Trance einen vorgeschriebenen Weg, der ihn schnurgerade auf sein Ziel zuführte. Dorthin, wo alles begonnen hatte und wo es jetzt sein Ende fand. Wolken, deren pastellenes Grau auch am Nachthimmel noch zu erkennen war, zogen über ihm ihre Bahn. Ab und zu, wenn die Wolkendecke für einen kurzen Augenblick aufriss, blitzten Sterne auf. Suchend sah er sich um. Es hatte sich einiges verändert. Doch er kannte sich immer noch aus.

Die Gegend war ruhig, vornehme Zurückgezogenheit, die auch ein Abstand zum Leben war, das man vor der Mauer ließ, die man um sein Grundstück gezogen hatte.

Wieder überkam ihn die Erinnerung an ein Leben, das schon lange ausgelöscht war und doch seine Schatten bis in seine Gegenwart warf.

Es begann zu nieseln. Er war am Ziel, ließ den Blick über die Hausfassade gleiten; alles war tot, das Haus, der Garten. Ein stummer Ankläger, mehr noch, ein Zeuge. Er schloss für einen Moment die Augen. Plötzlich vernahm er Kinderlachen; zwei Jungen in Matrosenanzügen, die fröhlich im Schatten der hohen Bäume spielen. Das Gras duftet, die Blumen verströmen ein süßes Parfum, das nach Sommer, Sonne und Glück riecht. Nein! Er musste es unterdrücken, atmete tief durch, versuchte sich zu sammeln. Sein Puls raste. Das alte Eisentor hing schief in den verrosteten Angeln und stand einen Spalt offen. Er machte einen entschlossenen Schritt nach vorn. Unter seinen Füßen knirschte der von Unkraut durchwachsene Kies, der den kurzen, gewundenen Weg zum Haus bedeckte.

Krampfhaft umschlossen seine Finger den kunstvoll verzierten alten Dolch in seiner Manteltasche. Ein für den Anlass durchaus passendes Werkzeug. Er stammte aus dem Besitz seines Vaters, eines der wenigen Erinnerungsstücke, das jetzt, nach einer langen qualvollen Reise, zurückkehrte. Ein weiterer Kreis, der sich schloss.

Die wenigen, von einem steinernen Baldachin überdachten Stufen zur Haustür hatte das Unkraut, das aus den Ritzen spross, gesprengt. Ein Netz aus feinen Rissen überzog die Steine. Einzelne Stücke waren herausgebrochen.

Verfall und Tod. Überall. Er kämpfte gegen einen plötzlichen Brechreiz, während er das Haus umrundete. Auch auf der Terrasse wucherte das Unkraut, nachdem man ihm seinen Willen gelassen hatte.

Eine der Terrassentüren, deren Glas längst blind geworden war, stand offen. Er schlüpfte geräuschlos ins Innere des Hauses, wo ihm ein muffiger Geruch nach Moder und Tod entgegenschlug. Der Boden war übersät mit Laub, das der Wind durch die offene Tür in das Zimmer geweht hatte. Er versuchte sich zu orientieren, erinnerte sich des großen Salons, mit tiefen Sesseln, einem Kamin. Ein Klavier hatte dort hinten in der Ecke gestanden, nahe dem Erker.

Von weit her drang eine liebliche Frauenstimme an sein Ohr, er sah schlanke, elegante Finger, die über die Tasten flogen. »Auf der Heide blühen die letzten Rosen …« Ein altes Lied, dessen Klang in seinem Kopf widerhallte.

Ein Geräusch über ihm holte ihn in die Gegenwart zurück. Er atmete tief durch, jetzt sich nur nicht in den Labyrinthen der Erinnerung verirren, und verließ das Zimmer durch eine breite, zweiflügelige Tür, die in eine quadratische Halle hinausführte. Er trat vorsichtig auf, jedes noch so kleine Geräusch hallte in dem hohen Raum wider. Langsam, jeden Schritt im gesamten Körper empfindend, stieg er die Stufen in den ersten Stock empor, so wie er es einst unzählige Male unbedacht getan hatte. Auch hier stand eine Tür halb offen. Der Schein einer Taschenlampe fiel durch den offenen Spalt auf den Flur hinaus. So leise es ging, schlich er näher heran, horchte und nahm ein schweres Atmen wahr. Behutsam öffnete er die Tür einen Spalt breiter. Der Lichtkegel der Taschenlampe erhellte einen kleinen Teil des Raumes. Es standen noch Möbel hier, abgedeckt mit weißen Planen, die wie Leichentücher wirkten.

Hugo Winters hatte ihn nicht kommen hören. Er stand unschlüssig im Raum, den Rücken ihm zugewandt; suchend richtete er den Schein der Taschenlampe mal in diese Ecke, mal in jene. Als er sich schließlich umwandte, traf ihn der helle Strahl wie ein Blitzschlag.

Winters sah ihn forschend an, die Stirn in Falten gelegt, die Augenbrauen zusammengezogen. »Du bist es tatsächlich«, sagte er und schüttelte ungläubig den Kopf.

»Ich hatte ja am Telefon gesagt, die Toten kehren zurück.« Er sah Ratlosigkeit in Winters' Blick, Verwunderung, Desorientierung. Und doch war er gekommen. Eine ungeheure Wut schlug wie eine riesige Welle über ihm zusammen. Er griff nach dem Dolch, ein blitzartiger Streich – ein Todesengel –, nahm ein entsetztes Aufflackern in Hugo Winters' Augen wahr, dann war es vorbei.

Sein Herz raste, er bekam keine Luft mehr. Er schwankte, ging einige Schritte rückwärts, bis er die Wand in seinem Rücken spürte. Es dauerte einige Augenblicke, bis sein Blick wieder klar war. Fahles Mondlicht drang durch das Fenster ins Zimmer und malte ein helles Rechteck auf den Boden. Staubflocken vollführten einen irrsinnigen Tanz.

So viel Blut! Aus der Wunde am Hals sickerte es auf den Boden. Ein Leben entrann, schnell bildete sich eine Lache.

Hugo Winters' Augen waren weit geöffnet und starrten zur Decke.

Der Mörder fasste in seine Manteltasche und holte einen gefalteten Zettel hervor, bückte sich und nahm die Hand des Toten. Sorgfältig legte er den Zettel hinein und schloss die noch warmen Finger darum.

Als er das Zimmer verließ, so leise, wie er gekommen war, hörten ihn die Seelen des Hauses leise flüstern:

»O namenloser Schmerz! Die Zeit frisst unser Leben
Indes der finstre Feind, der uns das Herz zerfleischt,
Wächst und gewaltig wird vom Blut, das wir
Vergeben.«

Erster Tag

1

»Baudelaire.«

»Was?«

»Der Feind. Ein Gedicht aus den ›Blumen des Bösen‹.«

»Bist du jetzt unter die Intellektuellen gegangen?«

Hauptkommissarin Elise Brandt warf ihrem Kollegen einen pikierten Seitenblick zu. »Es gibt Gott sei Dank außer meiner Arbeit noch ein paar andere Dinge, die mich interessieren.« Und leise fügte sie hinzu: »Dieses Gedicht geht mir nicht aus dem Kopf.« Ihre Stimmung sank von Minute zu Minute. Feiner Nieselregen hüllte sie ein.

»Also haben wir es mit einem äußerst kultivierten Mörder zu tun?«

»Weil er dem Toten ein Baudelaire-Gedicht in die Hand gedrückt hat? Ich muss zugeben – das hat was.«

Die Trauergemeinde, die sich um das offene Grab versammelt hatte, verharrte in andächtigem Schweigen. Man lauschte den Worten eines Mannes, der sich redlich bemühte, dem Leben des Verstorbenen gute Seiten abzugewinnen.

»Ich habe gehört, er soll ein habgieriger alter Bastard gewesen sein«, sagte Michael Widmer.

»Im Tod wird alles relativ«, sinnierte Elise.

»Und was versprichst du dir davon, dass wir hier herumstehen?«

»Beim derzeitigen Ermittlungsstand ist mir jedes Mittel recht«, antwortete sie und dachte an Kriminalrat Strothmann, ihren direkten Vorgesetzten, der sie aus stahlblauen Augen ablehnend gemustert hatte, als er ihr den Fall übertragen hatte: »Sie sind noch sehr jung, Frau Brandt. Die jüngste Hauptkommissarin, die wir je hatten. Und dieser Fall ist heikel, sehr heikel. Das Opfer war ein angesehenes Mitglied unserer Gesellschaft. Dennoch ist man höheren Ortes der Meinung, Sie seien fähig, Licht in das Dunkel zu bringen. Bitte. Ich verlasse mich auf Sie. Und ich fordere Samthandschuhe.«

Er misstraute Elise, ihrer Jugend, ihren Instinkten, ihren unkonventionellen Methoden, auch wenn sie öfter als andere Erfolg gehabt hatte. Sie passte nicht in seine Welt. Auch weil sie eine Frau war. Ihren

Aufstieg verdankte sie Oberstaatsanwalt Reberkötter, der ihr immer wieder den Rücken stärkte, wenn sie auf ihre innere Stimme hörte, als Strothmanns sogenannten eindeutigen Beweisen Glauben zu schenken. Dieser war stets um seinen Ruf und seine Position besorgt und schloss einen Fall lieber heute als morgen ab, ehe sich unvorhersehbare Komplikationen einstellen konnten.

»He – was hältst du von dem gutaussehenden Dunkelhaarigen mit der Sonnenbrille, der etwas abseits steht?«

Michael Widmers helle Stimme riss sie aus ihren Gedanken. »Halt deine Libido im Zaum und beobachte die Leute!«

»Das tue ich! Besonders den Gutaussehenden da drüben.«

»Mike!« Auch Elise war der hochgewachsene, schlanke Mann mit dem südländischen Teint aufgefallen. Sie konnte nicht sagen, warum, aber er schien nicht zu den anderen zu passen. Genau wie sie, beobachtete er die anderen distanziert. Sie richtete ihren Blick auf Luise Winters, die Witwe. Die alte Frau saß zusammengesunken in einem Rollstuhl, das Gesicht unter einem großen Hut verborgen. Hinter ihr stand, groß, schlank, mondän, ihre jüngere Schwester Leonore. Beide Frauen, die einzigen an diesem Ort, die dem Toten nähergestanden hatten, wirkten gefasst.

Schließlich begann sich die dunkle, uniforme Masse aufzulösen. Die meisten der schwarz gekleideten Trauergäste hatten Regenschirme gegen den Dauernieselregen des Spätfrühlings aufgespannt.

Der Dunkelhaarige blieb allein am Grab zurück. Er trug keinen Schirm, und das zurückgekämmte schwarze Haar glänzte im Regen. Vereinzelte Tropfen perlten auf dem anthrazitfarbenen Jackett über dem schwarzen Rollkragenpullover. Versonnen betrachtete er das frisch aufgeworfene Grab. Plötzlich blickte der Fremde auf. Einen Augenblick fixierte er die junge Hauptkommissarin unschlüssig. Dann wandte er sich abrupt ab und ging.

»Mike, bitte folge ihm. Ich will wissen, wo er hingeht.«

Michael Widmer war nicht begeistert, setzte sich aber sofort in Bewegung. Er war es gewohnt, dass seine Kollegin instinktiv handelte.

Ein Ausdruck, eine Geste, die Betonung eines Wortes konnten dazu führen, ihr das Seelenleben eines Menschen zu offenbaren. Nur wenige wussten, woher diese Sensibilität kam, kannten die dunklen Abschnitte ihrer Vergangenheit, die sie nicht ruhen ließen.

Der Dunkelhaarige entfernte sich in Richtung Haupteingang. Widmer blieb in gebührendem Abstand hinter ihm. Elise ging zum Grab, das drei Generationen der Familie Winters barg. Sie sah hinunter auf den kostbaren, mit Messing beschlagenen Sarg, auf dessen poliertem Holz eine einzige rote Rose lag. Der Tod macht alle gleich. Hugo Winters war ein reicher, ein sehr reicher Mann gewesen. Jetzt war er gefangen in einer Kiste, zwei mal einen halben Meter, genauso wie der ärmste Mann auf diesem Areal.

Es roch nach Erde und frischen Lilien. Ein widerlich süßer Geruch, den Elise mit Tod und Verwesung assoziierte. Sie las die Grüße und Namen auf den Schleifen der Kränze, Namen, in denen Einfluss und Erfolg mitklangen, Geschäftsleute, Politiker, Künstler, der Erzbischof. Ein beliebter Mann? Ein geachteter Mann?

Und doch hatte er sein Leben mit durchschnittener Kehle in einem halb verfallenen Haus beendet, fernab allen irdischen Ruhmes. Ihre Aufgabe war es, das Rätsel zu lösen, das dieser seltsame, einsame Tod aufgab, und jenes Knäuel aus Unaufrichtigkeiten, Beteuerungen und falschen Ehrbezeugungen, die jedes Verbrechen mit sich brachte, zu entwirren.

Sie wandte sich ab und ging den langen Hauptweg, der zum Ausgang führte, entlang. Friedhöfe machten sie immer beklommen.

2
Nürnberg 1528

Schweißperlen stehen auf der fahlen Stirn und rinnen ihm in kleinen, salzigen Bächen an den Schläfen und über die eingefallenen, hektisch geröteten Wangen hinunter, um schließlich im reinweißen Leinen des Kopfkissenbezuges zu versickern. Die Strähnen seines langen Haares, sein Stolz und sein Markenzeichen, kleben nass am Kopf. Er stöhnt und murmelt leise, unverständliche Worte, betet schließlich. Das Fieber tobt in ihm. Er glaubt sich im Fegefeuer und bei lebendigem Leibe zu verbrennen.

Er hört ein schmerzerfülltes Stöhnen, eine dünne Frauenstimme dringt von weit her zu ihm, eine Stimme aus der Vergangenheit: »Musst pressen, Barbara! Ist bald so weit!«

Ein Rauschen, als stünde er neben einem stürzenden Wildbach, dröhnt in seinen Ohren. Es ist der Fluss seines Blutes. Vergangenheit und Gegenwart vermischen sich. Er weiß, er ist auf dem Weg in die unendliche, ewig währende Dunkelheit.

Er sieht seine Mutter, jung und blass, die sich in Krämpfen windet. Das Haar, wie jetzt seines, nass und verklebt. Ein schwacher Geruch von Kampfer und anderen frischen Kräutern erfüllt den Raum. Am Fenster des kleinen Dachzimmers im Hinterhaus an der Winkelstraße, dem Anbau am Anwesen des Patriziers Pirckheimer, den der reiche Kaufmann dem Kunsthandwerker vermietet hat, steht der Vater, groß, hager, blass, mit ernster Miene. Ein frommer Mann, der in sich ruht, in Gott und seiner Arbeit. Eine einzige Frage beschäftigt ihn: Wird es leben, wird es überleben? Zwei Kinder sind schon bei Gott. Barbaras Stöhnen reißt ihn aus seinen Gedanken. Eine schwere Hand legt sich auf seine Schulter. Koberger, der Freund, Handwerker wie er, Drucker.

»Willst Pate werden, wenn es lebt?«, fragt Dürer den schwergewichtigen Mann, der so ganz anders ist als er, anpackend, zuweisend. Koberger nickt stumm.

Dann ist es vorbei, der alles erlösende Schrei durchschneidet die Stille. Es lebt. Ein Lächeln huscht über das verhärmte Gesicht des Vierundvierzigjährigen. Er geht zum Bett, nimmt die Hand seiner neunzehnjährigen Frau, die sanft lächelnd die Augen niederschlägt. Mit festem, unerschütterlichem Gottglauben fügt sie sich in das Schicksal einer Frau jener Zeit und wird ihrem Mann in sechsundzwanzig Jahren achtzehn Kinder schenken – um sie eines nach dem anderen wieder zu verlieren und sich am Ende, zerstört, ausgelaugt und vor der Zeit, in Gottes Hände zu begeben.

Behutsam nimmt der Vater das in frisches Leinen gewickelte Kind in die Arme. Albrecht soll es heißen, wie er, und leben soll es, lieben und lachen und Gott ehren.

Keiner der Anwesenden ahnt in diesem Augenblick des Glückes, dass jenes kleine, wimmernde Wesen in den Armen des Vaters weiter gehen wird als je jemand vor ihm und kaum jemand nach ihm. Und vielleicht, vielleicht lächelt Gott in diesem Augenblick, weit oben, über allem, zufrieden über sein neuestes Werk.

Es ist St. Prudentien in der Kreuzwoche, der 21. Mai 1471, sechs Uhr morgens, die Sonne schickt die ersten zarten Strahlen zur Erde, und die Glocken der Kirchen läuten zur Morgenvesper.

3

»Er hat mich nach allen Regeln der Kunst auf der Breiten Straße abgehängt, dein schöner Unbekannter«, sagte Michael Widmer mürrisch, als er eine Stunde später zu Elise Brandt in ihr gemeinsames Büro im Polizeihauptquartier zurückkehrte. Er goss sich eine Tasse Kaffee ein.

Beide standen vor einer Tafel, an der die Fotos der Leiche sowie Zettel mit Daten und Fakten angeheftet waren. Elise überflog den Bericht des Gerichtsmediziners: Kehle mit einem kräftigen Zug unter Zuhilfenahme einer scharfen Klinge von unterhalb des linken Ohres bis zum rechten Halsmuskel durchtrennt. Ohne Zögern. Ein glatter, entschlossener Schnitt. Ein Schlussstrich.

Der Mörder war einen Kopf größer gewesen als Hugo Winters, hatte vor ihm gestanden, ihm in die Augen geblickt, als er die Klinge führte. Kraft? Eher Entschlossenheit. Ein geplanter Mord. Man hatte Winters in das verfallene Haus in Rodenkirchen gelockt. Er war gekommen. Nachts. Allein. Man hatte nichts bei ihm gefunden, was er zur Verteidigung hätte benutzen können.

Ein alter Mann aus der Nachbarschaft, der mit seinem Hund spät abends noch eine Runde gedreht hatte, bemerkte den Lichtschein der Taschenlampe, die Hugo Winters aus der Hand gefallen war. Die zu Hilfe gerufenen Streifenpolizisten kamen, um den vermeintlichen Landstreicher zu vertreiben, fanden aber den Toten.

Sie hatte die Angewohnheit, das, was ihr nach Besichtigung eines Tatortes spontan in den Sinn kam, niederzuschreiben. Dieser Zettel hing an der Pinnwand neben den Bildern vom Tatort. Es standen nur wenige Worte darauf: Hass, zweimal unterstrichen; verletzte Gefühle; Seelenpein. Geplant. Eiskalt? Nein. Mörder gekannt? Ja – zweimal unterstrichen.

Neben dem medizinischen Gutachten hing eine Liste der Gegenstände, die das Opfer bei sich getragen hatte. Eine Brieftasche mit Papieren, etwas Kleingeld. Kein Schlüssel. Auch nicht für das Haus. Und dann dieses Gedicht.

»Was weißt du über das Haus?«, fragte sie.

»Es steht seit mehr als fünfzig Jahren leer«, antwortete Widmer. »Allerdings hat es eine bewegte Vergangenheit. Der vorletzte Besitzer des Hauses, Endres Wolfarth, Spross einer reichen Kaufmannsfamilie, ist in Stalingrad geblieben. Er wollte vom Geschäft nichts wissen, hat in Kunst gemacht. Es gab da vor dem Krieg wohl so eine Künstlervereinigung: Maler, Bildhauer und Schriftsteller, deren Kopf dieser Wolfarth war. Nach dem Krieg gab es die Gruppe nicht mehr. Sie nannten sich ›Die Apokalyptiker‹.«

Kunst. War da die Verbindung zu Winters, dem bekannten Kunstsammler und Mäzen zahlreicher Museen? »Wem gehört das Haus jetzt?«

»Nach einigen Jahren hat man Wolfarth für tot erklären lassen, und der Besitz ging an seine einzige lebende Verwandte, eine Tante, Adele Wagner. Das ist der letzte Stand. Ihr Mann war wohl ziemlich wohlhabend, und sie wollte von dem Haus, obwohl es ihr Elternhaus war, nichts wissen und hat es verkommen lassen.«

»Seltsam. Einen solchen Besitz einfach verfallen lassen? Aber diese Tante kann doch nicht mehr leben?«

»Wer weiß?« Widmer zuckte die Schultern. »Wolfarth war noch ziemlich jung, als er eingezogen wurde. Ich hab auch eine Tante, die nur fünf Jahre älter ist als ich. Laut Unterlagen ist die Wagner jedenfalls die derzeitige Besitzerin. Ich habe sie noch nicht gefunden. Aber ich bleibe dran.«

Hugo Winters hatte keine Kinder gehabt. Seine Frau Luise, Tochter aus wohlhabendem jüdischem Haus, hatte es lange verstanden, Elise aus dem Weg zu gehen. Die Einundachtzigjährige hatte erst ihre angegriffene Gesundheit vorgeschoben, schließlich ihre Verbindungen spielen lassen. Dennoch hatte es die junge Hauptkommissarin bei Strothmann geschafft, wenigstens eine einzige, kurze Unterredung durchzusetzen. Sie hatte im Hause Hugo Winters' stattgefunden, in einer Atmosphäre eisiger Ablehnung.

»Ich werde noch einmal mit der Witwe sprechen«, sagte Elise.

»Das ist nicht dein Ernst! Du handelst dir riesigen Ärger ein.«

»Ich weiß.«

4

Es goss in Strömen, als Elise Brandt vor Winters' Anwesen parkte. Sie blieb noch eine Minute im Wagen sitzen, hing ihren Gedanken nach und starrte durch die beschlagenen Seitenfenster zur anderen Straßenseite hinüber. Der Regen trommelte auf das Autodach sein ganz eigenes melancholisches Lied.

Das große Haus, das einsam inmitten eines parkähnlichen Areals lag, machte einen beinahe feindlichen Eindruck auf sie.

Plötzlich nahm sie einen Schatten wahr. Sie wischte über die Scheibe, um besser sehen zu können, und erkannte undeutlich eine große Gestalt, die das Anwesen durch das Eingangstor verließ. Schnell kurbelte sie die Scheibe herunter. Der Regen peitschte ihr ins Gesicht. Es war ein Mann, und er war bereits ein gutes Stück die Straße hinuntergegangen; sein schwarzer Mantel flatterte hinter ihm im Wind und wirkte wie das Flügelpaar eines Raben. Elise erkannte ihn sofort, auch ohne seine Sonnenbrille, und stieg aus. In diesem Augenblick blieb er stehen und wandte sich um. Für einen kurzen Moment trafen sich ihre Blicke, dann setzte er schnellen Schrittes seinen Weg fort. Sie ging ihm bis zur nächsten Straßenecke hinterher, doch als sie um die Ecke bog, war er verschwunden.

Bedrückt kehrte sie zum Haupttor zurück. Wie schon beim ersten Mal vor zwei Tagen, als sie vor der halb hohen, elektrisch gesicherten Ummauerung stand, die das Grundstück von der Straße trennte, überkam sie ein starkes Gefühl des Unbehagens. Sie betätigte den Klingelknopf rechts des Tores und wartete. Von Weitem leuchtete das schmutzige Weiß der Außenwände der Villa; hohe, alte Bäume, deren gerade frisch grünendes Blattwerk im Regen glänzte, flankierten den viereckigen Bau. Ihre Zweige tanzten im Wind und gaben dabei knarzende Geräusche von sich.

Über Elises Kopf veränderte eine Videokamera mit leisem Surren ihre Position und richtete ihr Auge auf sie. Schutz oder Abwehr? Sie blickte nach oben und gerade in die Kamera. Hinter einer Vergitterung aus Messing verbarg sich die Sprechfunkanlage. Ein Knacken ertönte und eine elektronisch verzerrte Stimme sagte: »Bitte warten Sie einen Augenblick.«

Die deutliche Ablehnung in der Stimme gab ihr die Gewissheit, dass sie sich nicht weiter zu legitimieren brauchte. Der Regen ließ etwas nach, doch der starke Nordwind trieb bereits neue Wolkenformationen vor sich her, noch dunkler, noch Unheil verkündender als die vorherigen. Was geschah in dem Haus zwischen den Bäumen? Eine alte, einsame Frau, die sich darin verschanzte wie ein mittelalterlicher Lehnsherr in seiner Trutzburg, einzig umgeben von den stummen, kostbaren Zeugen der Sammelwut ihres Mannes, verharrte dort in der Erwartung des einzigen Gastes, der ihr noch willkommen war, dem Tod. Schließlich ertönte doch ein leises Summen und das Tor fuhr geräuschlos zur Seite. Elise legte die kurze Auffahrt zum Haus im Sprint zurück, um nicht noch nasser zu werden, gab sie doch schon jetzt ein klägliches Bild ab. Den Haupteingang des wuchtigen Gründerzeitbaus dominierte ein steinerner, auf nachgemachten ionischen Säulen ruhender Vorbau. Eine überdimensionale Lampe in Form einer Laterne hing an einer rostigen Eisenkette von der Decke herab und schaukelte sanft im Wind.

Sie fror erbärmlich in ihrem zu dünnen, inzwischen völlig durchweichten Kammgarnjackett. Auch die Jeans fühlte sich an, als wäre sie zu heiß gewaschen worden und jetzt mindestens zwei Nummern zu klein. Aus ihren Haaren tropfte das Wasser in den Kragen der Bluse und rann ihr kalt den Rücken hinunter.

Die linke Hälfte der hohen Tür mit den bronzenen, von Grünspan überzogenen Türklopfern in Form von Löwenköpfen öffnete sich, und eine kleine, hagere Gestalt erschien im Türrahmen. Der alte Mann mit den gebeugten Schultern wirkte auf Elise noch kleiner und verhutzelter als bei ihrem ersten Besuch.

»Bitte entschuldigen Sie, dass es so lange gedauert hat«, sagte Franz Schmitt. »Soll ich Ihnen ein Handtuch bringen?«, fügte er hinzu mit einem Blick auf die kleine Wasserlache, die sich unter Elises Füßen bildete, kaum dass sie die Eingangshalle betreten hatte.

Seine Stimme war leise, zurückhaltend, die Stimme eines Menschen, der sein Leben lang nichts anderes getan hatte, als anderen zu dienen.

»Wer war der Mann, der gerade eben das Haus verlassen hat?«

»Frau Winters' Patensohn.«

»Was wollte er?«

»Das weiß ich nicht. Ich nehme an, ein Kondolenzbesuch.«

Elise ließ den Blick durch das Rund der Eingangshalle schweifen, die die Höhe von zwei Stockwerken maß. Aus von indirektem Licht beleuchteten Nischen blickten ihr grazile Gestalten aus weißem Marmor entgegen; schlanke Frauen, gehüllt in wallende Gewänder, deren Leichtigkeit man, obwohl in Stein gemeißelt, zu spüren vermochte; athletische Jünglinge, die sich in Pose geworfen hatten, spontan in der Bewegung eingefangen. Ihre versteinerten Blicke ruhten skeptisch auf Elise, als hätten sie Sorge, sie könne den Frieden ihres Tempels stören.

Nein, dieses Haus gehörte ganz und gar der Kunst, ein schützender Schrein für die ungebändigte Gier eines leidenschaftlichen Sammlers, und jeder, der es betrat, musste sich vorkommen wie ein Eindringling.

Sofort nachdem bekannt wurde, dass Winters tot war, begannen hinter den Kulissen gnadenlose Spekulationen darüber, was mit den Kunstwerken werden würde. Druckgrafiken, Gemälde, Schnitzereien. Ein Erbe von nationaler Bedeutung und Experten und Kunstwissenschaftler sahen bereits den drohenden Schatten des Ausverkaufs dieser Sammlung am Horizont aufziehen. Werke von Dürer, Campin, van Eyck, van der Weyden, van der Goes, Bosch und Brueghel, verstreut in alle Winde, verschollen in den Tresoren asiatischer Großkonzerne. Nur eine Person war vielleicht in der Lage, schon jetzt Licht in das Dunkel zu bringen. Doch Luise Winters hüllte sich in Schweigen.

Elise versuchte sich vorzustellen, was der Millionär empfunden haben mochte, wenn er durch die Räume und Hallen dieses Hauses geschritten war, vorbeiflanierend an Kunstwerken, von denen die meisten einen Wert besaßen, der jedes vorstellbare Maß überschritt. Wie ein Usurpator hatte er sich ein Königreich zusammengerafft, über das er ganz allein regierte. Seine Untertanen waren stumm, auf Leinwand und Papier gebannt, in Stein gemeißelt, in Holz geschnitzt, in Gold und Kupfer geprägt. Und es schien, als hätten sie ihm nähergestanden als jeder lebende Mensch auf dieser Welt. Nun war der König tot, die Sammlung verwaist.

Franz Schmitt führte sie durch die große Halle zu einem Paar hoher, zweiflügeliger Türen. Dort, wo keine Teppiche lagen und sie über den teuren, auf Hochglanz polierten Marmor laufen mussten, hallten ihre Schritte im ganzen Haus wider.

Bevor der alte Diener öffnete, drehte er sich kurz zu Elise um, suchte ihren Blick. Für wenige Sekunden standen sie sich stumm gegenüber. Die blutleeren Lippen des alten Mannes öffneten sich langsam, hielten dann aber in der Bewegung inne und schlossen sich wieder, nein, pressten sich aufeinander wie zwei steinerne Platten, um auf immer das zu verschließen, was sich hinter der Öffnung verbarg. Die ihm im Leben zugedachte Rolle war stumm. Und das würde sie bleiben bis zu seinem letzten Atemzug.

Luise Winters saß in einem der zahlreichen kleinen Salons des Hauses. In einem mit Wappen verzierten Kamin brannte ein Feuer und verbreitete wohlige Wärme. Der Raum war wegen seiner Wandtäfelung aus vom Rauch gebeizten Holz sehr dunkel, und lediglich zwei Lampen im Art-déco-Stil mit Schirmen aus opakem Glas erhellten die Dunkelheit, in die sich die einzige Person im Raum, so erschien es Elise, vor der eisigen Ablehnung des Hauses geflüchtet hatte. Auf einer Kommode im Hintergrund thronte, einem Schutzengel gleich, eine riesige Menora, der jüdische siebenarmige Leuchter. Sein dunkles Gold flackerte unruhig im Schein des Kaminfeuers.

Aus einer Hightech-Musikanlage, der einzigen Reminiszenz an die Neuzeit in diesem Raum, ertönte schwere, aus den Tiefen der russischen Seele kommende Musik. Elise überlegte einen Moment. Rimski-Korsakov? Tschaikowski?

Franz Schmitt zog leise die Türen hinter Elise zu.

»Ich weiß nicht, was Sie von mir wollen.« Luise Winters' dunkle Stimme zerschnitt die fast sakrale Stimmung. Sie saß mit dem Rücken zu Elise, kerzengerade, bewegungslos, wie zur Totenwache. Die mit kostbaren Ringen geschmückte rechte Hand ruhte auf einem schwarzen Ebenholzstock mit kunstvollem Silbergriff. »Und Sie tropfen meinen Teppich nass.«

»Tut mir leid.« Obwohl nicht dazu aufgefordert, machte Elise wenige Schritte in den Salon hinein und umrundete den Sessel, in dem die Witwe saß.

Luise Winters trug ein hochgeschlossenes schwarzes Kleid, das der alten Frau etwas Nonnenhaftes gab. Das zu einem festen Knoten gebundene graubraune Haar verstärkte den Eindruck von gouvernantenhafter Strenge. »Noch einmal: Was wollen Sie?« Ihre dunklen, sephardischen Augen blickten zu der jungen Frau auf und maßen sie mit unverhohlener Abneigung. Auch in diesem fortgeschrittenen Alter war sie noch immer eine schöne Frau, die ihre einstige dunkle, fast geheimnisvolle Schönheit vor Jahrhunderten aus Russland eingewanderten Juden verdankte. Unruhig tanzten ihre Finger auf dem Stockknauf auf und ab.

»Ich habe noch einige Fragen.«

»Ich habe Ihnen alles gesagt.« Sie hob abwehrend die freie Hand.

»Sind Sie nicht an der Aufklärung des Todes Ihres Gatten interessiert?«

Luise Winters hob wie in Zeitlupe den Stock an und schlug damit kräftig auf den Boden. Ihre Lippen, die sie fest aufeinanderpresste, zitterten. »Zum letzten Mal, ich kann Ihnen nicht mehr sagen, Frau Brandt! Und setzen Sie sich! Ich sehe nicht gern zu einem Menschen auf.« Sie wies mit dem Stock auf einen zweiten Sessel, der in gebührendem Abstand zu ihr stand.

Elise glaubte ihr nicht. Luise Winters hätte ihr nicht zu öffnen brauchen. Warum hatte sie es trotzdem getan? »Was hat Ihr Mann in diesem alten, verfallenen Haus getan, in dem wir ihn gefunden haben?«

Die alte Frau sah an ihr vorbei in die Weite des Raumes, als könne sie allein dadurch Elises Anwesenheit ins Reich der Albträume verbannen. Sie trug den Kopf hoch erhoben, eine über Jahrzehnte einstudierte Pose.

»Sagt Ihnen der Name Endres Wolfarth etwas?«

Ein kurzes Aufflackern in den dunklen Augen der Witwe ließ Elise aufmerken. Sie antwortete mit dem Bruchteil einer Sekunde Verzögerung. »Nein.«

»Sind Sie sicher?«

»Zumindest nicht in Zusammenhang mit meinem Mann.«

»In welchem dann?«

»Es gab einmal eine Familie Wolfarth hier in der Stadt, die Stoffe vertrieb. Ich glaube, mein Vater hat mit ihnen Geschäfte gemacht«, antwortete Luise Winters unwillig.

»Was hat Ihr Vater getan?«

Jetzt blickte sie Elise an. »Ist das von Bedeutung?«

»Es interessiert mich.«

Wieder eine kurze Pause, dann antwortete die alte Dame: »Mein Vater hatte vor dem Krieg ein Kaufhaus hier in Köln. Nach dem Krieg gab es das Kaufhaus nicht mehr, ebenso wenig wie ihn selbst. Wissen Sie, Frau Brandt, mein Mann war ein sehr verschlossener Mensch. Er hat mir gegenüber weder von seinen Geschäften noch von seinen anderen Projekten gesprochen. Es hätte mich auch nicht interessiert. Jeder von uns lebte sein eigenes Leben. Das müssten Sie, eine Frau in Ihrem Alter, Ihrer Generation, eigentlich verstehen.« Ihr Blick glitt an ihr hinauf und wieder hinab, wie ein Rastermikroskop, das eine unbekannte Materie untersucht.

»Endres Wolfarth war Mitglied einer Künstlergruppe. Wissen Sie etwas darüber?«

Luise Winters antwortete erneut zögernd. Die liturgischen Gesänge eines russischen Chores schwollen in rhythmischen Wellen langsam ab und erstarben. Die Stille, die sie hinterließen, war angefüllt von Angst und Misstrauen. Die alte Frau in dem Sessel schien Elise plötzlich längst nicht mehr so selbstsicher wie zu Anfang ihres Gespräches. Ihr Gegenüber, das spürte die Kommissarin, war auf der Hut. Es war durchaus möglich, dass die alte Frau sie nur noch einmal ins Haus gelassen hatte, um von ihr zu hören, in welche Richtung ihre Ermittlungen gingen.

»Das alles ist lange her und längst vergessen. Diese ›Künstlergruppe‹, sie nannten sich sogar die ›Apokalyptiker‹, war nichts anderes als ein zusammengewürfelter Haufen junger, weltfremder Idealisten. Das hat nichts mit meinem Mann zu tun. Und schon gar nichts mit seinem Tod.«

»Er gehörte diesen – wie nannten Sie sie? – Apokalyptikern also nicht an.«

Luise Winters lachte verächtlich auf. »Wenn ich mich richtig erinnere, waren es Leute aus meinen Kreisen. Nein, Frau Brandt, zu ihnen hat mein Mann nie gehört.«

»Und doch wurde seine Leiche in dem Haus gefunden, das vermutlich als Treffpunkt der Gruppe diente, die sich um Wolfarth geschart hatte«, beharrte sie. »In Wolfarths Villa.«

»Vergessen Sie das Ganze, Frau Brandt«, sagte die alte Frau plötzlich. Zum Erstaunen der jungen Beamtin beugte sie sich plötzlich vor und ergriff ihr Handgelenk. »Sie lassen sich auf etwas ein, dem Sie nicht gewachsen sind. Sie sind so jung. Sie können vieles, was hier passiert, nicht verstehen. Lassen Sie meinen Mann ruhen. Ich bitte Sie!« Ihr Griff lockerte sich, erschöpft sank sie nach hinten. »Ich habe Einfluss. Der Fall kann schon morgen abgeschlossen sein. Einer von vielen unzähligen, ungeklärten Todesfällen. Eine Akte, die in einem Schrank verschwindet und bald zu Staub zerfällt.«

Elise konnte nicht glauben, was sie eben gehört hatte. Steif erhob sie sich. »Ich bin es gewohnt, meine Arbeit bis zum Schluss zu machen«, sagte sie. »Ich werde dafür bezahlt, Verbrechen aufzuklären und Täter zu überführen. Und ich mache meine Arbeit gern und professionell.«

Luise Winters wandte schmerzerfüllt den Kopf zur Seite. »Sie lassen sich auf etwas ein, dem Sie nicht gewachsen sind«, wiederholte sie leise.

»Worauf, Frau Winters? Reden Sie!«

Doch die alte Frau schüttelte nur den Kopf.

»Wer wird das Vermögen und die Kunstsammlungen Ihres Mannes erben?«

Nun umspielte der Hauch eines Lächelns die Lippen der Witwe. »Alles, was Sie hier sehen, gehört mir und meiner Schwester. Und das nicht erst seit dem Tod meines Mannes. Wir sind in diesem Haus geboren. Wir waren hier, lange bevor er es sich angeeignet hat. Alles, außer der Sammlung. Sie wird in eine Stiftung übergehen, die dieses Haus dann auch offiziell zu einem Museum machen wird. Zumindest so lange, bis sich ein geeigneterer Raum dafür findet.« Sie starrte ins Feuer, das sich in den dunklen Pupillen ihrer Augen widerspiegelte. »Die Hugo-Winters-Sammlung.« Sie sprach es mit so viel unverhohlenem Abscheu aus, dass Elise eine Gänsehaut über den Rücken lief. »Die Sammlungen meines Mannes sind von nationaler Bedeutung, glauben Sie mir, Frau Brandt.« Plötzlich kehrte wieder Leben in den kraftlosen Körper der alten Frau zurück. »Ich kenne ein Dutzend Kuratoren, die für diese Sammlung einen Mord begehen würden.« Ihre Stimme hatte sich zu einem leisen Flüstern gesenkt, dem nun ein raues Lachen voller Bosheit folgte.

»Ich würde mir gern noch einmal das Arbeitszimmer Ihres Mannes ansehen.«

»Bitte. Sie werden nicht mehr finden als beim ersten Mal.«

Elise hatte das so genannte Arbeitszimmer, einen länglichen Raum, dessen Wände bis an die Decke zugestellt waren mit hohen Bücherregalen, noch genau vor Augen. Gearbeitet hatte Winters dort nicht. Die Schubladen des wuchtigen Schreibtisches waren fast leer gewesen, die polierte Tischplatte von einer Staubschicht bedeckt. Nur eines hatte darauf gelegen, eine Biografie Albrecht Dürers, vor einigen Jahren als Übersetzung aus dem Französischen in einem namhaften Kölner Buchverlag erschienen. Es wirkte seltsam verloren auf dem leeren Schreibtisch. Wann und warum hatte Hugo Winters es aus dem Regal genommen? Den Einband zierte Dürers Selbstporträt von 1500, das heute in der Alten Pinakothek in München hängt. Eines der bedeutendsten Meisterwerke der Kunstgeschichte. Das Porträt eines Mannes, ebenso eitel und anmaßend wie rätselhaft. Ein Gemälde, das weit über die bloße Darstellung eines Menschen hinausging. Ein Jahrhundert forschten Kunstgelehrte vergeblich, bis sie das zugrunde liegende beziehungsreiche Bildgerüst fanden und darauf aufbauend die geistesgeschichtlichen Hintergründe zu deuten vermochten. Er, der in seinen theoretischen Schriften im Bild Christi das Abbild des vollkommenen Menschen sah, verband die sakrale, dem Christusbild zugeordnete Form mit dem eigenen Antlitz. Ein ungeheurer Vorgang, an der Schwelle zur Neuzeit. Ein Porträt, gemalt mit dem Formgerüst des Mittelalters, das das Idealbild des neuen, universalen Menschen zeigt, wie es dem Maler vorschwebte.

Auf dem dunklen Hintergrund prangten in leuchtendem Rot zwei ineinander verschlungene Initialen: A und D, die wohl bekanntesten Initialen der Kunstgeschichte. Ein Geniestreich des Meisters, in einer Zeit, in der Begriffe wie Public Relations und Wiedererkennungswert noch nicht existiert hatten.

Sie las die Namen der beiden Autoren: Marcel Weidenmann und Avide St. Cyr.

Dieses Buch hatte eine Bedeutung, davon war Elise überzeugt. Seine so verloren wirkende Präsenz schrie es ihr förmlich entgegen. Ein weiteres Geheimnis im Leben dieses Mannes.

»Bitte gehen Sie«, sagte Luise Winters ungeduldig. »Ich erwarte meinen Arzt. Es geht mir nicht gut.«

Bevor Elise den kleinen Salon verließ, warf sie noch einmal einen Blick auf die alte Frau in dem dunklen Zimmer, entrückt von der Welt, eine Gefangene ihrer selbst.

5
Nürnberg 1528

Ein mildes Lächeln, ein matter Abglanz seiner einstigen Fröhlichkeit, umspielt die rissigen Lippen, denen der Körper schon längst die Feuchtigkeit entzogen hat, in dem verzweifelten Versuch, das Feuer, das in seinem Inneren lodert, zu löschen. Agnes tritt an sein Bett und legt ihm ein kühlendes Tuch auf die Stirn.

Er seufzt leise. Er sieht ihr Gesicht, die ihm so vertrauten Züge, verzerrt wie durch ein Prisma, ihre traurigen Augen, rotgerändert und glänzend, und es dauert ihn, sie so zu sehen. Eine unbestimmte Angst bricht kurzzeitig wieder hervor. War er ihr ein guter Mann gewesen? Ihr, der Tochter aus gutem, aus bestem Hause? Hatte sie nicht etwas Besseres verdient als einen Handwerker, der zeit seines Lebens nur eine einzige wirkliche Leidenschaft kannte – die Kunst?

Sicher, er lässt sie nicht als arme Frau zurück. Sein Haus ist angesehen, er selbst für seine Verhältnisse wohlhabend zu nennen. Und das alles nicht ererbt, wie die direkten Vorfahren seiner Frau, sondern erarbeitet, mit niemals ruhenden Händen und einem sensiblen Geist und dem Gespür für das Kommende.

Er lächelt und denkt an die Jahre seiner Kindheit zurück, geprägt von den engen Gassen seiner Stadt Nürnberg zwischen Pate Kobergers Druckerei und dem Haus des Vaters, und vor seinem geistigen Auge erstehen Bilder aus längst vergangenen Tagen; er sieht die kleine, dunkle Werkstatt, riecht die staubige, von winzig kleinen Partikeln glitzernden Goldes durchsprengte Luft.

Mit nachsichtigem Lächeln sieht der Alte zu seinem Sprössling hinüber, der zwischen den Arbeitstischen, an denen stumm und arbeitsam die Gesellen hocken, herumspringt. Vaters Werkstatt ist ihm das Liebste. Die andächtige Stimmung während der Arbeit, fast wie in einer Kapelle, die leisen Geräusche beim Bearbeiten der edlen Metalle, ziehen ihn magisch an. Und der Vater sieht es nicht ungern, wenn der kleine Albrecht sich von der Mutter fortstiehlt und zu ihm kommt. Ein seltenes Lächeln erhellt seine Züge. Arbeit ist sein Leben – und die ständige Sorge um Barbara und die Kinder, die ein ums andere Jahr geboren werden, und keines ist kräftig und gesund. Da mag er noch so oft den Herrn anrufen und Kerzen in St. Sebald entzünden.

Manchmal, in einer seltenen stillen Minute, denkt er an seine eigenen Jugendjahre zurück, an jenes kleine Dorf Ajtos in Ungarn, südlich von Großwardein im Bekeser Kombinat. Später, lange nachdem er zum Herrn gegangen ist, im Jahr 1566, werden die Türken das Dorf dem Erdboden gleichmachen.

Einen langen Weg hat er zurückgelegt seit jenen Tagen. Rinder- und Pferdezüchter war noch sein Urgroßvater gewesen, der Großvater aber hatte schon Goldschmied gelernt und eine kleine Werkstatt besessen. Dort war er in die Lehre gegangen und später dann auf die Wanderschaft, die ihn bis in die Niederlande geführt hatte. Und nach Burgund. Zum Greifen nahe stehen die Schönheiten des Herzogtums vor seinem geistigen Auge, in dem in jenen Jahren unter Phillipp dem Guten und Karl dem Kühnen eine einzigartige Kultur erblüht. Namen wie die der Gebrüder van Eyck, Robert Campin, Rogier van der Weyden und Dieric Bouts zeugen von einer Kultur, die in ganz Europa Maßstäbe setzt. Sie sind die Begründer eines neuen Stils in der darstellenden Kunst. Dort lernt er, was wahre Goldschmiedekunst zu vollbringen vermag, und die Erinnerung daran wird ihn ein Leben lang begleiten und seine Arbeit prägen. Immer wieder, an langen Winterabenden, erzählt er seiner kleinen, um den Tisch versammelten Familie davon, und Albrecht liest ihm begierig jedes Wort von den Lippen ab. An St. Eligius 1455 kehrt er zurück nach Nürnberg, wo er schon einmal Rast gemacht hatte, bevor er in die Niederlande gereist war. Er fühlt sich wohl dort und findet eine Heimat. Just an diesem Tag ist Hochzeit auf der Vesten und großer Tanz unter den Linden, und man bittet ihn großzügig dazu. Er lernt Handwerker und Kaufleute kennen, unter ihnen Hieronymus Holper, den Goldschmied. Dem gefällt der ruhige, in sich gekehrte Mann und er erklärt sich bereit, ihn aufzunehmen und Arbeit zu geben. Und die tut er gut. Sein Aufstieg folgt rasch. 1467 empfiehlt ihn Holper als geschworenes Mitglied der städtischen Gold- und Silberkontrolleure, das Bürgerrecht und die Ernennung zum Meister folgen, schließlich Barbara, des Meisters hübsche fünfzehnjährige Tochter, die der Geselle hat heranwachsen sehen. Am 8. Juni, an St. Veit 1467, feiern sie Hochzeit. Zwei Jahre später ziehen sie in das Hinterhaus des Pirckheimerschen Anwesens, wo die ersten Kinder geboren werden. Um diese Zeit wird Dürer schließlich zum Abwäger und Prüfer des Münzsilbers bestellt …

Die Arbeit ruft und gemahnt, aufzuhören mit den Tagträumereien. »Albrecht, wo bist?«

Sofort kommt der kleine Junge angelaufen und sieht den Vater aus großen, wissbegierigen Augen an.

Agnes' kalte Hand, die zärtlich seine Wange berührt, holt ihn in die Gegenwart zurück. Er spürt ihre Angst und kann ihr keine Hoffnung geben.

6

Elise blickte sich um. Überall entdeckte sie Videokameras. Irgendwo im Untergeschoss befand sich ein Raum, in dem sich all die Sicherheitsvorkehrungen, ein Netz aus Infrarotstrahlen, Überwachungskameras, Geräusch- und Druckmeldern, in einer Schaltzentrale vereinigten, rund um die Uhr von den Männern eines Sicherheitsdienstes besetzt. Sie hatte mit ihnen gesprochen, doch sie waren vom Leben in diesem Haus, falls man davon überhaupt sprechen konnte, ausgeschlossen. Ihr Kontakt beschränkte sich auf das Hausdienerehepaar Schmitt.

Ein verhaltenes Räuspern riss Elise aus ihren Überlegungen. Franz Schmitt war unbemerkt hinter sie getreten und stand dort, bewegungslos wie eine der Statuen.

Elise rief sich das kurze Gespräch mit dem Ehepaar ins Gedächtnis zurück. Lena Schmitt, eine verhärmte Frau, hatte das Leben an diesem Ort ebenso zermürbt wie ihren Mann. Beide hatten schon lange das Pensionsalter überschritten und waren doch geblieben, wie gekettet an dieses Haus und seine Bewohner.

Luise Winters hatte die beiden vor Jahrzehnten eingestellt; Hugo Winters jedoch war ihnen fremd geblieben.

Bis vor einem halben Jahr, erklärte Franz Schmitt, habe er für den Sammler auch als Fahrer fungiert, doch dann, den Grund hatte er nie erfahren, wollte der Multimillionär, trotz seines hohen Alters, plötzlich selbst fahren oder nahm ein Taxi. Das war zu der Zeit, als sich der Kaufmann von seinen Geschäften zurückgezogen und die Firma in eine Aktiengesellschaft umgewandelt hatte.

Wollte Winters in seinem Leben als »Pensionär« Dinge tun, für die er keine Zeugen brauchen konnte? Er habe sich, so die Aussage Schmitts, in den letzten Jahren immer seltener in der Villa aufgehalten.

»Ich würde Ihnen gern etwas zeigen«, sagte der alte Hausdiener. »Bitte, kommen Sie.«

Er führte sie in einen schmalen Korridor, der schließlich an einer Tür endete. Schmitt zog eine Chipkarte aus der Hosentasche und steckte sie in ein elektronisches Schloss, das daneben angebracht war. Nach Eingabe einer Zahlenkombination öffnete sich die Tür wie von Geisterhand und gab den Blick auf einen rechteckigen Saal mit hoher Decke frei, der sich über die ganze Längsseite des Hauses erstreckte; die Fensterfront ging auf die Gartenseite hinaus, und man hätte sicher einen atemberaubenden Ausblick auf den Park gehabt, doch schwere, bordeauxfarbene Vorhänge, die das Tageslicht fern hielten, verhinderten es. Indirekte Beleuchtung glomm auf und illuminierte zahlreiche Gemälde an den Wänden. Es war kühl im Raum, wie fast im ganzen Haus. Eine spezielle Klimaanlage regelte die Temperatur, bei der sich die Kunstwerke am besten konservieren ließen.

Elise durchstreifte den weitläufigen Raum. Es war der Raum der niederländischen Malerei: Stillleben, Landschaften, Porträts; zwei Rembrandts waren darunter. Das Blattgold der schweren Rahmen warf helle Glanzpunkte auf die dunklen Ölgemälde.

Sie fühlte sich, als gewähre man ihr eine Privatführung in einem Museum, das seine Pforten längst geschlossen hat. Die Augenpaare stolzer niederländischer Kaufleute und ihrer Ehefrauen, die sich vor vierhundert Jahren für die Maler majestätisch in Pose geworfen hatten, schienen sie neugierig zu verfolgen; üppige Arrangements aus Früchten bestachen durch ihre satten, harmonisch aufeinander abgestimmten Farben. Dazwischen Bilder, die sich öffneten wie Fenster und den Blick freigaben auf Landschaften: weite Felder, breite Alleen mit Bäumen, die sich sanft im Winde wiegten, die Ansichten alter Städte, Straßen dort und Hinterhöfe mit Menschen in der groben Kleidung einfacher Leute; Frauen mit weißen Schürzen und Hauben, die ihre auf den Straßen spielenden Kinder beaufsichtigten, Wäsche wuschen oder ihre Waren auf Märkten feilboten. Alltagsabläufe in der Sekunde ihres Geschehens für die Nachwelt festgehalten, eingefangen von Männern mit Staffeleien und Pinseln, konserviert für die kommenden Generationen, wenn all dies längst vergangen, die Menschen zu Staub zerfallen, die Blüten verblüht, das Obst gegessen, die Landschaften verschwunden sein würden. Und zwischen all der unendlich kostbaren Pracht vergangener Zeiten hauste, unsichtbar und doch so deutlich spürbar, die Einsamkeit.

Die Regale mit den Büchern befanden sich im hinteren Teil des Saales, der durch eine Glaswand vom Rest abgetrennt war. Die kostbarsten Exemplare der Buchdruckerkunst schlummerten im geisterhaften Halbdunkel.

Es wiederholte sich die Prozedur der Kombinationseingabe mittels Chipkarte. Gleichzeitig mit dem Öffnen der Tür gingen mehrere Lampen im Raum an. Es waren Rotlichtlampen, da normales Licht das Verblassen von Pergament und Velin vorantrieb. Schmitt schloss die Tür sofort nach ihrem Eintreten, und man hörte das leise Summen einer Klimaanlage, die Temperatur und Luftfeuchtigkeit im Raum regelte. Die Glaswand sorgte dafür, dass dieser Teil des Raumes hermetisch abgeschlossen war. Elise fiel das Atmen schwer. Ihr wurde schwindelig.

»Keine Sorge«, sagte Schmitt, der ihre plötzliche Blässe bemerkte.»Es wird gleich besser. Die Luftversorgung wird automatisch geregelt, sobald jemand den Raum betritt. Die Luftfeuchtigkeit ist auf acht Prozent reduziert. Hier drin herrscht Unterdruck. Sauerstoff ist ein Oxidationsmittel.«

»Wann war Hugo Winters zum letzten Male hier?«

Ein Schatten huschte über sein Gesicht. »In der Woche vor seinem Tod.«

»Wo war er, wenn er nicht hier war?«

Seine schmalen, gebeugten Schultern zuckten kaum merklich.

»Besaß er noch irgendwo ein Büro, ein Apartment, etwas in der Art?«

»Ich weiß es nicht. Das Büro in der Hauptverwaltung der Firma hat er geräumt, als er sie verließ.«

Das hatte man ihr bereits gesagt, als sie in dem großen Geschäftshaus, der Hauptzentrale der WinCo Ag, Winters' Firma, in Köln-Mülheim vorstellig geworden war. Der derzeitige Geschäftsführer Ingolf Werner, ein großer, kultiviert wirkender Mann um die fünfzig mit gewinnendem Lachen und ausladenden Gesten, hatte sich sehr kooperativ gezeigt. Winters selbst hatte ihn für den Posten seiner Nachfolge ausgesucht. Nach dem Ausscheiden aus der Firma, das sehr plötzlich gekommen war, so Werner, hatten sie nur noch selten Kontakt gehabt. Die Konsequenz, mit der er einen Schlussstrich unter sein bis dahin geführtes Leben gezogen hatte, sagte viel über Hugo Winters aus. Ein willensstarker Mann, gewohnt, Entscheidungen zu treffen, die keine Diskussion mehr zuließen. Der Prokurator der Firma, der ihn fast dreißig Jahre begleitet hatte, bestätigte dies: ein Einzelgänger, der nicht viel redete, selten diskutierte und keinen seiner Entschlüsse, einmal gefasst, wieder zurücknahm.

Elise schritt an den hohen Bücherregalen entlang, die sich bis zur Decke erstreckten.

»Hier! Es ist mir sofort aufgefallen.« Schmitt stand in einigem Abstand vor einem der Bücherschränke. In dem Regal klaffte eine Lücke. »Er muss es bei seinem letzten Besuch mitgenommen haben.«

»Tat er das manchmal?«

»Nein. Es ist sehr ungewöhnlich. Die Bücher hier sind sehr alt und daher kostbar und empfindlich. Ein Transport, bei dem die Bücher ungefilterter Luft oder Tageslicht ausgesetzt werden, kann irreparable Schäden anrichten.«

»Vielleicht war es jemand anders?«

Franz Schmitt schüttelte den Kopf. »Nur er und ich kennen den Code.«

»Die Überwachungskameras?«

»Sind im Korridor vor dem Saal. Er wollte in der Bibliothek ungestört sein.«

»Ist es das einzige, das fehlt?«

»Auf den ersten Blick, ja. Ich dachte, es wäre vielleicht wichtig.«

»Unter Umständen. Welchen Wert haben die Bücher hier?«

»Es sind fast alles unschätzbare Kostbarkeiten. Sie glauben an einen Raubmord?«

Elise wurde das Gefühl nicht los, dass er auf ein Ja lauerte. »Im Moment halte ich alles für möglich.«

Schmitt nickte, befriedigt, wie sie fand.

»Vielleicht ist es ja auch nur eine Leihgabe?«

»Nicht die Bücher. Ein Transport wäre, wie gesagt, ein großes Risiko.«

Sie verließen gemeinsam den Raum.

»Wir wissen natürlich nicht, wie lange es schon fehlt«, sagte sie nachdenklich.

»Vor vierzehn Tagen hatten wir Schwierigkeiten mit der Lüftung. Ich habe den Techniker in die Bibliothek gelassen, bin die ganze Zeit dabei geblieben und habe in der Zeit nach dem Rechten geschaut. Da war das Buch noch da. Ich bin sicher. Es wäre mir aufgefallen …«

»Gibt es ein Inventarverzeichnis?«

»Ja. Ich hole es Ihnen.«

Während der Hausdiener ins Archiv eilte, stieg Elise über eine geschwungene Treppe ins Untergeschoss hinab, wo sich die Schaltzentrale der Sicherheitsanlage befand. Der diensttuende Wachmann saß mit dem Rücken zu ihr in einem bequemen Stuhl und starrte auf eine Reihe von Bildschirmen. Ein Kranz grauer Haare bedeckte den breiten Schädel, dessen haarlose Oberfläche speckig glänzte.

»Nein«, sagte der Mann, ohne sich zu ihr umzudrehen, als sie eintrat.

»Wie bitte?«

»Ich habe nicht gesehen, dass Winters etwas aus der Bibliothek mitgenommen hat, weder ein Buch noch sonst was.«

Elise blickte auf die zahlreichen Monitore. Einer davon zeigte den Korridor vor der Bibliothek. »Ich wusste nicht, dass Sie uns auch hören können.« Sie setzte sich auf die Kante der Konsole.

Der Wachmann blinzelte sie aus kleinen, hellen Augen an. »Kann ich auch nicht. Aber ich kann von den Lippen lesen.«

»Hat Winters öfters etwas mitgenommen?« Sie versuchte den Namen auf dem silbernen Schild zu erkennen, das an seiner Brust heftete. »Herr Dreesen.«

»Nein. Von dem Kram hier hat nur etwas das Haus verlassen, wenn es als Leihgabe in eine Ausstellung ging. Und dann wurde genau Buch geführt.«

»Und niemals die Bücher«, wiederholte Elise nachdenklich Schmitts Worte.

Der Wachmann beobachtete sie aufmerksam. »Niemals die Bücher.«

»Ich brauche die Bänder der Überwachungskamera des Korridors vor der Bibliothek. Die letzten vierzehn Tage.«

Dreesen nickte. »Ich bringe sie Ihnen im Büro vorbei.«

»Danke.«

»Haben Sie nicht vergessen, mich etwas zu fragen?«

»Sie werden mir sicher auf die Sprünge helfen«, sagte sie verdutzt.

»Ist Ihnen etwas aufgefallen in der letzten Zeit?«, präzisierte der Wachmann ironisch.

Sie lächelte. »Ist Ihnen oder Ihren Kollegen etwas Ungewöhnliches aufgefallen?«

»Der Alte war seit Längerem nur noch selten im Haus. Keine Ahnung, wo der sich rumtrieb in seinem Alter. Aber ehrlich gesagt, ich würde es in dieser Gruft auch nicht lange aushalten. Wenn Sie mich fragen, der hatte was am Laufen.«

Elise hörte ihm aufmerksam zu.

»Dieser Vogel, der vorhin, kurz bevor Sie kamen, das Haus verlassen hat, war in der letzten Zeit häufiger hier. Auch früher schon mal. Meistens bei der schwarzen Witwe. Und so ein junger Bursche. Ein paar Tage vor Winters' Tod. Er ist mir aufgefallen, weil er ein bisschen runtergekommen aussah. Er wirkte ziemlich nervös, hat erst mit Schmitt gesprochen, dann mit Winters. Und anschließend haben sie gemeinsam die Villa verlassen.«

»Ich brauche eine Personenbeschreibung«, sagte Elise. Sie sah auf einem der Bildschirme, dass der Hausdiener in die Halle zurückgekehrt war. Er hielt ein großes Buch unter dem Arm und hielt nach ihr Ausschau.

Sie nickte Dreesen dankend zu und war im nächsten Augenblick aus dem Raum.

Die Inventarliste der Winters'schen Sammlung war exakt ausgearbeitet, jeder einzelne Posten war mit genauer Beschreibung, Herkunft, Schätz- und tatsächlich gezahltem Preis sowie Standort im Hause aufgeführt.

Das fragliche Buch hatte den Titel »Ignatius von Bern; Fabula Vita«. Die Lebensgeschichte des Ignatius von Bern. Der Eintrag schien neueren Datums, allerdings fehlten die Einkaufsdatierung und der Herkunftsnachweis.

Elise schrieb sich Angaben aus der Inventarliste ab und gab sie Franz Schmitt zurück. »Ich danke Ihnen.«

»Glauben Sie, dass Ihnen das bei Ihrer Untersuchung hilft?«, fragte er, und sie nahm wieder deutlich den Unterton wahr, der in der Stimme des alten Mannes mitschwang.

»Ich habe von Dreesen erfahren, dass wenige Tage vor Winters' Ermordung ein junger Mann hier im Haus war. Was wollte er?« Elise forschte in seinem Gesicht, in dessen Furchen und Vertiefungen, und verlor sich in ihnen.

Schmitts Augen flackerten nervös. Er tat, als konzentrierte er sich. Doch irgendetwas sagte ihr, dass es diesmal nur Show war.

»Ach, der«, sagte er leichthin. »Ein Kunststudent. Er bat um Zutritt zur Sammlung. Das kommt häufig vor.«

»Kam es auch häufig vor, dass Herr Winters zusammen mit diesen Studenten die Villa verließ?«

»Herr Winters hatte gute Kontakte in der Kunstwelt«, sagte Schmitt ausweichend. »Mochte er auch seine Sammlung unter Verschluss halten, so war er doch stets um ein gutes Verhältnis zu denjenigen bemüht, die sich für Kunst interessierten. Er suchte immer das Gespräch.«

Die Antwort klang wie auswendig gelernt.

Elise nickte mit skeptischem Gesichtsausdruck und wandte sich zum Gehen.

Der Hausdiener hielt sie zurück. »Frau Mayer möchte Sie gerne noch sprechen.«.

»Frau Mayer?«

Er wies mit der Hand auf die Treppe, die zur Galerie im ersten Stockwerk führte. »Darf ich Sie bitten, mir zu folgen?«

Sie tat es. Draußen donnerte es so heftig, dass die geschliffenen Glasgehänge des venezianischen Leuchters, der an einer goldfarbenen Kordel von der Decke herabhing, leise klirrten.

Sie stiegen über die ausladende Treppe auf die Galerie hinauf, die von hohen Säulen getragen wurde. Elise warf einen Blick über das durchbrochene Geländer in die Halle hinunter. Erst jetzt erkannte sie, dass der Marmorboden ein Muster aufwies. In der Mitte der Halle war ein Kreis aus rotem Carraramarmor in den Boden eingelassen, in dessen Mittelpunkt sich die Initialen AD, aus dunklem Granit gefertigt, erkennen ließen. Das kleinere D wurde von dem großen A eingeschlossen. Albrecht Dürer. Seit Beginn der Ermittlungsarbeiten an diesem Fall schien er still im Hintergrund zu verharren und sie zu beobachten, um dann immer wieder, in einem unbedachten Moment, ihre Aufmerksamkeit auf sich zu lenken.

»Was willst du von mir?«, flüsterte sie leise.

Schmitt war inzwischen vor einer hohen zweiflügeligen Tür stehen geblieben und klopfte. Er wartete einen Augenblick, öffnete und trat beiseite, um der jungen Beamtin Eintritt zu gewähren.

Elise betrat einen großen, hellen Raum, der sich so gar nicht in den unterkühlten Rest des Hauses einfügen wollte. Ein cremefarbener Veloursteppich, über den einige kostbare persische Teppichbrücken in herrlich kräftigen Farben, Indigo und Bordeaux, gebreitet waren, dominierte; vor die hohen Fenster waren lichthelle, kunstvoll bedruckte Vorhänge gezogen. Die wenigen Möbel, ausgesuchte Antiquitäten aus Rosenholz und eine Gruppe Polstermöbel, die das pastellene Altrosa des Wandanstriches wieder aufnahm, verteilten sich diskret im Raum. Das Auffallendste waren die frischen Schnittblumen, die überall auf Tischen, Anrichten und Fensterbänken in hohen weißen Porzellanvasen standen und wie ein Versuch wirkten, einen Gegenpol zu dem sonst so lebensfeindlichen Haus zu schaffen. Irgendwo im Hintergrund spielte leise Musik. Mozart. Die Ouvertüre zur Zauberflöte.

Leonore Mayer stand vor einem der hohen Fenster und sah auf den Vorplatz hinaus.

Sie trug ein bodenlanges Gewand aus pfirsichfarbener Seide mit goldfarbenen Stickereien auf dem Rücken, das ihre schlanke Figur spielerisch umschmeichelte. Das glatte schwarze Haar, im Greta-Garbo-Stil geschnitten, bildete dazu einen reizvollen Kontrast. Weißlicher Rauch stieg von einer Zigarette auf, die sie in der Linken hielt.

Wie konnte die Natur einen solchen Gegensatz, wie ihn Luise Winters und ihre Schwester darstellten, erklären?

Elise hatte die Angewohnheit, den Menschen, denen sie begegnete, Farben zuzuordnen, ein bestimmtes Lichtspektrum, in dem sie ihr Gegenüber sah. War um Luise Winters alles dunkel, schwer und erdfarben, so erstrahlte ihre Schwester in luftigsten Pastellfarben.

»Danke, dass Sie gekommen sind«, sagte Leonore Mayer und wandte sich zu der Hauptkommissarin um. Ihre Bewegungen waren fließend und elegant.

Die Nase war eine Spur zu groß für den schmalen Schnitt des Gesichtes, die großen braunen Augen eine Spur zu weit von den Nasenflügeln entfernt, um dem Gesicht eine perfekte Symmetrie zu verleihen, und doch war Leonore Mayer eine schöne Frau – noch immer. Das dezente Make-up kaschierte geschickt die wenigen vorhandenen Spuren des Alters.

»Ich habe nicht gewusst, dass Sie hier im Hause wohnen«, sagte Elise.

Leonore Mayer trat einige Schritte näher an sie heran. »Meine eigentliche Konzerttätigkeit habe ich aufgegeben. Aber ich reise viel. Ich bin erst vor wenigen Tagen aus Barcelona zurückgekommen, als ich erfuhr…« Sie verstummte.

Darum also war Elise das Gesicht gleich so bekannt vorgekommen. Sie kannte es: jünger, das Haar kürzer. Es sah ihr von den Covern der Plattensammlung ihrer Großmutter entgegen. Leonore Mayer, die berühmte Cellistin.

»Ich gebe noch ab und zu Einzelkonzerte. Benefizveranstaltungen. Man braucht Namen, die Qualität spielt eine untergeordnete Rolle.« Mit einem Anflug von Trauer betrachtete sie ihre Hände. »Das Alter nimmt einem die Bewegungsfreiheit, um noch wirklich gut zu sein.«

Stille trat ein. Leonore Mayer ging zu einem niedrigen Tisch vor dem Sofa und drückte den Rest ihrer Zigarette in einem gläsernen Aschenbecher aus. Sie wies stumm auf einen Sessel, dessen Bezüge aus dem gleichen Stoff waren wie die Vorhänge.

»Sie finden dieses Haus sicher furchtbar und fragen sich, wie man darin leben kann.« Sie zündete sich eine neue Zigarette an und blies den Rauch weit ins Zimmer hinein.

»Ich gebe zu, ich habe solche Gedanken gehabt, ja.«

Die Musikerin lächelte wehmütig. »Häuser haben ein Eigenleben, wissen Sie. Sie sind nicht nur Stein und Putz. Ich fand immer, gerade dieses Haus hat einen besonders starken Charakter. Vielleicht, weil der Erbauer ein sehr selbstbewusster Mann war. Das hat etwas mit Stolz zu tun. Als er es baute, wollte er der Welt zeigen, dass er es geschafft hatte.« Sie ließ den Blick durch den Raum wandern. »Es wird sehr leer sein ohne die Sammlungen.«

Elise erinnerte sich an den Kommentar von Luise Winters: ›Es ist nicht der passende Rahmen, war es nie. Eine Stiftung wird sich darum kümmern, einen geeigneteren Ort zu finden.‹ »Warum hat er die Bilder hier gelassen? Die Sicherheitsvorkehrungen hier im Haus sind dem Wert der Sammlung nicht angemessen.«

Leonore Mayer zögerte kaum merklich. »Er wollte sie zeit seines Lebens um sich haben.« Leise fügte sie hinzu: »Er hat viel dafür geopfert.«

Hinter diesem Zusatz, das war Elise klar, verbarg sich ein Teil der Wahrheit, nach der sie suchte.

»Für den Fall seines Todes ist alles geregelt«, fuhr sie fort. »Wissen Sie, er hatte immer Angst davor, dass die Sammlungen einmal Luises Willkür ausgesetzt sein würden. Sie hasst sie.«

»Wieso?«

»Sie glaubt, sie hätten ihr Leben zerstört.«

»Haben sie das?«

»Das kommt darauf an, wie man es betrachtet. Mein Schwager war ein Besessener.«

Da fiel das Wort zum ersten Mal. Elise sollte es noch öfter hören.

Ein müder Zug hatte sich um Leonore Mayers Mund gelegt, der sie ihrer Schwester etwas ähnlicher machte. »Die Kunst, seine Sammlungen waren das einzige im Leben, was ihn wirklich interessierte«, sagte sie. »Ich glaube, er hätte gemordet dafür.«

Elise hörte ihr aufmerksam zu.

Im Hintergrund sang Tamino seine Liebesarie: »Dies Bildnis ist bezaubernd schön …«

»Dieses Anwesen hier hat vor dem Krieg meinem Vater gehört. Mein Großvater hat dieses Haus gebaut, um der Welt zu zeigen, dass er dem

Ghetto, den Pogromen endgültig entwachsen war. Stolz. Das spielt in unserer Familie eine große Rolle. Aber das ist lange, sehr lange her. Er war Kaufmann.« Sie hielt inne, blickte auf ihre Hände. »Wie Winters.«

»Ihre Schwester hat mir gesagt, dass das Haus Ihnen beiden gehört.«

Eine kurze Pause entstand, dann sagte Leonore Mayer: »Winters war vor dem Krieg die rechte Hand meines Vaters. Ein ehrgeiziger, stiller Mann, der sich hochgearbeitet hatte. Mein Vater vertraute ihm völlig, obwohl er noch sehr jung war.«

Elise konnte ihre Nervosität förmlich spüren. Nicht zum ersten Mal, doch deutlicher als zuvor, wurde ihr klar, dass sich die Wahrheit um Hugo Winters' Tod in einer anderen Welt verbarg, zu der sie noch keinen Zugang gefunden hatte.

Welch dunkle Schatten lauerten in den Ecken dieses Hauses, die sich bereits so deutlich auf die Seelen seiner Bewohner gelegt hatten?

Ihr fiel das schwere Goldband auf, das Leonore Mayer am rechten Arm trug. Es saß sehr eng, an einer Stelle, an der es geeignet war, eine bestimmte Tätowierung zu verdecken.

Die Cellistin folgte ihrem Blick. »Ich glaube, es gibt heute Techniken, so etwas entfernen zu lassen«, sagte sie, den Blick starr auf das Armband gerichtet. »Aber so seltsam das klingt, ich hätte das Gefühl, damit einen Teil meines Lebens auszulöschen. Die Nummer hat keine Bedeutung. Was da in mir ist, in meinem Kopf, in meiner Erinnerung, in meinem Herzen und meiner Seele, kann man nicht mit Lasern wegbrennen. Wir, die wir überlebt haben, müssen irgendwie, jeder für sich, einen Weg finden, damit zu leben. Luise hat sich damit sehr schwergetan.« Sie legte den Kopf leicht nach hinten und atmete tief durch, schaute ins Leere. »Mein Vater hat die Nationalsozialisten früh durchschaut. Er wusste, dass ein Tag kommen würde, der es ihm unmöglich machte, seine Geschäfte fortzuführen. Er suchte nach einer Lösung. Winters machte ihm den Vorschlag, die Firma unter seinem arischen Namen weiterlaufen zu lassen. Damals kein ungewöhnlicher Vorgang. Der Spuk würde irgendwann vorbei sein, die Firma dann gerettet. Es wurden Verträge aufgesetzt, mein Vater überschrieb Winters außer der Firma auch seinen privaten Besitz, das Haus hier, der Grund, auf dem es steht, seine Sammlung.«

»Ihr Vater besaß eine Sammlung?«

»Sie war später der Grundstock für die Sammlung Winters. In erster Linie niederländische Malerei. Ich erzähle Ihnen das, Frau Brandt, weil ich möchte, dass Sie Luises Verhalten verstehen. Obwohl mein Vater glaubte die Nazis durchschaut zu haben, verpasste er den Zeitpunkt zur Flucht. Das Schlimmste hatte er sich dann doch nicht vorstellen können. Als klar war, dass es nicht nur um unseren Besitz, sondern um unser Leben ging, war es fast zu spät. Wir entkamen nur knapp, mussten uns verstecken. Wir flohen bei Nacht und Nebel nach Amsterdam, wurden dort versteckt, so lange, bis man uns Papiere für eine Ausreise beschafft hatte. Doch diese Papiere kamen nie. Das Warten wurde zur Qual, jeder Tag gefährlicher. Schließlich flog unser Versteck auf, man deportierte uns.« Sie drückte die Zigarette aus und widerstand dem Drang, sich eine weitere anzuzünden.

Elise hörte stumm zu.

»Luise spricht nicht mit mir über diese Zeit. Aber ich weiß, dass sie bis heute glaubt, dass Winters uns damals verraten hat.«

»Er kannte Ihr Versteck?«, fragte Elise ungläubig.

»Luise ist überzeugt davon. Sie glaubt, dass unser Vater damals Winters um Hilfe gebeten hat. Er vertraute ihm völlig. Als wir nach dem Krieg nach Köln zurückkehrten, ging sie zu ihm. Mein Vater war tot, wir lebten, waren seine Erben. Luise forderte den Besitz zurück, die Firma, das Haus, in dem Winters inzwischen lebte. Er war überrascht, uns zu sehen, hatte uns, ebenso wie unseren Vater, tot geglaubt. Er gab vor, Nachforschungen über unseren Verbleib in die Wege geleitet zu haben, die alle erfolglos gewesen seien. Es war offensichtlich, dass er nicht daran dachte, uns so einfach unser Eigentum zurückzugeben. Er behauptete, die Verträge seien rechtskräftig. Wir besaßen nichts, außer unserem Leben. Nicht einmal irgendetwas, was bewies, dass wir wirklich die waren, die wir behaupteten zu sein. Zu klagen, hätte einen jahrelangen Rechtsstreit nach sich gezogen, den wir weder bezahlen noch psychisch hätten durchstehen können. Winters allerdings erkannte, dass wir dennoch eine Gefahr für seinen guten Ruf darstellten. Er war im Begriff, die Firma neu aufzubauen, war entschlossen, sie größer zu machen, als sie je gewesen war. Er konnte nicht riskieren, dass das Gerücht entstand, er habe die Firma eines im KZ vernichteten Juden gestohlen.« Sie machte eine kurze Pause. »Und er kannte Luises Entschlossenheit. Er wusste, sie hätte niemals aufgegeben. Und so machte er ihr einen unglaublichen Vorschlag.«

»Ein Heiratsantrag«, ergänzte Elise leise.

Leonore Mayer nickte. »Luise erkannte, dass das die einzige Möglichkeit war, das Leben zu führen, von dem sie glaubte, dass es ihr von Geburt her zustand. Deswegen habe ich vorhin von Stolz gesprochen, Frau Brandt. Meine Schwester ist eine sehr stolze Frau. Selbst die Grausamkeit der Nationalsozialisten konnten sie nicht brechen. In ihr Elternhaus, dem Ort der glücklichsten Zeit ihres Lebens, zurückkehren zu können, ihren angestammten Platz in der Gesellschaft zurückzubekommen, bedeutete für sie den Sieg. Selbst wenn sie dafür einen Pakt mit dem Teufel hat eingehen müssen. Und Winters bekam eine Frau, die es verstand, ihn in der Öffentlichkeit perfekt zu repräsentieren. Selbst die Hölle hatte ihrem gesellschaftlichen Schliff nichts anhaben können. Sie hatte einen Namen, der im Gegensatz zu seinem auch im Köln der Nachkriegszeit noch einen Klang hatte.

Sie glaubte, stark zu sein, es schaffen zu können. Doch ich musste mit ansehen, wie sie das Leben an der Seite Hugo Winters' langsam, Stück für Stück, zerstörte. Sie hat es zeitweise nur unter Einwirkung von Alkohol und starken Medikamenten ausgehalten, war mehrmals zu Entziehungskuren in der Schweiz. Irgendwann gab sie den Kampf auf und zog sich hierher zurück. Was Sie heute sehen, ist nur noch ein Schatten.« Und leise fügte sie hinzu: »Sie hat ihre Seele durch die Hölle gerettet, um sie dann doch an den Teufel zu verlieren.«

Elise sah auf ihre Hände. Sie versuchte sich vorzustellen, fünfzig Jahre mit einem Mann verheiratet zu sein, den man insgeheim bezichtigte, den eigenen Vater ermordet, einen selbst der Verdammnis ausgeliefert und die materielle Existenz geraubt zu haben.

Leonore Mayer lächelte. »Ihr jungen Menschen heute könnt das nicht nachvollziehen. Der Gedanke, in die Hölle verfrachtet zu werden, ohne Unrecht getan zu haben, verwirrt den Geist. Luise hat mir einmal erzählt, dass allein der Gedanke an dieses Haus, an die Jahre hier vor dem Krieg, sie vor dem Irrsinn im Lager bewahrt hätten. Sie wollte hierher zurückkehren, unter allen Umständen. Ich hatte mehr Glück. Ich hatte meine Musik. Auch im Lager. In meinem Kopf und in meinem Herzen. Sie war meine Heimat, meine Zuflucht. Außerdem war ich ein Kind, Luise schon erwachsen. Kinder haben einen unbezwingbaren Willen zum Leben.«

»Haben Sie Ihren Schwager gehasst?«

Die Antwort kam schnell. »Nein. Ich urteile nicht über Menschen in Extremsituationen. Und in dieser waren wir alle damals. Vielleicht hat Winters eine Chance gesehen und zugegriffen. Vielleicht war er zu schwach für die Verlockung. Er kam aus einfachsten Verhältnissen, und der Topf am Ende des Regenbogens war randvoll gefüllt. Er war auf der einen Seite, wir auf der anderen. Leider auf der falschen. Wie hätte ich gehandelt, wenn es andersherum gewesen wäre, mich die Nazis hofiert, mir eine Ausbildung, die Möglichkeit gegeben hätten, mein musikalisches Talent auszuleben? Ich habe nicht die Fähigkeit, jahrzehntelang zu hassen. Anderes war mir wichtiger. Nach dem Krieg hat sich Winters mir gegenüber den Umständen entsprechend durchaus anständig verhalten. Im Übrigen, für mich gilt der Grundsatz: Im Zweifel für den Angeklagten. Dass mein Vater, was unsere Flucht betraf, sich hilfesuchend an Winters wandte, ist nach wie vor unbewiesen. Vater hat es uns nie gesagt. Er wollte nicht, dass wir etwas darüber wissen.«

Glaubte sie ihr? War ihre Nonchalance nur gespielt? Vielleicht hatte sich unterschwelliger Hass jahrzehntelang genährt, nur um endlich zum Ausbruch zu kommen? War diese zierliche, hochbegabte Frau wirklich fähig, das alles aus ihrem Leben auszuschließen? Elise wusste sehr gut, dass die Fähigkeit, einmal erlebten Schmerz über weite Strecken auszublenden, absolut notwendig war, um ein Überleben zu sichern. Die Motorik des Verdrängens.

Leonore Mayer lächelte, als könne sie ihre Gedanken lesen. »Das hört sich großzügiger an, als es ist. Winters hat auch mich bezahlt. Ausbildung, Konservatorium, die besten und teuersten Lehrer, und schließlich sogar ein Cello von Stradivari. Im Grunde verdanke ich meine Karriere ihm und seinen Beziehungen, die ebenso wichtig sind wie Talent. Sein Ruf war ihm viel Geld wert.«

»Man könnte das als Zeichen eines schlechten Gewissens werten.«

»Aber es bleibt eben Auslegungssache. Ich kann ihn nicht verurteilen. Ich hatte nie einen schlüssigen Beweis für seine Schuld.«

»Ist Ihnen irgendetwas am Verhalten Ihres Schwagers aufgefallen in den vergangenen Wochen? War er anders? Tat er Dinge, die er vorher nicht getan hat?«

»Er hatte sich verändert.«

Elise horchte auf. »Inwiefern?«

»Er zog sich noch mehr zurück. Er schien von irgendetwas gefesselt, so sehr gefesselt, dass es seine ganze Aufmerksamkeit in Anspruch nahm. Und er sprach oft vom Tod. Dass er nicht mehr viel Zeit hätte und noch eine Aufgabe zu erfüllen.«

»Eine Aufgabe?«

»So sagte er.«

»Ich habe im Arbeitszimmer Ihres Schwagers keinerlei Papiere gefunden oder Hinweise darauf, woran er gearbeitet haben könnte.«

»Nein, nein. Er war selten hier.« Eine Art lauernder Spannung lag plötzlich zwischen ihnen.

»Er arbeitete woanders?«

Die Cellistin stand auf und wandte sich ab. Sie hatte sich erneut eine Zigarette angesteckt, und die blauen Wolken kräuselten sich in der Luft, formten seltsame Gebilde. »Er arbeitete in der Wohnung seiner Geliebten.«

Es durchfuhr Elise wie ein Blitz. Der Friedhof, die Beerdigung, die rote Rose auf dem Sarg des Millionärs! Eine einzige rote Rose. Das Zeichen der Liebe …

»Die Wohnung läuft auf den Namen der Frau. Sie liegt, glaube ich, in einem Haus in der Gymnicher Straße, in der Nähe der Universität.«

»Wie heißt sie?«

»Francine Moreau.« Leonore Mayer stand wieder am Fenster und starrte in den Regen hinaus.

»Weiß Ihre Schwester davon?«

»Ja. Winters hat daraus kein Geheimnis gemacht. Sie hat ihn auch zu offiziellen Anlässen begleitet. Ab und an. Trotzdem war er sehr diskret. Das war er immer, auch in der Vergangenheit«, fügte sie leise hinzu. Es bereitete ihr sichtlich Unbehagen, darüber sprechen zu müssen. Sie hatte die schmalen Schultern hochgezogen.

Winters, der Multimillionär, der Macher, war seinem grabähnlichen Palast entflohen und lebte gemeinsam mit seiner Geliebten als einer unter vielen, wie ein verliebter Student in einer Mietwohnung in einem Viertel hinter der Universität? Wie viele Überraschungen mochten noch auf sie warten?

Elise konnte sehen, wie es in Leonore arbeitete. Im Hintergrund hob die Königin der Nacht zum hohen C an. Die Rachearie einer stolzen, verletzten Frau.

»Sie glauben doch nicht etwa, dass Luise jemanden bezahlt hat, um Winters töten zu lassen?«, fragte die Cellistin zögernd.

»Ich halte alles für möglich.« Elise blieb vage.

»Das ist doch absurd!«

Elise trat einen Schritt näher an sie heran. Sie roch den schwachen Duft eines blumigen Parfums, das sich mit dem kalten Rauch vermischte. »Haben Sie nicht selber daran gedacht, Frau Mayer? Haben Sie mir nicht deshalb all das über Ihren Schwager und seine Vergangenheit erzählt, um mir zu zeigen, was für ein Mensch er war, und damit die Verhaltensweise Ihrer Schwester in einem anderen, sanfteren Licht erscheinen zu lassen? Wollen Sie mir weismachen, dass Sie nicht daran gedacht hatten, als Sie in Barcelona vom gewaltsamen Tod Hugo Winters' erfuhren?«

Die Cellistin schloss langsam die Augen. Sie schlang die Arme um sich selbst, als sei sie plötzlich einem eisig kalten Wind ausgesetzt.

7
Nürnberg 1484

Die Sonne scheint hell und freundlich über der Messe- und Handelsstadt, als der junge Albrecht an einem schönen Märztag des Jahres 1484 die Gasse unter den Vesten hinunterläuft. Beschwingt legt der Dreizehnjährige die Wegstrecke zurück, genießt die seltenen Augenblicke der Freiheit, wenn ihn der Vater losschickt, um Besorgungen zu machen oder anderen Handwerkern etwas auszurichten.

Es ist ein traditionelles Handwerkerviertel, das obere Viertel der Pfarrei St. Sebald, wo der Vater 1475 das Eckhaus »Unter den Vesten«, an der Ecke zur Burgstraße, am Fuße der Nürnberger Burg um 200 Gulden erworben hat.

In unmittelbarer Nachbarschaft leben ebenso Kaufleute wie einige wenige Patrizier. Ein bunt gemischtes, betriebsames Völkchen, das eng zusammenhält und den Ruf der Stadt weit über seine Mauern hinausträgt.

Die Aufgeschlossenheit allem Neuen gegenüber, gottesfürchtiger Fleiß und Bescheidenheit trotz gut gehender Geschäfte werden prägend sein, in einer Epoche des Um- und Aufbruchs.

Aus den schmalen, windschiefen Fachwerkhäusern entlang der verwinkelten Gassen dringen auch an diesem Morgen die Albrecht so vertrauten Geräusche, das Hämmern und Schleifen und Kratzen; Kinder spielen vereinzelt im Schatten der hohen Häuser auf der Straße, die Hausfrauen und Mägde kehren die Flure aus oder rufen sich über die Straße hinweg Grüße zu. Hier ist er zu Hause, hier kennt er die meisten der Anwohner, die Goldschmiede und Drucker, Kaufleute, Tuchhändler und Papierhersteller. Gerade erst hat er die Lateinschule von St. Lorenz hinter sich gebracht, um nun endlich in der Werkstätte des Vaters als Lehrling anfangen zu können. Schon juckt es ihn in den Fingern. Helfen will er dem Vater und gelehrig sein, dass er stolz auf ihn ist.

Das Pflaster unter seinen Füßen ist uneben und holprig, und er weicht mit jugendlichem Übermut immer wieder den Pfützen aus, die sich in den Vertiefungen bilden, und dem Unrat aus den Häusern, den die Anwohner aus ihren Fenstern kippen.

Er grüßt freundlich nickend die wenigen Bekannten, die er trifft, und saugt überschwänglich die klare Luft ein. Endlich kommt das erste Ziel seines Ausflugs in Sicht, die Werkstatt vom Paten Koberger am Egidienplatz.

Und wieder staunt er über das Leben und geschäftige Treiben, das in der Werkstatt des Alten vorherrscht, dessen Druckereibetrieb zu einem der größten und modernsten in Europa zählt. Anton Koberger unterhält Niederlassungen in sechzehn Städten, darunter Basel und Wien, Krakau, Lyon und Paris, Straßburg und Venedig. Einige der bedeutendsten gedruckten Werke der damaligen Zeit werden in seiner Werkstatt hergestellt, die Nürnberger Reformation von 1484, Stephan Fridolins Schatzbehalter, und natürlich Schedels Liber Chronicarum, mit 1809 Holzschnitten das bis dahin am aufwändigsten illustrierte Werk. Stets verkehren die interessantesten Leute in seinem Hause, trifft man auf fremdländisch gekleidete Händler und Kaufleute, die ein seltsames Kauderwelsch sprechen.

Wie stets betritt Albrecht mit klopfendem Herzen die Werkstatt, atmet den Duft der Druckerschwärze ein, hört das Lärmen und Lachen der über hundert Gesellen, der Setzer, Korrektoren, Drucker, Possilierer, Illuministen, Komponisten und Buchbinder an den vierundzwanzig Druckerpressen, die niemals still stehen. Sie begrüßen ihn, frotzeln mit ihm, stupsen ihn an. Bei dem einen oder anderen bleibt er stehen, sie zeigen ihm, was die knarrenden Pressen an Neuem hervorgebracht haben, und es ist jedes Mal wieder ein Wunder. Am meisten interessieren ihn die Holzschnitte, die Illustrationen der Bücher. Längst schon hängt sein Herz daran, und im Geheimen wünscht er sich nichts sehnlicher, als dieses Handwerk zu erlernen. Doch er hat nicht den Mut, mit dem Vater zu sprechen, der so fest davon ausgeht, dass er die Goldschmiedewerkstatt übernehmen wird. Pate Koberger weiß von seinen Sehnsüchten und unterstützt ihn, doch das Gespräch mit dem Vater kann er ihm nicht abnehmen.

Schließlich entdeckt Albrecht seinen Paten, der im Hintergrund mit einer seltsam vermummten Gestalt in ein Gespräch vertieft ist. Koberger winkt ihn zu sich.

Der Mann ist gänzlich in einen Umhang aus schwarzem Leinen gehüllt, der aussieht, als habe dieser einen langen Weg auf staubigen Straßen hinter sich. Als Albrecht zu ihnen tritt, legt der alte Koberger ihm lächelnd einen seiner schweren Arme auf die Schulter. »Das ist mein Patensohn, Signor Clementi, der Albrecht«, sagt er stolz. »Sein Vater hat eine Goldschmiedewerkstatt, hier ganz in der Nähe an der Burgstraße.«

Der Angesprochene nickt kurz. Die Kapuze des schwarzen Umhangs ist tief ins Gesicht gezogen, sodass fast nur die untere Partie seines hageren, langen Gesichtes, das spitz zulaufende Kinn mit dem tiefschwarzen Barthaar, deutlich zu sehen ist. Unter einer schmalen, nach unten gebogenen Nase, von dessen Flügeln zwei tiefe Falten rechts und links nach unten laufen, liegt der schmallippige Mund. Die Haut des hageren Fremden mit den gebeugten Schultern ist pergamentartig und von ungesund gelblicher Farbe. Ein eigenartiger, staubiger Geruch durchmischt von den schwachen Ausdünstungen verschiedener Kräuter, wie sie die Mutter in der Küche verwendet, entströmt dem Leinenumhang, in dessen weiten Ärmeln er seine Hände verbirgt. Ein unheimlicher Geselle, durchfährt es Albrecht. Er spürt zwei neugierige Augen aus dem Halbdunkel der Kapuze auf sich gerichtet. Unwillkürlich drückt er sich fester an die massige, bodenständige Gestalt seines Paten.

»Signor Clementi kommt aus Venedig«, erklärt Koberger nicht ohne Stolz. »Er will, dass ich ein Buch für ihn drucke.«

Der Fremde sagt nichts, starrt stumm auf den Knaben hinab, der sich zusehends unbehaglicher fühlt.

Koberger lacht kehlig. »Maler will er werden, unser Albrecht, und Kupferstecher!« Er drückt den Knaben freundschaftlich an seine Seite.

Clementi nickt stumm.

»Der Vater lädt dich für heut Abend zum Essen ein«, sagt Albrecht leise, ohne den Venezianer dabei aus den Augen zu lassen.

»Schön«, sagt Koberger. »Richt ihm aus, ich komm gern.« Er nimmt den Arm von Albrechts Schulter.

Der ist froh, dass er gehen kann. Er nickt dem Venezianer kurz zu und entfernt sich. Bevor er die Werkstatt verlässt, wendet er sich noch einmal um und sieht, dass der Fremde, der noch immer bei Koberger steht, ihm versonnen nachblickt.

8

Elise hasste es, bei Regen zu fahren. Die Gischt der Fahrzeuge vor ihr hüllte sie in einen feinen, sprühenden Nebel, und die Scheibenwischer hatten Mühe, ihr die Sicht zu ermöglichen. Der verhangene Himmel, so dicht, so grau in grau, als habe jemand ein farbenfrohes, impressionistisches Gemälde mit profaner Wandfarbe überstrichen, lastete förmlich auf ihr.

Einige Fahrzeuge hatten ihre Lichter angeschaltet, und die Spiegelung der Scheinwerfer auf den regennassen Straßen blendete sie.

Der Verkehr war dicht, wie immer um diese Zeit. Sie spürte eine seltsame Unruhe in sich, fluchte mehrmals, hupte zweimal ungeduldig, fuhr aggressiver als sonst.

Die Gymnicher Straße liegt direkt hinter der Universität, deren Nähe darauf schließen ließ, dass hier überwiegend Studenten wohnten. Sie zweigte von einer breiten, belebten Einkaufsstraße ab, die von den zwei Spuren einer Straßenbahnlinie beherrscht wurde.

Sie quetschte ihr Auto in eine schmale Parklücke und stieg aus. Der Regen peitschte ihr ins Gesicht.

Das Haus Nummer 4 war ein grober, klotziger Bau. Ein Haus wie ein Bienenstock, mit zahlreichen aneinandergefügten Waben, anonym und unauffällig. Niemand konnte sich vorstellen, dass dieses Haus das geheime Liebesnest eines Multimillionärs beherbergte.

Francine Moreau hatte sich nicht bei der Polizei gemeldet. Hatte sie Angst? Angst vor Luise Winters, vor einer Bloßstellung in der Öffentlichkeit? Vor Elises innerem Auge leuchtete die rote Rose. Sie war da gewesen, hatte ihrem Geliebten die letzte Ehre erwiesen.

Die Eingangstür war aus klarem Glas und gab den Blick auf einen langen dunklen Flur frei. Sie studierte die Namen auf den Klingelknöpfen und fand einen, unter dem von Hand auf einem Schildchen in eleganter, verschnörkelter Schrift F. Moreau geschrieben stand. Sie betätigte die Klingel und wartete.

Als keine Reaktion erfolgte, schellte sie kurz entschlossen im Erdgeschoss. Nach wenigen Sekunden ertönte ein Summen, und sie konnte die Haustür öffnen.

In dem schlecht beleuchteten Flur roch es nach nassem Hund. Auf der rechten Seite waren zahlreiche Briefkästen angebracht. Sie warf einen kurzen Blick auf den Kasten mit dem Namenszug Moreau. Er schien leer zu sein.

Elise blickte nach vorn. Am Ende des Ganges lag ein verschachteltes Treppenhaus mit Aufzug. Links von ihr öffnete sich eine Tür. Ein junger Mann, etwa fünfundzwanzig, barfuß, nur mit einer Jeans bekleidet, erschien im Türrahmen und betrachtete sie nicht uninteressiert. »Ja?«

Sie entschuldigte sich für die Störung und hielt ihm ihren Ausweis unter die Nase.

Enttäuscht zog er die Mundwinkel nach unten. Seine Haltung wurde steif, er schien jetzt auf der Hut.

»Kennen Sie Francine Moreau?«

»Klar. Dritter Stock. Apartment 34«, antwortete er und fügte überrascht hinzu: »Wollen Sie sagen, die suchen Sie?«

»Ja. Was ist daran so ungewöhnlich?«

Der blonde Jüngling, dessen Haarfarbe noch unechter war als Elises angebliche Designerjeans, verzog seinen Mund zu einem nicht unattraktiven Lächeln und verschränkte die Arme vor der Brust. »Ich kenne hier im Haus einige Leute, für die Sie sich mehr interessieren würden.« Er kam einen Schritt näher, schien ihre Dienstmarke schon wieder vergessen zu haben und sagte leise: »Die passt hier nicht rein. Ein Gehabe wie ein Model, teure Kleider, teurer Schmuck, Parfums, nach denen der Flur noch zwei Stunden später stinkt. Die würde eher nach Paris passen oder so – aber hier?«

»Sie scheinen ja mehr über sie zu wissen?«

Der Blondschopf wurde verlegen. »Man hat ja schließlich Augen im Kopf. Aber die steht nicht auf jung. Die hat es mehr mit den Älteren, die gut zahlen können.« Er grinste. »Wenn Sie verstehen, was ich meine.« Plötzlich schien ihm ein Licht aufzugehen. »Ist die etwa eine Professionelle? Suchen Sie sie deswegen?«

»Kommen häufig wechselnde Herren?«

»Eigentlich nicht. Nur einer, gut angezogen, weiße Haare, kleiner Schnurrbart. Stinkt meilenweit nach Geld. Erstaunlich, dass man in dem Alter noch so oft kann.«

»Oder beruhigend. Wie man es nimmt«, sagte Elise und wandte sich ab. »Danke.«

Der Blonde blieb stehen und sah zu, wie sie sich Richtung Aufzugstür bewegte.

In dem Augenblick, in dem sie die Hand an die Aufzugstür legte, um sie aufzuziehen, fuhr dieser an. Jemand musste in einem der oberen Stockwerke gedrückt haben. Sie entschied sich für die Treppe. Zwei Stufen auf einmal nehmend, kletterte sie empor. Im Vorbeigehen bemerkte sie, dass die Wohnungen nur durch einen Außenbalkon zu erreichen waren, der vom Treppenhaus durch eine verglaste Schwingtür abgetrennt war. Sie hörte eine Tür klappen und das Summen des Aufzugs, der wieder nach unten fuhr. Er hatte im dritten Stock gehalten. Elise blieb stehen. Die Moreau? Sie drehte um, lief zurück und erreichte das Erdgeschoss in dem Moment, in dem sich die Aufzugstür öffnete.

Er trug eine Art Aktenkoffer bei sich, silberfarben, mittelgroß, wirkte nervös und hatte hektisch gerötete Wangen, die trotz seines dunklen Teints auffielen. Beide waren im ersten Augenblick so überrascht, dass sie wie erstarrt stehen blieben.

Elises Gesicht spiegelte sich in den dunklen Gläsern seiner Brille, hinter denen seine Augen sie abschätzend beobachteten. Es war so still, dass sie sein gehetztes Atmen hören konnte.

Er fasste sich zuerst, machte unerwartet einen Schritt nach vorn und stieß ihr den Koffer vor die Brust. Sie hatte die Treppenstufen hinter sich, ruderte mit den Armen und fiel. Er rannte den kurzen, schmalen Gang hinunter Richtung Haustür. Noch im Liegen zerrte Elise ihre Dienstwaffe hervor und schrie: »Stehen bleiben oder ich schieße!«

Er hatte bereits die Tür geöffnet und tat nun etwas Merkwürdiges: Er blieb stehen, die freie Hand auf der Klinke. Langsam wandte er sich zu ihr um.

Elise war aufgestanden und kam langsam mit gezogener Waffe auf ihn zu.

Jetzt erst riss er die Tür ganz auf und stürzte hinaus. Es goss in Strömen. Sein schwarzer Mantel blähte sich im Wind und flatterte hinter ihm. Er lief auf die belebte Einkaufsstraße zu. Elise blieb dicht hinter ihm. Das ihr entgegenpeitschende Regenwasser rann ihr in kleinen Bächen das Gesicht hinunter und nahm ihr die Sicht. Binnen weniger Sekunden war sie nass bis auf die Haut. Er lief die Straße hinunter, sicher, dass sie in der Öffentlichkeit nicht auf ihn schießen konnte, ohne Gefahr zu laufen, einen unschuldigen Passanten zu treffen. Eine Straßenbahn kroch neben ihr die Straße hinauf und versperrte ihr kurzzeitig die Sicht. Er hatte die Straßenseite gewechselt. Sie ahnte, dass er vorhatte, in die Bahn zu steigen, die jetzt an der Haltestelle hielt. Sie umrundete sie und sah die schwarzen Schöße seines Mantels im Inneren des Wagons verschwinden. Die Türen schlossen sich, die Bahn fuhr an, als sie sie endgültig erreichte. Er war an der Tür stehen geblieben, hatte die Brille abgenommen, strich sich das schwarze, glänzende Haar aus der Stirn und legte die Hand flach auf die Scheibe, was ironischerweise wie die zärtliche Abschiedsgeste eines Liebhabers wirkte.

Seltsam, dachte Elise, da ist nicht einmal der Anflug eines Triumphes, dass er den Zweikampf gegen mich gewonnen hat.

Sie blieb stehen und sah der Bahn nach, die langsam kleiner wurde und verschwand.

Einige Passanten sahen sie erschrocken an, als sie die Waffe in ihrer Hand entdeckten. Sie empfand keine Wut, war nur zu Tode erschöpft und so nass, dass sie das Gefühl hatte, ihre Haut würde sich von den Knochen lösen. Sie kehrte zurück zum Haus in der Gymnicher Straße. Sie drückte noch einmal auf den Klingelknopf, der den Namenszug Francine Moreaus trug, doch wieder öffnete niemand.

Noch einmal klingelte sie bei dem Blonden, ließ ihn aber, nachdem er aufgedrückt hatte, ohne ein weiteres Wort im Flur stehen und stieg über die Treppe in den dritten Stock hoch. Sie betrat den Außenflur durch eine der Schwingtüren. Das Apartment Nr. 34 lag am Ende des Ganges. Ein greller Blitz, gefolgt von entferntem Donnergrollen, durchzuckte den Himmel. Elise näherte sich Schritt für Schritt und blieb vor der Tür stehen. Sie zog ihre Dienstwaffe aus dem Halfter unter ihrer Jacke und trat einen weiteren Schritt vor. Die Tür zur Wohnung stand offen.

9
Nürnberg 1484

Er muss noch einige Besorgungen für den Vater machen und genießt die freie Zeit, in der er in der Stadt herumstreifen kann.

Auch wenn sich die hagere, vermummte Gestalt aus der Werkstatt seines Paten hartnäckig weigert, aus seinem Gedächtnis zu verschwinden. Jener Blick aus dem Halbdunkel.

Eine Gruppe Lateinschüler, sittsam in Reih und Glied, kommt um die Ecke, angeführt von Pater Anselmus. Sie gehen zum Unterricht. Er selbst hat eine der Schreib- und Rechenmeisterschulen besucht wie viele Sprösslinge der Kaufmänner und Handwerker der Stadt. Dennoch kennt er Pater Anselmus gut, war er doch sein Beichtvater. Sie nicken sich aus einiger Entfernung zu. Albrecht liebt es, so durch die Gassen zu wandern und die Menschen in ihrer Alltäglichkeit zu beobachten. Später wird er es auf seinen Reisen ebenso halten, still den Menschen zusehen, während sie alltägliche Handgriffe tun, und die Skizzen, die er von ihnen anfertigt, werden seinen Kupferstichen und Zeichnungen jene einzigartige Lebendigkeit verleihen, die in der darstellenden Kunst der damaligen Zeit des »komponierten«, nach strengen Regeln gefertigten Bildes so selten ist. Die Schönheit des unspektakulären Alltäglichen, ein Hase, ein Rasenstück, ein Krebs an einem Stand auf dem Fischmarkt, zieht ihn in ihren Bann. So gibt es schon für den Knaben immer wieder Neues, Aufregendes zu sehen, fremdländische Kaufleute aus aller Welt in ihren seltsamen Kostümen, Haar- und Barttrachten, und es juckt ihn in den Fingern, sie sofort mit Silberstift auf Papier festzuhalten.

Die Aussicht, wie der Vater seine Tage in einer schlecht beleuchteten, muffigen Werkstatt zu verbringen, bis der Rücken krumm, die Augen schlecht geworden sind und die Hände zittern, wo es so viel Neues, Faszinierendes in der Welt zu entdecken gibt, das es lohnt, für die Nachwelt festgehalten zu werden, lockt ihn nicht mehr. Da ist der Buchdruck, jene noch fremd anmutende neue Technik, die die Welt, das ahnt er, ja, weiß er, auf einmalige Weise für alle Zeiten verändern wird.

Der Umgang mit Pinsel, Feder und Silberstift ist seine Berufung. Ein Gedanke lässt ihn nicht mehr los: Er müsste in einer der Malerwerkstätten in die Lehre gehen, bei Wolgemut vielleicht, dem Nachbarn, nur ein paar Häuser weiter. Der Vater und er kennen sich. Das wäre sein Traum! Doch noch sieht die Realität anders aus.

Er kommt am Schopperhaus am Hauptmarkt vorbei, wo alljährlich die seit einem von Kaiser Sigismund 1424 erlassenen Edikt in Nürnberg aufbewahrten Reichsinsignien auf einem hohen Holzgerüst, dem sogenannten Heiltumsstuhl, ausgestellt werden. Dass die Kaiser ihre Reichsinsignien der Stadt Nürnberg zur Aufbewahrung überlassen haben, macht aus der alten Handelsstadt eine Stadt von Bedeutung, die sich seither auf eine Stufe stellen kann mit dem Krönungsort Aachen und dem Wahlort Frankfurt. Ein Umstand, der dazu beiträgt, dass die vierzigtausend Bürger der Stadt ihre Köpfe hocherhoben tragen. Die jährlich an jedem zweiten Freitag nach Ostern stattfindende Präsentation der Reichsinsignien ist ein hoher Feiertag für Nürnberg. Ein großes Ereignis, das die Menschen, Einheimische wie Gäste, magisch anzieht. Jetzt würde es bald wieder so weit sein. Zahlreiche Arbeiter hämmern und klopfen an dem Holzgerüst, dessen Galerie mittels eines Stegs mit dem Schopperhaus verbunden ist.

Schon 1356 hatte man Nürnberg in der goldenen Bulle als die heimliche Hauptstadt des Heiligen Römischen Reiches Deutscher Nation bezeichnet, Maße und Gewichte, die Nürnberger Münze, sind maßgebende Bezugspunkte im europäischen Handel, das Angebot der Nürnberger Märkte an vielen Orten Ausgangspunkt für die Preisberechnung. Von der Ostsee kommen Bernstein, gesalzener Fisch und Pelze in die Reichsstadt, aus Ungarn und Böhmen Gold, Silber und Kupfer, aus Venedig kostbare Seide. Aus den Niederlanden bezieht man hochwertiges Tuch, das, kunstvoll verarbeitet, wie die Präzisionsgeräte aus Metall und die verschiedensten wissenschaftlichen Instrumente exportiert wird, Letztere maßgeblich nach Polen und Portugal. Nürnberg liegt geografisch auf einer der zwei Hauptachsen des europäischen Fernhandels und nutzt diese hervorragende Position weidlich aus.

Als Albrecht am späten Nachmittag in die Werkstatt des Vaters zurückkehrt, erwartet ihn eine Überraschung. Es ist der Venezianer aus Kobergers Druckerei. Ein schmerzhafter Stich durchfährt ihn. Clementi hält dem Blick des Jungen stand und streift sich langsam die Kapuze vom Kopf.

»Mein Sohn Albrecht«, sagt der Vater, ohne aufzublicken.

»Wir kennen uns bereits.« Die Stimme des Italieners ist dunkel und tief, und er spricht mit deutlichem Akzent. Dennoch versteht man ihn gut. Albrecht schließt daraus, dass er bereits länger in der Gegend weilt. »Wir haben uns bei Signor Koberger getroffen.«

Er lässt Albrecht nicht aus den Augen. Der Junge wagt sich kaum zu rühren. Das hagere Gesicht mit den eingefallenen Wangen, der spitzen Nase und der hohen Stirn leuchtet bleich im Halbdunkel. Der Kopf ist fast kahl. Albrecht erkennt, dass er eine Tonsur trägt.

»Ich denke, es ist zu machen«, unterbricht der alte Dürer das stumme Zwiegespräch. »Allerdings wird es nicht billig, und es braucht Zeit.«

»Das Geld spielt keine Rolle«, sagt Clementi. »Aber ich wäre dankbar, wenn Ihr den Auftrag vorziehen könntet.«

Albrecht nutzt die Gelegenheit und geht schnell zum Vater hinüber. Er wirft einen Blick auf die Papiere. Es sind Entwürfe für zwei kunstvolle Leuchter und einen Pokal.

»Sagt mir, wann Ihr liefern könnt«, fährt der Italiener fort, »und ich werde kommen, um es abzuholen.« Er bewegt sich mit langsamen, bedächtigen Schritten auf den Goldschmied und seinen Sohn zu und zieht den rechten Arm aus dem linken Ärmel der Kutte. Ein speckiges Ledersäckchen kommt zum Vorschein, das er auf die Werkbank legt, ohne die beiden Männer dabei aus den Augen zu lassen. »Das dürfte die Unkosten decken.«

Der Goldschmied nimmt das Säckchen und zählt die Münzen, blickt auf und nickt. »In drei Monaten.«

»Gut.« Abrupt wendet Clementi sich ab und zieht sich die Kapuze wieder über den Kopf. Er ist schon im Begriff, die Werkstatt zu verlassen, als er plötzlich an einem kleinen Holztisch stehen bleibt, der als Ablage für Werkzeuge benützt wird. Er greift nach einem Blatt Papier, das auf dem Tisch liegt, und hält es schräg gegen das wenige Licht geneigt, das durch eines der kleinen Fenster in den Raum dringt. Es ist eine Zeichnung von Albrecht, ein Selbstbildnis. Das erste seines Lebens. Ein bisschen mangelt es ihm noch an der Proportion, doch es ist von erstaunlicher Kunstfertigkeit.

Langsam lässt Clementi das Blatt sinken und wendet sich zu Albrecht um. Wieder bohren sich seine Blicke in den Körper des Goldschmiedsohns, als wolle er direkt hineinfahren in seine Seele.

»Ja, ja, der Albrecht«, sagt der alte Dürer und legt dem Sohn eine Hand auf die Schulter. »Hat ein Gefühl in den Händen. Das wird einmal ein guter Goldschmied.«

»Sie ist von dir?« Er spricht den Jungen direkt an und hebt die Hand wieder in die Höhe. Der gebannte Blick des Venezianers scheint ein Erkennen zu zeigen, um ein Talent, das man einmal einzigartig nennen wird. Und auch wenn er es nicht ausspricht, in diesem Augenblick ist Albrecht klar, dass sie sich wiedersehen werden.

10

Avide fuhr nur zwei Stationen, stieg dann aus und kämpfte sich durch den Regen zum nächsten Taxistand durch. Er nannte dem Fahrer, der nicht begeistert war, dass er ihm seine Sitze nass tropfte, seine Adresse und ließ sich erschöpft nach hinten sinken. Als das Taxi anfuhr, sah er nervös durch die Heckscheibe hinaus auf die Straße. Das Regenwasser lief in kleinen Sturzbächen über die Scheibe und ließ die Welt draußen verzerrt erscheinen.

Die linke Hand ruhte auf dem Koffer, der neben ihm auf dem Sitz stand.

Er schloss die Augen. Helle Blitze durchzuckten das Dunkel und schließlich ein weißes Gesicht, verzerrt im Todeskampf, eingerahmt von rotem, wallendem Haar, das sich vom hellen Parkett abhob. Die Augen, das Weiß der Augäpfel von zahlreichen dunkelroten Äderchen durchzogen, blickten schreckensstarr in die Ewigkeit. Er hatte gespürt, wie der schlanke Körper, gehüllt in ein Negligé, langsam an Wärme verlor und unter seinen Händen erstarrte.

Der dunkelrot geschminkte Mund, volle, verführerische Lippen, war halb geöffnet wie zu einem Schrei. Auf dem schlanken Hals traten die Würgemale hervor, die sich langsam vom blassen Schemen zum eindeutigen Mal entwickelten, wie die Fotografie in einem Entwicklerbad.

Der Mörder hatte Spuren auf ihrem Hals hinterlassen, blassrote Spuren auf totenbleicher Haut. Francine Moreau trug ein pfirsichfarbenes Negligé aus reiner Seide. Sie hatte den Täter wahrscheinlich nicht erwartet, ihm aber ohne weiteres die Tür geöffnet, nichts zeugte von einem gewaltsamen Eindringen.

Elise wandte den Blick ab und griff zu ihrem Handy.

Sie nutzte die Zeit, bis die Heerscharen der Spurensicherung und der Gerichtsmedizin über die Wohnung herfielen, um sich ungestört ein Bild zu machen.

Die Wohnung war einfach geschnitten und größer, als sie es sich vorgestellt hatte; vier weiß lackierte Türen lagen an einem schmalen Flur, der auf halber Höhe um die Ecke bog. Der Boden war mit Parkett belegt. Sie sah kostbare Teppiche und an den hell gestrichenen Wänden Grafiken in schmalen Goldrahmen, Klee und Miró, vermutlich echt. Vorsichtig stieg sie über das Opfer in der Mitte des Flures. Sie streifte sich Handschuhe über und öffnete eine der Türen. Es war ein Schlafzimmer, großes französisches Bett, ein Kleiderschrank, der die ganze Wand einnahm. Auch hier Parkett und ein großer Teppich, der ein Vermögen wert sein musste. Der Kleiderschrank war geöffnet, leere Bügel lagen auf dem Boden verstreut, auf dem Bett ein geöffneter, halb gepackter Koffer. Sie ging zum Schrank: Kleider für alle Gelegenheiten, die großen Marken waren vertreten, grob geschätzt etwa zwanzig Paar Schuhe. Hugo Winters war ein großzügiger Gönner gewesen.

Hinter der letzten verschlossenen Tür fand sie schließlich Anzüge, Hemden, Herrenunterwäsche, alles ebenfalls von bester Qualität. Auf einer antiken Schminkkommode mit hohem dreigeteiltem Spiegel befanden sich zahlreiche Schminkutensilien. Ein großes Kästchen aus poliertem Holz mit filigranen Einlegearbeiten fiel ihr auf. Sie hob den

Deckel an, es war nicht verschlossen. Exquisiter Schmuck: Ringe, Armbänder, Colliers. Nichts war durchwühlt, alles lag an seinem Platz.

Auch der Rest der Wohnung war unangetastet, nicht einmal geöffnete Schubalden. Ein weiterer Raum lag am Ende des Ganges. Er war als Arbeitszimmer eingerichtet. Die Schubfächer des Schreibtisches waren geschlossen, Papiere und Schreibutensilien lagen so, als sei Winters eben aufgestanden und aus dem Raum gegangen. Auch die Bücher in den Regalen, größtenteils Kunstbände, schienen unberührt.

Inzwischen war Michael Widmer eingetroffen und mit ihm die Spurensicherung.

»Erwürgt mit bloßen Händen.« Aus dem Flur drang donnernd die Stimme des Chefs der Gerichtsmedizin. Gianfranco Bley, der die hünenhafte Gestalt seinem deutschen Vater und den melodischen Vornamen, den dunklen Teint, die vollen schwarzen Haare und den glühenden Blick seiner italienischen Mutter verdankte, verzog die Lippen zu einem breiten Lächeln, als er Elise erblickte. »Meine Lieblingskommissarin«, sagte er und verbeugte sich galant.

»Mein Lieblingspathologe«, konterte sie. »Fehlt nur noch eine Leiche. Ah, da haben wir sie schon!«

Bley lachte. Dann wurde er ernst. »Sie ist kaum zwei Stunden tot. Schade. So eine schöne Frau. Man könnte nekrophil werden.«

Elise fühlte sich elend, und ihre klammen Sachen klebten am Körper. »Erwürgt?«

»Ja. Geradezu klassisch. Eine typische Affekttat. Ich glaube, nicht geplant.«

»Dumm gelaufen«, sagte Widmer und sah mit Bedauern zu, wie man die sterblichen Überreste Francine Moreaus in einen Leichensack packte.

»Ich hab es versaut«, sagte Elise leise. »Das wird Wasser auf Strothmanns Mühlen sein. Das hätte nicht passieren dürfen.« Sie ließ den Blick durch die Wohnung schweifen. »Er hat sich hier ein Zuhause geschaffen. Etwas, was er wahrscheinlich niemals zuvor in seinem langen Leben gekannt hat. Sein eigenes Haus war ein Museum.«

»Hast du den Koffer im Schlafzimmer gesehen?«, fragte Widmer.

»Ja. Sie wollte fort. Wahrscheinlich hatte sie Angst.«

»Zu Recht, wie man sieht.« Er sah sich um. »Sieht alles ziemlich normal aus. Ich meine, für ein Liebesnest.«

»Ich glaube nicht, dass es ihm darauf ankam. Er suchte etwas anderes. Normalität, vielleicht ein bisschen Glück. Versuch, so viel wie möglich über die Moreau herauszukriegen.«

»Was ist mit unserem schönen Unbekannten?«

»Schmitt, Winters' Hausdiener, behauptet, er sei der Patensohn der Witwe. Aber ich habe seinen Namen nicht.«

Greifbar nahe stand sein Gesicht vor ihrem geistigen Auge. Von welchem Geheimnis wusste er, das der alte Mann in dieser Wohnung gehütet hatte und das nun auch seiner Geliebten zum Verhängnis geworden war? War er der bezahlte Killer im Auftrag Luise Winters und in diese Wohnung gekommen, um eventuelle Beweise zu vernichten? Oder hatte die Moreau eventuelles Wissen zu einem Erpressungsversuch missbraucht, jetzt, wo ihr Gönner tot war und die Geldquelle versiegt? Auch das war möglich.

Das Erste, was er tat, als er nach Hause kam, war, den Powerknopf der Musikanlage zu drücken, deren neuzeitliches Hightechoutfit in faszinierendem Gegensatz zu der eleganten Schönheit des englischen Sideboards aus dem 18. Jahrhundert stand, dessen poliertes Mahagoniholz im Schein der modernen Stehlampe, die jetzt die einzige Lichtquelle im Zimmer war, warm aufleuchtete.

Während die Stimme Maria Callas' langsam das Zimmer erfüllte, zog er seine durchnässte Kleidung aus und ging ins Bad, um eine heiße Dusche zu nehmen.

Als er, nur mit einem Bademantel bekleidet, zurück in sein Arbeitszimmer kam, sang La Divina eine seiner Lieblingsarien, Casta Diva, aus Bellinis Norma. Alles Erlebte schien mit einem Mal in weite Ferne zu rücken. Er goss sich einen alten, schottischen Whisky, den er aus einer winzig kleinen Destillation im schottischen Hochland bezog, in ein geschliffenes Glas und trank es in einem Zug leer. Die bernsteinfarbene Flüssigkeit rann zähflüssig seine Kehle hinunter und brannte angenehm. Sogleich spürte er, wie sich eine wohlige Wärme in ihm ausbreitete. Er goss sich ein weiteres Glas ein und ging zum Schreibtisch.

Gedankenversunken betrachtete er den silbernen Koffer, der darauf stand. Er wirkte so harmlos. Ein ganz normaler Gebrauchsgegenstand, der vielleicht zwei Menschen das Leben gekostet hatte. Seine Hände begannen wieder zu zittern. Er ging zu einem der hohen Fenster im Wohnraum und sah auf die Lochnerstraße hinunter, deren Asphalt feucht glänzte. Er hielt nach einem schwarzen Mercedes Ausschau, der ihm bei mehreren Gelegenheiten aufgefallen war. Folgte er ihm?

Mit einem Male wurde es still in der Wohnung, die CD hatte aufgehört zu spielen.

Die sanfte Stimme Francine Moreaus drang aus dem Dunkel seiner Erinnerung zurück an die Oberfläche. Sie hatte weder ängstlich noch unsicher geklungen, nur ein wenig traurig: »Nehmen Sie den Koffer und geben Sie ihn ihr. Er ist im Arbeitszimmer. Die Kombination des Zahlenschlosses ist mein Geburtstag: elf, sieben, neunzehn, einundsiebzig. Ich werde gehen. Sie wird nie wieder etwas von mir hören. Francine Moreau hört auf zu existieren. Sagen Sie ihr das …«

Er hatte in ihre schönen Augen geblickt und überrascht wahre Trauer gesehen.

11

Elise stand in der Mitte des Raums und fühlte sich, nass, erschöpft und, mit einer Leiche mehr am Hals als noch am Morgen, völlig deplatziert in dem eleganten Apartment. Der süßliche Duft der zahlreichen Blumen vermischte sich mit dem bitteren Nikotingeruch, den die zahlreichen im Zimmer vorhandenen Aschenbecher ausströmten.

Michael Widmer hatte vergeblich versucht, sie davon abzuhalten, ein weiteres Mal zur Winters'schen Villa zu fahren.

Leonore Mayer ahnte, dass die Anwesenheit der Kriminalbeamtin, zum zweiten Mal an diesem Tag, kein gutes Zeichen sein konnte.

»Francine Moreau ist tot«, sagte Elise, ohne sich von der Stelle zu rühren.

Die Cellistin, sie trug jetzt ein elegantes, sehr figurbetontes, graublaues Kostüm, stand mit dem Rücken zu ihr und stützte sich mit den

Händen auf dem Fensterbrett ab. Sie schüttelte den Kopf. »Sie glauben doch nicht etwa, dass Luise auch damit etwas zu tun hat?«

»Vielleicht bin ich ihrem Mörder im Hausflur begegnet. Ich habe ihn heute schon zweimal gesehen. Einmal auf der Beerdigung, und das zweite Mal, als er dieses Haus verließ, kurz bevor wir miteinander sprachen. Er soll der Patensohn ihrer Schwester sein. Überzeugen Sie mich vom Gegenteil.«

»Meine Schwester ist krank, Frau Brandt. Todkrank. Der Arzt ist bei ihr. Er wird sie morgen in ein Sanatorium in die Schweiz bringen lassen. Frau Schmitt begleitet sie.« Sie richtete sich auf und wandte sich der Kommissarin zu. »Ich glaube nicht, dass sie wiederkehren wird.«

»Ist das die ganze Wahrheit?«

»Wahrheit!« Leonore Mayer wiederholte das Wort verächtlich. »Ich weiß, es ist Ihr Beruf, nach der Wahrheit zu suchen. Ja, es ist wahr, dass Luise Winters gehasst hat, aber sie hat doch jetzt, wo sie an der Schwelle des Todes steht, keinerlei Grund mehr, sich für ein vermeintlich verpfuschtes Leben zu rächen. Niemand hat sie gezwungen, Winters zu heiraten. Es war ihre freie Entscheidung. Ja, sie hat gewusst, dass er diese Geliebte hatte, aber glauben Sie ernsthaft, dass das in einer solchen Beziehung, wie die beiden sie führten, eine Rolle hätte spielen können? Davon abgesehen hatte er immer Frauen nebenbei. Diese Ehe war eine geschäftliche Vereinbarung. Das war kein Shakespearesches Drama mit hochkochenden Emotionen, Eifersucht, Hass, Rachegelüsten. Es hat Luise zerstört, aber das war nicht allein Winters' Schuld. In Ihrer Welt, Frau Brandt, ist alles schwarz oder weiß, gut oder böse. Aber auf das Grau, die Zwischentöne, kommt es an. Sie bestimmen unser Leben. Wenn Sie nach der Wahrheit suchen, suchen Sie dort.«

Elise erkannte, dass sie hier nicht weiterkam. »Das Haus, in dem man Ihren Schwager gefunden hat, die Villa in Rodenkirchen, gehörte einmal der Familie Wolfarth. Kannten Sie sie?«

Leonore Mayer bemühte sich um Fassung, doch Elise konnte ihre innere Anspannung selbst auf die Distanz hin erkennen. Sie ging zu einem kleinen Tisch, um sich eine der obligatorischen Zigaretten anzuzünden. Ihre Hände zitterten.

»Mein Vater hatte hauptsächlich geschäftlich mit den Wolfarths zu tun. Eine Bekanntschaft unter Kaufleuten. Ich erinnere mich an Sommerfeste im Garten der Villa. Es ging sehr heiter zu. Die älteren Kinder wuchsen gemeinsam auf. Damals achtete man darauf, unter sich zu bleiben. Eine verschworene Gemeinschaft. Endres war ein gutaussehender, nein, ein schöner Mann. Der schönste, dem ich je begegnet bin. Er war mein erster Schwarm. Ich war ein Kind. Wenn er ins Haus kam, verwandelte sich alles, wurde heller, strahlender. Manchmal kam es mir so vor, als sei er nicht von dieser Welt. Er interessierte sich nicht fürs Geschäft, lebte nur für die Kunst, scharte junge Männer und Frauen mit künstlerischen Neigungen um sich, bot ihnen ein Heim, einen Platz zum Arbeiten. Sie lebten in den Tag hinein und hingen ihren Ideen nach. Tagträumer, für das wirkliche Leben nicht geschaffen. Es waren für uns alle die letzten hellen Sommer vor der Dunkelheit.« Sie warf den Kopf in den Nacken und blickte lächelnd zur Decke. »Das Beste an ihm war seine Sanftheit, er hatte eine Seele. Wenn man in seine Augen blickte, die von der Farbe geschmolzenen Karamells waren, konnte man sie sehen. Er wusste natürlich, wie man die Menschen in seinen Bann zieht, Männer wie Frauen, doch er nutzte es nie aus. Ein Zauberer. Ja, er verzauberte die Menschen, brachte sie dazu, tief in ihnen schlummernde Talente ans Tageslicht zu holen und zur Entfaltung zu bringen. Er konnte die Menschen seiner Umgebung für seine Ideen begeistern, sie anspornen, zu immer neuen Ufern aufzubrechen.« Mit einem tiefen Seufzer kehrte sie in die Wirklichkeit zurück. »Sein Unglück war, dass er in die falsche Zeit hineingeboren wurde. Dem Teufel in Menschengestalt, dem Bösen, war er nicht gewachsen.«

»Ihre Schwester hat angedeutet, dass Winters nicht zu diesem Kreis gehört hat.«

»Nein. Aber er hätte alles dafür getan. Durch die Anstellung bei meinem Vater geriet er in eine Gesellschaft, der er nicht gewachsen war. Und man ließ es ihn spüren.«

»Ein solcher Stachel sitzt tief, wenn man ehrgeizig ist.«

»Seine Zeit kam, als unsere Welt in Schutt und Asche fiel.«

»Was wurde aus Wolfarth und den anderen?«

»Als wir zurückkehrten, waren alle fort, wie so viele. Entweder zerstreut in alle Himmelsrichtungen oder einsam verscharrt auf einem der unzähligen Schlachtfelder.« Sie drückte entschlossen die Zigarette aus. »Das alles ist mehr als sechzig Jahre her. Was kann das heute noch für eine Bedeutung haben?«

Ja, dachte Elise. Das ist die Frage.

12

Avide St. Cyr legte den Koffer flach auf den Schreibtisch und hob vorsichtig den Deckel an. Ein violetter Schein drang durch den schmalen Schlitz. Er zögerte, öffnete ihn schließlich ganz. Das Licht verschwand, weißlicher Dampf, Nebelschwaden stiegen auf. Er trat einen Schritt zurück.

Ultraviolettes Licht, Trockeneis. Der Koffer war eine Spezialanfertigung zum Transport sehr alter Kunstobjekte. Das Eis hielt den Inhalt auf einer bestimmten Temperatur, was besonders bei altem Papier und Leinwänden wichtig war, um den Zersetzungsprozess durch Mikroorganismen aufzuhalten. Das ultraviolette Licht schaltete sich automatisch bei Schließung des Deckels ein, wie ein Kühlschranklicht, und erlosch, wenn man ihn öffnete. Sein Inhalt war unter einer weiteren Abdeckung verborgen, auf der ein in schwarzes Leder gebundener Terminkalender lag.

Es waren ein sehr alt aussehendes Buch und eine flache Dose, etwa DIN-A3-Größe, die aus demselben Material gefertigt zu sein schien wie der Koffer.

Avide nahm das Buch behutsam heraus. Ein seltsamer Geruch entströmte ihm, fast animalisch, als sei das Tier, das seine Haut für den Einband gegeben hatte, nicht bereits seit siebenhundert Jahren tot.

»Ignatius von Bern. Fabula Vita.«

Die ins Leder eingeprägten Buchstaben waren gut lesbar. Er hatte von diesem Buch gehört oder gelesen, irgendwo. Vorsichtig schlug er den Buchdeckel zurück. Das gelbliche Papier der Seiten war so trocken, dass er Angst hatte, es würde unter der Berührung seiner Finger zu Staub zerfallen. Auffällig waren die noch immer kräftigen Farben der Illustrationen. Die Lebensgeschichte eines heiligen Mannes, verfasst auf Lateinisch. Die Tinte hatte eine sepiafarbene Färbung angenommen, zwischen einigen Seiten lag Seidenpapier. Das Buch stammte aus Hugo Winters' umfangreicher Bibliothek, es trug vorn, auf einem eingelegten Blatt, das Exlibris des Sammlers.

Avide widmete seine Aufmerksamkeit der flachen Dose, die ihn an eine elegante silberne Zigarrenbüchse erinnerte, wie sie sein Vater benutzt hatte. Sie ließ sich ohne weiteres aufklappen und enthielt ein zusammengefaltetes Stück Pergament, gelblich, mit zahlreichen Flecken in verschiedenen Brauntönen, je nach Alter, die Ränder ausgefranst und teilweise angesengt.

Es war ein Brief. Sein Atem stockte, als er das Datum las: 1490.

Die Tinte war verblasst, die elegant geschwungene altdeutsche Schrift dennoch gut zu lesen. Er kannte diese Schrift, hätte sie aus Hunderten wiedererkannt. Sein zweiter Blick fiel auf die Unterschrift und bestätigte seine Ahnung: Albrecht Dürer.

Er wich einen Schritt zurück, als hätte er die Büchse der Pandora geöffnet, starrte wie gebannt auf das Schriftstück, stellte sich die Hand vor, die es beschrieben hatte, von Gott begnadet, dazu berufen, die Kunstwelt für Jahrhunderte zu prägen. Sollte dieses Papier vor ihm echt sein, so stellte es eine der größten Sensationen der Kunstwissenschaft der letzten Jahre, vielleicht Jahrzehnte dar.

Er rief sich ins Gedächtnis zurück, was er über Dürers schriftlichen Nachlass wusste, von dem nur ein Bruchteil über die Zeit hatte gerettet werden können. Erhalten waren die Briefe aus dem Nachlass Pirckheimers, der nach dessen Tod 1530 auf die Familie Straub übergegangen war. Hans Straub war mit Pirckheimers Tochter Barbara verheiratet gewesen. Von diesen zehn Briefen waren sieben im Besitz der Nürnberger Stadtbibliothek, zwei befanden sich in London, in Verwahrung der Royal Society und des British Museums. Einer der Briefe wurde 1906 von einem Antiquar namens Rosenthal ersteigert.

Willibald Pirckheimer war 1530 ohne Testament gestorben und Schwiegersohn Hans Straub hatte das Erbe angetreten. Doch das Ehepaar Straub starb kinderlos und so gingen die wertvolle Bibliothek und die Kunstkammer, die die Familie Pirckheimer seit dem frühen 15. Jahrhundert zusammengetragen hatte, in den Besitz der Erben der Familie Imhoff über. Felicitas, Pirckheimers Lieblingstochter, war mit Hans Imhoff verheiratet gewesen und es waren vier Kinder aus dieser Verbindung hervorgegangen.

Von allem, was sich im Hause Dürer an schriftlichem Nachlass befunden hatte und an seine Witwe Agnes und die beiden Brüder übergegangen war, musste der Großteil als verloren angesehen werden.

Agnes Dürer hatte als Alleinerbin schon im Juni 1530 mit den beiden Brüdern des Malers einen Vergleich geschlossen, was die beiden Viertel der Erbschaft betraf, die ihnen erst nach Agnes' eigenem Tod zufallen sollten. Teile des Dürer-Erbes fanden sich später im Besitz der Töchter von Ursula Hirnhofer, die diese mit in die Ehe mit Andreas Dürer gebracht hatte. Hans Dürer war nach Polen gegangen und hatte sich bei den Erbverhandlungen von einem Bevollmächtigten vertreten lassen.

Beide Brüder waren kinderlos gestorben.

Aus welch tiefen, unerforschten Gründen mochte dieser Brief ans Tageslicht gekommen sein? Warum hatte Winters seinen Besitz verschwiegen? Er hätte die Bedeutung seiner Sammlung mit diesem Schriftstück um ein Vielfaches steigern können.

Es würde Mühe kosten, die Handschrift zu entziffern und den Brief ins Hochdeutsche übersetzen zu lassen. Expertenarbeit. Was mochte der Maler der Nachwelt hinterlassen haben? Konnte das Geschriebene, vor fünfhundert Jahren aufgezeichnet, einige der dunklen Punkte erhellen, die es in Dürers Leben für die Historiker noch immer gab? Diese vielleicht nur flüchtig hingekritzelten Worte waren wie ein Fenster, das, einmal geöffnet, Einblick in eine lange vergangene Zeit gewährte.

Mit größter Vorsicht faltete er das Papier wieder zusammen, lagerte es zurück in die Dose und ging anschließend ins Schlafzimmer, um sich umzuziehen. Er sah auf die Uhr an seinem Handgelenk. Wie lange würde es dauern, eine Fahndung nach ihm in die Wege zu leiten? Konnte er noch auf die Straße gehen?

Nach kurzem Zögern ergriff er den Hörer des Telefons und wartete einen Augenblick, bis eine Verbindung zustande kam. »Marcel? Ich bin es. Wir müssen uns sofort sehen. Ja, es ist wichtig. Ich komme zu dir.«

Er zog sich einen dunklen Mantel an und fischte einen Hut aus weichem Filz mit breiter Krempe aus dem Schrank in der Diele. Nervös ergriff er den Koffer und verließ das Haus. Er entschied sich, die öffentlichen Verkehrsmittel zu nehmen, umgeben von zahlreichen anderen Menschen fühlte er sich sicherer. Kaum eine halbe Stunde später hatte er unbehelligt sein Ziel erreicht, die Augustastraße in Köln-Mülheim. Er sah an der Hausfassade empor. Hinter den Fenstern der Wohnung im zweiten Stock brannte Licht. Noch immer fühlte er sich verfolgt und war erleichtert, als er das Summen des Türöffners hörte, das ihm Einlass in das Haus bot. Kaum hatte sich die Tür hinter ihm geschlossen, kam ein schwarzer Mercedes um die Ecke, fuhr langsam am Haus vorbei und parkte in einiger Entfernung in einer gerade frei gewordenen Parklücke.

13

Elise fühlte sich vollkommen ausgepumpt, als sie die Tür ihrer Wohnung hinter sich schloss. In ihrem Kopf begann sich langsam ein hartnäckiger Schmerz festzusetzen, der den Nacken heraufkroch und ihre Konzentrationsfähigkeit beeinträchtigte. Sie hatte sich eine Auszeit genommen, musste endlich die völlig durchnässte Kleidung loswerden.

Auf dem Präsidium hatten bereits erste Fotos vom Tatort vorgelegen. Widmer hatte ein Abbild der toten Frau aus der Gymnicher Straße an die Pinnwand geheftet, neben eine Fotografie Hugo Winters'. Zwei Liebende im Tode vereint.

Elise hatte ihren Blick über das Sammelsurium an Fakten streifen lassen, das sich vor ihr ausbreitete. Lose Fäden, einzelne Puzzlestücke, wohin man sah. Jetzt war Widmer mit Recherchen beschäftigt, suchte nach Hinweisen auf das kostbare Buch, das Hugo Winters aus seiner Bibliothek entfernt hatte und das seither verschwunden war. Sie mussten mehr über die Apokalyptiker erfahren. Sie waren, das ahnte Elise, einer der Schlüssel zu diesem Fall.

Leonore Mayer hatte ihr den Namen von Luise Winters' Patensohn verraten – Avide St. Cyr. Elise hatte sich sofort an den Namen erinnert, einer der beiden Autoren des Buches, das auf dem leeren Schreibtisch in Hugo Winters' Arbeitszimmer in der Villa gelegen hatte. Ein seltsamer Zufall? Er war in der Lochnerstraße gemeldet, doch die Beamten, die sie sofort dorthin geschickt hatte, fanden nur verschlossene Türen. Zurzeit konnten sie ihn nur als Zeugen betrachten. Nichts bewies, dass er derjenige war, der aus dem Apartment von Francine Moreau gekommen war. Warum aber war er geflüchtet?

Sie atmete einmal tief durch, warf ihre Tasche in eine Ecke der geräumigen Diele und ging zum Telefon.

»Ja?« Eine helle Frauenstimme, jung und frisch, meldete sich.

»Ich bin zu Hause, Birte. War irgendetwas?«

»Nein. Sie hatte einen ruhigen Tag.«

»Danke. Ich melde mich, wenn ich wieder gehe.« Beruhigt legte sie auf.

»Tamina!«

Eine schwarze Katze betrat mit eleganten Schritten die Diele, blieb in einiger Entfernung in abwartender Haltung stehen und blickte sie neugierig aus bernsteinfarbenen Augen an.

»Was hältst du von einem heißen Bad, meine Süße?«

Ein bejahendes Schnurren bestätigte Elise in ihrer Entscheidung, und sie ging ins Badezimmer, um das Wasser einzulassen. Tamina folgte ihr in gebührendem Abstand. Bevor sie sich dem entspannenden Bad widmen konnte, musste sie noch nach jemandem sehen.

Der mittelgroße Raum wurde von einem großen Krankenbett beherrscht. Sie trat leise näher heran und legte die Hand behutsam auf eine der Hände auf der Bettdecke, die so erschreckend kalt waren.

Sophie schlief. Elise strich ihrer Großmutter eine Haarsträhne aus dem Gesicht und drückte ihr einen Kuss auf die Stirn. Sie überlegte, ob sie das Fenster schließen sollte, entschied sich dagegen und wollte bereits wieder das Zimmer verlassen, als ihr etwas einfiel. Suchend glitt ihr Blick über ein hohes Regal und blieb an einem Buchrücken heften, auf dem in leuchtendem Rot die Initialen AD prangten. Es war das gleiche Buch, das auch auf dem Schreibtisch in Winters' Arbeitszimmer in der Villa gelegen hatte, allerdings eine spätere Auflage, in einem anderen Verlag erschienen.

Die graugrünen, wissenden Augen des Malers sahen dem Betrachter selbstbewusst entgegen. Es war der Blick eines Mannes, der sich seiner Stellung in der Kunstwelt, seines wirtschaftlichen Erfolges bewusst war. Elise betrachtete mit schief gelegtem Kopf das schmale Gesicht mit dem hellen Teint, der hohen Stirn, der stark gebogenen Adlernase, den sinnlich aufgeworfenen, von einem kurz geschnittenen Bart umrandeten Lippen, alles eingerahmt von den berühmten wallenden, seidig glänzenden Locken, die er, gegen alle Mode, gegen allen Spott, bis zu seinem Lebensende mit Stolz getragen hatte. Ein Bildnis wie eine Ikone, das gleichsam auch die humanistisch gefestigte, von Luther und den führenden Humanisten und Philosophen seiner Zeit geprägte Geisteshaltung des Malers zum Ausdruck bringen sollte.

Sie nahm das Buch, suchte weiter nach einer kleinen, fest gebundenen Ausgabe von Baudelaires »Blumen des Bösen«, fand sie und verließ auf Zehenspitzen mit beiden Büchern den Raum. Der Anrufbeantworter blinkte. Sie betätigte einige Tasten und hörte die alkoholgeschwängerte Stimme ihrer Mutter, die sich beschwerte, dass sie sich lange nicht gemeldet habe.

14

Eine Hand legte sich auf Avides Schulter und riss ihn aus seinen Gedanken. Das Bild zweier smaragdgrüner Augen hinter der verregneten Scheibe einer anfahrenden Straßenbahn verschwand wieder in der Dunkelheit.

»Du siehst aus, als hättest du einen anstrengenden Tag gehabt.« Marcel Weidenmann hielt ihm ein bauchiges Weinglas hin, in dem eine bordeauxfarbene Flüssigkeit samtig schimmerte. Sie prosteten sich zu. Weidenmanns sanfte Augen ruhten väterlich besorgt auf seinem Gegenüber. Das strahlend weiße, noch immer volle Haar hob sich von dem dunklen Hintergrund des schwach beleuchteten Zimmers ab. In einem kleinen Kamin knisterte ein Feuer und verbreitete eine angenehme Wärme, die sich nun in ihm ausbreitete. Wie immer, wenn er in der Wohnung des alten Mannes war, fühlte er sich ein Stück weit zu Hause. Ein Gefühl, das er sonst nicht, oder nur selten, kannte. Sein Blick fiel auf den Koffer, der auf einem der ausladenden französischen Fauteuils mit dem üppigen Blumenmuster lag, die man bevorzugt in der Provence fand. Er kannte die Sitzmöbel noch aus der Zeit, als Weidenmann in Paris gewohnt hatte. Schon dort war er, als junger Student der Kunstgeschichte, wie viele seiner Kommilitonen in dessen gastfreundlicher Wohnung ein und aus gegangen. Die Freundschaft zwischen ihnen war geblieben und mit den Jahren immer enger geworden.

Der längliche Raum war eine Mischung aus Bibliothek, Arbeitszimmer und Salon. Ein wuchtiger altdeutscher Schreibtisch machte sich im hinteren Teil breit, hohe Bücherregale bedeckten die Wände. Beherrscht aber wurde das Zimmer von einem Bild, das in einen schweren goldenen Rahmen gezwängt in einer Nische zwischen zwei Regalen über einer Louis-XIV-Kommode hing, deren Politur im Schein des Kaminfeuers sanft schimmerte. Es war Dürers Selbstbildnis von 1500.

Der Maler schien mit unverhohlener Neugier auf die beiden Männer zu blicken.

Weidenmann beobachtete Avide, dessen innere Anpannung ihm nicht verborgen geblieben war, sagte aber nichts.

»Ich glaube, ich habe eine Dummheit begangen.«

Weidenmanns Blick ging wie automatisch zu dem Koffer.

15

Das heiße Wasser umhüllte ihren Körper und Elise merkte, wie die Anspannung aus ihr wich. Versonnen betrachtete sie das Selbstbildnis Dürers auf dem Umschlag des Buches.

Die Augen eines Menschen sind etwas ganz und gar Individuelles. Sie spiegeln alle Tragik, alle Freude wider, die sie in einem Leben mit ansehen mussten. In ihnen liest man Lüge und Wahrheit. Elise hatte in ihrer Zeit bei der Polizei in viele Augen gesehen. Sie wandte den Kopf und betrachtete ihr Gesicht in dem Spiegel an der Innenseite der Badezimmertür. Es war ihr fremd, seit jenem Tag, an dem ihr Vater sie, nachdem sie endlich den Mut gefunden hatte, ihn abzuweisen, in unbändiger Wut so geschlagen hatte, dass sie durch eine geschlossene Balkontür gefallen war. Da war sie dreizehn gewesen. Der Kunst von Schönheitschirurgen verdankte sie ihr jetziges Gesicht, zu dem sie keinerlei Beziehung hatte aufbauen können, das ihr manchmal erschien, als trage sie eine Maske. Einzig und allein in den Augen, in denen manchmal noch immer die Angst und Verzweiflung des Kindes aufflammte, erkannte sie sich wieder. Die Narben in diesem Gesicht waren längst verheilt, die Haut auf den Wunden ihrer Seele jedoch noch sehr dünn.

Sie strich sich den Pony aus der Stirn, und oberhalb der linken Augenbraue wurde ein breitflächiges, hellbraunes Muttermal auf der hellen Haut sichtbar, das sich bis fast zum Haaransatz hinaufzog und mit etwas Fantasie die Form eines Käfers hatte und seltsamerweise bei der Zerstörung ihres Gesichts fast unbeschädigt geblieben war. Ein Mal, das sie mahnte und erinnerte bis an ihr Lebensende. Ihr Vater hatte das gleiche Zeichen besessen, an derselben Stelle. Sie schloss die Augen und begann, tief und regelmäßig ein- und wieder auszuatmen und spürte, wie ihr Herzschlag sich langsam normalisierte, der Kopf freier wurde, die Schatten ihrer Erinnerung verblassten.

Der Dampf des heißen Wassers ließ den Spiegel beschlagen. Ein schwerer Duft nach Jasmin und Oleander verteilte sich langsam im Raum. Tamina stieg elegant auf den geschlossenen Deckel der Toilette und ließ sich darauf nieder. Sie liebte es, in dem warmen, duftenden Badezimmer zu sitzen und zu dösen, während Elise ein Bad nahm. Sofort begann sie zu schnurren.

Für die nächste halbe Stunde ließ Elise die Welt vor der Tür zu ihrer Wohnung hinter sich und gab sich dem warmen, duftenden Wasser hin.

Sie nahm das Buch zur Hand und begann das erste Kapitel zu lesen, und die Figuren, über die sie las, begannen vor ihren Augen langsam lebendig zu werden.

16

Eine Welle verschiedenster Empfindungen durchflutete ihn. Avide St. Cyr fühlte sich schuldig, ein Eindringling, der in den privaten Unterlagen eines anderen wühlt. Doch da war auch eine unbezwingbare Neugier, die in ihm lauerte und eine nur schwer bezwingbare Erregung, die seinen ganzen Körper stimulierte und ihm auf der Haut der Finger brannte, bei jeder Berührung mit den Gegenständen auf dem Tisch. Sein Puls flatterte, wie er es tut beim Naschen verbotener Früchte.

Marcel Weidenmann beobachtete ihn stumm und verfolgte aufmerksam jede seiner Bewegungen. Nachdem alle Gegenstände auf dem Tisch lagen, ließ er seinen Blick prüfend darübergleiten, wie ein heidnischer Priester, der den Altar mit den Opfergaben bereitet. Er kam hinter Avide vor und stellte sich neben ihn.

Keiner von beiden sprach ein Wort, und der in der Stille deutlich hörbare Atem des alten Mannes an seiner Seite verriet ihm, dass diese lauernde Neugier, die fast greifbare Spannung im Raum, auch von ihm Besitz ergriffen hatte.

Nach kurzem Zögern griff er die Dose und öffnete sie, entnahm ihr das Pergament und legte es auf die Schreibtischplatte.

Weidenmann wurde blass. Vereinzelt traten Schweißperlen auf seine Stirn. Avide hatte seinen alten Freund noch nie so ergriffen gesehen. Er schien die Augen nicht von dem Papier abwenden zu können.

Der alte Mann hob die Hand mit den langen, feingliederigen Fingern und fuhr sich mit einem kratzenden Geräusch über das Kinn. »Wahrscheinlich müsste ich jetzt sagen: Geh zur Polizei. Sag die Wahrheit. Stell dich.«

»Ich werde mich ihnen stellen. Aber nicht jetzt. Später. Das hier«, Avide wies mit der Hand auf den Tisch, »ist einfach zu wichtig. Ich muss mehr wissen.«

»Sie suchen bestimmt schon nach dir«, sagte Weidenmann voller Sorge.

»Ich muss raus aus der Stadt.«

»Heute Nacht bleibst du hier.«

»Ich brauche eine Fahrkarte nach Paris. Ich wohne in meinem Apartment, brauche nicht in ein Hotel. Dort bin ich erst einmal sicher.«

»Ist das der einzige Grund, warum du nach Paris willst?«

Avide ergriff den Terminkalender und schlug eine Seite auf. »Er war in letzter Zeit häufig in Paris. Bis kurz vor seinem Tod. Und er hat sich immer wieder mit einer bestimmten Person getroffen. Valois.«

Weidenmann verstand. »Philippe Valois ist einer der großen Kenner auf dem Gebiet alter Handschriften. Du glaubst, er hat ihn aufgesucht, weil er wissen wollte, ob der Brief echt ist?«

Avide nickte. »Niemand kennt sich besser aus als Valois, wenn es um das vierzehnte, fünfzehnte Jahrhundert geht.«

Weidenmann atmete tief durch und wandte sich dem Brief zu. Er betrachtete ihn liebevoll, streckte seine Hand aus und strich mit den Fingerspitzen sanft über das alte, brüchige Pergament. Seine Hand zitterte.

»Ich habe bei den Papieren keine Transkription gefunden. Vielleicht ist Winters nicht mehr dazu gekommen.«

Weidenmann nickte. Er wusste, wie schwierig es war, handgeschriebene Seiten, in einer Sprache verfasst, die es nicht mehr gab, mit einer Tinte, die verblasst war, zu entziffern, den Buchstaben und Worten eine Bedeutung zu geben. Man musste vergleichen, mit anderen, noch vorhandenen Handschriften. »Ist dir das aufgefallen? Der Brief ist datiert 1490 und fällt somit in eine Zeit in Dürers Leben, die den Kunsthistorikern seit Langem Kopfzerbrechen bereitet. Immer wieder wird die Frage aufgeworfen: Was hat Dürer zwischen seiner Abreise aus Nürnberg und dem Eintreffen in Colmar gemacht? Wo ist er in den immerhin anderthalb Jahren gewesen, einer Zeit, die für sein späteres Schaffen nicht unerheblich war?«

»Es war die Zeit seiner Wanderschaft – für einen Lehrling der damaligen Zeit, insbesondere für einen Künstler sehr wichtig«, antwortete Avide.

»Ja. Der alte Dürer hatte zusammen mit Koberger das Reiseziel ausgesucht: Colmar und dort die Werkstatt Schongauers. Aus Scheurls Aufzeichnungen wissen wir, dass Dürer schon 1484 geplant hatte, seinen Sohn zu Schongauer in die Lehre zu schicken und mit dem Maler in brieflichem Kontakt gestanden hatte, es sich dann aber anders überlegte.«

»Und als Dürer schließlich Jahre später auf seiner Wanderschaft in Colmar ankommt, ist Schongauer tot.«

»Gestorben am 2. Februar 1491 an der Pest.«

»Es gibt die Theorie, Dürer sei über Nördlingen, Augsburg und Ulm nach Südwesten gereist.«

»Das würde aber nicht den eindeutigen Einfluss des Hausbuchmeisters auf Dürers Werk erklären«, erwiderte Weidenmann. »Der wirkte im mittelrheinischen Gebiet um Mainz.«

»Mainz – damals eine der Hauptstädte des Buchdrucks.«

Weidenmann nickte. »Wenn man einen Paten wie Anton Koberger hat, geht man nicht ohne konkrete Aufträge auf eine solche Reise. Von Mainz ist es nur ein Katzensprung nach Frankfurt, schon damals Messestadt und einer der Hauptumschlagsorte für Kobergers Grafiken – wie übrigens für Dürers eigene Grafiken später auch.«

»Wenn er erst in Frankfurt gewesen ist, über Bamberg hingereist, dann kann er von Mainz aus mit dem Schiff nach Köln weitergereist sein. Und von dort aus später zurück nach Speyer, dann nach Colmar.«

»Lohnend war Köln für ihn allemal. Allein der Domschatz.«

Dort waren sie versammelt, die großen Meister der damaligen Zeit, wie in einem Brennpunkt; Dürer konnte sie studieren, von ihnen lernen, versuchen, ihre Sichtweisen und Auffassungen in sich aufzunehmen, Rogiers Figurensprache, Geertgens Landschaftsräume und Lichtdynamik, Bouts Pracht der Stoffe. Der Abglanz dieser Meister war bis in die Wolgemutsche Werkstatt gedrungen und hatte den Lehrlingen Hunger gemacht auf die Originale. Reflexlichter dieser Kunst tauchten in Dürers Werk immer wieder auf. Doch bis dahin war es ein langer Weg, steinig oft, selten gerade und mit vielen Verirrungen.

Je mehr sie über das Schriftstück sprachen, desto erschöpfter wirkte Weidenmann.

»Ist alles in Ordnung, Marcel?«, fragte Avide besorgt.

»Ein bisschen viel Aufregung auf einmal für einen alten Mann.« Er versuchte ein Lächeln.

»Du glaubst mir doch?«, fragte Avide zögernd.

Weidenmann nahm ihn spontan in den Arm. Avide spürte das Zittern, das seinen ganzen Körper erfasst hatte.

»Du bist wie ein Sohn für mich«, sagte er leise. »Wie könnte ich dir nicht glauben.«

17

Das Klingeln ihres Handys riss Elise in die Gegenwart zurück. Sie brauchte einige Sekunden, um sich zurechtzufinden. Das Wasser war erheblich abgekühlt, und bevor die junge Beamtin an ihr Mobiltelefon ging, stieg sie aus der Wanne und wickelte sich in ein großes Badetuch.

Tamina beobachtete sie schläfrig aus halb geöffneten Augen von ihrem Platz auf dem Toilettensitz aus und wirkte einmal mehr wie eine geheimnisvolle Sphinx.

»Ich wusste, dass ich keine Ruhe vor dir habe«, sagte Elise in den Hörer.

»Du weißt, ich bin wie eine Klette«, entgegnete Michael Widmer.

»Leb das bitte bei Ludger aus.« Elise begann, ihre Haare mit einer Hand trocken zu rubbeln.

»Interessiert dich noch der Autor dieses Buches, das du in Winters' Arbeitszimmer gesehen hast?«

»Ja. Ich lese gerade darin. Sophie hatte eine ältere Ausgabe in ihrem Bücherschrank.«

»Gut. Er wohnt nämlich in Köln. In der Augustastraße. Anscheinend ist er erst vor Kurzem aus Paris hierher gezogen.Über den zweiten, diesen Avide St. Cyr – seltsamer Name –, habe ich noch nichts. Aber ich bleibe dran. Ich habe Strothmann übrigens für heute abgewimmelt. Bleib zu Hause und erhol dich ein bisschen.«

»Danke, Mike. Du hast was gut bei mir.«

»Die Liste ist so lang, wie der Dom hoch ist.«

Elise lächelte und beendete das Gespräch. Sie verließ barfuß, gefolgt von Tamina, das Bad und rief auf dem Weg ins Wohnzimmer Birte zwei Stockwerke über ihr an, um ihr zu sagen, dass sie zu Hause blieb und Sophie damit versorgt war. Als sie sich umwandte, sah sie einen schwachen Lichtschimmer unter der Tür zu Sophies Zimmer. Sie schaltete im Wohnzimmer das Licht an und ging in die Diele zurück. Sie klopfte leise an die Zimmertür und trat ein.

Sophie Reuther saß aufrecht im Bett und las. Als Elise ins Zimmer trat, sah sie von ihrem Buch auf und lächelte.

Und es war dieses Lächeln, das sie immer wieder darin bestärkte, die richtige Entscheidung getroffen zu haben, als sie sich vor zwei Jahren, nach einem Schlaganfall ihrer Großmutter, entschlossen hatte, sie nicht in eine Pflegeheim zu geben, sondern zu Hause zu betreuen. Sie hatte gekämpft, auch gegen Sophie, die sich am Anfang vehement dagegen gewehrt hatte.

»Du wirfst dein Leben weg!«

Sophies Worte klangen ihr noch immer im Ohr. Elise hatte sich durchgesetzt.

»Ich wusste nicht, dass du da bist«, sagte sie. Das Sprechen fiel ihr durch die linksseitige Lähmung schwer. »Schließ doch bitte das Fenster.«

»Ich bin einmal zu viel nass geworden heute«, sagte Elise und kehrte zum Bett zurück. »Ich brauchte ein heißes Bad, sonst liege ich morgen todkrank im Bett.«

»Setz dich.« Sophie rückte mühsam ein wenig zur Seite, und Elise setzte sich zu ihr auf das Bett. Die vom Alter getrübten, graublauen Augen musterten sie aufmerksam. »Du siehst blass aus«, sagte sie leise. Der Schlaganfall hatte die einst kräftige Stimme brüchig werden lassen.

»Ein Fall, der mir Kopfzerbrechen bereitet.«

»Hugo Winters?« Sophie Reuther las noch immer regelmäßig die Zeitung.

Elise nickte.

»Ein reicher Mann«, sagte Sophie. »So einer hatte bestimmt viele Feinde.«

»Ein alter Mann, der sich von seinen Geschäften zurückgezogen hatte und nur für seine Kunstsammlungen lebte«, verbesserte Elise. »Wer sollte ihm jetzt noch etwas antun wollen? Er war ein harter Verhandlungspartner, was das Geschäftliche anging, aber wir sind auf nichts gestoßen, was eine derartig hasserfüllte Tat rechtfertigen würde. Allerdings gibt es in seiner Vergangenheit dunkle Flecken.«

»Es gibt offene Rechnungen, die verfallen nie«, sagte Sophie.

»Wenn ich nicht bald Ergebnisse vorzeige, bekomme ich Probleme. Strothmann sitzt in den Startlöchern. Er kann es nicht erwarten, mich abzuschießen wie eine Tontaube.«

»Du übertreibst.«

Elise ergriff ihre so erschreckend dünn gewordene Hand und sah auf den von Altersflecken übersäten Handrücken hinab, unter dessen Haut die Adern bläulich hervortraten. Es waren zupackende Hände gewesen, hatten eine Kraft besessen, die Elise immer bewundert hatte; Hände, die für sie da gewesen waren und gekämpft hatten, als ihre eigenen es nicht konnten. Sie hatte ihr damit das Leben gerettet und Elise hatte das nicht vergessen.

»Ich fürchte, nein. Wir haben Winters' Geliebte ermordet aufgefunden. Jemand wollte unter allen Umständen seine Unterlagen.«

Sophie seufzte. Seit Elise bei der Kriminalpolizei war, hatte sie mehr über die dunklen Seiten der Menschen erfahren, als sie je hatte wissen wollen.

»Und die Presse sitzt mir auch im Nacken. Winters war eine bekannte Persönlichkeit. Sein Tod wirbelt Staub auf. Die Kuratoren des ganzen Landes warten händeringend auf die Eröffnung des Testamentes.«

»Ich habe dich gewarnt.« Sophie war mit dem Berufswunsch ihrer Enkelin nicht einverstanden gewesen, hatte sich aber gefügt, als sie sah, wie ernst es Elise damit war.

»Danke, dass du mir zuhörst«, sagte Elise und drückte ihr einen Kuss auf die Stirn.

Sophie brachte ein missglücktes Lächeln zustande. »Was soll ich tun? Ich kann ja nicht weg.«

18
Nürnberg 1528

Besorgt sieht Agnes in das aschfahle Gesicht ihres Mannes, der seinen Kopf unruhig auf dem Kissen hin- und herwirft. Sie fragt sich, was ihn so quält. Sie spürt, dass es nicht nur das Fieber ist, dessen Hitze seinen Körper verzehrt. Er ist halb wach, halb in einer Art Trance, die ihm ein übers andere Mal Bilder seines Lebens vorgaukelt.

Da schlägt er die Augen auf. Agnes legt ihm einen weiteren kühlenden Lappen, getränkt mit den Essenzen verschiedener Kräuter, auf die Stirn. Er fasst unvermittelt ihr Handgelenk und zieht sie zu sich hinunter. Seine Stimme ist schwach, ein Flüstern kaum: »Musst zum Willibald, Agnes.«

Agnes Dürers Gesicht versteinert und Albrecht wendet sich schmerzerfüllt ab.

»Weiß schon. Ihr mögt euch nicht«, sagt er mit heiserer Stimme. »Ich bitt dich, Agnes. Du musst mir die Lieb' tun. Sonst lass nach ihm schicken. Er soll kommen. Er wird mir die Bitt' nit abschlagen – jetzt …«

Agnes Dürer nickt und verlässt den Raum.

Kaum ist er allein, verlieren sich Albrechts Gedanken wieder in seltsam verschwommenen Bildern, die nur langsam Formen annehmen. Er sieht sich, ganz jung, über die verschneite Burgstraße laufen. So klar werden die Bilder, dass die Gegenwart langsam im Dunkel verschwindet …

1486

Es ist Anfang Dezember, und Schneeflocken fallen leise und hüllen die alte Stadt, ihre Gassen, Fachwerkhäuser, die Kirchen und die Burg in einen weißen Mantel. Albrecht legt die wenigen Schritte in die Wolgemutsche Werkstatt im Eilschritt zurück, denn es ist kalt, und für einen wärmenden Mantel hat das Geld zu Hause wieder nicht gereicht. Zum Glück liegt die Werkstatt des Nürnberger Malers nur zwei Häuser entfernt vom Elternhaus an der Burgstraße. An St. Endres, dem 30. November, vor knapp zwei Wochen, hat der Vater mit Meister Wolgemut den Vertrag für die Lehre abgeschlossen – schweren Herzens und nur weil Albrecht nicht aufgehört hat, ihm damit in den Ohren zu liegen. Selbst Pate Koberger hat ihn unterstützt. Und kann er es nicht irgendwo auch nachvollziehen? Zu deutlich stehen dem Alten die herrlichen Bilder noch vor Augen, die er selbst damals auf der Wanderschaft, in Burgund, gesehen hatte. Er gibt nach, nicht ohne Reue in Bezug auf die vermeintlich verloren geglaubte Zeit, die Albrecht bei ihm in die Lehre gegangen ist; er kann nicht ahnen, dass es gerade diese einmalige Zweigleisigkeit ist – Goldschmiedehandwerk und Malerlehre –, die später den Weltruhm seines Sohnes begründet.

Doch davon ist Albrecht an diesem Dezembermorgen 1486 noch weit entfernt.

Denn es zeigt sich schon bald, dass ihm die Fertigkeiten, die ihm sein Vater in der Goldschmiedewerkstatt beigebracht hat, in der Malerwerkstatt Michael Wolgemuts nicht viel helfen werden. Wegen seiner Vorkenntnisse, seiner Frühreife und seines Ehrgeizes ist er den anderen Lehrlingen und Gesellen suspekt – und sie lassen es ihn spüren. Sensibel, wie er ist, leidet er darunter. Doch er ist fest entschlossen, es durchzustehen. Er hat ein Ziel, und dafür nimmt er tapfer alle Unwägbarkeiten in Kauf, denn er weiß: Ohne die Grundlagen, die man ihm in einer Malerwerkstatt vermittelt, sind seine ehrgeizigen Pläne niemals zu verwirklichen.

Die Malerwerkstatt Michael Wolgemuts ist zu dieser Zeit eine der größten und angesehensten des deutschsprachigen Raums, und sie behält diesen hohen Rang noch bis 1512, nachdem sie ihr einstiger Lehrling an Ruhm längst überflügelt hat. Auch wenn es Albrecht in der Werkstatt des Malers nicht immer leicht hat, so ist er dennoch dankbar für das Wissen, das ihm Wolgemut vermittelt. Später wird der Gefeierte den greisen Maler in einem Altersporträt für die Nachwelt festhalten, und es schwingt deutlich noch immer die Ehrfurcht darin mit, die er ihm auch da noch entgegenbringt.

Meister Wolgemut selbst hat das Handwerk von seinem Vater Valentin erlernt und ist 1450 auf die Wanderschaft gegangen, die ihn bis in die Niederlande führt. Er arbeitet als Geselle bei Gabriel Mäleßkircher in München und später dann bei dem Bamberger Pleydenwurff. Als der 1472 stirbt, heiratet Wolgemut dessen Witwe und übernimmt Personal und Sachgüter – also dessen Werkstatt. Die wertvollste Hinterlassenschaft Pleydenwurffs indessen sind die jahrelang zusammengetragenen Musterbücher, Entwurfzeichnungen und Vorlagenblätter.

Es beginnt nun eine Zeit, die man später als die der typischen Nürnberger Malerei bezeichnet – säuberlich, klar in der Form und Charakterisierung, nüchtern in der Erzählweise, doch stets etwas schematisch und pedantisch im Detail.

Wichtigster und engster Mitarbeiter Wolgemuts wird dessen Stiefsohn Wilhelm Pleydenwurff. Der junge Maler, aufgeschlossen und mit einem Gespür für die Neuerungen der Zeit, hat schon früh begonnen, sich dem Buchholzschnitt zu widmen und wird später eng mit Koberger zusammenarbeiten.

Albrecht flüchtet sich, wenn die Novizen, die allesamt älter sind als er, es wieder einmal zu toll mit ihm treiben, in das Lernen. Da gibt es genug zu tun:

Grundieren der Malfläche auf Holz, Pergament oder verschiedenen Papieren; Anreiben der Harz- und Wasserfarben, Mischen der Tinte; später dann das Gestalten. Die Lehrlinge lernen und üben anhand der Musterblätter. Doch auch das Abzeichnen von Zeichnungen, Gemälden, Plastiken und Grafiken wird praktiziert.

Michael Wolgemut wacht streng über seine Werkstatt und die Lehrlinge, denn Pergament und Papier sind teuer und dürfen nicht verschwendet werden.

Die Kälte sitzt tief in den Knochen, als er an diesem Morgen die Werkstatt erreicht, in der bereits rege Betriebsamkeit herrscht.

Albrecht sieht sich um und entdeckt den großen, hageren Wolgemut im Hintergrund, der mit seinem Stiefsohn in ein intensives Gespräch vertieft ist. Er setzt sich an den ihm zugewiesenen Platz, einen einfachen, länglichen Holztisch mit Hocker davor, und holt Silberstift und Pergament hervor. Man hat ihm das Abzeichnen einer Druckvorlage zugewiesen, was ihn langweilt, denn das Muster ist nicht schwierig und es dürstet ihn nach komplexeren Aufgaben. Von seinem Platz aus beobachtet er die beiden Männer. Heimlich hat er begonnen, ein Porträt von Wolgemut im Profil anzufertigen, und er hat die charakteristischen Merkmale des Meisters, die eingefallenen Wangen und die hervorspringende, stark nach unten gebogene Nase, so gut getroffen, dass kein Zweifel an der Identität des Gezeichneten möglich ist. Glücklicherweise hat ihn Wilhelm, Wolgemuts Stiefsohn, dabei erwischt, nicht einer der anderen Lehrlinge, die ihn ohne Zögern an den Meister verraten hätten. Wilhelm betrachtet das Bild lang, ehe er ihm verstohlen lächelnd bedeutet, es schnell verschwinden zu lassen. Dennoch holt Albrecht es in einem günstigen Augenblick immer wieder hervor, um schnell dies zu ändern oder das zu ergänzen.

Nach und nach treffen auch die Gesellen ein, die etwas später als die Lehrlinge kommen dürfen, und Leben erfüllt die Räume. Man arbeitet bereits an ersten Entwürfen zu den Holzschnitten für Schedels Weltchronik, und Albrecht sieht neidisch auf diese Arbeit. Er ist vermessen genug zu glauben, er sei in der Lage, einen Beitrag dazu leisten zu können. Doch das behält er besser für sich.

Der Lehrling, der den Platz neben ihm hat, ist bereits im zweiten Jahr und wird wie üblich vom Meister persönlich unterrichtet, der ihm die Gestaltung mehrfiguriger religiöser Bildszenen erklärt, das Anordnen von Figuren zur Organisation einer Fläche, das Gewichten von Kontrasten, um Spannung zu erzeugen, oder das Einsetzen der Farbe und ihre Beziehung untereinander.

Ein alter Ofen spendet etwas Wärme im Raum, doch jedes Mal, wenn die Tür aufgeht, zieht ein eiskalter Windhauch um seine Beine, der ihn erzittern lässt.

»Dürer!«

Albrecht zuckt zusammen. Er legt langsam den Silberstift beiseite, rutscht vom Hocker und wendet sich um. Wolgemut winkt ihn zu sich. Die anderen Lehrlinge feixen und tuscheln, in der Gewissheit, dass der Neue etwas falsch gemacht hat und jetzt eine strenge Rüge bekommt. Albrecht überlegt fieberhaft, doch ihm will nichts einfallen. Langsam nähert sich Albrecht dem Meister, der ihn ernst mit zusammengekniffenen Lippen mustert.

Wolgemut überlegt einen Moment, bevor er sagt: »Ist dir jemals ein Mann namens Clementi begegnet – Signor Clementi?«

Albrecht zuckt zusammen. Niemals hat er die Begegnung mit dem Venezianer vergessen. Er nickt. »Ich glaub schon.«

»Du glaubst oder du weißt?«, fragt Wolgemut ungeduldig.

»Es war mal einer beim Vater und beim Koberger, der hat, glaub ich, so geheißen.«

Wolgemut wechselt einen kurzen Blick mit Wilhelm, der im Hintergrund steht und das Gespräch verfolgt. »Und du hast ihn nicht mehr wiedergesehen seit damals?«, fragt er.

»Nein.«

»Er muss aber bei deinem Vater gewesen sein. Er hat das hier bei ihm für mich abgegeben.«

Albrecht denkt an die Auftragsarbeit, die Leuchter und den Pokal, die er persönlich bei seinem Vater abholen wollte. »Ich habe ihn nicht gesehen«, wiederholt er noch einmal wahrheitsgemäß.

Wolgemut scheint ihm nicht zu glauben. Er hält das Pergament in der Hand und überlegt, wie er weiter verfahren soll. »Dies hier ist ein Auftrag«, erklärt er schließlich. »Eine Folge von Holzschnitten, Illustrationen. Und er besteht darauf, dass du sie ausführst.«

Ein strenger Blick trifft Albrecht, der den jungen Lehrling bis ins Mark trifft. Es ist ein kalter, abschätzender Blick, der sagt: Wen habe ich da vor mir? Was habe ich mir da in die Werkstatt geholt?

Für einen Augenblick hat Albrecht das Gefühl, seine Beine versagen ihm den Dienst. Er spürt die neugierigen Blicke der anderen Lehrlinge im Nacken, die das Beisammensein der kleinen Gruppe aufmerksam verfolgen.

Wolgemut lässt keinen Zweifel daran, wie er über die Sache denkt. »Ich weiß, dass du denkst, du seist durch die Lehre bei deinem Vater den anderen weit voraus, und ich weiß auch, dass du nicht gerade an Selbstzweifeln leidest, und ich gebe zu, was ich bisher von dir gesehen habe, sah vielversprechend aus – dennoch musst du dir darüber im Klaren sein, dass du erst ganz am Anfang stehst. Demut, Dürer! Eine Eigenschaft, die selbst den ganz Großen gut zu Gesichte steht. Achtung vor dem Handwerk, das du erlernst! Selbst die großen Meister mussten lernen – und du willst doch nicht allen Ernstes eine Ausnahme dieser Regel sein? Für die Zukunft: Es nützt gar nichts, Freunde deines Vaters oder Meister Kobergers ins Feld zu führen, um dich in besonderem Lichte darzustellen. Steh auf deinen zwei Beinen und ruhe in dem, was du mit deinen Händen und deinem Geist erschaffst. Überzeuge mit deiner Arbeit – mich und später die anderen, und du wirst sehen, es wird deine Zeit kommen.«

Albrecht hat den strengen Worten des Meisters mit gesenktem Kopf gelauscht. Er nickt stumm. Sein außergewöhnliches Talent hat ihn bereits mehr als nötig in Schwierigkeiten gebracht, und in diesem Augenblick hasst er es, besonders zu sein. Niemals wäre er auf den Gedanken gekommen, jemanden zu bitten, sich für ihn auf eine solche Weise auszusprechen. Und er weiß, auch der Vater hätte es nicht getan. Er kann sich das alles nicht erklären.

»Geh zurück an deinen Platz.«

Albrecht geht an den Tisch, ohne den Kopf zu heben. Die anderen Lehrlinge tuscheln. Er wirft ihnen einen feindseligen Blick zu und widmet sich wieder dem Abzeichnen seines Musters.

Clementi, der Mönch, aber will ihm nicht aus dem Kopf. Woher hat er gewusst, dass er bei Meister Wolgemut in die Lehre geht? Warum will er, dass gerade Albrecht die Vorzeichnungen für die Holzschnitte seines Buches fertigt? Er ist doch erst ein Lehrling.

Gleichzeitig ist er von Stolz erfüllt, dass Clementi ihn für würdig befunden hat, die Zeichnungen für ihn zu machen – ihn, einen fünfzehnjährigen Knaben. Und er gibt zu, es juckt ihn in den Fingern…

»Träumt der große Meister?«

Albrecht fährt erschrocken zusammen.

Wilhelm steht an seinem Tisch und lächelt ihn hintergründig an. »Wer ist dieser Clementi?«

Albrecht zuckt die Schultern. »Ich weiß nicht mehr als Ihr – ich schwör'! Er war beim Vater und beim Koberger und hat ihnen Aufträge erteilt. Er hat damals eine Zeichnung von mir gesehen, die ihm wohl gefallen hat.«

Wilhelm nickt langsam. Er legt den Kopf schief und sieht ihn aus klugen, hellen Augen lange an. »Vielleicht hat er mehr gesehen als wir«, sagt er. »Mag sein, dass du Talent hast, Dürer. Mag sein.« Er wendet sich abrupt ab und geht zu einem der anderen Lehrlinge. Albrecht ahnt es noch nicht, doch mit diesem Tage soll sich alles für ihn ändern.

19

Er ließ den Blick über die menschenleere Straße vor dem Haus wandern.

»Niemand weiß, dass du hier bist«, beruhigte ihn Weidenmann.

Schräg gegenüber dem Haus parkte ein schwarzer Mercedes, der seine Aufmerksamkeit erregte. Avide versuchte zu erkennen, ob jemand im Auto saß, und glaubte schemenhafte Schatten im Wageninneren hinter den getönten Scheiben zu erkennen.

»Interessant. Er hat sich mit Otto Schäfer getroffen.« Weidenmann blätterte in Hugo Winters' Terminkalender.

Avide wandte sich vom Fenster ab und kam zum Schreibtisch zurück. »Immerhin ist Schäfer neben ihm der bedeutendste Sammler Dürer'scher Druckgrafik. Die Schäfer-Sammlung hat mindestens so viel Bedeutung wie seine eigene. Vielleicht hat er sich mit ihm ausgetauscht?«

»Winters war nicht der Mann, der sich mit anderen austauscht. Er war ein Einzelgänger und Schäfer sein größter Konkurrent.«

»Aber auch ein profunder Kenner.«

Weidenmann blätterte einige Seiten vor und wieder zurück. »Er ist viel gereist in der letzten Zeit, Paris, Amsterdam, Frankfurt, Aachen, Berlin. Irgendetwas hat ihn umgetrieben.«

»Verständlich, wenn du einen solchen Schatz in Händen hältst.«

»Nehmen wir an, der Brief ist erst kürzlich in seinen Besitz gelangt. Er hat in der Kunstwelt einen Ruf zu verlieren. Denk doch an die Hitler-Tagebücher. Wenn ein Sammler von Winters' Ausmaßen und internationalem Ruf eine Fälschung publiziert, gerät damit seine ganze Sammlung in Zweifel. Das hätte er niemals riskiert. Von dem Inhalt des Briefes und seiner Bedeutung für die Dürer-Forschung mal ganz zu schweigen. Das hier«, er deutete auf den Brief, »kann auch eine Ladung Nitroglyzerin sein.«

Der Millionär und die Kunst. Avide erinnerte sich an seine erste Begegnung mit dem Sammler, einem untersetzten, unauffälligen Mann in einem teuren Maßanzug, der ihm nicht stand und an ihm wirkte, als habe man einem pensionierten Arbeiter gerade überraschend das teure Stück geschenkt. Hugo Winters' zurückhaltende Art war ihm nicht unsympathisch gewesen. Er kannte seinen Ruf und fand ihn in den Gesprächen mit ihm nicht bestätigt. Es schien, als mache er einen feinen Unterschied zwischen dem Geschäft und seiner einzigen Leidenschaft, der Kunst. Damals hatte er ihn stolz durch seine Sammlungen geführt und sich dabei auf wundersame Weise in einen wortgewandten Kenner verwandelt. Eine Metamorphose, die Avide staunend und fasziniert erlebte. Als er Weidenmann, der damals noch in Paris wohnte, von dieser Begegnung erzählte, reagierte dieser erstaunlich zurückhaltend. Avide spürte, dass es ihm nicht recht war, dass er den Sammler getroffen hatte. Irgendwann machte Winters ihm sogar das Angebot, als eine Art Kurator seiner Sammlung zu fungieren, sie wissenschaftlich zu betreuen. Er fühlte sich geehrt durch das Vertrauen des alten Mannes, doch Weidenmann riet ihm vehement ab. Sie bekamen fast Streit deswegen. Seither hatten sie das Thema Hugo Winters gemieden. »Du kanntest ihn schon vor dem Krieg, nicht wahr?«

Weidenmann, der sich inzwischen dem Buch zugewandt hatte, schien die Frage nicht gehört zu haben. Er fuhr mit zärtlicher Geste über das weiche Leder, schlug es behutsam auf und blätterte vorsichtig einige Seiten um. Das Pergament knisterte geheimnisvoll unter seinen Fingern. Die Illumination des Buches war prachtvoll und gut erhalten, die vor neunhundert Jahren verwendeten Pigmente der Farben, Zinnober, Ultramarin und Malachit, ließen die Illustrationen noch immer leuchten. Am Anfang des ersten Kapitels stand die Initiale I, umrankt von Reben, ein Mann mit Tonsur, in eine einfache Mönchskutte gekleidet, saß ihr zu Füßen und lehnte an ihr wie an einem Baumstamm. Ignatius von Bern.

»Es gibt viele, die die Existenz dieses Buches abstreiten, und noch mehr, die dafür töten würden, es in der Hand zu halten«, sagte Weidenmann.

»Wo mag Winters es herhaben?«

»Ich kann es mir nicht vorstellen. Die Figur des Ignatius von Bern und auch dieses Buch umranken so viele Legenden.«

»War er nicht ein Zeitgenosse von Bernhard von Clairvaux?«

Weidenmann nickte. »Die große Zeit der Kreuzzüge. Auch Ignatius hat gekämpft, aber auf ganz andere Weise als der kriegerische Bernhard. Bernhard von Clairvaux ist umstritten, Ignatius von Bern wird als wahrer Heiliger verehrt.«

Avide erinnerte sich bruchstückhaft an Aussagen Bernhards aus seinen flammenden Reden, in denen er vehement für den zweiten Kreuzzug eintrat: »Ein Ritter Christi tötet mit gutem Gewissen; noch ruhiger stirbt er. Wenn er stirbt, nützt er sich selbst; wenn er tötet, nützt er Christus. Hier für Christus grausam sein ist die höchste Stufe der Glückseligkeit.«

»Ignatius wurde als Sohn eines Kaufmanns geboren, machte viele Reisen. Der Legende nach führte ihn eine davon an die Gestade einer Insel in der Ägäis. Er soll dort am Strand einem Mann, gekleidet in eine leuchtend weiße Tunika, begegnet sein, der seltsame Schriftzeichen in den Sand malte. Als sich Ignatius näherte, löste sich der Mann in einen strahlenden Nebel auf. Die Zeichen im Sand blieben, und zu Ignatius' Erstaunen vermochte er einen Sinn darin zu erkennen. Als er auf das Schiff zurückkehrte, war er nicht mehr derselbe, kleidete sich fortan in ein einfaches Leinengewand und begann, zu Fuß durch Europa zu wandern. In Frankreich ließ er sich schließlich nieder und erbaute mit seinen eigenen Händen, ohne Hilfsmittel, eine kleine Kapelle. In einer einfachen Hütte daneben schlief er. Die Menschen aus der Umgebung kamen, und bald erzählte man sich von wundersamen Dingen, Wunderheilungen und seltsamen Erleuchtungen. Mütter brachten ihre Kinder und gaben sie zu Ignatius in Obhut. Er bildete sie zu Dienern Gottes aus, allerdings nicht nach den damals üblichen Methoden. Er war ein Diener Gottes, nicht der Kirche.

Die Bewohner der umliegenden Dörfer und Städte ermöglichten es Ignatius schließlich, ein Konvent zu bauen, praktisch um die kleine Kapelle herum, die den Mittelpunkt bildete. Ignatius und seine Jungen lebten wie die Mönche in einfachen Zellen, einzig und allein dem Dienen des Herrn verpflichtet. Er verfasste zahlreiche Texte, die von seiner großen Gläubigkeit und Weisheit zeugen sollen, doch keiner ist überliefert.«

Weidenmann heftete den Blick auf einen imaginären Punkt im Raum. »Der Legende nach war die Insel, an dessen Ufer Ignatius strandete, die Insel Patmos und der Mann, der ihm dort begegnete, der Prophet Johannes.«

»Die Offenbarung des Johannes?«, warf Avide erstaunt ein.

Weidenmann nickte. »Es gab und gibt Menschen, die glauben, Ignatius sei im Besitz des Schlüssels der Offenbarung des Johannes gewesen.Die Apokalypse gilt als der geheimnisvollste Teil der Bibel. Wer sie entschlüsselt, dem soll unbegrenzte Macht zuteilwerden, sagt man. Und ewiges Leben. Man benutzte sie gern als Waffe, um die Gläubigen zu knechten. Nur wer reinen Herzens war und ohne Sünde, konnte die Apokalypse überleben. Am Vorabend der Reformation erlebte die Figur Ignatius von Berns posthum einen wahren Boom. Die Menschen pilgerten in sein Kloster, in dessen kleiner Kapelle er begraben liegt. Sie waren verunsichert, der Wandel der Zeiten und Werte war unübersehbar, der Fortschritt keimte auf und man begann, die allgegenwärtige und allwissende Kirche infrage zu stellen. Ignatius galt als der Mann, der einen von Gott Gesandten gesehen und von ihm die göttliche Weisheit übermittelt bekommen hatte. Niemals waren der Glauben an die Apokalypse und ihre furchtbaren Folgen so stark wie in jenen Jahren. Das Neue verunsichert die Menschen, damals wie heute. Seuchen und Krankheiten suchten sie heim, alles war im Wandel. Die Menschen, die nach Frankreich pilgerten, glaubten fest daran, dass die Apokalypse kurz bevorstand und dass sie Ignatius' Wissen darüber aus göttlicher Hand, würden sie für wert befunden, es mitgeteilt zu bekommen, das Strafgericht als gereinigt und geläutert überleben lassen würde.«

Sie tauschten einen langen Blick. Jeder las in den Augen des anderen, was er dachte:

Da schloss sich wieder ein Kreis: auch in Dürers Werk nahm die Apokalypse einen großen Raum ein. Seine achtzehn Kupferstiche zu diesem Thema, das ihn mehr als alle anderen beschäftigte und bewegte, wie viele seiner Zeitgenossen, galten als ein Teil seines reifsten Werkes.

Avide schüttelte den Kopf. Die Macht des Glaubens erstaunte ihn immer wieder. Und es gab Dutzende von Beispielen dafür, wie man die Menschen im Namen des Glaubens und mit Hilfe ihrer blinden Gläubigkeit ausnützte und manipulierte.

»Er wurde schließlich heiliggesprochen. Es ist schon erstaunlich, die Brüder haben diese Berühmtheit niemals ausgenützt«, sagte Weidenmann. »Ignatius hat sie zu Armut und Demut erzogen. Es blieb ein kleiner, armer Konvent. Die Mönche dort hießen die Menschen willkommen, gaben ihnen von ihrem bescheidenen Mahl und ein Bett für eine Nacht, führten sie in die Kapelle, zu Ignatius' Grab, und verabschiedeten sie wieder.«

»Sie haben also keinen Platz in der Geschichte wie Bernhards Zisterzienser?«

»Nein. Sie blieben Außenseiter. Eine kleine, verschworene Gemeinschaft, die lediglich in der Kunstgeschichte eine Bedeutung hat, weil es in ihren Reihen einige hervorragende Buchillustratoren gab. Die Bücher aus dem Konvent des Ignatius von Bern hatten einen weit über Frankreich hinausreichenden Ruf, und einige wenige sehr kostbare Exemplare existieren noch in verschiedenen Bibliotheken, sie zählen zu den schönsten und kunstvollsten ihrer Art.«

»Davon habe ich gelesen.«

»Eine der vielen Legenden um den heiligen Mann besagt, dass er den Konvent einzig und allein aus dem Grund geschaffen hat, um seine Schriften vor falschem Zugriff zu schützen. Die Mönche sozusagen als Bewacher des Schatzes. Und es gibt Forscher, Historiker, die glauben, dass die Mönche Ignatius' Vermächtnis, seine Aufzeichnungen, die es gegeben haben muss, von denen aber keine mehr existiert, nach seinem Tod an einem geheimen Ort verwahrten. Unter ihnen auch den Schlüssel zur Apokalypse. Und es gab und gibt nicht wenige, die weiter glauben, dass einer der Mönche den Aufbewahrungsort der Aufzeichnungen, den nur die wenigen Mitglieder der Bruderschaft kannten, in der Vita niedergeschrieben hat. Der Glauben daran ist uralt und so tief, dass das Kloster gegen Ende des dreizehnten Jahrhunderts, nach Ignatius' Tod, mehrmals belagert wurde, um in ihren Besitz zu gelangen. Doch niemandem ist es gelungen. Man kennt den Verfasser der Vita nicht. Es ist ein geheimnisvolles Buch, das die menschliche Fantasie immer wieder zu Höchstleistungen beflügelt hat. Viele, auch ernsthafte Historiker, halten sie für eine reine Erfindung.«

»Die hätten wir ja jetzt gründlich widerlegt. Du weißt eine Menge darüber.«

Der alte Mann wandte sich abrupt ab. Er ging zu einem niedrigen Tisch, entnahm einer Schachtel eine Zigarette und zündete sie an. Avide verfolgte sein Tun interessiert. Weidenmann schien seine Nervosität nur noch mit äußerster Anstrengung in den Griff zu bekommen. Er hatte das Rauchen in den letzten Jahren praktisch aufgegeben. Es verging geraume Zeit, in der er abzuwägen schien, ob er weitersprechen sollte. Schließlich sagte er mit dunkler Stimme: »Ich habe mich früher damit beschäftigt.« Und er fügte leise hinzu: »Es hat mich einmal sehr fasziniert.«

Avide konnte das durchaus nachvollziehen. Er ging zurück zum Schreibtisch und betrachtete aufmerksam alles darauf Ausgebreitete. Doch sosehr er sich auch anstrengte, er vermochte sie nicht in einen Kontext zu bringen. Der Brief, die Vita des Ignatius. Und dennoch hatte sich Winters vor seinem Tod ausschließlich damit beschäftigt. »Was wurde aus dem Konvent?«

»Das Kloster ist heute eine Ruine«, antwortete Weidenmann. »Aber es war immerhin bis Anfang der Sechzigerjahre dieses Jahrhunderts von den Mönchen bewirtschaftet. Sie lebten und arbeiteten noch immer beim Schein von kleinen Öllampen. Vielleicht waren sie die Ursache für das Feuer, das das Kloster dann zerstörte. Alle noch im Konvent lebenden Brüder kamen darin um. Es waren noch sieben oder acht. Eine tragische Geschichte.« Er wandte sich wieder dem Buch zu. »Was immer dieses Buch wirklich in sich birgt oder nicht, es ist eine wunderbare Arbeit der Zeit.«

»Aber warum hat es Winters aus seiner Bibliothek entfernt?«

»Ich glaube fast, die Frage, wie es überhaupt in Winters' Bibliothek gekommen ist, ist vor dem Hintergrund seines plötzlichen Ablebens noch wichtiger.«

»Könnte es einen Zusammenhang geben zwischen dem Brief und dem Buch?«

Weidenmann schüttelte nachdenklich den Kopf. »Im Augenblick sehe ich keinen. Außer dass es beides bibliophile Kostbarkeiten sind, jedes für sich in der Lage, die Kunstwelt in helle Aufregung zu versetzen. Es ist nicht einmal die gleiche Zeit. Das Buch dürfte Mitte bis Ende des 12. Jahrhunderts gefertigt worden sein, der Brief, sollte er echt sein, stammt von 1490.« Er stieß einen lauten Seufzer aus. »Ich möchte nicht wissen, was noch alles in Hugo Winters' Sammlung schlummert.«

Avide wusste, dass das Thema Privatsammlungen für seinen Freund ein zweischneidiges Schwert war, und er teilte dessen Meinung. Beiden war bewusst, dass die Besitzer der Sammlungen unendlich viel zur Erhaltung der Kunstwerke taten, viele von ihnen aber die herrlichsten Kunstschätze vor der Öffentlichkeit, auch aus Angst vor Zerstörung, verbargen und somit unter Verschluss hielten, was doch der breiten Masse zugänglich gemacht werden sollte. Für ihn selbst gehörte die darstellende Kunst zum Leben wie die Nahrung, die er täglich zu sich nahm, und der Besuch von öffentlichen Sammlungen und Museen zählte zum Schönsten, womit er seine Zeit verbringen konnte. Er würde sich immer dafür einsetzen, dass so viele Kunstwerke wie möglich in öffentliche Hand kamen.

Er dachte daran, wie viele Überraschungen er in den letzten Jahren schon erlebt hatte, in denen er, neben seiner Tätigkeit als freier Dozent an der Kölner Universität, bei einem der größten europäischen Versicherungskonzerne für Kunstgegenstände arbeitete. Vor allem, was den privaten Besitz von Kunstwerken anging.

Beide Männer starrten weiterhin auf den Schreibtisch, auf dem die Habseligkeiten Hugo Winters' lagen. Konnten sie die Antwort auf die Fragen bergen, die sie und die Polizei sich stellten?

»Jedenfalls ist die Vita ein weiterer guter Grund, Valois auf die Pelle zu rücken«, sagte Avide.

»Du glaubst, Winters hat sie von ihm?«, fragte Weidenmann ungläubig.

»Philippe Valois ist einer der wenigen Menschen auf diesem Planeten, dem ich das Auffinden eines solchen Buches durchaus zutrauen würde. Du nicht?«

Weidenmann wich seinem fragenden Blick aus und verließ das Zimmer. »Es ist spät. Komm, ich gebe dir Bettzeug für das Gästezimmer.«

Zweiter Tag

1

Der Morgen brachte erneute Wolkenbrüche, und man wartete vergeblich auf Aufhellung. Diese Tage, die anfangen, als wäre der Abend zuvor niemals zu Ende gegangen, lasteten auf Elises Gemüt. Sie war aus tiefen, wirren Träumen erwacht und fühlte sich nicht unausgeruht.

Wie üblich war Sophie bereits wach, als sie ins Zimmer trat, um nach ihr zu sehen. Vorher hatte sie die Kaffeemaschine eingeschaltet, und das Tuckern und Brodeln des Automaten erfüllte neben dem intensiven Duft nach Kaffee die Wohnung.

Elise gab ihrer Großmutter einen Kuss auf die Wange, den diese mit einem Lächeln quittierte, und ging zum Fenster, um die Vorhänge zurückzuziehen.

Sophie deutete auf Elises nackte Füße.

»Du wirst dich erkälten«, sagte sie tadelnd.

Elise gähnte herzhaft und fuhr sich mit der Hand durch die Haare. »Möchtest du Musik?«

Sophie nickte. »Leg mir doch bitte Grieg auf.«

Elise suchte im Regal und fand die CD. Sogleich ertönte die »Morgenstimmung« aus der Peer-Gynt-Suite Nr.1. Sogleich vergaß man den Regen draußen und fühlte sich auf eine bis zum Horizont reichende Frühlingswiese versetzt, die vom ersten Morgenlicht erhellt wird. Die ersten Vögel erwachen und beginnen zu singen, die Tropfen des Morgentaus glitzern auf den Grashalmen.

»Komm her.«

Elise setzte sich auf die Bettkante und nahm Sophies Hand. Ein solcher Morgen war für beide selten.

»Du siehst blass aus«, sagte die alte Frau besorgt. Ein feiner Faden Speichel trat aus ihrem Mund und lief ihr am Kinn herunter. Elise nahm ein Taschentuch vom Nachttisch und wischte ihn ab. Jetzt begann die Prozedur der morgendlichen Toilette.

2

Heißer Wasserdampf verteilte sich in dem kalten Badezimmer und setzte sich in kleinen glitzernden Wassertropfen auf den weißen Kacheln ab. Er stieg aus der Dusche und wischte mit einem Handtuch den Spiegel über dem Waschbecken frei. Ein übernächtigtes Gesicht starrte ihm entgegen, mit dunklen Rändern unter den Augen und zwei senkrechten Falten, die sich resigniert links und rechts der Nasenflügel nach unten zu den Mundwinkeln zogen.

Der Regen prasselte vor dem Fenster des Badezimmers wie ein frühmorgendlicher Appellruf, die Schlacht des Tages zu schlagen.

Während er sich rasierte, überlegte er, ob es ratsam war, Valois anzurufen oder lieber unangemeldet in dessen Antiquariat aufzutauchen. Er entschied sich für die zweite Variante.

Aus dem Wohnzimmer drangen verhalten die Töne des Molto Allegro aus Mozarts Sinfonie Nr. 40 ins Bad. Er hörte, dass jemand die Haustür aufschloss, und öffnete die Badezimmertür, um in die Diele zu spähen.

»Ich habe die Fahrkarte«, sagte Weidenmann und hielt eine Tüte mit Brötchen in die Höhe, bevor er die Tür hinter sich schloss. »Der Kaffee ist gleich fertig.«

Sie frühstückten in der kleinen Küche. Weidenmann wirkte ebenfalls übernächtigt. Seine Haut war grau, und seine Hände zitterten leicht, während er den Kaffee in die Tassen goss.

»Danke«, sagte Avide und steckte die Fahrkarte, die neben dem Teller lag, in die Innentasche seiner Jacke. »Ich zahle es dir später zurück.«

»Mach dir darüber keine Sorgen«, sagte Weidenmann und setzte sich zu ihm an den Tisch. »Bist du dir sicher?«

Avide nickte stumm. Der heiße Kaffee wärmte sein Inneres. »Ich verspreche dir, wenn ich mit Valois gesprochen habe, komme ich zurück und stelle mich. Mit allen Konsequenzen.«

3

Wie gewöhnlich war Michael Widmer bereits da, als Elise das Büro im Präsidium betrat. Frisch und ausgeruht strahlte er sie über den Schreibtisch hinweg an.

Elise warf ihre Tasche unachtsam in eine Ecke und ließ sich in ihren Stuhl fallen.

»Das Leben mit einem, der morgens schon so fröhlich ist, muss die Hölle sein«, sagte sie. »Ludger hat mein volles Mitgefühl.«

Widmer strahlte unbeirrt weiter. »Ich weiß, wo Adele Wagner ist, du weißt schon – die Besitzerin dieses Hauses. Sie lebt! In der Kaiserin-Theophanu-Residenz. Ich habe bereits angerufen. Dr. Katja Mang, die Leiterin, wird uns empfangen.«

»Gut. Das werden wir als Erstes machen.«

Widmer kniff seine schönen blauen Augen zusammen und warf ihr einen kritischen Blick zu. »Wie geht es dir?«

»Frag mich was Leichteres.«

»Du brauchst ein Date.«

Elise lächelte. »Ich treffe jeden Tag Dutzende von Leuten.«

»Du weißt, was ich meine. Was ist eigentlich mit unserem Totenschnippler? Der macht dir doch immer schöne Augen. So schlecht sieht er gar nicht aus. Ihr könntet abends auf der Couch Händchen halten und euch über die Todesursache der neuesten Wasserleiche unterhalten.«

Elise nahm einen Radiergummi und warf ihn nach ihm. Widmer duckte sich und das Gummi flog an ihm vorbei und landete am Revers Richard Strothmanns, der plötzlich wie aus der Erde erwachsen im Raum stand.

Für einen Augenblick herrschte Stille. Strothmann musterte die beiden Beamten kritisch. »Dabei hatte ich doch noch gar nichts gesagt«, bemerkte er trocken.

»Tut mir leid«, sagte Elise.

»Dass ich noch nichts gesagt hatte oder der Radiergummi?«

Strothmann schloss die Tür hinter sich. Wie immer war seine äußere Erscheinung perfekt, maßgeschneidert, teuer und dezent. Das schüttere, dunkelblonde Haar war modisch geschnitten, die Hände manikürt, und der Duft eines teuren Herrenparfums erfüllte den Raum. Er war nicht sehr groß, warum er sich eine extreme, fast militärisch anmutende Körperhaltung angewöhnt hatte. Wie stets hatte er die linke Hand in die Hosentasche versenkt, und die Finger der rechten, deren Ringfinger ein schwerer, breiter Goldring zierte, spielten mit einem goldenen Feuerzeug.

Er kam sofort zur Sache: »Ich hatte heute Morgen einen Anruf von Dr. Matthiesen, dem Hausarzt Luise Winters'. Er war alles andere als gut gelaunt. Er hat sie in ein Schweizer Sanatorium bringen lassen.«

»Sie ist eine wichtige Komponente in diesem Fall«, warf Elise ein.

Strothmanns Nasenspitze hob sich in die Höhe. Seine Augen zogen sich zu schmalen Schlitzen zusammen. »Wirklich? Das kann ich nicht erkennen. Zuerst einmal ist sie eine kranke alte Frau. Sie haben sie befragt und sie konnte keine entscheidenden Hinweise geben. Oder sehe ich das falsch?«

»Sie weiß etwas, das sie nicht sagt.«

Strothmann zuckte die Schultern. »Das erleben Sie doch jeden Tag. Sie hatten Ihre Chance bei ihr.« Er trat einen Schritt näher an den Schreibtisch heran. »Sogar mehrere, die, nebenbei bemerkt, nicht mit mir abgesprochen waren. Graben Sie in einer anderen Richtung. Diese Quelle ist jedenfalls versiegt.«

Elise hasste den überheblichen Tonfall Strothmanns. Und noch mehr, wenn er recht hatte.

»Ich wiederhole mich nur ungern, Frau Brandt, aber wir brauchen Ergebnisse! Brauchen Sie Hilfe? Soll ich noch einige Leute abstellen?«

Elise schüttelte den Kopf. »Das ist keine Sache von Quantität.«

»Na, von Qualität bisher ja wohl auch nicht.«

»Morgen gebe ich eine weitere Pressekonferenz, zu der ich Sie erwarte. Und glauben Sie ja nicht, dass ich, sollten sich bis dahin keine weiteren Anhaltspunkte finden lassen, diese Schlappe auf mir sitzen lasse.«

Nein, auf den Gedanken wäre Elise nie gekommen.

Strothmann wartete einige Augenblicke, bevor er fortfuhr, und ließ Elise dabei nicht aus den Augen. »Was ist mit dieser Geliebten? Was ist da passiert?«

Die Hauptkommissarin gab ihm eine kurze Zusammenfassung.

»Weiß die Presse schon davon?«

»Nicht von uns.«

»Dieser ganze Fall entwickelt sich wirklich zu einem Desaster«, sagte der Kriminalrat fast wie zu sich selbst. Wahrscheinlich dachte er an die spitzen Bemerkungen der Mitglieder seines Golfclubs, dem auch der Polizeipräsident angehörte. Er verkehrte ausschließlich mit der Upperclass der Stadt und hatte diese Tatsache einzig dem Umstand zu verdanken, dass er eine reiche Erbin aus alter Familie geheiratet hatte. Diese Gesellschaft hielt ihn für einen Emporkömmling und ließ ihn das bei jeder sich bietenden Gelegenheit spüren. Eine interessante Parallele zu Hugo Winters.

»Leider hat die Fahndung, die wir rausgegeben haben, noch keinen Erfolg gehabt«, warf Michael Widmer ein.

Strothmann bedachte ihn mit einem jener Seitenblicke, die man einem Hund zuwirft, wenn er bei Tisch nicht artig war.

»Wir haben die Besitzerin des Hauses ausfindig gemacht, in der wir Winters' Leiche gefunden haben«, sagte Elise. »Sie lebt in einer Altersresidenz. Ich werde gleich hinfahren.«

Strothmann nickte. »Ich erwarte Ihren Bericht, wenn Sie zurück sind. Und bitte – gehen Sie doch etwas feinfühliger mit ihr um als mit Luise Winters.«

4

Als er aus dem Haus trat, ließ er den Blick suchend die Straße hinauf- und hinuntergleiten. Der schwarze Mercedes war verschwunden.

Wenige Sekunden später bog das Taxi in die Straße ein, das sie zum Bahnhof bringen sollte. Avide trug wieder den weichen Hut, tief ins Gesicht gezogen, und kam sich albern damit vor. Nervös sah er auf seine Uhr. Sie hatten die Zeit so berechnet, dass er den Thalys nach Paris mit knapper Not erreichte. Neben ihm auf dem Sitz lag der Koffer, dessen brisanter Inhalt immer schwerer wog, je länger er in seinem Besitz war. An den Seitenfenstern des Wagens glitt das Alltagsleben der erwachenden Stadt vorbei.

Das Taxi hielt vor dem Hauptbahnhof, er stieg aus und sah sich suchend um. Alles schien normal, kein zusätzliches Polizeiaufgebot. Mit eiligen Schritten durchquerte er die ausladende Bahnhofshalle. Als er auf dem Bahnsteig ankam, stand der rotglänzende Zug bereits am Gleis. Avide atmete erleichtert auf, als sich die Türen schlossen.

5

Elise ließ den Blick über das großzügig angelegte Areal der Kaiserin-Theophanu-Residenz schweifen. Alles hier roch nach Geld. Niemand konnte dem Schicksal, sterben zu müssen, entgehen, doch einige hatten das Glück, sich einen Wartesaal des Todes mit gepolsterten Sitzen leisten zu können.

Die Fassade der Hauptgebäude leuchtete selbstbewusst in strahlendem Weiß, das sich tapfer gegen die hell- und dunkelgrauen Pastelltöne des Himmels behauptete. Ihnen vorgelagert war ein niedriger, rechteckiger Kasten, der aussah wie eine gekippte Zigarrendose. Die Vorderseite war verglast. Ein kühler Ostwind blies den beiden Beamten entgegen, als sie den runden, mit terrakottafarbenen Steinen gepflasterten Platz vor dem Eingang überquerten. In der Mitte des Rondells erblühte ein Pflanzenbeet, dessen Blumen kunstvoll arrangiert das Kölner Stadtwappen zeigten.

Elise presste ihr Gesicht an eine der getönten Scheiben und erblickte Interieur und Habitus eines Fünfsternehotels. Sie betraten durch Drehtüren aus Glas die marmorgeflieste Eingangshalle. So sehr sich eine leise surrende Klimaanlage auch um gute Luft bemühte, der typische Geruch nach Desinfektionsmitteln war schwach, aber deutlich wahrnehmbar. Die polierten Böden bedeckten zahlreiche teure Teppiche, die den Besucher zu einer Mahagonirezeption führten. Eine junge Frau in dunkelblauem Kostüm thronte hinter der Rezeption und hatte die beiden Beamten schon eine Weile im Blick.

Elise sah sich um, im Hintergrund gläserne Aufzüge, eine Loggia, ein überdachter Innenhof mit Cafeteria. Die Residenz teilte sich in zwei Bereiche; kleine und größere Apartments für alleinstehende alte Menschen oder Ehepaare, die noch in der Lage waren, für sich selbst zu sorgen, und der große Komplex für die Pflegbedürftigen mit Betreuung durch eigenes Pflegepersonal, qualifiziertes Ärzteteam und Krankenstation. Der Hauptkommissarin fiel eine große, weiße Skulptur auf; ein Knabe, schlank und feingliedrig, die Hände zum Himmel erhoben, als flehe er in einer Dürre um Wasser. Alles an ihm schien in Bewegung zu sein. Er war aus weißem poliertem Marmor, und die Lichtreflexe auf der Oberfläche verstärkten den Eindruck der Lebendigkeit. Dem Rücken des Knaben entwuchs ein Paar Flügel, der eine hoch emporgereckt, der andere ein wenig traurig nach unten hängend.

Elise trat näher heran und las das blank polierte Messingschild, das auf der Oberfläche der Rezeption angebracht war: IKARUS, Colette 1948. Elise gefiel die Arbeit.

Michael Widmer preschte vor und warf der jungen Frau an der Rezeption ein strahlendes Lächeln zu, das an geschäftsmäßig einstudierter Freundlichkeit abprallte.

Elises Handy klingelte. Sie kehrte ihrem Kollegen den Rücken zu und meldete sich.

»Ja, Brandt?«

»Sie sind für den Mord an Hugo Winters zuständig?«

»Ja. Mit wem spreche ich?«

»Ich habe Informationen, die ich Ihnen mitteilen möchte.«

»Wollen Sie mir nicht erst Ihren Namen nennen?«

»Nicht jetzt.«

»Was für Informationen haben Sie?«

»Nicht am Telefon.«

»Was schlagen Sie vor?«

»Kommen Sie heute gegen siebzehn Uhr in den Dom. Ich stehe am Grab des heiligen Engelbert, links neben dem Chor. Kennen Sie es?«

»Ja.«

»Werden Sie kommen?«

»Wie würden Sie an meiner Stelle reagieren?«

»Ich würde nicht kommen. Wie viele derartige Anrufe bekommen Sie in so einem Fall?«

»Viele.«

»Und wie vielen gehen Sie nach?«

»So vielen, wie es uns möglich ist.«

»Können Sie es sich in diesem Fall leisten, diesen Anruf zu ignorieren?«

»Sagen Sie mir doch Ihren Namen.«

»Kommen Sie in den Dom.«

Ein kurzes Klicken. Aufgelegt. Irgendetwas war in der Stimme, das sie davon abhielt, den Anruf sofort in die Schublade zu den Anrufen der Spinner und Profilierungssüchtigen zu tun, die unvermeidlich bei jedem Fall in hoher Zahl bei der Polizei eingingen, besonders dann, wenn das Opfer ein großes Medienecho hervorrief.

Nachdenklich schloss sie sich Widmer an, der sie bereits erwartete und sie fragend ansah. Nachher, bedeutete sie ihm.

Kurze Zeit später standen die beiden Beamten vor einem ausladenden Schreibtisch, der ein quadratisches Zimmer beherrschte, dessen Wände in kühlem Minzgrün gehalten waren.

Elise fiel als Erstes die fast lebensgroße, strahlend weiße Skulptur einer Frau auf, die nach einer stummen Melodie zu tanzen schien. Ihr schlanker Körper vollführte dabei eine grazile Drehung, der linke Arm war um den Körper geschlungen, der rechte zeigte nach oben. Der Kopf war geneigt und das Gesicht blickte zu Boden, fast so, als schäme sie sich für ihren freizügigen Tanz. Elise war sich sicher, dass sie von der gleichen Künstlerin stammte wie der Ikarus in der Halle.

Katja Mang war eine schmale, zartgliedrige Frau, Anfang bis Mitte fünfzig, die hinter dem massigen Schreibtisch fast zu verschwinden schien. Ihr auffälligstes Merkmal waren ein Paar hellblaue Augen, die Elise skeptisch musterten.

Sie trug ein schwarzes Kostüm und darunter eine weiße Bluse, was sehr streng wirkte. Ihr fast zur Gänze ergrautes Haar war zu einem modischen Pagenkopf geschnitten und betonte ihr schmales, kaum geschminktes Gesicht.

»Bitte.« Sie wies auf zwei Sessel vor dem Schreibtisch, auf dem eine auffallende Bronzeskulptur thronte, die dort seltsam deplatziert wirkte; ein Paar betender Hände, die sich flehend gen Decke reckten, aufgepflanzt auf einen polierten Holzblock.

»Bitte entschuldigen Sie die Störung«, begann Elise. »Aber wir haben einige Fragen zu einer Ihrer – Insassinnen.«

Katja Mang hatte die Arme auf die Tischplatte des Schreibtisches gelegt und blickte von einem zum anderen. »Machen wir den Eindruck eines Gefängnisses auf Sie?« Ihre Stimme war erstaunlich tief, stand in krassem Gegensatz zu ihrem zierlichen Körperbau. »Wir bevorzugen es, von den Menschen, die hier leben, als Bewohnern zu sprechen oder Gästen.«

»Natürlich. Einer Ihrer ›Gäste‹ ist eine Frau Adele Wagner?«

Katja Mang nickte. »Sie ist, oder besser war, eine großzügige Gönnerin dieses Hauses.«

»Wir würden gern mit Frau Wagner sprechen.«

»In welcher Angelegenheit?«

»Wir untersuchen den Mord an Hugo Winters. Sie haben vielleicht davon gelesen?«

Die Stellung ihrer Hände blieb unverändert. Aber irgendwie wirkte es jetzt verkrampft, als würde sie sich an dieser unveränderten Haltung festhalten. Elise bemerkte, dass sie die Hände so fest zusammenpresste, dass die Knöchel weiß hervortraten.

»Hugo Winters' Leiche wurde in einem Haus gefunden, das, laut unseren Recherchen, Frau Wagner gehört. Deswegen möchten wir gern mit ihr sprechen.«

»Wir müssen mit ihr sprechen«, berichtigte Widmer.

Die Heimleiterin lehnte sich zurück. »Das wird kaum möglich sein.«

»Warum?«

»Frau Wagner leidet seit geraumer Zeit an fortgeschrittener Demenz. Sie ist nicht ansprechbar.«

»Wer kümmert sich um Frau Wagners finanzielle Belange?«

Ein Nerv unter Katja Mangs linkem Auge zuckte kurz, die einzige Regung in ihrem versteinerten Gesicht. »Ihr Lebensunterhalt wird von einer Stiftung bestritten, die ihr verstorbener Gatte vor einigen Jahren ins Leben gerufen hat. Beider Vermögen wurde als Stiftungskapital eingesetzt. Später hat sie dann den von ihrem Mann ererbten Aktienanteil an seiner Firma mit einfließen lassen – soviel ich weiß.«

»Wie heißt diese Stiftung?«

»Die Wagner-Wolfarth-Stiftung. Die Anwaltskanzlei Seibold, Manteuffel und Krug kann Ihnen da mehr Auskünfte geben. Sie ist der offizielle Vermögensverwalter von Frau Wagner, und ich glaube, Herr Seibold ist Mitglied im Stiftungsrat.«

Elise warf einen kurzen Blick zur Seite. Michael Widmer hatte alles ordnungsgemäß notiert. »Bekommt Frau Wagner ab und an Besuch?«

»Soweit ich weiß nicht. Man müsste mit der zuständigen Pflegerin sprechen.«

»Hat Frau Wagner jemals über das Haus in Rodenkirchen gesprochen?«

»Ich weiß es nicht.«

»Ich würde sie gern sehen.«

Katja Mang wurde rot, ihr Mund wirkte plötzlich verkniffen. Sie beugte sich vor. »Aus welchem Grund? Ich sagte Ihnen doch schon, Frau Wagner ist nicht ansprechbar.«

Elise erhob sich langsam. »Sagen wir, weil ich hier diejenige bin, die das Recht dazu hat, sich persönlich von diesem Umstand zu überzeugen, Frau Mang.«

Ein eiskalter Blick traf sie.

Elise blieb unbeirrt stehen und sah auf die Heimleiterin hinab. »Wie lange lebt Frau Wagner bereits hier in der Residenz?«

»Seit ihrer Eröffnung vor zehn Jahren. Sie war einer der Initiatoren dieses Projektes, das dank ihrer guten Beziehungen und dem Geld aus der Wagner-Wolfarth-Stiftung realisiert werden konnte.« Katja Mang erhob sich, um mit der Hauptkommissarin wieder auf Augenhöhe sprechen zu können.

Widmer sah dem Spiel der beiden belustigt zu.

»Bitte fahren Sie hinauf in den sechsten Stock des B-Flügels. Schwester Ursula wird Sie dort in Empfang nehmen.« Sie wies mit der Hand auf die Türe. Das Gespräch war beendet.

6

Er musste kurz eingenickt sein. Der Zug verließ bereits Brüssel–Midi.

Die Landschaft, die an ihm vorbeiflog, wirkte wie ein verwaschenes Aquarell, monoton, auswechselbar. Sie hatte nichts Ursprüngliches mehr und damit ihre einzigartige Faszination, wie sie sie vielleicht auf einen Künstler wie Dürer ausgeübt haben mochte, verloren. Er würde verständnislos sehen, wie die Menschen heute versuchten, immer noch schneller von einem Ort zum anderen zu kommen, ohne sich das Gesehene wirklich bewusst zu machen. Eine Landschaft, ihre Einzigartigkeit, ihre Schönheit, wirklich zu empfinden, dieses Gefühl war abhandengekommen. Wie kurzsichtig der moderne Mensch doch ist, dachte er.

Ihm gegenüber saß ein breitschultriger Mittdreißiger mit kurzen braunen Haaren, der ab und an von seiner Lektüre des Figaro aufsah und ihn über den Rand der Zeitung anstarrte. Avide erwiderte den Blick. Er konnte das Gefühl nicht abschütteln, beobachtet zu werden, und ließ den Blick durch den Großraumwagen des Zuges gleiten. Er sah eine italienische Familie, dessen etwa zehnjähriger Spross fröhlich den Gang rauf und runter hüpfte, ständig ermahnt von seiner Mutter, einer glutäugigen Schönheit, die ihm über die Entfernung mehrerer Sitzreihen hinweg ein anziehendes Lächeln schenkte. In den Sitzen dahinter diskutierten zwei Asiaten hitzig ihre Reiseroute. Paris war für alle Asiaten ein Höhepunkt der begehrten Europareisen. Ein Dunkelhäutiger, in einen grellbunten Burnus gekleidet, schritt majestätisch den Gang entlang. Auf seinem Kopf thronte ein roter Turban. Mehrere unisono gut gekleidete Männer in den Vierzigern, in dunklen Anzügen mit weißen Hemden und dezent gemusterten Krawatten, wahrscheinlich Geschäftsleute, von denen einige ihre Laptops hervorgeholt hatten, verteilten sich im Wagen. Alles schien wie immer, wenn er diese Fahrt machte.

Dennoch blieb ein Rest Unsicherheit.

7

Ein großer, leise surrender Aufzug beförderte die beiden Ermittler in den sechsten Stock.

»Ich möchte, dass du den Anwalt, diesen Seibold, anrufst«, sagte Elise zu Widmer. »Ich will mit ihm sprechen. Ich würde jetzt gern Mäuschen spielen und mich unter Dr. Mangs Schreibtisch verkriechen.«

»Du meinst, sie war zu wenig überrascht über unser Erscheinen und zu gut vorbereitet?«

»Genau das meine ich.«

Schwester Ursula sah adrett aus in ihrer weißen Tracht und den rot angehauchten Apfelbäckchen. Sie lächelte die beiden Besucher freundlich an. »Sie möchten zu Frau Wagner?«

»Wir kommen von der Kripo Köln und ermitteln in einem Mordfall.«

Schwester Ursulas Lächeln verschwand. »Frau Dr. Mang hat Ihnen gesagt, dass sie nicht mit ihr sprechen können?«

»Nimmt Frau Wagner die Außenwelt gar nicht mehr wahr?«, fragte Elise.

Die Pflegerin zuckte mit den Schultern. »Ab und an kommt eine Reaktion, aber nur noch selten. Es gibt gute und schlechte Tage. An den guten Tagen erinnert sie sich manchmal an Dinge aus der Vergangenheit – ein Name, ein Ort.«

»Bekommt sie Besuch?«

»Seit einiger Zeit kommt ab und zu ein älterer Herr, groß, schlank, mit weißem Haar, sehr gepflegt. Er verbringt ein halbe Stunde bei ihr, bringt ihr Blumen.«

»Wie heißt er?«

»Das weiß ich leider nicht.« Schwester Ursula hatte ihr Lächeln wiedergefunden, das um Nachsicht heischte. Sie führte sie zu einer der zahlreichen Türen, hielt einen Moment inne und drückte dann beherzt die Klinke herunter.

Der Raum dahinter war groß und sehr hell. Vor das Fenster war ein gelber Vorhang gezogen, der das Zimmer in goldenes Licht tauchte. Es gab einen Schrank und einen Tisch mit zwei Stühlen davor, auf dem ein Strauß Sonnenblumen stand, die dringend Wasser benötigt hätten. Ansonsten gab es nur weiße Wände ohne Bilder oder Fotografien oder irgendeinen anderen persönlichen Gegenstand. Ein Wartezimmer des Todes, der sich anscheinend verspätet hatte. An der Kopfwand stand das Bett, groß und wuchtig, in denen das bisschen Mensch, das noch darin lag, fast verschwand.

Der kleine, zusammengeschrumpfte Kopf mit den Strähnen weißen, streng nach hinten gekämmten Haares lag auf ein dickes Kissen gebettet. Ein Kinderkörper, den man in ein Erwachsenenbett gesteckt hatte.

Adele Wagner hatte das Gesicht abgewandt, die Augen geschlossen. Die Finger der skelettartigen Hände aber, die wie zu einem stummen Gebet gefaltet auf der Bettdecke lagen, bewegten sich unablässig hin und her. Sie hielt stumme Zwiesprache. Mit wem? Mit ihrem Gott, den sie anflehte, sie zu sich zu holen? Mit den Geistern ihrer Familie und Freunde?

Spontan berührte Elise die eiskalten Hände der alten Frau und dachte an Sophie, in der, trotz ihrer Krankheit, noch Leben steckte: Sie hoffte, dass ihr das, was sie hier vor sich sah, bei aller Angst, sie zu verlieren, erspart bleiben würde.

Plötzlich wandte Adele Wagner, wie in Zeitlupe, langsam den Kopf und schlug die Augen auf. Sie blickte Elise aus milchig-trüben Augen an. Langsam öffneten sich die rissigen Lippen, und aus einem zahnlosen Mund drang kaum hörbar ein Wort:

»Endres …«, glaubte Elise zu verstehen.

8

Nürnberg 1487

Dunkle Nacht ist über Nürnberg hereingebrochen, dicke, weiße Flocken fallen vom Himmel und legen sich auf die Kleidung. Die Dächer der Häuser ringsumher sind weiß gefärbt, und ab und an durchbricht das knirschende Geräusch brechenden Eises die Stille. Albrecht tänzelt verzweifelt von einem Fuß auf den anderen, um der

Kälte Herr zu werden, und hat die Arme fest vor der Brust verkreuzt, die Hände unter die Achselhöhlen geschoben. Was mag Wilhelm von ihm wollen? Geheimnisvoll ist er am Vormittag dieses dunklen Januartages an seinen Tisch getreten und hat ihn gebeten, am Abend, wenn alle, auch der Meister, die Werkstatt verlassen hatten, zurückzukommen. Er tut wie ihm geheißen und steht nun frierend vor der verschlossenen Tür der Malerwerkstatt. Ein übler Scherz? Das sieht Wilhelm nicht ähnlich. Erleichtert hört er ein leises Rumpeln hinter sich. Jemand schließt auf. Wilhelm steckt den Kopf heraus und winkt ihn zu sich.

»Komm!«, sagt er leise und verschwörerisch.

In der Werkstatt ist es nicht viel wärmer als draußen, da der kleine Ofen nicht brennt, doch immerhin pfeift hier kein schneidender Wind.

»Hast hoffentlich nicht zu lange gewartet?«

»Geht schon.«

»Komm mit!« Er verschließt die Tür sorgfältig, und sie durchqueren die Werkstatt. Ihr Ziel ist eine kleine Kammer, die Wilhelm Pleydenwurffs alleiniges Refugium ist. Hier hat er Zeichentisch und Werkzeug, hängt er seinen Ideen nach. Woran er hier arbeitet, weiß niemand, nicht einmal Wolgemut.

»Ich will nicht, dass jemand sieht, dass ich dich hier mit hereinnehme, schon gar nicht der Vater«, sagt Wilhelm.

Auf dem Tisch brennt eine hohe Kerze, die einzige Lichtquelle in dem kleinen Raum. Sie wirft Schatten an die niedrige Decke mit den alten, schwarz verräucherten Querbalken. Bei jedem Schritt, den sie machen, knarren unter seinen Füßen die Dielenbretter. Albrechts Herz klopft. Er ahnt plötzlich, dass etwas Besonderes geschehen wird in dieser Nacht. Er sieht sich um. Die Wände sind bedeckt mit Zeichnungen und Skizzen, ebenso der Arbeitstisch. Er sieht Männer mit wallenden Bärten, in fließende, sich bauschende Gewänder gehüllt, Frauen in flehender Haltung, teilweise betend mit zum Himmel erhobenen, bittenden Händen. Überall liegen Arbeitsmittel und Werkzeuge herum, die Albrecht zum Teil aus der Werkstatt des Vaters kennt. Wilhelm probiert neue Techniken des Kupferstechens aus.

Als er sich suchend nach ihm umschaut, bemerkt er, dass dieser ihn schon eine Zeitlang still betrachtet.

»Du erinnerst dich an den Auftrag des Italieners?«

Albrecht nickt stumm. Wie könnte er ihn vergessen!

»Der Vater hat ihm geschrieben, er könne seine Bitte nicht erfüllen, dich die Zeichnungen machen zu lassen. Darauf hat er den Auftrag zurückgezogen.« Die ganze Zeit, während er spricht, behält er ihn fest im Auge. »Ich habe ihm ebenfalls geschrieben, ohne das Wissen des Alten. Ich will es wagen mit dir, unter meiner Anleitung.« Seine Worte verhallen langsam in der kleinen, dunklen Stube. »Heute ist seine Antwort gekommen. Er ist einverstanden.«

Schweißperlen sammeln sich auf Albrechts Stirn. Sein Herz klopft laut.

»Willst du?«

Natürlich will er. Schon jetzt stehen verschiedene Szenerien, Figuren, Handlungen ganz klar vor seinem geistigen Auge. Eine seltsame Kraft durchströmt ihn.

Wilhelm tritt einige Schritte auf ihn zu und legt ihm die kräftigen Hände auf die Schultern. »Aber der Vater darf nichts erfahren. Hörst du? Wir machen es wie jetzt, wenn alle fort sind.« Seine Augen strahlen.

»Ja.« Er vermag das aufgeregte Zittern seiner Hände kaum zu zügeln.

Wilhelm führt ihn zu den Zeichnungen an der Wand und beginnt ihm zu erklären, wie er es sich vorgestellt hat. Albrecht staunt. Er muss schon kurz, nachdem der erste Brief des Venezianers in Nürnberg eingetroffen ist, mit den ersten flüchtigen Skizzen begonnen haben. Wilhelm ist ganz bei der Sache, das ist etwas Eigenes, auch für ihn, unabhängig vom Stiefvater.

»Der Vater misstraut der neuen Technik noch immer. Er sieht es mit Unbehagen. Aber wir beide, Albrecht, wir wissen, dass das die Zukunft ist.«

Mit ausladender Geste deutet er auf die bedruckten Blätter an der Wand.

Wie gebannt starrt der junge Malergeselle auf die gelblichen Blätter, die angedeuteten Landschaften und Figuren. Daran zu arbeiten, das ist es, was er will.

»Wir müssen einen Schnitzer auftun, der die Zeichnungen ritzt«, fährt Wilhelm fort. »Einen, der verschwiegen ist. Und der Koberger muss sie uns drucken.«

»Ich werde mit ihm reden«, sagt Albrecht. »Ich kann es gut mit ihm.«

Lange Zeit stehen sie gemeinsam vor der Wand und sprechen über Gesten, Figurenkomposition und Bildgestaltung. Und mehr als jemals zuvor spürt Albrecht, dass es sein Weg ist, der da vor ihm liegt.

9

Wie immer herrschte am Gare du Nord reges Treiben. Der Auslandsbahnhof der Stadt war bevölkert von Touristen aller Nationalitäten. Vor dem Haupteingang nahm Avide ein Taxi und ließ sich ins Quartier Latin fahren. Die ganze Stadt wirkte düster, fast bedrohlich. Die Menschen huschten, verborgen unter Regenschirmen, zwischen den hoch aufragenden Häusern mit den nass glänzenden Dächern umher.

Sein Ziel war ein Haus direkt gegenüber den Seine-Quais. An diesem späten Vormittag wirkte die sonst belebte Gegend wie ausgestorben.

War Les Halles mit seinen Markthallen einst der Bauch von Paris gewesen, so war das Quartier Latin von jeher sein Kopf. Es war das Viertel der Bücher; kleine Buchhandlungen und Antiquariate drängten sich in den Untergeschossen der alten Häuser, im Schatten der Sorbonne. Ihre Auslagen waren oft verstaubt und unansehnlich. Geist und Wissen brauchen keinen schönen Schein. Hier, in diesen alten verwinkelten Gassen, zwischen Häusern, die windschief und vom Alter gebückt jeder Mode, jedem Avantgardismus trotzten, fühlte er sich zu Hause.

Bevor er ausstieg, öffnete er den Koffer und entnahm ihm die silberne Dose mit dem Brief, die er in die Innentasche seines Jacketts gleiten ließ. Er überquerte die Straße und blieb vor der Auslage eines kleinen Geschäfts stehen, auf dessen regennasser Scheibe, in altmodisch anmutenden geschwungenen Buchstaben der Name des Besitzers geschrieben stand. Das Gold der Buchstaben war verblasst, der Name noch immer ein klingender Garant: Valois, Libraire d'Antiques.

Hinter den Fenstern schlummerten kleine bibliophile Kostbarkeiten ihren Dornröschenschlaf, bis ein Kenner oder Sammler sich ihrer annahm, um sie wie ein Prinz aus fernen Landen wach zu küssen und ihnen mit Liebe und Achtung den Platz zuzuweisen, der ihnen zustand.

Avides Handy summte leise.

»Ja?«

»Ich bin es, Marcel.«

»Es ist alles in Ordnung. Ich gehe jetzt zu Valois.«

»Eine Polizistin hat angerufen. Eine Hauptkommissarin Brandt. Sie will mich sprechen.«

Avide überlegte einen Moment. »Hat sie gesagt, was sie will?«

»Nein.«

»Dann hör es dir an. Sprich ganz unvoreingenommen mit ihr. Und wenn sie auf mich zu sprechen kommt, sag, du hättest mich schon länger nicht mehr gesehen.«

»Ist gut. Pass auf dich auf.«

Als er die geschwungene Messingklinke in Form eines Schwanenhalses herunterdrückte und die altmodische Holztür sich quietschend öffnete, empfand er ein Gefühl des Nachhausekommens. Ein verstimmtes Glockenspiel ertönte, als er den Laden betrat. Sofort schlug ihm der wohlbekannte Geruch entgegen, jene einzigartige Mischung aus altem Leder, den muffig modrigen Ausdünstungen uralten Papiers und darunter, fein untergemischt, frischer Lavendel, den Valois als Schutz gegen die Motten, den größten Feind der Bücher, getrocknet in kleinen Leinensäckchen im Raum aufhing.

Er musste daran denken, wie er zum ersten Mal an der Hand seines Vaters diesen Laden betreten hatte. Er musste fünf oder sechs Jahre alt gewesen sein. Welch tiefen Eindruck hatte der Raum mit den bis an die Decke reichenden Regalen auf ihn gemacht, deren alte, von Holzwürmern zerfressene Böden sich unter der Last der zahlreichen Bücher bogen. Staunend war er umhergegangen – vom Vater, der ihn nur ungern von der Hand gelassen hatte, ermahnt, vorsichtig zu sein –, sorgsam die Bücherstapel, die sich in allen Ecken türmten, umkreisend. Er fühlte sich, als sei die Zeit stehen geblieben, so schwerelos, dass es ihn fast schwindelig machte.

Noch immer übte dieser Raum mit seinem von Staubwolken verhangenen Zwielicht die gleiche Faszination auf ihn aus.

Im hinteren Teil stand ein abgenutzter, ausladender Schreibtisch aus der Zeit der Jahrhundertwende, auf dem eine kunstvoll verzierte Kasse stand, die klingelte, wenn sich ihre Schublade öffnete. Niemals hätte man sich in diesem Raum eine moderne Computerkasse vorstellen können, es wäre einem Sakrileg gleichgekommen. Hinter dem Schreibtisch lag der Durchgang zu mehreren kleinen Räumen, die als Lager und Büro genutzt wurden, und die Verbindungstür zum Treppenhaus. Sie war von einem schweren Samtvorhang verschlossen.

Er hatte sich gerade eine Ausgabe von Hugos »Les Misérables« aus dem Regal gegriffen, als eine prankenartige Hand den Vorhang hinter der Ladenkasse teilte.

Eine Sekunde später betrat Claude Valois seinen Laden.

10

Alles in den Räumen von Seibold, Manteuffel und Krug war auf Harmonie ausgelegt. Elise hatte sich entschieden, den Anwalt Adele Wagners ohne Vorankündigung aufzusuchen.

Sie traten in ein geräumiges Empfangsareal, das von einem ausladenden Chromschreibtisch beherrscht wurde, hinter dem eine schlanke Mittfünfzigerin saß. »Ja, bitte? Was kann ich für Sie tun?« Sie nahm die goldgerandete Halbbrille ab.

»Hauptkommissarin Brandt, mein Kollege Kommissar Widmer«, stellte Elise vor. »Wir möchten zu Herrn Seibold.«

»Haben Sie einen Termin?«, fragte die Dame skeptisch. Es war eine obligatorische Frage, sie kannte die Antwort.

»Nein. Wir ermitteln in einem Mordfall und haben diesbezüglich einige Fragen an Herrn Seibold.«

»Ich weiß nicht.«

»Ist er im Haus?«, fragte Elise unbeirrt.

Die Dame nickte.

»Dann melden Sie uns bitte.«

Die Sekretärin gab nach.

»Du hast vorhin, als wir hier hochgefahren sind, diesen Weidenmann angerufen?«, fragte Widmer leise.

»Wenn wir hier fertig sind, will ich rüberfahren.«

»Was versprichst du dir davon? Denkst du, er weiß, wo dieser St. Cyr ist?«

»Ich weiß nicht. Diese Widmung in dem Buch aus Winters' Arbeitszimmer geht mir nicht aus dem Kopf. Vielleicht kannte er ihn besser. Es ist ein Versuch. Ich will jede Möglichkeit ausschöpfen.«

»Bitte kommen Sie.« Die Sekretärin erhob sich steif.

Wie ein General, der seine Truppen in die Schlacht führt, marschierte sie ihnen voran. Sie verließen den Empfangsbereich durch eine gläserne Tür und betraten einen langen Gang, der sich nach wenigen Metern nach rechts und links teilte. Ein penetranter Geruch nach frischer Farbe lag in der Luft, der von den in makelloses Mauve getauchten Wänden ausging, an denen in schweren goldenen Rahmen die Porträts von älteren Männern in Kleidung der Jahrhundertwende hingen, mit den für die Zeit typischen wallenden grauen Bärten, die sie um Jahre älter erscheinen ließen, als sie waren. Elise las im Vorbeigehen einen der Namen auf den kleinen Messingschildchen, die an den Rahmen angebracht waren. Einer von ihnen lautete Johann Justus Seibold.

Sein Nachfahre war jung, sehr jung für den Sozius einer so angesehenen und offenbar sehr alten Kanzlei, und Elise war im ersten Moment überrascht. Sie hatte nicht damit gerechnet, einem Endzwanziger gegenüberzustehen, der sie von seiner Position hinter einem wuchtigen Schreibtisch forschend anblickte.

»Bitte sehr.« Er wies mit der Hand auf zwei Sessel.

Manfred Seibold trug einen maßgeschneiderten Designeranzug. Sein hellbraunes Haar schimmerte matt im Schein der Lampen. Er war durchaus attraktiv, obwohl er sehr blass war und seine Wangen hektische rote Flecken aufwiesen. Er wirkte ruhig, doch Elise hatte den Eindruck, dass diese Ruhe vorgetäuscht war. Seine Blicke huschten nervös von einem zum anderen.

Schon beim Betreten des Raumes war ihr die Skulptur auf Seibolds Schreibtisch aufgefallen. Ein Paar betende Hände mit langen, knochigen Fingern, in Bronze gegossen.

Seibold folgte ihrem Blick. »Ein Erbstück meines Großvaters. Sicher nicht mehr in Mode, aber man muss sich ab und an eine kleine Sentimentalität leisten.« Seine Stimme kam Elise seltsam bekannt vor.

»Interessant«, sagte sie. »Ich habe so etwas heute schon einmal gesehen.«

»Kein Einzelstück. So etwas war in der ersten Hälfte des Jahrhunderts sehr beliebt. Eine Nachbildung von Dürers betenden Händen, die ja wohl in vergangenen Zeiten als Reliefguss in jedem guten katholischen Haushalt hingen. Sind Sie deshalb hier?«

»Ich ermittle im Fall der Ermordung Hugo Winters'. Sie haben davon gehört?«

Seine glatte Jungenstirn legte sich in Falten. »Ja. Bedauerlich. Aber er gehörte nicht zu unseren Klienten.«

»Aber eine Adele Wagner. Stimmt es, dass diese Kanzlei ihr Vermögen verwaltet?«

Er lehnte sich zurück. Hinter ihm erhob sich eine Fensterfront, die die gesamte Länge des Büros einnahm, einen atemberaubenden Ausblick auf die Stadt bot und Seibold ein bisschen den Eindruck verlieh, als schwebe er am Himmel.

»Das stimmt nur zum Teil. Das Vermögen von Frau Wagner wird von einer Stiftung verwaltet, die mein Großvater nach dem Tod ihres Ehemanns nach dessen testamentarischer Verfügung ins Leben gerufen hat. Die Wagner-Wolfarth-Stiftung.

Wir betreuen sie allerdings in allen Rechtsfragen, und mein Großvater saß im Stiftungsrat.«

»Um was für eine Stiftung handelt es sich?«

Seibold wich ihrem Blick aus und sah auf seine Hände hinab. »Kurz gesagt: Jugendförderung. Sie vergibt Stipendien für junge Menschen mit außergewöhnlichen geistigen Fähigkeiten, die aber aus verschiedenen Gründen, meist weil ihre Familien finanziell schlecht gestellt sind, nicht die Möglichkeiten haben, diese entsprechend ausbilden zu lassen, besorgt ihnen Studienplätze an den besten Universitäten und bezahlt alle während des Studiums anfallenden Kosten, sorgt für Unterkunft und so weiter. Und sie kümmert sich später um einen ihrem geistigen Potenzial angemessenen Arbeitsplatz.« Er blickte hoch. »Erhard Wagner war ein sehr sozial eingestellter Mann, ebenso wie seine Frau. Sie ließ später ihr Privatvermögen in die Stiftung einfließen, als sie sich in die Residenz zurückzog, die dann alle laufenden Unterhaltskosten für sie übernahm.«

»Wie hoch ist das Vermögen der Stiftung?«

»Darüber kann ich Ihnen keine genaue Auskunft geben.« Er verschränkte die Arme und beugte sich vor. »Was hat das alles mit dem Tod von Hugo Winters zu tun?«

»Seine Leiche wurde in einem Haus gefunden, das laut Eintragung im Grundbuchamt Frau Wagner gehört.«

»Ich verstehe. Ich denke, ich weiß, wovon Sie reden. Es ist ihr Elternhaus in Rodenkirchen. Es gehörte nicht zu der Vermögensmasse, die in die Stiftung eingeflossen ist. Ein Verwandter hatte, glaube ich, darin gewohnt, der aber im Krieg geblieben ist.«

»Warum ist das Haus nie verkauft oder vermietet worden? Es steht seitdem leer und verfällt«, fragte Michael Widmer.

»Das entzieht sich meiner Kenntnis. Vielleicht aus sentimentalen Gründen.«

»Frau Wagner ist seit geraumer Zeit geistig nicht mehr zurechnungsfähig. Ich vermute, sie steht unter Vormundschaft.« Elise beobachtete interessiert, dass die Anspannung in Seibold wuchs. Sosehr sich auch der Rest des Körpers versteifte, seine Hände vermochte er nicht unter Kontrolle zu halten. Er sprach nicht gern über diese Themen.

»Der Vorsitzende des Stiftungsrates, Dr. Abrahamsson, hatte das übernommen, ein enger Vertrauter und Freund. Er war Erhard Wagners rechte Hand und in der Firma praktisch sein Nachfolger. Später hat er sich dann ganz der Stiftung gewidmet. Inzwischen hat er sie uns übertragen.« Unvermittelt stand er auf und wandte ihnen den Rücken zu, sah aus dem großen Fenster in die Weite des Horizontes hinaus.

»Es tut mir leid. Mehr kann ich Ihnen nicht sagen. Und meine Zeit ist bemessen. Sonst noch etwas?«

»Die Adresse der Stiftung.«

»Kann Ihnen Frau Holler vorne geben.«

Elise erhob sich. Ihr war klar, dass dieses Gespräch beendet war. Sie wirkte sehr nachdenklich, während sie unter den wachsamen Augen der Gründerväter dem Ausgang zustrebten.

»Was ist denn los?«, fragte Widmer.

»Nichts«, sagte Elise ruhig. »Mir ist nur eingefallen, warum mir Seibolds Stimme die ganze Zeit schon so bekannt vorkommt.«

11

Claude Valois tänzelte mit erstaunlicher Leichtigkeit um die überall im Raum verteilten Bücherstapel herum und streckte Avide freundschaftlich lächelnd eine seiner Pranken entgegen. »Mon ami! Ça va?«

»Bien, Claude. Bien.«

Valois war Mitte fünfzig und in eine Familie hineingeboren worden, die in Frankreich als der Inbegriff des Handels mit alten Büchern galt. Sie betrieb ihr Geschäft bereits seit der Französischen Revolution. In jenen Tagen hatte sich einer der Valois'schen Vorfahren für ein Butterbrot das Grundstück eines gerade geköpften Adeligen unter den Nagel gerissen und das Haus darauf gebaut, in dem sie sich befanden. Schon damals begann jener kreative Ahnherr mit Büchern zu handeln, Bücher, die er preiswert aus den Nachlässen der Männer und Frauen erstand, die der Guillotine zum Opfer gefallen waren. Und es gab eine Menge verwaister Bibliotheken in jenen Tagen. Man war nicht zimperlich gewesen, ganze Familien auszulöschen. Einige der auserwähltesten Stücke allerdings hielten sie zurück und bildeten damit den Grundstock zu einer der bedeutendsten Privatsammlungen Europas.

Der alte Philippe, Claudes Vater, war in Kennerkreisen eine Institution. Er wachte mit strenger Hand und unvergleichlicher Kennerschaft über die Sammlung, die der Staat seit Jahren versuchte, ihm abzuschwatzen, um sie den Beständen der Nationalbibliothek einzuverleiben.

Darüber hinaus war er ein einzigartiger Kenner auf dem Gebiet alter Handschriften. Er residierte, umgeben von seiner Sammlung und einem Teil seiner großen Familie, in den Stockwerken über dem Geschäft. Der Rest der Sippschaft betreute die Filialen der Bücherdynastie in den Hauptstädten Europas. Inzwischen um die achtzig, Mitglied der Académie Française und Träger unzähliger Auszeichnungen, hatte er sich mehr oder weniger vom Geschäft zurückgezogen und kümmerte sich fast ausschließlich um seine Bibliothek.

»Was kann ich für dich tun, mon ami? Du warst lange nicht mehr hier«, fragte Claude und sah ihn aus großen Glupschaugen über einer breiten Boxernase fragend an. Auf seiner Stirn saß wie festgeklebt eine Halbbrille aus Horn, ohne die man ihn nie sah.

»Ich muss zu deinem Vater. Es ist sehr wichtig.« Avide zog aus der Innentasche seines Jacketts die silberne Dose hervor.

Zu seinem Erstaunen wirkte Claude nicht überrascht. Er betrachtete die Dose lange versonnen, richtete dann den Blick wieder auf Avide. »Ich verstehe«, sagte er leise und sah ihn über den Rand der Halbbrille, die jetzt auf den flachgedrückten Nasenrücken gewandert war, nachdenklich an.

Sie verließen den Laden, nachdem Claude die Tür abgeschlossen hatte, und betraten das Treppenhaus. Avide erblickte die geschnitzte Figur eines wild tanzenden, grimassenschneidenden Mohren am Ende des Treppengeländers und erinnerte sich, wie er sich als Kind bei dessen Anblick gefürchtet hatte. Auf einem der in die Höhe gerissenen Arme ruhte die abgegriffene Griffleiste des geschwungenen Treppengeländers. Die Luft war abgestanden, und es roch nach feuchtem Holz. Eine schwarze Katze ergriff ärgerlich miauend, in ihrer Ruhe gestört, die Flucht, als sie die zweite Etage erreichten. Claude Valois, der vor Avide ging, untermahlte die Stille im Haus mit laut vernehmlichem Schnaufen. Sein schwerer Schritt auf den Stufen der alten Treppe hallte im Haus wider.

Philippe Valois' Reich lag im zweiten Stock hinter einer hohen zweiflügeligen Tür mit kunstvoll geschnitztem Rahmen. Ein schwerer Türklopfer aus Messing in Gestalt eines Widderkopfes, aus dessen gefletschtem Maul ein blankgescheuerter Metallring hing, zierte die linke Türhälfte. Der Widder starrte die beiden Eindringlinge feindselig an.

Eine hochgewachsene, kräftig gebaute Frau Ende der fünfzig mit streng nach hinten gekämmtem grauem Haar erschien im Türrahmen. Sie trug einen engen schwarzen Rock und eine weiße Bluse, die eine große Schleife zierte. Als einziger Schmuck glänzte die filigrane Goldkette, an der ihre Lesebrille befestigt war, die auf ihrem ausladenden Busen thronte.

Bernadette Valois war seit einem Schlaganfall ihrer Mutter die Herrin über das private Reich der Familie, eine Aufgabe, die sie mit äußerster Strenge und Pflichterfüllung ausübte. Sie wachte nicht nur über das gesundheitliche Wohlbefinden der betagten Eltern, das leibliche Wohl der Familie und eines ganzen Clans von Angestellten, sondern führte auch die umfangreiche schriftliche Korrespondenz und den Terminkalender ihres Vaters.

Als sie Avide erblickte, lächelte sie. Die leicht hervorstehenden, wachen graublauen Augen und die breiten, wulstigen Lippen, beides Markenzeichen der Angehörigen der Familie Valois, ließen sie ihrem jüngeren Bruder sehr ähnlich sehen. »Mon ami. Wir haben dich lange nicht gesehen.«

»Er will zu Papa«, sagte Claude, und Bernadette nickte wie selbstverständlich. Avide genoss in diesem Augenblick eine Sonderbehandlung. Bernadette wachte wie ein Zerberus darüber, wer zu ihrem Vater vorgelassen wurde und wer nicht.

Sie führte sie durch einen breiten Flur, an dessen Ende das Arbeitszimmer Philippe Valois' lag.

Nach energischem Klopfen öffnete sie. Sie meldete ihrem Vater den Besucher nicht, der Alte wusste, wen seine Tochter vorließ, der gehörte zum auserwählten Kreis.

Philippe Valois thronte in seiner ganzen stattlichen Körperfülle hinter einem geradezu filigran wirkenden eleganten Schreibtisch aus der Zeit Louis XIV., im hinteren Teil des großen, quadratischen Raumes. Sein volles weißes Haar leuchtete im Halbdunkel des spärlich beleuchteten Zimmers, vor dessen hohe Fenster wie stets schwere Brokatvorhänge gezogen waren, um die Kostbarkeiten, die er in raumhohen Regalen verwahrte, Schriften, die die Geschichte seines Landes bis ins Mittelalter zurückverfolgen ließen, vor aggressivem Tageslicht zu schützen.

Die Schatzkammer des Midas, der alles, was er anpackte, zu Gold werden ließ. Unter seiner tatkräftigen Herrschaft war die Familie zu beträchtlichem Vermögen gelangt, das von seinem dritten Sohn Auguste und dessen Söhnen und Töchtern verwaltet wurde.

Avide atmete tief durch. Ein leichter Schauer überlief seinen Rücken beim Anblick der Glasvitrinen, die den Raum neben den Bücherregalen anfüllten. In ihnen waren Originalhandschriften aus sechs Jahrhunderten versammelt, einzigartige Zeugnisse der Geschichte Frankreichs. Valois galt als unangefochtene Kapazität und war ein gefragter Gutachter.

Er hob schwerfällig den Kopf, und ein breites Lächeln erschien auf den aufgeworfenen, blaugefärbten Lippen. »Avi! Wie schön, dich zu sehen.« Seine Stimme war dunkel, gebeizt vom jahrzehntelangen Genuss kubanischer Havannas.

Seine linke Hand ruhte auf einem schwarzen Ebenholzstock mit silbernem Griff, der, wie Avide wusste, aus dem Besitz Oscar Wildes stammte.

Hinter seinem Kopf hing, gepresst in einen schweren goldenen Rahmen, das Porträt seines Vaters, gemalt 1908 von Picasso, den dieser zu seinen Freunden gezählt hatte. Die Familienähnlichkeit bis hin zu Philippes eigenen Kindern war verblüffend. Als Krönung trug er, ebenso wie sein Vater auf dem Bild, einen goldgerandeten Kneifer, an dem eine feine goldene Kette baumelte, die auf der fülligen Wange des Alten auflag; so wirkte es im Dämmerlicht fast, als sei der Porträtierte zu einem Plausch von seinem Platz an der Wand zu ihnen hinabgestiegen.

Avide zog sich unaufgefordert einen kleineren Sessel an den Schreibtisch heran, stellte den Koffer daneben ab und setzte sich.

Valois beobachtete jede seiner Bewegungen aufmerksam. »Was führt dich zu mir?«

Er holte die Dose hervor und legte sie zwischen sich und Valois auf den Schreibtisch. »Das hier«, antwortete er.

Philippe Valois zeigte keine Überraschung.

Das Läuten des Telefons unterbrach die entstandene Stille.

»Un moment.« Valois ergriff den Hörer und meldete sich.

Avide ließ ihm Zeit und seinen Blick durch den Raum wandern, vorbei an den hohen alten Bücherregalen aus dunklem Holz, den schimmernden, diskret von innen beleuchteten Glasvitrinen, den wenigen erlesenen Möbelstücken; ein Raum wie ein Traumgebilde, die Realität, die nur wenige Meter weiter draußen an dem Haus vorbeibrandete, ignorierend. Niemanden, der einmal hier gewesen war, ließ dieses Zimmer ungerührt.

»Willst du die Dose nicht öffnen?«, fragte Avide, nachdem er wieder die Aufmerksamkeit des Alten hatte.

Der Angesprochene blieb regungslos auf seinem Stuhl sitzen.

»Ich verstehe«, sagte Avide. »Du weißt, was darin ist.«

Claude Valois stand immer noch auf seinem Platz in der Nähe der Tür und beobachtete die beiden angespannt.

»Du bist nicht der erste, der mir das zeigt«, sagte Philippe. Er begann, rhythmisch auf der Dose herumzutrommeln.

»Winters. Er war also mit dem Brief bei dir?«

Dass Winters tot war, darüber brauchten sie kein Wort zu verlieren, es hatte sich in der Branche verbreitet wie ein Lauffeuer.

»Was wollte er?«

»Von mir wissen, ob dieser Brief echt ist.«

»Hat er gesagt, woher er ihn hatte?«

Valois schüttelte den Kopf.

»Woher hast du den Brief?« Claude stellte sich neben ihn und sah über den Rand seiner Brille auf ihn hinab.

»Ich habe ihn. Woher, spielt doch jetzt keine Rolle«, antwortete Avide.

»Tut es das nicht?«, mischte sich der Alte ein. »Winters ist tot.«

»Ja. Und um gleich mit allen möglichen Gerüchten, die im Umlauf sind, Schluss zu machen: Er starb keines natürlichen Todes.«

Er sah, wie die Farbe aus Philippe Valois' feistem Gesicht wich.

»Und was glaubst du jetzt? Dass ich ihn umgebracht habe, für ein Stück dubiosen Pergaments zweifelhafter Herkunft?«

Avide beugte sich vor. »Auf eine meiner Fragen habe ich bereits eine Antwort: Winters war hier. Mit dem Brief. Hast du ihm die Echtheit bestätigt, Philippe?«

»So einfach ist das nicht.«

»Es ist das Papier. Darauf kommt es an«, warf Claude ein.

Wie aufs Stichwort hörte sein Vater mit dem Trommeln auf, ließ die Finger aber auf dem blanken Metall der Dose liegen. »Leinen«, murmelte er. »Jativaleinen, wahrscheinlich. Valencia, Nordspanien. Damals eines der besten in Europa. Man verwendete es zum Drucken, nicht, um Briefe darauf zu schreiben. Es kommt mir seltsam vor.«

Claudes Augen begannen zu leuchten. »Leinen. Das ist etwas anderes als das Zellulosepapier heute. Siebzig Jahre, wenn es hochkommt – dann zerfällt es.« Und verächtlich wiederholte er: »Zellulose!«

»Es altert und stirbt schließlich. Wie der Mensch«, ergänzte Philippe.

»Dürer hatte Kontakt zu Druckereien und Verlegern. Er reiste mit Aufträgen seines Paten Koberger.«

»Sicher«, bestätigte Claude. »Dieses Papier wurde damals viel importiert. Es könnte sein.«

»War Winters zufrieden mit der Antwort?«

»Ich habe ihn an einen Experten verwiesen«, antwortete Philippe. »Einen wirklichen Zauberer, was die Bestimmung alten Papiers angeht. Bei schwierigen Fällen greife ich auf ihn zurück. Er lebt hier in Paris, ist aber gebürtiger Deutscher. Er heißt Jean Frankfurter.« Er beugte sich vor, und die großen, hervorstehenden Augen hinter den reflektierenden Brillengläsern bohrten sich forschend in Avides. »Untersuchst du Winters' Tod?«

»Nein, das tut die Polizei.«

»Du arbeitest mit ihr zusammen?«

»Noch nicht.«

»Die Versicherung?«

»Nein.«

Valois sank langsam wieder zurück in den Sessel. »Du bewegst dich auf dünnem Eis«, sagte er gedehnt.

Avide lächelte. »Was hast du ihm geboten?«

Der alte Sammler antwortete nicht.

»Hältst du uns für verrückt?«, brauste Claude auf. »Haben wir jemals solche Geschäfte gemacht?«

Avide zog langsam die Dose unter Philippes Fingern hervor und nahm sie wieder an sich. Er kannte ihn gut genug, auch seine Gier. Hugo Winters war zu ihm gekommen, weil er auf seine Diskretion rechnen konnte. Er brauchte Gewissheit, ohne Aufsehen zu erregen. Ein Gutachten von offizieller Stelle hätte Staub aufgewirbelt, vielleicht die Presse auf den Plan gerufen. Das wollte er unter allen Umständen vermeiden, aus diesem Grund war er zu Philippe Valois gegangen. Eine Begutachtung unter alten Freunden, ganz unverbindlich.

Er betrachtete Valois nachdenkend. Wäre er fähig gewesen, Hugo Winters zu verunsichern, in der Hoffnung, dass dieser ihm den Brief enttäuscht überlassen hätte? Hatte er mit geschultem Kennerblick die Echtheit des Briefes erkannt und das ganz große Geschäft gewittert? Wie weit hätte Hugo Winters ihm vertraut? Fragen, auf die er keine Antwort bekommen würde. Alles lag im Bereich des Möglichen. Er kannte Philippe Valois' guten Ruf in der Branche, aber er wusste auch, dass er ebenfalls in dem Ruf stand, über Leichen zu gehen, wenn er es für angebracht hielt. So mancher hatte diese Seite des Kunstkenners und Bibliophilen, den knallharten Geschäftmann, kennengelernt – und fast immer den Kürzeren gezogen.

War es ein Fehler von Hugo Winters gewesen, zu Philippe Valois zu gehen?

Avide erhob sich wortlos, nahm den Koffer vom Boden, legte ihn auf den Schreibtisch und öffnete den Deckel. Es herrschte absolute Stille. Es war ihm unmöglich, an Valois' versteinertem Gesicht abzulesen, was er dachte. Die Gabe der Verstellung, auch das hatte ihm oft bei Verhandlungen geholfen. In Kennerkreisen nannte man ihn gern die »Sphinx der Bücher«. Sofort fesselte der Inhalt seine ganze Aufmerksamkeit, der Rest der Welt schien für ihn nicht mehr zu existieren.

»Du glaubst, er hat den Brief von mir?«

»Ist es so?«

»Du weißt, dass ich über geschäftliche Transaktionen keine Auskunft gebe.« Valois lächelte dünn. »Oder glaubst du, ich sage dir etwas, was nicht einmal der Staat weiß?«

Avide erwiderte sein Lächeln. »Das war keine Antwort auf meine Frage.«

»Die einzige Antwort, die du bekommst.« Er wechselte einen kurzen Blick mit Claude, der nickte und sich Richtung Tür bewegte. »Du musst mich jetzt entschuldigen. Ich bin ein alter Mann und müde. Du bist immer willkommen. Bleib doch demnächst zum Essen.«

Gemeinsam mit Claude verließ Avide den Raum. »Ihr steckt bis über beide Ohren in der Sache drin«, sagte er im Treppenhaus. »Aber diesmal hat sich dein Vater vergaloppiert. Und zwar gründlich.«

Claude Valois antwortete nicht. Aber der Ausdruck seines Gesichts sprach Bände.

»Was verheimlicht ihr mir?«, fragte Avide, als der Antiquar sich anschickte, die Ladentür aufzuschließen.

»Seit wann misstraust du uns?«

»Seit wann misstraut ihr mir?«

»Es geht hier nicht um dich.«

»Sondern?«

Valois schlug die schweren Augenlider nieder. »Was wirst du jetzt tun?«

»Ich lasse nicht locker, Claude.«

Valois nickte und sein Blick glich dem eines traurigen Hundes. Er langte in die Tasche seines Jacketts und zog einen Zettel hervor, auf dem in akkurater Schrift ein Name und eine Adresse standen: Jean Frankfurter; Rue Octave Gréard, No.4.

»Ich werde anrufen und ihm dein Kommen ankündigen«, sagte Claude geheimnisvoll. »Er ist etwas eigen, wundere dich nicht.«

»Haben die beiden viele Geschäfte miteinander gemacht? Winters und dein Vater?«

»Sie kannten sich sehr lange.« Claudes Nervosität wuchs mit jeder Sekunde, die verstrich. Avide hatte das Gefühl, dass er ihm am liebsten die Tür vor der Nase zugeschlagen hätte, um zurückkriechen zu können in seinen kleinen dunklen Laden, zu seinen Büchern – seinen Freunden, seinen Schutzbefohlenen.

Avide wandte sich zum Gehen, sog die durch den Regen gereinigte Großstadtluft tief in die Lungen ein. Der Staub und die Enge des Hauses lasteten auf seiner Brust, und er hatte plötzlich das Bedürfnis nach weiter Fläche, entfernt von jeder staubtrockenen Muffigkeit. Als er sich umwandte und nach oben blickte, sah er einen Schatten hinter der Gardine vor einem der Fenster im zweiten Stock.

Er drehte sich um, überquerte die Straße, den Quai de la Tournelle, und stieg die wenigen Stufen zu den tiefer liegenden, befestigten Ufern der Seine hinab, wo er sich auf einen hohen Pöller setzte und seinen Blick über den alten Fluss schweifen ließ.

Vor ihm lag das Becken, das von der Pont St. Louis, der Pont L'archeveché und der Pont de la Tournelle eingerahmt wurde. Vor ihm erhoben sich die Île St. Louis und die Île de la Cité, mit den Türmen von Notre-Dame.

Ein alter Lastkahn, dessen Tage längst gezählt waren, schleppte sich ächzend den Fluss hinauf.

Eines der unerlässlichen Touristenboote, die zum Erscheinungsbild der Stadt gehörten wie die Silhouette des Eiffelturmes, war ihm dicht auf den Fersen. In den regennassen Scheiben der Oberdeckverglasung spiegelten sich die dicken grauen Wolken über ihnen wider, als trüge das Schiff einen Teil des Himmels mit sich. Einige der Touristen darauf winkten ihm zu.

Auf dem vagen Graugrün des Wassers, das seine Schattierungen von einer Sekunde zur nächsten änderte, tanzten helle Lichtflecke. Die tiefhängenden Wolken hatten die kräftigen Farben außerhalb des Wassers ausgelöscht und ein undefinierbares Wischwasch zurückgelassen.

Und dennoch liebte Avide die Stadt, die selbst in der Tristesse noch einen unwiderstehlichen Charme besaß, und konnte sich keinen anderen Ort vorstellen, an dem er in diesem Augenblick lieber gewesen wäre. Vielleicht war ihm die Stadt, so, wie sie jetzt war, abgeschminkt und farblos wie eine alte Hure, die ihren letzten Freier verabschiedet hat, sogar am liebsten. Es war das reine, das unverfälschte Paris, der

Hinterhof hinter den grellen Fassaden der Touristenattraktionen, die einsame, verlassene Bühne nach der großen Show – dort, wo das wahre Leben spielte. Eine stille, in sich gekehrte Stadt, die mehr gesehen hatte, als sie jemals wollte oder verkraften konnte; die Tragischen und die Komödianten, die Philosophen, Phantasten und Irrläufer, Bilderstürmer und Lebenskünstler, alle vereint unter ihrem großen Herzen.

Vielleicht hatte auch Hugo Winters hier gesessen und auf den Fluss geschaut – enttäuscht von Philippe Valois' Urteil, der sich, möglicherweise weil er ein gutes Geschäft witterte, nicht festlegen wollte –, verunsichert, ob er das Richtige getan hatte.

Und da er jetzt im Besitz des Briefes war, stand nun er im Fokus des Alten. Er blickte sich um. Der Quai war fast menschenleer. In einiger Entfernung lehnte ein junges Paar an der Wand und küsste sich leidenschaftlich.

Auch darin blieb Paris sich treu. Er lächelte und griff in die Tasche seiner Jacke.

Rue Octave Gréard. Avide kannte die Adresse. Eine Straße in der Nähe des Parks hinter dem Eiffelturm. Ein Bistro, in das er manchmal ging, lag dort.

Hatte Valois Winters diese Adresse wirklich gegeben? Was war so Besonderes an diesem Frankfurter? Philippe Valois war selbst ein Experte bei der Bestimmung alten Papiers. »Bei schwierigen Fällen greife ich auf ihn zurück.«

Er war so in Gedanken vertieft, dass er die Schritte auf dem Asphalt nicht hörte, die sich langsam dem Pöller näherten, auf dem er saß.

Er blickte noch immer gedankenverloren aufs Wasser, als der erste Schlag ihn völlig überraschend traf.

12

»Mir ist so wunderbar …«

Das Duett aus Beethovens Fidelio, das aus dem Autoradio klang, weckte in Elise tief verborgene Gefühle und Erinnerungen. Das Wohnzimmer ihrer Großmutter: Ein kleines, dunkelblondes Mädchen saß an dem großen Esszimmertisch und schrieb eifrig Aufgaben in ihr Heft. Im Hintergrund erklang Fidelio, Sophies Lieblingsoper, und aus der Küche drang der verführerische Duft eines Nusskuchens.

Jene Stunden bei Sophie waren die glücklichsten Momente ihrer Kindheit. Auch wenn am Ende immer die schreckliche Gewissheit stand, zurück in ihr Elternhaus zu müssen. Elise war ein leises, in sich gekehrtes Kind gewesen. Über Jahre hinweg stauten sich verletzte Gefühle, Scham und Unverständnis in ihr auf wie hinter einer hohen Mauer. Eine Mauer mit feinen Rissen, wie sie diese Mauern immer haben.

Sie war elf, als das geschah, was alles ändern sollte. Ein Unfall, so stellte es ihr Vater dar. Sophie misstraute seinen Worten. Die ganze Wahrheit aber erfuhr sie erst, als Elise nach wochenlangem Klinikaufenthalt und zahlreichen erfolgreichen Operationen wieder zurück nach Hause kehren sollte.

Verzweifelt hatte sie sich an Sophie geklammert und mit bebendem Körper und sich überschlagender Stimme alles erzählt. Und dann hatte ihre Großmutter die Worte gesprochen, die ihr das Leben retteten: Du bleibst bei mir.

Sophie wurde ihre Familie. Es folgten Jahre gegenseitiger Anfeindungen, Gerichtsverhandlungen und Sorgerechtsstreitigkeiten. Sophie stand sie durch, mit beispielloser Disziplin und immer darauf bedacht, so wenig wie möglich davon an Elise herankommen zu lassen.

Sie hatte sich gefangen, geblieben aber war eine tiefsitzende Angst, jemanden in ihr Inneres, in ihre Gedanken sehen zu lassen, eine Barriere, die sie vor anderen aufbaute.

Die Musik verklang, und Elise drehte das Radio ab, verstört darüber, dass eine einzige Melodie, ein bestimmtes Lied so viele Erinnerungen wachzurufen vermochte.

Sie hatte Widmer im Präsidium abgesetzt und war unterwegs zu Weidenmann.

Immer wieder kam ihr der Unbekannte in den Sinn, sein verschwommenes Gesicht hinter der nassen Scheibe der Straßenbahn. Sie versuchte ihn irgendwie in ihre Überlegungen und Schlussfolgerungen einzubauen, doch es gelang ihr nicht.

Es gab noch zu viele fehlende Puzzleteile, um ein Bild zu erkennen.

Das Fahren forderte ihre ganze Konzentration, es herrschte starker Verkehr, und der Dauernieselregen erschwerte die Sicht. Dennoch schweiften ihre Gedanken ab. Sie fühlte sich gefangen in einem Labyrinth, das sie nicht zu durchschauen vermochte. Und es gab nur eine Lösung: so viele Wege wie möglich ausprobieren.

Marcel Weidenmann war einer von ihnen.

13
Nürnberg 1528

Das Feuer, das in ihm wütet, lässt sich nicht mehr bändigen. Er ist an den Marken seiner Tage. Er ist bereit. Alles liegt in Gottes Hand, so wie es die Eltern vorgelebt haben. Sein Haus ist bestellt. Und doch nagt tief in ihm die Angst vor dem Fegefeuer. Hat er nicht versucht, Abbitte zu leisten vor dem Herrn, indem er seine Kunst in den Dienst der Kirche gestellt hat? Abbitte für die Verfehlungen der jungen Jahre, allen voran die Eitelkeit. Ja, das Interesse und die Bewunderung, die ihm Clementi und seine Brüder damals entgegengebracht haben, haben ihm geschmeichelt, so sehr, dass er sich von ihnen hat verführen lassen. Später hat er bereut und versucht, mittels des einzigen Rüstzeugs, das er besitzt, seinem Talent, auf der richtigen Seite zu kämpfen.

Und so ist er in diesen letzten ihm verbleibenden Stunden auf Erden auch in stiller Zwiesprache mit jenem Mann, der ihn einst fing wie ein Fischer seine Fische im Netz: Arturo Benedetti Clementi. So deutlich steht die hagere Gestalt des Venezianers vor ihm, dass er nur seine Hände auszustrecken bräuchte, um den Zipfel seiner schwarzen Mönchskutte zu ergreifen.

Die Tür öffnet sich und ein mächtiger Schatten fällt auf das Bett und taucht das blasse, schmerzverzerrte Gesicht Dürers in Dunkelheit. Pirckheimer steht im Türrahmen. Stumm nähert er sich dem Bett. Dürer wendet den Kopf und bringt ein klägliches Lächeln zustande.

»Ich wusst doch, dass du kommst«, sagt er leise.

Agnes schließt nun leise die Tür.

Willibald Pirckheimer kniet sich neben das Bett, was wegen seiner Leibesfülle und der Gicht, die ihn seit Jahren quält, nicht einfach für ihn ist, und ergreift Albrechts Hand. Dürer liest die Angst in seinen Augen, den Freund zu verlieren, und er sieht die Trauer, die der Kummer um den Tod der geliebten Tochter dort hineingemeißelt hat. Der einstmals so gesellige lebensfrohe Mann bleibt allein und verbittert zurück, einzig noch den Hass lebend, den er auf den ungeliebten Schwiegersohn projiziert, später dann auch auf Agnes.

»Es ist gut, dass kommen bist.«

Pirckheimer blickt auf. In seinen Augen schimmern Tränen. Er nickt ergriffen.

Erleichtert atmet Dürer auf. Wieder übermannt ihn die Schwäche und er gleitet fort aus dem Zimmer, zurück in eine andere Zeit, die Zeit der Jugend und des Tatendrangs, die so weit fort scheint wie der Mond von der Erde.

1487

Auf den harten Winter folgen Frühjahr und Sommer. Sie müssen vorsichtig sein, die beiden Geheimniskrämer, denn der Alte ist wachsam. Dreimal in der Woche treffen sie sich des Nachts bei Kerzenschein in Wilhelms kleiner Stube und arbeiten gemeinsam. Und es geht ihnen leicht von der Hand. Mit den ersten Frühjahrsknospen nimmt das Werk Gestalt an. Wilhelm ist ein guter Lehrherr, aufmerksam und einfühlend, beharrlich, manchmal streng, ohne Albrecht dabei jedoch die Freiheit zu beschneiden. Immer wieder erntet der Junge Lob vom Älteren, der seine Meinung, dass in dem Goldschmiedesohn ein großes Talent heranreift, schon nach den ersten flüchtigen Skizzen bestätigt sieht. Albrecht aber weiß, dass Talent allein nicht genügt. Bei der Komposition der Figuren hilft ihm Wilhelm ebenso wie bei der Gestaltung der Hintergründe, und der angehende Maler ist froh darüber.

Er weiß genau, was er will, sieht die fertigen Bilder bereits bei den ersten flüchtigen Skizzen in ihrer Gesamtheit vor seinem geistigen Auge. Er sieht wirbelnde Figuren, die er im Lauf der Bewegung festhält, Gesten, die zu Stimmungen werden. Er will fort von allem Starren, fort von der komponierten Werkstattmalerei. Nach der Natur muss es sein. So wird er es später in seinen Schriften niederlegen.

Wilhelm sieht ihm über die Schulter dabei, lächelnd über die Ungeduld des Knaben, dessen Kopf, dessen Visionen schneller sind, als es die Finger vermögen, und er unterstützt ihn, denn er sieht, dass sein Lehrling, der da mit niemals ermüdendem Eifer etwas Neues wagt, recht hat. Wenn er die fertigen Zeichnungen schließlich betrachtet, hält er etwas in Händen, was die Zeit überdauern wird.

Wenn sie müde sind, ihnen die Augen schmerzen vom schlechten Licht, dann setzen sie sich dicht beieinander in eine Ecke und reden leise. Sie reden über die Angst, die sie haben, abgelehnt zu werden, denn der Künstler ist nichts ohne zahlende Auftraggeber. Dann spinnt Albrecht Wilhelm seine Ideen vor, mit Kobergers Hilfe seine Blätter zu vervielfältigen, um sie überall verkaufen zu können. Und sie reden über das, was sie darstellen sollen: die Offenbarung des Johannes und die Angst der Menschen vor dem Untergang der Welt.

Manchmal erzählt Wilhelm von seiner Wanderschaft, und Albrecht träumt sich fort, in jene fernen Tage, in denen er der Enge Nürnbergs entfliehen und selbst auf Wanderschaft gehen wird. Er weiß, wohin er will, zu Schongauer, dessen Werk er bewundert. Der Meister selbst hat einige Drucke des Elsässers, der sich schon seit Albrechts Geburtsjahr mit dem Kupferstich beschäftigt.

»Träumst schon wieder, du Genie?« Wilhelm legt ihm freundschaftlich einen Arm um die Schulter.

Sie lachen und gehen bald darauf wieder an die Arbeit.

14

Köln-Mülheim war geprägt von hübschen, teilweise renovierten Gründerzeit- und Jugendstilbauten. Elise hielt vor einem sorgfältig renovierten dreistöckigen Haus in der Augustastraße mit heller Fassade und schmalem Vorgarten, nicht seelen- und gesichtslos wie die Nachkriegsbauten, die der im Krieg zerstörten Stadt ihr heutiges Gesicht gaben. Weidenmann wohnte im zweiten Stock.

Sie betrat einen schmalen, gekachelten Flur, der in ein großzügiges Treppenhaus mündete. Ein altmodischer Aufzug mit schmiedeeisernen Gittertüren verband neben der Treppe die einzelnen Stockwerke miteinander. Während sie wartete, öffnete sich eine der weiß lackierten Wohnungstüren des Erdgeschosses. Ein Mann in schwarzem Anzug und dunkelblauem Rollkragenpullover trat ins Treppenhaus, gefolgt von einer weißhaarigen, elegant gekleideten älteren Dame.

»Vielen Dank für den Kaffee«, sagte der Mann mit rauer Stimme. Er hatte einen unüberhörbaren Akzent – Frankreich vielleicht oder Spanien. Sein dunkler Teint, das schwarze Haar ließen ihn südländisch wirken.

»Es hat mir doch Freude gemacht«, sagte die alte Dame aufgeräumt. »Ich bekomme so selten Besuch heutzutage. Ich hoffe, ich höre von Ihnen.«

Sie verabschiedeten sich. Der Dunkelhaarige ging an Elise vorbei, ihre Blicke begegneten sich, er nickte kurz, wandte sich ab und ging zur Haustür. Er schien nervös. Die Finger der linken Hand spielten mit einem Schlüsselbund, der leise klingelte. Ein Geräusch, unüberhörbar bei der Stille im Haus. Es war ein Autoschlüssel mit einem auffälligen Anhänger: Er war rund. Ein Paar betende Hände, weiß, in vereinfachter Form, auf blauem Grund.

Sie fuhr mit dem Aufzug in den zweiten Stock. Marcel Weidenmann erwartete sie an der Tür. Er lächelte freundlich, gab ihr die Hand, bat sie hinein.

Er war eine ausgesprochen angenehme Erscheinung: großgewachsen, sehr schlank, vom Alter leicht gekrümmte Schultern. Seine Stimme fiel ihr auf, warm und kaum seinem Alter entsprechend rau oder abgenützt. Er trug ein beigefarbenes bequemes Sportsakko und darunter ein weißes Hemd, dessen Kragen leger geöffnet war. Im Halbdunkel der quadratischen Diele, in der sie standen, leuchtete sein weißes Haar.

Als sie die Bronzebüste entdeckte, die auf einer Kommode stand und ihr an diesem Tag zum dritten Mal begegnete, spürte sie ein leichtes Kribbeln in der Magengrube. Vielleicht fange ich an zu halluzinieren, dachte sie. Ich sehe überall betende Hände.

Der alte Mann führte sie aus der Diele in ein Zimmer, das eine Mischung aus Arbeitszimmer, Bibliothek und Salon zu sein schien; Bücherregale, eine Sitzgruppe mit dazugestelltem hohem Lehnstuhl, im Hintergrund ein Schreibtisch, auf dem sich Papiere stapelten. Das Zimmer eines Lesers, eines Gelehrten, eines Mannes, der die Gemütlichkeit der Sterilität gestylter Designerwohnträume vorzog. Elise gefiel der Raum auf Anhieb, ebenso wie sein Bewohner. Sie fühlte sich seltsam heimisch, nicht abgelehnt, wie sie es in ihrem Beruf so oft erlebte.

Im Hintergrund lief Musik, eine Mischung aus verschiedenen Opernarien.

Weidenmann fragte nach Getränken, sie lehnte ab. Er bot ihr einen Platz auf der Sitzgruppe an und setzte sich selbst in den hohen Lehnstuhl.

»Ich muss zugeben, ich war etwas erstaunt, als Sie mich anriefen«, sagte er mit einem milden Lächeln. »Hugo Winters? Wie könnte ich Ihnen helfen?«

Elise war sofort gefangen von seinen Augen, ihrer Sanftheit, ihrer verhaltenen Klugheit. Sie waren groß, von zahlreichen Fältchen umgeben und hatten die Farbe dunklen Honigs. Marcel Weidenmann war ein Mann mit angeborenem Charisma, der wahrscheinlich niemals Mühe gehabt hatte, die Menschen auf seine Seite zu bringen. Und früher, dachte Elise, muss er einmal unglaublich schön gewesen sein.

Elise zog wortlos das Buch aus Sophies Bücherschrank aus der schwarzen ledernen Umhängetasche, die sie trug, und legte es vor sich auf den Tisch.

Weidenmann beobachtete sie aufmerksam.

»Ich habe eine Ausgabe dieses Buches in Hugo Winters' Arbeitszimmer in der Villa in Marienburg gesehen. Es lag auf dem Schreibtisch als einziges. Es muss ihn kurz vor seinem Tod noch beschäftigt haben. Er arbeitete nicht mehr dort.«

»Ich verstehe«, sagte er, ohne den Blick von ihm abzuwenden. »Der Mordfall Winters bereitet Ihnen einiges Kopfzerbrechen.«

Elise nickte. »Das kann ich nicht verhehlen. Ich habe das Gefühl, ich bin in einem Labyrinth, und jeder Weg, den ich einschlage, endet in einer Sackgasse.«

»Es gibt immer einen Weg hinaus aus Labyrinthen. Denken Sie an Ikarus. Er hat das Ungewöhnliche gewagt, ist einen anderen als den normalen Weg gegangen und hat sich in die Lüfte emporgehoben, um dem Labyrinth zu entfliehen.«

Seltsam, dachte sie, dass er ausgerechnet auf Ikarus zu sprechen kommt. »Er ist zu weit gegangen und abgestürzt.«

Weidenmann zuckte die Schultern. »Das tut man meistens, wenn man die Wahrheit erkennt. Sie hat fast immer ein hässliches Gesicht – aber eine schöne Seele.«

Im Hintergrund sang Renata Tebaldi »Ebben? Ne andrò lontana«, die berühmte Arie aus Catalanis La Wally.

Elise deutete auf das Buch auf dem Tisch. »Ich habe darin gelesen. Es ist ein interessantes Buch.«

»Danke. Ich nehme es als Kompliment. Ich habe einiges veröffentlicht, aber dieses Buch ist mir das wichtigste. Ich habe darin einige Thesen und Theorien eines alten Freundes verwendet.«

»Haben Sie Hugo Winters gekannt?«

Er nickte. »Ja. Sehr lange, aber nicht sehr gut. Wenn man an einem solchen Thema arbeitet«, er deutete auf das Buch, »stößt man zwangsläufig auf die Sammlung und die Bibliothek Hugo Winters'. Dass wir uns kannten, kam mir damals sehr zugute. Hugo Winters gewährte nach Erwähnung meines Namens sehr großzügig Zugang. Besonders zur Bibliothek.«

»Woher kannten Sie ihn?«

Eine Pause entstand, und Weidenmanns Augen ruhten auf Elise, schienen in ihrem Gesicht nach etwas zu suchen. »Ehrlich gesagt, ich weiß es nicht mehr genau. Wenn man so alt ist wie ich, verschwimmen die Grenzen und Erinnerungen täuschen. Es muss noch vor dem Krieg gewesen sein. Nach Kriegsende ging ich nach Frankreich und blieb dort bis vor Kurzem. Ich hatte nur noch wenig Kontakt nach Deutschland.«

Plötzlich blickte er hoch und zu dem Bild, das zwischen zwei Bücherregalen über einer gut gepflegten Biedermeierkommode hing, Dürers Selbstbildnis. »Er hat uns verbunden«, sagte Weidenmann und deutete auf das Bild. »Sonst nichts. Wir haben uns nach dem Krieg nicht wiedergesehen.«

Elise stutzte. »Aber das Buch?«

»Die Verhandlungen und die Recherchen hier in Köln habe ich nicht selbst durchgeführt. Ich war damals unabkömmlich.«

Es entstand eine Stille, in die Pavarotti die Arie des Canio aus Leoncavallos I Pagliacci sang.

»Also Ihr Coautor, Herr St. Cyr?«

»Ja«, antwortete er zögernd.

»Sie haben Kontakt zu ihm? Ich wüsste gerne, wo er ist. Wir suchen ihn.«

Weidenmann hob erstaunt die Augenbrauen. »Avide? Aber warum denn?«

»Ich hätte gestern fast auf ihn geschossen«, sagte Elise trocken.

Weidenmann schlug betroffen die Augen nieder.

»Ich bin ihm im Haus von Hugo Winters' Geliebten begegnet. Sie ist tot. Sie wurde erwürgt.«

Jegliche Farbe wich aus dem Gesicht des alten Mannes. Er blieb stumm.

»Er trug einen Koffer bei sich, den er, wie ich vermute, aus der Wohnung der Toten entwendet hat. Außerdem habe ich ihn gestern auf der Beerdigung gesehen und in der Villa der Winters in Marienburg. Sie verstehen, dass ich ihn sprechen muss.«

Weidenmann erhob sich steif und wandte ihr den Rücken zu. »Ja. Aber ich kann Ihnen leider nicht helfen. Ich habe seit Längerem schon keinen Kontakt mehr zu ihm.«

Er log, Elise spürte es. Sie entschied sich, das Thema zu wechseln.

»Es gibt so vieles in Hugo Winters' Verhalten, das ich nicht verstehe. Ich hatte gehofft, in Ihnen jemanden zu finden, der mir vielleicht etwas mehr über ihn hätte sagen können.«

Er entspannte sich, drehte sich zu ihr um. »Sie glauben, wenn Sie ihn verstehen, seine Handlungsweise, sein Denken, können Sie begreifen, warum ein anderer Mensch glaubte, ihm das Leben nehmen zu müssen?«

»Ja«, sagte Elise. »Das glaube ich.«

»Niemand kann einen anderen Menschen wirklich und ganz und gar verstehen. Dazu ist die menschliche Psyche zu vielschichtig. Auch ein Mensch wie Winters hatte mehrere Seiten.«

»Ich suche nur die, die seinen Mörder veranlasst hat, ihm die Kehle durchzuschneiden. Wir fanden ihn in einem alten verfallenen Haus in Rodenkirchen. Ein Haus, das einst einem gewissen Endres Wolfarth gehört hat. Sagt Ihnen der Name etwas?«

Sein Gesicht blieb starr. »Nein.«

Sie richtete sich auf und sah ihn auf gleicher Augenhöhe herausfordernd an. Weidenmann hielt nicht stand und wandte sich schließlich ab.

15

Die Fahrt kam ihm unendlich lang vor. Er atmete erleichtert auf, als das Taxi endlich in die schmale, lang gezogene Rue Louis Blanc einbog.

Vor dem Haus Nr. 24 blieb es stehen. Avide zog einen Geldschein aus der Tasche, ohne darauf zu achten, welche Summe auf dem Taxameter stand, drückte ihn dem Fahrer von hinten in die Hand und stieg aus. Das Taxi fuhr sofort wieder los. Wahrscheinlich war der Fahrer erleichtert, ihn endlich los zu sein. Er konnte es ihm nicht verdenken.

Das Haus, in dem sein Apartment lag, war ein hoher Sechzigerjahrebau, unspektakulär und auf Funktionalität ausgerichtet. Keiner jener verschwenderischen Gründerzeitbauten eines Baron Haussmann, die das Stadtbild von Paris bis heute prägten. Um die Ecke lag der Canal

St. Martin, einst nach einem Beschluss Napoleons gebaut, der Paris durch einen Kanal mit Trinkwasser versorgen wollte. An warmen Sommerabenden trafen sich die Bewohner des Viertels an seinen befestigten Ufern, picknickten und lauschten der Musik der zahlreichen Straßenmusikanten. In der Luft hing der Duft der zahlreichen Joints, die die Jugendlichen rauchten.

Er öffnete die Haustür und eilte sofort in den zweiten Stock hinauf, in dem sein Apartment lag. Es war eine kleine Wohnung: Wohnzimmer, Küche, Bad und kleines Schlafzimmer.

Den Koffer warf er auf das Sofa, zog umständlich die Jacke aus und ging ins Bad. In einem kleinen Arzneischränkchen an der Wand fand er etwas Alkohol und frische Mullbinden. Die Wunden an der Hand und im Gesicht wusch er mit klarem Wasser aus und betupfte sie mit dem Alkohol, was höllisch brannte. Im Gesicht und am ganzen Oberkörper zeigten sich bereits erste dunkle Stellen. Blieb noch die Platzwunde an der Stirn, über die er ein Pflaster klebte. Umständlich nestelte er frischen Mull aus einer Verpackung und presste sie auf die Schnittwunde an der Hand, wickelte zum Schluss noch einen Verband darum. Sein Kopf schien zerspringen zu wollen. Er suchte nach Schmerztabletten, fand welche und nahm gleich zwei. Etwas erleichtert ging er ins Wohnzimmer und legte sich auf die Couch. Sofort überkam ihn ein heftiges Schwindelgefühl. Unter heftigen Schmerzen richtete er sich wieder auf, zog seine Jacke zu sich heran und holte sein Handy aus der Innentasche.

16

Irgendwo in der Wohnung läutete ein Telefon. Weidenmann wirkte erleichtert, Elise entkommen zu können, entschuldigte sich und verließ langsam den Raum.

Er ließ sie allein mit der Arie der Manon aus Puccinis Manon Lescaut. In quelle trine morbide – Ach, in den kalten Spitzen hier.

Elise stand auf und sah sich im Zimmer um. Sie blieb vor dem Porträt Dürers stehen, einer brillanten Reproduktion in einem schweren

Goldrahmen. Die wissenden, sanften Augen des Malers ruhten fragend auf ihr.

»Was weißt du?«, fragte Elise leise. »Irgendwo in diesem Labyrinth versteckst auch du dich.«

Sie wanderte die Bücherregale entlang, las die Namen großer Schriftsteller in einfachen, modernen Ausgaben. Weidenmann war kein Bibliophiler, ihn interessierte das Wissen der Männer und Frauen, die sich hier versammelt hatten, bereit, ihr Denken, ihre ganz eigene Fantasie an ihren Leser weiterzugeben. Er schien sich besonders für französische Literatur zu interessieren. Die meisten Bücher waren in der Originalsprache. Es gab eine schöne, in Leder gebundene Ausgabe der Werke Balzacs und eine Werkausgabe von Victor Hugos »Les Misérables«. Auch die französischen Existenzialisten waren vertreten, Rimbaud und Verlaine. Zwischen ihnen thronte eine Gipsbüste Voltaires, der sie mit verkniffenem Mund und schelmischen kleinen Augen anblickte. Ihr Blick blieb bei einer Ausgabe des Briefwechsels Voltaires mit Friedrich von Preußen und einer mehrbändigen Ausgabe von Rousseau hängen, zwischen denen eine Lücke klaffte.

»Bitte entschuldigen Sie. Ich hoffe, wir werden jetzt nicht mehr gestört.«

Elise fiel auf, dass er sehr ernst wirkte, vielleicht sogar verstört. Er war leichenblass.

»Sie interessieren sich für französische Literatur?«

»Ja«, antwortete er abwesend. Von seiner ehemaligen Selbstsicherheit war nichts mehr zu spüren. Er bat sie, wieder Platz zu nehmen, und sie setzten sich.

»Ich habe versucht mich zu erinnern, woher ich Winters kannte«, begann Weidenmann. »Wenn ich zurückdenke, sind wir uns wohl schon Mitte der Dreißigerjahre begegnet. Schon damals interessierte ich mich für Kunst, Winters wohl auch. Er arbeitete für Salomon Mayer, der eine ganz interessante kleine Sammlung hatte. Meine Familie verkehrte locker mit den Mayers. Ich war ein paar Mal Gast in ihrem Hause. Da haben wir uns wohl kennengelernt.«

»Wie war Winters damals?«

»Ich glaube, sehr ehrgeizig. Das war wohl jedenfalls die allgemeine Meinung über ihn.«

»Er hatte es schwer, in der Gesellschaft Fuß zu fassen, habe ich gehört. Er gehörte nicht dazu.«

»Ja, man hatte damals andere Wertvorstellungen, baute schnell Mauern und Grenzen auf. Der Krieg hat uns dann alle auf die gleiche Stufe gesetzt.«

»Warum sind Sie aus Deutschland fortgegangen?«

Wieder entstand eine Pause. Elise war klar, dass sie kein Recht hatte, diese Fragen zu stellen und es nur Weidenmanns Freundlichkeit zuschreiben konnte, dass er antwortete.

»Ich hatte zu viel Schlimmes erlebt in diesem Land. Ich wollte neu anfangen.«

»Und doch sind Sie zurückgekommen.«

Der alte Mann schloss kurz die Augen. »In der Fremde zu leben ist eine Sache, dort zu sterben eine andere.«

»Und Sie sahen Winters nicht wieder?«

Weidenmann lächelte. »Sie sind sehr hartnäckig. Ich glaube, ich habe ihn einmal auf einer Auktion in der Schweiz getroffen, vor vielen Jahren. Wir haben uns flüchtig gegrüßt, mehr nicht. Da hatte er schon seinen Ruf in der Kunstwelt.«

»Welchen Ruf?«

Er zögerte. »Den Ruf, in der Wahl seiner Mittel, wenn es darum ging, etwas zu bekommen, was er für seine Sammlung haben wollte, nicht sehr zimperlich zu sein.«

Elise spürte, wie unwohl sich Weidenmann fühlte.

»Nur Gerüchte, die in der Branche kursieren«, sagte er schließlich. »Es wird viel geredet.«

»Manchmal steckt die Wahrheit gerade genau dort. Wie bedeutend ist Winters' Sammlung?«

»In Bezug auf die Druckgrafik des ausgehenden fünfzehnten Jahrhunderts einzigartig. Nur die Sammlung Otto Schäfers ist vergleichbar.«

»Er scheint besessen von Dürers Werken gewesen zu sein«, sagte Elise. Sie beobachtete die Reaktionen des alten Mannes.

»Ja.« Sein Blick wanderte zu dem Selbstbildnis. »Wer sich einmal auf ihn einlässt, verfällt sehr leicht seiner einzigartigen Darstellungskunst. Sehen Sie, es gibt zwei Arten von Sammlern. Die einen, die sammeln, um die Schönheit einzigartiger Kunstwerke zu erhalten, das Werk eines Künstlers, das in alle Winde zerstreut ist, wieder zu einen, kurz, die im Dienste der Kunst stehen und dazu eine exaltierte Stellung im Leben, meist finanzieller Art, nutzen. Und die anderen, Menschen, die sammeln, um zu besitzen. Sie wollen der Welt zeigen, dass sie mehr haben als andere, oder Wertvolleres. Kunst als Geldanlage.«

»Zu welcher Kategorie würden Sie Hugo Winters zählen?«

»Ich hatte den Eindruck, dass Hugo Winters unter einer Art von Minderwertigkeitskomplexen litt. Es reichte ihm nicht, besser zu sein, mehr zu haben. Er wollte anerkannt sein, auf eine Weise, die nichts mit Vermögen, mit Besitz zu tun hat. Er wollte bestimmten Kreisen zeigen, dass man sich geirrt hat in dem Urteil, das man einst über ihn fällte. Tragisch. Denn es gibt diese Kreise längst nicht mehr.«

Weidenmanns Eindrücke deckten sich mit dem, was Elise bisher erfahren hatte.

»Beziehen Sie sich in diese Kreise mit ein?«

Er wich ihrem Blick aus. »Ja.«

»Sie mochten Hugo Winters nicht.«

»Ich wusste, dass ich zu viel gesagt habe.« Zu ihrem Erstaunen lächelte er. »Ihm ging es um Besitz und darum, seinen Namen mit der Einzigartigkeit einer Sammlung in Verbindung zu bringen, die hoffentlich die Zeiten überdauern wird. Er wollte sich mit ihr unsterblich machen. So wie die Künstler, die er sammelte, es mittels ihres Genies, ihres Talentes und ihres Einfühlungsvermögens geschafft haben. Er war nie ein Diener der Kunst. Ich glaube, im Grunde seines Herzens ist er immer ein kleiner Krämer geblieben. Er kam aus einfachen Verhältnissen, und den Geruch der unteren Schicht ist er nie ganz losgeworden, auch wenn er alles dafür getan hätte.« Leise fügte er hinzu: »Und vielleicht auch getan hat.« Der sanfte Ausdruck seiner Augen war einer erschreckenden Härte gewichen.

Elise beobachtete diesen Stimmungswechsel fasziniert. Weidenmann hatte seine anfängliche Zurückhaltung aufgegeben. Warum?

Elise begriff plötzlich, dass er nicht bloß eine ablehnende Haltung gegenüber Winters empfand. Da war mehr. Da war Hass.

Er grinste plötzlich. »Jetzt müssen Sie mich, glaube ich, warnen. Wie heißt das noch? Alles, was Sie sagen, kann gegen Sie verwendet werden?«

»Ich fürchte, die Liste der Menschen, die Hugo Winters nicht mochten, umfasst mehr als nur Ihren Namen.«

»Ich beginne langsam zu verstehen, warum Ihnen dieser Fall solches Kopfzerbrechen bereitet.«

»Ich könnte Sie verhaften. Es würde mir zumindest die Gelegenheit geben, mich noch etwas länger mit Ihnen zu unterhalten.«

Weidenmann lachte. »Das war ja ein Kompliment! Nicht schlecht für mein Alter.« Schnell wurde er wieder ernst. »Ich gebe zu, was Winters angeht, schlagen zwei Herzen in meiner Brust. Ich habe ihn für das bewundert, was er geschaffen hat: eine einzigartige Sammlung, die dem Namen Dürer wirklich gerecht wird. Damit hat er dem Künstler und der Dürer-Forschung einen großen Dienst erwiesen, denn bei kaum einem Maler ist so viel verfälscht und verwässert worden wie bei ihm, dem deutschen Apelles. Jeder, der meinte, das Werk Dürers könne ihm nützlich sein, hat ihn für sich beansprucht und ihm seinen Stempel aufgedrückt. Das Echte, Wahre ist darunter fast verschwunden. Durch Winters wird die Öffentlichkeit einmal die Möglichkeit haben, den wahren Dürer kennenzulernen. Und es wird eine lohnende Begegnung sein.«

Wieder blickte er zu dem Selbstbildnis empor. Es war ein sanfter, ja, liebevoller Blick. »Aber die Beweggründe, der fast unverhohlene Eigennutz, die ihn dazu brachten, diese Sammlung zu erschaffen, muss ich verurteilen.« Er zuckte mit den Schultern. »So ist das nun mal, der Zweck heiligt nicht immer die Mittel. Und man muss wohl dem Ziel mehr Respekt zollen als dem Weg, der dorthin führt.«

»Sagt Ihnen die Bezeichnung ›Die Apokalyptiker‹ etwas?«

Ein seltsames, tiefgründiges Funkeln trat in seine schönen Augen. »War das nicht eine Künstlergruppe, die sich vor dem Krieg hier in Köln getroffen hat? Ich erinnere mich dunkel. Aber das ist lange her.«

»Ja. Ihr Treffpunkt war das Haus Endres Wolfarths in Rodenkirchen.«

»Soweit ich mich erinnere, gehörte ihr nur eine Handvoll Personen an, von denen keiner herausragende Fähigkeiten besaß. Ich glaube, sie haben sich schon kurz nach dem Krieg wieder aufgelöst.«

»Nachdem Endres Wolfarth spurlos verschwand.«

»Mag sein«, sagte er. »Was hat das mit Ihrem Fall zu tun?«

Elise spürte, dass sie sich plötzlich auf dünnem Eis befand. Sie war sich sicher, dass er mehr über Wolfarth und die Apokalyptiker wusste, als er sagte.

»Hugo Winters traf in diesem Haus seinen Mörder.«

Weidenmann warf ihr einen verunsicherten Blick zu. Und gerade weil sie den alten Mann mochte, hasste sie es, ihm so zusetzen zu müssen.

»Sie sagten vorhin, Sie hätten zu Ihrem Coautoren seit Längerem keinen Kontakt mehr.«

»Ja«, sagte er schnell. »Er ist ein ruheloser Geist, reist viel umher und lebt überwiegend in Frankreich.«

»Ein seltsamer Name.«

»Sein Vater war Grieche. Er hat bei mir Kunst studiert. Einer meiner besten Schüler. Wir waren, wie sagt man, Seelenverwandte. In vielerlei Beziehung.«

»Er war der Patensohn von Luise Winters?«

»Soviel ich weiß, war Luise Winters eine Freundin seiner Mutter. Sie kam aus Köln.« Und hastig fügte er hinzu: »Aber sein Kontakt zu den Winters war nie sehr eng.« Er beugte sich vor. »Sie verdächtigen ihn doch nicht ernsthaft, etwas mit dem Tod von Hugo Winters zu tun zu haben? Ich kenne ihn sehr gut und halte es für ausgeschlossen.«

Elise schwieg. Je mehr sie sich mit dem Thema beschäftigten, desto unglaubwürdiger wurde ihr Gegenüber. Und er lenkte damit ihre Aufmerksamkeit unbewusst immer mehr auf seinen Freund, obwohl er vermutlich genau das Gegenteil beabsichtigte.

Er sah sie nicht an, blickte an ihr vorbei in die Weite des Raumes. »Sind wir fertig? Ich bin etwas müde.« Er wirkte tatsächlich angestrengt. Vielleicht auch darum, weil er krampfhaft versuchte, seine wachsende Nervosität zu verbergen.

»Sie waren sehr geduldig mit mir.«

»Ein alter Mann bekommt nicht sehr häufig Besuch von einer attraktiven jungen Frau. Ich genieße es, auch wenn ich Ihnen nicht viel helfen konnte.«

Elise stand auf und sah die Erleichterung im Gesicht des alten Mannes. Ihn jetzt härter anzugehen, wäre die falsche Vorgehensweise. Sie hatte andere Möglichkeiten.

Er wirkte fast verstört. Sogar seine Körperhaltung war eine andere als zu Beginn des Gesprächs.

»Sie haben Instinkt und Herz. Ich habe den Eindruck, Sie lassen sich nicht so einfach von augenscheinlichen Gegebenheiten täuschen, die oftmals nicht so sind, wie man vordergründig glauben könnte«, sagte er, und es klang wie eine Aufforderung. Er begleitete sie bis zur Wohnungstüre. »Für eine so junge Frau haben Sie einen ziemlich harten Beruf.«

Elise nickte. Er war nicht der Erste, der sie darauf ansprach. »Es gibt zwei Wege, mit der Ungerechtigkeit, die man einmal erfahren hat, weiterzuleben. Entweder man nimmt sie in sich auf, speichert und verschließt sie in sich. Und damit nährt man sie unwillkürlich. Dann bekommt sie ein Eigenleben und zerfrisst dich von innen. Oder man öffnet sich und beginnt, in einer Welt voller Fehler nach der Gerechtigkeit zu suchen. Der Beruf der Polizistin schien mir dafür sehr geeignet. Ich habe in den Jahren bei der Polizei gesehen, dass ich nicht die einzige bin, die irgendwann einmal Leid erfahren hat. Und das hat mir geholfen. Auch wenn es nicht alle Wunden geheilt hat und es noch immer viele offene Fragen gibt.«

Sie war selbst erstaunt, wie offen sie mit ihm gesprochen hatte.

»Ich glaube, ich verstehe«, sagte er langsam.

Elise nickte. Sie fühlte sich ihm plötzlich sehr nahe.

Sie verabschiedeten sich, und sie gab Weidenmann ihr Kärtchen.

»Ich werde Sie anrufen, wenn mir noch etwas einfällt«, versprach er.

»Und wenn Herr St. Cyr sich bei Ihnen meldet.« Im Hinausgehen fiel ihr Blick wieder auf die Bronzeplastik.

Er bemerkte ihr Zögern. »Der Versuch, einem Bild Dreidimensionalität zu verleihen. Eine Adaption von Dürers betenden Händen. Kennen Sie die Zeichnung? Es war eine Vorzeichnung, eine Studie zu einem der Apostel des Heller-Altares. Und sie wurde zu einem seiner bekanntesten Werke.«

»Eine schöne Arbeit«, sagte Elise.

17
Nürnberg 1528

»Was redest denn, Albrecht? Der Wilhelm ist doch schon lange tot.« Pirckheimer sieht auf den Freund hinab, dessen knöcherne Hände unablässig auf dem Bettzeug auf- und abgleiten. Er ergreift ein Leinentuch, das am unteren Bettende hängt, und tupft ihm den Schweiß von der Stirn. Er kann es nicht begreifen. So viel haben sie miteinander erlebt, der Pest, dem schwarzen Tod, trotzig die Stirn geboten. Und ein einfaches Fieber vermag ihn umzufällen wie einen morschen Baum.

Dürers blutleere Lippen bewegen sich. Er spricht im Delirium. Was sagt er? Wohin geht er in diesen schweren Stunden? Er entfernt sich von ihm, stetig, unablässig.

Pirckheimer zieht sich einen Stuhl ans Bett heran und setzt sich. Er ergreift Dürers Hand und lauscht den leisen, kaum verständlichen Worten.

1488

Lange haben sie gesucht, bis sie den Richtigen gefunden haben. Einen, der ihr Geheimnis für sich behalten kann und das wenige Geld, das ihm Wilhelm Pleydenwurff für das Schnitzen der Druckstöcke bieten kann, akzeptiert. Er heißt Ulrich Weinhalter und ist ein Hergezogener wie einst Albrechts Vater. Doch das Schicksal hat es weniger gut mit ihm gemeint. Der Versuch, eine eigene kleine Werkstatt zu gründen, misslingt, die Frau und zwei Kinder sterben ihm weg. Allein haust er nun in einer Hütte am Stadtrand, unweit der Pegnitz.

Der inzwischen Vierzigjährige ist bärbeißig und kommt ihnen durchaus nicht mit Freundlichkeit entgegen. Seine Finger seien lahm, wirft er ihnen auf ihr Angebot entgegen, zu lange habe er nicht mehr gearbeitet. Doch die Aussicht, noch einmal im erlernten und einstmals geliebten Beruf arbeiten zu dürfen, ist dann doch zu reizvoll. Einen Moment hat Albrecht gezögert, dem groben Mann mit der Lederschürze und der abgewetzten Kappe, unter der ein paar eisgraue, widerspenstige Haarsträhnen hervorlugen, die kostbaren Zeichnungen, an denen er und Wilhelm volle zwei Jahre gearbeitet haben, zu überlassen. Lange sprechen sie mit ihm, geben ihm Anweisungen zur Ausführung, und im Laufe des Gesprächs taut Weinhalter auf und wird zugänglicher.

Sie schärfen ihm ein, absolutes Stillschweigen zu bewahren, und Weinhalter antwortet hämisch, zu ihm würde sich eh niemand mehr verirren.

Bevor sie heimgehen, machen Albrecht und Wilhelm einen Abstecher an die Pegnitz, deren kristallklares Wasser sich sanft durch die umliegenden Wiesen und Felder schlängelt. Sie setzen sich am Ufer ins Gras, ziehen die Schuhe aus und kühlen ihre Füße im Wasser.

»Jetzt ist deine Zeit bald um, Albrecht«, sagt Wilhelm und kann einen Anflug von Melancholie in der Stimme nicht verbergen. »Was wirst denn tun?«

»Ich geh natürlich auf Wanderschaft!«, antwortet Albrecht selbstbewusst. »Ich will zum Schongauer, und vielleicht sogar gen Niederlande wie der Vater damals. Darauf freu ich mich.«

Wilhelm nickt und wirft einen Stein ins Wasser, der langsam nach unten auf den Grund sinkt und kleine Wellen auslöst, die das Wasser ans Ufer spülen.

»Clementi ist in Köln. Ein dem Koberger befreundeter Drucker, der zurzeit in Nürnberg ist, hat in seinem Auftrag nach mir und dem Stand der Holzstiche fragen lassen.«

Wilhelm sieht Albrecht erstaunt an. »Wenn Weinhalter rechtzeitig fertig wird und der Koberger uns die Holzschnitte druckt, könntest du sie ihm mitnehmen.«

Albrecht nickt abwesend. Er denkt mit Unbehagen an die Gestalt in der pechschwarzen Kutte. »Ich glaub, ich will ihn nicht wiedersehen, Wilhelm.«

Pleydenwurff wendet den Kopf. »Was?«

»Er ist mir unheimlich, der Venezianer.«

18

»Sie ist weg.«

»Wie sah sie aus?«

»Schlank, mittelgroß, dunkelblondes, halblanges Haar, grüne Augen«, antwortet Weidenmann. »Sie weiß, was sie will. Ich würde sie nicht unterschätzen.«

Das fiel Avide im Traum nicht ein, hatte es schon nicht getan, als sie ihn durch den strömenden Regen durch Kölns Straßen gejagt hatte.

»Sie weiß, wer du bist, und kennt deine Verbindungen zu den Winters. Jetzt sag mir lieber, was passiert ist.«

»Man hat mich überfallen an den Quais unterhalb von Valois' Haus. Ich hatte Glück. Er wurde gestört. Ich weiß nicht, wie es sonst ausgegangen wäre.«

»Er?«

»Ein Mann, ziemlich groß, untersetzt, schwarzer Anzug und dunkler Rollkragenpullover. Ein Profi, ganz klar. Einer von der harten Sorte.«

»Bist du verletzt?«

Avide konnte die Angst in Weidenmanns Stimme hören. »Es geht schon.«

»Was kann er gewollt haben?«

»Den Koffer natürlich.«

»Aber wer weiß denn, dass du in Paris bist?«

Avide zögerte, lauschte Weidenmanns nevösem Atem am anderen Ende der Leitung.

»Valois.«

»Das kann ich nicht glauben. Das sind nicht seine Methoden.«

»Er hat etwas zu verbergen«, sagte Avide. »Da bin ich mir sicher.«

»Was willst du jetzt tun?«

»Ich weiß es noch nicht.«

»Komm zurück. Stell dich. Man kann mit dieser Frau Brandt reden.«

»Noch nicht.«

Sie beendeten das Gespräch mit Avides Versprechen, bei allem, was er tat, Vorsicht walten zu lassen. Zu seinen eigenen Problemen gesellte sich die Sorge um seinen Freund Marcel. Er hätte ihn aus dem Spiel lassen müssen. Hatte er sich nicht ständig verfolgt gefühlt? Jetzt sah es so aus, als seien es keine Hirngespinste gewesen.

War es nicht wirklich die einzige Lösung, nach Köln zurückzukehren und sich zu stellen? Würde man ihm glauben? Er war im Besitz der Unterlagen, die Francine Moreau wahrscheinlich das Leben gekostet hatten.

19

Ihr Büro war verwaist, als Elise ins Präsidium zurückkehrte. Sie setzte sich an ihren Schreibtisch und starrte ins Leere. Der großgewachsene Mann im schwarzen Anzug, den sie bei Weidenmann gesehen hatte, ging ihr nicht aus dem Kopf. Da war ein Gefühl in ihr, dass etwas nicht stimmte mit ihm. Sie rief sich seine Gestalt ins Gedächtnis zurück, ging Stück für Stück vom Kopf bis zu den Füßen alles durch. Im Brustbereich stockte sie. Sie sah ganz deutlich die Ausbuchtung auf der linken Seite vor ihrem inneren Auge. Eine Verformung, die sie sehr wohl kannte, vielleicht zu oft gesehen hatte, als dass sie ihr sofort aufgefallen wäre. Es war das unschöne Markenzeichen vieler Polizisten, die unter ihrer Kleidung ein Schulterhalfter trugen, in dem ihre Dienstwaffe steckte.

Elise lehnte sich zurück. Eine Waffe …

Sie fuhr erschrocken zusammen, als sie unerwartet eine Hand auf ihrer Schulter spürte. Widmer war in den Raum zurückgekehrt, ohne dass sie es bemerkt hatte.

»Du bist ja ganz in Gedanken«, sagte er und setzte sich auf seinen Platz ihr gegenüber. »Wie war es bei dem alten Knaben?«

Sie berichtete kurz über das Gespräch mit Weidenmann.

»Vielleicht siehst du langsam Gespenster«, sagte er. »Es kann doch nicht die ganze Welt Geheimnisse haben!«

»Nein, nur die, die mit Winters in Zusammenhang steht«, verbesserte sie ihn. »Was hast du über St. Cyr?«

»Ein seltsamer Bursche. Sohn eines sehr wohlhabenden griechischen Kaufmanns und einer Deutschen hier aus Köln. Der Vater kam vor siebenundzwanzig Jahren bei einem Bombenanschlag ums Leben. Da muss er noch ein Kind gewesen sein. Hat damals ziemlichen Wirbel verursacht. Die Täter wurden nie gefasst. Er hat dann später in Paris Kunstgeschichte studiert und promoviert.«

»Ja, Weidenmann war sein Lehrer. Er hat ihn als seinen besten Studenten bezeichnet. Sie scheinen befreundet zu sein. Er behauptet, dieser St. Cyr hätte die Recherchen für das Buch hier in Köln bei Winters gemacht.«

»Du glaubst ihm nicht?«

»Da ist irgendetwas, was er verheimlicht. Da bin ich mir sicher. Wir müssen St. Cyr auftreiben.«

Widmer sah sie nachdenklich an. »Das Haus in der Lochnerstraße hat er von seiner Mutter geerbt. Er arbeitet als Gastdozent an der Uni, aber da habe ich schon nachgefragt. Ohne Erfolg. Und als freiberuflicher Mitarbeiter für eine große Versicherung, die sich auf Kunst spezialisiert hat. Auch nichts. Er ist wie vom Erdboden verschwunden.«

»Weidenmann weiß, wo er ist«, sagte Elise mit Bestimmtheit. »Er wirkte sehr nervös. Er deckt ihn. Ich glaube, er steht ihm sehr nahe.« Sie überlegte. »Setz dich mit Frankreich in Verbindung. Er hat erwähnt, St. Cyr lebe vorwiegend dort, und Weidenmann selbst hat ja auch dort gewohnt. Ersuche die Kollegen um Hilfe.«

»Du glaubst, er ist in Paris?«

»Ich möchte darauf wetten.«

»Also ist er unser Mann?«

Elise zuckte resigniert die Schultern. »Ich weiß es nicht. Ich bin nicht sicher.«

»Wo wir gerade so schön bei der Sache sind: Ich habe noch einen richtigen Knüller, der dich umhauen wird.«

Elise sah Widmer gespannt an.

»Ich habe unsere schöne Tote näher unter die Lupe genommen. Laut Pass war Francine Moreau Französin. Ich habe die Kollegen befaxt und vorhin die Ergebnisse erhalten. Es gibt eine Akte.«

Wieder Frankreich, dachte Elise.

»Und?«

»Francine Moreau wurde vor neunundzwanzig Jahren in Marseille als Tochter eines Fleischers geboren. Unauffällige Kindheit, aber dann … Laut Aussagen der Mutter begegnet sie im zarten Alter von siebzehn Jahren einem mysteriösen Unbekannten, den die Familie nie zu Gesicht bekommen hat. Er gehört zur Marseiller Unterwelt, verdreht ihr den Kopf und entführt sie praktisch aus dem Elternhaus. Sie bleibt drei Jahre verschwunden, taucht dann wieder in Marseille auf, alkohol- und tablettensüchtig, und arbeitet als Gelegenheitsprostituierte. Sie weiß, dass sie auf den Falschen reingefallen ist, doch sie ist nicht dumm und denkt nicht daran, ihr Leben wegzuschmeißen. Die kleine Francine ist hübsch und weiß sich durchaus zu verkaufen. Sie bekommt die Drogen in den Griff, stellt sich auf die eigenen Beine und schafft sich einen festen Kundenkreis von älteren, gut situierten Geschäftsleuten an, die sie aushalten. Sie bezieht ein mondänes Apartment, besitzt Schmuck, teure Kleider, wird oft in Begleitung ihrer Freier in exklusiven Hotels gesehen. Das geht so bis …«

»Bis?«

»Bis zum 29. August 1997. An diesem Tag wird das Mädchen Francine Moreau aus Marseille in der Hotelsuite eines reichen Pariser Geschäftsmannes in St. Tropez tot aufgefunden. Erwürgt. Mit einem seidenen Schal, farblich passend zu dem Abendkleid, das sie trug.«

Sie sahen sich stumm an. In Elises Gesicht zeichnete sich Unglauben ab, ungeordnete Gedanken schossen ihr durch den Kopf. »Die müssen sich …«

»Nein. Kein Irrtum. Die waren sehr gründlich. Ich habe denen ein Foto unserer Toten gemailt, das sie mit einem Foto der Moreau verglichen haben. Keine Ähnlichkeit. Zwei vollkommen verschiedene Personen. Die werden aber mit dem Foto hausieren gehen.«

Sie stand abrupt auf und fuhr sich mit der Hand durch das Haar. »Eine Namensvetterin?«

»Haben die überprüft. Es gibt dreiundzwanzig verzeichnete Francine Moreaus in Frankreich. Zweiundzwanzig erfreuen sich bester Gesundheit und führen normale, unauffällige Leben. Die Älteste ist dreiundneunzig und die Jüngste ein halbes Jahr.«

»Verflucht!«

Widmer lehnte sich zurück. »Passend ausgedrückt. Der Fall war sechs Monate später aufgeklärt. Eifersucht und Rache. Es war der Unbekannte, der die kleine Francine damals aus Marseille entführt und auf die schiefe Bahn gebracht hatte. Als sie ihn sitzen ließ, hatte sie außer einer beträchtlichen Summe Bargeld auch brisante Unterlagen mitgehen lassen – er wusch Geld für einen bekannten Marseiller Unterweltboss. Die Unterlagen sollten ihre Versicherung sein. Die Drohung, sie zu veröffentlichen, sollte ihn ihr vom Hals halten. Hat leider nicht funktioniert.«

Elise ging zu der Pinnwand und nahm das Foto der Toten ab, betrachtete es nachdenklich. »Ihr Geliebter wird ermordet. Aber sie kommt nicht zu uns, obwohl sie sich vorstellen kann, dass wir dringend mit ihr reden möchten. Sie stand Winters in den Wochen vor seinem Tod am nächsten und war wahrscheinlich im Besitz von wichtigen Unterlagen. Aber sie kann nicht zur Polizei, weil sie einen Pass hat, der einer Toten gehört. Also bleibt sie in Deckung. Diese Sache mit der falschen Identität. Ich frage mich …«

»Was?«

»Das hat den Geruch von Undercover. Wenn sie aus einschlägigen Kreisen kam und es nur auf Winters' Geld abgesehen hatte, wäre doch ein einfacher gefälschter Pass das Normale gewesen. Aber die Identität einer Toten? Und zwar einer Toten, über die es eine Polizeiakte gibt …«

»Ich verstehe, was du meinst«, sagte Widmer. »Andererseits ist es durchaus möglich, dass sie nur geschäftstüchtig sein wollte, jetzt, wo ihre Geldquelle so plötzlich versiegt war. Das würde bedeuten, sie hätte gewusst, dass bei Winters' Unterlagen etwas ist, das für irgendjemanden einen Wert darstellt.«

»Sie hatte Angst«, sagte Elise. »Denk doch an den Koffer auf dem Bett. Sie wollte fort. Sie wusste, dass Winters' Tod auch für sie eine Gefahr darstellte. Was ist mit diesem Buch?«

»Aus Winters' Bibliothek? Das ist auch wieder so eine Geschichte. Es gibt nicht wenige Wissenschaftler, die behaupten, es existiere gar nicht. Dieser Ignatius von Bern war der Abt eines Klosters in Frankreich, um den sich zahlreiche Legenden ranken. Dieser Vita wird nachgesagt, dass sie den Weg zum geheimen Aufbewahrungsort des Schlüssels zur Apokalypse weisen soll. Dieser Ignatius soll nämlich, zusätzlich zu seinen heilenden Händen, im Besitz dieses Schlüssels gewesen sein, den er direkt von Johannes auf der Insel Patmos bekommen haben soll.«

Elise warf ihrem Kollegen einen irritierten Blick zu.

»Sieh mich nicht so an! Ich kann nichts dafür. Du glaubst, das Buch ist es, was die Moreau, oder wer immer sie auch ist, zu Geld machen wollte?«

»Eine Möglichkeit. Es muss sehr kostbar sein.«

»Das ist stark untertrieben. Dann sollte ich mich vielleicht mit Museen und Händlern in Verbindung setzen und fragen, ob ihnen ein solches Exemplar angeboten wurde.«

Elise schüttelte den Kopf. »Das ist nichts, womit man hausieren geht. Da steckt etwas anderes dahinter. Hugo Winters hat sich da irgendein Süppchen zusammengekocht.«

»Dessen Zutaten ihm schlecht bekommen sind. Und die Moreau wollte das Menü fertig zubereiten, das er angefangen hatte zu kochen.«

»Das ist zum Verrücktwerden!«

»Dazu haben wir immer noch Zeit«, bemerkte Widmer trocken. »Aber ich weiß, was du meinst. Nicht nur das Leben, auch die Leichen werden immer komplizierter.« Elise heftete das Bild wieder zurück an die Pinnwand. »Irgendjemand muss diese Frau doch vermissen.«

»Vielleicht hören wir bald etwas aus Frankreich.«

»Vielleicht, vielleicht, vielleicht.« Elise klang genervt.

»Unser Beruf besteht nun mal aus Spekulationen. Und eine ist dann der Haupttreffer. Nur viel Zeit bleibt uns nicht mehr. Vielleicht wollte sie sich für etwas rächen. Ich denke gerade an etwas, was Weidenmann vorhin sagte: Man muss dem Ziel wohl mehr Respekt zollen als dem Weg, der dorthin führt. Hugo Winters scheint weder als Geschäftsmann noch als Kunstsammler sehr zimperlich gewesen zu sein.«

»Ah, jetzt kommt die Variante mit dem Rächer eines der vielen Opfer, die der Wolf auf seinem Streifzug durch den dunklen Wald hinter sich gelassen hat.«

»Möglich wäre es.«

»Tolle Rache. Vor allem für sie. Aushungern durch langsames Schrumpfen des Geldbeutels.«

»Rache ist ein Gericht, das man kalt genießen muss, sagen die Italiener. Und es braucht lange, um sich das Vertrauen eines Menschen zu erschleichen. Jedenfalls das Vertrauen, das es braucht, damit man jemanden so nah an sich heranlässt, dass es wirklich wehtut.«

»Schluss mit der Märchenstunde!« Michael Widmer setzte wieder sein jungenhaftes Grinsen auf. »Ich bin nämlich noch nicht am Ende! Ich habe kräftig gestöbert und bin auf etwas gestoßen: Ich habe ein paar Beziehungen spielen lassen, die ich noch zu einem Bibliothekar an der Unibibliothek habe.«

Elise lächelte wider Willen.

»Er hat für mich gesucht und einen kurzen Artikel über die Künstlergruppe gefunden, die sich ›Die Apokalyptiker‹ nannte, in einer alten, inzwischen auf Mikrofiche übertragenen Ausgabe der ›Reichskunst‹, ein Käseblatt, das nur kurz zwischen 1939 und 1942 erschien und ziemlich krass die Kunst- und Wertvorstellungen des Dritten Reiches vertrat. Ein Parteiblatt. Es stand nicht viel drin, aber«, er hob triumphierend den Zeigefinger in die Höhe, »der Name des Verfassers des Artikels ist genannt. Und der lebt noch, und zwar hier in Köln. Ich hab es recherchiert.« Er hob einen Zettel in die Höhe. »Hier ist die Adresse.«

Elise nahm den Zettel entgegen. Sie wirkte nicht überzeugt. Dennoch, einen Versuch war es wert.

Widmer verzog enttäuscht das Gesicht. »Das kostet mich ein Abendessen mit dem Typen von der Uni, mit dem ich schon zwei Jahre vor Ludger Schluss gemacht hatte und der mich unter Garantie wieder anbaggert.«

»Das machst du mit links.«

»Sag das Ludger. Dem muss ich das beibringen.«

»Nimm ihn mit.«

»Großer Gott!«

»Setz es auf die Spesenliste!«

»Gut.«

Elise faltete den Zettel und steckte ihn in ihre Jackentasche. »Was sonst noch?«

»Du bist ja unersättlich! Ich habe mir die Website dieser seltsamen Stiftung der alten Wagner angesehen. Nicht schlecht. Der Hauptsitz ist ein hübsch renovierter Altbau in bester Gegend. Alles riecht nach Geld. Nach jeder Menge Geld. Übrigens gibt es eine Zweigniederlassung in Paris. Ich hab's dir ausgedruckt.« Er reichte ihr einen weiteren Zettel über den Tisch hinweg.

Wie ein leichter Stromschlag durchzuckte es Elise, als ihr Blick auf ein Signum fiel, das in der rechten oberen Ecke des Blattes prangte. Sie ließ sich zurück in den Stuhl fallen und starrte entgeistert auf das Papier in ihrer Hand, ohne sich um das Weitere zu kümmern, das darauf geschrieben stand.

»Was ist?«, fragte Widmer. »Du siehst aus, als hättest du einen Geist gesehen.«

»Ist dies das Zeichen der Stiftung?«

Sie hielt ihm das Blatt hin und deutete auf einen blauen Kreis, in dessen Mittelpunkt in strahlendem Weiß ein Paar betende Hände prangte.

Widmer nickte. »Ich habe auch die Namen der Stiftungsratsmitglieder überprüft«, fuhr er fort. »Alles sehr ehrenwerte, kluge Leute, Wissenschaftler, Rechtsgelehrte und so weiter. Nichts Auffälliges. Wilhelm Seibold gehörte dem Stiftungsrat kurz an, direkt nach der Gründung. Mehr weiß ich noch nicht. Da bin ich noch dran.«

»Grab weiter, Mike!«, bat Elise und stand auf. »Und kein Wort zu Strothmann, wenn er fragen sollte.«

»Wohin willst du?«

Elise hatte sich bereits ihre Tasche gegriffen und die Tür geöffnet. »Zu einer der Mumien, die du ausgegraben hast.«

Mit Schwung knallte sie die Tür zu und ließ ihren Mitarbeiter allein im Büro zurück.

Zwei Stufen auf einmal nehmend, lief sie die breite Treppe hinunter und verließ das Präsidium. Sie zog ihr Handy hervor und tippte eine Nummer ein.

»Willi? Ich bin es, Elise. Hör zu, du könntest mir einen Gefallen tun.«

20

Es war eine vereinfachte Wiedergabe der filigranen, meisterhaften Zeichnung Dürers, dennoch hatte er sie sofort wiedererkannt.

Die betenden Hände.

Avide wog den Autoschlüssel mit dem kreisrunden Anhänger in der Hand. Sein Angreifer hatte ihn bei dem Kampf an den Quais verloren. Er wurde die fixe Idee nicht los, dieses Zeichen, diese weißen Hände auf blauem Grund, schon einmal irgendwo anders gesehen zu haben. Er legte den Schlüssel samt Anhänger zurück auf den Tisch und starrte gedankenverloren vor sich hin.

Viele Jahrhunderte lang hatten Nachbildungen dieser Zeichnung Dürers in unzähligen Wohnungen gehangen. Ein Standardwerk, das in jeden frommen Haushalt gehörte wie die Bibel. Die oftmals tiefempfundene Religiosität in Dürers Werken hatte ihn zu Lebzeiten zu einem der beliebtesten Kupferstecher gemacht. Seine Kupferstichfolgen des Marienlebens und der Apokalypse hatten die Menschen tief im Herzen berührt, in einer Zeit der Umbrüche und des Aufbrechens zu neuen Ufern. Die anbrechende Zeit des Humanismus und des Erforschens der Zusammenhänge in Natur und Wissenschaft brachte eine tiefsitzende Angst mit sich, in der viele Menschen ihr Heil gerade in den alten Werten zu finden suchten. Allen voran die, für die in erster Linie die Kirche stand, jene Organisation, die im nun ausklingenden Mittelalter ihren Zenit erreicht hatte und erst durch die Infragestellung und Angriffe eines einfachen Mönchs namens Martin Luther ins Wanken geriet. In Dürers Werken fanden die Menschen Trost. Die Menschen sahen auf zu den Figuren des Künstlers in ihren Stuben, die ihnen wie direkt aus der Bibel entstiegen vorkamen, um ihnen Trost zu spenden, während draußen vor der Tür der Sturm der Erneuerung tobte und an den Läden rüttelte.

Ein bohrender Kopfschmerz störte Avide in seinen Überlegungen, er stand auf und ging ins Bad, um sich eine Tablette zu holen. In einem kleinen Arzneimittelschränkchen fand er das Gesuchte. Es war eine noch verschlossene Packung. Ein Medikament, das in Frankreich weit verbreitet und mit dem deutschen Aspirin gleichzusetzen war. Er öffnete die Packung und entnahm ihr gleich zwei Tabletten, die er mit etwas Wasser hastig hinunterschluckte. Sein Blick fiel auf die Verpackung, die er achtlos beiseitegelegt hatte. Wie gebannt starrte er auf das Firmenzeichen, das klein in der linken oberen Ecke über dem Namen des Medikamentes prangte: zwei betende Hände auf blauem Grund.

21

Es war einer jener Fünfzigerjahrebauten, die man nach dem Krieg schnell und kostengünstig hochgezogen hatte und die Kölns heutiges Gesicht prägten. Die zwei Häuser, die es flankierten, die Häuser auf der gegenüberliegenden Seite, sie glichen sich wie ein Ei dem anderen in ihrer tristen Scheußlichkeit.

Karl Leuwang wohnte im dritten Stock, in dem sich unter abgestandene Essensgerüche ein schwacher Fäulnisgeruch mischte. Elise hatte sich mittels eines Nachbarn Zugang zum Haus verschafft, Leuwang hatte auf ihr Klingeln nicht reagiert.

Jetzt stand sie vor der Wohnungstür und hämmerte, auf Anraten des Nachbarn, da der alte Mann schwerhörig war, mit der Faust dagegen. Alles blieb ruhig. Ihre Nervosität wuchs. Der Geruch nach Verfaultem schien hier besonders intensiv zu sein.

»Was ist denn los?« Eine müde wirkende Frau in mittleren Jahren lugte aus ihrer Wohnung.

Elise zückte ihren Ausweis. »Kriminalpolizei. Gibt es hier einen Hausmeister?«

»Sicher.« Sie sah Elise skeptisch an und deutete auf Leuwangs Wohnungstür.

»Macht er nicht auf? Er ist schwerhörig.«

»Bitte rufen Sie den Hauswart.«

Jetzt überzog ein Hauch Röte ihre fahlen Wangen. Sie blickte verunsichert an Elise vorbei, nickte und verschwand.

Kaum fünf Minuten später stand ein kleiner stämmiger Mann vor Elise. In seinem schiefen Mund steckte ein Zigarrenstummel. Er war nicht begeistert und fuhr sich nervös mit der Hand über seine eiförmige Glatze, die von einem Kranz dunkler, schlecht gefärbter Haare eingefasst wurde. Missmutig zog er aus einer weiten Cordhose einen Bund hervor und steckte einen der Schlüssel vorsichtig in das Schloss. Er spürte keinen Widerstand, die Tür ließ sich öffnen. Der faulige Geruch, der von innen aus der Wohnung strömte, ließ ihn unwillkürlich einen Schritt zurückweichen. Elise war froh, dass nicht Hochsommer war.

»Sie bleiben bitte hier«, sagte sie zu dem Hauswart und fischte sich ein Taschentuch aus der Jacke, das sie sich vor Mund und Nase hielt.

In der Wohnung war der Gestank kaum auszuhalten. Die Räume lagen im Dunkeln, im Wohnzimmer waren die Rollläden heruntergelassen. Elise sah sich um, es sah nicht vernachlässigt aus. Der Fernseher war ausgeschaltet, auf dem Tisch lag eine aufgeschlagene Fernsehzeitung. Die Möbel waren alt und billig, aber nicht ungepflegt. Sie betrat einen kleinen angrenzenden Raum, eine Küche. Auf dem Küchentisch war Frühstück für eine Person gedeckt, sogar Kaffee war in der Tasse, auf dessen Oberfläche sich eine dünne Staubschicht gebildet hatte.

Sie ging wieder in die Diele, öffnete nach und nach zwei weitere Türen, eine führte in ein Bad, die andere in eine Art Arbeitszimmer. Auch hier waren die Rollläden heruntergelassen.

Eine dritte Tür. Schon bevor sie die Tür öffnete, war klar, dass er in diesem Raum sein musste. Der Ursprung des klebrigen Gestanks kam aus diesem Zimmer. Elise presste sich das Taschentuch fest vor Mund und Nase und öffnete mit einem Ruck.

Es war das Schlafzimmer, das durch die heruntergelassenen Rollläden in ein fast nicht zu durchblickendes Dunkel getaucht war. Elise suchte nach dem Lichtschalter, fand ihn und knipste die Deckenbeleuchtung ein.

Karl Leuwang lag vor dem Bett. Er trug Schlafanzug und Morgenmantel. Elise konnte keine Anzeichen eines Kampfes im Zimmer entdecken.

Sie starrte auf den alten Mann hinunter. Sein Gesicht wies eine starke Blaufärbung auf, was das gelbliche Weiß seiner Haare unnatürlich hervorhob.

Er lag verkrampft, ein Bein unnatürlich abgewinkelt, die Hand an der Bettdecke festgekrallt. Die Augen waren geschlossen, doch der Mund verzerrt und halb offen, die Oberlippe über das Gebiss nach oben gerutscht, sodass es aussah, als fletsche er die Zähne. Kein schöner Anblick.

Elise verließ das Zimmer und die Wohnung. Im Hausflur richteten sich neugierige Augenpaare auf sie. Einige Nachbarn waren aus ihren Wohnungen gekommen. Zu Lebzeiten hatten sie Leuwang wahrscheinlich kaum wahrgenommen. Sie beachtete sie nicht und fischte das Handy aus ihrer Tasche.

»Tot?«, fragte der Hauswart und kaute nervös auf dem Zigarrenstummel. Er war blass.

Elise nickte wortlos. »Mike? Ich bin es. Ich bin bei Leuwang. Er ist tot. Bitte komm und bring das Team mit. Ja, das ganze Programm. Danke.«

Sie steckte das Handy zurück an seinen Platz und sah in die Runde. »Wann hat einer von Ihnen Karl Leuwang zuletzt gesehen?«

Betretenes Schweigen. Eine kleine stämmige Frau, unter deren rosafarbenem Haarnetz Lockenwickler zitterten, drängte sich vor die anderen.

»Hier hatte keiner Kontakt zu dem Alten«, sagte sie und streckte selbstbewusst das Doppelkinn vor. »Er war ein Stinkstiefel. Ungenießbar.«

Ein kleines dürres Männchen trat hinter ihr hervor. »Höchstens die …«

Die Frau stieß ihn zurück. »Niemand.« Sie sah herrisch in die Runde. Keiner der anderen sagte etwas.

Dem Hausmeister fiel laut klimpernd der Schlüsselbund aus der Hand.

»Ist Ihnen irgendetwas aufgefallen?«

Sie wandte sich an die Frau, die die Wohnung gegenüber Leuwang bewohnte und auf den Namen Hedwig Fuhrmann hörte. Sie zog hektisch an ihrer Zigarette, deren Ende rot aufglomm, und blies den Rauch weit in den Raum. »Aufgefallen? An dem toten Fisch? Keiner wollte was mit ihm zu tun haben.«

»Wann haben Sie ihn zum letzten Mal gesehen?«

Sie zuckte mit den Schultern und der rote Strickpullover mit weit ausgeschnittenem Dekolleté, der traurig an ihren knochigen Schultern hing, geriet in Wallungen. »Bin ich sein Kindermädchen?«

»Hat er sich selbst versorgt?«

Pause. Verunsicherter Blick. Hedwig Fuhrmann klammerte sich an ihre Zigarette wie ein Ertrinkender an den Rettungsring.

»Ja – ich denke schon.«

»Sie denken oder Sie wissen? Sie sagen, er hätte nie das Haus verlassen. Wer hat dann für ihn gesorgt, eingekauft, geputzt?«

»Ich weiß es nicht!« Sie wirkte jetzt wie ein ungehaltenes Kind.

»Hatte er Verwandte, die ihn besuchten?«

»Nein.« Sie drückte die halb gerauchte Zigarette so heftig in den Aschenbecher, dass sie unter ihren Fingern zerkrümelte. »Ich habe nicht darauf geachtet. Habe ich doch gesagt. Ich habe meine eigenen Probleme. Was schert mich der Alte.«

»Er war eben ein mürrischer alter Mann, der jede Hilfe ablehnte«, mischte sich der Hauswart ein.

»Wie lange hat Leuwang hier gewohnt?«

»Ich glaube, von Anfang an. Das Haus ist 1952 gebaut. Als ich hier eingezogen bin, vor zwanzig Jahren, da war er jedenfalls schon da.«

»Da war er aber noch kein so alter Mann. Hatten Sie damals Kontakt zu ihm?«

»Nein. Er war immer schon sehr eigensinnig.«

Als endlich das Einsatzteam der Spurensicherung erschien, stoben alle auseinander. Als Letzter folgte Michael Widmer.

»Es stirbt sich leicht in diesen Tagen«, bemerkte er trocken.

Elise schüttelte vezweifelt den Kopf. »Sag mir, dass es nichts mit unserem Fall zu tun hat. Er war ein alter Mann, ein Herzschlag – sonst was.«

Sie blieben auf dem Flur, bis zwei Träger den Aluminiumsarg mit den sterblichen Überresten Karl Leuwangs umständlich aus der Wohnung bugsiert hatten. Ein großer, schlanker Mann, salopp in Jeans und kariertem Hemd gekleidet, folgte ihnen. Er trug einen ledernen Arztkoffer bei sich, den er neben der Tür abstellte. »Es sieht nach Herzschlag aus, aber ich habe Hämatome am Oberkörper festgestellt«, sagte er. »Sie sehen frisch aus. Aber ich kann noch nichts sagen.«

»Er ist geschlagen worden?«

»Möglich«, antwortete der Arzt. »Aber ich kann mich jetzt noch nicht festlegen. Sie bekommen das Ergebnis so bald wie möglich.« Er drängte sich an den beiden vorbei und stieg die Treppe hinab.

Die junge Beamtin ging mit Widerwillen in die Wohnung zurück. Trotz der geöffneten Fenster war der Leichengeruch noch deutlich wahrnehmbar.

In der Küche fiel ihr Blick noch einmal auf den gedeckten Küchentisch. »Er ist beim Frühstück unterbrochen worden«, sagte sie leise. »Die Rollläden waren noch unten, er trug Schlafanzug und Morgenrock. Der Tisch ist gedeckt. Er wollte gerade frühstücken.«

Der Leiter der Spurensicherung trat zu ihnen in die Küche.

»Irgendetwas Auffälliges?«, fragte sie.

»Kann man wohl sagen. Bitte!« Er wies auf die Tür. Das kleine Zimmer neben Leuwangs Schlafzimmer, das er offensichtlich als eine Art Arbeitszimmer benutzt hatte. Etwas war Elise nicht aufgefallen, als sie nach Leuwang gesucht hatte: vor die gesamte linke Wand war ein Vorhang gezogen.

Ein Vorhang vor einer Wand?

Der Beamte der Spurensicherung stellte sich vor die Wand und breitete wie ein Zauberer die Arme aus.

»Und jetzt aufgepasst!« Er wandte sich ab und ergriff einen weißen Strick, der links von der Schiene herabhing, an der der Vorhang an der Decke befestigt war. Er zog mehrmals kräftig daran, und der Vorhang glitt zur Seite.

Verblüfft sahen die beiden Polizisten, was sich ihren Augen bot: In der Mitte der Wand stand auf einem mittelhohen Holzpodest eine Bronzebüste Adolf Hitlers. Darüber hing ein Lorbeerkranz. Eine ausgebreitete Hakenkreuzfahne bedeckte fast die ganze Fläche. Überall hingen gerahmte Schwarzweißfotos aus den Dreißigerjahren, dazwischen zahlreiche Ehrenabzeichen und Ehrenurkunden. Rechts in der Ecke stand eine Art Aktenschrank, dessen einzelne Schubfächer sorgsam verschlossen waren. Zahlreiche Skulpturen thronten darauf, kleine Bronzebüsten Hitlers und die Darstellung eines athenischen Speerwerfers.

Das Sammelsurium eines ewig Gestrigen.

»Da stimmt was nicht, Mike. Wenn dieser Mann allein gelebt hat und niemals Besuch empfing, also auch nicht befürchten musste, dass jemand die Wohnung betritt, warum dann das Versteckspiel mit dem Vorhang? Und noch was macht mich stutzig. Diese Wohnung ist mir zu aufgeräumt. Jemand, der allein lebt und keinen Besuch erwartet, hält nicht penible Ordnung. In der ganzen Wohnung liegt doch kein Staubkorn, jede Zeitung, jedes Ding ist an seinem Platz.«

»Vielleicht war er ein Ordnungsfanatiker.«

Elise ging noch einmal ins Arbeitszimmer zurück. »Ich möchte jedes Stück Papier, überhaupt jedes Stück, und sei es noch so unbedeutend, aus diesem Raum ins Präsidium«, sagte sie zu dem Beamten der Spurensicherung. »Wie steht es mit Fingerabdrücken?«

»Einige. Sind schon auf dem Weg ins Labor.«

»Bisschen viel Aufwand für einen alten Nazi, den endlich der Schlag getroffen hat«, meinte Widmer. »Findest du nicht? Kannst du das vertreten?«

Doch sie war mit ihren Gedanken bereits woanders. Wann war Leuwang gestorben?

Sie brauchte so schnell wie möglich den Todeszeitpunkt. Elise ging zurück in den Flur und betrachtete nachdenklich die Tür.

»Was ist?«

»Ich versuche mich gerade zu erinnern, wie oft der Hausmeister den Schlüssel gedreht hat, bevor die Tür offen war.«

»Und?«

»Zweimal. Ich bin mir sicher. Die Tür war nicht einfach zugezogen. Sie war von außen verschlossen.«

22

Er hatte mehrere Anläufe gemacht, und seine Kopfschmerzen brachten ihn fast um den Verstand, doch nun stand er vor einem der wenigen gut gepflegten Häuser am Boulevard Magenta und sah an der beigen Sandsteinfassade hinauf. Der Verkehr brauste hinter ihm vorbei, als würde es morgen kein Benzin mehr geben, und der weiße Pudel einer grell geschminkten alten Frau mit violett gefärbten Haaren knurrte ihn im Vorbeigehen grimmig an, bevor er demonstrativ vor einem der in den Asphalt des Bürgersteigs gepflanzten Bäume stehen blieb und das Bein hob.

Unweit lagen der Gare du Nord und der Gare de L'Est, zwei verkehrstechnische Knotenpunkte, und in den Hauptstraßen um die Bahnhöfe herum, der Rue de La Fayette und dem Boulevard Magenta, herrschte stets hektisches Treiben. Kleine Geschäfte reihten sich entlang des Boulevards wie die bunten Perlen der Kette der matronenhaften Afrikanerin, die stolz an ihm vorbeirauschte und durch das triste Alltagsgrau eine Spur kräftiger, leuchtender Farben zog. Das Türkenviertel der Stadt war nur einen Katzensprung entfernt.

Neben dem riesenhaften Portal des Hauses waren linker Hand eine Reihe Klingelknöpfe aus beschlagenem Messing angebracht. Avide drückte zielsicher einen der zahlreichen Knöpfe; wartend überließ er sich dem ohrenbetäubenden Lärm einer Großstadt, der unbeeindruckt von seinem Zustand seinen schmerzenden Kopf malträtierte. Seine Hand fuhr unsicher an seine Schläfe, die ein großes Pflaster zierte. Um sein Kinn herum hatte die Haut eine blau-grünliche Färbung angenommen.

»Wie siehst du denn aus?« Michel Betancourt begrüßte ihn herzlich mit einem Kuss auf beide Wangen.

»Wir haben uns lange nicht gesehen.« Avide betrachtete den großen, schmalen Mann mit den dunklen Haaren, die jetzt begannen, an den Schläfen grau zu werden. Betancourt war lässig in eine Jeans und einen schwarzen Rollkragenpullover gekleidet.

Wie immer herrschte in der großen Wohnung, die Betancourt zusammen mit seinem Sohn aus erster Ehe und seinem jetzigen Lebensgefährten gemeinsam bewohnte, kreatives Chaos. Der Wirtschaftsjournalist hatte stets behauptet, das zum Arbeiten zu brauchen. Avide erinnerte sich an ihre gemeinsame Zeit in einem der teuersten Schweizer Internate in der Nähe des Genfer Sees, in der die beiden ein gemeinsames Zimmer bewohnt hatten. Schon damals war es nicht anders gewesen. Er dachte gern an diese Jahre zurück. Zwei verwöhnte Jungen aus gutem Hause, die sich auf Anhieb verstanden hatten. Ein Team, das niemand hatte auseinanderbringen können.

»Ich habe mich über deinen Anruf gefreut«, sagte Betancourt. Sie durchquerten die lange, schmale Diele und gingen in ein großes Wohnzimmer, dessen Fenster auf den Boulevard Magenta hinausgingen. Er räumte zahlreiche alte Ausgaben des Figaro aus einem Sessel, um Avide Platz zu machen.

»Möchtest du etwas trinken?«

»Ja, Wasser, wenn du hast.«

Der Journalist, ein eingefleischter Rotweintrinker, verzog das Gesicht. »Da muss ich erst mal suchen!«

Er verschwand für wenige Minuten und kam strahlend mit einer halbvollen Flasche Wasser und zwei halbwegs sauberen Gläsern zurück. »Der Herr hat ein Wunder gewirkt und die Wüste gewässert.«

»Sind wir ungestört?«

Betancourt, der gerade dabei war, sein Glas zu füllen, hielt inne und warf ihm einen fragenden Blick zu. »Ja. David ist bei seiner Mutter und Jean-Philippe zu Recherchen in die Bretagne gefahren.«

»Ich habe sein letztes Buch gelesen. Es hat mir sehr gefallen.«

Betancourt nickte. »Mir auch. Es ist das persönlichste von allen.«

Er setzte sich auf einen Stuhl vor den kleinen Couchtisch, nahm sein Glas in die Höhe und prostete ihm zu. »Auch wenn es nur Wasser ist. Schön, dass du da bist.«

Avide erwiderte den Trinkspruch und trank sein Glas in einem Zug leer. »Ich bin nicht gekommen, um alte Erinnerungen auszutauschen, Michel. Das müssen wir ein anderes Mal nachholen.«

»Um was geht es? Die Versicherung?«

Avide schüttelte langsam den Kopf.

»Aber du arbeitest doch noch für sie?«

Er nickte. »Diesmal geht es um etwas anderes.«

»Hat das entzückende Farbenspiel in deinem Gesicht etwas damit zu tun?«

Avide berichtete ihm kurz von dem Überfall, dabei immer abwägend, was er Michel Betancourt sagen konnte, was besser nicht. Am Schluss holte er den Anhänger hervor, den er von dem Autoschlüssel abgemacht hatte, und legte ihn auf den Tisch.

Betancourt nahm ihn und betrachtete ihn interessiert. »Ich verstehe«, sagte er leise zu Avides Erstaunen und legte den Anhänger zurück.

»Du bist Wirtschaftsjournalist, Michel. Du kennst dich besser aus als sonst jemand. Was ist das für eine Firma, dieser Chemiekonzern, der dieses Logo als Firmenzeichen führt?«

Betancourt lehnte sich zurück, nahm seine Nickelbrille ab und begann auf dem Bügel herumzukauen, eine Angewohnheit, die er schon als Schüler gehabt hatte, wenn er sich der Lösung schwieriger Aufgaben widmen musste.

»Balatier ist ein großer Pharma- und Chemiekonzern, der größte Frankreichs. Es gehören noch verschiedene andere Unternehmen dazu, Beteiligungen in Übersee und im nahen Osten. Genau weiß das außer den Besitzern niemand. Ein ganz schöner Brocken.«

»Irgendwas Besonderes, Auffälliges?«

Betancourt lächelte. »Du hast eine Spürnase wie ein Jagdhund. Eigentlich, wenn du so willst, ist alles an Balatier besonders und auffällig. Vor allem die engen, teilweise sogar familiären Verbindungen zur obersten politischen Kaste des Landes, die sich wie ein roter Faden durch die Nachkriegsgeschichte des Konzerns ziehen.

Balatier ist keine Firma mit einer lupenrein weißen Weste, aber das sind Firmen dieser Größenordnung meistens nicht. Es gibt Gerüchte, Vermutungen, natürlich nichts Konkretes. Aber sie verstummen nicht. Ein Chemiekonzern ist von Hause aus schon kein Waisenknabe, Giftgas, Düngemittel, Pestizide. Balatier mischt da kräftig mit. In den Siebzigerjahren gab es mehrere Skandale, als man Balatier anklagte, einem afrikanischen Diktator Giftgas geliefert zu haben und …« Er verstummte.

»Und?« Avide wusste genau, das, was sich hinter diesem »und« verbarg, war es, dem er auf der Spur war.

»Sagt dir der Name Sarzac noch etwas?«

»Vage. Ist das nicht ein Kollege von dir?«

Betancourt nickte. »Der große Wirtschaftsjournalist und Börsenanalytiker. Eine Ikone, der Papst der Wirtschaftsjournalistik. Die großen Journale rissen sich um seine Artikel. Heute lebt er sehr zurückgezogen, fast von der Außenwelt abgeschottet, mal in Amerika, mal in Europa, und nur wenige kennen seinen Aufenthaltsort. Er hat zahlreiche Bücher veröffentlicht. Dieser Sarzac hat Mitte der Achtzigerjahre einen Artikel über die Firma Balatier veröffentlicht, in dem ungeheuerliche Anschuldigungen standen. Die Details des Artikels ließen keinen Zweifel darüber zu, dass es einen Informanten im innersten Kreis der Firma geben musste. Es war ein Artikel, der weite Kreise zog und sogar die Regierung in Zugzwang brachte. Die Ermittlungen einer Untersuchungskommission verliefen im Sande, und Sarzac verschwand danach für geraume Zeit und lebt seither das Leben eines Vagabunden. Es gab damals Gerüchte, er sei von Balatier unter Druck gesetzt, vielleicht sogar bedroht worden. Er selbst hat dazu immer geschwiegen. Aber eines ist sicher, niemand weiß mehr über Balatier als er.«

»Ich muss ihn sprechen.«

Betancourt atmete tief durch. »Ich habe befürchtet, dass du das sagst. Eher bekommen Jean-Philippe und ich eine Audienz beim Papst.« Er beugte sich vor und wirkte jetzt sehr ernst. »Lass die Finger davon, Avi. Diesen Leuten bist du nicht gewachsen. Da haben sich schon andere die Finger verbrannt. Es ist gefährlich.«

»Weißt du, wo Sarzac ist?«

Betancourt machte ein unglückliches Gesicht. »Nein. Aber ich kenne jemanden, der es weiß. Ich könnte ihn anrufen und versuchen, etwas zu arrangieren. Ob es klappt, weiß ich nicht. Aber ich glaube, dass Sarzac zurzeit in Paris ist. Sein Bruder ist gestorben.«

»Bitte versuch es.«

Michel Betancourt sank in den Sessel zurück und maß Avide mit kritischem Blick. »Es kann Zufall sein, dass der Angreifer diesen Anhänger bei sich hatte. Du verrennst dich. Oder hast du etwas getan, was jemanden bei Balatier gegen dich aufgebracht haben könnte?«

»Bis du mir von ihnen erzählt hast, kannte ich nur den Namen auf meinen Kopfschmerztabletten. Michel, wie verbreitet sind solche Dinger?« Er deutete auf den Anhänger. »Die kann man doch nicht im nächsten Laden kaufen.«

Betancourt nahm noch einmal den Anhänger, der zwischen ihnen auf dem Tisch lag, und wog ihn in der Hand. »Balatier hat einen eigenen Sicherheitsdienst. Die reinste Privatarmee. Alles ziemlich harte Burschen, wie man hört. Warum sollten sie dich angreifen wollen?«

»Ich habe etwas aus dem Besitz eines Mannes, der vor Kurzem ermordet wurde. Ich muss mit Sarzac sprechen«, bettelte Avide.

Sein Freund seufzte und ging zu einem Telefon, das auf einem kleinen Tisch unter einem der Fenster stand. »Wie lange bist du in Paris?«

»Ich weiß es noch nicht. In Köln läuft eine Fahndung nach mir.« Gegen seine anfängliche Überzeugung entschloss er sich, ihm nun doch die Wahrheit zu sagen.

Michel Betancourt hielt in der Bewegung inne, den Telefonhörer noch in der Hand, und starrte Avide überrascht an. »Langweilig wird es bei dir wirklich nie, was?«, sagte er trocken. »Wen hast du umgebracht?«

»Glaubt man der Polizei, eine junge Frau, die Geliebte eines reichen Kunstsammlers, dem man die Kehle durchgeschnitten hat.«

»Hugo Winters?«

»Du hast davon gelesen?«

Er nickte, legte den Telefonhörer wieder auf die Gabel und ging zum Tisch zurück.

»Ich glaube, diesmal bist du wirklich in was hineingeraten. Was sagt denn Marcel dazu?«

»Er macht sich Sorgen.«

»Kann ich mir denken. Kanntest du denn diese Frau, diese Geliebte?«

»Flüchtig. Aber die Polizei hat mich quasi mit den Fingern an der Leiche erwischt.«

»Und du bist weggelaufen.«

Avide zuckte mit den Schultern.

»Du bist wirklich ein Kindskopf, Avi.«

»Hinter der Sache steckt mehr, als wir alle ahnen, Michel. Ich konnte mich nicht wie ein Lamm zur Opferbank führen lassen. Jetzt noch nicht. Meine Position war zu schlecht.«

»Dass sie noch schlechter sein kann als jetzt, bezweifle ich, mein Freund«, sagte Betancourt, dem die Sorge um ihn ins Gesicht geschrieben stand.

»Arrangier ein Treffen mit Sarzac für mich.«

Der Journalist rang mit sich selbst. Schließlich ging er zum Telefon zurück, wählte eine Nummer und wartete. »Aber glaub bloß nicht, dass ich zu deiner Beerdigung komme. Ich hasse Friedhöfe«, warf er in den Raum, während er auf eine Verbindung wartete.

23
Nürnberg 1528

Ein Bündel gefalteter Briefe liegt auf dem Bett. Dürer hält schützend die Hand darüber, so wie er es tut, seit er sie vor fast vierzig Jahren geschrieben hat. Nun muss er sie aus der Hand geben. Dem besten Freund gibt er sie. Er wird richtig entscheiden. Seine Züge entspannen sich. Eine seltsame Ruhe macht sich in ihm breit.

»Ich dank dir, Pirckheimer.«

Der Freund nickt und verlässt das Zimmer.

Agnes legt erneut einen kühlenden Lappen auf die heiße Stirn. Das Fieber will nicht gehen. Sie fühlt sich erinnert an die Zeiten der Pest, die sich langsam wie ein Fluch über das Land verbreitet hatte. Sie spürt wieder die Angst, sieht die Toten, die man auf Leiterkarren so schnell wie möglich aus der Stadt schafft, riecht den widerlichen Geruch, den die Scheiterhaufen verbreiten, auf denen man die Habe der Toten verbrennt. All das haben sie überstanden.

Sie macht sich Sorgen um ihre Zukunft. Sie haben keine Kinder. Sie wird haushalten müssen. Das Werk. Sie muss dafür sorgen, dass es der Nachwelt erhalten bleibt.

Erschöpft wendet sie sich vom Bett ab. Was für Gedanken! Albrecht lebt. Er wird gesund. Ein leises Murmeln dringt zu ihr.

Er spricht wieder leise, fernab der Welt, mit imaginären Personen, die ihm die Fieberträume vorgaukeln…

Juni 1490

Erschöpft sinkt Albrecht auf den einfachen Stuhl und lässt seinen Blick durch den Raum mit der niedrigen, rußgeschwärzten Balkendecke schweifen.

An den Holztischen sitzen die unterschiedlichsten Menschen, vom einfachen Bauern über Mönche in schwarzen Leinenkutten bis hin zu Kaufleuten, die man an ihrer besseren Kleidung und ihrem stolzen Auftreten erkennt.

Eine Gruppe frommer Pilger, unterwegs zu den Heiligtümern von Köln, sitzt schweigsam, in dicke Mäntel gehüllt, den Pilgerstab fest umklammert, und betrachtet mit kritischem Blick eine Gruppe junger Handwerksburschen, die ausgelassen den Weinkrug kreisen lassen, mit lauten Stimmen unflätige Reden führen und Zoten reißen. An einigen Tischen wird Karten gespielt oder gewürfelt, an anderen lautstark diskutiert.

Hinter einer Theke aus dunkel gebeiztem Holz steht ein dicker Mann in Leinenhemd und Lederschürze. Mit hochrotem Kopf zapft er aus einem großen Fass Bier und füllt Becher mit saurem Wein, die eine Magd an die Tische bringt.

Das Gasthaus ist ein beliebter Rastplatz für Reisende und Pilger in Richtung Köln. Es gibt einen Stall, in dem die Pferde versorgt werden, und über dem Schankraum Räume für die Bessergestellten, der Rest muss mit Gemeinschaftszimmern vorliebnehmen. Albrecht hat sich für die Nacht einen Strohsack reserviert.

Seit zwei Tagen regnet es ohne Unterlass, der schlechteste Juni, an den er sich erinnern kann. Tage, an denen es nicht hell wird; die Straßen haben sich in schlammige Sümpfe verwandelt, das Fortkommen ist mühsam, fast unmöglich.

Seit er im April von zu Hause aufgebrochen ist, hat er sich Heimweh nicht gestattet, zu groß ist seine Neugier, zu ungezähmt sein Tatendrang. So viel Neues, Schönes gibt es zu entdecken. Er denkt an den Vater, dessen lebendige Erzählungen von der Wanderschaft, die seine schönsten Jahre gewesen sind, voller Freiheit, ohne Last und Sorgen …

Albrecht aber drückt sein Gepäck. Er trägt die Drucke und die Holzstöcke mit sich, die er und der Wilhelm im Auftrag des Venezianers gefertigt haben. Warum nur fürchtet er sich so vor dem Mönch?

An diesem Abend, an dem der Wind launisch an den Fensterläden rüttelt und ungebändigt um das Haus fegt, umgeben von Fremden, schmerzen die Gedanken an zu Haus, an die Mutter und die Geschwister, an einen Platz am warmen Ofen.

Doch er weiß auch, er muss noch viel lernen, der Abschluss seiner Malerlehre bei Wolgemut ist erst der Anfang.

Ein Geräusch reißt ihn aus seinen Gedanken, die ihn fort aus der Gaststube, vom Lärm der Anwesenden, ihrem Gelächter, den derben Späßen, getragen haben.

Jemand hat sich zu ihm an den Tisch gesetzt, stellt einen Humpen Bier vor sich und sieht Albrecht mit einem seltsamen Lächeln an. »So in Gedanken, junger Freund?«

Der junge Mann nickt.

Der Fremde legt den Kopf schief. »Lasst mich raten. Ein Wandergesell, zum ersten Male fort von zu Haus. Künstler oder Handwerker?«

»Ich bin Maler«, sagt Albrecht.

»Ah!« Der Fremde lehnt sich zurück und betrachtet ihn interessiert.

Sicher ein Mann von Stand, denkt Albrecht. Das glattrasierte Gesicht hat nichts Grobes und wird von einem dunkelbraunen, turbanähnlichen Hut mit Sendelbinde, wie ihn die Kaufleute oder Ratsherren tragen, eingerahmt. Die Kleidung ist ausgesucht, auch wenn Regen und Schlamm ihre Spuren darauf hinterlassen haben. Unter einem Reisewams aus dünnem Leder, das vor Kälte und Regen schützt und schon zahlreiche blanke Stellen zeigt, lugen die weiten Ärmel eines Unterkleids aus schwarzem Samt hervor.

»Ich hoffe, Ihr habt nichts dagegen, wenn ich mich zu Euch setze. Es ist sonst kein Platz mehr frei.«

Albrecht schüttelt den Kopf. »Es freut mich, etwas Gesellschaft zu haben.«

Der Fremde lacht verhalten. »Heimweh?«

Seine glatten Wangen werden von einer Spur Röte überzogen. »Ein wenig.«

»Nichts kann einem den warmen Ofen ersetzen, das liebende Weib, die Familie.«

Albrecht streckt die Hand über den Tisch. »Ich heiße Dürer, Albrecht Dürer.«

Der Fremde erwidert den Gruß. Sein Händedruck ist stark und zupackend.

»Matthias Rath, meines Zeichens Kaufmann und derzeit Reisender in Tuchen.«

»Woher kommt Ihr und wohin führt Euer Weg?«, fragt der junge Maler interessiert.

»Ich bin auf dem Weg nach Köln, meiner Heimatstadt«, antwortet Rath. »Ich komme aus Venedig.«

In Albrechts Augen tritt ein begehrliches Funkeln. »Venedig …«

»Wir Kölner machen seit mehr als zweihundert Jahren gute Geschäfte mit den Venezianern. Wir deutschen Kaufleut' haben ein eigenes Handelshaus in Venedig. Den Fondaco dei Tedeschi, direkt am Rialto.« Rath trinkt einen kräftigen Schluck aus seinem Humpen und wischt sich mit dem Ärmel den Schaum vom Mund. »Manche behaupten allerdings, es sei ein Ghetto. Die Venezianer dürfen nämlich keine Deutschen beherbergen. Man muss dort wohnen und seine Geschäfte machen. Sonst fehlt es an nichts, und die Venezianer sind höflich und großzügig.«

»Wie gern würde ich das einmal alles sehn!«

Der Kaufmann lächelt. »Ihr werdet nach Italien reisen. Jeder Künstler muss das. Das ist unumgehbar.«

»Und Ihr? Woher kommt Ihr?«

»Ich komme aus Mainz, wo ich für meinen Paten, den Drucker Koberger, einige Aufträg' erledigt hab. Ich bin aus Nürnberg gebürtig.«

Rath nickt anerkennend. »Eine stolze Stadt. Wohin wird Euch Eure Wanderschaft als Nächstes führen?«

»Es sieht so aus, als hätten wir das gleiche Ziel. Der Vater wollt, dass ich nach Colmar geh, zum Schongauer, und da will ich auch hin. Aber zuvor muss ich noch etwas anderes erledigen.« Bedrückt verfällt er in Schweigen.

Rath fasst Albrechts Arm. »Dann müsst Ihr Euch Lochners Altar in der Ratskapelle ansehen! Mein Gott, etwas Bessres ist in diesen Landen noch nicht erschaffen worden!«

»Das werd ich tun«, verspricht er.

»Ja, die Kunst«, sinniert Rath, dessen Blick sich auf einen imaginären Punkt im hinteren Teil des Gasthauses richtet.

»Sagt, Kaufmann. Kennt Ihr einen, der Clementi heißt?«

»Clementi?« Rath schüttelt den Kopf und betrachtet nachdenklich den Humpen vor ihm auf dem Tisch, den er mit beiden Händen fest umklammert hält. »Nein.«

Albrecht glaubt ihm nicht.

»Wer soll das sein?«, fragt Rath ohne aufzublicken. »Ist er der Grund, warum Ihr nach Köln wollt?«

Albrecht antwortet nicht sofort. Er wägt seine Worte ab. Schließlich nickt er. »Ist ein seltsamer Geselle. Eine Art Mönch. Ich habe einige Holzdrucke für ihn, die er bei mir bestellt hat.«

Der Kölner Handelsmann sieht plötzlich hoch. »Sagt, habt Ihr ein paar Eurer Arbeiten griffbereit? Ich würde gern etwas sehen.«

Albrecht zögert, besinnt sich aber. Einen nicht unbegüterten Kaufmann zu kennen, sicher mit vielen Verbindungen in Köln, ist nicht das Schlechteste.

Rath bemerkt sehr wohl das Unwohlsein des jungen Mannes, hier, in dieser rauen und lauten Ungebung, seine Zeichnungen hervorzuholen.

»Sagt, wo logiert Ihr?«

»Ich habe einen Platz in einem der Zimmer über dem Stall.«

»Wohl zusammen mit viel anderem Gesindel, wie?« Er verzieht das Gesicht. »Und die Strohsäck voller Wanzen und anderem Getier?«

»Ist wohl so.«

Der Tuchhändler beugt sich so weit vor, dass Albrecht den biergetränkten Atem riechen kann. »Ich bewohne für mich einen Raum über der Schankstube. Es ist laut, aber trocken und einigermaßen sauber. Packt Eure Sach', Ihr könnt auf einem bequemen Schaffell auf dem Boden schlafen. Und ein Kissen hab ich wohl auch noch für Euch.«

Albrecht zögert, doch der Gedanke an das feuchte, kalte Zimmer über dem Stall lässt ihm die Entscheidung nicht schwerfallen.

Schon bald begeben sich die beiden Männer nach oben, misstrauisch beäugt vom Wirt, bei dem sich Rath noch eine Kanne mit starkem Bier abgeholt hat, »zum besseren Schlafe«.

24

Auf der Domplatte herrschte wie stets Gedränge. Einheimische vermischten sich mit den Touristenscharen, einzeln oder in Gruppen, und fanden ihren Weg durch die Menge, eine praktische Übung, die in Köln zum Alltag gehört. Ein aufdringlich lächelnder Japaner rempelte Elise bei dem verzweifelten Versuch an, das große Kirchengebäude in seine kleine Kamera zu zwängen, entschuldigte sich noch aufdringlicher und verneigte sich dabei mehrmals. Im Hintergrund wartete der Rest der Gruppe ungeduldig darauf, weiterfahren zu können. Europa in vierzehn Tagen.

Sie betrat den Dom durch den Seiteneingang auf der Bahnhofsseite und mischte sich unter die zahlreichen Besucher.

Sie schlenderte, scheinbar ziellos, durch das Mittelschiff, die Augen auf die Glasfenster gerichtet, deren sprühende Farbigkeit immer aufs Neue zu faszinieren vermochte, und schlug schließlich den Weg links neben dem Chor ein. Im Hintergrund schimmerte geheimnisvoll im Zwielicht des Halbdunkels das Gold des Dreikönigsschreins. Michael Widmer, so war es abgesprochen, war irgendwo in der Nähe und beobachtete sie.

Der Sarkophag des heiligen Engelbert lag in einer Nische; der Heilige selbst ruhte, den Körper dem Betrachter zugewandt, auf der Seite. Den Kopf auf den Ellenbogen gestützt, sah er die Besucher mit einem hintergründigen Lächeln auf den Lippen herausfordernd an. Die Betrachtung der zahllosen Menschen, die tagtäglich an ihm vorbeiflanierten, schien ihm Spaß zu machen.

»Guten Abend, Herr Seibold.«

Der junge Anwalt unterbrach seine Betrachtung des Heiligen und sah Elise forschend an. »Es wäre mir lieber, wenn keine Namen fallen würden. Kommen Sie, wir gehen ein paar Schritte.«

Manfred Seibold fuhr sich nervös mit der Hand durch das Haar und sah sich, bevor sie sich in Bewegung setzten, nach allen Seiten um. Er wirkte alles andere als selbstsicher. Er war salopp gekleidet, Jeans, Rollkragenpullover und Lederblouson, die Haare waren vom Wind zerzaust. Elise sah Angst in seinen Augen.

Eine Zeitlang spazierten sie wortlos durch das Mittelschiff.

Es fiel ihm offenbar schwer zu sprechen. Irgendwann sagte er, mit dem Finger nach oben deutend: »Ich liebe diese Glasfensterfolge. Sehen Sie nur das strahlende Gold, das die Apostel umhüllt.«

Elise nickte und sah zu den Fenstern hinauf. »Ja, ich liebe sie auch. Haben Sie mich deshalb angerufen, um mir die Glasfenster zu zeigen?«

»Nein. Natürlich nicht.« Er warf nervös einen Blick über die Schulter, bevor er weitersprach: »Ich habe die Stellung in der Kanzlei, in der ich arbeite, quasi von meinem Großvater geerbt, wenn Sie so wollen. Die Gründerväter der Kanzlei sind allesamt die Ahnen der Anwälte, die heute dort arbeiten. Mein Großvater starb sehr plötzlich, ohne mir, wie es geplant war, seinen Posten in der Kanzlei offiziell übertragen zu können. Ich hatte kaum Zeit, mich einzuarbeiten, bin zudem sehr jung und muss mich auf meinem Posten beweisen, auch als Teilhaber. Ich kann mir derzeit keine Fehler erlauben, strenge Augen richten sich auf mich.« Er atmete tief durch. »Jeder der Anwälte in der Kanzlei betreut einen bestimmten Bereich, Leute, Firmen, die teilweise schon seit Jahrzehnten unsere Klienten sind. Wir genießen in bestimmten Kreisen einen sehr guten Ruf. Das ist unser Kapital, davon leben wir. Ich kann das nicht aufs Spiel setzen. Es wäre mein Untergang – und der der Firma.«

»Ich verstehe.«

Manfred Seibold blieb abrupt stehen. »Dieses Gespräch muss unter uns bleiben.«

»Wir sind immer um Diskretion bemüht. Aber es handelt sich um Mord, vergessen Sie das bitte nicht, dessen Aufklärung für uns an erster Stelle steht.«

»Ich werde, sollte es nötig sein, abstreiten, dass wir dieses Gespräch geführt haben.«

»Ja. Das ist mir klar.«

Man merkte, wie schwer er sich tat, die passenden Worte zu finden. Er ging auf einem schmalen Grat, und der Abgrund, der sich auftat, war tief.

»Zu meinen Klienten gehören auch Firma und Familie von Erhard Wagner. Er und mein Großvater lernten sich schon vor dem Krieg kennen und blieben immer freundschaftlich verbunden. Wagners Firma nahm nach dem Krieg einen steilen Aufstieg, und daran nahm mein Großvater regen Anteil. Alle juristischen Verträge wurden über unsere Kanzlei abgewickelt. Daher war es nur natürlich, dass er nach Wagners Tod von dessen Witwe mit der Aufgabe der Vermögensverwaltung betraut wurde. Sie hatten keine Kinder, und die Idee der Stiftung, die übrigens von ihm stammte, fiel bei Wagner schon zu Lebzeiten auf fruchtbaren Boden.«

»Womit hat Wagner sein Vermögen gemacht?«

»Düngemittel.«

»Sicher ein lohnendes Geschäft nach dem Krieg.«

Seibold lachte kurz und trocken auf. »Sie glauben gar nicht, mit was man damals alles Geld machen konnte! Wagner hatte das Grundstück, auf dem er später seine Fabrik baute, für einen Appel und ein Ei von den Alliierten erworben. Er hatte wohl gute Verbindungen. Obwohl man damals der chemischen Industrie sehr kritisch gegenüberstand. Er musste am Anfang unter strengsten Auflagen arbeiten. Man hatte Angst vor Giftgasherstellung.«

»Ihr Großvater saß selbst mit im Stiftungsrat?«

Seibold blieb stehen. »Es klingt vielleicht verrückt, aber der Name Wagner und alles, was damit zusammenhängt, lastet wie ein Fluch auf mir.«

Elise spürte die Zerrissenheit des jungen Mannes, und sie spürte auch die Erleichterung, es aussprechen zu können.

»Mein Großvater war ein integerer Mann. Er war mein Vorbild, ich habe alles von ihm gelernt. Und doch – irgendetwas stimmt nicht mit dieser Stiftung. Von Anfang an sind seltsame Dinge geschehen, die ich mir nicht erklären konnte.«

»In Zusammenhang mit der Stiftung?«

Seibold nickte zögernd.

»Dinge welcher Art?«

»Kurz nach dem Tod meines Großvaters erhielt ich einen Anruf von Dr. Abrahamsson. Er bestellte mich zu sich. Ich habe mich nie wieder in der Gegenwart eines anderen Menschen so unwohl gefühlt. Es war, als durchleuchte er mich. Immer sprach er von meinem Großvater, davon, wie sehr er der Stiftung verbunden war. Ich fragte mich, ob er vielleicht die Absicht hatte, die Kanzlei zu wechseln. Als ich am nächsten Morgen zur Arbeit kam, wollte ich mir alle Unterlagen, die die Stiftung betreffen, aus dem Archiv geben lassen und musste erfahren, dass man sie schon kurz zuvor meinem Großvater ausgehändigt hatte. Ich fand sie nicht in seinem Büro, er musste sie mit nach Hause genommen haben. Es kam mir seltsam vor. Irgendetwas hatte ihn in den Tagen vor seinem Tod sehr beschäftigt und verunsichert. Ich fragte mich, ob es etwas mit der Stiftung zu tun haben konnte. Ich suchte in seinem Haus nach den Unterlagen, doch ich fand sie nicht. Sie sind verschwunden.«

»Wie viel Einblick hatte Ihr Großvater in die Geschäfte der Stiftung?«

»Er war der Justiziar, er kümmerte sich um alle juristischen Belange. Er hat einmal, ganz am Anfang, kurz im Stiftungsrat gesessen, aber das änderte sich, als Abrahamsson nach seinem Ausscheiden aus den Wagner-Werken der Vorsitzende wurde.«

»Sie verstanden sich nicht?«

»Ich glaube, mein Großvater mochte ihn nicht. Aber er hat nie darüber gesprochen.«

»Was haben Sie dann getan?«

»Ich bin in die Residenz gefahren, um mit Adele Wagner zu sprechen Aber ihr Zustand ließ es nicht zu. Ich habe mich gefragt, was mit all ihren Sachen geschehen war. Als ich mein Studium beendet hatte und in die Kanzlei aufgenommen wurde, ließ mich mein Großvater alle Akten durchgehen, die die Klienten betrafen, die er betreute, um mich mit der Materie vertraut zu machen. Ich erinnerte mich an eine Liste mit Wertgegenständen und Besitztümern, die den Unterlagen der Stiftung beigelegen hatte. Es waren die Privatgegenstände, die nach dem Tod Erhard Wagners nicht mit ins Stiftungsvermögen flossen und die Frau Wagner dann mitnahm, als sie in die Residenz zog. Bilder, Schmuck, Möbel. Als ich das Zimmer sah, in dem sie jetzt liegt, fragte ich mich unwillkürlich, wo all das geblieben ist.«

Elise dachte an das kahle, schmucklose Zimmer, in dem die Greisin lag, seit sie an fortschreitender Demenz litt.

»Ich fragte die Heimleitung.«

»Katja Mang?«

»Sie kennen sie?«

»Ich habe sie kennengelernt, als ich Frau Wagner sehen wollte.«

»Ich bekam die Auskunft, dass die Wohnung aufgelöst und aller persönlicher Besitz einem Verwandten von Frau Wagner ausgehändigt worden sei, dessen Namen mir aber niemand nennen konnte – oder wollte. Ich forschte nach, konnte aber keinen lebenden Verwandten von Adele Wagner finden. Sie hatte keine Kinder, ihr Neffe war in Stalingrad geblieben.«

»Endres Wolfarth.«

»Ja. Von ihm hatte sie das Haus geerbt, das ebenfalls nicht dem Stiftungsvermögen zugerechnet wurde. Es war ihr Privateigentum.«

»Das sie nie wieder betreten hat. Das sie verkommen und zur Ruine verfallen ließ.«

»Ja. Seltsam.« Seibold hielt einen Augenblick inne, als wolle er sich noch einmal überlegen, den nächsten Schritt zu tun, der ihm offenbar nicht leichtfiel. Dann sagte er: »Nicht lange danach erhielt ich einen Anruf von Abrahamsson, der mich um ein Gespräch bat. Ich fuhr hin. Er war sehr freundlich – und verursachte mir eine Gänsehaut. Er fragte mich, ob ich mir der großen Verantwortung bewusst sei, die ich übernommen hatte. Ich werde niemals seinen intensiven Blick vergessen. Ich fühlte mich wie ein Insekt, das man auf eine Nadel gespießt hat, um es zu sezieren. Dann sprach er mich konkret auf meinen Besuch in der Residenz an. Ich erschrak. Er wollte wissen, warum ich dort gewesen war. Ich entschloss mich, ehrlich zu sein, und erzählte ihm von den verschwundenen Unterlagen und von dem mysteriösen Unbekannten, dem man Frau Wagners persönliche Habe übergeben hatte. Abrahamsson hörte sich das Ganze ruhig an, mit einem seltsamen Lächeln auf den Lippen. Schließlich fragte er mich, was ich zu tun gedächte. Ich schwieg. Dann tat er etwas sehr Seltsames: Er stand auf, kam zu mir, legte mir seine Hand auf die Schulter und sagte: ›Ihr Großvater war ein vorbehaltloser Befürworter der Stiftung, ein Freund und Förderer. Er stand uns sehr nahe. Vergessen Sie das nie.‹ Danach ging er hinaus und ließ mich allein.«

»Aber er hat das Mandat nicht zurückgezogen?«

»Nein. Aber ich wünschte, er hätte es getan.« Seibold blieb stehen und sah Elise forschend an. »Seit diesem Tag fühle ich mich verfolgt. Ich bekomme seltsame Anrufe, privat und in der Kanzlei. Niemand meldet sich. Eines Morgens fand ich auf meinem Schreibtisch einen ausgeschnittenen Zeitungsartikel, den niemand dorthin gelegt haben wollte. Es war ein Bericht über die indirekte Überwachung, der wir alle ausgesetzt sind: Videokameras in Banken, Kaufhäusern. Ein Satzteil in diesem Artikel war mit einem gelben Marker angestrichen: ›… kennt jeden deiner Schritte.‹ Klingt ziemlich verrückt, was?«

»Sie leben allein?«, fragte sie.

»Ja. Ich hatte eine Katze, aber sie verschwand. Ganz plötzlich, eine Woche nachdem ich den Artikel auf meinem Schreibtisch gefunden hatte. Verstehen Sie, dass ich damit nicht zur Polizei gehen kann? Es gibt nichts Konkretes, Fassbares, außer meiner Angst. Und jetzt dieser Tod. In dem Haus …«

»Ich halte Ihre Angst nicht für unbegründet, Herr Seibold«, sagte Elise nüchtern. »Woher kommt dieser Abrahamsson?«

»Er ist eine merkwürdige Figur, man kennt wenig über sein privates Umfeld. Er hat einen gewissen Ruf, der noch aus der Zeit stammt, als er Wagners rechte Hand war.«

»Was für einen Ruf?«

»Er ist unnahbar, gefühllos. Kalt. Manche fürchten ihn. Er hat in späteren Jahren alle Verhandlungen für Erhard Wagner geführt und niemals verloren. Ein Mann der sanften Gewalt. Er übt gewaltigen Druck auf seine Kontrahenten aus, auf eine sehr leise, sehr eindringliche Art – seine Augen, seine Gestik, seine bewegungslose Miene. Er weiß alles über die Menschen, mit denen er an einem Tisch sitzt. Sein größter Trumpf, den er immer ausspielt. Unheimlich.«

»Wie finanziert sich die Stiftung?«

»Der Grundstein des Stiftungsvermögens war das Privatvermögen Erhard Wagners, damals etwa zehn Millionen. Mein Großvater hat das Geld zusammen mit Abrahamsson gut angelegt. Außerdem hat er der Stiftung zwanzig Prozent der Aktien der Wagner-Werke vermacht. Wenn Adele Wagner stirbt, gehören der Stiftung auch noch ihre zehn Prozent.«

»Was ist mit dem Haus?«

»Nach ihrem Tod? Es wird veräußert, und der Erlös geht mit dem Rest an die Stiftung. Sie ist der Alleinerbe.«

Sie blieben fast gleichzeitig stehen. Seibold warf ihr einen unsicheren Blick zu. »Jetzt halten Sie mich für feige.«

»Nein, das tue ich nicht«, sagte sie mit Bestimmtheit. »Ich fühle mich bestätigt.«

»Inwiefern?«

»Ich bin der festen Überzeugung, dass Winters' Tod auch etwas mit dem Haus zu tun hat, in dem seine Leiche gefunden wurde, mit dessen Geschichte. Ich habe nicht den Hauch eines Beweises. Glauben Sie, Abrahamsson hat Winters gekannt?«

»Ich bin nicht sicher. Aber ich denke schon. Beide gehörten zu einer Schicht, zu der nur sehr wenige Zugang haben.«

Sie hatten ihren Rundgang wieder aufgenommen.

»Kannten Sie Hugo Winters? Wie war er?«

»Ich habe ihn nur flüchtig kennengelernt«, sagte Seibold. »Mein Großvater hat ihn mir einmal auf einer Party vorgestellt. Er kannte ihn, glaube ich, sogar noch aus den Vierzigerjahren.« Er hielt inne und sah in die Weite des Kirchenschiffes. »Er wirkte irgendwie einsam auf mich. Er hatte etwas von einem Robinson auf seiner Insel und das Leben, das um ihn herumbrandete, schien ihn nicht zu berühren.«

»Ich bin mir sicher, dass er einsam war. Er führte eine Ehe mit einer Frau, die ihn hasste. Luise Winters glaubt scheinbar, dass er sie und ihre Familie an die Nazis verraten hat.«

Seibold holte tief Luft. »Grauenvoll. Das wusste ich nicht. Mein Großvater hat Salomon Mayer, ich glaube, bis 1938, in juristischen Belangen vertreten. Es hieß immer, er sei in Auschwitz umgekommen.«

»Hat er schon damals die Interessen der Familie Wolfarth vertreten?«

Er nickte.

»Sagt Ihnen der Name Karl Leuwang etwas?«

»Nein«, antwortete er zögernd. »Wer ist das?«

»Wir haben ihn heute tot in seiner Wohnung gefunden. Er hat kurz vor dem Krieg einen Artikel über die Apokalyptiker veröffentlicht, eine Gruppe junger Künstler um Endres Wolfarth, die sich in dessen Villa trafen. Dieser Leuwang scheint ein Nazi gewesen zu sein.«

»Glauben Sie denn, Winters' Ermordung könnte im Zusammenhang mit Geschehnissen aus der damaligen Zeit stehen?«

»Möglich wäre es. Es ist nur so ein Gefühl.«

»Ich beneide Sie nicht«, sagte Seibold trocken.

Elise lächelte.

Er erwiderte ihr Lächeln. »Es gefällt mir, dass Sie sich von Ihrem Instinkt leiten lassen. Das tun nur noch wenige.«

»Weil es nicht sehr professionell ist. Man bringt uns als Erstes bei, dass man genau das nicht tun soll. Es zählen nur die Fakten, die harten Beweise. Wir leben im Zeitalter der Medien. Und die wollen harte Tatsachen, so schnell wie möglich.«

»Ich glaube, dass die Wahrheit oft genau zwischen diesen Fakten und Beweisen steckt. Sie ist etwas Unfassbares, Verschwommenes. Ich stelle sie mir wie den Morgennebel vor, der da ist, und man sieht ihn und im nächsten Augenblick ist er fort und taucht an einer ganz anderen Stelle wieder auf.«

»Ein netter Vergleich.«

Seibold wurde wieder ernst. »Was wird jetzt?«

»Ich gebe Ihnen meine Handynummer und wir bleiben in Kontakt. Es werden Fragen auftauchen im weiteren Verlauf der Ermittlungen, bei denen Sie mir vielleicht helfen können.« Sie zog eine angeknickte Visitenkarte aus der Tasche und reichte sie ihm.

Als er sie entgegennahm, berührten sich ihre Finger für einen kurzen Augenblick, und es war, als würde Elise ein kleiner Blitz durchzucken.

»Sie können sich darauf verlassen, dass ich unser Gespräch diskret behandle.«

»Ich tue hier etwas Strafbares«, sagte Seibold bedrückt. »Ich habe Ihnen vertrauliche Informationen über Klienten von mir gegeben. Wenn das rauskommt, ist mein Leben zerstört, bitte denken Sie daran. Aber ich musste es tun. Ich fühle mich erleichtert, dass ich einmal darüber sprechen konnte.«

»Existieren alte Unterlagen, Aufzeichnungen Ihres Großvaters, die uns weiterhelfen können? Vielleicht ein Tagebuch?«

»Ich habe noch einige Kartons eingelagert, die ich durchsehen werde. Ich rufe Sie an.«

»Gut.«

Der Anflug eines Lächelns huschte über sein Gesicht. Dann wurde er wieder traurig und blickte zu Boden.

»Was denken Sie?«, fragte Elise.

Er sah sie an und lächelte matt. »Ich habe an meine Katze gedacht. Ich vermisse sie.«

25
Juni 1490

Ein starker Nordwind vertreibt in der Nacht die Wolken, und der Morgen bringt Sonnenschein.

Als Albrecht mit brummendem Schädel aufwacht, den ihm das starke Bier beschert hat, sitzt Rath versonnen am Fenster und sieht hinaus. Er ist leger gekleidet, nur ein weites Leinenhemd über der Hose, die Füße bloß.

Das Zimmer ist geräumig und warm, Schaffell und Kissen sind weich. Noch bis in die tiefe Nacht hinein haben sie gesessen, getrunken und sich Albrechts Zeichnungen angesehen. Der Kaufmann hat ein ehrliches Interesse gezeigt, das dem jungen Maler schmeichelt.

»Nun, mein junger Künstlerfreund? Das Bier ist wohl gebraut in unseren Landen, wie?« Er lächelt. »Wollt Ihr noch heute weiterreisen?«

Albrecht reibt sich verschlafen den Kopf. »Ja«, antwortet er mit Bestimmtheit, denn er kann es kaum erwarten, endlich in Köln zu sein.

»Wir könnten den Rest des Weges gemeinsam bestreiten, da wir das gleiche Ziel haben«, schlägt Rath vor. »Wenn wir mein Gepäck ein wenig verteilen«, er weist mit dem Kopf auf zahlreiche gut verschnürte Bündel, die sich in einer Ecke des Raumes stapeln, »findet Ihr Platz auf meinem Esel.«

»Was führt Ihr mit Euch?«, fragt Albrecht interessiert und besieht sich die Bündel.

»Allerlei Stoffproben. Wir werden sehen, was sich davon hierzulande an den Mann bringen lässt. Die italienischen Weber sind geschickt' und gut' Handwerker. Es sind ein paar schöne, handfeste Ding' dabei. Wie gesagt, wir Kölner machen schon seit vielen Jahren gute Geschäfte mit den Venezianern. Meine Mutter war eine geborene Rummel. Sehr ehrbare Kaufleut', Baumwolle, Seide, Gewürze. Von ihnen kommen die Beziehungen nach Venedig. Ich nutze ihre Kammer im Fondaco.«

»Den Namen Rummel kenn ich.«

»Gut möglich. Sie stammen ursprünglich aus Nürnberg.«

Kurze Zeit später sind sie reisefertig, und Rath besteigt sein Pferd; Albrecht müht sich redlich, auf dem schmalen Rücken des störrischen Esels Platz zu finden. Der Kaufmann lächelt belustigt. Sie reiten am Rhein entlang, und der Wind trägt eine kühle Brise vom Wasser zu ihnen. Der breite Weg ist schlammig vom Regen des Vortags, und sie kommen nur langsam voran. Doch die Luft ist frisch und angenehm.

»Langsam bin ich des Reisens müde«, knurrt Rath.

»Als Ihr vorhin vom Fondaco spracht, da huschte ein Schatten über Euer Gesicht«, sagt Albrecht.

Der Tuchhändler bringt sein Pferd zum Stehen und sieht auf den jungen Maler hinab. »Ihr habt ein bemerkenswertes Auge.«

Er zuckt die Schultern. »Sonst könnt ich wohl gleich aufgeben.«

»Es ist nicht mehr wie früher«, erklärt der Kaufmann und setzt den Weg fort. »Ich bemerke schon seit einiger Zeit, dass die Venezianer träge werden. Sie investieren nicht mehr und ziehen sich von ihren Geschäften zurück. Sie stecken ihr Geld in Paläste und teure Kleidung und kaufen Land auf der Terra Ferma, bauen sich dort Landhäuser. Sie riskieren nichts mehr. Wenn das so weitergeht, werden einige Banken in Schwierigkeiten kommen. Und die Konkurrenz schläft nicht.«

»An wen denkt Ihr?«

»An die Portugiesen, zum Beispiel.«

Am frühen Nachmittag ziehen erneut Wolken auf und verdunkeln die Sonne. Vor ihnen liegt Deutz, das kleine Städtchen, das Köln am rechten Rheinufer gegenüberliegt; Gärten, kleine, einfache Häuser und ein Kloster mit einem spitzen Kirchturm.

»Es ist besser, wenn wir uns übersetzen lassen«, schlägt der erfahrene Reisende vor. »Und reiten dann durch eines der Hafentore in die Stadt.«

Albrecht starrt wie gebannt über den Fluss. Eine einzigartige Kulisse bietet sich seinem Auge. Hinter der gewaltigen Stadtmauer erheben sich die Türme der schier zahllosen Kirchen und Klöster, die das Stadtbild wie kein zweites prägen; links von ihnen St. Maria Lyskirchen, rechts St. Kunibert und direkt vor ihnen Groß St. Martin, dahinter St. Kolumba, St. Laurentz und St. Alban. Und im Hintergrund, St. Peter und St. Cäcilien, St. Maria im Capitol, das Minoriten- und das Dominikanerkloster.

»Dort!« Rath weist mit dem Finger in die Weite. »Der unvollendete Turm mit dem Kran, das ist unser Dom. Wir werden ihn wohl fertig nicht mehr erleben. Sie bauen schon seit bald zweihundertfünfzig Jahren daran.«

26

Ein paar spärliche Sonnenstrahlen durchbrachen kühn den bleigrauen Himmel und spiegelten sich auf dem regennassen Asphalt wider und in den Vertiefungen der Straßen, wo das Regenwasser kleine Pfützen gebildet hatte. Langsam setzte die Dämmerung ein, vereinzelt gingen Lichter in den Häusern an. Die Spitze des Eiffelturms, die jetzt in Sicht kam, kitzelte einige tiefhängende Wolken.

Avide St. Cyr ließ ihn links liegen und bog in die lange Avenue de Suffren ein. Wenig später stand er vor dem Haus No. 4 in der Avenue Octave Gréard, die hinter dem Parc du Champ de Mars lag, der sich hinter dem Eiffelturm erstreckte.

Er kannte die Straße, in seiner Studentenzeit hatte er oft in einem kleinen Bistro um die Ecke gegessen, dem La Baillin de Suffort, in dem es die besten Croque Madame der Stadt gab, wie er fand.

Sein Handy meldete sich. Er stellte den Koffer auf den Boden und klemmte ihn sich zwischen die Beine, holte dann mit der unverletzten Hand das Handy aus der Jackentasche. Betancourt war am anderen Ende der Leitung.

Während sie sprachen, blickte sich Avide immer wieder suchend um. Er hatte den Fahrer des Taxis, das ihn hergebracht hatte, Umwege fahren lassen. Dennoch blieb ein Rest an Unsicherheit, zu frisch war die Erinnerung an den brutalen Angriff.

»Kennst du das Deauville auf dem Champs-Élysées?«

Er kannte es. Ein Restaurant, in dem die Kellner in Matrosenanzügen servierten.

»Ja. Unweit des Arc de Triomphe.«

»Morgen Mittag, Punkt zwölf, wirst du dort einen Mann treffen, der dich zu Sarzac bringen wird. Er liest als Erkennungszeichen die Morgenausgabe des Figaro.«

»Das klingt ja nach schlechtem Spionageroman.«

»Es sind seine Regeln. Sei froh, dass ich das überhaupt geschafft habe. Ich habe wirklich etwas gut bei dir.«

»Ich weiß. Ich danke dir. Ich melde mich bei dir.«

»Darauf bestehe ich. Und bitte – sei vorsichtig.«

Das Haus, in dem Jean Frankfurter wohnte, war ein protziger, gutbürgerlicher Sandsteinbau mit marmorgefliestem Entrée, durch eine dicke Glastür vom Rest der Welt abgeschirmt. Er betätigte einen der Klingelknöpfe, und nach wenigen Minuten ertönte eine krächzende Stimme über die Lautsprecheranlage: »Oui?«

Avide nannte seinen Namen, die Stimme am anderen Ende zögerte einen Moment und sagte dann: »Ich gebe Ihnen eine Nummer durch, mit der Sie die Tür öffnen können.«

Im Hausflur roch es nach Bohnerwachs und dem Duft welkender Blumen, der ihn immer an Friedhöfe erinnerte. Es war kein Laut zu hören.

Frankfurter wohnte im ersten Stock. Die Marmortreppe, die hinaufführte, war mit einem roten Läufer bedeckt, auf dem kein Stäubchen zu sehen war.

In dem Augenblick, in dem er die letzte Stufe betrat, öffnete sich vor ihm eine der hohen zweiflügeligen Wohnungstüren.

Der Flur lag im Halbdunkel, und durch die geöffnete Tür drang ein Lichtkegel nach außen, der die Dunkelheit wie ein scharfes Messer zerteilte und ein gleißendes Dreieck auf den Boden malte.

Er betrat zögernd die Diele. Jean Frankfurter selbst stand, von einer Lichtquelle aus dem Zimmer hinter ihm beschienen, im Türrahmen und bewegte sich nicht. Eine starre Kontur, fast wie ein Schattenriss. Es war die Kontur eines Kindes.

Avide schloss die Wohnungstür hinter sich.

Der Schatten bewegte sich noch immer nicht. Obwohl er es nicht sehen konnte, spürte Avide, wie sein Blick an ihm hinauf- und hinabglitt, ihn maß und bewertete.

»Kommen Sie!« Es war wie die elektronische Verzerrung einer Männerstimme, oder besser noch eine Kinderstimme, die wie ein Mann klingen wollte.

Frankfurter humpelte in den Raum hinein, in dessen Türrahmen er gestanden hatte.

Avide folgte ihm. Das große Zimmer war in gleißendes Licht getaucht. Die Fenster gingen zur Rue Octave Gréard hinaus. Ganz leise war im Hintergrund der Motorenlärm des Verkehrs zu hören.

Der kleine Mann blieb mitten im Zimmer stehen.

Avide sah sich um. Es gab kaum Möbel, dafür türmten sich an jeder freien Stelle Berge von aufgestapeltem Papier. Die Luft war stickig und angefüllt vom Staub und dem typisch muffigen Geruch alten Papiers.

Jean Frankfurter war etwa so groß wie ein zwölfjähriges Kind. Seine schmalen Schultern wurden von einem Buckel auf der linken Seite nach vorn gedrückt, was ihm das Aussehen eines alten Raubvogels gab, der auf Beute lauert. Sein für den kleinwüchsigen Körper überdimensional groß wirkender Kopf war länglich, und eine hohe, kahle Stirn, die in eine von weißem buschigem Haar umkränzte Halbglatze überlief, beherrschte das Gesicht. »Ich biete Ihnen nichts an, ich bin auf Besuch nicht eingerichtet«, sagte die krächzende Stimme barsch.

»Danke, dass Sie mich empfangen.«

Frankfurter hob einen der spindeldürren Arme, an dessen Enden große, feingliedrige Hände saßen, die ebenso wenig ins Gesamtbild passten wie der Kopf, und winkte ab.

»Was wollen Sie?« Sein rechter Fuß wippte ungeduldig auf und ab und schlug in dem stillen Raum auf dem Parkettboden einen nervösen Takt.

»Ich habe Ihre Adresse von Philippe Valois.« Avide beobachtete aufmerksam seine Reaktionen, doch das Gesicht blieb regungslos. »Ich möchte Ihnen etwas zeigen.«

Frankfurters Blick ging zu dem Koffer, den der Eindringling in sein Reich neben sich auf dem Boden abgestellt hatte. Avide griff in die Innentasche seiner Jacke und holte die Dose hervor.

Der Zwergwüchsige ging auf dürren Stelzenbeinen einige Schritte auf ihn zu.

Avide öffnete die Dose und präsentierte seinen Inhalt, indem er sie Frankfurter hinhielt.

Der kleine Mann starrte ungerührt auf das Pergament. »Ich muss es herausnehmen«, sagte er.

Avide nickte. Er erschrak, als der Papierexperte mit bloßen Fingern nach dem Brief griff, sagte aber nichts.

Frankfurter streckte die flache Hand aus und legte den Brief darauf.

Ohne den Blick von ihm abzuwenden, ließ er das Schriftstück auf der Handfläche liegen. Ganz langsam, fast wie in Zeitlupe, glitt sein Blick wie fließendes Wasser an ihm ab und hin zu dem Brief, den er noch immer, ohne ihn zu berühren, auf der Hand wog.

Er wiegt ihn tatsächlich, dachte Avide.

Mit spitzen Fingern faltete er das Schriftstück auseinander, wandte sich ab und ging zum Fenster, hielt es mühsam hoch und gegen das Licht.

Auf dem Pergament zeichneten sich gegen das Licht dunkle Kringel und Ränder ab, die es aussehen ließen wie eine alte Landkarte; die Karte eines unbekannten, seit fünfhundert Jahren verschollenen Landes.

Avide beobachtete, wie seine langen verknöcherten Finger über das Papier strichen, als berührten sie die Haut einer geliebten Frau. Er klemmte das Papier vorsichtig zwischen Daumen und Zeigefinger und fuhr damit das Papier ab. Immer wieder die gleiche monotone Bewegung.

Jean Frankfurter hielt es gegen die Wange, als spräche es leise zu ihm, roch daran, betastete es, streichelte es – immer und immer wieder. Das alles passierte in fast atemloser Stille.

Irgendwann wandte er sich abrupt um, und seine schwarzen Vogelaugen, die fiebrig glänzten, hefteten sich auf ihn.

Es schien Avide, als überlege sich Frankfurter die nächsten Worte sehr genau. Eine seltsame, deutlich spürbare Spannung lag plötzlich in der Luft. Seine verzerrte Stimme durchbrach die Stille. »Papier«, sagte er, »ist eine der kostbarsten und doch auch vergänglichsten Erfindungen der Menschheit. Es ist wie ein Gottesgeschenk, bei dem sich Gott im letzten Augenblick überlegt hat, ob die Menschen seines Gebrauchs wirklich würdig sind. Es kann die Wahrheit in die Welt bringen, doch ebenso gut auch die Tugenden des Teufels verbreiten – Lug und Betrug. Es kann das Glück verbreiten und ebenso leicht das Verderben und, in den falschen Händen, eine unglaubliche, uneinschränkbare Macht sein. Das gesprochene Wort verfliegt, das niedergeschriebene Wort bleibt, wenigstens für eine gewisse Zeit. Die Chinesen haben vor dreitausend Jahren ihre ersten Bibliotheken in Stein gehauen.«

Das Pergament, das seine knotigen Finger festhielten, zitterte leicht.

»Ich habe diesen Brief schon einmal gesehen.«

»Winters war also bei Ihnen.«

»Nein. Valois rief an und avisierte ihn. Aber er ist nie gekommen.«

»Ich verstehe nicht.«

Frankfurter starrte auf den Brief in seiner Hand.

Unvermittelt wandte er sich ab und durchquerte den Raum. Er steuerte auf eine Tür zu, kramte umständlich einen Schlüssel aus seiner Hosentasche und schloss sie damit auf. »Kommen Sie.«

Avide betrat hinter ihm einen schmalen, dunklen Flur, der auf eine verschlossene Tür hinführte. Der kleine Mann hatte wieder begonnen zu dozieren. Er sprach in die Dunkelheit, zu sich selbst, als wäre er allein. »Die erste Papiermühle auf deutschem Boden, von der ich vorhin sprach, sie wurde um 1390 von Ulman Stromer in Nürnberg betrieben. Nürnberg«, wiederholte er leise, und es klang wehmütig.

Er öffnete die zweite Tür, und sie betraten einen dunklen, kalten Raum. Irgendwo summte leise eine Klimaanlage.

»Das meistverbrauchte Papier dieser Zeit stammte allerdings von den Papiermühlen der Stadt Fabriano in Norditalien. Es breitete sich schnell in ganz Europa aus.«

Er betätigte einen Lichtschalter, und der fensterlose Raum erwachte im gedämpften Licht einer langen, rechteckigen Deckenlampe aus mattem Glas zum Leben. An den Wänden ringsumher standen zahlreiche Vitrinen, deren Inhalt ausnahmslos aus altem Papier, unbeschriebenen Pergamenten, herausgerissenen Buchseiten, bestand. An einer Wand war ein langer Tisch aufgebaut, darüber ein Stahlregal, davor ein schmaler Holzhocker. Der Tisch war bedeckt mit zahlreichen Utensilien, die Avide an Versuchsordnungen aus dem Chemieunterricht seiner Kindheit erinnerten. Er und Betancourt hatten einmal fast die ganze Schule in Schutt und Asche gelegt, als ein solcher Versuch fehlgeschlagen war. Er erkannte ein großes Mikroskop, Regale voller Chemikalien und Bücher. In einer Ecke, abgedeckt mit schwarzem Tuch, stand eine große, wuchtige Apparatur. Er ließ den Blick durch den Raum schweifen.

Seine Augen blieben an einer Vitrine haften, an einem etwa DIN-A5 großen Stück Papier mit chinesischen Schriftzeichen. Es war zwischen zwei Plexiglasscheiben geklemmt, und das indirekte Licht der Vitrine ließ das kräftige Karmesinrot der Zeichen aufleuchten. Dieses kleine Stück Papier, das ihm so verführerisch entgegenleuchtete, schien den ganzen Raum zu beherrschen.

Frankfurter humpelte einige Schritte auf die Vitrine zu.

»Ab dem zweiten Jahrhundert wurde Papier bereits zum Gebrauchsgegenstand. Die Chinesen gebrauchten bereits Papiertaschentücher, im neunten Jahrhundert Servietten und Toilettenpapier, sogar Kleidungsstücke, Visitenkarten und Tapeten.« Er folgte Avides Blick. »Ab 970 war das Papiergeld in ganz China im allgemeinen Gebrauch, hergestellt aus der Rinde des Maulbeerbaumes, mit roter Farbe gefärbt.«

Er humpelte weiter. »Erst Mitte des fünfzehnten Jahrhunderts setzte sich die Papierherstellung in Deutschland wirklich durch. In England und Holland sogar noch etwas später. Es entstanden überall auf deutschem Boden Papiermühlen. Sie entwickelten sich zu einem guten Geschäft – Leipzig, Plauen, Dresden, Zittau. Der Buchdruck hatte begonnen. Was Sie hier sehen, ist eine Weltgeschichte.

Aber es gab eine Zeit, da war Papier unendlich kostbar. Es war den Menschen wert, darauf unerreichte Meisterwerke zu erschaffen. Man kommunizierte damit, hinterließ Botschaften, die Kriege auslösen und wieder beenden konnten. Es gab Briefwechsel, ohne die die Kulturgeschichte der Menschheit ärmer wäre. George Sand schrieb mehr als sechzigtausend Briefe in ihrem Leben; Dichter, Philosophen, Reformatoren, was wären sie alle gewesen ohne das Papier. Und nun stellen Sie sich vor, die großen Künstler der damaligen Zeit hätten ihre einzigartigen Meisterwerke auf Zellulosepapier hergestellt. Nichts von ihnen wäre heute noch erhalten. Das hier«, er hielt den Brief in seiner Hand hoch über seinen Kopf, »ist ein Kunstwerk! Egal, was darauf geschrieben steht.«

27
Köln 1490

Albrecht schwirrt der Kopf vom guten Wein, und sein Wams scheint schier platzen zu wollen. Keine Frage, man lässt es sich gut gehen im Haus des Kaufmanns Rath an der Hohenpfortengasse, in der Nähe des Waidmarktes.

Seit drei Tagen ist er nun schon in Köln, wohnt gut bei Vetter Niklas Unger, dem Goldschmied. Den Mönch hat er allerdings noch nicht gefunden.

»Nun, Herr Maler, ich hoff, es hat gemundet?«

Matthias Rath kommt, jetzt leger in weitem Hemd, lederner Hose und einfacher Weste gekleidet, fröhlich einen gefüllten Krug Wein schwenkend, in die Wohnstube.

»Weiß Gott, Herr Kaufmann, habt Dank!«

Außer Rath sind drei weitere, mit der Familie befreundete Kaufleute anwesend, der Gewürzhändler Slyper, der Pelzhändler Swarte und Conradin Eicheister, der mit Seide, Baumwolle, Ingwer und Basilholz, Bernstein, Wachs, Kupfer und Silber handelt.

Sie alle entstammen Familien, die bereits seit Generationen als Kaufmannsfamilien dazu beitragen, den Ruf Kölns als führender Handelsstadt zu festigen und für gewöhnlich verwandt sind mit »den großen Fünfzehn«, den edlen Geschlechtern Kölns, den Overstolzens, Schergins, von Horns, Aduchts, Spiegels, Judes, Lyskirchens, Grynes, Birkelins, Quatermarts, Mommerlochs, Kleindedanks, Gyrs, Hirzelins und Hardefusts.

Die führenden Mitglieder der einzelnen Geschlechter bildeten früher nicht nur die Richerzeche, sondern stellten auch die Mitglieder des Schöffenkollegs und des Rates, bestimmten also die Politik der Stadt, da diese drei Körperschaften im Laufe der Zeit die Verwaltung der Stadt an sich gezogen hatten. Besonders dem fünfzehnköpfigen Rat der Stadt, der ausschließlich aus den Mitgliedern der fünfzehn Edlen bestand, kam dabei eine entscheidende Bedeutung zu.

Interne Einblicke in die Funktionsweisen einer solchen Weltstadt zu bekommen, ist für Albrecht spannend. Der Pelzhändler Nikolaus

Swarte, ein gewichtiger, gut gelaunter Mann mit rot leuchtenden Apfelwangen und dicker, knolliger Nase, ist Mitglied im weiten Rat, dem, wie Albrecht erfährt, auch Mitglieder anderer Kaufmannsfamilien als der »Edlen« angehören dürfen und der den engen Rat kontrolliert.

Constantin Slyper, ein eher zurückhaltender Enddreißiger mit scharf geschnittenem Gesicht und einem auffallenden Ring mit großem, blutrotem Stein am Ringfinger der rechten Hand, beobachtet Albrecht mehrmals interessiert, richtet aber das Wort nicht an ihn. Der junge Maler wird durch lautes Gelächter in seinen Gedanken unterbrochen. Swarte hat einen derben Witz über einen Mönch und eine Begine zum Besten gegeben.

»Ach ja, die Pfaffen«, sagt Rath und winkt ab. »Das sind die wirklichen Herren der Stadt! Man kann bald keinen Schritt mehr tun, ohn' über sie zu fallen.«

Wieder bricht Gelächter aus.

»Aber sonst lässt es sich leben«, sagt Eicheister. »Der alte Friedrich hat uns anno 75 nicht umsonst zur Reichsstadt erhoben. Ich war selber dabei, als wir den Burgunder in die Flucht geschlagen haben!«

»Und anschließend?«, brummt Swarte. »Hat der Burgunder seine Tochter an Friedrichs Maximilian verschachert! Und so kommt er durch die Hintertür wieder rein!« Er hebt die Hand und winkt ab. »Verfluchte Politik! Und dann hat uns Friedrich auch noch abgelehnt, die Kriegskosten zu ersetzen, die uns die Stadtfinanzen ruiniert haben. Und wer hat uns das alles eingebrockt? Ein Pfaffe! Der Erzbischof Ruprecht, der verfluchte Pfälzer, die heilige Hundsfott!«

»So in Gedanken?«, fragt Slyper Albrecht plötzlich. »Hattet Ihr schon Gelegenheit, Euch unsere ›Schätze‹ anzusehen?«

Der junge Maler nickt. »zuallererst Lochners Arbeiten und den Schrein der Heiligen Drei Könige.«

»Mein Vater hat den Lochner noch gekannt«, sagt Slyper. »Er hat sich sehr für die Kunst interessiert.« Er legt den Kopf etwas schief. »Doch mir scheint, Ihr sucht eher nach etwas anderem.« Der durchdringende Blick des Gewürzhändlers, den stets ein eigenwilliger Geruch von Kräutern umgibt, verunsichert ihn.

Albrecht überlegt fieberhaft, wagt aber dann doch den Schritt nach vorn. »Ich suche nach einem Mönch. Er heißt Clementi.«

Slyper senkt den Blick und starrt auf den Ring an seinem Finger. »Soso«, sagt er leise. »Was wollt Ihr denn von ihm?«

Wieder zögert Albrecht. »Ich habe etwas für ihn. Eine Auftragsarbeit. Er hat sie bestellt.«

»Ein Bild?«, fragt der Händler verwundert.

»Nein. Holzschnitte. Kennt Ihr ihn?«

»Ich kenne viele Leut'«, sagt Slyper ausweichend. »Kann man sie mal sehen, diese Holzschnitte?«

»Ich weiß nicht …«

Er verzieht die Lippen zu einem Lächeln. »Sie sind doch nicht von – deftiger Natur?«

»Nein!«

»Hättet Ihr nicht Lust, morgen Abend einmal zu mir zu kommen und die Holzschnitte mitzubringen? Ich wohne am Heumarkt.«

Irgendetwas ist in dem Blick des Gewürzhändlers, das es Albrecht unmöglich macht, abzulehnen. Zögernd nickt er.

28

»Soll ich deinen Gesichtsausdruck deuten?«

»Lass es.«

Feiner Nieselregen stäubte die Stadt ein. Elise sah versonnen durch die Windschutzscheibe hinaus auf die Fahrbahn. Sie war froh, dass Widmer fuhr. Zu viele wirre Gedanken gingen ihr durch den Kopf, als dass sie sich auf den Verkehr hätte konzentrieren können.

»Ich glaube, er hat wirklich Angst.«

»Die hätte ich auch, wenn ich Anwalt wäre und mit den Bullen über meine Klienten reden würde.«

Sie wandte den Kopf und sah ihn an. »Das ist es nicht.«

»Komm, Lise, selbst wenn etwas dran ist, du hast keinerlei Handhabe gegen die Leute von der WWS. Ich bitte dich, eine geheime Verschwörung, die allen den Tod androht, die sich ihr nähern? Psychoterror? Komm in die Gegenwart zurück. Wir sind hier nicht bei Grisham. Und selbst der hätte das seinen Lesern nicht verkaufen können. Wir sind hier mitten in Köln, mitten im Leben. Winters war ein reicher Mann, ein eiskalter Geschäftsmann, der seine Finger in wer weiß wie vielen krummen Geschäften hatte, ohne Skrupel. Das sind die Fakten. Vielleicht hat ihm auch die Madame einen Killer auf den Hals geschickt, meinetwegen. Aber mehr? Du verrennst dich.«

»Doch, Mike, mehr. Mehr.«

»Dieser Anwalt hat dich beeindruckt«, sagte Widmer trocken.

»Tatsächlich?«

»Tatsächlich.«

»Du glaubst ihm also nicht?«

Er zuckte die Schultern. »Heute Morgen spielt er uns den aalglatten Winkeladvokaten vor, jetzt kommt er als ängstliches Häschen daher. Der Karneval ist vorbei, dachte ich.«

Elise blieb still. Sie hatte den Blick wieder nach draußen gerichtet.

»Aber gut. Meinetwegen. Tun wir mal so als ob. Irgendetwas ist also faul mit der WWS. Da der alte Seibold einer der besten Freunde von Wagner war, und sein Testamentsvollstrecker, steckt er wahrscheinlich bis über beide Ohren drin. Nach dreißig Jahren bekommt er kalte Füße, besinnt sich auf den Pfad der Tugend und wird ausgeschaltet, was bei einem Mann in seinem Alter nicht schwierig ist. Der kleine Seibold tritt die Nachfolge des Opas an und hat plötzlich den Dreck an den Fingern, den Großväterchen abwaschen wollte. So ungefähr?«

»Möglich.«

»Wenn du das glaubst, dann gibt es nur eine mögliche Konsequenz.«

»Wir müssen der WWS auf die Finger klopfen.«

Widmer nickte. »Und das möchte ich sehen, wie du das anstellst!« Elise malte versonnen mit dem Finger an der Scheibe des Seitenfensters herum, folgte dem Lauf eines der vielen Wassertropfen.

»Kannst du mir wenigstens verraten, wie die Moreau in das alles passt?«

Widmer parkte den Wagen und als sie ins Büro zurückkehrten, waren ihre Kleider schon wieder klamm.

Elise stellte sich vor die Schautafel und ließ die Fakten Revue passieren. Jetzt, im Angesicht der Toten, die ihnen anklagend von den Fotos entgegenstarrten, wurde ihr bewusst, wie wenig sie in der Hand hatten. Sie war sich im Klaren darüber, dass man ihr nicht mehr viel Zeit lassen würde. Sie nahm einen Filzstift, schrieb WWS an die weiße Tafel und machte einen Kringel darum, dann einen weiteren um ein Foto von der Leiche Hugo Winters' und verband die beiden mit einem kräftigen Strich.

»Wir müssen versuchen eine Verbindung zwischen Winters und der WWS zu finden, Mike. Irgendetwas.«

»Ich werde versuchen, etwas mehr über diesen Abrahamsson herauszufinden.«

»Was studierst du da?«

Widmer war in die Lektüre eines DIN-A4 großen Stücks Papier vertieft. »Das ist die Auswertung von Francine Moreaus Handy. Sie hat in den letzten zwei Tagen eine Nummer hier in Köln mehrmals angerufen. Auch gestern.«

»Wem gehört die Nummer?«, fragte Elise interessiert.

»Ein Hotel. Der Bonner Hof in der Innenstadt.«

Abrupt stand Elise auf und schnappte sich ihre Jacke. »Komm, Mike!«

29

Avide ging zu einem der Tische und beugte sich über ein darauf liegendes Schriftstück. Es war eine Partitur. Die einzelnen Noten schwebten auf hauchdünnen, kaum noch sichtbaren Linien. Auf dem von zahlreichen verblassten Flecken übersäten elfenbeinfarbenen Papier waren sie verlaufen, und die Tinte, mit der sie aufgezeichnet waren, zeigte eine seltsame rostrote Färbung. Fast konnte man meinen, ein expressionistisches Aquarell vor sich zu haben.

Er streckte die Hand vor, um es zu berühren.

»Vorsicht!« Frankfurters schnarrende Stimme zerschnitt die Luft.

Avide zog die Hand erschrocken zurück.

Der Papierexperte maß ihn mit kritischem Blick. »Ich sagte ja schon, alles, was hier herumliegt, ist Geschichte. Weltgeschichte. Ich mache Expertisen und restauriere für Museen, Antiquariate, Sammlungen. »Das da«, er deutete auf das Schriftstück auf dem Tisch, »hat mir die Staatsbibliothek in Berlin überlassen. Ich forsche daran.« Er legte den Kopf schief. »Tintenfraß.« Er sprach das Wort mit so großem Bedauern aus, als spräche er von der Erkrankung einer ihm nahestehenden Person, an deren Heilung er nicht mehr glauben konnte. »Die Bach-Sammlung der Staatsbibliothek ist im Besitz von 80 Prozent des gesamten schriftlichen Nachlasses von Johann Sebastian Bach und seinen Söhnen. Das sind mehr als 6600 Blätter, also über 13 000 Seiten. Dazu kommen noch 133 Partituren und vieles mehr. Über einhunderttausend Seiten! Und alles ist in bedauerlichem, ja besorgniserregendem Zustand.« Seine Stimme wurde härter. »Bach pflegte minderwertige Tinte zu benutzen. Denn er war arm. Er benutzte Eisengallustinte.« Resigniertes Kopfschütteln. »Diese Tinte ist stark eisenhaltig und sie oxidiert, rostet bei hoher Luftfeuchtigkeit. Schon in den Dreißigerjahren erkannte man die dramatische Situation, aber man hatte leider nicht das Wissen, das wir heute haben. Der Papyrusrestaurator Hugo Ibscher kam auf die Idee, die Papiere mit Lyoner Chiffonseide und Reisstärke als Klebemittel überziehen zu lassen. Ein fataler Fehler! Die Feuchtigkeit in dem flüssigen Leim und die zu hohe Luftfeuchtigkeit während des manchmal bis zu zwanzig Stunden dauernden Trocknungsprozesses ließen die Tinte ausbluten.«

Avide wandte den Blick ab und sah fasziniert auf das Schriftstück auf dem Tisch.

Frankfurter folgte seinem Blick. »Es ist eine Seite aus der H-Moll-Messe«, sagte er, und seine Stimme wurde ehrfürchtig leise, fast zärtlich. »Wie gesagt, ich forsche daran.«

»Sie sagten, Sie hätten den Brief schon einmal gesehen.«

Frankfurters Miene wurde ernst. Er senkte den Blick. »Ein solches Schriftstück vergisst man nicht.«

30

Der Bonner Hof war ein Hotel der gehobenen Mittelklasse, ebenso in der Nähe zum Stadtzentrum gelegen wie zum Rhein. Ein Hotel für Vertreter und kleine Kaufleute, die so zahlreich zu den häufigen Messen in der Stadt waren. Ein ständiger Strom wechselnder Gesichter, die überwiegend in gleichförmigen, wie nach einem bestimmten Muster gefertigten, dunkelblauen oder anthrazitfarbenen Anzügen steckten. Ein Ort, an dem man nicht auffiel, wenn man sich wie die anderen um einen herum benahm.

Michael Widmer parkte den Wagen ein Stück weiter die Straße hinauf, in der einzigen freien Lücke weit und breit, direkt hinter einem schweren schwarzen Mercedes mit französischem Kennzeichen.

Die Fassade des schmucklosen Siebzigerjahrebaus war aus roten Backsteinen, und neben dem unscheinbaren Eingang, der aus einer getönten zweiflügeligen Glastür mit Messinggriffen bestand, über dem auf einer rechteckigen Tafel schwarz auf weiß der Name des Hotels prangte, fiel direkt daneben der Eingang zu einer kleinen Kneipe auf, deren kyrillischer Name den Zusatz »russische Spezialitäten« trug. Über dem Eingang zum Hotel steckten auf Holzstäbchen bunte Fahnen verschiedener Nationalitäten. Man gab sich international.

Die beiden Beamten betraten die Lobby, ein quadratischer, unaufdringlich zweckmäßiger Raum mit marmorgefliestem Boden und indirekter Beleuchtung. Zahlreiche herrenlose Gepäckstücke standen herum und warteten darauf, dass ihre Besitzer sie abholten. Die kleine Rezeption befand sich rechts vom Eingang und war mit königsblauem Velours bespannt, ein üppiger Strauß aus falschen Blumen thronte auf der Marmorplatte in einer wuchtigen, bronzefarbenen Vase. Im Hintergrund hingen einträchtig die Zimmerschlüssel, und die blank polierten, ovalen Messingschildchen mit den Zimmernummern, die an ihnen befestigt waren, reflektierten das Licht der Halle. Als er die beiden auf sich zukommen sah, erhob sich schwerfällig ein etwa sechzigjähriger Mann mit weißem Haar und falschen, gelblichen Zähnen. Auf einem polierten Metallschild, das auf seiner dunkelgrünen Jacke prangte, die daneben noch den golden glänzenden, gestickten Namenszug »Bonner Hof« zeigte, war der Name Fritz eingraviert.

Als Elise ihre Marke präsentierte, erstarb sein Lächeln.

Sie holte ein Foto der Frau aus der Tasche, die sie unter dem Namen Francine Moreau kannten, und hielt es dem Portier hin. »Haben Sie diese Frau hier vielleicht schon einmal gesehen?«

Simmer kramte aus der Tasche seines Anzugs eine Hornbrille hervor und betrachtete lange die Fotografie der toten Frau. Er blickte auf, sah von einem zum anderen und nahm langsam die Brille ab. »Nein.«

Elise seufzte. »Sind Sie sicher?«

»Ja. Aber wir arbeiten im Moment in zwei Schichten. Ein Kollege von mir macht die Nachtschicht.« Er hatte eine angenehme, vom jahrelangen Umgang mit Kunden geschulte Stimme mit rheinischem Akzent, unverbindlich, ohne aufdringlich zu wirken. »Ist sie tot?«

»Ja.«

Er sah sich noch einmal die Fotografie an. Sein Blick wirkte traurig. »Nein.« Er schüttelte den Kopf. »Bestimmt nicht. Soll sie hier gewohnt haben?«

»Das wissen wir nicht. Aber sie hat noch gestern mit diesem Hotel telefoniert. Sie war vermutlich Französin, dürfte also einen Akzent gehabt haben.«

Die Mundwinkel des alten Mannes zogen sich nach unten. »Wir haben vorwiegend Gäste aus dem Ausland. Der Großteil der Anrufer hier hat einen Akzent oder spricht Englisch.«

»Kann ich Ihr Gästebuch einsehen? Vielleicht fällt mir irgendetwas auf.«

Simmer nickte und holte eine Kladde hervor, in der die Gäste ihre Anmeldungen eintrugen.

Elise studierte Namen, ohne dass ihr etwas auffiel oder bekannt vorkam. Es waren Dutzende von Namen, Ein- und Ausgänge, ein ständiges Kommen und Gehen; alle Nationen waren vertreten. Ein hoffnungsloses Unterfangen. Sie war sicher, hinter einem dieser Namen versteckte sich ein Mensch, mit dem die Frau, die sich Francine Moreau nannte, telefonischen Kontakt gehabt hatte.

»Hatten Sie gestern Morgen Dienst?«

Der Alte nickte bejahend. »Ich habe immer die Morgenschicht und vertrete heute nur einen kranken Kollegen. Aber es war nichts Besonderes. Im Moment ist es eher ruhig.«

»Haben Sie zurzeit Gäste aus Frankreich?«

Simmer überlegte einen Moment. »Nur einen. Einen Handelsvertreter – Pharmazie, glaube ich. Herr Dupas. Er kommt seit einiger Zeit regelmäßig. Ein netter, ruhiger Mann, Mitte dreißig.« Er nahm die Brille ab und kniff die Augen zusammen. »Warten Sie. Gestern Vormittag rief eine Frau an und wollte ihn sprechen. Sie hatte einen Akzent. Aber Herr Dupas ist nicht an den Apparat gegangen, obwohl sein Zimmerschlüssel nicht hier am Brett hing.« Er drehte sich langsam um. »Und er hängt auch jetzt nicht dort.«

»Welche Zimmernummer hat er?«

»Siebenundzwanzig, zweiter Stock.«

Michael Widmer war bereits am Aufzug, Elise folgte ihm. Der Alte sah den beiden besorgt nach. Die Flure waren eng, und die weiß lackierten Zimmertüren glichen sich wie ein Ei dem anderen.

Am Türgriff der Nummer 27 baumelte das »Bitte nicht stören«-Schild. Elise klopfte, erst zaghaft, dann energischer. Inzwischen war der Portier zu ihnen gestoßen. Der alte Mann war über die Treppe gekommen und leicht außer Atem.

»Nichts«, sagte Elise.

Simmer kratzte sich unschlüssig am Kopf und ließ seinen Blick besorgt von einem zum anderen wandern.

»Er könnte fortgegangen sein und den Schlüssel mitgenommen haben«, sagte Michael Widmer. Er las die Skepsis in den Augen seiner Kollegin.

»Wir brauchen einen Generalschlüssel«, entschied Elise und blickte zu dem Portier, dem einige Schweißperlen auf der Stirn standen. »Ich weiß nicht«, warf er unschlüssig ein.

»Ich könnte auch die Tür aufbrechen lassen.«

Der Alte riss erschrocken die Augen auf.

»Wenn er nicht da ist, schließen wir die Tür wieder fein säuberlich zu, und nichts ist passiert«, versuchte Widmer ihn zu besänftigen.

»Und wenn er da ist?«

»Warum macht er dann nicht auf?«

Simmer war nicht überzeugt, fügte sich aber und ging den Weg zurück, den er gekommen war. Den beiden Ermittlern saß ein beklemmendes Gefühl im Nacken.

Was würde sie hinter der weiß lackierten Türe erwarten?

31

Der Abend kündigte sich mit unangenehm feucht-kalter Luft an. Von Norden blies ein kühler Wind. Avide vergrub die Hände tief in den Taschen seiner Jacke und bog an der Pont D'Iena auf den Quai Branly ein, um an der Seine entlang Richtung Place de la Concorde zu laufen. Er musste jetzt einfach laufen, Luft in seine verstaubten Lungen blasen, auch wenn es ein größeres Risiko bedeutete.

Gedankenversunken ließ er das Treffen mit Frankfurter Revue passieren, jenem seltsamen kleinen Mann, den er vor einer Viertelstunde in seiner brüchigen Welt aus Erinnerungen und altem Papier zurückgelassen hatte.

Normales Leben, lieben. Für manche Menschen auf dieser Erde war das unmöglich. Sie waren besessen von etwas. Der Papierexperte gehörte dazu. Er blieb stehen und sah einem beleuchteten Bateau-mouche nach. Man hörte Lachen und Musik. Er kam sich plötzlich sehr allein vor. Ein Don Quichotte, ein einsamer Kämpfer gegen Windmühlen, die ihm vorgaukelten, Riesen zu sein. Aber es waren keine Halluzinationen, die ihm heute Morgen aufgelauert und ihn zusammengeschlagen hatten. Die Schläge und Tritte waren sehr real gewesen. Noch einmal hörte er die brüchige Stimme Frankfurters, die von weit her an sein Ohr drang:

»Wenn ich Ihnen die Echtheit dieses Briefes bestätige, müssen Sie sich darüber klar sein, dass sich etwas sehr Kostbares, Einzigartiges in Ihrem Besitz befindet.«

»Was ist dieser Brief wert?«

Frankfurter brauste auf. »Wert? Dieses Kleinod mit schnödem Mammon aufzuwiegen, wäre reine Blasphemie!«

»Es gibt noch etwas anderes, was man in die Waagschale legen könnte.«

Stille. Der Papierexperte hielt Avides festem Blick stand. »Zum Beispiel?«

»Ein Menschenleben …«

In einiger Entfernung saß ein Clochard. Er hatte neben sich einen großen Kassettenrekorder und spielte lautstark Tangomusik von Piazolla. Ein junges Paar, Touristen vielleicht, wahrscheinlich frisch verliebt, tanzte ausgelassen zu der Musik und lag sich schließlich küssend in den Armen. Ein altes Ehepaar, weißhaarig und elegant gekleidet, schritt Arm in Arm lächelnd an ihnen vorbei.

Paris hat einen besonderen Duft am Tag, doch die frühen Abende, wenn die Nacht sich bereits am Horizont ankündigt, der Tag aber noch nicht bereit ist, das Feld zu räumen, sind noch anders. Dann mischt sich langsam der aus den Küchen der Restaurants aufsteigende Geruch der vielen Kräuter und anderer exotischer Zutaten hinein und erfüllt die Luft mit einem einzigartigen Aroma.

Auf der Pont de L'Alma blieb er stehen, stützte die Hände auf das Geländer und ließ sich den Wind ins Gesicht blasen. Avide liebte es, auf einer der zahlreichen alten Brücken der Stadt zu stehen und die Seine hinauf- oder hinabzublicken. Vor ihm lagen die Pont des Invalides und die Pont Alexandre III., die zur eisernen Realität gewordene Bestätigung des Bündnisses mit Russland, das 1893 die von den Deutschen nach dem verlorenen Krieg auferlegte Isolation Frankreichs durchbrach. Ihre Leuchten waren Kopien der Laternen der Dreifaltigkeitskirche in St. Petersburg.

Jede dieser Brücken bis hin zu ihrer Königin, der Pont Neuf, hatte ihr eigenes Gesicht, ihre eigene Geschichte. Er lehnte sich etwas weiter vor und sah hinab zur Zouave du Pont L'Alma, die letzte noch übrig gebliebene der vier steinernen Soldatenfiguren. Die Pariser messen das Seine-Hochwasser daran, wie tief er im Wasser steht. Paris, so hatte sein Vater einmal gesagt, muss man riechen, schmecken, wenn der Wind einem diesen einzigartigen würzigen Duft einer Großstadt ins Gesicht treibt. Immer, wenn er so dastand, spürte er wieder die Hand seines Vaters, die sich um seine schloss, wenn sie wie so oft auf einer der Brücken gestanden und den Blick genossen hatten. Irgendwann nahm sein Vater ihn auf den Arm, damit er besser sehen konnte, und erklärte mit leiser, dunkler Stimme, was sie sahen. Aris St. Cyr liebte seine griechische Heimat, die Wärme, den strahlenden Himmel und den Duft der Oliven, den der Wind vom Land bis in die Städte verteilte, doch Paris, diese lebendige Stadt, hielt stets einen großen Fleck seines Herzens fest besetzt. Und er hatte versucht, diese Liebe an seinen Sohn weiterzugeben, ein sorgsam gepflanztes Samenkorn, das reiche Früchte getragen hatte. Wenn Avide so etwas wie ein Heimatgefühl überkam, dann in dieser Stadt, in der er studiert, philosophiert und zum ersten Mal geliebt hatte. Er dachte an seinen Freund Marcel; für ihn war Paris die Fremde gewesen und irgendwie immer geblieben. Avide entschied sich, in ein kleines Bistro in der Nähe zu gehen und etwas zu essen. Die Gegend war belebt, das Bistro gut besucht, das Risiko abzuschätzen.

Nachdenklich beobachtete er die an ihm vorüberziehende Masse Unermüdlicher und ließ den Tag Revue passieren. Er holte sein Handy hervor und wählte Weidenmanns Nummer.

»Marcel? Ich bin es.«

»Na endlich«, sagte Weidenmann. »Ich habe mir schon Sorgen gemacht. Alles in Ordnung?« Seine Stimme klang beunruhigt.

»Ja. Ich war bei Frankfurter. Ein ziemlich seltsamer Vogel.«

»Was sagt er?«

»Er hält den Brief für echt. Aber das ist nicht das Interessanteste. Er glaubt diesen Brief schon einmal gesehen zu haben. Vor fast sechzig Jahren.«

»Was?«

»Er hat jüdische Vorfahren und musste sich während des Kriegs verstecken. Ein Mann namens August Meering, ein Kunsthändler in Berlin, gewährte ihm Unterschlupf. Eines Tages erschien ein zerlumpt aussehender Mann, Meering hielt ihn für einen heimgekehrten Frontkämpfer, in der Kunsthandlung und bot ihm den Brief zum Kauf an. Er habe ihn geerbt und es sei das Letzte, was er noch besitze. Der Kunsthändler prüfte den Brief und erkannte ihn wieder. Er selbst hatte vor Jahren dafür eine Expertise geschrieben und ihn an einen befreundeten Sammler in Köln verkauft. Meering sagte dem Fremden auf den Kopf zu, er könne diesen Brief nicht geerbt haben, der Mann geriet in Panik, zog ein Messer und brachte ihn um. Dann verschwand er. Er konnte nicht ahnen, dass sich Frankfurter hinter einem Vorhang versteckt hielt, von wo aus er einen Blick auf den Brief hatte erhaschen können.«

Für einen Moment war Stille am anderen Ende. »Du glaubst also wirklich, dass Winters' Ermordung etwas mit dem Brief zu tun hat?«

»Warum hat Valois ihn mit dem Brief zu Frankfurter geschickt? Und vor allem, warum ist Winters dort nie angekommen?«

»Komm nach Hause, stell dich und klär die Sache auf. Du hast doch jetzt einiges in der Hand.«

»Nicht genug. Ich habe morgen ein Treffen mit Sarzac, einem Wirtschaftsjournalisten. Und ich will noch einmal zu Valois. Danach werde ich entscheiden.«

»Bitte pass auf dich auf.«

»Mach ich. Mach dir keine Sorgen.«

»Gut. Bis bald.«

Avide kappte die Verbindung und steckte das Handy wieder zurück in die Tasche.

Eine füllige Frau in violettem Kostüm, grell geschminkt, führte einen kleinen Chihuahua an der Leine, der den Kopf ebenso hoch trug wie sie selbst; zwei Farbige in bunten Kaftanen und Sandalen diskutierten heftig gestikulierend miteinander, ein Araber mit türkisfarbenem Turban führte eine vollständig verhüllte Frau neben sich her und hielt das für selbstverständlich. Wie verschieden die Menschen doch waren.

32

Während sie warteten, schien der Flur um sie herum immer enger zu werden, die Luft war abgestanden, hinter einer der zahlreichen Zimmertüren hörte man leise einen Fernseher laufen. Der alte Portier kam schnaufend über die Treppe zurück.

Wahrscheinlich hat er Platzangst, dachte Elise, dass er immer die Treppe nimmt.

Bevor Simmer den Schlüssel ins Schloss steckte, warf er den beiden noch einen unsicheren Blick zu. Er öffnete vorsichtig die Tür und rief: »Hallo?«

Die beiden Beamten gingen an ihm vorbei und betraten das Zimmer. Es war klein, vielleicht sechs Quadratmeter, rechter Hand war sofort eine Tür für das winzige Bad.

Dupas lag auf dem Bett, die Arme vom Körper abgewinkelt, was ihm das groteske Aussehen verlieh, man hätte ihn gekreuzigt. Seine Augen waren offen und starrten erschrocken zur Decke.

Simmer hatte sich hinter den beiden ins Zimmer geschlichen, und Elise hörte einen erschrockenen Ausruf hinter sich.

»Ist er das?«, fragte Elise, ohne den Blick vom Bett abzuwenden.

»Ja«, sagte Simmer schwer schnaufend.

»Ich muss Sie bitten, das Zimmer zu verlassen.« Michael Widmer schob den Mann mit sanfter Gewalt nach draußen. Er hatte bereits sein Handy gezückt, um die Spurensicherung zu alarmieren, und schloss die Tür hinter ihm.

Elise war näher an das Bett herangetreten und blickte hinab. Dupas trug eine dunkle Hose und ein weißes Hemd mit offenem Kragen. Ein großer dunkelroter Fleck hatte sich auf dem strahlenden Weiß ausgebreitet.

»Erschossen«, resümierte Widmer. Wieder waren sie zu spät gekommen …

Elise war sofort der fast fertig gepackte Koffer aufgefallen, der mit offenem Deckel auf dem Schreibtisch stand.

Plötzlich ertönte das sonore Summen eines Handys und zerriss die Stille. Dupas' mobiles Telefon befand sich in der Innentasche seines

Jacketts, das er nachlässig über die Lehne eines Stuhles vor dem Schreibtisch geworfen hatte. Michael Widmer trat neben sie und hielt triumphierend sein eigenes Handy in die Höhe.

»Eine Nummer, die auch auf der Auswertungsliste von Francine Moreaus Handy auftaucht.«

Elises Blick fiel auf den Nachttisch neben dem Bett. Neben der obligatorischen Hotelbibel lagen dort Wagenschlüssel.

»Was ist?«, fragte Widmer, der ihrem Blick gefolgt war.

Der Schlüsselanhänger zeigte ein Paar betende Hände auf blauem Grund.

»Wagner-Wolfarth?«, fragte Michael Widmer erstaunt.

33
Köln 1490

»Man gewöhnt sich an das Leben in Köln. Es hat seine Annehmlichkeiten, und man hat sein Auskommen. Die Kirchenherrn brauchen allzeit gut's Pretiosen. Die hausen nit wie die arm Leut'!«

Niklas Unger beugt sich über den Ring, der auf seinem Arbeitstisch liegt, nimmt ihn schließlich mit zwei Fingern, dreht und wendet ihn kritisch, prüfend. Er nickt zufrieden. Der rote Stein in der Mitte des Rings funkelt verführerisch. Albrecht beobachtet den Goldschmied interessiert.

»So einen Ring habe ich gestern schon einmal gesehen.«

Niklas Unger sieht seinen Vetter mit schief gelegtem Kopf lange an. »Wo denn?«

In der kleinen Werkstatt herrscht geschäftiges Treiben. Unger, der Sohn eines Bruders von Albrechts Vater, hat das Wissen, das sein Onkel ihm einst in der Nürnberger Werkstatt beigebracht hat, gut angelegt.

»An der Hand eines Kaufmannes. Slyper heißt er.«

»Der Gewürzhändler?«

Albrecht nickt.

Unger streicht sich über die lederne Schürze. Sie spannt sich über seinem stattlichen Bauch. »Was hast denn mit dem zu schaffen?«

»Ich traf ihn gestern beim Kaufmann Rath. Was ist denn mit ihm?«

Unger lässt den Ring sinken. »Nichts. Man schwätzt so allerlei.«

»Und? Was schwätzt man?«

Der Vetter lässt seinen Blick durch die kleine Werkstatt schweifen, steht auf, nimmt Albrecht zur Seite und führt ihn in einen kleinen Nebenraum, der als Materiallager benutzt wird. Er hat kein Fenster, und die Luft ist so abgestanden, dass man den Staub auf der Zunge schmecken kann. »Dies ist nicht der erste dieser Art von Ringen, die ich anfertige«, sagt Niklas mit gesenkter Stimme und hebt das Schmuckstück, das er mit Daumen und Zeigefinger festhält, in die Höhe. »Die haben Konjunktur im Moment, die verdammten Dinger.«

Der junge Maler beäugt nachdenklich den Ring. »Ich verstehe dich nicht.«

»Seit einigen Jahren ist ein seltsamer Geselle in der Stadt. Er läuft in einer Mönchskutte umher und betätigt sich als Rattenfänger.«

Bei der Erwähnung der Mönchskutte zuckt Albrecht zusammen, als habe ihn jemand in den Arm gekniffen.

»Seit er hier ist, ist Unruhe in der Stadt. Den Pfaffensleut' ist er nit geheuer. Und wer sich mit denen schlecht stellt, hat bald ausgespielt. Aber den kriegen's nit zu packen.«

»Und was noch?«, fragt Albrecht aufgeregt, begierig auf alle Informationen.

»Er und seine Leut' treffen sich, aber niemand weiß, wo. Sie sollen seltsame Rituale abhalten – heidnische. Mancher red' sogar von Opfern, die sie darbringen. Aber da ist wohl viel Geschwätz dabei. Man hört auch, er sei mit dem Teufel im Bunde. Ich weiß es nicht, aber ganz geheuer sind die Brüder nit. Dabei bleib ich.«

»Und du glaubst, der Slyper gehört zu denen?«

Doch Niklas zuckt nur die Schultern. »Es heißt, die Ringe mit dem roten Stein sind ihr Erkennungszeichen.«

Albrecht wandert über den Alten Markt mit seinen zahlreichen, reich bestückten Marktständen, lächelt der einen oder anderen hübschen Magd zu, die die Einkäufe für ihre Herrschaft besorgt, und achtet darauf, nicht in den Unrat zu treten, den das zahllose Vieh hinterlässt.

Er trägt eine lederne Tasche bei sich, die er fest an seinen Körper drückt. Niklas hat ihn vor den zahlreichen Taschendieben gewarnt. Überall um ihn herum ist geschäftiges Treiben, Händler und Käufer an den zahlreichen Ständen reden laut durcheinander, zahlreiches Viehzeug schreit; die vielfältigsten Waren preist man an, Fleisch, Brot und Gemüse, Salzfisch, Wein, Öl und Essig. Auch allerlei Zeug, von jedweder Kleidung bis hin zu Glas- und Töpferwaren, wird feilgeboten.Überall sieht man kleine Grüppchen ärmlich gekleideter Kinder mit schmutzstarrenden Gesichtern, die die anbetteln, die gerade etwas gekauft haben.

Von den zahlreichen Garküchen steigt ein betörender Duft nach gekochtem Fleisch und Zwiebeln auf und vermischt sich mit dem lieblichen Geruch frisch gebackenen Brotes. Nur einmal bleibt Albrecht an einem hölzernen Stand stehen und betrachtet interessiert einige dort feilgebotene Holzstiche und Bücher.

Ein Stück weiter, rechter Hand, liegt der lang gezogene Heumarkt, auf dem die Bauern ihr Heu anbieten und die Gewürzhändler ihre Spezereien, das Ziel seiner Wanderung.

Slyper wohnt und arbeitet in einem der schmalen Fachwerkhäuser, die den Platz einfrieden. Im Untergeschoss liegt das Kontor, direkt daneben ist die Einfahrt für die Lastkarren.

Er weiß, dass Slyper ein Lagerhaus am Hafen betreibt, aber einige, wahrscheinlich besonders kostbare, seltene Gewürze im Haus selbst lagert.

Schon auf der Straße kriecht ihm ein seltsamer Geruch in die Nase und kitzelt ihn.

Der Händler begrüßt den jungen Maler herzlich und führt ihn die Treppe hinauf in eine Wohnstube mit gekacheltem Ofen und gepolsterten Stühlen. Die bleiverglasten Fenster sind geöffnet, und von draußen dringen die Geräusche des geschäftigen Treibens vom Heumarkt ins Zimmer.

Slyper stellt einen randvoll mit Wein gefüllten Zinnkrug und zwei Becher auf den Tisch, auf dem ein schwerer gewebter Läufer liegt, und bittet Albrecht, sich zu setzen.

»Das ist ein guter, ein Burgundischer«, sagt der Kaufmann, während er die Becher füllt. »Nit von dem soore Hungk aus unseren Weingärten.« Er setzt sich zu Albrecht und stößt mit ihm an. »Ich sehe, Ihr habt Eure Werke dabei.« Slyper deutet auf die lederne Tasche, die der junge Maler neben dem Stuhl abgestellt hat.

»Unter anderem. Ich komme grad vom alten Koelhoff, dem Druckermeister.«

»Der alte Lübecker? Lang wird er es wohl nit mehr machen. Aber sein Sohn führt die Geschäfte wohl weiter.«

»Ich habe ihm Grüße von meinem Paten, dem Druckermeister Koberger, gebracht. Die beiden kennen sich.«

»Mit dem Straßburger, dem Quentel, müsst Ihr sprechen. Das ist ein Geschäftsmann! Er hat eines der bedeutendsten Verlagshäuser. Vor zwölf oder dreizehn Jahren hat er die Tochter vom Johann Helmann geheiratet und sich mit ihm zusammengetan. Ich kenne ihn. Wenn Ihr wollt, mache ich Euch mit ihm bekannt.«

»Das wäre großartig. Ihr seid in Köln so fortschrittlich mit dem Druck! Eure Bilderbibeln werden in zwei Dialekten gedruckt. Da habt ihr den doppelten Absatz! Das will ich später auch mal machen! Ich hab's schon alles im Kopf!« Er tippt sich an die Stirn.

Der Gewürzhändler lächelt über den ansteckenden Enthusiasmus seines jungen Freundes, hebt den Becher und prostet ihm zu.

»Kann ich sie denn nun mal sehen, Eure Holzschnitte?«, fragt er und deutet auf die Tasche. Albrecht zögert, was Slyper nicht entgeht. Sie sehen sich lange an, dann senkt der Maler den Blick. Das Feuer des roten Steins in Slypers Ring nimmt ihn gefangen.

»Ich verstehe«, sagt der Kaufmann plötzlich und zieht die Hand, die auf dem Tisch gelegen hat, zurück. »Euch ist das Altweibergeschwätz, das in der Stadt kursiert, zu Ohren gekommen.«

Albrecht hält den Kopf gesenkt. »Seid Ihr …?«

Slyper beugt sich vor. »Bin ich was?«

Der junge Maler fasst sich ein Herz und hebt ruckartig den Kopf. Slypers dunkle Augen fixieren ihn neugierig.

»Gehört Ihr zum Mönch? Ich meine, wisst Ihr, wo er ist? Man sagt, er hält sich versteckt.«

Für einen Augenblick tritt Stille ein. Schließlich sagt Slyper, ohne

Albrecht dabei aus den Augen zu lassen: »Zeigt mir die Stiche, und ich sag es Euch.«

Dunkelheit hat sich über die Stadt gesenkt, und die Gassen liegen still und verlassen.

Die Sperrstunde ist längst vorbei, die Stadttore sind geschlossen.

Nach dem Tag mit seiner Lärmerei und den unzähligen Menschen kommt Albrecht die Stille fast andächtig vor. Niklas hat ihm einen wollenen Umhang gegeben, der ihn vor der Kälte schützen soll. Er hat es nicht gern gesehen, dass er sich anschickt, um diese Zeit das Haus des Goldschmiedes zu verlassen, hat ihn dann aber ohne weitere Diskussionen ziehen lassen. Albrecht ist allerdings das besorgte Gesicht des Vetters nicht entgangen.

Irgendwo in der Dunkelheit hallen Schritte wider. Albrecht zieht den Umhang fester zu und tritt einen Schritt zurück in das schützende Dunkel eines Torbogens. Sein Herz pocht heftig, und der Pulsschlag hat sich verdoppelt. Jemand ruft leise seinen Namen. Er erkennt die Stimme. Es ist die des Gewürzhändlers.

Albrecht tritt hervor. Slyper ist in Begleitung eines Knaben, der seine dunkle Wollmütze tief ins Gesicht geschoben hat. Er trägt an einer Holzstange eine Laterne, und die Kerze darin flackert heftig und verbreitet ein unruhiges, dämmriges Licht.

Auch Slyper hat einen, für einen wohlhabenden Kaufmann ungewöhnlich einfachen, allerdings wohl gefütterten, Umhang übergestreift. Er trägt einen flachen Hut aus grüner, gefilzter Schurwolle mit Ohrenlaffen.

Sie gehen schweigend, der Knabe mit dem Licht voran, durch die verwinkelten Gassen. Albrecht fühlt sich nicht wohl in seiner Haut, und der Weg kommt ihm unendlich lang vor. Schließlich gelangen sie, sie sind wohl schon außerhalb des Innenstadtrings, an ein hölzernes Tor, das zur Umfriedung eines ausladenden Gebäudekomplexes gehört.

Slyper drückt dem Knaben eine Anzahl Münzen in die Hand, der daraufhin sofort kehrtmacht und verschwindet. Alles um sie herum versinkt in Dunkelheit.

Der Gewürzhändler klopft zweimal kräftig gegen das Holztor und wartet. Plötzlich öffnet sich eine quadratische Luke, und ein misstrauisches Gesicht mit dicker, pockennarbiger, rotgeäderter Nase erscheint. Slyper tritt näher heran und wechselt einige geflüsterte Worte mit dem Mann hinter dem Tor.

Es dauert nicht lang, dann werden die Riegel zurückgeschoben und die Flügel des Tores öffnen sich knarrend einen Spalt.

Albrecht hält sich dicht hinter Slyper, und sie betreten einen quadratischen Innenhof, der von Pechfackeln erleuchtet ist. Das Tor wird sofort nach ihrem Eintritt wieder geschlossen. Zu seinem Erstaunen herrscht in den Gebäuden rund um den Innenhof reges Treiben. Hinter zahlreichen Fenstern flackert der Schein von Kerzen, man hört Stimmen.

Der junge Maler hat nicht bemerkt, dass Slyper ihn beobachtet. Wie lange schon?

»Die Gebäude hier gehörten einmal zu einem kleinen Beginenhof«, erklärt der Kaufmann, der Albrechts Verunsicherung sehr wohl erkennt. »Die Frauen führten hier ein Hospital und eine Armen- und Altenküche. Die Schwester meiner Großmutter war hier Leiterin. Nachdem der Hof sich aufgelöst hatte, standen die Gebäude lange Zeit leer. Unsere Gemeinschaft hat den Grund und die Gebäude gekauft und nutzt sie für die regelmäßigen Zusammenkünfte und als Gästehaus. Wir haben viele Freunde außerhalb der Stadtmauern, sogar in anderen Ländern, den Niederlanden, Burgund und natürlich dem Heimatland des Meisters, Italien.«

»Des Meisters?«

Slyper lächelt. Etwas zu gezwungen, wie Albrecht findet. »Signor Clementi, wenn Euch das lieber ist.«

Er wendet sich ab und überquert den Innenhof. Albrecht folgt ihm zögernd.

Sie betreten das vor ihnen liegende Gebäude und gelangen über einen schmalen Flur in einen der hinteren Räume. Es ist ein großer Saal, lang und niedrig, mit vom Alter geschwärzten Holzbalken unter der Decke. Zahlreiche Augenpaare richten sich auf die beiden Neuankömmlinge, nachdem Slyper die Tür hinter sich geschlossen hat.

Überall im Raum stehen Tische und Stühle herum. Albrecht erblickt zahlreiche Männer, deren elegante Kleidung auf einen hohen Stand schließen lässt. Viele von ihnen tragen, wie Slyper, den Ring mit dem roten Stein. Auf einigen Tischen liegen lederne Beutel, Münzen stapeln sich; auch Pergamentrollen und Tintenfässer mit Gänsekielen sind zu sehen. Man konnte denken, in einer Schreibstube, oder mehr noch, in einem Handelskontor, gelandet zu sein. Das lebhafte Gespräch im Raum erstirbt jäh.

Der Gewürzhändler nimmt den Hut ab und geht zu einem der Tische. Albrecht bleibt erst einmal unschlüssig an der Tür stehen. Slyper wechselt einige Worte mit einem schwergewichtigen Mann, der sich daraufhin vom Stuhl hochwuchtet und auf ihn zukommt. Ehe es sich der junge Maler versieht, hat die riesige Pranke des Dicken seine Rechte im Würgegriff.

»Seid willkommen, junger Malergesell!«, dröhnt er. »Ich trage den Namen meines Vaters in Seligkeit Konrad Kuyn. Ich bin so etwas wie der Bestaller und Verwalter hier.« Sein Gesicht ist stark gerötet, und ein Paar kleiner, wacher Augen mustern ihn interessiert. »Der Meister erwartet Euch schon!«

Er deutet auf eine Tür am Ende des Raumes und nickt Albrecht zustimmend zu.

Dieser lässt sich nicht lange bitten und durchquert den Saal, verfolgt von neugierigen Blicken. Slyper bleibt zurück, der Dicke folgt ihm schnaufend.

Erst kurz vor dem Ziel verlässt Albrecht wieder der Mut. Was wird ihn hinter der Tür erwarten? Die Erinnerung an die unheimliche hagere Gestalt in der schwarzen Mönchskutte sitzt ihm drohend im Nacken. Sein Begleiter überholt ihn schließlich und klopft beherzt an die Tür. Ein gedämpftes »Ja« ist zu vernehmen. Der Dicke öffnet die Tür und tritt beiseite.

Albrecht blickt in einen Raum ohne Fenster. So weit er sehen kann, sind ein Schreibpult an der rechten Wand und ein einfaches Holzgestell mit gefüllten Heusäcken darauf, das als Bettstatt dient, die einzigen Möbel.

An der Wand gegenüber steht etwas, das wie ein Altar wirkt; es ist wohl ein Tisch, bedeckt mit weißem Leinen. Und darauf stehen zwei

Leuchter, deren Kerzen die einzige Lichtquelle im Raum sind, und ein Pokal. Im Halbdunkel erkennt Albrecht die kunstvoll gearbeiteten Stücke sofort. Das flackernde Licht wirft unruhig tanzende Schatten auf die präzise gearbeiteten Gesichter der Figuren. Fast ist ihm, als könne er ihre Schmerzensschreie hören, den schneidenden Zug der Sense, die das Gerippe über ihren Köpfen schwingt. Jetzt erst versteht er ihre Bedeutung, die sich ihm beim ersten Betrachten der Entwürfe, damals in der Werkstatt seines Vaters, nicht erschlossen hat. Die Apokalypse.

Er drückt die lederne Tasche, die er unter seinem Arm trägt, fester an den Körper.

Plötzlich löst sich ein Schatten aus dem Dunkel. Clementi, noch immer in seiner schwarzen Kutte, kniet vor dem Tisch. Jetzt erhebt er sich und wendet sich um.

Er schlägt die Kapuze zurück und tritt näher. »Seid mir willkommen«, sagt er, die Hände in den weiten Ärmeln der Kutte verborgen. »Ich habe schon gehört, dass Ihr in der Stadt seid.«

Die dunkle Stimme dringt Albrecht bis ins Mark. Selbst bei der schlechten Beleuchtung spürt er den bohrenden Blick des Italieners. Das blasse, fast kalkweiße Gesicht hebt sich hell vor dem dunklen Hintergrund ab und wirkt wie eine Erscheinung.

Albrecht kann ein aufkeimendes Gefühl der Panik kaum unterdrücken.

»Ihr seid nicht leicht zu finden.«

»Leider müssen wir gewisse Sicherheitsvorkehrungen treffen. Die Zeit ist noch nicht reif für uns. Ihr habt die Holzstiche?«

Albrecht nickt zögernd. »Ja.«

34

Elise beobachtete Simmer, der unglücklich auf seinem Stuhl in einem kleinen, muffigen Hinterraum hinter der Rezeption des Hotels saß, der wohl als Pausenraum von den Portiers genutzt wurde.

»Wann haben Sie Dupas zum letzten Mal gesehen?«

Er fuhr sich mit der Hand über die Stirn und überlegte angestrengt. »Er hat vorgestern am frühen Vormittag hier eingecheckt, kurz vor Ende meiner Schicht. Er kam überraschend, ohne Voranmeldung. Aber es ist sehr ruhig im Moment, so hatte ich noch ein Zimmer für ihn. Danach habe ich ihn nicht mehr gesehen.«

»Was für einen Eindruck machte er auf Sie?«

»Er wirkte angespannt. Das ist mir aufgefallen.«

Es klopfte, und Michael Widmer betrat den Raum.

»Was sagt der Doc?«, fragte Elise.

»Sieht professionell aus. Ein Schuss direkt ins Herz. Wahrscheinlich gestern im Laufe des Vormittags.«

»Also fast zur gleichen Zeit wie Marguerite. Niemand hat den Schuss gehört. Der Täter hat einen Schalldämpfer benutzt.« Sie wandte sich wieder an Simmer. »Ihnen muss jemand aufgefallen sein, gestern Vormittag, ein Fremder.«

Der Alte zuckte unglücklich die Schultern. »Hier herrscht ein ständiges Kommen und Gehen. Ich habe auch noch andere Aufgaben. Ich hocke nicht immer nur hinter dem Tresen.«

»Ich habe mit dem Mädchen gesprochen, das die Zimmer sauber macht«, warf Widmer ein. »Sie hat um halb zehn bei Dupas geklopft, er hat geöffnet, wollte sie aber nicht ins Zimmer lassen. Er hat sie gebeten, das Zimmer später sauber zu machen, er sei dabei abzureisen. So ist sie unverrichteter Dinge wieder abgezogen. Sie glaubt, er war allein.«

»Also ausgecheckt hat er bei mir nicht«, sagte Simmer.

»Dupas hat seinem Mörder die Tür geöffnet.«

»Wie Marguerite.«

»Wann hat sie hier angerufen?«

»Kurz vor elf, laut der Liste«, antwortete Widmer. »Nachdem sie es zuvor erfolglos auf seinem Handy versucht hatte.«

»Und Dupas hat sich nicht gemeldet.«

»Also kam der Täter zwischen halb zehn und elf.«

»Ja.«

»Marguerite ist auf Winters' Beerdigung. Sie fährt nach Hause und versucht, Dupas zu erreichen. Als ihr das nicht gelingt, wird sie nervös. Vielleicht bekommt sie sogar Panik. Sie fängt an, ihren Koffer zu packen ...«

»Und dann kommt der Mörder auch zu ihr«, ergänzte Widmer.

»Möglich.« Sie wandte sich noch einmal an Simmer. »Ich möchte Sie bitten, noch einmal intensiv über alles nachzudenken. Vielleicht fällt Ihnen ja noch etwas ein, das gestern Vormittag ungewöhnlich oder irgendwie bemerkenswert war. Wir sprechen auch noch mit Ihrem Kollegen.«

Der Portier nickte. »Er ist krank und zu Hause. Ich gebe Ihnen die Adresse.«

Als Elise kurze Zeit später in ihrem Büro eintraf, war der Stuhl ihres Kollegen besetzt. Oberstaatsanwalt Reberkötter hatte seine ganze wohlbeleibte Fülligkeit darauf ausgebreitet. Er war in einen eleganten dunklen Anzug gehüllt, und der Rauch einer seiner unvermeidlichen, teuren Zigarren, die in einem Aschenbecher auf dem Schreibtisch schmorte, erfüllte den Raum mit einem exotischen Aroma.

Er sagte nichts, als sie den Raum betrat. Sie warf ihre Tasche achtlos in eine Ecke. »So schlimm ist es?« Die junge Beamtin setzte sich auf ihren Stuhl und legte die Unterarme auf den Schreibtisch.

Reberkötters dunkler Bass brummte hinter dem bläulichen Vorhang aus schwebendem Rauch, der ihn schmeichlerisch umflorte: »Ich will es mal so ausdrücken: Wenn ich dir sagte, der Hut brennt, würde ich dir einen Gefallen tun. Du stehst mindestens bis zu den Knien im Feuer.«

»Und Strothmann gießt kräftig Öl hinein, nehme ich an.«

»Lass Strothmann aus dem Spiel. Du weißt, dass er nicht wirklich wichtig ist. Den habe ich im Griff. Es geht um mehr.«

Elise wusste, wie viel sie Reberkötter zu verdanken hatte. Von Anfang an war er ihr Mentor und Beschützer gewesen, hatte an ihre Fähigkeit zur Hauptkommissarin geglaubt. Sie wusste, es wurde ernst. Sonst wäre er nicht gekommen. Er hatte ihr immer vertraut, ihr immer freie Hand gelassen.

»Ich weiß.«

»Natürlich weißt du es.« Genüsslich zog er an der Zigarre, bis ihr Ende rot aufglomm, inhalierte und blies den Rauch in ihre Richtung.

»Bist du hier, um mich zurückzupfeifen?«

Seine dunklen Augen ruhten auf ihrem Gesicht. »Überzeug mich, Lise. Gib mir irgendetwas.«

Die junge Hauptkommissarin lächelte. Sie hob die Hände hoch in die Luft und drehte sie wie ein Zauberer, der dem Publikum zeigen will, dass er nichts darin versteckt hat. »Ich habe nichts. Wenn ich ehrlich bin, so weh es tut, habe ich nichts.«

Reberkötters Miene verdunkelte sich. »Das akzeptiere ich nicht.«

»Diesmal habe ich mich verlaufen im Labyrinth meiner verkorksten Gehirnwindungen. Ich ahne und vermute, fühle, doch in der Hand habe ich nichts.«

»Was ist mit dem geheimnisvollen Unbekannten aus Francine Moreaus Wohnung?«

»Wie vom Erdboden verschwunden. Dabei wissen wir nicht einmal, wer Francine wirklich war, denn die Frau in der Gymnicher Straße hatte die Identität eines toten Mädchens angenommen. Und es gibt noch etwas Interessantes: Sie hatte Kontakt zu einem französischen Handelsvertreter, der in der Nähe des Doms in einem kleinen Hotel gewohnt hat. Man hat ihn ermordet. Fast zur gleichen Zeit wie die Moreau. Wir haben ihn vorhin gefunden.«

Der Oberstaatsanwalt hörte ihr stumm zu. Nach einer halben Minute absoluter Stille sagte er, den Blick fest auf das rot glühende Ende seiner Zigarre gerichtet: »Es gibt noch einen anderen Grund, warum ich hier dumm herumsitze.«

Sie sah ihn gespannt an. Elise hasste es, auf die Folter gespannt zu werden.

»BKA«, sagte er kurz.

Sie beugte sich vor. »Was?«

Reberkötter lehnte sich zurück. »Es wäre möglich, dass Winters Kontakte zur russischen Kunstmafia hatte.«

»Wie möglich?«

»Das ist ein ganz heißes Eisen, Lise. Darüber spricht man nicht beim Kaffeeplausch. Ich habe meine besten Geschütze auffahren müssen, um überhaupt ein paar Informationen zu bekommen. Das BKA hat da eine Geschichte laufen. Aber du weißt, dass die sich nicht gern in die Karten gucken lassen. Aber ich bleibe dran und bekomme noch mehr raus. Die haben schon zaghaft bei mir angeklopft, aber ich kann sie noch hinhalten. Noch.«

»Strothmann?«

Reberkötter zuckte die Schultern. »Die Sache klebt ihm am Schuh wie ein alter Kaugummi. Er will sie loswerden.«

Er wuchtete die Arme in die Höhe und ließ sie schwer wieder auf die Lehnen des Stuhls fallen. Zigarrenasche flirrte in der Luft umher, sank wie in Zeitlupe und blieb schließlich auf der dunkelgrauen, pelzigen Oberfläche von Reberkötters Anzug liegen.

»Organisiertes Verbrechen. Das ist Sache des BKA. Was denkst du?«

Elise sah an Reberkötter vorbei in Richtung des Fensters. »Ich überlege, was ich an Strothmanns Stelle tun würde.«

»Wenn der Fall so aussähe, wie er aussieht?«

Sie war wie elektrisiert. Das war eine vollkommen neue Wendung in diesem Fall. »Was könnte ihm Besseres passieren? Er wäre einen schwierigen Fall los, der mächtig danach aussieht, als wäre er seinem Ruf abträglich und seiner Karriere nicht förderlich.«

»Winters war ein bekannter Mann«, warf Reberkötter ein. »Und seine Sammlungen haben Weltgeltung.«

Elise schüttelte langsam stumm den Kopf. »Da steckt mehr dahinter. Was ich immer vermutet habe.«

»Es sieht gar nicht mal danach aus, als ob das BKA so scharf auf den Fall wäre. Sonst hätten die bereits mehr Druck ausgeübt.«

»Sagt dir der Begriff WWS etwas?«

Er überlegte einen Moment. »Nein.«

»Wagner-Wolfarth-Stiftung. Eine gemeinnützige Stiftung.«

»Na ja, dunkel. Irgendwas. Haben die was mit der Sache zu tun?«

»Ich weiß es nicht. Es ist möglich. Ich müsste denen auf den Zahn fühlen. Der tote Handelsvertreter hatte an seinem Schlüsselbund einen Anhänger mit dem Logo der WWS. Das ist doch seltsam. Der Vorsitzende des Stiftungsrats heißt Abrahamsson.«

»Baruch Abrahamsson?« Reberkötter richtete sich auf.

»Du kennst ihn?«

»Flüchtig. In gewissen Kreisen ein bekannter Mann. Ohne etwas wirklich Handfestes kommst du an den nicht ran. Da gibt es Verbindungen bis ins Justizministerium. Das ist höchste Ebene. Mit einem Schlüsselanhänger können wir da nicht kommen.«

»Das habe ich befürchtet«, sagte sie.

»Hast du es nicht etwas kleiner?«

Elise zuckte die Schultern.

Die Tür ging auf und Michael Widmer trat ins Zimmer. Er sah von Elise zu Reberkötter und wollte auf dem Absatz kehrtmachen, doch der Oberstaatsanwalt hielt ihn zurück. »Nein, bleiben Sie. Ich verschwinde wieder.«

»Der Doc hat den Bericht von Leuwang fertig«, sagte Widmer und wedelte mit einem beigefarbenen Aktendeckel herum. »Karl Leuwang ist an einem Herzinfarkt gestorben.«

Elise schloss langsam die Augen.

»Hervorgerufen durch massive Gewalteinwirkung. Er ist geschlagen und misshandelt worden. Es war Mord.«

»Wer ist dieser Leuwang?«, mischte sich Reberkötter ein.

»Ein alter Mann, der vor sechzig Jahren für ein braunes Blatt gearbeitet und einen Artikel über die Apokalyptiker geschrieben hat, den Künstlerkreis um Endres Wolfarth, zu dem auch Winters lockere Kontakte hatte.«

»So tief gräbst du in Winters' Vergangenheit?«, fragte Reberkötter erstaunt. »Siehst du denn da einen Zusammenhang?« Seine Zweifel waren unüberhörbar.

»Ich untersuche alle Möglichkeiten.«

Reberkötter wirkte nicht überzeugt. Er musterte Elise stumm, dann wuchtete er sich schwerfällig aus dem Stuhl. »Ich habe noch etwas Spielraum, Mädchen. Aber nicht mehr viel. Nutz ihn. Vertrödel ihn nicht.«

Es war mehr als ein gut gemeinter Rat, dessen war sie sich bewusst.

Im Türrahmen wandte er sich noch einmal um. »Und grüß Sophie von mir. Ich komme in den nächsten Tagen auf ein kleines Schwätzchen vorbei.«

»Sie wird sich bestimmt freuen.«

Reberkötter schloss die Tür hinter sich. Der Duft seiner Zigarre blieb im Raum hängen.

Widmer ging zu seinem Platz und sah stirnrunzelnd auf seinen Bürostuhl hinab, der eine gewaltige Schlagseite aufwies. »Das nächste Mal wird er bei dir sitzen«, sagte er und stellte eine Tasse mit dampfendem Kaffee auf der Schreibtischplatte ab.

»Was wollte er?«

»Mike, ich glaube langsam, wir ahnen nicht einmal, an welcher Sache wir da dran sind.«

Er sah sie fragend an und öffnete den Mund, doch ein Klopfen an der Tür unterbrach ihn, ehe er etwas sagen konnte. Ein Beamter in Uniform steckte den Kopf ins Zimmer. »Hier ist jemand, der zu euch will«, sagte er kurz und verschwand.

Eine junge Frau betrat zögernd das Zimmer. Sie wischte sich unbeholfen eine Strähne ihres langen braunen Haares aus der Stirn. Sie trug eine abgerissene Jeans mit weitem Schlag, unter der ein Paar schmutzig-weißer Turnschuhe hervorlugten, und eine bordeauxfarbene Jacke. Ihre hübschen dunkelbraunen Augen wurden von einer runden Brille umrahmt. Über ihrer Schulter hing eine giftgrüne Kunstledertasche.

Sie blieb unschlüssig in der Mitte des Raumes stehen und kaute versonnen auf einem Kaugummi herum, schien sich in dieser Umgebung nicht besonders wohlzufühlen. Eigentlich war es ein hübsches Mädchen, ovales Gesicht, hohe Wangenknochen, kleine Nase und zwei dunkelbraune, ausdrucksstarke Augen, die die beiden Beamten misstrauisch begutachteten.

»Was kann ich für Sie tun?«, fragte Elise.

»Die unten haben mich raufgeschickt«, sagte sie mit heller Stimme. »Haben Sie den Karl gefunden?«

»Karl Leuwang? Ja, das war ich.« Sie horchte auf und schenkte der jungen Frau nun ihre ganze Aufmerksamkeit.

»Glauben Sie ja nicht, was die bescheuerten Nachbarn Ihnen gesagt haben. Die haben Ihnen dummes Zeug erzählt, stimmt's?«

»Das kommt darauf an«, sagte Elise etwas verwirrt.

»Der war schon in Ordnung, der Karl.«

»In welcher Beziehung?«

»Na, er hat sich um uns gekümmert, um mich und Freddi und die anderen. Als Einziger in dem beschissenen Haus.« Sie verstummte und sah zu Boden. »Entschuldigung.«

Elise konnte sich ein Lächeln nicht verkneifen. »Sie standen also mit Karl Leuwang in Kontakt?«

Das junge Mädchen runzelte die Stirn und warf ihr einen abschätzenden Blick zu, der ihr Klarheit verschaffen sollte, ob man ihr trauen konnte. »Wir waren oft bei ihm unten.« Sie lächelte. »Manchmal, wenn er gut drauf war, hat er für uns gekocht und uns dann alte Geschichten erzählt. Da stand er drauf. Vom Krieg und so. Und er hatte auch nichts dagegen, wenn wir einen Joint geraucht haben bei ihm.« Sie hob die Hand zum Mund und biss sich verlegen auf den Finger. »Nur ab und an.«

»Wer ist wir?«

»Ich und Freddi und Matti und Bella. Wir wohnen oben unterm Dach in einer WG.« Die letzten Worte sprach sie mit gewissem Stolz aus, als sei die WG die größte Erfindung des 20. Jahrhunderts.

Elise stand auf und wies auf ihren Stuhl. »Setzen Sie sich. Ich bin Hauptkommissarin Brandt und das ist mein Kollege Michael Widmer.«

»Ich bin Mia. Mia Seltoff.« Das junge Mädchen kam zögernd näher.

Sie beäugte den Stuhl misstrauisch, setzte sich aber schließlich doch – wenn auch nur auf den Rand –, legte die Handtasche auf den Schoß und presste die Hände darauf.

Elise setzte sich auf die Kante des Schreibtisches. »Möchten Sie etwas zu trinken, Mia?«

Mia Seltoff schüttelte den Kopf.

»Warum sind Sie hier?«

Sie senkte den Blick zu Boden, und es verstrich geraume Zeit, bis sie leise sagte: »Die anderen wollten nicht, dass ich zu den Bullen gehe.« Sie sah erschrocken hoch. »Entschuldigung.«

»Muh«, machte Widmer.

»Keine Sorge, man hat uns schon schlimmer tituliert«, fügte Elise hinzu.

»Das gibt Ärger, haben sie gesagt.« Und leise fügte sie hinzu: »Aber ich hab Angst.«

»Wovor?«

Sie schüttelte den Kopf und senkte ihn. Ihr langes braunes Haar fiel wie ein weicher Vorhang über das Gesicht. »Nicht wovor, um wen. Um Freddi nämlich, das ist mein Freund.«

»Was ist denn mit Freddi?«

Sie hob ruckartig den Kopf und sah von einem zum anderen. »Er ist fort. Freddi ist fort.«

»Fort?«

Sie nickte. »Seit einer Woche hat er sich nicht mehr gemeldet. Die anderen sagen, er sei wieder mal auf Tour.« Ein unsicherer Blick traf die beiden Beamten. Mia überlegte kurz, dann sprach sie weiter. »Manchmal hat er so Anwandlungen, dann geht er einfach für eine Zeit auf die Rolle. Er hat so einen inneren Drang nach Freiheit, absoluter Freiheit, sagt er. Dann kann er es in einer Wohnung nicht mehr aushalten. Dann zwängt ihn alles ein und er kriegt keine Luft mehr.«

»Wie lange dauert so was?«

»Manchmal zwei Wochen, manchmal drei. Aber das ist vorbei. Er hat es mir fest versprochen. Er haut nicht mehr ab.« Sie wischte sich mit dem Handrücken über den Mund. »Ich krieg was Kleines.«

Elise und Widmer tauschten einen kurzen Blick.

»Der Freddi hat sich am besten von uns allen mit dem Karl verstanden. Er hat ab und an für ihn eingekauft und Besorgungen gemacht und so. Karl hat ihm sogar Geld versprochen für das Kind, wenn es da ist, für den Anfang. Dabei hat er selbst nicht viel. Er hat sich gefreut für uns. Und der Freddi hat ihm und mir versprochen, dass er sich eine Arbeit sucht.« Unverhohlener Stolz schwang in ihrer Stimme mit.

»Waren Sie oft in Karl Leuwangs Wohnung?«, fragte Elise.

Mia nickte. »Wir sind alle öfters zu ihm runtergegangen. Wir haben gemeinsam gekocht und Wein getrunken. Dann war Karl ganz fröhlich.«

»Ist Ihnen in Karl Leuwangs Wohnung jemals irgendetwas aufgefallen?«

»Aufgefallen? Nein. Was denn?«

»Habt ihr auch für ihn die Wohnung in Ordnung gehalten?«

»Ein bisschen Staub gewischt, manchmal gesaugt, den Müll weggebracht. Den Rest wollte er immer selbst machen. Besonders mit dem kleinen Extrazimmer hat er sich immer sehr gehabt. Ich weiß nicht, warum.«

Widmer öffnete den Mund, doch Elise gab ihm mit der Hand hinter dem Rücken ein Zeichen, still zu sein.

»Worüber habt ihr miteinander gesprochen? Er hat von früher erzählt? Was hat er erzählt?«, fragte Elise.

»Na eben vom Krieg und von Russland. Da war er nämlich. Muss ganz schön abgefahren gewesen sein.«

»Wie man so hört«, murmelte Widmer leise.

Mia sah ihn irritiert an. »Oder wir haben über die Nachbarn hergezogen, diese Spießer.«

»Hat er außer zu euch noch zu jemand anderem Kontakt gehabt? Haben Sie oder die anderen jemals jemanden bei ihm gesehen?«

Mia schüttelte den Kopf. »Nein.«

»Hat er noch alte Sachen gehabt von früher, die er euch gezeigt hat? Andenken aus dem Krieg?«

»Hab ich nie gesehen.«

»Hat er jemals Post bekommen?«

»Nein.«

»Hattet ihr mal Kontakte zur Neonazi-Szene?«

»Diese Schweine? Nie. Weder Freddi, ich noch einer von den anderen. Wir lesen Marx und Engels.«

»Die kommen auch nicht aus der Mode«, warf Widmer ein.

»Hat Karl jemals den Namen Wolfarth erwähnt?«

Mia schüttelte den Kopf.

»Winters? Hugo Winters?«

»Nein, nicht dass ich wüsste.« Sie beugte sich vor. »Vor ungefähr zwei Wochen, da war der Freddi bei Karl, und als er wiederkam, da hat er gesagt, der Karl sei komisch drauf.«

»Was meinte er damit?«

»Hab ich auch gefragt. Er konnte es nicht so genau sagen, aber irgendwie sei er anders, hat Freddi gesagt. Er täte so geheimnisvoll und sei so abweisend. Danach haben die beiden dauernd zusammengegluckt, und Freddi musste immer wieder was für Karl erledigen. Aber keine Einkäufe, was anderes. Freddi durfte nicht darüber sprechen, auch nicht zu mir.«

In Elise wuchs die Anspannung. »Und er hat nicht gesagt, was er für Leuwang tun sollte?«

»Nein. Vor einer Woche ist er morgens runter zu Karl. Da hab ich ihn das letzte Mal gesehen. Er hat gesagt, er sei am Abend wieder da. Er hat gelacht und gesagt, dann bräuchte ich mir um uns und das Baby keine Sorgen mehr zu machen, der Karl hätte es versprochen.«

Sie verstummte, atmete tief ein und sagte dann leise: »Doch er ist bis jetzt nicht wieder aufgetaucht. Und Karl ist tot.« In ihren Augen schimmerten Tränen. »Ich hab Angst«, sagte sie leise.

Elise und Widmer tauschten einen weiteren Blick. »Mia, Karl ist bereits seit geraumer Zeit tot.«

»Ich bin immer wieder zu Karl runtergegangen und hab geklingelt und an die Tür geklopft, aber er hat nie geantwortet. Dann hab ich gedacht, sie seien zusammen weggegangen.«

»Ist Ihnen der Geruch nicht aufgefallen?«

Mia nickte. »Schon. Ich dachte, er hätte vergessen, den Abfall wegzubringen.«

»Hatte Freddi einen Schlüssel zu Leuwangs Wohnung?«

»Den hatte er bei sich, als er fortgegangen ist.«

»Wann hat Ihr Freund Karl Leuwang zum letzten Mal gesehen vor seinem Fortgang?«

Mias glatte Stirn legte sich in nachdenkliche Falten. »Am Tag davor bin ich nicht da gewesen. Da hab ich bei meinen Eltern geschlafen. Ich habe ihnen gesagt, dass ich – was Kleines kriege, und wir haben die halbe Nacht diskutiert. Am Tag davor waren Freddi und ich den ganzen Tag zusammen.« Ein verhaltenes Lächeln huschte über ihr Gesicht. »Er wollte immer nur sein Ohr auf meinen Bauch legen und hören, ob es sich bewegt. Aber es ist doch noch zu früh.« Sie wurde wieder ernst. »Am Tag davor, da war er morgens bei Karl und hat ihm Einkäufe gebracht.«

Elise rechnete im Kopf mit.

Mia warf ihr einen flehentlichen Blick zu. »Was ist mit Freddi? Suchen Sie ihn?«

»Dafür sind wir nicht zuständig, Mia. Aber ich werde Sie zu den Kollegen begleiten, die eine Vermisstenanzeige aufnehmen. Und Sie müssen das, was Sie hier gesagt haben, zu Protokoll geben. Das ist sehr wichtig. Haben Sie ein Foto von ihm?«

Die junge Frau nickte und zog eine Fotografie hervor, die sie und einen schlanken jungen Mann mir lockigen schwarzen Haaren zeigte, der lachend in die Kamera winkte.

Elise warf einen Blick auf das Foto und gab es Widmer mit der Bitte, eine Fotokopie zu machen. Sie nahm eine ihrer Visitenkarten aus einem Behälter auf dem Schreibtisch und hielt sie dem jungen Mädchen hin. »Wenn Ihnen noch irgendetwas einfällt, dann rufen Sie mich bitte an. Aber ich werde sicher mal bei euch vorbeikommen und mit den anderen sprechen.«

Mia Seltoff sah sie erschrocken an. »Die wissen nicht, dass ich hier bin!«

»Ich werd es ihnen schon erklären.«

»Glauben Sie, dass Freddi …?« Sie stand auf.

»Ich weiß es nicht, Mia.«

Sie wirkte so schutzbedürftig, dass Elise ihr spontan den Arm um die Schultern legte. Gemeinsam verließen sie den Raum. Widmer sah ihnen gedankenverloren nach.

»Was hältst du davon?«, fragte Elise, als sie kurze Zeit später ins Büro zurückkehrte. Sie schloss die Tür hinter sich und setzte sich an ihren Platz.

»Gute Frage, nächste Frage«, sagte Widmer. »Ein junger Vater, der kalte Füße bekommen hat?« Er klang nicht überzeugt.

»Nicht in diesem Zusammenhang, Mike. In diesem Falle nicht«, sagte sie nachdenklich.

Er stand auf, ging zu der Pinnwand und heftete die Kopie des Bildes, das Mia ihnen gegeben hatte, daran, direkt neben eine Fotografie des toten Karl Leuwang aus dem Bericht der Pathologen. »Die ermittelte Todeszeit stimmt in etwa mit dem überein, was uns die Kleine erzählt hat«, sagte er nachdenklich. »Irgendetwas hat sich getan im Leben dieses Alten. Etwas, das ihn verstört hat, von dem er nicht will, dass es sich herumspricht. Offenbar muss er handeln. Aber er ist alt und krank. Er schickt seinen jungen Freund los. Und der verschwindet spurlos.«

»Und Leuwang ist kurz darauf tot.«

Widmer wandte sich um. »Wenn du mich fragst, klingt das nach irgendetwas Schmutzigem.«

Elise nickte. »Dieser ganze Fall wird immer dreckiger.«

»Aber daraus eine Verbindung zu Winters zu knüpfen, ist arg gewagt. Nur weil er vor über fünfzig Jahren einen Artikel geschrieben hat, über eine Künstlergruppe, mit der Winters locker in Verbindung stand?«

»Das BKA sitzt uns im Nacken.«

»War Reberkötter deshalb hier?«

»Unter anderem. Möglich, dass Winters Kontakte zur russischen Kunstmafia hatte.«

»Allmächtiger! Dann sind wir geliefert.«

»Gibst du immer so schnell auf?«

»Nein. Aber ich weiß, wann ich auf verlorenem Posten kämpfe. Komm, Lise. Vielleicht ist es besser so. Wir treten auf der Stelle. Wir kommen nicht weiter. Sollen sie denken, wir seien unfähige Idioten, und sich selbst die Zähne ausbeißen. Damit kann ich leben.«

»Ich aber nicht.«

Widmer setzte sich zurück auf seinen Platz. »Dann verrat mir mal, was du denen entgegensetzen willst, außer vier ungeklärte Mordfälle, einen flüchtigen Verdächtigen und jede Menge unhaltbare Hypothesen. Und komm mir jetzt bloß nicht mit irgendwelchen Gefühlen. Darauf stehen die vom BKA nicht.«

Elise betrachtete die Pinnwand. »Warum hat Leuwang seine Sammlung hinter diesem Vorhang versteckt?«

»Er wollte nicht, dass seine jungen Freunde das sehen, die in seiner Wohnung ein und aus gingen. Und anscheinend war keiner von denen neugierig genug, mal einen Blick zu riskieren.«

»Aber er war doch stolz auf seine Vergangenheit, hat davon erzählt …«

»Aber mit Sicherheit die gesäuberte Fassung!«

»Sicher hatte er Angst, Freddi, Mia und die anderen würden sich von ihm abwenden, wenn sie es erführen. Sie waren seine einzigen sozialen Kontakte. Und ich glaube, sie hätten sich abgewandt.«

»Müßige Spekulationen. Das ist nicht wichtig.«

»Vielleicht doch. Ich versuche nachzuvollziehen, was diesen einsamen alten Mann in seiner kleinen selbst gebastelten Welt so aus der Fassung gebracht hat. Und ich denke, es war etwas, was mit seiner Vergangenheit zusammenhing. Er hat versucht, es vor Freddi und den anderen zu verbergen, so wie er seine Sammlung vor ihnen verborgen hat. Dann tritt etwas ein, das ihn zwingt zu handeln. Doch er ist alt und seine Gesundheit schlecht. Er weiht Freddi ein, schärft ihm aber ein, nichts den anderen zu verraten. Freddi willigt ein, muss einwilligen, denn der Alte verspricht ihm wahrscheinlich Geld, das er jetzt dringend braucht. Geld, das er laut Mias Aussage bisher nicht hatte. Kurz darauf wird Leuwang überfallen, misshandelt und mehr oder weniger totgeschlagen. Und Freddi verschwindet. Wonach klingt das für dich?«

Widmers Augen weiteten sich. Er beugte sich vor. »Erpressung?«

Elise nickte gedankenverloren. »Was hätte ich getan, wenn du etwas anderes gesagt hättest …«

35
Köln 1490

Albrechts Hand hält sich krampfhaft an einem Becher Wein fest. Er wirft einen Blick zu Clementi, der an einem Tisch sitzt und sich über seine Holzstiche beugt.

Er ist froh, dass sie die dunkle Kammer des Venezianers verlassen haben und in einen zwar ebenso kärglich eingerichteten, aber wenigstens hellen Nebenraum gegangen sind. Schon seit geraumer Zeit ist der unheimliche Mann in die Entwürfe des jungen Malers vertieft. Was sieht er?

Sie sind das Gesellenstück eines am Anfang Stehenden, noch Unfertigen. All das mühsam erworbene Fachwissen, sein ganzes ihm zur Verfügung stehendes Talent, hat er dort einfließen lassen. Mit Wilhelm Pleydenwurffs Hilfe. Zu mehr ist er nicht in der Lage. Sie sind aus ihm geboren, aus den Tiefen seiner Seele, seinem Verständnis von Gottglauben. Vielleicht hat sein alter Meister ja recht gehabt. Vielleicht ist er zu jung, noch nicht reif genug. Er und Wilhelm haben das Schicksal herausgefordert, den verlockenden Früchten, die ihnen die Schlange im Paradies feilgeboten hat, nicht widerstehen können.

Wie immer das Urteil des Italieners auch ausfallen mag, für Albrecht ist eines klar: Diese Holzstiche sind seine wirkliche Lehre gewesen. Die unzähligen Abendstunden, die er unter Wilhelms Anleitung damit zugebracht hat, sie zu fertigen, haben ihn zum Maler reifen lassen. Er hat begriffen, worum es wirklich geht und was er will. Er wird niemals aufhören zu lernen, doch die Grundlagen sind geschaffen, das Fundament des Hauses ist gelegt. Darauf kann er aufbauen.

Plötzlich richtet sich Clementi auf und erhebt sich. Als er sich umdreht, scheint sein Gesicht verklärt. Es hat ein Stück seiner Härte verloren. Er tritt näher an Albrecht heran und fixiert ihn, nickt schließlich. »Ich habe mich nicht getäuscht«, sagt der Venezianer leise.

»Ihr müsst hierbleiben. Macht Euch um Unterkunft und Unterhalt keine Sorgen.«

Sie wandern gemeinsam in dem von Fackeln erhellten Innenhof umher.

»Wir haben einige begabte Künstler hier, mit denen Ihr Euch austauschen könnt. Ihr werdet lernen von ihnen.« Er bleibt stehen. »Und sie werden lernen von Euch.«

Albrecht ist verunsichert. Was ist mit seiner Wanderschaft?

»Seid Ihr ein gläubiger Mensch, Maler Dürer? Woran glaubt Ihr? An Gott?«

»Ja«, antwortet Albrecht mit fester Stimme.

»Nein!«, ruft der Venezianer schneidend. »Ihr glaubt an das, was Euch die Kirche weismachen will, dass es Gott ist! Ihr Gott! Papst Innozenz ist eine Geißel der Menschheit. Man nennt ihn den ›Vater von

Rom‹, nicht seiner Führungsstärke wegen, sondern weil er unzählige Kinder gezeugt hat. Er ist nur durch Simonie in diese Position gelangt, Nepotismus kennzeichnet seine Amtsführung. Er ist kein Hirte, kein Stellvertreter Gottes, er ist eine Ausgeburt der Hölle, die uns Gott als Prüfung geschickt hat.«

Albrecht beginnt zu begreifen, warum sich Clementi hinter diesen dicken Mauern verbirgt.

»Ich stehe in Kontakt mit einem Landsmann von mir, einem Dominikaner, dem Prior des Klosters San Marco in Florenz. Ein brillanter Geist. Savanarola. Merkt Euch diesen Namen, er wird noch von sich reden machen. Er ist wie ich der Meinung, dass die Zeit reif ist für einen Wechsel.« Er hält inne, sieht die Skepsis im Gesicht des jungen Malers, scheint zu überlegen, ob er weiterreden soll und sagt dann entschlossen: »Schon in zwei Jahren wird Innozenz Geschichte sein. Ich weiß es. Savanarola hat es mir geschrieben. Er verfügt über Wissen, das den Normalsterblichen verborgen ist. Es liegt an uns, das Blatt endlich zu wenden. Sollte es uns nicht gelingen und der Bastard Sixtus IV., Giuliano della Rovere, der jetzt die Politik in Rom bestimmt, das Amt übernehmen, gnade uns Gott.« Sie nehmen ihre Wanderschaft wieder auf. »Die Kirche in Rom denkt nur noch an sich und ihre Pfründe. Sie kann die Herausforderungen des neuen Jahrhunderts, das vor der Tür steht, nicht bewältigen. Wir werden im Höllenfeuer der Apokalypse untergehen, wenn wir tatenlos bleiben!« Er legt eine Hand auf Albrechts Schulter. »Was habt Ihr empfunden, als Ihr an Euren Werken gearbeitet habt?«

»Ihr meint die Apokalypse? Es hat mir Angst gemacht«, antwortet er.

»Und doch hat sie Euch zu so wunderbaren Arbeiten inspiriert. Sie ist das Ende, in dem gleichzeitig ein neuer, strahlender Anfang liegt. Sie ist der einzig wahre, heilige Teil der Bibel. Aus Johannes' Prophezeiungen spricht Gott zu uns. Und er sagt: Stürze das Alte, hinfort mit denen, die euch in meinem Namen geißeln, und auf den Ruinen ihrer Paläste errichtet Neues.« Er hebt die Hand und weist an den von Sternen übersäten Himmel. »Seht Ihr die vier Reiter? Sie warten ungeduldig am Horizont, um über uns hinwegzufegen. Ihr Kommen ist nahe. Hunger, Krieg, Pestilenz und Tod werden kommen, denn wir haben Gott verhöhnt. Doch es ist noch nicht zu spät. Die, welche Gottes reine Worte in sich tragen, nicht das Geplapper der Kirche, werden auferstehen aus der Asche.«

Unruhig wirft Dürer seinen Kopf von rechts nach links. Das Fieber geht nicht mehr.

Sein Geist versinkt. Zu deutlich steht das Vergangene vor seinen Augen und verdrängt die Gegenwart.

Er hört Clementis Stimme, sie ist in seinem Kopf. Ist das die Vorstufe zur Hölle, zur ewigen Verdammnis?

Er erinnert sich jedes Wortes, das er in langen, intensiven Gesprächen mit dem Venezianer gewechselt hat, sieht wieder die dunklen Augen und jenes geheimnisvolle Feuer, das in ihnen lodert. Es war der Wahnsinn, der sich längst seiner bemächtigt hatte. Das weiß er jetzt, am Ende seines Lebens. Aber damals …

36

Ein kühler Wind fegte vor dem alten Haus und ließ den Staub auf der menschenleeren Straße in kleinen Wolken tanzen. Dunkelheit hüllte die Stadt ein wie ein wärmender Mantel. Paris erstrahlte im Glanz von Millionen Lichtern und wirkte, mehr noch als am Tage, wie verzaubert.

Die Straßenzüge am Quai de la Tournelle aber lagen im Dunkeln. Wie riesenhafte, stumme Schattenwesen ragten die alten, windschiefen Häuser empor. Ein schwacher Duft nach Hammelbraten zog durch die Luft, vermischte sich mit den Ausdünstungen der Seine und den Autoabgasen, die als Überbleibsel von der hektischen Betriebsamkeit des Tages in der Luft hingen.

Avide hatte den Kragen seiner Jacke hochgeschlagen und starrte an der hoch in den wolkenverhangenen Himmel aufragenden Hausfassade empor. Hinter den Fenstern im zweiten Stock brannte Licht, das durch schmale Ritzen zwischen den vorgezogenen schweren Vorhängen schimmerte.

Das Antiquariat war geschlossen, und so betätigte er gleich die Klingel an der Haustür. Über die Sprechfunkanlage ertönte die dunkle Stimme Bernadette Valois'.

»Oui?«

»Bernadette? C'est moi, Avide. Ich muss deinen Vater noch einmal sprechen.«

Es entstand eine Pause, in der nur Bernadettes schwerer Atem über die Sprechfunkanlage zu hören war. Schließlich ertönte ein schwerfälliges »Oui«, und ein Summen ließ erkennen, dass sie aufdrückte. Im Treppenhaus des alten Hauses herrschte eisige Stille. Seine Schritte hallten.

Auf dem unheimlichen Gesicht des Mohren am Fuß der Treppe tanzten dunkle Schatten. Das alte Holz der Treppenstufen knarrte.

Bernadette öffnete ihm. Sie lächelte dünn und sagte ihm kurz, er möge in die Bibliothek gehen, er kenne ja den Weg. Fast lautlos schloss sie die Tür hinter ihm und verschwand in einem der zahlreichen Zimmer.

Bevor er klopfte, hielt er für einen Moment inne und starrte gedankenverloren auf die weiß lackierte Tür, hinter der der Alte wie ein in seiner Höhle verschanzter Drache lauerte. Noch bevor er die Hand heben und auf das alte Messing der Klinke setzen konnte, ertönte eine tiefe Stimme aus den Räumen dahinter. »Komm ruhig herein.«

Konnte der Alte jetzt auch noch durch verschlossene Türen sehen?

Es war kalt im Zimmer, und nur auf dem wuchtigen Schreibtisch brannte eine Lampe. Philippe Valois beobachtete jede seiner Bewegungen. Die Froschaugen des alten Mannes hefteten sich so ungeniert auf ihn, dass er dessen forschenden Blick auf seiner Haut brennend spürte. Avide schloss die Tür und ging zum Schreibtisch. Er setzte sich dem Alten gegenüber in einen der Louis-XIV-Sessel und wartete.

Die dicklichen, knotigen Finger des Alten lagen auf der Schreibtischoberfläche und fuhren unaufhörlich lautlos auf und ab. Schließlich hob er schwerfällig die linke Hand und deutete mit dem Zeigefinger in seine Richtung. »Was ist passiert?«

Unwillkürlich griff Avide sich mit der Hand an die Wunde an seiner Schläfe. »Man hat mich überfallen, nachdem ich euch verlassen hatte.«

Die Augen des Alten weiteten sich. Er schnaufte nervös, seine Gesichtsfarbe wurde deutlich fahler. Er sank nach hinten, tiefer in den Sessel hinein. »Das tut mir leid. Hat man etwas gestohlen?« Der letzte Satz kam gehetzt.

Avide wartete einen Moment, bevor er antwortete. »Nein.«

Valois entspannte sich etwas. »Du warst bei Frankfurter?« Seine Augen zogen sich zusammen, die Spannung im Raum stieg wieder an.

»Ja, das war ich.«

»Was hat er gesagt?« Er beugte sich vor, eine alte Raubkatze, die Krallen ausgefahren, die vergilbten Zähne gebleckt.

»Er hat ihn wiedererkannt.«

Es war, als weiche Luft aus einem Ballon. Philippe Valois sank in seinem schweren Sessel in sich zusammen. Er nickte befriedigt. »Was wirst du jetzt tun?«

Avide beugte sich vor. »Was willst du, dass ich tue?«

Ein raues Lachen ertönte. »Ich erinnere mich, dass man deinen Vater den griechischen Fuchs nannte. Du bist ihm sehr ähnlich. Er hasste Oberflächlichkeit. Er ist den Sachen auf den Grund gegangen.«

Die Erwähnung seines Vaters ließ ihn zusammenzucken.

Valois wurde sehr ernst. »Ich zahle jeden Preis.«

»Natürlich tust du das, Philippe. Hugo Winters war bei dir mit diesem Brief. Du hast ihn wie mich zu Frankfurter geschickt, aber er ist nicht hingegangen. Hat er noch einmal mit dir gesprochen? Warum ist er nicht zu Frankfurter gegangen? Dieser Brief hat eine Geschichte, und du kennst sie. Hat man seinetwegen Winters ermordet?«

Valois machte eine abwertende Handbewegung. »Spekulationen. Hier geht es um Geschäfte, mon ami. Nur um Geschäfte.«

»Das glaube ich nicht. Dahinter steckt etwas anderes.« Avide langte in die Tasche seiner Jacke, holte den Schlüsselanhänger hervor, den er schon Betancourt an diesem Tag gezeigt hatte, und legte ihn auf den Schreibtisch. »Kennst du dieses Signet?«

Der alte Mann schüttelte stumm den Kopf.

»Bist du sicher, Philippe?«

Ruckartig richtete Valois sich auf, wuchtete seine massige Figur nach vorn. Der Sessel knarrte. »Du weißt nicht, worauf du dich einlässt, mon ami. Glaub mir!«

»Rede mit mir!«

Valois ließ sich schwerfällig wieder nach hinten fallen. Er wirkte müde, deprimiert und sehr alt. »Du vertraust mir nicht mehr«, sagte er traurig.

»Wie kann ich das, Philippe. Dein Interesse an diesem Brief ist zu groß.«

»Geh! Ich bin ein alter Mann, und ich fühle mich nicht wohl.« Er drückte auf einen seitlich am Schreibtisch angebrachten Klingelknopf. Avide wusste, in zwei Minuten würde Bernadette im Türrahmen stehen und ihn mit sanfter Bestimmtheit hinausbitten. Er stand auf. »Ich werde wiederkommen, Philippe.« Als er sich von Valois abwandte, stand Bernadette in der Tür. Ihre massige Gestalt warf einen langen Schatten in den Raum, der fast bis zu ihm reichte. Er verließ den Antiquar, ohne sich noch einmal zu ihm umzudrehen.

37

»Freddi war in der Zwickmühle. Sein Mädchen ist schwanger, er hat keine Arbeit – und wahrscheinlich auch keine Lust darauf. Und plötzlich fällt wie im Märchen ein goldener Regen vom Himmel. Leuwang erpresst jemanden – womit auch immer. Es ist Geld im Spiel, vielleicht viel Geld. Doch er ist alt und krank. Er erzählt Freddi davon, will, dass er ihm seine Beine ersetzt. Freddi lässt sich nicht lange bitten. Es klappt, doch Freddi will plötzlich nicht mehr teilen. Was soll so ein alter Mann mit so viel Geld? Er kann es viel besser gebrauchen. Und dann …«

»Nein, Mike, da stimmt was nicht.«

Elise beugte sich langsam vor und legte ihre Unterarme auf die Schreibtischplatte. Dunkelheit machte sich vor dem Fenster breit, und die einzelne Lampe, die auf dem Schreibtisch brannte, tauchte einen Großteil des Zimmers in ein diffuses Halbdunkel.

»Warum sollte Freddi Leuwang misshandeln und schlagen, um ihn umzubringen? Das ist doch viel zu auffällig. Ein Kissen aufs Gesicht, und jeder Arzt bestätigt bei einem so alten Mann ohne nähere Verwandte einen natürlichen Tod durch Herzinfarkt. Und warum verschwindet Freddi? Er kann sich doch denken, dass er im Zusammenhang mit dem Tod des Alten sofort als Verdächtiger Nummer eins gehandelt wird, wenn er abhaut.«

»Panik. Plötzlich wird ihm klar, was er getan hat. Er wäre nicht der Erste, Lise.«

»Und wenn es anders war? Wenn es nicht geklappt hat? Wenn Freddi nicht wiedergekommen ist, weil das Opfer der Erpressung den Spieß umgedreht und erst Freddi, dann Leuwang beseitigt hat?«

Widmer hob die Hände zur Decke. »Auch eine Möglichkeit, sicher. Aber ich hoffe, dass wir uns wenigstens dahingehend einig sind, dass wir hier zwei vollkommen verschiedene Paar Schuhe haben, Winters und Leuwang, meine ich. Du willst doch da nicht allen Ernstes eine Verbindung herstellen?«

»Nur weil wir sie nicht sehen, heißt das nicht, dass es sie nicht gibt. Ich muss mir Leuwangs Wohnung noch einmal ansehen. Vielleicht …« Elise starrte vor sich hin.

Widmer wirkte nicht überzeugt.

Ein Klopfen an der Tür riss sie aus ihren Gedanken. Udo Dreesen, der Wachmann aus Winters' Villa, betrat zögernd das Büro. In der Hand hielt er einen Plastikbeutel.

»Die Videobänder«, sagte er und hielt den Beutel in die Höhe.

Elise stand auf und nahm sie entgegen. »Danke.«

Dreesen nickte ihr zu und sah sich interessiert um. Sein Blick fiel auf die Pinnwand. Er schauderte, als er die Fotos der Toten sah. »Aber da ist er ja!«, rief er.

»Was?« Elise trat hinter ihn.

»Der Junge, der in der Villa war. Hab ich doch erzählt.« Er wies auf das Foto von Freddi.

Elise war so überrascht, dass sie im ersten Moment nichts sagen konnte.

Widmer war aufgesprungen und hatte sich zu ihnen gesellt. »Sind Sie sicher?«

Dreesen ging näher an die Pinnwand heran und betrachtete die Fotokopie mit schief gelegtem Kopf. »Ja. Das ist er.«

38

Avide bezahlte den Fahrer und stieg aus dem Taxi. Die Rue Louis Blanc lag ruhig und in das dämmrige Zwielicht einiger weniger Straßenlaternen getaucht vor ihm. Eine bleierne Müdigkeit hatte sich seiner bemächtigt. Er überquerte die Straße, schloss die Haustür auf und betrat den dunklen Flur. Es war fast eine Reflexhandlung. Bevor er nach oben ging, drehte er sich noch einmal um und blickte durch die verglaste Haustür auf die Straße.

Sie mussten in einem Auto gewartet haben. Zwei Männer, hochgewachsen, breitschultrig, in legerer Zivilkleidung, die zielstrebig die Straße überquerten und auf das Haus zukamen. Einer der beiden zog ein Funkgerät von einem Gürtelhalter und sprach hinein.

Es gab zwei Möglichkeiten: Entweder waren es seine Freunde vom Vormittag oder die Polizei.

Avide stand geschützt im Dunkel und wartete noch einen Augenblick. Es gab keinen Zweifel, die beiden steuerten direkt das Haus an. Er wandte sich abrupt ab und lief den Flur entlang bis zu einer weiteren Tür, die auf einen Innenhof hinausging. Über den Hof hinweg war eine Toreinfahrt, die auf eine Nebenstraße hinausging. Ein zu hohes Risiko, entschied er. Wahrscheinlich hatten sie dort, ob Polizei oder wer auch immer, Posten stationiert, die der eine von den beiden vor der Haustür mit dem Funkgerät in Bereitschaft versetzt hatte. Im Haus ertönten mehrere Türklingeln. Sie versuchten, sich Einlass zu verschaffen.

Kurz entschlossen machte er kehrt und lief die Treppe hinauf, deren Holzstufen unter seinen schweren Tritten gequälte Laute von sich gaben. Über die Schultern sah er die beiden Männer, die ihn bemerkt hatten und jetzt wild an der Tür rüttelten. Jemand drückte auf. Er hörte die Schritte seiner Verfolger hinter sich, hastete weiter die Stufen hinauf. Der Koffer an seiner Hand wurde immer schwerer.

Er hatte nur einen Versuch, über die Dächer. Er erreichte die Tür zum Dachboden, sie war unverschlossen. Wenige Stufen führten zu einem eingezogenen, lang gestreckten Zwischenboden. Er knallte die Tür zu und klemmte einen alten Holzstuhl unter die Klinke. Langsam, die Tür nicht aus den Augen lassend, stieg er rückwärts die wenigen Stufen hinauf. Seine beiden Verfolger hatten ihn eingeholt – wildes Zerren an der Klinke, das alte, morsche Holz der Tür knackte.

»Arretez-vous! Police!«

Einer der beiden Polizisten begann gegen die Tür zu treten, Staub wirbelte auf.

Avide lief über den Zwischenboden zu einem kleinen Mansardenfenster und öffnete es mit einiger Mühe; der Griff, lange nicht benutzt, klemmte. Er hatte bereits einen Fuß auf eine Holzkiste gestellt, als sein Blick auf etwas im diffusen Halbdunkel des hinteren Dachbodens fiel.

Holz splitterte, die Tür brach. Avide hörte gedämpfte Schritte, schnelles Laufen über die alten Holzdielen des Zwischenbodens. Jetzt waren sie am Fenster. Einer der beiden stieg auf die Holzkiste. Er hörte leises Fluchen, dann das Knacken eines Funkgerätes.

»Er muss auf dem Dach sein.«

Wieder schnelle Schritte, die sich diesmal von ihm entfernten. Er hatte nicht bemerkt, dass er die Luft angehalten hatte. Er kauerte, die Knie angezogen, den Koffer an sich gepresst, im Dunkeln und starrte wie gebannt auf den schwachen Lichtschein, der durch eine Ritze der nicht ganz geschlossenen Tür des Schrankes, in dem er hockte, fiel. Er wartete eine Ewigkeit. Es roch muffig nach Mottenkugeln und altem, feuchtem Holz, und der Staub kitzelte ihn in der Nase.

Auf die Stille folgte nun, wie aus weiter Ferne, aufgeregtes Geplapper, als ginge man in einiger Entfernung an einem belebten Ententeich vorbei. Die Nachbarn, aufgeschreckt durch den plötzlichen Lärm.

Avide war sich jetzt sicher, dass es sich tatsächlich um Beamte der französischen Polizei handelte, jeder andere hätte dieses Aufsehen vermieden. Die Schmerzen in seinen Beinen wurden unerträglich.

Plötzlich öffnete sich die Schranktür mit laut vernehmlichem Knarzen einen Spalt. Die rostigen Angeln der alten Scharniere quietschten.

Etwas Weiches, ein Paket aus Stoff, fiel auf ihn, das schwach nach einem billigen Herrenaftershave roch. »Ziehen Sie den an«, hauchte eine leise Stimme, und die Schranktür schloss sich wieder. Er hörte weiche Schritte auf dem Zwischenboden.

Avide befühlte das Paket und wickelte es mühsam auseinander. Er tippte im Dunkeln auf eine Art langen, weichen Mantel. Er bugsierte den Koffer umständlich neben sich, zog das Jackett aus und streifte das unerwartete Geschenk, so gut es ging, über.

Wieder öffnete sich die Tür einen Spalt.

»Fertig?«

»Ja.«

Auch die zweite Tür öffnete sich jetzt, und eine Hand zog ihn aus dem Schrank und schob ihn gleichzeitig ins Dunkel. Er atmete tief aus und ein. Durch das noch immer geöffnete Fenster drang kühle Nachtluft hinein. Erst jetzt wurde ihm das Surreale der Situation bewusst. Er war halb mit einem zu großen Bademantel aus dunkelblauem Frotteestoff mit roten Streifen bekleidet, und vor ihm stand, einen ganzen Kopf kleiner als er …

»Madame Lémornand!«

Aurélia Lémornand hielt den Zeigefinger an die Lippen und blickte über den Boden in Richtung zerstörter Dachbodentür. »Pst!«

Die Stimmen der aufgeregten Hausbewohner auf dem Flur vor dem Dachboden drangen zu ihnen.

Avides Nachbarin wandte sich zu ihm um und zog ein Paar karierter Pantoffel aus der weiten Tasche ihrer Strickjacke. »Ziehen Sie die an, und in der Tasche des Bademantels ist der Gürtel.«

Avide gehorchte, zog seine Schuhe aus und die Pantoffeln an und schlang den Gürtel um seine Hüften.

Madame Lémornand prüfte ihn kritisch. »Gut.«

»Madame …«

»Sie wollen doch wohl nicht den Rest Ihres Lebens in meinem Schrank verbringen, oder?«, flüsterte sie. »Verwuscheln Sie Ihre Haare.«

Sie ging einige Schritte vor und winkte ihm schließlich, ihr zu folgen. »Hier hinten ist alles in Ordnung!«, rief sie in Richtung der Dachbodentür.

Monsieur Fantin aus dem ersten Stock kam ihr einige Schritte entgegen.

»Na hören Sie mal, Madame Lémornand, was Sie hier machen, ist aber lebensgefährlich. Er hätte ja auch noch hier sein können.«

»Papperlapapp! Ich hatte ja Monsieur St. Cyr zur Verstärkung! Er ist tatsächlich durch das Fenster abgehauen!«

Avide folgte seiner Nachbarin in einigem Abstand. Monsieur Fantin musterte Avide mit gerunzelter Stirn und ließ seinen Blick kritisch über den Bademantel gleiten. »Ich habe Sie vorhin gar nicht bemerkt.«

»Kein Wunder, bei der Aufregung!« Madame Lémornand fasste Avides Hand und zog ihn hinter sich her. Auf dem Flur vor dem Dachboden herrschte reges Treiben. Fast alle Hausbewohner hatten sich versammelt. Sie bugsierte Avide beherzt durch die Menge und sie stiegen die Treppe in den dritten Stock hinab, auf der ihre Wohnung lag. »Ach, wo ich Sie gerade dahab, könnten Sie mir doch mal eben helfen, Monsieur!«, rief die resolute Dame mit lauter Stimme und schubste Avide in ihre Wohnung. Sie schloss die Türe und lehnte sich erschöpft dagegen. »Du lieber Himmel!«

»Madame …«

Aurélia Lémornand atmete heftig ein und aus. »Im Wohnzimmer habe ich Cognac. Kommen Sie.« Sie führte Avide in einen kleinen, geschmackvoll eingerichteten Raum, dessen Wände zahlreiche Fotografien von Schulklassen zierten. Einige in Schwarzweiß, viele in Farbe. Er erinnerte sich, dass sie ihm einmal erzählt hatte, sie sei bis zu ihrer Pensionierung Grundschullehrerin gewesen.

»Wie gut, dass ich den Bademantel von meinem Seligen nicht fortgegeben habe wie alles andere«, sagte sie, während sie eine Flasche mit bernsteinfarbener Flüssigkeit aus dem Schrank holte. »Möchten Sie auch einen?«

Avide verneinte. Er kam sich so deplatziert vor, mit diesem Bademantel und den Pantoffeln im Wohnzimmer der kleinen Frau, wie noch nie zuvor in seinem Leben.

»Seltsam, ich konnte es nicht. Dabei habe ich den Mantel nicht mal gemocht.«

Sie ließ sich in einen ausladenden Sessel fallen. »Setzen Sie sich doch.«

Er kam der Aufforderung nach. Erst jetzt wurde er sich wieder seines schmerzenden Körpers bewusst. Sein Kopf drohte zu zerspringen.

»Vielleicht ist es der Geruch.« Sie beugte sich vor. »Sie sehen nicht sehr gut aus, Monsieur St. Cyr.«

»Ich weiß. Tut mir leid, dass ich Ihnen die ganzen Umstände mache. Danke für die Hilfe. Woher wussten Sie…?«

Madame Lémornand lächelte. Es war ein feines, gütiges Lächeln. Avide konnte sie sich gut vor einer Klasse mit Schülern vorstellen.

»Sie waren schon am frühen Abend hier«, sagte sie. »Ich glaube, ich war die einzige, die zu Hause war. Sie haben nach Ihnen gefragt. Wann ich Sie das letzte Mal gesehen habe. Ich dachte schon, es wäre etwas passiert. Ich stand heute Abend zufällig am Fenster, als Sie nach Hause kamen, und wollte Sie schon abfangen, um es Ihnen zu sagen, da sah ich, wie die beiden aus einem Auto stiegen und Ihnen folgten.

Ich hörte Sie hinaufrennen, dann den Krach. Als die beiden ohne Sie zurückkamen, gab es nicht viele Möglichkeiten. Ich gebe zu, ich war neugierig und bin schnell auf den Dachboden.« Sie lächelte wieder. »Die beiden müssen aber schon ziemlich aufgeregt gewesen sein. Sie haben deutliche Spuren vom Fenster zum Schrank im Staub hinterlassen. Ich ging zurück und kam mit dem Mantel und den Pantoffeln wieder, versteckt unter meiner Strickjacke.«

»Das war sehr mutig. Sie haben bis jetzt noch gar nicht gefragt, warum mich die Polizei sucht.«

»Ich hoffe nicht, dass Sie einer armen alten Rentnerin den Hals umgedreht haben«, sagte sie und stellte das Glas auf den Tisch. »Sonst wäre ich jetzt in Schwierigkeiten.«

»Was immer es ist«, erwiderte Avide ernst. »Ich habe es nicht getan.«

Die alte Lehrerin nickte. »Wissen Sie, wie viele Schüler ich im Laufe von vierzig Jahren Lehrtätigkeit hatte? Es waren sehr viele. Und bei den meisten habe ich schon am ersten Tag gewusst, was ich von ihnen zu erwarten hatte. Ein Blick in die Augen genügt mir. Und ich habe selten daneben gelegen. Sie, Monsieur St. Cyr, sind ganz entschieden keiner von denen, die ständig Ärger machen, den Unterricht stören und nie aufpassen.«

Avide musste lächeln.

Der Blick der alten Frau ging zu dem Schwarzweißporträt eines fröhlichen, etwa achtjährigen Jungen, das in einem Silberrahmen auf einem kleinen Tisch neben dem Sofa stand. Sie wirkte plötzlich wehmütig. »Damals im Krieg habe ich meinen Bruder nicht beschützen können vor den Häschern der Nazis. Das habe ich mir ein Leben lang vorgeworfen. Vielleicht kann ich jetzt ein bisschen davon wiedergutmachen.« Sie sah zu Avide. »Also enttäuschen Sie mich nicht. Was haben Sie jetzt vor?«

Er fuhr sich mit der gesunden Hand über die Stirn. »Vielleicht sollte ich mich wirklich stellen.«

Ein heftiges Klopfen an der Tür unterbrach sie.

Sie tauschten einen langen Blick. Aurélia Lémornand stand auf und hielt ihn mit ausgestrecktem Arm zurück, es ihr nachzumachen. Mit festem Schritt und durchgedrücktem Rücken verließ sie das Zimmer.

»Ja, bitte?«

Es war Monsieur Fantin und hinter ihm einige der anderen Nachbarn, die neugierig über seine Schulter in die Diele starrten.

»Monsieur St. Cyr, er ist doch bei Ihnen, Madame. Er ist es, den die Polizei sucht!«

»Ich weiß nicht, was Sie meinen«, sagte sie mit fester Stimme.

»Aber Madame!«, empörte sich Monsieur Fantin. »Wir haben ihn doch alle gesehen!«

Weiter kam er nicht. Die zwei Beamten der französischen Polizei hatten sich durch die Menge gekämpft und schoben die alte Lehrerin mit sanfter Gewalt zur Seite.

Sie durchsuchten alle Zimmer – und trafen ohne Avide in der Diele wieder zusammen.

»Wo ist er, Madame?«

Aurélia Lémornand reckte den Kopf in die Höhe und hielt dem Blick der beiden stand. »Ich weiß es nicht.«

»Dieser Mann steht in Deutschland auf der Fahndungsliste. Er wird wegen Verdacht auf Mord und schweren Raub gesucht.«

Die Farbe wich aus dem Gesicht der alten Frau. »Ich weiß es nicht«, wiederholte sie.

39

Willi Ferse schreckte hoch, als plötzlich jemand gegen das Seitenfenster des Autos klopfte. Es hatte wieder angefangen zu regnen, die Dunkelheit und das Trommeln des Regens auf dem Autodach hatten ihn dazu verleitet, ein wenig zu dösen und seine Gedanken schweifen zu lassen. Er kurbelte das Seitenfenster herunter. »Komm rein, Kleines. Du wirst ja ganz nass.«

Elise kam der Aufforderung nach. Es war kalt im Auto und klamm.

»Bist du auch warm genug angezogen?«, fragte sie mit einem skeptischen Blick auf Ferses dünne Windjacke.

»Hab einen dicken Pullover drunter. Und das natürlich.« Er holte einen silbernen Flachmann aus der Innentasche seiner Jacke und hielt ihn ihr entgegen.

»Nein danke.«

Ferse schraubte den Flachmann auf und nahm einen kräftigen Schluck. »Weiß eigentlich jemand davon, dass ich hier bin?« Er blickte aus der Frontscheibe hinaus auf die Straße.

»Niemand.«

»Also ein Alleingang.«

»So allein wie nie zuvor.«

»Machst du Dummheiten?«

»Ich weiß es nicht, Willi.«

»Ich mache mir Sorgen.«

»Ich weiß.«

»Ist das hier eine Überwachung oder eine Bewachung? Du weißt, ich steh auf Nuancen.«

»Ein bisschen von beidem?«, fragte Elise unsicher.

Ferse brummte undeutlich etwas, das sie nicht verstand. »Irgendwann bricht dir das noch mal den Hals, Kleines«, fügte er laut hinzu.

»Ich weiß.«

»Es gibt Leute, die stehn nicht auf Nuancen, so wie ich.«

»Ja.«

»Schwarz oder weiß. Ja oder nein. Kein Grau, kein Dazwischen, kein Verstehen.«

»Aber genau dort liegt die Wahrheit, Willi. Genau dort. Das ist nichts Festes, nichts klar Umrissenes. Das ist diffus, neblig – grau und vage.«

»Hm.«

Sie erinnerte sich an den Einsatz vor zehn Jahren, als wäre es gestern gewesen. Zwei junge Streifenpolizisten und eine Bande von Gelegenheitsdieben, die ihnen nicht nur zahlenmäßig haushoch überlegen gewesen waren. Die Situation wäre eskaliert, hätte Willi Ferse nicht eingegriffen und ihr und ihrem Kollegen damit das Leben gerettet. Gewalt war nie sein Ding gewesen. Er stand auf Nuancen. Beim Prozess hatte sie sich für ihn eingesetzt. Die Strafe war milder ausgefallen als erwartet. Nach seiner Entlassung hatte Elise versucht, ihm einen Job zu verschaffen, was schwierig genug gewesen war. Ein Detektivbüro hatte ihn schließlich eingestellt und seine »speziellen Fähigkeiten« zu schätzen gewusst. Nach dem gewaltsamen Tod des Besitzers hatte Ferse erst die Witwe, dann auch das Geschäft übernommen.

Unzählige Male hatte er ihr seitdem geholfen, sich seiner Kontakte zur Untergrundszene bedient, die Ohren offen gehalten, Überwachungen übernommen, alles außerhalb der Dienstordnung – nur Widmer wusste von ihm. Für Elise war Willi Ferse eine kostbare Ressource, die sie angriff, wenn sie es für nötig hielt.

Er hatte sich weder gewundert noch Fragen gestellt – das tat er nie –, als Elise ihn an diesem Nachmittag angerufen und gebeten hatte, eine Überwachung zu übernehmen.

»Irgendetwas Besonderes?« Sie blickte durch die nasse Scheibe die Straße entlang. Einige der Fenster waren hell erleuchtet. Die wenigen Laternen spendeten ein diffuses Licht.

»Nichts. Absolut tote Hose.«

»Vielleicht spinne ich.«

»Vielleicht.« Sein markantes Profil, seine stark hervorspringende Nase, das energische Kinn mit dem Grübchen, die tiefen Falten, die sich von der Nasenwurzel bis zu den Mundwinkeln herabzogen, hoben sich als heller Fleck im Halbdunkel ab. Die dünnen Spitzen seines üppigen Schnurrbarts zitterten leicht. Elise fragte sich, was in seinem Kopf vorging. Was dachte er? Es war schwer, sich in ihn hineinzuversetzen, er konnte sehr verschlossen sein.

»Wie lange willst du, dass ich ihn beobachte?«

»Nur ein oder zwei Tage.«

Der Detektiv zündete sich eine Zigarette an. Das rote Ende glomm in der Dunkelheit. Der Rauch erfüllte den Innenraum des Wagens.

»Wenn er das Haus verlässt«, sagte Elise langsam, noch immer nach vorn auf die Straße starrend, »folge ihm.«

»Wie du meinst.«

Sie strich ihm sanft mit der Hand über die Wange. »Ich danke dir. Du hast ja meine Handynummer. Sobald was ist, ruf mich an.«

Elise öffnete die Wagentür und stieg aus. Die Feuchtigkeit legte sich wie ein Schleier auf ihr Gesicht. Sie ging ein paar Schritte die Straße entlang, die Arme vor der Brust verschränkt, und blickte an den Häuserfassaden empor. Vor einem der Häuser blieb sie stehen. Ihr Blick richtete sich auf die zweite Etage. Vor die Fenster waren sorgfältig Vorhänge gezogen, und lediglich durch ein paar Ritzen drang Licht, das die Räume dahinter erhellte, nach außen.

40

Der kühle Nordwind ließ ihn frösteln. Er hatte den Bademantel zurückgelassen und war nur noch mit einem dünnen Oberhemd bekleidet. Seine Kopfschmerzen brachten ihn beinahe um. Eine Taube flog auf das Eisengeländer von Monsieur und Madame Bischoffs kleinem Balkon und beäugte ihn neugierig mit schief gelegtem Kopf. Er hörte, wie über ihm jemand auf den Balkon von Madame Lémornand trat. Wahrscheinlich einer der Polizisten. Eine glimmende, halb gerauchte Zigarette flog über das Geländer.

»Rien.«

»Merde!«

Avide zog die Beine an und kauerte sich in die hinterste Ecke. Er zitterte am ganzen Körper. Und das nicht nur wegen der Kälte. Die Entscheidung, über das Geländer des Balkons seiner Nachbarin zu steigen und sich auf den darunter gelegenen Balkon fallen zu lassen, hatte seinen ganzen Mut erfordert. Das Wohnzimmer der Bischoffs hinter ihm lag im Dunklen. Entweder sie waren nicht zu Hause oder, wie die anderen Hausbewohner, draußen auf dem Flur. Er hörte über sich wenige Schritte und das Klappen der Balkontür. Er wartete noch einen Augenblick, wuchtete sich dann hoch und versuchte, hinter der Gardine, die vor die Balkontür gezogen war, etwas zu erkennen. Dabei achtete er sorgfältig darauf, nicht zu weit aus dem Schatten des Balkons über ihm und nicht zu nah an das Eisengeländer zu gehen, falls noch weitere Polizisten unten auf der Straße standen und das Haus beobachteten.

Alles war ruhig. Er sah sich suchend um und fand in einem Blumentopf einen faustgroßen Kieselstein. Die Taube hinter ihm auf dem Balkongeländer beobachtete ihn interessiert und gurrte leise dabei.

»Mach das bloß nicht mal nach«, sagte er leise zu ihr wie zu einem Kind, hob den Stein und schlug damit gegen das kleinere Fenster neben der Balkontür.

Das Zersplittern des Glases kam ihm so laut vor, dass er glaubte, man müsse es in ganz Paris gehört haben. Er fischte mit spitzen Fingern einige zurückgebliebene Splitter aus dem Rahmen und stieg ins Wohnzimmer. Unter seinen Füßen knirschte Glas. Unter der Tür zur Diele leuchtete ein schwacher Lichtschein.

Avide durchquerte das Wohnzimmer und öffnete vorsichtig die Tür einen Spalt. Alles ruhig. Er trat hinaus und ging zur Wohnungstür, holte tief Luft und drückte die Klinke herunter. Die beiden hatten sie nur zugezogen, nicht abgeschlossen, als sie zu den anderen in den Hausflur gegangen waren.

Auch diese Tür öffnete er nur einen Spalt und horchte. Die Hausbewohner befanden sich noch immer laut plappernd in der dritten Etage, jetzt, durch Madame Lémornands beherztes Engagement für ihn, um eine weitere Attraktion in dieser Nacht reicher. Er schlüpfte leise hinaus, ging bis zur Treppe und lief in den ersten Stock hinunter. Jetzt war er froh, dass er nur noch Socken anhatte. Er hörte Schritte und Getrappel, die Gruppe im dritten Stock löste sich auf, um wieder in ihre Betten zu gehen. Er musste sich beeilen. Er war bereits auf der

Treppe ins Erdgeschoss, als er einen langen Schatten bemerkte. Jemand stand vor der verglasten Haustür. Er ging so leise wie möglich noch einige Stufen hinunter und sah einen breitschultrigen Mann, der mit dem Rücken zu ihm vor der Tür stand und hinaus auf die Straße starrte. Er setzte alles auf eine Karte, hielt die Luft an, stieg die letzten Stufen hinab und legte die wenigen Meter Flur bis zur Kellertreppe im Spurt zurück. Erst das Öffnen der Kellertür machte den Mann vor der Haustür aufmerksam.

Während Avide die Kellertreppe hinunterstürmte, hörte er hinter sich lautes Rufen und schnelle Schritte. Er rannte den Gang entlang bis zu einer alten, hellblau gestrichenen Eisentür, noch übrig geblieben aus Kriegstagen, hinter der bereits das Nachbarhaus lag, öffnete die altertümlichen Schieberiegel, riss die Tür auf und lief dann aber linker Hand in den schmalen Gang, der zu den Kellern führte. Eine Wohnung im Haus stand leer, der dazugehörige Keller war nicht abgeschlossen.

Das Licht ging an. Sie kamen zu zweit und stürmten, wie er gehofft hatte, in den Gang hinter der Luftschutztür.

Schnell schlüpfte er aus seinem Versteck, lief zurück zur Tür, schlug sie mit lautem Krachen zu und schob die Riegel wieder vor. Er nahm den gleichen Weg zurück, den er gekommen war. Durch ein kleines Fenster in der Tür zum Innenhof sah er einen weiteren Beamten, der auf das Haus zurannte. Also durch die Haustür auf die Straße hinaus. Es war ein Risiko, aber er musste es eingehen. Er lief, ohne sich umzuschauen. Seine Füße schmerzten vom harten Asphalt. Er rannte bis zum Canal St. Martin, wo, wie er es erwartet hatte, zahlreiche Menschen flanierten. Er mischte sich unter sie. Am Canal trafen sich viele Alternative und Jugendliche, die ein viel kreativeres Aussehen zur Schau trugen, als er es gerade bot. Auch auf Socken fiel er nicht auf. Nachdem Avide ein Stück gelaufen war, setzte er sich auf ein schmales Rasenstück, unweit eines jungen Pärchens, das aneinandergekuschelt einen Joint genoss, und ließ sich, vollkommen außer Atem, nach hinten fallen.

Zum Glück hatte er sein Handy in der Hosentasche und nicht im Jackett, das noch immer, zusammen mit dem Koffer, in Madame Lémornands Schrank auf dem Dachboden lag. Er wählte eine Nummer und wartete. »Frédéric? Nie war ich froher, dich zu hören. Was? Ja, ich bin gejoggt. Ich muss dich um einen Gefallen bitten. Ich brauche ein Zimmer für diese Nacht, aber ohne Anmeldung. Geht das? Du bist ein Schatz. Könntest du mir etwas Verbandszeug, ein paar Schmerztabletten und ein paar frische Sachen, Hose, Hemd, Jacke und Unterwäsche, auf das Zimmer legen? Wunderbar. Und ein Paar Schuhe. Bitte frag jetzt nichts. Ich bin in einer halben Stunde da.«

Er ließ sich wieder nach hinten fallen und beobachtete den Zug der Wolken, die sich, trotz der Dunkelheit, hell vor dem Nachthimmel abzeichneten. Er war so erschöpft, dass er auf der Stelle hätte einschlafen können. Nach zehn Minuten rappelte er sich hoch und ging zur Straße hinauf. Er fasste in seine linke Hosentasche und zog ein paar Scheine hervor. Knapp, aber es würde reichen. Er winkte ein vorbeifahrendes Taxi heran und stieg ein. Sein ganzer Körper schmerzte, ihm war schlecht, und irgendwie schien sich alles um ihm herum zu drehen.

Während der Fahrt blickte er mehrmals unsicher aus dem Rückfenster. Sie fuhren die langgezogene Rue du Faubourg Saint Martin entlang, vorbei am Gare de L'Est, bogen dann hinter der Porte St. Martin auf den Boulevard St. Denis ein. Weiter ging es auf dem Boulevard de Bonne Nouvelle, dem Boulevard Poissonnière und dem Boulevard Montmartre bis zur großen Kreuzung Boulevard Hausmann/Boulevard des Italiens. Das Geld reichte nicht für eine Weiterfahrt. Er ließ den Fahrer an der Bibliothèque Nationale halten, bezahlte und stieg aus.

Auf Socken, was eine ganz neue Erfahrung war, lief er die Rue de Richelieu hinunter, vorbei am Palais Royale und der Comédie Française bis zum Place Colette, bog dann rechts ab und ging ein Stück die Avenue de L'Opéra hinauf bis zur Rue de L'Echelle.

Dort, an der Ecke Rue de L'Echelle/Rue Saint Honoré, lag das exklusive Hotel Normandy, das Ziel seiner Reise.

41

Elise verharrte noch einen Augenblick in Gedanken versunken, dann stieg sie in ihren Wagen und fuhr langsam die Straße hinauf.

Es war nicht viel Verkehr, und kaum eine Viertelstunde später stand sie vor dem Haus, in dem Karl Leuwang gewohnt hatte – und in dem er gestorben war.

Die meisten Fenster waren erleuchtet. Der Hauseingang lag allerdings im Dunkeln. Die Namen auf den Schildern unter den Klingelknöpfen waren nicht zu erkennen. Elise drückte auf den obersten Knopf. Es dauerte einen Moment, dann drückte jemand auf. Es roch noch immer muffig in dem dunklen Hausflur. Sie betätigte den Lichtschalter und begann den Aufstieg unter das Dach.

Ein junger Mann, Mitte zwanzig vielleicht, mit schulterlangem, dunkelblondem Haar, das Elise an die späten Siebzigerjahre erinnerte, in eine verwaschene Jeans und ein weißes T-Shirt gekleidet, stand im Türrahmen und beäugte sie misstrauisch. Auf dem rechten Arm lugte das Ende eines Tattoos unter dem Ärmel hervor, das sich wahrscheinlich bis zur Schulter hinaufzog. Er war barfuß.

»Sie erkälten sich«, sagte Elise und deutete auf die bloßen Füße.

»Ist gesund«, sagte der Jüngling.

»Ich verstehe. Kann ich Mia sprechen?«

»Warum?« Er verschränkte die Arme vor der Brust und bewegte sich keinen Millimeter.

»Das sag ich ihr dann persönlich.«

Hinter dem Blonden begann es zu rumoren, und plötzlich erschien Mias Kopf neben dem rechten Arm.

»Sie?« Ihre hübschen Augen hinter den runden Brillengläsern weiteten sich.

»Ich. Kann ich reinkommen?«

Mia nickte und schob den Blonden ein wenig zur Seite. Elise schlüpfte an ihm vorbei in die Wohnung.

»Ihr Zerberus ist aber streng«, sagte sie, nachdem Mia die Wohnungstür hinter ihnen geschlossen hatte.

»Ist schon o.k. Seit Freddi weg ist, passt Matthias ein bisschen auf mich auf.«

Der junge Mann ging langsam an den beiden vorbei den Flur entlang und verschwand in einem der Zimmer.

Der Flur war nur mit wenigen Möbeln ausgestattet, die wahrscheinlich allesamt vom Sperrmüll und mit bunter Farbe angemalt waren.

»Kommen Sie.« Sie führte Elise in den Raum, in dem schon Matthias verschwunden war. Es war die Küche. Kein Teil passte zum anderen, und dennoch strahlte der Raum eine behagliche Atmosphäre aus. Eine Katze sprang von einem der Stühle, die um einen alten Holztisch herum gruppiert waren, und am Herd stand eine schlanke junge Frau mit hüftlangen schwarzen Haaren und rührte mit einem Holzlöffel in einem großen Topf. Auf dem Tisch war für drei Personen gedeckt.

»Möchten Sie Grünkernsuppe?«, fragte Mia. »Isabell macht grad welche.«

»Ja, gern.«

Sie machte sich an einem Küchenschrank zu schaffen und holte einen weiteren Teller und Besteck hervor. Die junge Frau am Herd maß Elise mit einem kritischen Blick. Matthias blieb im Hintergrund und spielte am Boden mit der Katze.

»Ich habe nicht erwartet, dass Sie kommen«, sagte Mia und rückte ihr einen Stuhl zurecht.

»Du bist von der Polizei?« Matthias stand auf und sah sie aus hübschen dunkelgrünen Augen skeptisch an.

»Schuldig«, sagte Elise und setzte sich. Ihre feuchten Sachen klebten ihr am Körper, und die Wärme, die der Herd verbreitete, tat ihr gut.

»Wir wollten nicht, dass Mia zur Polizei geht«, sagte die junge Frau am Herd, die Mia Isabell genannt hatte, ohne sich zu Elise umzudrehen. Sie rührte mit gleichmäßigen Bewegungen in dem Topf, aus dem ein verführerischer Duft nach frischen Kräutern aufstieg. Mia setzte sich zu ihr an den Tisch und blickte scheu zu Boden.

»Aber es war richtig, dass sie es trotzdem getan hat«, sagte Elise.

»Da kommt nichts Gutes bei raus«, warf Matthias ein. »Für Leute wie uns rührt ihr eh keinen Finger.«

»Aber Leute wie ihr seid anscheinend nicht gefeit gegen Vorurteile.«

»Wir können uns selbst helfen.«

Isabell nahm den Topf vom Herd, um den sie ein buntgemustertes Küchenhandtuch gewunden hatte, und stellte ihn in die Mitte des Tisches auf ein Holzbrett. Für einen Augenblick trat eine unangenehme Stille ein. Mia ergriff eine Schöpfkelle und begann die Teller zu füllen.

»Ich versteh euch ja. Aber euer Gras interessiert mich nicht. Ich bin hier wegen Freddi.«

»Freddi geht es gut«, meinte Isabell.

»Mia scheint da anderer Meinung zu sein.«

»Mia ist ein bisschen hysterisch und übertreibt«, sagte Matthias. »Das ist so.«

Schweigend begannen alle vier zu essen.

Die Hauptkommissarin blickte immer wieder hoch und beobachtete die drei jungen Leute, die den Blick starr auf ihre Teller gerichtet hatten. Die beiden machten sich genauso große Sorgen um Freddi wie Mia. Das sah sie ihren Gesichtern an.

»Unser Gerichtsmediziner hat bestätigt, dass Karl Leuwang keines natürlichen Todes gestorben ist«, bemerkte sie fast wie zu sich selbst. »Das Herzversagen war das Resultat von Misshandlungen. Jemand hat ihn totgeschlagen.«

Die drei jungen Leute sahen von ihren Tellern hoch und blickten sich an.

»Aber warum sollte jemand das tun?«, fragte Isabell. Sie zog sich die Strickstola, die sie über dem bodenlangen schwarzen Leinenkleid trug, enger um die Schultern, als friere sie plötzlich. »Er war doch so harmlos und ist kaum aus dem Haus gegangen.«

»Und Geld hatte er auch keins«, ergänzte Matthias. »Ich weiß jedenfalls von nichts.«

»Ein harmloser alter Mann«, wiederholte Elise leise. »Und doch hat ihn jemand geschlagen und misshandelt, bis er tot war.« Sie dachte an die Wand in Leuwangs Arbeitszimmer. Die Wand hinter dem Vorhang. Die Wand, von der keiner von ihnen etwas wusste.

»Ich glaube, dass er in etwas verwickelt war, dessen Ursprünge weit in die Vergangenheit zurückreichen. Hat einer von euch jemals den Namen Hugo Winters aus seinem Mund gehört?«

Alle drei schüttelten fast gleichzeitig den Kopf.

»Vielleicht Freddi«, sagte Matthias. »Der hatte von uns allen den besten Kontakt zu ihm.«

Elise nickte nachdenklich.

»Glauben Sie, dass das alles auch etwas mit dem zu tun hat, was Freddi für ihn erledigen sollte?«, fragte Mia, und sie konnte nicht verhindern, dass die Angst, die sie empfand, in ihrer Stimme mitschwang.

Elise wartete einen Augenblick, bevor sie antwortete: »Ja, das glaube ich. Ich bin überzeugt, dass da ein Zusammenhang besteht zwischen Karls Ermordung und Freddis Verschwinden. Wir wissen, dass er in der Villa eines sehr reichen Mannes vorstellig wurde, der ebenfalls tot ist. Hugo Winters. Was kann er dort gewollt haben?«

Sie sah, wie Mia blass wurde. Die junge Frau legte den Löffel neben den Teller und unwillkürlich eine Hand auf ihren Bauch. Keiner von den dreien sagte ein Wort.

Elise wandte sich an Isabell und Matthias. »Versteht ihr jetzt, dass es gut war, dass Mia zu uns gekommen ist? Ich glaube, der harmlose Alte, den ihr gekannt habt, hatte ein Geheimnis. Eines oder mehrere, und ich glaube, er hat versucht, aus diesem Wissen etwas Kapital zu schlagen. Vielleicht um Mia, Freddi und das Kind unterstützen zu können, vielleicht aus anderen Gründen.«

»Was kann denn so einer schon wissen«, warf Matthias mürrisch ein.

»Leuwang war nicht immer so, wie ihr ihn gekannt habt. Er hat vor dem Krieg wohl als Journalist gearbeitet. Für die Nazis, wie wir glauben.«

»Er hat uns immer erzählt, dass er in Russland war«, sagte Isabell.

»Später, im Krieg.«

»Aber die alten Geschichten, wen interessiert denn das heute noch?«

»Einen gibt es.«

Wieder trat Stille ein, diesmal eine unheilschwangere, bedrückende Stille. Mia saß auf ihrem Stuhl, die Arme fest vor den Bauch gepresst.

»Ich frage euch nochmal, was ich Mia schon gefragt habe: Ist euch irgendetwas Besonderes aufgefallen in letzter Zeit? Selbst wenn es euch vielleicht unbedeutend erscheint. Denkt darüber nach.«

»Er war verschlossener, mürrischer«, fand Matthias.

Isabell nickte. »Ja, irgendwas hatte er.«

»Hatte er außer mit euch noch mit jemandem Kontakt?«

»Nein.« Mia war sich sicher.

»Aber er bekam in letzter Zeit Post«, sagte Isabell. »Und Freddi musste ihn einmal irgendwo hinfahren, weil er allein Angst hatte. Nicht mal mit einem Taxi wollte er fahren. Das sei zu teuer, hat er Freddi gesagt. Muss wohl eine längere Strecke gewesen sein. Freddi hat sich dann von einem Kumpel den Wagen geliehen.«

Elises Aufmerksamkeit war geweckt. »Wann war das?«

»Davon wusste ich nichts«, beteuerte Mia.

»Als du für zwei Tage in Amsterdam warst. So vor zehn Tagen«, sagte Matthias.

»Und Freddi hat nicht gesagt, wohin er Karl gefahren hat?«

Beide schüttelten den Kopf.

»Isabell, du sagst, er hätte Post bekommen. Von wem? Wie oft?«

»Ich weiß nur von zwei Briefen. Die habe ich aus dem Briefkasten geholt. Ich habe nur flüchtig drauf geschaut. Kein Absender, und die Adresse war von Hand geschrieben. Vor ungefähr drei Wochen kam der Erste.«

»Sie rochen komisch«, sagte Matthias. »Ich hab ihm auch mal einen gebracht.«

»Wie, sie rochen komisch?«

»Na ja, so nach – Desinfektionsmitteln. Komisch eben.«

»Ist mir nicht aufgefallen.« Isabell blickte skeptisch.

»Also drei«, rechnete Elise. »Vielleicht noch mehr.«

Matthias stand auf und brachte seinen Teller zur Spüle neben dem Herd. »Stimmt schon, er hat ziemlich geheimnisvoll getan in letzter Zeit«, sagte er. »Von den Briefen hat er jedenfalls nichts erzählt. Ich meine, wer ihm geschrieben hat und so.«

»Ich weiß zu wenig über Leuwangs Vergangenheit«, sagte Elise seufzend.

»Er war nach dem Krieg bis zu seiner Pensionierung bei einer großen Firma angestellt. Ich glaub, er war da so eine Art Mädchen für alles, Hausmeister, Portier, Fahrer für den Konzernchef. Nichts Spannendes«, sagte Mia. »Das hat er Freddi jedenfalls erzählt.«

»Wisst ihr, bei welcher Firma er war?«

Isabell nickte. »Wagner-Werke hießen die. Ich glaub, die stellen Düngemittel her oder so was.«

Die drei jungen Leute starrten Elise an, die wie versteinert auf ihrem Stuhl saß.

»Hilft Ihnen das?«, fragte Mia.

»Ich weiß nicht«, sagte sie langsam. »Ich weiß es nicht …«

Eine Viertelstunde später saß Elise wieder in der Kälte ihres Wagens und starrte hinaus in den Regen. Die Tropfen fielen als helle Punkte vom nachtschwarzen Himmel herab. Sie zog vorsichtig das Gummiband von dem schmuddeligen Buch mit dem abgewetzten Leineneinband, das sie in der Hand hielt, und sah dabei Mias Gesicht vor sich, die es ihr mit einem gequälten Gesichtsausdruck gegeben hatte. Sie hatte es heimlich im Hausflur getan, im Hinausgehen, ohne dass die anderen es mitbekamen. »Freddi hat ständig was hineingeschrieben. Ich weiß nicht, ob es was hilft, aber vielleicht hat er ja was über Karl geschrieben oder was er für ihn erledigen sollte. Alles andere müssen Sie überlesen, das müssen Sie mir versprechen.«

Elise tat es lächelnd. Sie ahnte, wie schwer es Mia fallen musste, das Buch aus der Hand zu geben.

»Und ich will es wieder«, sagte die junge Frau, und eine Träne löste sich dabei aus dem linken Auge und rann ihr über die Wange.

Elise hatte sie spontan in den Arm genommen. Sie konnte ihr die Angst um Freddi nicht nehmen, doch sie konnte versuchen, ihr das Gefühl zu vermitteln, dass er nicht einfach nur eine Karteileiche sein würde, dessen Verschwinden bald niemanden mehr kümmerte. Sie blätterte einige Seiten durch. Es war eine Art Tagebuch, geschrieben in sauberer, etwas kindlicher Schrift. Mia fand oft Erwähnung, Freddi schien sie wirklich zu lieben. Es waren auch einige Bleistiftskizzen von ihr im Buch, die mit geübter Hand gefertigt waren. Auf einer Seite, es musste der Tag vor zwei Wochen gewesen sein, als Mia ihm gesagt hatte, dass sie schwanger war, prangte nur ein Wort, in Rot geschrieben und mehrmals umkringelt: BABY!!!!!!!

Elise lächelte. Sie las weiter, fand die Stellen, in der Leuwang erwähnt wurde:

»Karl benimmt sich komisch. Er ist verschlossen. Ob er krank ist?«

»Habe Karl gesagt, dass Mia schwanger ist. Er freut sich. War richtig ausgelassen.

»Er hat gesagt, dass er uns helfen will. Keine Ahnung, was er meint. Er ist komisch.«

»Karl bekommt plötzlich Post. Er sagt mir nicht, von wem. Er hat mich gefragt, ob ich Zeit für ihn hätte. Er müsste etwas erledigen. Aber ich darf niemandem etwas sagen …«

»Ich weiß jetzt, was Karl vorhat. Er hat mir alles erzählt. Es gibt so vieles, was wir nicht von ihm wussten … Ich kann den anderen nichts davon erzählen …«

»Er ist verrückt geworden. Ich habe versucht es ihm auszureden, aber nur halbherzig. Ich muss an Mia und das Baby denken …«

»Er hat ihn mir heute gezeigt. Wahnsinn! Er sagt, er wäre vielen Leuten viel Geld wert. Kann ich mir nicht vorstellen. So ein altes Ding. Aber wenn Karl es sagt …«

»Wir waren in Essen. Ich habe Karl in die Uniklinik gebracht, wie er es wollte, und draußen gewartet. Habe mir die Zeit mit Zeichnen vertrieben. Als er zurückkam, war Karl ziemlich fertig. Ich mache mir Sorgen um ihn. Er sieht schlecht aus. Er hat sich zu viel zugemutet …«

42

Er sah sich in der Lobby des Hotels um. Frédéric Fontaine erwartete ihn bereits an der Rezeption. Der schlanke Hotelmanager, auch um diese Tageszeit noch perfekt in einen eleganten dunkelgrauen Anzug mit altrosafarbener Seidenkrawatte gekleidet, ließ den Blick besorgt an Avide auf und ab gleiten. An den Füßen blieb er haften.

»Das ist nicht dein Ernst«, sagte er.

»Ich weiß«, erwiderte Avide entschuldigend. »Es ist eine lange Geschichte.«

»Das glaube ich dir aufs Wort.«

»Ich brauche eine heiße Dusche und ein Bett.«

Fontaine nickte. »Mehr als du denkst. Ich habe alles arrangiert.« Er zog einen Zimmerschlüssel aus der Jacketttasche und gab ihn Avide.

»Danke, Frédéric. Ich erkläre es dir später.«

»Schon gut.«

Er ging zu den Aufzügen und spürte dabei Fontaines fragenden Blick, der in seinem Rücken brannte. Erst als er die Tür seines Zimmers hinter sich schloss, fiel die ganze Anspannung von ihm ab, und er sackte regelrecht in sich zusammen.

Die Luft war dunstig und unangenehm feucht. Elise war froh, als sie endlich den Schlüssel ins Schloss der Wohnungstür stecken konnte.

Sie fand Birte in der Küche, wo sie sich gerade Tee kochte. Die junge Frau lächelte bei der schuldbewussten Miene, die Elise zur Schau trug.

»Tee?«, fragte sie unbekümmert.

»Gern.« Elise setzte sich an den Küchentisch.

Wie oft hatte sie die junge Schwedin das schon sagen hören, und es hatte irgendwie eine beruhigende Wirkung auf sie.

Birte kam mit zwei großen dampfenden Tassen zum Tisch und setzte sich. Auf ihrem kurzen blonden Haar, das ihr rundliches, gutmütiges Gesicht mit den großen hellen Augen einrahmte, fing sich das Licht der Küchenlampe, und es sah fast so aus, als wäre es aus Gold.

Sie waren sich bei Ermittlungen zu einem Fall begegnet. Birte Trinessen, eine ausgebildete Krankenpflegerin auf der Suche nach einem Job und die junge Beamtin, die dringend professionelle Hilfe brauchte. Die beiden jungen Frauen verstanden sich auf Anhieb, und Birte willigte ein, sich mit Elise Sophies Pflege zu teilen. Ein weiterer glücklicher Umstand war die Tatsache, dass gerade in dieser Zeit im Dachgeschoss des Hauses ein kleines Apartment frei wurde und sie den Besitzer dazu überreden konnte, es an Birte zu vermieten. So war die junge Schwedin im Notfall immer verfügbar, ein Umstand, der in Elises Beruf unausweichlich kommen würde.

Die Pflegerin sah sie mit besorgter Miene an. »Du bist müde. Was hast du heute gegessen? Ich könnte dir noch eine Kleinigkeit machen.«

»Du hast schon genug getan. Danke, Birte. Wie immer, danke.«

»Das ist geklärt zwischen uns. Das weißt du doch.«

»Wie geht es Sophie?«

»Der Tag war etwas schwierig. Sie hat Kreislaufprobleme. Aber es geht ihr gut.« Sie stand auf und ging zum Kühlschrank. »Ich mache dir ein Omelett. Das wird dich aufmuntern.«

Elise nickte dankbar.

Dritter Tag

1

Halb neun. Die Sonne war herausgekommen und hatte die Regenwolken vom Vortag vorübergehend verscheucht. Dennoch war die Luftfeuchtigkeit hoch, und die Luft war frisch.

Bevor sie in Willi Ferses Wagen stieg, klopfte Elise gegen die Windschutzscheibe. Der Detektiv hatte sie schon von Weitem gesehen. Sie kramte aus einem Leinensack eine Thermosflache mit heißem Kaffee und zwei belegte Brötchen hervor.

»Wie war die Nacht?«

»Ruhig. Aber etwas beschäftigt ihn. Er war lange auf. Ich habe seine Silhouette hinter dem Vorhang auf und ab gehen sehen. Unruhig wie ein Tiger im Käfig.«

Elise überlegte, was sie mit dieser Information anfangen konnte.

»Einer von meinen Hilfssheriffs kommt gleich und löst mich ab. Er ist in Ordnung.«

Kurz darauf saß sie wieder in ihrem eigenen Wagen und fuhr Richtung Innenstadt.

Auch hinter ihr lag eine unruhige Nacht mit wirren Träumen und beklemmenden Angstzuständen, die ihre Ursache in der Vergangenheit hatten. Lange hatte sie Ruhe gehabt, jetzt, vielleicht durch den komplexen Fall, an dem sie arbeitete, brachen verschüttet geglaubte Traumata wieder an die Oberfläche.

Elise atmete tief durch. Sie kannte diesen schwebenden Zustand, als wolle man zu einer langen Wanderung aufbrechen, habe sich aber noch nicht für eine Richtung entschieden, wusste, es lag allein an ihr, ob es abwärts oder aufwärts ging, und durfte sich jetzt nicht von bestimmten Gefühlen beherrschen lassen, besonders nicht von dem Gefühl der Ohnmacht, des Versagens. Sie fühlte sich nicht überfordert, auch wenn ihr Unterbewusstsein vielleicht versuchte ihr genau das zu suggerieren. Es gab Zeiten, in denen sie das Meer des Unterbewussten im Griff hatte und mit beiden Beinen fest auf diesen Planken stand. Und es würde immer wieder auch andere Zeiten geben, in denen das Meer stürmisch war und der Untergrund, auf dem sie stand, schlingerte. Elise hatte an Sophies Blick erkannt, dass sie ahnte, was sich anbahnte. Die alte Frau kannte sie so gut wie keine andere. Sie hatte nichts gesagt, wusste, Elise würde es selbst bemerken.

Im Büro erwartete sie bereits ein strahlender Michael Widmer.

»Wie kann man schon so frühmorgens so guter Laune sein?« Sie beäugte ihn skeptisch.

»Ich habe Ludger heute Morgen schon zum Flughafen gebracht. Er muss für zwei Tage nach Wien.«

»Also sturmfreie Bude.«

»So war das nicht gemeint. Aber – keine schlechte Idee ...«

»Ich hau dir auf die Pfoten.«

»Ich hatte schon Frankreich an der Schnur heute Morgen«, sagte er aufgeräumt. »Du hattest recht. Dieser St. Cyr hat ein Apartment in der Rue Louis Blanc. Die haben sich auf die Lauer gelegt, und er ist ihnen abgehauen.«

»Nein!«

»Doch. Glitschig wie ein Aal, unser kleiner Grieche.«

Es war zum Verzweifeln. Sie stellte sich vor die Pinnwand und ließ ihren Blick darüber schweifen. »Dafür ist er jetzt in Frankreich auch nicht mehr sicher.«

»Was ist mit diesem Weidenmann?«, fragte Widmer. »Wie weit steckt der drin in dieser Sache?«

Elise musste an Willi Ferses Worte denken: »Unruhig wie ein Tiger im Käfig.«

»Den habe ich im Griff«, sagte sie, ohne den Blick von der Pinnwand zu nehmen.

»Soll heißen?«, fragte Widmer ungeduldig. »Du führst dich auf wie eine Sphinx!«

»Ich war gestern noch einmal bei Mia und ihren Mitbewohnern.«

Widmer folgte ihrem Blick.

»Sie hat mir etwas von Freddi gegeben, eine Art Tagebuch. Ich bin sicher, die beiden haben versucht, jemanden zu erpressen oder zumindest etwas, von dem sie dachten, es könne wertvoll sein, zu verkaufen.«

»Aber was könnte das sein?«

»Ich weiß es nicht, aber wenn wir es herauskriegen, davon bin ich überzeugt, sind wir einen Schritt weiter. Leuwang hat plötzlich Briefe bekommen. Und ich glaube, sie sind in einem Krankenhaus geschrieben worden. Einem der drei WGler ist ein Geruch nach Desinfektionsmitteln aufgefallen, der dem Brief anhaftete. Freddi hat aufgeschrieben, dass Leuwang ihn gebeten hat, ihn ins Uniklinikum nach Essen zu fahren.«

»Ich frag mal nach dem Bericht der Spurensicherung. Vielleicht haben die die Briefe gefunden.« Widmer kehrte zu seinem Schreibtisch zurück, um zu telefonieren.

Kurz darauf war er wieder bei ihr. »Er ist fertig, sie schicken ihn rauf.«

Ein Klopfen unterbrach sie in ihren Gedanken. Ein junger Beamter reichte den Bericht der Spurensicherung herein. Widmer nahm ihn entgegen. Er legte den Bericht auf den Schreibtisch und überflog ihn. »Keine Briefe.«

2

Elf Uhr. Avide richtete sich ruckartig im Bett auf und starrte ungläubig auf seine Armbanduhr.

Zwanzig Minuten später kam er frisch geduscht und fertig angezogen ins Zimmer zurück. Die Sachen, die Frédéric Fontaine ihm aus seinem eigenen Kleiderschrank bereitgelegt hatte, passten wie angegossen. Er fuhr in die Halle hinunter und schlug den Weg zu Fontaines Büro ein.

»Du siehst besser aus«, sagte der Hotelmanager, als Avide fünf Minuten später in dessen Büro stand.

»Ich danke dir für alles.«

»Ich bitte dich. Und du brauchst keinen Arzt?«

Avide schüttelte den Kopf. »Ich habe einen Termin. Könntest du mir etwas Geld leihen? Bis heute Nachmittag?«

Fontaine nickte. »Sicher. Wie viel brauchst du?« Er zog einen Geldclip aus der Tasche und gab ihm einige Scheine.

»Das reicht. Ich danke dir.« Avide steckte die Scheine in die Hosentasche. »Ich stehe in deiner Schuld, Frédéric.«

»Dann ziehe es von meiner Schuldenliste bei dir ab. Ohne dich wäre ich schon lange nicht mehr hier.«

Avide ging in Gedanken zwei Jahre zurück. Der Fall eines im Hotel ermordeten Geschäftsmanns und ein verschwundener Kandinsky. Die Versicherung hatte ihm den komplizierten Fall übergeben und er ihn zur Zufriedenheit aller lösen können.

Er lieh sich von Fontaine noch eine Sonnenbrille, musste die Frage hinnehmen, ob er auch noch einen falschen Bart wünsche, und verließ das Hotel.

Als er aus dem Untergrund an der Avenue George V. schließlich wieder an die Oberfläche stieg, schob sich eine schwere grauweiße Wolke vor die Sonne und warf einen langgezogenen Schatten über den breiten Boulevard, als habe jemand einen Eimer schwarze Farbe über die Straße gegossen. Der Verkehr auf der Avenue des Champs-Élysées brandete unerschüttert wie an jedem Tag, ein unablässig fließender Strom aus buntem Aluminium. Am Horizont erhob sich der Arc de Triomphe.

Alles klappte wie verabredet. Avide traf seinen Kontaktmann im Deauville, Figaro lesend wie in einem schlechten Krimi. Zu seinem Erstaunen führte er ihn auf den Arc de Triomphe.

Er stellte sich an die Balustrade und sah in Richtung Sacré-Cœur, deren weiße Kuppeln sich auf der Anhöhe des Montmartre gegen den Himmel abzeichneten.

Auf der anderen Seite erhob die Neuzeit ihr für viele hässliches Haupt, La Défense.

»Dieser Platz hier oben ist immer noch einer meiner Lieblingsplätze.«

Er wandte sich erschrocken um.

»Man fühlt sich so frei – losgelöst von allem.«

Der Mann, der vor ihm stand, tadellos in einen hellbeigen Sommeranzug gekleidet, war halb so groß wie er. Zwei Dinge waren auffallend an Max Sarzac: Er trug stets bunte Fliegen aus Seide und ein sündhaft teures, dunkles Toupet, das aussah, als sei es zwei Nummern zu groß. Seine Augen waren dunkel und wach.

Er stellte sich neben Avide. »Ich hoffe, Ramirez hat Sie nicht erschreckt. Er hat diese Wirkung manchmal auf andere.« Seine Sprache war gewählt, ein gutes, auf teuren Schulen geformtes Französisch, das auch seine zahlreichen Artikel und Bücher auszeichnete.

»Ich denke, das ist seine Aufgabe.«

Sarzac lächelte. »Sicher. Für mich gehört das zum Alltag. Nun, man gewöhnt sich daran.«

»Wovor haben Sie Angst?«

Der Journalist wartete einen Augenblick und sagte dann langsam, den Blick in die Ferne gerichtet: »Vor einem Phantom, unfassbar, unsichtbar und doch so real vorhanden wie Sie und ich.«

»Hat Michel Betancourt Ihnen gesagt, worum es geht?«

Sarzac nickte. »Ich möchte vorausschicken, Monsieur St. Cyr, dass ich mich über Sie erkundigt habe. Ihr Vater war ein interessanter Mann. Ich habe ihn einmal interviewt. Ein großer Financier. Sie sind nicht in seine Fußstapfen getreten?«

»Nein.«

»Ich habe vor fünfzehn Jahren einen Artikel über die Firma Balatier geschrieben und veröffentlicht – obwohl man mich vorher von mehreren Seiten gewarnt hatte.« Er machte eine kurze Pause. »Es hat mein Leben verändert.«

»Von welcher Größenordnung sprechen wir, wenn wir von Balatier sprechen?«

»Auf dem Schmerzmittelsektor ist Balatier europaweit marktführend. Aber das ist nur eine von vielen Sparten. Es gibt die Herstellung von Pestiziden und Düngemitteln – alles in allem ein ziemlich brisanter chemischer Cocktail. Außerdem Beteiligungen an Nahrungsmittel- und Elektrokonzernen in der ganzen Welt in nicht geringem Maße. Weltweit stehen praktisch an die fünfhunderttausend Menschen bei Balatier in Lohn und Brot, nicht dazu gerechnet die unzähligen Zulieferbetriebe, die von ihm abhängig sind.«

»Wer ist federführend bei Balatier?«

»Jean-Claude Balatier, der Enkel des Fimengründers – offiziell.«

»Und in der Realität?«

Sarzac zögerte einen Moment, wandte seinen Blick vom Horizont ab und richtete seine klugen Augen auf ihn, als wolle er seine Reaktion auf das Gesagte prüfen: »Pauline, seine Mutter. Eine gebürtige

Deutsche. Sie heiratete Balatiers Vater kurz nach dem Krieg. Er war wesentlich älter als sie, die es stets verstanden hat, die Fäden im Hintergrund zu ziehen. Doch es gibt keinen Zweifel, dass sie die treibende Kraft in diesem Konzern ist.«

Avide zog den Anhänger aus der Tasche, den sein Angreifer verloren hatte, und reichte ihn dem Journalisten, der ihn interessiert betrachtete.

»Ja, solche Embleme trägt der Sicherheitsdienst, den Balatier beschäftigt. Claude Bernheim, ein Schweizer, der Sicherheitschef des Konzerns, rekrutiert seine Leute überwiegend aus dem Osten; Polen, Bulgarien, Jugoslawien – nicht wenige waren früher bei der Securitate. Der Markt für diesen Bereich ist breit gefächert und hat so viele Früchte wie ein in vollem Saft stehender Obstbaum. Man muss nur zugreifen. Die Äste hängen tief.« Er gab Avide den Anhänger zurück. »Sie haben Glück, mein junger Freund, dass Sie noch leben. Sehr viel Glück. Kommen Sie, wir gehen ein paar Schritte.«

Sie entfernten sich von der Balustrade und begannen über die Plattform zu laufen. »Ich hatte schon vor 1985 mehrmals Artikel über die Firma Balatier verfasst«, fuhr Sarzac fort. »Ende der Siebzigerjahre waren sie kurz in der Krise, haben sich aber elegant wieder aus der Schlinge gezogen. Nicht ganz sauber, wie man munkelte. Es waren damals Gerüchte im Umlauf, die Firma habe illegal am internationalen Giftgasmarkt mitgemischt und einige afrikanische Diktatoren mit dubiosen selbstkreierten Cocktails beliefert. Aber Ermittlungen in der Sache hat es nie gegeben. Schon der alte Balatier hat gute Beziehungen zur jeweiligen Regierung des Landes gepflegt, Pauline aber hat daraus eine Kunst gemacht.« Er machte eine Pause und betrachtete eine Gruppe Schüler, die ausgelassen herumalberten. Dann wurde er wieder ernst: »Ende '84 kam ein Mann zu mir, ein gewisser Rennac. Er war lange Zeit in einer gehobenen Position bei Balatier gewesen. Rennac war im Grunde seines Herzens ein anständiger Kerl, Familie, zwei Kinder, ein Haus auf dem Land, alles solide und bodenständig. Was ihn letztlich dazu bewogen hat, seiner Firma in den Rücken zu fallen, habe ich nie ganz herausbekommen. Vielleicht hatte er einfach Gewissensbisse. Er hatte Einblick in alle wichtigen Vorgänge hinter den Spiegeln.«

»Hinter den Spiegeln?«

Sarzac lächelte sein Wolfslächeln. »Ein Begriff, den ich damals als Überschrift für meinen Artikel gewählt habe: Hinter Spiegeln. Kennen Sie die Geschichte von Alice im Wunderland? Die kleine Alice stürzt in ein Erdloch und gerät in die Welt hinter den Spiegeln, in der alles verkehrt, verdreht, auf den Kopf gestellt ist. Lewis Carroll war ein kluger Mann. Er hat seine Gesellschaftskritik in diese harmlose Kindergeschichte integriert, doch wer zwischen den Zeilen lesen kann ...«

»Also, dieser Konzern ist nicht das, was er vorgibt zu sein?«

»Rennac hatte ein Dossier angelegt. Eine Akte über die Welt hinter den Spiegeln, das wahre Gesicht der Firma Balatier, geschickt verborgen vor der Öffentlichkeit. In dieser Welt hinter den Spiegeln existieren keine Gesetze, keine Vorschriften. Die einzig gültige Richtlinie ist die des Profits. Alles, was in dieser Welt geschieht, steht außerhalb der Legalität der realen Welt. Balatier hat alle Grenzen überschritten und sich damit auf eine Position über den Normgrenzen unserer Gesellschaft erhoben. Es gibt keine Moral, keine Ethik mehr in dieser selbstkreierten Welt. Alle Gesetze sind außer Kraft gesetzt. Balatier hinter den Spiegeln ist ein Staat im Staate, mit eigenen, alleingültigen Gesetzen.«

Sie waren wieder an der Balustrade angelangt und sahen hinunter auf die Straßen, die sternförmig von ihren ausgingen. In weiter Ferne konnte man den Louvre erkennen, einstmals Mittelpunkt der Macht Frankreichs. Er hatte glanzvolle Feste erlebt, Tod und Intrigen. Auch heute noch besaß er Macht als eines der größten Museen der Welt. Einer der tonangebenden Herzschläge der Kunstwelt. Den Grundstock dazu hatte Napoleon gelegt – dessen allgegenwärtiger Schatten nach wie vor über der Stadt lag. Die Beute seiner Raubzüge durch ganz Europa wurde heute dort bestaunt.

»Zwei Tage nachdem mir Rennac das Dossier übergeben hatte, kam er bei einem mysteriösen Autounfall ums Leben. Seine ganze Familie hatte mit im Auto gesessen. Danach kniete ich mich in diese Akte. Sie war für mich das Vermächtnis dieses armen Mannes. Aber ich hatte größte Schwierigkeiten, den Artikel zu veröffentlichen. Hinter den Kulissen wurden Fäden gezogen, schwarze Limousinen mit getönten

Scheiben begannen mich auf Schritt und Tritt zu verfolgen. Ich sah nie ein Gesicht. Schließlich fand ich einen Verleger. Der Artikel erschien. Wenige Tage später detonierte eine Bombe im Büro des Chefredakteurs der Zeitung, bei der ich veröffentlicht hatte. Acht Menschen kamen ums Leben, auch der Verleger des Blattes. Der Anschlag wurde einer terroristischen Gruppe in die Schuhe geschoben. Ich fand ein unbeschriebenes Blatt in meinem Briefkasten, das als eingeprägtes Wasserzeichen Dürers betende Hände trug. Balatier hat dieses Logo Ende der Vierzigerjahre als Firmenzeichen eingeführt. Auf Betreiben Paulines.«

Sie standen sich nun gegenüber. Eine über sie hinwegziehende Wolke warf einen Schatten auf das Gesicht des Journalisten. »Man hat zweimal erfolglos versucht, mich zu töten. Danach ging ich in den Untergrund. Ich kämpfe, so wie Balatier, hinter den Kulissen. Ich habe einige Erfolge gehabt – und viele, viele Niederlagen. Immerhin betrachtet mich Balatier als seinen größten Feind, was irgendwie auch eine Auszeichnung ist.«

»Das ist unglaublich.«

»Ja, nicht wahr? Ich habe mich mein Leben lang mit Wirtschaft, ihren Verstrickungen, ihren positiven und negativen Einflüssen auf die Gesellschaft beschäftigt und hätte, bevor ich in diese Geschichte geraten bin, genauso reagiert wie Sie. Jeder Konzern geht ab einer gewissen Größe seine eigenen Wege, setzt sich in gewissem Rahmen über bestehende Gesetze hinweg, und es wird geduldet, denn die Menschen brauchen Arbeit, und die Politiker wissen das. Und sie wollen wieder gewählt werden. Also drückt man hier und da ein Auge zu oder hält diskret die Hand auf. Das ist normal. Aber Balatier hat alle Grenzen überschritten. Er hat das Gesetz selbst in die Hand genommen.

Es ist ein bisschen eine Napoleongeschichte. Ein zu klein geratener Korse mit den Gelüsten, die Welt zu beherrschen. Er hat es geschafft, wir stehen auf seinem Vermächtnis. Aber hätten Sie es vorher für möglich gehalten?« Sarzac lächelte wieder. »Seit einigen Jahren beherrscht ein Wort die Wirtschaft: Globalisierung. Sie schien plötzlich das Allheilmittel zu sein. Es entstanden länderübergreifende Netze und mit ihnen Konzerne, die so verschachtelt sind, dass sie sich den offiziellen

Prüfungsorganen wie Kartellämtern Wirtschaftsprüfern und Steuerbehörden längst entzogen haben. Eine ganz legale Verschleierung. Nicht einmal das hat Balatier nötig gehabt. Die Infiltrierung der herrschenden Politikerkaste, die man bereits seit der Zeit der Neugründung nach dem Krieg betreibt, hat reichlich Früchte getragen. Da gibt es Familien, die bereits seit Generationen Balatier verpflichtet sind, die sie dafür mit einträglichen, einflussreichen Posten bedenkt, was wiederum für Balatier von Vorteil ist.

Man hat sich quasi über Jahrzehnte hinweg eine eigene Kaste herangezogen. Eine fest verschworene Gemeinschaft, ich möchte fast sagen sektenartig, mit Pauline Balatier an der Spitze. Dieser Kern, dieses fest geknüpfte weltweite Netzwerk aus absolut treu ergebenen Adepten, ist einer der wesentlichen Punkte für Paulines Erfolg. Sie hat Jahrzehnte gebraucht, um es aufzubauen, und es herrscht eine strenge Hierarchie dort.« Sarzac legte Avide eine Hand auf die Schulter. »Wir werden längst nicht mehr von Politikern regiert, mein Freund, sondern von den großen Wirtschaftskonzernen, das ist so. Sie bestimmen, ob wir Arbeit haben oder nicht, was uns in den Geschäften angeboten wird und was nicht, in manchen Teilen der Welt sogar, wen wir zu wählen haben und wen nicht. Das Gefährliche an Balatier aber ist, dass an seiner Spitze das Böse sitzt. Ich kann es nicht anders ausdrücken. Es ist das Böse, das sich wieder einmal aufgeschwungen hat, die Welt zu beherrschen. Und es ist diesmal dieser Konzern in einer mächtigen Position.«

»Warum dieser Überfall auf mich? Was für Interessen könnte Balatier verfolgen?«

Sarzac nahm die Hand zurück. »Michel hat mir von dem Brief erzählt. Glauben Sie, er ist echt?«

»Es sieht ganz so aus.«

»Ich weiß nicht, welches Interesse Balatier daran haben könnte. Aber sollte es sich herausstellen, dass Ihnen wirklich Bernheims Leute auf den Fersen sind, dann ist es etwas Wichtiges. Diese Leute lassen sich nicht für Peanuts aus der Reserve locken.«

»Ich danke Ihnen für Ihre Offenheit.«

Sarzac wurde ernst. »Danken Sie mir nicht, mein junger Freund. Ich habe Ihnen das alles in erster Linie deshalb erzählt, um Ihnen zu zeigen, wie gefährlich es ist, mit Balatier in Kontakt zu kommen. Lassen Sie die Finger davon. Vor allen Dingen, lassen Sie Vorsicht walten. Trauen Sie niemandem mehr! Ich rate Ihnen gut.«

3
Köln 1490

»Findest keinen Schlaf?«

Niklas setzt sich, nur mit einem leinenen Nachthemd bekleidet, zu Albrecht an den Tisch in der dunklen Stube. Der Mond wirft sein silbriges Licht durch ein kleines Fenster. Albrecht schüttelt stumm den Kopf.

»Ich hab's dir ja gesagt. Es kommt nichts Gutes vom Mönch. Hast ihm die Stiche gezeigt?«

Er wendet Niklas den Kopf zu. Das runde, gutmütige Gesicht hebt sich vom Mondlicht beschienen vor dem dunklen Hintergrund ab und hat eine beruhigende Wirkung auf ihn. »Ja.«

»Und? Was hat er gesagt?«

»Er will sie zusammen mit seiner Übersetzung drucken lassen.«

»Übersetzung?«

»Er hat einen Teil der Bibel, die Apokalypse, aus dem Lateinischen übersetzt.«

Niklas schüttelt den Kopf. »Das ist nit nach dem Herrn. Wenn Gott gewollt hätte, dass ein jeder die Bibel lesen kann, dann hätt er es so eingericht!«

»Der Mönch glaubt, dass eine neue Ordnung bevorsteht, Niklas. Er hat Verbindungen in viele Länder und kennt viele gelehrte Männer. Er und seine Leut' nennen sich die Apokalyptiker.«

»Ein Rattenfänger ist er, dabei bleib ich! Ein Ketzer!«

»Du hast ihn nicht gehört. Nicht in diese Augen geblickt. Sie sehen mehr als wir. Er will, dass ich in Köln bleibe. Er hat noch weitere Aufträge für mich. Viele, die zu seiner Zunft gehören, sind wohlhabend. Ich könnt sie porträtieren.«

Niklas Unger erhebt sich und legt seinem Vetter die Hand auf die Schulter. »Du musst wissen, was du tust, Albrecht, bist alt genug. Aber eines frage dich immer, was dir der Mönch auch versprechen mag: zu welchem Preis?« Er sieht Albrecht tief in die Augen. »Zu welchem Preis«, wiederholt er leise.

Das Holz der Druckerpresse stöhnt ächzend.

Knarrend setzt sich der Pressbengel unter dem Druck des Gehilfen in Bewegung, und die Spindel beginnt sich mit leisem Knarzen zu drehen. Ein zweiter Gehilfe schiebt den Schlitten mit der in das Schiff eingelegten Druckplatte nach vorn. Der Tiegel mit dem Papierbogen senkt sich unter dem Druck. Noch einmal zieht er den Pressbengel kräftig an, um ihn anschließend zurückzuziehen. Im Hintergrund hängen an einer Leine die bereits fertig gedruckten Blätter zum Trocknen.

Aus der Ecke, in der die kleinen Fässer mit der angesetzten Druckerfarbe, einer Emulsion aus Leinölfirnis und Ofenruß, stehen, weht der typische Geruch, der Albrecht an seine Kindheit erinnert, in der er dem Paten Koberger bei seiner Arbeit mit klopfendem Herzen über die Schulter gesehen hat. In verschiedenen kleineren Tontöpfen werden verschiedenste Materialen aufbewahrt, die man ebenfalls zum Herstellen der Druckerfarbe benötigt, Terpentin, Harzpech, Kienspan, Schwefelkies und Zinnober, Schelllack und Vitriol. Selbst altes Brot, das als Indikator für die schwierige Herstellung des Leinölfirnis verwendet wird. Heinrich Quentell leistet sich einen eigenen Mann, der nur für die Herstellung und Konservierung der kostbaren Farbe zuständig ist. Aus Straßburg ist er einst gekommen und hat vor zwölf Jahren eine eigene Druckerei in Köln eröffnet. Schon ein Jahr darauf hat er mit dem reichen Kölner Kaufmann Johann Helmann eine Verlagsgesellschaft gegründet und dessen Tochter geheiratet. Die »Quentelei« im Haus Zum Pallas am Domhof gilt als eines der bedeutendsten Verlagshäuser. Man exportiert Bücher bis in den Ostseeraum, in die Niederlande und nach Italien. Die Erwähnung des Namens seines Paten Koberger hat Albrecht hier Tore und Türen geöffnet.

»Nun? Ihr seid zufrieden, Meister?«

Meister? Der junge Maler fühlt sich unwohl bei dieser Ansprache. Er ist kein Meister. Noch nicht. Der gutmütige, wohlbeleibte Magnus

Hirzberger, seines Zeichens Druckermeister beim Quentell, wischt sich die Hände an seiner ledernen Schürze ab. Gemeinsam lassen sie den Blick über die bereits fertig gedruckten Papiere gleiten.

»Mehr als zufrieden, Meister Hirzberger.«

Der Drucker nickt bejahend. »Ja, es lässt sich sehen. Dort, wo Ihr herkommt, seid Ihr Qualität gewohnt. Grüßt mir den Meister Koberger, wenn Ihr nach Nürnberg zurückkehrt.«

Albrecht verspricht es. »Wenn Ihr zurückkehrt.« Nachdenklich lässt er die Worte im Raum verhallen. Schließlich verlässt er die Druckerei und tritt in die Sonne hinaus.

Auf dem Domhof herrscht wie immer reges Treiben. Die Krämer der zahlreichen Läden preisen ihre Waren an und scheuchen die nicht wenigen Bettler fort, Stadtwachen, die zur »Hacht«, dem Stadtgefängnis, gehören, patrouillieren. Im Heilig-Geist-Spital ist Armenspeisung. Ein scharfer Wind lässt ihn frösteln und bringt das »Armensünderglöckchen« zum Klingen, das geläutet wird, wenn ein vom auf dem Domhof gelegenen hohen Gericht Verurteilter, wie es der Tradition entspricht, kniend dreimal gegen den blauen Stein, einen an der Kirche St. Johann-Evangelist eingemauerten Basaltblock, gestoßen wird, bevor ihn der Scharfrichter hinausführt.

»Ich stoße dich an den blauen Stein,
so kehrst du zu Vater und Mutter nimmer heim …«

Albrecht verscheucht seine dunklen Gedanken und verlässt den vom mächtigen Schatten des unvollendeten Südturms ins Halbdunkel getauchten Domhof durch die Hachtpforte.

In seinem Lederbeutel führt er verschiedenste Zeichenwerkzeuge mit sich. Er will hinunter zum Fischmarkt gegenüber Groß St. Martin, um sich aus dem frischen Fang der Fischer einige besonders schöne Exemplare auszusuchen, die er zeichnen könnte. Schon öfter hat er solche Studien an lebenden Objekten betrieben. Sie fördern seine Beobachtungsgabe und schärfen seinen Sinn für Proportionen. Er geht die schmale Gasse »Unter Goldschmied« hinunter bis zur Botengasse und hält sich links, Richtung Rhein. Auf dem Alten Markt bieten einige Händler neu eingetroffene, prächtige Stoffe, Atlas, Seide, Samt und Kamelhaar, an. Albrecht muss an den Kaufmann Rath denken, den er, seit er bei den Apokalyptikern wohnt, nicht mehr gesehen hat. Clementi hat ihm in seinem Beginengehöft großzügig einen eigenen Raum zur Verfügung gestellt. Klein, aber mit allem ausgestattet, was er braucht, auch einem Extratisch für seine Zeichenutensilien. Man hat ihn mehr als freundlich aufgenommen. Auch um sein Essen braucht er sich nicht zu sorgen. Das Anwesen hat eine eigene, sehr gute Küche. Die Kaufleute, die bei Clementi ein und aus gehen, sind weit gereist, und er hat bereits einige Kontakte geknüpft, die ihm für seinen Plan, später einmal nach Italien zu reisen, nützlich sein können. Einige haben Zeichnungen von sich bei ihm in Auftrag gegeben, zwei sogar Ölporträts.

Clementi selbst lässt ihn immer wieder zu sich bitten. Und je länger er mit dem Mönch spricht, desto mehr nimmt dieser ihn für seine Ideen gefangen.

Die Enge Nürnbergs scheint ihm jetzt weit fort. Das hier ist eine ganz andere Welt.

Es wird regelmäßig eine Art Gottesdienst abgehalten, der in einem großen Versammlungsraum stattfindet. Alle Anwesenden beten gemeinsam, darüber hinaus geht es viel freier, viel offener zu als in den Gottesdiensten, die er kennt. Jeder hat das Recht zu sprechen. Man liest aus der Bibel oder spricht frei. Clementi führt immer wieder selbst das Wort, und seine flammenden Reden lassen niemanden unbeeindruckt. Er spricht immer wieder von der nahenden Apokalypse und von der Wichtigkeit des Zusammenhalts der Bruderschaft. Eine Macht werden sie sein, an der der Herr im Himmel nicht vorbeisehen kann. Er ruft die Mitglieder zur Maßhaltung und zu gottesfürchtigem Leben auf. Gott, der einzig wahre, müsse wieder im Mittelpunkt ihrer Leben stehen, nicht das klägliche Abbild, das die Kirche ihnen vermittelt.

Das Buch, seine Übersetzung der Offenbarung des Johannes mit Albrechts Holzstichen, liegt ihm besonders am Herzen. Er hat den jungen Maler mit der Fertigung beauftragt. Ein einzelnes Exemplar, in bestes Leder gebunden.

Er hat den Alten Markt hinter sich gelassen und läuft die Müllergasse hinunter, die direkt zur Stadtmauer führt. Plötzlich bleibt er stehen.

Schon seit einiger Zeit, seit er den Domhof verlassen hat, fühlt er sich verfolgt. Er ist allein in der Gasse, in einiger Entfernung aber nimmt er undeutlich eine mittelgroße Gestalt wahr, die jetzt, da er seinen Lauf unterbrochen hat, ebenfalls stehen geblieben ist. Albrecht verharrt einen Augenblick regungslos, dann wendet er sich wieder ab und setzt seinen Weg fort. Bald ist er am Fischmarkt, wo zahlreiche Händler ihre frisch gefangenen Waren darbieten, vor allem Stockfisch und grüne Heringe. Er wandert ziellos zwischen den Ständen umher, als er plötzlich seinen Namen hört. Es ist Slyper, der ihm lächelnd entgegenkommt.

»Hunger oder Studien?«, fragt er zur Begrüßung schelmisch.

Albrecht lächelt verlegen. »Ich suche einige Objekte zum Studium.«

»Ah, immer im Dienst! So ist's wohl. Was macht das Buch?«

»Ich komme gerade aus der Quentelei. Es macht Fortschritte.«

Slyper nickt wohlwollend.

»Aber er will nur ein Exemplar.«

Der Kaufmann legt ihm freundschaftlich die Hand auf die Schulter. »Seid nicht enttäuscht. Das ist erst der Anfang. Seid gewiss. Ich komme gerade vom Hafen. Eine neue Fuhre Gewürze aus Genua ist eingetroffen. Die verflucht' Ratten in den Lagerhäusern machen uns zu schaffen. Es vermehrt sich, als gäb es kein Morgen, das Ungeziefer.« Plötzlich bleibt der Gewürzhändler stehen. Seine freundliche Miene versteinert sich.

»Was ist?«, fragt Albrecht verwundert.

Slyper erwacht wie aus einer Trance, sieht Albrecht an, und in seinem Blick erkennt der junge Maler plötzlich so etwas wie Argwohn. Doch es dauert nur wenige Sekunden. Dann erhellt sich Slypers Miene wieder. »Nichts, nichts«, sagt er leichthin. »Ich dachte, ich hätte jemanden gesehen …«

4

Avide sah zu Sarzac, der stumm neben ihm an der Balustrade stand und den Blick in die Ferne schweifen ließ. Er bewunderte diesen kleinen Mann mit dem schlecht sitzenden Toupet.

»Ich frage mich, inwiefern es ein Zufall sein kann, dass das Firmenlogo von Balatier eine Adaption von Dürers betenden Händen ist, und dann dieser Brief …«

Der Journalist wartete einen Augenblick mit der Antwort. »Ich glaube kaum. Pauline. Sie hatte schon damals die Zügel fest in der Hand. Der alte Balatier war Wachs in ihren Händen. Er war fünfundzwanzig Jahre älter als Pauline und starb 1956. Danach übernahm sie offiziell die Leitung der Firma. Die Liste ihrer Liebhaber ist endlos und ein Who is Who der damaligen französischen Gesellschaft. Sie ist eine charismatische Frau, der man sich kaum entziehen kann, so hört man immer wieder. Sie hat sich seit Jahren vollkommen aus der Öffentlichkeit zurückgezogen und sich in das Land hinter den Spiegeln begeben. Bernheim ist einer ihrer engsten Mitarbeiter und Vertrauten, er tut nichts ohne ihren Segen. Und es gibt noch jemanden, der hoch oben in der Hierarchie steht: ein Mann namens Baruch Abrahamsson. Soweit ich weiß, lebt und arbeitet er in Köln, ist aber oft in Paris. Er betreut eine Stiftung, die der Mann, dessen rechte Hand er einmal war, ins Leben gerufen hat. Er hieß Erhard Wagner und hatte einen Herstellungsbetrieb für Düngemittel. Abrahamsson spielt eine zwielichtige Rolle. Ebenso diese Stiftung, deren Logo übrigens dem Balatiers sehr ähnlich ist. Über seine Herkunft schweigt er, auch über seinen Werdegang, bevor er zu Wagner kam. Ich halte ihn für einen gefährlichen Mann. Er zählt zu Pauline Balatiers engsten Vertrauten. Viele sehen ihn als ihren Nachfolger. Ein Mann fürs Grobe.«

»Als Sammler oder Förderer der Kunst sind die Balatiers nie in Erscheinung getreten. Das wüsste ich«, sagte Avide. »Also muss es eine andere Antwort auf die Frage geben, warum der Konzern oder die Familie Balatier, oder wer auch immer hinter den Kulissen agiert, hinter diesem Brief her ist, der in erster Linie für Kunsthistoriker von besonderem Wert ist.«

»Ich könnte Ihnen Auszüge aus einem Dossier zukommen lassen, das ich über die Jahre von den Machenschaften des Konzerns angelegt habe.«

Avide nickte dankbar.

5

Jugendstil. Die sorgsam renovierte Fassade leuchtete in blassem Gelb, von dem sich weiße Stuckarbeiten deutlich absetzten; grazile Figuren, die sich lasziv am Mauerwerk räkelten und den Betrachter mit lockendem Lächeln zum Betreten aufforderten. Neben den Stufen zum Haupteingang hingen die Plakette der Denkmalschutzbehörde und ein poliertes Messingschild mit geschwungenem Schriftzug einträchtig nebeneinander.

WWS. Wagner-Wolfarth-Stiftung.

Elise wollte gerade die Stufen hochgehen, als Widmer sie zurückhielt.

»Du weißt, dass das Ärger gibt, Lise. Mächtigen Ärger.«

»Du musst nicht mitkommen. Ich steh das allein durch.«

Widmer presste verbissen die Lippen aufeinander.

Sie betraten über wenige Stufen ein marmorgefliestes Foyer, das mit Palmen und Bildern in Goldrahmen an den weiß getünchten Wänden dekoriert war. Eine Endvierzigerin mit spitzer Nase und schmalen Lippen saß hinter einem schweren Schreibtisch, dezent gekleidet in ein schwarzes Kostüm mit weißer Bluse, und telefonierte. An der gegenüberliegenden Wand war eine Reihe von Messingschildern angebracht, die zeigten, dass in dem Haus außer der Stiftung noch zwei Rechtsanwaltskanzleien, ein Steuerberater und ein Wirtschaftsprüfer ansässig waren.

Die Frau hinter dem Schreibtisch musterte die beiden missmutig und beendete ihr Gespräch.

»Bitte? Was kann ich für Sie tun?«

»Wir möchten den Leiter der Wagner-Wolfarth-Stiftung sprechen, Dr. Abrahamsson.«

»Haben Sie einen Termin?« Sie spitzte die Lippen.

»Nein.«

Ein Lächeln der Genugtuung machte sich auf dem freudlosen Gesicht breit. »Dann kann ich …«

Erst jetzt zog Elise ihren Ausweis hervor und hielt ihn ihr hin.

Die Frau warf einen angeekelten Blick darauf, als hätte man ihr eine tote Maus hingehalten. Sie zögerte einen Moment, griff dann zum Telefonhörer und drückte in schneller Abfolge mehrere Tasten, ohne die beiden Beamten dabei aus den Augen zu lassen. »Ja. Hier sind zwei Polizeibeamte, die zu Herrn Dr. Abrahamsson möchten. Kriminalpolizei.« Der Zusatz klang, als würde das die Unannehmlichkeiten, die nun entstanden, sofort erklären. »Nein, ohne Termin.«

Es verging einige Zeit, bis am anderen Ende geantwortet wurde.

»Zweiter Stock. Man erwartet Sie.« Sie legte den Hörer zurück auf die Gabel und öffnete mit einem elektronischen Türöffner die Glastür, die in ein elegantes Treppenhaus mit üppig geschnitztem Geländer und rotem Teppich auf den Stufen führte.

»Die hat bestimmt einen Vorderlader in ihrem Schreibtisch«, sagte Widmer, während sie die Holzstufen erklommen.

Im zweiten Stock wurden sie bereits erwartet. Eine weitere Frau, Mitte dreißig, lockerer gekleidet als der Aufseher unten und zuvorkommend lächelnd, empfing sie an der Wohnungstür. »Willkommen bei Wagner-Wolfarth«, sagte sie mit geschulter Freundlichkeit.

»Hauptkommissarin Brandt, mein Kollege Kommissar Widmer«, sagte Elise. »Wir möchten den Stiftungsvorstand sprechen.«

Die junge Frau nickte. »Dr. Abrahamsson erwartet Sie.«

In einem weiteren Vorzimmer saßen zwei Frauen, die ihre Arbeit unterbrachen und den beiden Beamten neugierige Blicke zuwarfen. Elise war diese Reaktion auf ihre Anwesenheit gewohnt.

An einer Wand prangte unübersehbar das Logo der Stiftung, Dürers betende Hände auf blauem Grund, darunter die drei ineinanderverschlungenen Buchstaben WWS.

Die Wände ringsumher waren bedeckt von gerahmten Fotografien, vorwiegend Schwarzweiß, die allesamt lächelnde junge Männer und Frauen zeigten.

Während sie einen schmalen Flur entlanggingen, zogen sie wie in einer Parade an ihnen vorüber. Ab und zu kam Elise ein Gesicht sogar entfernt bekannt vor.

»Was sind das für Fotografien?«

Die junge Frau blieb stehen und lächelte. »Das alles sind Stipendiaten unserer Stiftung. Viele von ihnen arbeiten heute in wichtigen wissenschaftlichen Stellungen im In- und Ausland, bekleiden hohe

Ämter und sind mit Auszeichnungen überhäuft. Es sind zwei Nobelpreisträger darunter.« Unverhohlen klang Stolz in ihrer Stimme mit.

Sie setzten ihren Weg fort bis zu einer Tür, an der die Frau vorsichtig pochte.

Die beiden Beamten betraten eine Räuberhöhle, die nichts mit der modernen, gestylten Designerbürowelt zu tun hatte, die vor der Tür vorherrschte.

Die beiden Fenster des Raumes waren mit dicken, verstaubten Vorhängen verhangen, und Elise fragte sich, ob sie dazu dienten, das Licht von außen abzuhalten oder das, was hier vor sich ging, vor der Außenwelt zu verbergen.

Die einzige Lichtquelle im Zimmer war eine Lampe, die auf dem riesigen Schreibtisch im hinteren Teil stand und mehr im Halbdunkel verschwinden ließ, als sie offenbarte. Der Mann, der hinter dem wuchtigen Gründerzeitmöbel saß, beobachtete sie.

»Bitte treten Sie doch näher.« Seine Stimme war dunkel und rauchig.

Dicke Teppiche, mehrere übereinander, dämpften ihre Schritte. An den Wänden zogen sich Bücherregale aus dunklem Holz bis zu der hohen stuckverzierten Decke, deren Böden sich vor wild übereinandergestapelten Bücherbergen bogen. Auch vor dem Regal stapelten sich Haufen von alten Büchern.

Links von ihnen fiel Elise eine Aussparung in einem der Regale auf, in dem einträchtig nebeneinander in schweren goldenen Rahmen die Porträts eines Mannes und einer Frau hingen. Die Frau lächelte sympathisch, und ihre Augen sprühten vor Leben. Auf dem Bild des Mannes neben ihr, der älter, ernster und gesetzter wirkte, fiel ihr sofort die Bronzebüste der betenden Hände auf, die sich hell vom dunklen Hintergrund abhob. Der Maler hatte sie, wahrscheinlich auf Wunsch des Porträtierten, als schmückendes Beiwerk auf einen kleinen Tisch gestellt, auf dem die Hand des Mannes ruhte.

Sie setzten sich in zwei alte, unbequeme Stühle mit hoher Lehne, die vor dem Schreibtisch standen, nicht einladend wirkten und diese Wirkung wahrscheinlich auch nicht haben sollten.

Baruch Abrahamsson saß schweigend in abwartender Haltung in seinem Stuhl. Er hatte die kräftigen Hände gefaltet, die Fingerspitzen der Zeigefinger berührten seine Lippen. Seine Haut, von beängstigender Blässe, stand im strengen Gegensatz zu seinem pechschwarzen Haar. Es war schwer, sein Alter zu schätzen, feine Linien durchzogen das Gesicht mit den breiten kaukasischen Wangenknochen.

»Es geht doch um Hugo Winters, nicht wahr?«

Sie versuchte, sich ihre Überraschung nicht anmerken zu lassen. »Ja. Ich leite die Ermittlungen.«

»Ein bedauerlicher Vorfall. Ich hatte früher oft mit ihm zu tun. Ein guter Geschäftsmann. Ein Kaufmann der alten Schule. Ebenso weitsichtig wie unnachgiebig, wenn es um etwas ging, das er besitzen wollte. Er saß am Anfang für kurze Zeit im Stiftungsrat.«

In diesem Augenblick fesselte etwas ihre Aufmerksamkeit, das hinter Abrahamsson auf einem Regal an der Wand stand. Es war ein bernsteinfarbener Totenkopf, der sie mit lückenlosem Gebiss angrinste. Aus leeren Augenhöhlen starrte er von seinem Platz auf einem roten Samtkissen unter einem Glassturz in das Zimmer.

Abrahamsson bemerkte ihren Blick, der Ansatz eines Lächelns huschte über sein Gesicht und war in der nächsten Sekunde wieder verschwunden.

»Mein Vater«, sagte er, und jetzt nahm Elise einen harten, osteuropäischen Akzent wahr. »Ich habe ihn gehasst wie sonst niemanden auf der Welt. Leider hatte ich damals noch nicht den Mut, ihn zu töten. Das hat ein anderer für mich getan. Sein Kopf erinnert mich stets daran, dass nichts einem auf seinem Weg so hinderlich ist wie die Feigheit. Man muss sie überwinden – oder sie frisst dich mit Haut und Haaren.« Er warf einen Blick über seine Schulter. »Und er ist ein Beweis dafür, dass alles vergänglich ist auf Erden – auch das Böse.«

»Leider wird es immer wieder neu geboren.«

»Die Menschen erschaffen es immer wieder neu. Das ist ein Unterschied. Denn das Gute kann ohne das Böse nicht existieren. Niemand würde es erkennen.«

»Man hat immer die Wahl.«

»Hat man die wirklich?«

»Ja, ich glaube schon.«

»Das Böse, Frau Brandt, tritt nicht immer so offensichtlich auf, dass man es sofort erkennt. Es hat die unangenehme Eigenschaft, nur zu oft Masken zu tragen. Zuweilen auch die des Guten, Biederen, Untadeligen, Seriösen. Und man erkennt es erst, wenn man hinter diese Fassade blickt – doch das tun die wenigsten, und dann ist es meistens zu spät. Nirgendwo sind die Grenzen so fließend wie zwischen Gut und Böse. Für uns ist die Ermordung Hugo Winters' etwas Böses, doch für den Mörder? Vielleicht hat er es für eine gute Tat gehalten.«

»Wir haben seine Leiche in einem Haus gefunden, das der Witwe von Erhard Wagner gehört. Was könnte er dort gewollt haben?«

»Ich weiß es nicht. So eng war ich nicht mit ihm vertraut.« Abrahamssons Miene blieb ungerührt.

»Haben Sie noch Kontakt zu Frau Wagner?«

»Frau Wagner ist sehr alt und leidet leider seit einigen Jahren an fortschreitender Demenz.«

»Das wissen wir. Sie waren aber doch sehr vertraut mit dem Ehepaar Wagner.«

»Das ist richtig. Ich war Erhard Wagners rechte Hand.« Er wies auf die beiden Porträts an der Wand. »Ich habe ihn sehr bewundert und viel von ihm gelernt.«

»Können Sie sich einen Grund vorstellen, warum Frau Wagner das Haus, das sie offenbar nicht nutzt, nicht verkauft oder vermietet hat?«

»Darüber haben wir nie gesprochen. Es war, glaube ich, ihr Elternhaus. Vielleicht aus Sentimentalität.«

»Warum hat Hugo Winters den Sitz im Stiftungsrat aufgegeben?«

»Aus zeitlichen Gründen.«

»Seit wann existiert diese Stiftung?«

»Sie wurde kurz nach dem Tod Erhard Wagners ins Leben gerufen, 1971. Es war sein testamentarischer Wille.«

»Was sind die Aufgaben der Stiftung?«, fragte Michael Widmer.

»Wir vergeben Stipendien an junge Menschen mit außergewöhnlichen Begabungen.«

»Was für Begabungen?«

»Intelligenz, Frau Brandt.«

»Sie bezahlen diesen Menschen das Studium?«

»Ja. Wenn wir sie für wert befunden haben. Wir bringen sie an den besten Universitäten im In- und Ausland unter und sorgen für die Dauer des Studiums für ihren Unterhalt, besorgen Wohnungen, bezahlen Studiengebühren, Lehrmaterial und so weiter. Und wir haben großen Erfolg. Einige der namhaftesten Wissenschaftler unserer Zeit sind Stipendiaten unserer Stiftung. Zwei Nobelpreisträger sind darunter.«

»Entsteht diesen Menschen eine Verpflichtung durch das Stipendium? Ich meine, müssen sie später etwas zurückzahlen?«

»Nein. Wir sind eine gemeinnützige Organisation, die helfen will, der Erde das zu geben, was sie braucht und was uns heute leider in vielen Bereichen fehlt: verantwortungsbewusste Menschen, die sich ihrer besonderen Begabung gewiss sind und sie zum Nutzen der Menschheit einsetzen. Sehen Sie, Frau Brandt, wir haben sechs Milliarden Menschen auf diesem Planeten, siebzig Prozent davon sind in der Lage, ihr Leben einigermaßen zu meistern, für ihren Lebensunterhalt zu arbeiten, eine Familie zu gründen und zu ernähren und schließlich ohne Aufsehen zu sterben, die geölten Räder eines gut laufenden Räderwerkes; zehn Prozent sind Steine, die der Entwicklung des Lebens und des Fortschrittes im Wege stehen, Mühlsteine am Hals einer Gesellschaft, die dem Staat, in dem sie leben, auf der Tasche liegen und ihm Zeit und Geld rauben; weitere zehn Prozent sind kriminelle Subjekte, die ihre ganze Energie darauf verwenden, ein friedliches Miteinander zu verhindern.

Wir interessieren uns für die verbliebenen zehn Prozent, Menschen mit überdurchschnittlicher Intelligenz, die in der Lage sind, komplex vorausschauend zu denken, und die ein großes Ganzes im Auge haben und die bei entsprechender Führung zu Persönlichkeiten heranwachsen, die mit ihrer Arbeit zu einem hohen Prozentsatz dafür verantwortlich sind, ein Überleben der menschlichen Rasse auf diesem Planeten zu gewährleisten. Sei dies in wissenschaftlichen Bereichen, in der Wirtschaft oder der Politik. Manchmal aber will es das Schicksal, dass ein solcher Mensch in Umstände hineingeboren wird, die es ihm nicht ermöglichen, die wirtschaftlichen Mittel aufzubringen, die eine solche Entwicklung seiner geistigen Ressourcen ermöglichen. An diesem Punkt treten wir in Erscheinung. Wir pflegen Kontakte zu den bedeutendsten Schulen und Universitäten auf der ganzen Welt, und ich darf sagen, ohne überheblich klingen zu wollen, dass unser Name durch die Arbeit, die wir geleistet haben, und natürlich den guten Ruf unserer Stipendiaten, von denen uns noch keiner enttäuscht hat, den besten Ruf genießt und uns Türen öffnet, die unseren Schützlingen sonst auf immer verschlossen geblieben wären.«

»Wer wählt diese Stipendiaten aus? Wer befindet diese Menschen für … wert?«

Abrahamsson nahm den Unterton in Elises Stimme durchaus wahr, ging aber darüber hinweg. »Bewerben kann sich bei uns jeder. Er wird einer kritischen, sehr aufwändigen Untersuchung unterzogen. Wir arbeiten mit Psychologen und Wissenschaftlern in der ganzen Welt zusammen, die das geistige Potenzial unserer Bewerber testen und beurteilen können. Es sind überwiegend ehemalige Stipendiaten, die diese Aufgabe aus Dankbarkeit uns gegenüber mit sehr viel Eifer und Enthusiasmus erfüllen. Erst wenn ihre Prüfungsergebnisse vorliegen, werden diejenigen mit den besten Ergebnissen vom Stiftungsrat ausgesucht und erhalten ein Stipendium. Ihre Zahl ist auf vierzig jedes Jahr beschränkt.«

»Wer sitzt im Stiftungsrat?«

»Namhafte Persönlichkeiten, die sich ihrer verantwortungsvollen Aufgabe sehr bewusst sind.«

»Kann ich die Namen haben?«

Es trat eine Pause ein, in der Abrahamsson an den beiden vorbei in die Weite des Raums sah und dabei unwillkürlich der Sichtweise seines Vaters folgte.

»Sie müssten mich erst davon überzeugen, dass dies Aufschlüsse über den Tod von Hugo Winters bringen kann. Ich sehe die Zusammenhänge nicht.«

»Sind die Namen geheim?«

»Nein. Aber es sind Persönlichkeiten, die sich auf meine Diskretion verlassen. Worauf sie alles Recht haben.«

»Was war mit Wilhelm Seibold?«

»Dr. Seibold hat uns von Anfang an juristisch beraten. Ein guter Mann, ein Freund Erhard Wagners.«

»Und sein Enkel?«

»Er hat von ihm die Mandate übernommen.«

»Aber nicht den Sitz im Stiftungsrat?«

»Nein.« Er wandte sich ihnen wieder zu. »Frau Brandt, ich gewinne immer mehr den Eindruck, dass Sie hier im Nebel herumstochern. Und ich werde nicht zulassen, dass Sie mit den untadeligen Namen ehrbarer Männer und Frauen hausieren gehen und sie mit absurden Verdächtigungen in Zusammenhang bringen.

Wilhelm Seibold war der Stiftung ein ergebener Justiziar, der sich um alle Rechtsfragen in außerordentlich kompetenter Weise gekümmert hat. Die Stiftung ist ihm zu großem Dank verpflichtet. Und Erhard Wagner war das Musterbeispiel eines integeren, vorausschauenden Mannes mir großem wirtschaftlichem Weitblick. Er war wie ein Vater für mich. Wir haben jahrzehntelang eng zusammengearbeitet. Das Ehepaar Wagner war für mich Zuhause und Familie.« Die letzten Worte klangen aufrichtig. »Ich fühle mich ihnen und ihrem Lebenswerk verpflichtet, und ich werde alles tun«, er beugte sich nach vorn, »alles, um jeden Schmutzfleck von dieser reinen Weste fernzuhalten.«

»Das wollte ich auf keinen Fall anzweifeln, Dr. Abrahamsson. Dennoch bin ich der Meinung, dass es in der Vergangenheit all dieser Leute etwas gibt, das sie verbindet. Etwas Dunkles, das seinen Schatten bis in die Gegenwart wirft und Hugo Winters das Leben gekostet hat.«

»Ich bin, das werden Sie bestätigen, bisher sehr zuvorkommend gewesen. Jetzt möchte ich Sie bitten zu gehen. Ich kann Ihnen nicht helfen.«

Elise rührte sich nicht von der Stelle. »Wie eng sind Ihre Beziehungen zu Manfred Seibold?«

Abrahamsson zögerte mit der Antwort und musterte sie scharf. »Er ist unser juristischer Beistand. Wie bereits gesagt, er hat das Mandat von seinem Großvater übernommen. Darüber hinaus pflege ich keine weiteren Kontakte zu ihm.«

Er wirkte plötzlich angespannt. »Sie haben mit ihm gesprochen?«

Sie zögerte kurz. »Ja. Im Zuge meiner Ermittlungen.«

Er beugte sich nach vorn. »Also deshalb sind Sie hier. Er hat mit Ihnen über die Stiftung gesprochen.«

»Nur allgemein.« Sie spürte, dass er ihr nicht glaubte.

»Was hat er Ihnen gesagt?«

»Er ist an die Schweigepflicht gebunden.«

Abrahamsson sank wieder zurück nach hinten, ohne sie dabei aus dem Blick zu lassen. »Sollte er behaupten, sich von mir unter Druck gesetzt zu fühlen, so sind Sie hoffentlich professionell genug zu erkennen, dass das jeder realistischen Grundlage entbehrt.«

»Wie kommen Sie darauf, dass er so etwas gesagt haben könnte?«

Abrahamsson schien für einen Augenblick überrascht. Sofort hatte er sich wieder gefangen. »Manfred Seibold sitzt nicht im Stiftungsrat, weil seine geistigen Fähigkeiten bei Weitem nicht an die seines Großvaters heranreichen. Das sah dieser übrigens genauso. Wahrscheinlich ist das der Grund, warum er einen Groll gegen mich oder die Stiftung hegt. Er hatte sicherlich damit gerechnet, den Sitz wie alles andere von ihm zu erben. Ich bitte Sie noch mal eindringlich, solchen Verdächtigungen keine Bedeutung beizumessen. Ich werde überlegen, ob wir die juristischen Belange der Stiftung in andere Hände geben.«

Elise zog einen kleinen Plastikbeutel aus der Jackentasche und legte ihn auf den Schreibtisch.

»Was ist das?«, fragte Abrahamsson und streckte den Kopf etwas vor.

»Das ist ein Schlüsselanhänger mit dem Logo der Stiftung. Kennen Sie ihn?«

»Nein. Wir benutzen derlei Dinge nicht.«

»Er war im Besitz eines französischen Handelsvertreters, den wir tot in einem Hotelzimmer hier in Köln gefunden haben.« Sie beobachtete Abrahamsson sehr genau. War da ein kurzes, unruhiges Flackern in seinen Augen?

»Wir haben keine Verwendung für Handelsvertreter.« Er erhob sich schwerfällig und deutete damit an, dass das Gespräch für ihn zu Ende war.

Die beiden Ermittler erhoben sich ebenfalls.

»Ich kann Ihnen nicht versprechen, dass ich nicht noch einmal wiederkomme«, sagte Elise.

Wieder huschte der Schatten eines Lächelns über Abrahamssons Gesicht. »Aber ich, Frau Brandt. Aber ich.«

Sie bedankte sich, und die beiden Beamten verließen das Gebäude auf direktem Wege. Elise hatte das Gefühl, der stickige dunkle Raum habe ihr die Luft zum Atmen geraubt.

»Das war heiß, Lise – verdammt heiß!«, sagte Widmer atemlos und lehnte sich gegen die Außenmauer des Gebäudes, direkt neben das blank polierte Messingschild mit dem eingravierten Namenszug der Stiftung.

»Was hältst du von ihm?«

»Ich könnte auf die Straße kotzen. Aber das heißt noch lange nicht, dass er oder die Stiftung etwas mit Winters' Ermordung zu tun haben. Und noch etwas: Es war ein Fehler, Seibold ins Spiel zu bringen.«

»Mike, versuch doch etwas mehr über die Mitglieder des Stiftungsrates und die Stipendiaten rauszukriegen Das muss doch möglich sein. Was sind das für Leute, wo arbeiten sie jetzt und so weiter.«

»Lise, wenn du von dem nicht ablässt, landen wir wie sein Alter als Triumph seiner überragenden Intelligenz und Beweis der Überwindung seiner Feigheit gegenüber dem kleinen Beamtentum in seiner Trophäensammlung, hübsch dekoriert auf roten Samtkissen.« Widmer hielt resigniert inne. Er kannte diesen bestimmten Blick in Elises Augen.

6
Köln 1490

Im Weinausschank der Stiftsdamen von St. Maria im Kapitol, hinter dem Neumarkt, ist es ruhig. Albrecht kehrt gern hier ein. Der Wein ist gut und günstig.

Er lässt sich an einem der Holztische im hinteren Bereich nieder und fängt an, sein Zeichenzubehör auszupacken. Schon des Öfteren hat er hier gesessen und die Menschen beobachtet, flüchtige Skizzen gemacht. So sehr er dem Venezianer für seine Gastfreundschaft dankbar ist, die fast klösterliche Abgeschiedenheit des Anwesens macht ihn unruhig. Er braucht Leben.

Er ist so in seine Zeichnung vertieft, dass er nicht bemerkt, wie sich jemand an den Tisch setzt.

»Ihr seid wohl Maler?«

Erschrocken fährt er hoch. Der Mann am Tisch ist so schmächtig, so ausgezehrt, wie er es noch nie gesehen hat. Ein wandelndes Skelett, die Knochen nur notdürftig durch dünne Haut zusammengehalten. Die armseligen Kleider baumeln lustlos an diesem ausgemergelten Körper herunter, der offene Ausschnitt des hellen Leinenhemdes offenbart einen Hals, so dünn wie ein Zweig, und man mag kaum glauben, dass er in der Lage ist, den schweren Kopf zu halten.

Albrecht ist fasziniert von diesem Gesicht. Er wünscht sich, er hätte es als Modell gehabt, als er für die Holzschnitte zu Clementis Buch einen der drei Apokalyptischen Reiter, den Tod, hat kreieren müssen. Genauso hat er ihn sich vorgestellt. Er spürt ein Kribbeln in den Fingern.

Der Fremde mustert ihn neugierig. »Ihr wohnt doch im alten, unbenutzten Beginenhof.«

Albrecht rückt unwillkürlich ein Stück mit dem Stuhl zurück. »Woher ...«

Ein gackerndes Lachen ertönt. »Ich weiß alles.«

»Was wollt Ihr?«

»Was kann jemand wie ich schon noch wollen? Lasst mich überlegen.« Der Fremde beugt sich ein Stück vor. »Wie wäre es mit Gerechtigkeit?«

»Ich verstehe Euch nicht.« Offenbar ist er an einen Geisteskranken geraten. Er beginnt seine Sachen zurück in die Tasche zu räumen.

»Wartet!« Für einen Augenblick tritt Stille ein. Albrecht hält in der Bewegung inne. »Ihr seid sehr jung. Aber Ihr wisst, was Ihr tut. Und wohin Ihr wollt. Das sehe ich in Euren Augen. Ihr werdet Euren Weg machen. Aber nicht hier. Nicht in dieser Stadt.« Eine knöcherne Totenhand schnellt plötzlich unter dem Tisch hervor und packt Albrechts Handgelenk. »Niemals in dieser Stadt!«

Er lässt ihn wieder los und erhebt sich, ohne ihn dabei aus den Augen zu lassen – dieser Blick, der sich in ihn hineinbohrt wie einst der des Venezianers, geht ihm bis ins Mark. Dann dreht sich der Unbekannte um und verschwindet mit erstaunlicher Behändigkeit. Albrecht bleibt allein zurück, erschrocken und ratlos.

7

»Ich habe ein Fax aus Frankreich.«

Sie waren in ihr Büro im Präsidium zurückgekehrt.

»Marcel Dupas, fünfunddreißig Jahre alt, ledig, wohnhaft in Paris. Er arbeitet seit zwei Jahren als Vertreter für die Firma Balatier Pharmacie und betreut Westdeutschland, Belgien und Holland. Anscheinend ein völlig unbeschriebenes Blatt. Nicht mal eine Anzeige wegen Falschparkens.« Die Enttäuschung war Widmer deutlich anzusehen.

»Immer, wenn einer so gar nichts auf dem Kerbholz hat, werde ich misstrauisch«, entgegnete Elise. Ihr Handy klingelte und riss sie aus ihren Gedanken.

»Brandt?«

»Hier spricht Manfred Seibold.«

»Hallo.«

»Ich habe die noch vorhandenen Unterlagen meines Großvaters durchgesehen und bin auf etwas gestoßen, das Sie sich ansehen sollten.«

»Gut. Wann?«

»Können Sie um drei bei mir sein?« Er nannte seine Adresse.

Elise sah auf die Uhr. »Ja, das könnte ich schaffen.«

»Gut. Ich erwarte Sie.«

»Das war Seibold«, erklärte sie und verstaute ihr Handy wieder in der Jackentasche.

»Was wollte er?«

»Mit mir sprechen.«

Widmer grinste breit. »Baggert er dich an?«

»Du spielst gerade mit deinem Leben.«

Die Tür öffnete sich und Strothmann trat ins Zimmer, ohne vorher angeklopft zu haben. Er warf einen strengen Blick in die Runde. »Ich hoffe, ich störe nicht?« Er sah auf seine vergoldete Armbanduhr. »Sie haben die Pressekonferenz nicht vergessen, Frau Brandt? In einer halben Stunde.«

»Nein.«

»Dann erwarte ich Ihre Instruktionen. Was können wir der Presse sagen?«

Elise lehnte sich bewusst nonchalant in ihrem Stuhl zurück. »Wir sind auf dem richtigen Weg.«

Strothmann verzog seine dünnen Lippen, was in seinem Mimikrepertoire wohl die Bedeutung eines Lächelns hatte. »Sie hätten Politikerin werden sollen.«

»Dafür lüge ich nicht gut genug.«

Er wurde wieder ernst. »Also?«

»Es ist zu früh. Wir kommen voran, aber wir haben noch nichts Greifbares, an dem wir etwas Bestimmtes festmachen können. Wir fischen im richtigen Fluss, davon bin ich überzeugt, aber der dicke Fisch zappelt noch nicht am Haken.«

Strothmanns Mundwinkel verzogen sich wie bei einem schmollenden Kind nach unten. »Also wieder einmal improvisieren. Das ist nicht sehr erbauend, Frau Brandt. Aber so lasse ich Sie nicht davonkommen. Ich erwarte bis morgen Mittag einen detaillierten Zwischenbericht, aus dem klar hervorgeht, welche Spur Sie bisher bis wohin verfolgt haben.«

Er warf einen missmutigen Blick zu Widmer, der ihn an sich abprallen ließ, wandte sich ab und verließ den Raum.

»Und das mit Abrahamsson weiß er noch gar nicht.« Widmer wirkte besorgt.

Elise holte ihr Handy hervor und tippte eine Nummer ein. Sie rief Birte an, der mehrmals tägliche Kontrollanruf. Anschließend wandte sie sich wieder ihrem Kollegen zu. »Ich werde nach der Pressekonferenz nach Hause fahren und Birte für eine halbe Stunde ablösen, sie muss eine Besorgung machen, und anschließend fahre ich zu Seibold.«

Widmer grinste wieder. »Wird Zeit, dass du mal wieder ein Date hast.«

Elise warf einen Bleistift in seine Richtung. »Witzbold!«

»Griesgram.«

»Versuch du lieber etwas mehr über die Stipendiaten der WWS rauszukriegen. Nach dem Treffen mit Seibold fahre ich nach Essen ins Uniklinikum.«

8

Der durchdringend helle Ton des Telefons drang trotz des fließenden Wassers bis an sein Ohr. Avide stellte das Wasser ab, stieg aus der Duschkabine, hüllte sich in ein sauberes Handtuch und ging schnellen Schrittes tropfnass ins Zimmer.

»Oui?«

Eine Stimme, die ihm bekannt vorkam, nannte fragend seinen Namen.

»Oui. C'est moi.« Wasser lief ihm aus den Haaren das Gesicht herunter. Er nahm ein Handtuch und rubbelte sie trocken.

»Monsieur Sarzac wird Ihnen Auszüge aus seinem Archiv zukommen lassen, die er zu einem Dossier zusammengestellt hat.«

»Gut. Woher wissen Sie, dass ich hier …«

»Kennen Sie das Hotel Balzac?«

»Ja. Ecke Rue de Balzac, Rue de Lord Byron?«

»Ja. Unweit des Arc de Triomphe. Fragen Sie dort nach Monsieur Chappelle.«

Ein Klicken zeigte ihm an, dass der Unbekannte aufgelegt hatte.

Avide stand nackt im Zimmer und starrte den Telefonhörer an, als hätte der ihm etwas Obszönes ins Ohr geflüstert.

9

Reberkötter trat geräuschvoll in Elises Büro, gerade als sie es verlassen wollte, um zur Pressekonferenz zu gehen, blieb im Türrahmen stehen und winkte sie verschwörerisch zu sich heran.

»Ich habe meine Ohren auf Empfang gestellt«, sagte Reberkötter leise. »Strothmann forciert vehement die Zusammenarbeit mit dem BKA – hinter meinem Rücken. Mein Lieber, der pokert ganz schön hoch! Wenn wir jetzt nicht aufpassen, geht das Ding nach hinten los. Er wird versuchen, dich auf Umwegen in der Pressekonferenz bloßzustellen und dir den schwarzen Peter zuschieben, damit er gut dasteht und den Rücken frei hat. Ich bin dann im Zugzwang, und er weiß, dass ich nicht anders kann, als das BKA ranzulassen, um überhaupt noch was zu retten und uns nicht dastehen zu lassen wie die letzten Idioten. Er weiß, dass ich das BKA bisher noch hinhalte, und er weiß auch, wie wackelig meine Position ist.«

»Und das BKA hat sich noch hinhalten lassen?«

»Die sind anscheinend auf diese Geschichte auch nicht so wild. Strothmann ist die treibende Kraft. Der Junge hat verdammt gute Beziehungen!« Er atmete tief durch.

»Da ist eine ganz heiße Sache im Gang. Das BKA hat Winters in Verdacht, der Auftraggeber eines Kunstraubs in Russland zu sein. Im Herbst letzten Jahres sind aus den Beständen der Eremitage wertvolle Druckgrafiken verschwunden, die sie wahrscheinlich '45 selbst in Berlin haben mitgehen lassen. Wie dem auch sei, die Russen haben ein großes Ding daraus gemacht und einen der Täter gefasst, einen Tschechen. Ein kleiner Fisch, aber er hat geplaudert. Man ist kurz davor, die ganze Bande hochgehen zu lassen, die den Russen schon eine ganze Zeit lang ein Dorn im Auge ist. Der Name Hugo Winters, so die Aussage des Tschechen, soll mehrmals gefallen sein. Die Russen haben sich mit den deutschen Behörden in Verbindung gesetzt, weil sie in Berlin einen der Hauptumschlagplätze der gestohlenen Kunstwerke vermuten. Das Ganze wird mit Samthandschuhen angefasst, eine heiße Sache, diplomatische Verwicklungen und so weiter. Wie man hört, hat sich das BKA auf Anweisung von ganz oben drangehängt. Winters' Tod hat bei denen sämtliche Alarmglocken läuten lassen. Er wäre nicht der Erste, der sich mit der Mafia anlegt und dabei den Kürzeren zieht. Diese Leute sind nicht zimperlich.«

Elise hörte gespannt zu. Eine neue Wendung, mit der sie nicht gerechnet hatte.

»Du rennst ins offene Messer. So oder so. Und Strothmann ist auf der sicheren Seite, wenn du den Fall nicht löst, wird es das BKA tun. Er ist dich anschließend los, ohne einen Flecken auf seiner weißen Weste. Du musst gleich den Eindruck erwecken, dass du kurz vor dem Abschluss stehst. Das ist deine einzige Chance. Umso schwerer wird es ihm fallen, das BKA ins Spiel zu bringen. Könnte an der Theorie mit der Mafia etwas dran sein? Hast du diesbezüglich Anhaltspunkte?«

»Nein. Und ich glaube nicht an diese Theorie. Oder glaubst du, diese Leute machen sich die Mühe, nachdem sie Winters die Kehle durchschnitten haben, ihm einen Zettel mit einem Gedicht von Baudelaire in die Hand zu drücken?«

»Was weiß denn ich, wie diese Typen ticken. Ich weiß nur, dass uns das BKA verdammt nah auf den Fersen ist. Ich kann sie nicht mehr lange hinhalten. Wir brauchen Fakten, Beweise, Lise!«

»Ich brauche Zeit! Wir warten noch auf nähere Informationen aus Frankreich bezüglich des ermordeten Handelsvertreters, zu dem Francine Moreau Kontakt hatte. Unser flüchtiger Verdächtiger ist in Paris untergetaucht. Die Kollegen hatten ihn fast, aber er ist ihnen entwischt. Und ich verfolge noch eine weitere Spur. Der Tote, den ich in seiner Wohnung gefunden habe, Karl Leuwang. Ich bin fest überzeugt, dass er etwas mit der Sache zu tun hat. Vielleicht hat er Winters erpresst mit etwas aus dessen Vergangenheit. Leonore Mayer, Winters' Schwägerin, hat mir erzählt, dass ihre Schwester davon überzeugt war, dass Winters die Schuld am Tod ihres Vaters trägt. Mayer war Jude und ist in einem Konzentrationslager umgekommen. Winters führte dessen Geschäfte, nachdem sich Mayer gezwungenermaßen zurückziehen musste. Hätte Mayer die Nazis überlebt, er hätte irgendwann seinen rechtmäßigen Besitz zurückgefordert. Vielleicht ist es das. Leuwang hat vor dem Krieg für die Nazis gearbeitet und einen Artikel über eine Künstlergruppe geschrieben, die sich in dem Haus getroffen hat, in dem wir Winters gefunden haben. Winters hatte Kontakt zu dieser Gruppe. Leuwang könnte ihn gekannt haben.«

»Das ist ja eine schöne Geschichte«, brummte Reberkötter, und sein Gesicht legte sich in missmutige Falten. »Alles schön und gut, aber ohne Beweise …«

Es entstand eine kurze Pause, dann sagte Elise: »Ich muss dir noch etwas sagen. Ich bin bei Abrahamsson gewesen und habe ihm auf den Zahn gefühlt. Das könnte ein Nachspiel haben.«

»Das ist Selbstmord, Lise!«, brauste Reberkötter auf. »War das nötig?«

»Ich glaube, auch er hat was mit der Sache zu tun. Ich glaube, mit dieser Stiftung, die er leitet, ist etwas faul.«

»Glaube hilft uns aber nicht!«, sagte Reberkötter scharf. Er atmete tief durch. »Eines nach dem anderen. Zuerst müssen wir diese verfluchte Pressekonferenz so elegant wie möglich hinter uns bringen. Denk dran, du musst so selbstsicher wie irgend möglich auftreten. Und lass dich nicht in Fangfragen verwickeln. Den Rest mache ich. Strothmann darf nur so wenig wie möglich zum Zuge kommen. Ich wünschte, wir wären in einer dieser schlechten Hollywoodkomödien und ich könnte diesen Kerl einfach in einen Besenschrank einsperren und den Schlüssel verlieren, bis die Konferenz vorbei ist!«

Reberkötter legte ihr freundschaftlich die Hand auf die Schulter, nickte Widmer zu und verließ den Raum.

»Also, so eine komplizierte Leiche hatten wir noch nie«, sagte Widmer. »Wenn wir nicht bald was vorlegen, sehen wir so alt aus, wie wir niemals werden können.«

Elise nickte stumm. »Würdest du Winters das zutrauen? Ich meine, in Verbindung mit der Kunstmafia zu treten?«

»Unbesehen. Der war doch vollkommen besessen, was seine Sammlung anging.«

»Ja. Aber er war auch keiner von denen, die sich ihre gestohlenen Kunstwerke zu Hause im stillen Kämmerlein betrachten. Es war klar, dass seine Sammlung später der Öffentlichkeit zugänglich gemacht werden sollte. Ich glaube, er war sehr auf seinen Ruf in der Kunstwelt bedacht. Ein Sammler, dem man dubiose Geschäftspraktiken nachsagt, macht seine Sammlung irgendwann damit kaputt. Vielleicht hat er Kontakt zur Mafia aufgenommen. Aber wenn ja, dann aus einem anderen Grund.«

Elises Handy summte leise.

»Brandt?«

»Hier isse Luigi. Hat Willy gesagt, ich solle anrufen, wenn was los ist.«

»Ja, Luigi?«

»Hat Haus verlassen. Wird gefolgt von dunkle Wagen.«

»Bitte bleiben Sie dran. Folgen Sie ihm aber unauffällig. Und geben Sie Willy Bescheid, er wird Ihnen weitere Instruktionen geben.« Sie schaltete das Handy wieder aus.

»Luigi?«

»Meine neueste Eroberung«, sagte Elise und verließ das Zimmer.

Der Raum war gut gefüllt, wie erwartet, denn der Tod Hugo Winters' hatte ein großes Medienecho hervorgerufen. Dutzende erwartungsvoller Augenpaare starrten sie an. Elise saß links von Reberkötter, neben ihr Strothmann, der seinen Blick wohlwollend über die Menge vor ihm schweifen ließ. Er war in seinem Element. Sein aufdringliches Eau de Cologne stieg Elise in die Nase und verursachte ihr fast physische Übelkeit.

Es begann langsam, die normalen allgemeinen Fragen zum Ermittlungsstand. Im Hintergrund klickten Kameras, die Bleistifte und Kugelschreiber kratzten eifrig über die weißen Seiten der Schreibblöcke auf den Schößen der Journalisten. Elise schlug sich tapfer, sprach von verschiedenen Spuren, denen sie nachging, ohne dabei konkret zu werden. Strothmann ließ sie gewähren, sprang lediglich ab und zu helfend ein.

Irgendwann trat eine kurze Pause ein, in der eine junge Journalistin mit kurzem blondem Bubikopf und dunkel getönter Brille die Hand hochreckte. Noch bevor Elise den Mund öffnen konnte, hatte Strothmann sie bereits aufgerufen.

»Vera Schollwer vom Abendblatt«, stellte sich die junge Frau vor, nachdem sie sich erhoben hatte. Sie war schlank und trug eine Jeans und einen blauen Blazer. »Wenn ich das, was wir von Ihnen bisher zu hören bekommen haben, zusammenfasse, komme ich zu dem Schluss, dass Sie noch immer so schlau sind wie zu Anfang. Liege ich da richtig?«

Gemurmel entstand, das wie eine Welle durch den Raum schwappte. Vera Schollwer blickte Elise herausfordernd an.

»Das ist nicht richtig. Wir haben den Täterkreis bereits eingeengt. Die Stellung und das Alter des Opfers machen die Ermittlungen nicht leichter. Hugo Winters war zweiundachtzig Jahre alt und hat ein ereignisreiches Leben geführt. Wir sind zu der Auffassung gekommen, dass sein Tod nicht unbedingt mit seinen Aktivitäten in der Gegenwart zu tun hat und müssen uns zwangsläufig intensiv mit diesem langen Leben auseinandersetzen. Bitte haben Sie Verständnis dafür, dass ich beim derzeitigen Ermittlungsstand noch nicht zu sehr ins Detail gehen kann.«

»Es kursiert das Gerücht, dass Hugo Winters in die Aktivitäten der russischen Kunstmafia verstrickt ist. Ist da etwas dran?«

Elise zögerte einen Augenblick.

Reberkötter erhob sich. »Wir gehen allen Hinweisen und Spuren nach. Hugo Winters war ein Mann mit weitreichenden Verbindungen und Kontakten. Zurzeit prüfen wir noch. Sollten sich dahingehende Verdachtsmomente erhärten, werden wir nicht zögern, dem weiter nachzugehen. Ich würde Sie trotzdem bitten, derlei Gerüchten im Moment noch keinen Glauben zu schenken. Das Opfer war ein kunstsinniger und großzügiger Mann. Es wäre schäbig von uns, sein Andenken jetzt voreilig mit Schmutz zu bewerfen. Die Kunstwelt ist einhellig der Meinung, dass seine Sammlung, die hoffentlich bald der Öffentlichkeit zur Verfügung stehen wird, einzigartig und ein großer Gewinn für unser Land ist.«

»Das würde sich aber dann auf einer höheren, eventuell der diplomatischen Ebene abspielen?«

»So weit sind wir noch lange nicht.« Reberkötter lächelte charmant. »Und um Ihre nächste Frage vorwegzunehmen: Wir sehen bisher keine Veranlassung dazu, Hilfe von außen, etwa das BKA oder ähnliche Stellen, anzufordern. Und das BKA hat uns auch von sich aus noch nicht kontaktiert. Wir haben die Lage im Griff.«

Langsam, fast in Zeitlupe, wandte er den Kopf und blickte über Elise hinweg zu Strothmann, der fast gleichzeitig den Kopf in Richtung des Oberstaatsanwalts drehte. Sein bronzefarbener Teint schien eine Spur blasser geworden zu sein. Seine Augen zogen sich zu schmalen Schlitzen zusammen. Reberkötter setzte sich. Strothmanns Gesicht nahm wieder die normale, undurchdringliche Miene an, die er auch sonst zur Schau stellte, so schnell wie ein professioneller Pokerspieler. Er vermied es, Elise anzusehen, und blickte starr geradeaus. Der Rest der Pressekonferenz verlief ohne Zwischenfälle.

»Das war knapp«, sagte sie später. »Ich frage mich, ob diese Journalistin …«

»Frag dich nicht«, sagte Reberkötter. »Sie ist die Schwester von Strothmanns Frau.«

10

Als er hinaus auf die Straße trat, fegte ein frischer Wind. Dennoch entschied sich Avide, den Weg zum Hotel Balzac zu Fuß zurückzulegen. Er blieb stehen, als die Ampel am Rondell, an der die breite Avenue Franklin Roosevelt die Avenue des Champs-Élysées kreuzt, Rot zeigte. Aus der Avenue Montaigne kam langsam eine schwere sechstürige Limousine herangerollt und blieb stehen. Eine Tür im vorderen Bereich öffnete sich, ein junger Asiate stieg aus, öffnete im Handumdrehen eine der hinteren Türen und nötigte ihn, ehe er richtig begreifen konnte, was passierte, einzusteigen.

Das alles geschah innerhalb von Sekunden, und als sein Verstand wieder einsetzte, fand er sich im Fond einer Luxuslimousine wieder. Die Scheiben waren getönt, und ihre Panzerung hielt die Geräusche der Straße fern. Leise Musik erfüllte den Innenraum, dessen Luft durchsetzt war vom Duft einer teuren Zigarre. Beethoven, Klavierkonzert.

»So angenehm bin ich schon lange nicht mehr entführt worden«, sagte Avide und lehnte sich entspannt in die weichen Schalenledersitze zurück.

Ein dunkles, brummendes Lachen ertönte. »Darf ich Ihnen etwas zu trinken anbieten?«

Vor ihm öffnete sich mittels einer Fernbedienung eine Klappe und gab den Blick auf eine holzgetäfelte, indirekt beleuchtete Minibar frei. Auf den Kristallgläsern fing sich das Licht und ließ sie erstrahlen. »Nein danke.« Avide wandte den Kopf und sah in das lächelnde Gesicht eines etwa sechzigjährigen, sehr distinguiert wirkenden, elegant gekleideten Mannes. Akiro Santo konnte seinen Familienstammbaum vierhundert Jahre zurückverfolgen, eine Familie, die zu den reichsten Japans gehörte und sich seit ebenso langer Zeit nur zweierlei verpflichtet fühlte: dem Tenno und der Vermehrung ihres Vermögens. Er lächelte das freundliche, undurchdringliche Lächeln eines Asiaten, eine Miene, die auch nicht anders ausgesehen hätte, wenn er ihm gerade ein Wakizashi, das Schwert der Samurai, in den Leib gestoßen hätte. Er war ein mächtiger Mann, und ein gieriger. »Vielen Dank, dass Sie meiner Aufforderung Folge geleistet haben.« Er sprach ein gebildetes Französisch, fast ohne Akzent.

»Wie hätte ich ablehnen können? Und woher wissen Sie …«

»Ein reiner Zufall. Ich bin auf dem Weg zu einer Teegesellschaft beim Innenminister. Ich habe schon nach Ihnen gesucht, aber Sie waren – unauffindbar.«

»Ich hatte meine Gründe.«

»Mein Fahrer wird Sie selbstverständlich nachher absetzen, wo immer Sie möchten.«

»Dann ist das hier das exklusivste Taxi meines Lebens.«, sagte Avide trocken.

Santo lachte tief und zeigte zwei Reihen perfekter elfenbeinfarbener Zähne. Sein sonst glattes Gesicht legte sich in Falten, was ihn nicht unsympathischer machte. Ein charmanter älterer Herr mit guten Manieren, manikürten Fingern – und dem Ruf, unbarmherzig zu seinen Konkurrenten zu sein und gute Verbindungen zu den Yakuza zu haben, der japanischen Mafia, die den Hang hat, ihren Feinden die abgetrennten Gliedmaße ihrer Lieben zu schicken. Avides innere Spannung wuchs.

»Entspannen Sie sich«, sagte Santo. »Mein Ruf ist wesentlich schlechter, als es der Wirklichkeit entspricht.«

»Sagen Sie.« Avide lächelte freundlich zurück, konnte seine innere Nervosität aber nur schlecht damit überspielen.

»Ich mag Schlagfertigkeit. Ja, das tue ich!« Er faltete seine Hände, als wolle er beten, und führte die Fingerspitzen langsam zum Mund. »Ich bin reich, Monsieur St. Cyr, sehr reich.«

»Das freut mich für Sie.«

»Und ich muss gestehen, dass ich mein Leben lang das Geld gern als Mittel zum Zweck benutzt habe.«

»Zu welchem Zweck, wenn ich fragen darf?«

»Der Welt ein kulturelles Erbe zu erhalten. Leider leben wir in einer Zeit, die arm ist an kulturell Erhaltbarem. Also muss sich unser Augenmerk auf das richten, was unsere Vorfahren uns an Erhaltenswertem hinterlassen haben. Es war schon immer so, dass die Kunst allein nicht fähig ist zu überleben. Sie braucht Geber, die sie ermöglicht, und Beschützer, die sie erhält. Die Aufgabe des Mäzenatentums war schon immer die Aufgabe der Wohlhabenden, ja, es ist ihre Verpflichtung. Was wären die italienischen Meister ohne die Medicis, die Sforzas und die großen Renaissancepäpste gewesen, was ein Michelangelo ohne Julius II., auch wenn das Verhältnis zwischen Künstler und Kaufmann nicht immer einfach war.«

Er unterbrach sich und sah Avide forschend an. »Sie wissen natürlich, dass ich in Kyoto ein Museum gebaut habe, dessen Bestand sich mit denen der kleineren Museen in Europa durchaus messen kann.«

Avide wusste es. Santo war der Guggenheim Japans. Die Versicherung, für die er arbeitete, hatte einige der Kunstwerke des Museums versichert.

»Santo-san, ich schätze Ihre Bemühungen durchaus hoch. Auch wenn es mir lieber wäre, wenn einige der Kunstwerke Ihrer Sammlung noch in Europa wären, aber Sie heben sich wenigstens wohltuend von einigen Ihrer Landsleute ab, bei denen Kunstwerke nur zu oft in gut bewachten Tresoren asiatischer Banken verschwinden. Aber vielleicht wäre es sinnvoller, diese Diskussion an anderer Stelle …«

Santo hob mit einer ruckartigen Bewegung die Hand, und Avide verstummte.

»Kommen wir zum Punkt. Wie viel? Der Preis spielt keine Rolle. Ich stelle Ihnen einen Scheck aus.«

Philippe Valois, mit dir habe ich noch ein Hühnchen zu rupfen, dachte Avide wütend. »Sie enttäuschen mich, Santo-san. Sie wissen, dass ich mich darauf nicht einlassen kann.«

»Für gewöhnlich bekomme ich, was ich möchte, Monsieur St. Cyr. Und für gewöhnlich ist es lediglich eine Frage der Höhe der Summe und wie viel der kostbaren, knapp bemessenen Lebenszeit man aufwendet, um zu einer beiderseitigen Einigung zu kommen.«

»Dann ist dieses Gespräch die Ausnahme von der Regel.«

»Ihr letztes Wort?«

»Mein allerletztes. Was macht Sie so sicher, Santo-san? Die Echtheit des Briefes ist durchaus noch nicht bestätigt.«

»Ich habe meine Quellen, auf die ich mich blind verlasse. Und ich bin noch nie enttäuscht worden.«

»Es gibt viele, die sich auf Philippe Valois' Urteil verlassen.«

Santos graue, weise Augen ruhten auf Avides Gesicht. Er wirkte sehr ernst.

»Er versucht, Ihnen zu helfen. Ich bin nicht der Einzige, der den Brief will, aber sicher der Einzige, der Ihnen die Hand entgegenstreckt, ohne dass im Ärmel dahinter die Klinge eines Messers funkelt.«

»Tut sie das nicht? Vielleicht haben Sie sie nur besser verborgen.«

Avide spürte Santos Hand, die sich plötzlich um sein Handgelenk schloss.

»Ich möchte verhindern, dass der Brief in falsche Hände gerät, Monsieur. Und die Gefahr besteht, glauben Sie mir. Und glauben Sie mir auch, dass Sie einem Irrtum unterliegen, wenn Sie denken, dass Sie den Brief beschützen können.« Seine dunkle Stimme senkte sich um eine weitere Oktave. »Ein tödlicher Irrtum unter Umständen.«

»Ich habe bereits Bekanntschaft gemacht mit den ›falschen Händen‹, auf die Sie anspielen. Ich lasse mich ungern bedrohen, von wem auch immer. Sie sprechen mit einem Mann, der in zwei Ländern wegen Mordes gesucht wird. Unterschätzen Sie mich nicht.«

Santo ließ Avides Handgelenk los. Wieder erschien das Lächeln auf seinem Gesicht.

»Sie haben den Dickschädel Ihres Vaters geerbt. Es war immer ein Vergnügen, Geschäfte mit ihm zu machen, aber niemals einfach.« Das Lächeln verschwand. »Er musste einen hohen Preis für seine Sturheit bezahlen.«

»Ein Risiko ist nur dann ein Risiko, wenn man die Situation falsch einschätzt, war einer der Leitsätze meines Vaters.«

»Oder wenn man seinen Gegner unterschätzt«, ergänzte der Japaner.

»Das sollte man in keinem Fall tun. Warum dieser Brief, Santo-san? Was ist daran so Besonderes, dass Balatier ihn haben will?« Akiro Santo erwiderte seinen Blick. Avide las im Gesicht des alten Mannes die Überraschung darüber, dass er offenbar besser unterrichtet war, als dieser angenommen hatte.

»Ich kann mich nur wiederholen, Monsieur St. Cyr. Es wäre eine fatale Dummheit, mein Angebot abzulehnen.«

»Santo-san, man versucht, mich umzubringen, ich habe die deutsche und die französische Polizei auf den Fersen, und mit jedem Tag, den der Brief in meiner Obhut ist, wachsen mein Interesse an ihm und der Wille, ihn erst mal in meiner Obhut zu behalten. Die Fronten sind also geklärt. Wir werden sehen, wer die Schlacht gewinnt.«

»Wie Sie meinen ...«, sagte Akiro Santo nachdenklich.

»Ich möchte zum Hotel Balzac.«

11

Manfred Seibold wohnte in einem eleganten, neugebauten Apartmenthaus, an dessen Fassade Elise neidisch hochblickte. Sie drückte den Klingelknopf und erhielt über eine Sprechanlage die Anweisung, in den Aufzug zu steigen und in die oberste Etage zu fahren. Er empfing sie an der Aufzugstür, scheu lächelnd, leger gekleidet, in Jeans und

Rollkragenpullover. Sie sah sich um, moderne Polstermöbel gepaart mit einigen schönen Antiquitäten, die er vielleicht vom Großvater geerbt haben mochte. Alles war in hellen Pastelltönen gehalten, der Boden, dunkles Parkett, bildete einen reizvollen Kontrast. Die Tür zu einer großzügig angelegten Terrasse stand offen, von der man einen atemberaubenden Ausblick über die Dächer des Viertels hatte. Man fühlte sich frei, über sich nur der Himmel, unter sich das wogende Leben, die Menschen, der Verkehr in einer Großstadt, weit zurückgelassen. Irgendwo im Hintergrund lief leise Musik. Mahler. Die Fünfte, Elises Lieblingssinfonie des Komponisten.

»Kann ich Ihnen etwas anbieten?«, fragte Seibold.

»Nein danke.«

»Soll ich die Musik ausmachen?«

»Wegen mir nicht. Ich liebe Mahler.«

Ein Leuchten trat in seine Augen. »Ich auch. Manche sagen, er mache depressiv. Aber ich finde das nicht. Er lässt einen wie kein anderer tief in die eigene Seele blicken. Man muss sich ihm stellen, mit ihm umgehen können. Dann ist er wunderbar.«

»Sie leben allein?«

»Zurzeit ja.«

»Jede Frau, die sich das hier entgehen lässt, ist aber dumm.«

Seibold lächelte. »Es ist mir nicht leichtgefallen, das Domizil meines Großvaters zu verkaufen, ich bin dort aufgewachsen, aber da waren zu viele Erinnerungen und zu viel von ihm. Ich hatte das Gefühl, etwas Eigenes haben zu müssen, in dem ich mich wiedererkenne.«

»Das verstehe ich gut.«

Sie setzten sich auf das breite Sofa, und erst jetzt bemerkte Elise die Kartons, die, teilweise geöffnet, teils noch geschlossen, umherstanden.

»Es gibt noch mehr davon«, sagte er ihren Blick deutend. »Das sind die persönlichen Dokumente meines Großvaters. Als ich damals alles verkauft habe, habe ich lediglich einige Bilder und Möbel und eben die persönlichen Papiere behalten. Aber irgendwie bin ich bis jetzt noch nicht dazu gekommen, sie durchzusehen. Jetzt habe ich mir ein paar Tage frei genommen.«

»Gab es irgendwelche weiteren Vorkommnisse?«

Er schüttelte den Kopf. »Es ist wie ein böser Spuk, der am Tage verschwindet und man glaubt, nichts sei gewesen.«

Elise zögerte und sagte dann: »Ich war bei Abrahamsson.«

Die Farbe wich aus Seibolds Gesicht. »Und?«

»Kein sehr angenehmer Mann. Ich würde ihm einiges zutrauen.«

Der Anwalt nickte. »Je mehr ich darüber nachdenke, desto mehr glaube ich, dass er die Stiftung für seine persönlichen Zwecke missbraucht. Irgendetwas Dunkles geht da vor. Und ich zeige Ihnen einiges, das mich in dieser Vermutung bestärkt hat.«

Er stand auf und ging zu einem hohen Nussbaumsekretär, dessen warmes Holz unter der Politur leuchtete. Er kehrte mit einigen Packen in verschiedenen Farben verschnürter Schriftstücke zurück, zögerte jedoch, sie Elise auszuhändigen. »Seit wir miteinander gesprochen haben, habe ich viel über mich und Wilhelm nachgedacht.« Noch immer war er hin- und hergerissen zwischen der Loyalität einem Mann gegenüber, den er verehrt und geliebt hatte, und vielleicht einer Wahrheit, die dieses Bild zerstören konnte.

»Wilhelm war mein Lehrmeister – und wie ein Vater für mich. Aber er gehörte einer anderen Generation an. Vor allem bedeuteten ihm die Begriffe Loyalität und Freundschaft sehr viel. Er war mit den Wagners eng befreundet, hielt ihr Andenken ein Leben lang in Ehren und er hat sehr viel von der Stiftungsidee gehalten. Ich kann mir einfach nicht vorstellen, dass er bei einem eventuellen Missbrauch durch Abrahamsson beide Augen zugedrückt hätte. Er tat für seine Klienten vieles, ging bis an die Grenzen der Legalität, aber niemals darüber hinaus. Er hat manchen lukrativen Mandanten aus diesem Grunde abgelehnt.«

»Er mochte Abrahamsson nicht.«

»Nein«, bestätigte Seibold.

»Haben Sie jemals einen dieser Stipendiaten kennengelernt?«

»Ich kümmere mich ausschließlich um die juristischen Belange der Stiftung. Für die Stipendiaten sind Abrahamsson und der Stiftungsrat zuständig.«

»Also wäre ein rein materieller Missbrauch, zum Beispiel des Stiftungsvermögens durch Abrahamsson, nicht möglich, ohne dass Sie etwas bemerkt hätten?«

»Unmöglich ist nichts. Es wäre für Abrahamsson sicher nicht schwierig, die Berichte zu fälschen. Ich habe sie mir während meiner Einarbeitungsphase genauer angesehen, und mir sind keine Unregelmäßigkeiten aufgefallen.« Er hielt ihr den Packen mit den Papieren hin, die er bisher fest umklammert gehalten hatte. »Das hier ist die private Korrespondenz meines Großvaters.«

Elise nahm die Briefe entgegen.

»Ich habe die Briefe gesichtet und nach Jahresdaten sortiert. Der oberste Packen mit der roten Schnur sind Briefe an Erhard Wagner aus den Jahren zwischen 1950 und 1970. Anscheinend hat sie Adele Wagner nach dem Tod ihres Mannes an meinen Großvater zurückgegeben. Der Packen, den Sie da in der Hand halten, weist eine Besonderheit auf: Die Briefe sind auf der Rückseite gestempelt, sie tragen eine Art Exlibris und eine Aktennummer.«

Elise löste vorsichtig die Schnur vom ersten Packen, nahm einen der Briefe, faltete ihn auseinander und drehte ihn um. Auf der Rückseite links oben prangte eine von Hand geschriebene Nummer und daneben ein verblasster Stempelabdruck: Dürers betende Hände.

»Das ist das Signum der Stiftung. Nur in der Zeit, aus der die Briefe stammen, hat an die Stiftung noch niemand gedacht.«

Elise nickte. Diese Hände schienen sie zu verfolgen.

»Ich weiß, dass Wagner ein Archiv führte, in der er wichtige Korrespondenz archivierte. Aber ich dachte, es ginge nur um Geschäftliches.«

»Sie haben sie gelesen?«

»Ja. Allerdings ist mir nichts aufgefallen, was irgendwie ungewöhnlich oder erwähnenswert wäre. Lediglich Privates, Beschreibung von Familienleben, Gesundheitszustand, Klatsch und Tratsch, Briefe unter Freunden. Ich kann mir keinen Grund vorstellen, der sie so wichtig macht, dass man sie in einem Archiv aufbewahren muss. Übrigens wird Hugo Winters einmal erwähnt. Ich habe die Stelle angestrichen.«

Es war ein Brief vom 27. April 1958:

»… muss ich Dir noch mitteilen, dass Winters sich heute bei mir gemeldet hat. Offenbar hat er von unseren Plänen erfahren und will sich einmischen. Genau wie er es früher immer getan hat. Er muss doch wissen, dass seine Zugehörigkeit zu uns einzig und allein auf der Tatsache beruhte, dass er und Pauline damals unzertrennlich waren. Bitte teile mir mit, wie ich mich ihm gegenüber verhalten soll …«

Elise ließ den Brief sinken. »Wer ist Pauline?«

Seibold zuckte die Schultern. »Ich weiß es nicht, Großvater hat sie nie erwähnt.«

»Was meint er mit ›Zugehörigkeit‹? Zu was?«

»Ich weiß es nicht.«

»Hat Ihr Großvater jemals den Begriff ›Apokalyptiker‹ gebraucht?«

»Nein. Sie haben diesen Begriff schon einmal erwähnt. Was genau ist das, eine Künstlervereinigung, sagten Sie?«

»Eine Künstlervereinigung, die sich vor dem Krieg im Haus von Endres Wolfarth getroffen hat. Das Haus, in dem wir Hugo Winters' Leiche gefunden haben.«

»Das Wagner-Haus.«

»Ja.«

»Und Winters gehörte zu ihnen – zu diesen Apokalyptikern? Er war doch kein Künstler.«

»Aber sehr kunstinteressiert. Schon damals. Ich glaube, er wollte dazugehören, aber man betrachtete ihn nicht als einen der ihren. Wagner stand wahrscheinlich durch Adele in Kontakt mit ihnen. Und Ihr Großvater anscheinend auch.«

»Er hat das nie erwähnt. Er war auch nie besonders an Kunst interessiert.«

»Er war nicht der einzige, der nicht gern über diese Zeit gesprochen hat. Irgendetwas ist damals passiert. Von was für Plänen könnte er sprechen?«

»Ich denke, er meint die Stiftung. Vielleicht gab es doch damals schon Pläne. Ich sagte ja schon, die Idee kam eigentlich von Wilhelm. Wagner hat sie dann begeistert aufgegriffen.« Es entstand eine kurze Pause. Dann sagte Seibold: »Ich habe Sie nicht wirklich wegen dieser Briefe hergebeten. Es gibt noch etwas anderes …«

Er langte über den Tisch und nahm einen weiteren Brief.

»Den hier hat mein Großvater am Morgen seines Todestages geschrieben. Er muss beim Schreiben unterbrochen worden sein, denn er hat ihn nicht beendet und nicht abgeschickt. Ich weiß also nicht, an wen er gerichtet ist. Ich habe ihn im Sekretär unter anderen Papieren gefunden. Er kam an diesem Morgen sehr aufgeregt in die Kanzlei, schien nervös und schloss sich sofort in sein Büro ein. Kurz darauf hatte er dann den Herzinfarkt.«

Er reichte den Brief Elise. Die Schrift war klar und von einer altmodischen Eleganz, wenn auch nicht mehr so sicher wie in den Briefen, die sie vorher zu Gesicht bekommen hatte.

»Lieber Freund,
auch ich halte mich an unsere Abmachung, uns ausschließlich auf diesem Wege zu verständigen. In Bezug auf Ihr letztes Schreiben möchte ich Ihnen mitteilen, dass ich in Erwägung ziehe, rechtliche Schritte gegen die WWS einzuleiten. Sie sehen also, Sie haben mich überzeugt.

Allerdings wird das schwierig werden, da ich im Moment noch nicht sehe, welchen Strafbestand die Ergebnisse unserer beiden Nachforschungen erfüllen. Das alles ist so unerfreulich, dass es mich geradezu anwidert, mich weiterhin damit beschäftigen zu müssen, doch ich sehe die Notwendigkeit ein. Mein Herz ist schwer, ich denke an meinen Freund Erhard Wagner und an unsere Ideen und Visionen. Mir ist, als hätte ich ihn verraten.

Dabei ist doch der wahre Verräter ein anderer, und wir kennen seinen Namen. Ich habe ihn nie gemocht, doch Erhard hielt so viel von ihm. Eine Natter, die er an seinem Busen genährt hat.

Ich bitte Sie, sich in den nächsten Tagen mit mir zu treffen. Wir müssen unsere weitere Vorgehensweise miteinander absprechen. Keine Telefonate! Werfen Sie mir eine kurze Nachricht in meinen Briefkasten. Ich bitte Sie um Verständnis, ich habe so vieles zu bedenken, die Kanzlei …«

Hier brach der Brief ab.

Elise sah Seibold nachdenklich an. »Sie glauben, er spricht von Abrahamsson?«

Er nickte. »Irgendjemand ist ihm auf die Spur gekommen und hat sich an meinen Großvater gewandt. Vielleicht kannte er ihn und hielt ihn für integer.«

»Wenn wir nur wüssten, an wen er den Brief schicken wollte. Und ich frage mich, was derjenige, der diesen Brief bekommen sollte, tat, nachdem er nichts mehr von Ihrem Großvater gehört hat.«

»Er wird erfahren haben, dass er gestorben ist.«

»Denken Sie nach. Ist Ihnen nach dem Tod Ihres Großvaters irgendetwas aufgefallen? Etwas Ungewöhnliches? Hat sich jemand nach ihm erkundigt, ein Anruf, der seltsam war, irgendetwas?«

»In der Zeit nach Wilhelms Tod herrschte das totale Chaos. Er starb so plötzlich, und alles musste schnell gehen, die Übernahme der Kanzlei, all das.«

»Trotzdem. Bitte denken Sie nach.«

»Vielleicht sollten Sie mit Marianne sprechen.«

»Marianne?«

»Marianne Wessling. Sie war die Sekretärin meines Großvaters und darüber hinaus auch eine Freundin und Vertraute. Er hat vieles mit ihr besprochen. Sie war übrigens, bevor sie zu meinem Großvater kam, die Sekretärin von Erhard Wagner. Er hat sie nach dessen Tod zu sich genommen. Ich rufe sie an.«

Er stand auf und ging zum Telefon. Kurz darauf kehrte er zu ihr zurück, in der Hand einen weißen Zettel. »Was die Zeit vor Wilhelms Tod angeht, ist ihr nichts in Erinnerung geblieben, das irgendwie ungewöhnlich gewesen wäre, aber am Tag seiner Beerdigung fiel ihr ein Mann auf, der irgendwie nicht zu den anderen Trauergästen zu passen schien. Er wirkte sehr nervös auf sie. Nach der Beisetzung sah sie, wie er in einen ziemlich schäbig aussehenden Wagen stieg.« Er reichte ihr den Zettel. »Sie hat sich das Kennzeichen gemerkt, weil es sich aus Initialen und Geburtsdatum ihres verstorbenen Mannes zusammensetzt: K-TW 1928. Es ist nicht viel, aber vielleicht …«

»Danke. Ich werde es prüfen lassen. Kann ich die Briefe mitnehmen?«

Er nickte. »Es sind, wie gesagt, nur die, die einen Stempel und die Archivnummer tragen.«

»Suchen Sie weiter in den Unterlagen Ihres Großvaters?«

»Ja, auch wenn es mir nicht leichtfällt. Ich habe es nicht umsonst so lange vor mir hergeschoben.«

»Ich verstehe.« Sie stand auf, ging zu einem der Fenster und sah hinaus, über die Dächer der Stadt, weit in den Himmel hinein mit seinen sich bauschenden Wolkenbänken. »Vielleicht bin ich auf dem falschen Weg. Wir haben Hinweise, dass Winters Kontakte zur russischen Kunstmafia hatte.«

Eine Hand legte sich auf ihre Schulter. »Das ist so eine Sache mit den falschen Wegen«, sagte Seibold. »Man läuft und läuft und manchmal verliert man das Ziel vor Augen. Das kenne ich gut. Aber wenn ich das sagen darf, Sie machen nicht den Eindruck, als würden Sie sich leicht verirren.«

Elise wandte sich langsam um und stand plötzlich direkt vor ihm. Für einen kurzen Augenblick blieben sie so und alles um sie herum hörte auf zu existieren; die Geräusche vor dem Fenster verstummten und die Musik wurde leiser und verlor sich im Raum. Selbst die Wolken schienen ihren Lauf angehalten zu haben. Es war ein Gefühl, das sie fast vergessen, zumindest über lange Zeit aus ihrem Leben verdrängt hatte.

Das Klingeln ihres Handys riss ein Loch in die Stille. Ohne den Blick von Seibold abzuwenden, fischte sie es aus der Tasche. »Ja?«

»Lise? Ich bin es, Mike. Egal was ihr auch gerade tut, brich es ab und komm. Wir haben ein Problem.«

12
Köln 1490

Genüsslich gleitet Albrecht in das heiße Wasser. Er hat Glück, ist allein im Badebottich und kann sich ausbreiten. Aus einem der hinteren Räume der Badestube auf dem Berlich dringt verhalten Gelächter an seine Ohren. Eine kleinere Gesellschaft veranstaltet ein Gastmahl in einem der riesigen Holzbadezuber, in denen das Essen auf darüber gelegten Holzbrettern serviert wird. Der mit Holz betriebene Glühofen in der Stube, der für das heiße Wasser zuständig ist, gibt eine Höllenhitze ab und treibt den Schweiß aus allen Poren. Aus der Schwitzstube wehen köstliche Düfte verschiedenster Kräuteressenzen zu ihm herüber und hüllen ihn ein.

Eine dralle Magd mit weißer Schürze und Haube schleppt schwitzend Eimer mit heißem Wasser in einen Nebenraum, und Albrecht sieht ihr versonnen nach.

Slyper tritt aus der Schwitzstube und bindet sich ein Leinentuch um die schmalen Hüften. Sein Gesicht ist rot erhitzt.

»Ganz hübsch, unsere Anna, was?«, fragt er lächelnd und folgt Albrechts Blick.

Der junge Maler nickt.

»Fragt sie. Sie ziert sich net. Schon gar nicht bei so einem stattlichen Burschen wie Euch.« Er steigt zu Albrecht in den Bottich und lässt sein Handtuch achtlos auf den Boden fallen. »Ich hab gehört, Euer Buch ist fertig?«

»Gestern hab ich's vom Apostelklopfer abgeholt.« Albrecht taucht bis zu den Schultern ins warme Wasser.

»Ihr könnt stolz sein. Dann wird es uns der Meister sicher bei der nächsten Versammlung präsentieren. Und das Bild vom Bryker?«

»Ist auch fast fertig. Der Meister hat mir einen weiteren Auftrag in Aussicht gestellt. Eine Folge von Holzschnitten für ein Buch. Aber über das Thema hat er noch nichts gesagt.«

»Ja, er macht's gern geheimnisvoll. So ist er halt.«

»Sagt, was geschieht in den großen Sälen, wenn ihr euch dort versammelt?«

Der Gewürzhändler zögert. »Es ist nichts Geheimes. Ihr seht doch, was vorgeht. Wir sitzen zusammen, einen Becher Wein am Tisch, reden, spielen ein Blatt …«

»Mehr nicht?«

»Ab und an wird auch das eine oder andere Geschäft gemacht. Schließlich sind wir alle Kaufleut', und viele kommen von weit her, da muss man die Gelegenheit nutzen. Wir kommen zur seelischen Erbauung zusammen, aber ein kleiner Handel zwischendurch – dagegen hat auch der Meister nichts.« Plötzlich wirkt er angespannt. »Oder hat er etwas zu Euch gesagt?«

»Nein, nein. Es interessierte mich nur.«

Der Gewürzhändler sinkt tiefer in das Wasser. Eine weitere Magd kommt und gießt einen Eimer heißes Wasser in den Bottich.

Es ist für Albrecht zur Gewohnheit geworden, sich umzusehen, wenn er ein Haus verlässt. Er blickt die Gasse hinunter. Nein, er ist allein.

Seit seiner ersten Begegnung mit dem Tod, wie Albrecht ihn insgeheim nennt, da er seinen richtigen Namen nicht kennt, in der Weinausschenke von St. Maria im Kapitol, ist er ihm noch zwei weitere Male begegnet. Er scheint ihm zu folgen wie ein Schatten, hat ihn allerdings nicht wieder angesprochen. Albrecht hat kein Wort darüber verloren, weder zu Niklas noch zu Clementi oder einem der anderen im Beginenhof. Was kann er bloß von ihm wollen? Er setzt seinen Weg fort. Die Nacht ist mild und sein Körper erwärmt vom Baden. Von der Schwitzerei hat er Durst bekommen, und er entschließt sich, noch einen Nachttrunk in einer der zahlreichen Schenken am Heumarkt zu nehmen. Er schlendert die Breite Straße hinunter. Seine Gedanken sind bei seiner Familie. Wie soll er dem Vater erklären, dass er seine Wanderschaft unterbrochen hat? Will er wirklich hier in Köln bleiben? Ist das seine Zukunft?

Plötzlich bleibt er stehen. Waren da nicht Schritte? Er wendet sich abrupt um. Die klapperdürre Gestalt seines Verfolgers lehnt in einiger Entfernung an einer Hauswand. Einem plötzlichen Impuls folgend, legt Albrecht im Eilschritt die Entfernung zwischen ihnen zurück. Der Dürre bleibt ungerührt an seinem Platz stehen.

»Was wollt Ihr? Warum verfolgt Ihr mich?«

Der Unbekannte mustert ihn von oben bis unten. »Tue ich das?«

»Ja.«

»Gebt mir einen Humpen aus. Ihr wollt doch sicher in eine der Schänken am Heumarkt.«

»Könnt Ihr jetzt schon meine Gedanken lesen?«

Als Antwort ertönt das unheimliche, gackernde Lachen.

»Also gut.«

Sie legen den Rest des Weges schweigend zurück. Seltsamerweise verspürt Albrecht keine Angst in der Gegenwart des Fremden. Unwohlsein ja, aber keine Angst.

Sie kehren in eine der zahlreichen Schankstuben ein und setzen sich im hinteren Bereich an einen der Tische. Albrecht lässt zwei Becher Wein kommen.

»Also?«, fragt er, nachdem der Unbekannte seinen Becher in fast einem Zug geleert hat.

»Ihr haltet mich für verrückt.« Er stellt den Becher langsam zurück auf den Tisch.

»Würdet Ihr an meiner Stelle etwas anderes denken?«

Der Unbekannte lacht. »Sicher nicht.«

»Aber dem ist nicht so, nicht wahr?« Albrecht beugt sich gespannt vor.

Das ausgemergelte Gesicht wird ernst. »Nein. Dem ist nicht so.«

»Ich will Euren Namen wissen.«

»Was sind Namen? Nichts. Sie taugen nur für Grabsteine. Aber bitte. Ich heiße Mattheus, Mattheus Rütt.« Wieder ein Lachen. »Der verrückte Mattes.« Er trinkt den letzten Schluck Wein. Seine hervortretenden Augen fahren an Albrecht auf und ab. »So schön, so stolz. Ich weiß, wie das ist, so über die Erde zu wandeln.«

Plötzlich überkommt den Maler Mitleid mit der zerrissenen, zerlumpten Gestalt. Er ahnt, dass er eine schwere Last auf den knöchernen Schultern trägt.

»Wie lange kennt Ihr ihn schon, den ›Meister‹?«, fragt Rütt.

»Ich habe ihn schon in Nürnberg getroffen, wo ich herkomme«, antwortet Albrecht. »Ich bin Maler. Er hat Holzstiche bei mir in Auftrag gegeben. Illustrationen zu einem Buch, einer Übersetzung der Apokalypse. Worte, wie ich sie nie zuvor vernommen habe.«

Rütt nickt. »Ja, auf Worte versteht er sich.«

Albrecht zerreißt es fast vor innerer Anspannung. »Was ist mit ihm?«

Rütt senkt traurig die Augen auf die Tischplatte. »Ich hatt auch einmal ein Leben, Pläne. Als ich noch nicht der verrückte Mattes war. Ihr müsst wissen, der Mönch treibt sich schon lange in der Stadt herum. Aus seiner Heimat, da haben sie ihn verjagt. Er ist ruhelos. Vor zehn Johr kam er zum ersten Male hierher. Er fand schnell Anhänger. Zwischendurch verschwand er dann wieder für längere Zeit, doch seine Ernte trug Früchte. Seit zwei Johr hat er sich ganz hier niedergelassen. Damals lebte ich bei einem Kaufmann, dem Johannes Bicher. Er handelte mit Gewürzen und Kräutern wie schon sein Vater und sein Großvater. Er war ein angesehener Mann – und wie ein Vater für mich, der beste Mensch, den ich je kennengelernt habe. Meine eigenen Eltern hab ich kaum gekannt. Er nahm mich auf an Sohnes statt. Er hatte nur eine Tochter, die Lisbeth. Wir wuchsen zusammen auf wie Schwester und Bruder, und doch war da mehr. Nach meiner Volljährigkeit weihte er mich in alle Geschäftsvorgänge ein. Und ich verlobte mich mit der Lisbeth. Alles schien so klar, so einfach.« Ein messerscharfer Blick trifft Albrecht. »Ihr wohnt im Beginenhof. Ihr habt Einblick. Ihr seht, was vorgeht.«

»Was meint Ihr?«

»Ist Euch nicht aufgefallen, dass da nit nur gebetet wird?«

»Es ist kein Kloster. Es ist nur eine Vereinigung von Menschen, die an das Gleiche glauben.«

»Das ist interessant. Ihr habt, ohne es zu wissen, den Nagel auf den Kopf getroffen.«

»Ich verstehe Euch immer noch nicht.«

Rütt lächelt keck. »Oder wollt Ihr nicht? Warum, glaubt Ihr, ist der Italiener ausgerechnet hier in Köln?«

»Ich weiß es nicht.«

»Köln ist eine Handelsmetropole.«

Worauf will Rütt hinaus? Weiß Albrecht es nicht schon längst? Hat er nicht Slyper gefragt, was in den Sälen des Beginenhofs vor sich geht? Und hat er nicht die Unsicherheit in dessen Blick bemerkt?

Rütt lehnt sich entspannt zurück. »Ich könnt noch einen Becher vertragen.«

Albrecht lässt eine zweite Runde kommen. Er bemerkt sehr wohl den zweifelnden Blick, den die Magd, die den Wein bringt, seinem Begleiter zuwirft. Offensichtlich ist er hier kein Unbekannter.

Der klammert sich an dem Becher fest, als hätte er Angst, jemand könne ihn ihm wieder fortnehmen. »Es gibt zwei Dinge in dieser Stadt, die sie vor vielen anderen hervorhebt. Das eine ist die Kirche, die hier so präsent und mächtig ist wie nirgendwo sonst. Zum anderen ist sie nicht nur ein Tor zur Welt, die Kaufmannschaften in Köln sind gut organisiert und haben einen bedeutenden Einfluss auch auf die Verwaltung und Regierung der Stadt. Zwei Aspekte, die dem Mönch für seine Pläne zustatten kommen.«

»Worauf wollt Ihr hinaus?«, fragt Albrecht ungeduldig.

Rütt läßt sich nicht beirren und spricht, wie zu sich selbst, in seinen Becher hinein. »Ich erinnere mich noch, als der Sprenger im 74er Johr die Rosenkranzbrüder gründete. Das war nach der Belagerung von Neuss durch Karl den Kühnen. Der Boden war fruchtbar für derartiges.«

»Ich hab viel Gut's gehört von den Rosenkränzlern.«

Rütt hebt die Hände. »Ich will nichts gesagt haben. Es gibt derlei viele in Köln, wohl bald an die hundert. Und alle sind sie einer Pfarr-, Stifts- oder Klosterkirche angeschlossen. Beim Italiener ist das anders. Ihr seid wohl eure eigene Kirche.«

»Ihr nehmt dem Venezianer also seine Gläubigkeit nicht ab.«

»Diese Stadt zeichnet sich durch ihre starken Kaufmannsgilden aus. Kaufleute, die organisiert sind und in die gesamte Welt reisen. Da fällt eine neue Bruderschaft zunächst nicht auf. Das war es, was der Mönch gesucht hat. Dieses Feld hat er bestellt und reiche Ernte davongetragen.« Er leert ein weiteres Mal seinen Becher in einem Zug. Seine Augen werden glasig. »Auch beim Bicher haben sie es damals versucht. Aber er wollte nichts davon wissen. Er hat sie durchschaut, die feinen Herren. Von Anfang an. Bedrängt haben sie ihn. Und als er immer noch stur blieb, da haben sie ihn wie einen Aussätzigen behandelt. Sie haben ihn in der Stadt schlecht gemacht, seinen Namen in den Dreck gezogen. Geschäfte haben bald nur noch die gemacht, die sich dem Venezianer angeschlossen hatten. Sie waren sich einig untereinander. Wichtige ausländische Handelspartner gingen und gehen bei ihm ein und aus. Es gab und gibt Preisabsprachen unter den Apokalyptikern. Sie beziehen die Waren untereinander zu günstigeren Preisen. Alle anderen müssen teuer zahlen. Bald war Bicher am Ende. Er ist bis zum Erzbischof gegangen, doch niemand wollte ihm glauben. Sein Ruf war hin.« Tränen lösen sich aus den blutunterlaufenen Augen und rinnen die eingefallenen Wangen hinunter. »Und dann haben sie ihn eines

Morgens aus dem Rhein gefischt. Hineingestürzt hat er sich, haben sie gesagt.« Er schlägt mit der Faust heftig auf den Tisch. »Doch das glaub ich niemals! Hineingestoßen haben sie ihn, die verfluchten Kerle vom Mönch!«

13

Als Elise in der kleinen Steinkopfstraße in Mülheim ankam, hatte sich bereits ein Aufgebot an Polizei eingefunden.

Sie parkte etwas abseits, Widmer hatte sie bereits von Weitem gesehen und kam auf sie zu. »Da hinten sitzt ein ziemlich fertiger Italiener, der die Kollegen nervt, weil er einzig und allein mit dir sprechen will.«

»Was ist passiert?«

»Eine Schießerei. Sieht so als, als hätte der Italiener ziemlich schnell den Finger am Abzug gehabt. Glatter Blattschuss. Der Typ war sofort mausetot. Versuch bloß etwas aus diesem Luigi rauszubekommen!«

Sie ließ ihn stehen und ging auf den roten Punto zu, der mit weit geöffneten Türen am Straßenrand stand. Es war Willi Ferses Wagen. Ein untersetzter, dunkelhaariger Italiener saß auf dem Fahrersitz, die Beine auf der Straße, und starrte leise murmelnd vor sich hin.

»Luigi? Ich bin Elise Brandt.«

Luigi sah hoch. Seine Augen waren gerötet, und seine Hände zitterten. Er sprach mit deutlichem italienischem Akzent. »Ich schlechte Schütze«, sagte er. »Nix Mafioso!«

Elise ging vor Luigi in die Hocke. »Schon gut. Erzählen Sie mir alles von Anfang an.«

»Alter Mann hat Haus verlassen, ich habe auf Handy angerufen, wie Willi gesagt. Ich in Wagen gefolgt. Bis hier. Alter Mann plötzlich verschwunden. Ich nicht gesehen, wohin gegangen. Ich hier geparkt und gewartet. Plötzlich klopft an Seitenscheibe. Mann in dunklem Anzug da und will, dass ich Tür öffne. Ich sehe schwarzen Mercedes, sitzt noch ein Mann. Ich aber nicht geöffnet Tür, denn sehe Pistole in Hose. Mann weitergeklopft. Dann er ist zu anderem Mann zurück. Habe zu mir hergesehen. Ich Angst. Ich kenne diese Typen. Sind Mafiosi. Ich nehme Pistole und steigen aus. Will weg. Mann schreit hinter mir. Ich sehe, wie er an Hose greift. Ich Panik! Peng! Mann fällt um.«

»Ein echter Blattschuss«, wiederholte Elise Widmers Worte.

»Ich nix Mafioso«, sagte Luigi. »Ich ganz schlechte Schütze.«

»Bis heute«, sagte sie und legte ihm beruhigend die Hand auf die Schulter. »Was ist mit dem anderen Mann?«

»In Auto und abgefahren.«

»Kennzeichen?«

Luigi schüttelte schuldbewusst den Kopf.

»Bleiben Sie ganz ruhig. Ich habe Willi verständigt. Er kommt gleich.«

Michael Widmer gesellte sich zu ihnen.

»Hast du Papiere bei dem Toten gefunden?«

Er schüttelte den Kopf. »Keine Papiere.«

»Zeugen?«

»Die Kollegen klappern gerade die umliegenden Häuser ab. Willst du mir jetzt verraten, was das alles zu bedeuten hat?«

»Lise!« Willi Ferse wurde von einigen Streifenpolizisten aufgehalten, die den Tatort sicherten. Er wedelte wild mit den Armen.

»Bitte lassen Sie ihn durch!«

Eine Minute später war er bei ihnen. »Das ist aber gründlich schiefgegangen diesmal.« Er strich sich über den üppigen Schnurrbart.

»Ist deine Waffe registriert?«

»Ja, sicher. Wo ist Luigi?«

»Hinten beim Wagen.«

»Was ist passiert?«

»Er ist Weidenmann bis hierher gefolgt und hat ihn dann aus den Augen verloren. Zwei Männer in einem schwarzen Mercedes sind ihm auf den Leib gerückt.«

»Schwarzer Mercedes?«

»Sagt dir das was?«

Ferse nickte. »Der ist mir schon gestern Abend aufgefallen. Er hatte ein französisches Kennzeichen und passte nicht ins Bild.« Er zog einen Zettel aus der Tasche. »Hier. Den wollte ich dir sowieso geben.«

»Du bist ja ein Genie, Willi!«

Widmer nahm ihr den Zettel ab. »Ich werde mich darum kümmern.«

»Du glaubst, sie sind Luigi bis hierher gefolgt?«, fragte Ferse.

»Sieht so aus. Der alte Mann scheint sich zurzeit größter Beliebtheit zu erfreuen. Was ist mit Luigis Vita? Kann es um ihn gehen oder um dich?«

Ferse schüttelte den Kopf. »Nein. Luigi hilft manchmal bei mir aus, weil er ein bisschen Nervenkitzel sucht. Das ist alles. Ich gebe ihm so kleine Fleißaufgaben wie ein paar Stunden im Auto sitzen und aufpassen, meistens bei Ehebruchfällen. Und ich habe im Moment keinen brisanten Fall, der solche Typen auf den Plan rufen könnte. Das wäre auch ein zu großer Zufall. Es geht um Weidenmann. Da bin ich sicher.«

Widmer hatte sich wieder zu ihnen gesellt.

»Sie waren bewaffnet, Luigi hat Panik gekriegt, geschossen und einen voll erwischt.«

»Das war ein echter Glückstreffer! Luigi schießt …«

»Miserabel«, sagten Elise und Mike Widmer wie aus einem Mund.

Ferse sah verstört von einem zum anderen. »Du machst doch jetzt keine Dummheiten? Luigi hat Frau und Kinder.«

»Ich box ihn da schon raus. Hat das Opfer noch seine Pistole?«

Widmer nickte.

»Das ist gut.«

»Ich gehe zu ihm«, sagte Ferse. Er entfernte sich langsam.

Michael Widmer hatte den beiden aufmerksam zugehört. »Weidenmann? In welchem Film bin ich hier?«

Elise nahm ihn beiseite. »Ich habe Willi auf Weidenmann angesetzt.«

»Aber wieso denn? Auf einen Zeugen? Ich verstehe nicht …«

»Irgendetwas ist faul mit dem alten Mann, und ich meine nicht seine Freundschaft zu unserem flüchtigen Griechen. Willi sollte nur ein bisschen aufpassen, die Augen offen halten. Ich habe die Sache unterschätzt«, fügte sie nachdenklich hinzu.

»Man könnte es auch anders sehen. Irgendwie hast du voll ins Schwarze getroffen. Sieh dir den Mann an, vielleicht ist es der Typ, dem du im Hausflur begegnet bist.«

Sie gingen zu dem Toten, der mit ausgebreiteten Armen auf der Straße lag. Ein weißer Kreidekreis umlief den Leichnam, über den jemand eine Decke gebreitet hatte. Elise zog vorsichtig die Verhüllung ein Stück zurück, betrachtete den Toten einige Augenblicke und schüttelte den Kopf.

»Dann war es vielleicht der andere, der abgehauen ist.«

Willi Ferse kam zu ihnen zurück. »Weidenmann ist in einem der Häuser hier verschwunden. Eine andere Möglichkeit gibt es nicht.«

Sie ließen den Blick an den Fassaden der Häuser entlang schweifen. Zahlreiche Fenster waren geöffnet. Neugierige Anwohner reckten ihre Hälse und verfolgten die Arbeit der Polizisten, das Sichern des Tatortes, das Untersuchen der Leiche. Auf der linken Seite endete die Straße an dem großen Haus der Kolping-Bildungsstätte, im Bauhausstil der Zwanzigerjahre, dahinter kam der Präses-Richter-Platz, rechts hockten aneinandergereiht kleine schmuddelige Einfamilienhäuser. Die Steinkopfstraße war nur einen Katzensprung von der Augustastraße entfernt, in der Weidenmann wohnte.

»Wir müssen dich auf jeden Fall raushalten«, sagte Widmer. »Das kannst du Strothmann oder Reberkötter niemals erklären. Schon gar nicht jetzt.«

»Luigi arbeitet offiziell für mich«, warf Ferse ein. »Es war meine Waffe. Ich werde mich mit deinen Kollegen auseinandersetzen. Keiner kann mich zwingen, meinen Auftraggeber zu nennen.«

»Das alles tut mir leid, Willi.«

Der Detektiv wehrte ab. »Ich hab das Ganze genauso falsch eingeschätzt. Was können die bloß von Luigi gewollt haben?«

»Sie haben gemerkt, dass er Weidenmann gefolgt ist«, mutmaßte Elise. »Sie waren neugierig. Dass er sofort schießt, damit hatten sie bestimmt nicht gerechnet.«

»Was passiert ist, ist passiert«, sagte Ferse. »Wir müssen jetzt das Beste daraus machen. Ich kenn einen ganz guten Anwalt, für den ich ab und an arbeite. Er schuldet mir noch einen Gefallen.«

»Das Wichtigste ist, dass wir rauskriegen, wer der Tote ist und warum er hinter Weidenmann her war.«

»Und ich werde mich um Luigis Familie kümmern.« Der Detektiv nickte Elise aufmunternd zu.

14

»Was passiert jetzt?«

»Sie bringen die Leiche weg. Die Polizistin, die bei mir war, steht mit einigen Männern abseits und redet.«

»Ich glaube, es ist besser, wenn du noch etwas hierbleibst, bis sich die Lage da draußen beruhigt hat.«

Marcel Weidenmann ließ die Gardine, die er beiseitegeschoben hatte, langsam wieder vor das Fenster gleiten. Er wirkte angegriffen, war blass, zitterte.

»Was ist mit Avide?«

»Er ist noch immer in Paris und spielt ein gefährliches Spiel. Paulines Name ist gefallen …«

»Wenn es stimmt, dass sie ihre Finger im Spiel hat, dann seid ihr beide in ernsthafter Gefahr.«

Weidenmann wandte sich ab. »Es ist noch nichts bewiesen.«

Er horchte auf schwerfällige Schritte, die den Raum durchquerten, auf das Knarren des alten Holzes eines Sessels.

»Das alles ist Wahnsinn! Man muss die Vergangenheit ruhen lassen.«

»Es ist die Vergangenheit, die uns nicht ruhen lässt«, erwiderte Weidenmann leise.

15

Elise schüttelte den Kopf. »Ich bin am Ende mit meinem Latein.«

Das Fax in der Ecke des Büros surrte leise. »Frankreich«, sagte Widmer. »Die fragen mich schon, ob ich nicht lieber zu ihnen kommen und dort arbeiten möchte. Das wäre einfacher als die Hin- und Herfaxerei. Ich habe geantwortet, sie sollen gefälligst dafür sorgen, dass ihre Staatsbürger ihre Schweinereien in ihrem eigenen Land machen.«

»Was ist es?«

»Das Kennzeichen, das uns Ferse aufgeschrieben hat, ist identifiziert. Der Wagen ist auf keine Person zugelassen, sondern auf eine Firma. Balatier, Chemie und Pharmazeutische Produkte.«

»Dupas?«

»Dupas. Und das ist noch nicht alles ...« Er stand auf und kam um den Schreibtisch herum, ein weiteres Blatt Papier in Händen. Er hielt es Elise vor die Nase. Es war ein Computerausdruck. Dürers betende Hände, das Signet der WWS.

»Und?«

Widmer wendete lächelnd das Blatt, und sie starrte auf die Rückseite, auf der noch einmal fast das gleiche Signet prangte mit dem Zusatz BP.

»Ich verstehe immer noch nicht.«

»Bevor die Kollegen vorhin anriefen, war ich im Internet unterwegs wegen der Stipendiaten. Ich habe einiges recherchiert, und es war etwas Auffälliges dabei: Die Lebensläufe vieler Stipendiaten kreuzen sich nicht nur bei der WWS, sondern an einem weiteren Punkt nach Abschluss des Studiums. Über die Hälfte von den Namen, die ich überprüft habe, tauchen später auf der Lohnliste einer bestimmten Firma auf, die dieses Zeichen hier als Firmensignum führt.« Er deutete auf das Blatt Papier.

»Du meinst ...?«

Widmer nickte. »BP, Balatier Pharmacie. Die haben anscheinend einen ungeheuren Bedarf in ihren Forschungslabors. Und sie haben sich von den Stipendiaten die Sahnestücke herausgesucht.«

»Du meinst also, Balatier und die WWS arbeiten zusammen?«

»Muss natürlich nichts bedeuten«, sagte Widmer, »aber seltsam ist es schon. Besonders die Gleichheit des Firmenzeichens mit dem Logo der WWS.«

»Und ein Auto, das auf den Wagenpark von Balatier zugelassen ist, fährt hier in Köln herum und observiert Personen.«

»Und ein Handelsvertreter der gleichen Firma pflegt Kontakte zu einer Frau, die sich unter falschem Namen hier aufhält und die Geliebte eines Mannes ist, der ermordet wird, und die kurz darauf ebenfalls ermordet wird. Was, wenn der Schlüsselanhänger, den du gesehen hast, gar nichts mit der WWS zu tun hat?«

16

Er durchquerte mit schnellen Schritten die Hotelhalle, ließ sich den Schlüssel geben und fuhr hinauf in sein Zimmer. Erschöpft ließ sich Avide auf das Bett fallen und warf die grüne Aktenmappe neben sich auf die Tagesdecke. Er streifte die Schuhe ab, streckte sich lang auf dem Bett aus und begann zu rekapitulieren:

Hugo Winters ist im Besitz zweier kostbarer Raritäten: ein Brief von der Hand Albrecht Dürers und eine Klosterhandschrift aus dem Mittelalter. Jedes Exponat für sich eine Sensation und unbezahlbar. Er reist damit nach Paris zu seinem Freund Philippe Valois, einem Kenner alter Schriften. Der will ihn zu einem Papierexperten schicken, um die Echtheit bestätigen zu lassen. Doch dort kommt Winters nie an. Er kehrt zurück nach Köln und wird umgebracht. Kurz darauf tötet man auch seine Geliebte, bei der man die Raritäten nach Winters' Tod vermutet. Balatier. Wie passte ein französischer Pharmakonzern, Vergangenheit hin, schlechter Ruf her, in diese Geschichte? Das Läuten des Telefons riss ihn aus seinen Gedanken. Es war Fontaine, der ihn auf einen Schluck in sein kleines Apartment im obersten Stock einlud. Avide nahm die Einladung dankend an.

17

Marcel Weidenmann stand in der Küche und machte sich einen heißen Tee, als es an der Tür klingelte. Zögernd durchquerte er die Diele und betätigte den Türöffner.

Er ließ die Tür geschlossen, bis die Person, die geschellt hatte, vor dem Spion stand und er sie sehen konnte.

»Sie scheinen nicht sehr überrascht, mich zu sehen«, sagte Elise, nachdem er geöffnet hatte.

»In meinem Alter ist man nicht mehr so schnell zu überraschen.«

Elise trat in die geräumige Diele.

»Noch mehr Fragen?« Er führte sie erneut ins Wohnzimmer.

Elise blieb mitten im Raum stehen. »Heute Morgen gab es in der Steinkopfstraße, nicht weit von hier, eine Schießerei. Ein Mann wurde getötet.«

Weidenmann blieb ruhig. »Und deshalb kommen Sie zu mir?«

»Haben Sie nicht an einem der Fenster der anliegenden Häuser gestanden, wie viele andere, und die Szene beobachtet? Eine ruhige Gegend, hat ziemlich viel Staub aufgewirbelt.«

»Wie kommen Sie auf so etwas?« Er spielte den Überraschten wirklich gut. »Ich habe meine Wohnung heute noch nicht verlassen.«

»Sie lügen.«

»Ich muss doch sehr bitten!«

Der Wasserkessel in der Küche pfiff laut und vernehmlich. Weidenmann wandte sich ab und verließ das Zimmer. Elise folgte ihm in die Küche.

»Tee?«, fragte er.

»Ja, gerne. Ich habe Sie überwachen lassen. Schon seit gestern.«

Weidenmann hatte den Kessel angehoben, um das Wasser in die Tassen zu schütten, und hielt mitten in der Bewegung inne. Die Spannung, die sich langsam zwischen ihnen aufbaute, war mit Händen greifbar.

»Ich will wissen, was Sie in der Steinkopfstraße wollten und warum Ihnen ein Wagen gefolgt ist, ein schwarzer Mercedes mit französischem Kennzeichen, der auf die Firma Balatier zugelassen ist.«

Weidenmanns Hände zitterten. Er stellte den Kessel zurück auf den Herd. »Ich weiß nicht, was Sie von mir wollen.«

»Antworten, Herr Weidenmann. Die Wahrheit.«

»Ich bin ein alter Mann. Warum sollte mir jemand folgen?«

»Kennen Sie die Firma Balatier aus Ihrer Pariser Zeit? Hatten Sie Kontakt zu jemandem aus dieser Firma?«

»Nein. Ich kenne Balatier nur dem Namen nach, natürlich. Jeder kennt sie, ein Großteil der Medikamente auf dem französischen Markt kommt von ihnen.«

»Was wollten Sie in der Steinkopfstraße?«, wiederholte sie.

Weidenmann zögerte. Er wirkte plötzlich sehr alt, sehr gebrechlich. Sein Gesicht war blass, seine Hände zitterten. Sein Atem ging rasch und unregelmäßig. Er tat Elise leid, aber sie hatte keine Wahl.

»Ich bin spazieren gegangen. In meinem Alter braucht man viel Bewegung. In der Nähe, am Hölderlin-Gymnasium, ist ein hübscher kleiner Park.«

Elise forschte stumm im Gesicht des alten Mannes. Sie sah, dass er sich nur mühsam unter Kontrolle hielt.

»Als ich das letzte Mal bei Ihnen war, traf ich im Hausflur auf einen Mann. An seinem Schlüsselbund hing ein Anhänger, der das Signet der Firma Balatier zeigte. Ein Firmenzeichen, das auch das Signet einer Stiftung hier in Köln ist. Dürers betende Hände.«

Weidenmann zeigte keine Reaktion.

»Sagt Ihnen der Begriff Wagner-Wolfarth-Stiftung etwas?«

Er schüttelte den Kopf.

»Kennen Sie einen Dr. Abrahamsson?«

Wieder ein Kopfschütteln.

Elise lehnte sich erschöpft gegen die Küchenwand. »Glauben Sie mir, es macht mir keinen Spaß, Sie so unter Druck zu setzen, aber ich glaube, Sie unterschätzen die Situation. Diese Leute sind hinter Ihnen her, warum auch immer. Und ich bin überzeugt, dass es etwas mit der Ermordung Hugo Winters' zu tun hat, auch wenn ich es noch nicht beweisen kann.«

Sie trat einen Schritt näher an Weidenmann heran. »Helfen Sie mir!«

Der letzte Rest an Kraft schien ihn zu verlassen, und er sackte förmlich in sich zusammen.

Elise glaubte, ihn stützen zu müssen. »Kommen Sie.«

Sie verließen die Küche und gingen ins Wohnzimmer. Erschöpft sank er in einen der Sessel. »Sie müssen mir versprechen, dass Sie ihn in Ruhe lassen.«

»Sie meinen St. Cyr.«

»Ja.« Er sah sie an wie ein gehetztes Tier.

»Wo ist er jetzt? Haben Sie Kontakt zu ihm?«

Der alte Mann nickte.

»Sie müssen ihn überzeugen, zurückzukommen und sich zu stellen. Wenn er Francine Moreau nicht getötet hat, hat er nichts zu befürchten. Dann brauchen wir ihn aber auf jeden Fall als wichtigen Zeugen!«

»Aber das versuche ich ja schon die ganze Zeit!« Er unterbrach sich, wich ihrem Blick aus. »Er ist nicht nach Paris geflohen. Er glaubt, dort wichtige Anhaltspunkte finden zu können, die den Mord an Winters aufklären könnten.« Er schüttelte den Kopf. »Ich hätte ihn davon abhalten müssen, nach Frankreich zu gehen ...«

Elise spürte eine Anspannung im ganzen Körper, ein Kribbeln, das in leichten Wellen über die Haut fuhr. »Was für Anhaltspunkte?«

»In Winters' Besitz befanden sich zwei interessante und sehr kostbare Gegenstände: ein Brief, vielleicht von der Hand Albrecht Dürers, und eine alte Handschrift aus dem Mittelalter.«

»Die Vita des Ignatius von Bern.«

Weidenmann nickte. »Wir haben mithilfe von Winters' Terminkalenders herausgefunden, dass Winters vor seinem Tod häufig in Paris war. Es gibt dort einen Experten für alte Handschriften und antiquarische Bücher, Philippe Valois, eine Kapazität. Die beiden waren befreundet. Auch Avide kennt ihn gut. Er hat geglaubt, wenn er Valois mit dem Brief und der Handschrift konfrontiert, wird er vielleicht Fakten preisgeben, die Aufschluss über die Hintergründe von Winters' Tod bringen. Aber er hatte nur Schwierigkeiten. Valois ist verschlossen, und man hat Avide überfallen.«

»Was wollten Sie in der Steinkopfstraße?«

»Das hat nichts mit all dem zu tun. Ein alter Freund von mir wohnt dort, mit dem ich mich regelmäßig treffe. Ein ganz normaler Besuch.«

Elise kniete sich vor ihn. »Können Sie St. Cyr dazu bringen, sich zu stellen?«

Weidenmann atmete schwer. Er schien sie nicht gehört zu haben.

»Was wollte er in Francine Moreaus Wohnung? Woher kannte er diese Adresse?«

Er schüttelte langsam den Kopf. Sein Atem ging rasselnd. »Ich weiß es nicht.«

18

Es tat Avide gut, über alles sprechen zu können. Und Frédéric Fontaine war ein guter Zuhörer. Sie saßen in zwei teuren Clubsesseln, und der Manager brachte den teuren Cognac in seinem Schwenker mit rhythmisch kreisenden Bewegungen dazu, sein volles Aroma zu entfalten.

»Was hältst du von der Geschichte?«, fragte Avide schließlich und erwartete gespannt seine Antwort.

Fontaine ließ sich Zeit. »Vor der Polizei davonzulaufen, war töricht. Damit hast du deine Position nicht gerade verbessert.« Er führte den Cognacschwenker zum Mund und genoss einen Schluck. »Sei's drum. Es ist, wie es ist. Jetzt musst du wenigstens noch das Beste daraus machen.«

»Dazu muss ich unbehelligt zurück nach Köln.«

»Übrigens kenne ich Balatier.«

Avide sah ihn überrascht an. »Die Firma?«

»Nein, nein. Jean-Claude Balatier, den Chef. Wir sind im gleichen Club. Tennis, Sauna, der ganze Kram. Sehr exklusiv, nur handverlesene Mitglieder. Balatier ist daran beteiligt.«

»Wie ist er?«

»Unberechenbar.«

»In welcher Beziehung?«

»In jeder Beziehung. Er lässt sich nicht gern in die Karten gucken. Ich glaube, er steht ziemlich unter der Fuchtel seiner Mutter.«

»Pauline?«

»Ja. Eine Deutsche. Sie hat gern das Kommando. In der Firma wie in der Familie. Ich glaube kaum, dass Jean-Claude eine Entscheidung, zumindest keine wichtige, ohne ihr O.K. trifft.« Fontaine erhob sich. »Als Erstes brauchst du deine Sachen.«

Er ging zum Telefon. »Hast du die Telefonnummer deiner hilfsbereiten Lehrerin?«

Er tippte die Tastenfolge, die ihm Avide diktierte, und wartete.

»Madame Lémornand? Aurélia Lémornand? Mein Name ist Depardieu, Gerard Dépardieu. Nein, nicht der. Ich bin Chefredakteur bei Le Monde. Sie sind die glückliche Gewinnerin unseres Kreuzworträtselpreisausschreibens. Sie haben die richtige Lösung St. Cyr, das griechische Kloster, gefunden. Sie verstehen?«

Für einen Moment herrschte Stille, dann lächelte Fontaine. »Genau! Sie haben zwei Übernachtungen in einem exklusiven Pariser Hotel gewonnen. Im Hotel Normandy, um genau zu sein. Das kommt jetzt ein bisschen plötzlich, aber ich könnte Ihnen in einer Stunde einen Fahrer vom Hotel vorbeischicken, der Sie abholt. Wäre Ihnen das recht? Wunderbar! Sie werden sehen, es wird ein Genuss! Und bitte, denken Sie daran, das Passende einzupacken. Durchstöbern Sie Ihre Schränke. Alle Schränke! Vielen Dank.« Fontaine legte den Hörer auf die Gabel, nahm ihn wieder hoch und drückte eine Durchwahltaste. »John? Sagen Sie doch bitte Marcel Bescheid, er möchte in einer halben Stunde mit einem Wagen in die Rue Louis Blanc, No. 24 fahren und dort eine Madame Lémornand abholen und hierher bringen. Haben wir noch ein hübsches Einzelzimmer? Gut! Reservieren Sie es für zwei Übernachtungen auf Madame Lémornands Namen. Danke.«

»Du bist unglaublich«, sagte Avide kopfschüttelnd.

»Das hätten wir. Nicht dumm, deine Lehrerin. Und das Einzelzimmer geht auf deine Rechnung.«

»Versprochen.« Er war froh, sich Madame Lémornand gegenüber für ihre Hilfsbereitschaft und Tapferkeit erkenntlich zeigen zu können.

»Jetzt müssen wir uns nur noch um deine Rückkehr nach Köln bemühen.«

Avides Handy meldete sich. »Ja?«

»Ich bin es, Marcel. Sie war hier, Avi. Diese Polizistin.«

»Und?«

»Ich vertraue ihr. Sie hat versprochen, dir zu helfen. Sie wird dir glauben. Bitte, komm zurück.«

»Ich werde kommen. Beruhige dich bitte.« Er hörte ein erleichtertes Aufatmen am anderen Ende der Leitung.

»Sie weiß von Balatier.«

Avide horchte auf. »Balatier? Bist du sicher?«

»Ja. Sie hat mich gefragt, ob ich Kontakte zu Balatier hatte, als ich noch in Paris gewohnt habe. Und sie sprach von einer Stiftung hier in Köln. Und von einem Dr. Abrahamsson.«

»Bist du sicher? Abrahamsson?«

»Ja.«

»Ich komme, so schnell ich kann. Ich melde mich wieder.«

Er beendete das Gespräch und sah zu Fontaine, der gerade den Hörer des Telefons zurück auf die Gabel legte.

»Für deine Rückfahrt ist gesorgt«, sagte er zufrieden. »Ich habe einen Wagen organisiert.«

»Und wenn sie die Straßen kontrollieren?«

»Du hältst dich aber für wichtig!« Der Hotelmanager grinste lausbübisch. »Aber mach dir keine Sorgen. Den Wagen hält bestimmt niemand an!«

19

Reberkötter saß stumm auf Elises Stuhl und sah Widmer forschend an. Er hatte die Hände gefaltet und nuckelte an den Fingerspitzen seiner Zeigefinger herum.

»Sehen Sie mich nicht an wie der Papst bei der Inquisition«, sagte Widmer genervt. »Ich weiß nicht, wo sie ist.«

Die Tür wurde stürmisch geöffnet, und Elise trat ins Zimmer.

»Na also!«, sagte Widmer erleichtert. »Das verlorene Kind.«

Reberkötters Anwesenheit konnte nichts Gutes bedeuten, das wusste Elise sofort.

Der Oberstaatsanwalt redete nicht lange um den heißen Brei herum: »Strothmann hat sich durchgesetzt, Lise. Ich kann nichts mehr tun. Tut mir leid, das BKA ist am Zug. Sie werden eine Sonderkommission einsetzen, die die Ermittlungen weiterführt. Ihr beiden gehört natürlich dazu.«

»Warum so plötzlich? Heute Mittag …«

»Zwischen heute Mittag und jetzt liegt ein Telefongespräch.«

»Abrahamsson.«

Reberkötter nickte. »Sein Einfluss ist beträchtlich. Das BKA war die einzige Möglichkeit, deine Beteiligung an dem Fall noch zu retten. Davon weiß er natürlich nichts. Abrahamsson glaubt, du seist kaltgestellt. Du hast mir zu wenig an die Hand gegeben, um kämpfen zu können. Tut mir leid.«

»Verdammt!«

»Das heißt nicht, dass du versagt hast. Ihr werdet zusammen arbeiten und den Fall lösen und alle sind zufrieden.«

»Und Strothmann wird sich die Hände reiben.«

Reberkötter zuckte mit den Schultern. »Wie es aussieht. Übrigens, was war mit der Schießerei von heute Morgen?«

»Reine Routine«, sprang Widmer dazwischen. »Hat nichts mit dem Fall zu tun. Die Kollegen bearbeiten es.«

»Gut.« Reberkötter wuchtete sich aus dem Stuhl. »Morgen früh kommen sie.« Er legte eine Hand kurz auf Elises Schulter und verließ den Raum.

»Ich war bei Weidenmann«, sagte Elise und gab Widmer eine Zusammenfassung.

Sie sah seinem Gesicht an, dass er nicht wusste, was er von der Sache halten sollte.

»Was war eigentlich mit Seibold?«

Sie durchquerte den Raum, ging zum Fenster und starrte hinaus. Es hatte wieder zu regnen begonnen. Die Stadt erschien ihr grauer und trostloser als je zuvor.

»Er hat Briefe seines Großvaters gefunden, die er einmal an Erhard Wagner geschrieben hat. Es sind private Briefe, die Wagner aber offensichtlich in einer Art Archiv aufbewahrt hat. Warum auch immer. Und er hat einen Brief gefunden, den der alte Seibold am Tage seines Todes geschrieben, aber niemals abgeschickt hat. Er spricht es nicht deutlich aus, aber es scheint um Unregelmäßigkeiten in der TWS zu gehen, denen er auf der Spur war.«

»Klingt doch gar nicht so schlecht«, sagte Widmer und sah Elise aufmunternd an.

»Aber wir können nichts damit anfangen, solange wir nicht wissen, für wen dieser Brief bestimmt war.«

»Kein Anhaltspunkt?«

»Nur das Kennzeichen eines Wagens.«

»Gib her, ich such die Adresse raus.«

»Und ich fahre nach Essen, ins Uniklinikum.«

20
Köln 1490

Albrecht findet keinen Schlaf. Mit weit geöffneten Augen liegt er im Bett und starrt zur Decke hinauf. Immer wieder treten die riesigen, traurigen Augen des verrückten Mattes schemenhaft aus dem Dunkel hervor und starren ihn anklagend an.

»Ich sehe Euch an, dass Ihr Euch quält«, hatte Rütt gesagt. »Das habe ich von Anfang an gesehen. Ihr seid anders als die Ratten, die sich vom Mönch haben fangen lassen.«

Ist es das? Teilt er nicht Clementis Ideen und Vorstellungen von einer neuen Welt nach dem Untergang, nach der Apokalypse? Hat nicht auch er, wie die anderen, dem charismatischen Mönch an den Lippen gehangen? Und doch, hat er nicht Slyper ausgefragt? Warum, wenn ihn außer Selbstzweifel nicht auch Zweifel an der Gemeinschaft der Apokalyptiker quälen?

»Damals, als die Pfaffen sich weigerten, meinem Vater ein anständiges Begräbnis zu geben, weil er ein Selbstmörder sei, als ich Lisbeths Tränen nicht mehr zu trocknen vermochte und ihre Verzweiflung kaum noch ertrug, da habe ich mir geschworen, die zur Rechenschaft zu ziehen, die das getan haben. Wie Ihr seht, war ich bis jetzt nicht sehr erfolgreich.«

»Und jetzt wollt Ihr mich zu Eurem Handlanger machen?«

Rütt schüttelt heftig den Kopf. »Die Augen offen halten sollt Ihr. Hört und seht. Ihr seid doch Maler, ein Beobachter. Wenn ich recht habe, helft mir, wenn nicht, werdet Ihr mich nicht wiedersehen. Ihr tut das nicht für mich, vergesst das nie, Ihr tut es für Euch.«

Der junge Maler erhebt sich schwerfällig und setzt sich auf die Kante der Bettstatt. Die bloßen Füße berühren den kalten Steinfußboden. Er friert.

Auf dem Tisch, nahe beim Fenster, liegen die ersten Entwurfskizzen für ein Altarbild, das er malen soll. Clementi hat ihm außerdem den Auftrag zur Ausmalung des Raumes gegeben, den sie für ihre Messen nutzen. Damit ist er für die nächsten Monate beschäftigt. Der Venezianer schreibt wie ein Besessener an seinen Schriften, die Albrecht illustrieren und in Buchform herausbringen soll; Auslegungen der Offenbarung, Mahnschriften gegen die Sünde, Verhaltensregeln.

»Ihr werdet mein Sprachrohr sein, Albrecht Dürer. Durch Eure Kunst werden meine Worte ein Gesicht bekommen, eine Form, einen Leib, die jeder erkennen kann.«

Er spürt wieder die Hand des Venezianers schwer auf seiner Schulter.

Er weiß, er muss eine Entscheidung treffen.

Interessiert sieht er dem Treiben in der guten Stube des Rath'schen Hauses in der Hohenpfortengasse unweit St. Maria im Kapitol zu. Auf großen Tischen liegen die herrlichsten und kostbarsten Stoffe ausgebreitet: Brokat und Samt; feinste Seide changiert im hereinfallenden Licht; auch einige Pelze liegen aus. Albrechts geschulter Blick fällt auf den Faltenwurf der Stoffe, und es juckt ihn in den Fingern.

Ein halbes Dutzend Männer und Frauen sind anwesend, die die Stoffe auf ihre Qualität hin prüfen. Es sind zahlreiche Gewandschneider darunter, einige arbeiten für den Adel und die Ratherrschaft. Rath hat das Beste in der Auslage, was er zu bieten hat. Diese Art Messe veranstaltet er regelmäßig in seinem Haus für seine besten Kunden. Das ist persönlicher als die Kaufhäuser oder der Gürzenich.

Er steht neben Albrecht und beobachtet kritisch die Reaktion seiner Kundschaft, scheint zufrieden. »Ich habe gerade neue Ware reinbekommen«, sagt er. »Seide aus Lyon und Tuche aus London. Auch die Stoffproben aus Italien sind dabei.« Er wendet den Blick ab und sieht Albrecht neugierig an. »Ich habe Euch lange nicht gesehen, junger Meister.«

»Ich hatte zu tun«, antwortet Albrecht ausweichend.

»Es freut mich, dass Ihr Fuß gefasst habt.«

Der junge Maler erwidert Raths kritischen Blick. Er ist zu Rath gekommen, um mit ihm zu reden, sich ihm anzuvertrauen. Doch jetzt findet er keine Worte. Schließlich fasst er all seinen Mut zusammen. »Ich würde gern allein mit Euch sprechen.«

»Sicher. Gebt mir eine Stunde, dann habe ich Zeit.«

»Ich mache einige Besorgungen, dann komme ich wieder.«

Erleichtert verlässt Albrecht das Haus und schlägt den Weg Richtung Neumarkt ein, läuft die Sternengasse hinunter; die Glocken von St. Peter und der nahen St. Agathen läuten zur Mittagsstunde. Auf der Cäcilienstraße, die geradewegs auf den Neumarkt zuläuft, steigt der Geräuschpegel bereits hörbar an. Der Marktplatz, dessen Bild von einer großen Windmühle und am Nordende von den Türmen der nahe gelegenen St.-Aposteln-Kirche bestimmt wird, herrscht rege Betriebsamkeit. In der Hauptsache Viehmarkt, wimmelt es von Rindern, Schweinen, Ziegen, Schafen und Hühnern. Marktknechte sind von früh bis spät damit beschäftigt, Dung und Kothaufen zu beseitigen.Verschiedene Schützenbruderschaften nutzen einen Teil des Neumarktes, um sich in der Kunst des Armbrustschießens zu üben. Die gebellten Befehle der Kommandanten und die Anfeuerungsrufe Umherstehender mischen sich mit dem Blöken, Wiehern und Grunzen der Tiere zu einer seltsamen Sinfonie. Eine Abordnung der Stadtwache patrouilliert.

Albrechts Ziel ist ein kleiner Laden am Neumarkt, eine Apotheke. Der Besitzer, ein kleiner, runder Mann mit Apfelbacken und einem Kranz weißer Haare, hat sich aufgrund der Nähe zur Schildergasse, wo die Schildermaler ihren Sitz haben, auf Farben spezialisiert. Er begrüßt Albrecht herzlich.

»Ich habe Eure Wünsche erfüllt!«, sagt er mit leuchtenden Augen und geht in einen Hinterraum. Albrecht sieht sich um. Fein aufgereiht in Holzregalen stehen zahlreiche Tiegel, Dosen, Phiolen und Kästchen, in denen sich Kräuter, Pulver und wer weiß was sonst noch für Ingredienzen befinden. Auf der Auslage liegen, auf Samt präsentiert, Holzkästchen mit selbst hergestelltem Konfekt und kandierten Früchten.

Meister Schulten, der Apotheker, kehrt mit einem Holzkasten in den Laden zurück.

Der Kasten ist mit Heu gefüllt, in dem kleinere und größere glasierte Keramiktöpfe liegen, die sorgsam mit einem Deckel verschlossen sind. Auch mehrere verschnürte Stoffsäckchen sind dabei. Von der Straße tritt Brigitta, die Tochter des Apothekers, in den Laden. Sie hat bei ihrem Vater gelernt und hilft ihm, erledigt auch die Botengänge. Das Mädchen trägt ein Leinenkleid, und das flachsblonde Haar ist unter einer weißen Haube verborgen. Sie lächelt Albrecht aufmunternd zu, und Albrecht erwidert das Lächeln. Brigitta ist eine Schönheit. Sie geht an ihnen vorbei und verschwindet im Hinterraum.

»Ich habe alles besorgen können, was Ihr wolltet«, sagt der Meister stolz. »Hier befinden sich die Pigmente.« Er tippt mit dem Finger auf jedes einzelne Säckchen.

»Die Veroneser grüne Erde, aus Tirol, Terra di Siena, der gelbe und der rote spanische Ocker und das Waidindigo.« Er hebt einen dunkelbraunen, glasigen Klumpen hoch. »Hier ist das Gummi Arabicum, und in dieser Phiole hier bestes Leinöl. In den Tiegeln habe ich bereits Farbe angemischt. Die oberen mit Leinöl und die unteren mit Gummi Arabicum. Ihr experimentiert wohl?«

»Wunderbar«, sagt Albrecht. »Ich habe da einige Dinge im Kopf. Etwas ganz Leichtes, fast Durchscheinendes, nicht mit dem Schweren der Ölfarbe Behaftetes. Nur Wasser und Farbe und etwas Bindemittel.«

»Ich verstehe«, sagt Schulten bewundernd. »Ich würde später gern einmal etwas sehen.«

Der Maler lächelt geschmeichelt. »Das werdet Ihr!«

Er bezahlt und nimmt den Holzkasten unter den Arm. Für den Rückweg wählt er die Schildergasse, vorbei an St. Agathen, durch die Blinde Gasse auf »Unter Pfannenschlägern«, die auf die Hohenpfortengasse ausläuft.

Rath erwartet ihn schon. Er schlägt ihm vor, den schweren Holzkasten im Haus zu lassen und zuerst einmal den Hunger in einer der Garküchen am nahen Waidmarkt zu stillen. Albrecht nimmt dankbar an.

Die kleine, gut besuchte Garküche am Waidmarkt durchzieht ein verführerischer Duft nach Hammeleintopf. Eine dralle Magd räumt die leeren Teller von ihrem Tisch, und Rath scherzt mit ihr. Er ist dort wohlbekannt. Sie haben einen kleinen Extratisch im hinteren Teil gewählt, abseits des Lärms an den langen Tischen im vorderen Bereich. Rath bestellt zwei Humpen Bier.

»Was habt Ihr auf dem Herzen, Dürer?«

»Ist das so offensichtlich?«

»Für mich schon. Ihr wirkt bedrückt. Ich habe gehört, Ihr wohnt jetzt im Beginenhaus, beim Mönch.«

»Woher …«

»Ein befreundeter Kaufmann hat es mir erzählt. Er will sich von Euch malen lassen.«

Albrecht nickt. »Ja, ich lebe dort.«

»Ist das Euer Problem?« Der Tuchhändler beobachtet ihn aufmerksam.

Albrecht zögert, nimmt aber all seinen Mut zusammen und erzählt von der Begegnung mit Rütt.

»Soso, der verrückte Mattes«, sagt Rath nachdenklich.

»Ihr kennt ihn?«

»Ihn und auch seinen Ziehvater, den Bicher. Ein anständiger Mann. Ich habe sein Ende sehr bedauert.«

»Wäre es möglich?«

»Was meint Ihr?«

»Seine Vorwürfe. Preisabsprachen.«

Rath lehnt sich zurück. Die Magd bringt das Bier, und Albrecht scheint es, als sei der Kaufmann dankbar für die Unterbrechung. Erst als sie wieder fort ist, spricht er offen: »Ich weiß, dass es diese Gerüchte gibt. Ich selbst bin, wie schon mein Vater, Vorsitzender meiner Gaffel und sitze im Rat der Stadt. Und ich versichere Euch, dass wir derartige Vorgänge nicht dulden. Seit dem Verbundbrief aus dem Jahr 1396 ist Ruhe eingekehrt in die Stadtordnung. Sie ist ein gut's Ding. Davon bin ich überzeugt. Als es noch die Richerzeche gab, hatte sie die Kontrolle über das Handwerk, die Zünfte und den Handel. Eine auserwählte Gruppe von Familien, die zusammen mit dem Erzbischof alles bestimmte. Heute haben wir den Rat der Neunundvierzig, der sich aus den Vertretern der einzelnen Gaffeln bildet. Die Interessen eines jeden werden also berücksichtigt.«

»Solange er in einer Gaffel ist.«

»In die jeder Aufnahme finden kann.«

»Der Mönch sagt, nur etwa ein Drittel der männlichen Bevölkerung hier in Köln besitzt das aktive Wahlrecht.«

»Eine Stadt in der Größenordnung wie Köln, die in erster Linie vom Handel lebt, braucht eine Vertretung, die weiß, wovon die Rede ist, wenn es darum geht, wirtschaftliche Entscheidungen zu treffen. Soll jeder Dahergelaufene wählen dürfen? Wir wären schnell am Ende! Nein, Dürer. Das System der Gaffeln und ihrer Vertreter ist das Beste, was es derzeit an Stadtverwaltung gibt. Der Rat wählt den Bürgermeister, und der Erzbischof ernennt das Schöffenkollegium, also das Hohe Gericht. Und allen ist Genüge getan. Und bei schwierigen Verhandlungen, Krieg oder wichtigen Vertragsabschlüssen wird der ›Vierundvierziger‹ dazugezogen.«

»Der wieder nur aus Vertretern der Gaffeln besteht.«

»Worauf wollt Ihr hinaus?«

»Ich frage mich Folgendes: Nehmen wir einmal an, die überwiegende Mehrheit der Mitglieder einer Gaffel wäre bei den Apokalyptikern. Wer würde es kontrollieren, wenn es innerhalb einer Gaffel zu Benachteiligungen für diejenigen kommt, die nicht bei den Brüdern sind?«

»Noch einmal: Solche Vorgänge wären im Rat zur Sprache gekommen.«

»Und was, wenn man Druck ausübt auf die Nichtmitglieder? Laut Mattes hat sich Bicher beschwert, aber man hat ihm nicht geglaubt.«

Rath senkt den Blick. »Bicher war – krank. Und er hatte einen schlechten Leumund.«

»Inwiefern?«

»Das ist Vergangenheit. Das interessiert doch niemanden mehr.«

»Mattes schon.«

Der Tuchhändler sieht wieder hoch. »Bicher war zu oft auf dem Berlich.«

Rath braucht nicht weiterzureden. Auch als Zugereister weiß Albrecht, was das bedeutet. Die Schwalbengasse beim Berlich ist eine der übelsten Gegenden Kölns.

»Aber es gehen doch viele Kölner zu den Hübschlerinnen.«

Der junge Maler sieht, dass Rath schwer mit sich kämpft. »Es scheint, dass Bicher recht abartige Fantasien hatte, die er bei den Dirnen ausgelebt hat. Eine von ihnen hat damals schwere Anschuldigungen gegen ihn erhoben. Sie soll mehr tot als lebend gewesen sein, als er sie wieder verließ. Es hätte eine Anklage gegeben, wäre er nicht in den Rhein gegangen.«

»Ihr glaubt, Bicher hat sich deswegen ins Wasser gestürzt?«

»Das war die allgemeine Meinung.« Er legt die Hand auf Albrechts Unterarm. »Ihr seid freiwillig zum Mönch gegangen, Dürer. Und freiwillig dort geblieben, weil er Euch überzeugt hat. Und es geht Euch gut dort. Das sollte Euch genügen. Warum lasst Ihr Euch von Geschwätz und Getratsche so verunsichern?«

Genau das ist die Frage. Und er wird das Gefühl nicht los, dass es Rath mehr als unangenehm ist, über dieses Thema zu sprechen. Aber warum? Hat er Angst, dass dem so hoch gepriesenen Rat der Stadt, dem auch er angehört, etwas entgangen ist, das vielleicht dessen Autorität untergraben könnte? Ist er selber involviert? Raths Äußerungen haben genau das Gegenteil von dem bewirkt, was er sich von ihm erhofft hat. Seine Unruhe wächst.

»In welcher Gaffel ist der Gewürzhändler Slyper?«, fragt er.

»In der Gaffel Himmelreich«, sagt Rath. »Warum fragt Ihr?«

»Ach nichts. Es fiel mir nur so ein.«

21

Avide lehnte sich in die weichen Polster der Rückbank zurück und sah versonnen aus dem Seitenfenster, an dem Bäume, Wiesen und Felder, die Landschaft seitlich der Autobahn, vorüberflogen.

Neben ihm auf dem Sitz lag der Koffer, seine rechte Hand ruhte auf ihm. Madame Lémornand hatte ihren »Gewinn« freudestrahlend entgegengenommen, und er hatte Frédéric Fontaine das Versprechen abgenommen, dass man die resolute Pensionistin auf seine Kosten zwei Tage lang im Hotel auf Händen tragen würde. Er beugte sich nach rechts und warf einen Blick durch die Lücke zwischen den Kopfstützen auf das schnurgerade graue Band der Autobahn, das sich bis zum Horizont erstreckte. Trotz des tonnenschweren Gewichts der gepanzerten Limousine kamen sie zügig voran. Seinem jungen Chauffeur, Frédéric Fontaines Neffe Guillaume, schien es Spaß zu machen, den schweren Wagen zu lenken. Er pfiff leise vor sich hin. Er hatte ja auch nicht jeden Tag die Gelegenheit, den Wagen des päpstlichen Nuntius Kardinal Almodena, des »Außenministers« des Vatikans, zu fahren. Sein Blick blieb an den beiden kleinen gelb-weißen Fahnen mit dem päpstlichen Wappen haften, die rechts und links der Motorhaube im Fahrtwind flatterten. Frédéric hatte recht gehabt. Den Wagen würde man so schnell nicht anhalten.

»Mach dir keine Sorgen«, hatte er lächelnd gesagt. »Seine Exzellenz, der übrigens ein alter Stammgast ist und wegen irgendeiner langweiligen Konferenz mit den europäischen Außenministern in der nächsten Woche in Paris, liegt mit einer schweren Bronchitis auf Zimmer 121 und wird von einer Ordensschwester gepflegt. Und Guillaume ist der beste Fahrer, den ich kenne. Er bringt dich nach Köln und kommt sofort wieder zurück. Du musst allerdings für den Fahrer des Kardinals noch etwas springen lassen, damit wir ihn in der Zeit ›beschäftigen‹ können. Und natürlich eine neue Tankfüllung.« Avide war nur zu gern bereit dazu.

Neben dem Koffer lag Sarzacs Dossier. Er begann es durchzublättern und nach der Erwähnung von Abrahamssons Namen zu durchforsten. Er fand wenig. Offenbar hatte Abrahamsson mit dem sogenannten Tagesgeschäft von Balatier wenig zu tun oder blieb im Hintergrund. Vielleicht aber hatte er auch andere Aufgaben im Konzern. Er holte sein Handy hervor und wählte Weidenmanns Nummer. »Marcel? Ich bin auf dem Weg nach Köln.« Er konnte die Erleichterung des alten Mannes selbst auf die Distanz durch das Mobiltelefon spüren. »Du musst mir einen Gefallen tun: Nimm an einem öffentlichen Taxistand ein Taxi und fahr in meine Wohnung, aber lass den Fahrer Umwege fahren! In meiner Wohnung ist der Schlüssel zu Aris

Restaurant. Er hat mich gebeten, nach dem Rechten zu sehen, während er in Griechenland ist. Warte dort auf mich. Zu niemandem ein Wort! Und pass auf. Ich danke dir.«

22

Die Fahrt über die Autobahn ermüdete Elise, und sie musste einmal auf einem Rastplatz unterbrechen, um sich eine Erholungspause zu gönnen. Ihr Handy klingelte.

»Brandt.«

»Ich bin es, Manfred Seibold.«

»Hallo.«

»Ich habe etwas vergessen.«

»Und das wäre?«

»Ich habe vergessen, Sie zu fragen, ob Sie heute Abend Zeit haben, mit mir essen zu gehen. Ich kenne einen sehr guten Italiener.«

Elise war überrascht, wie schnell sie ja sagte.

»Um acht?«

»Ja, das müsste ich schaffen.« Sie schaltete ab, setzte die Fahrt fort und war froh, als sie endlich das Ortsschild von Essen passierte.

An der Anmeldung des Uniklinikums herrschte rege Betriebsamkeit. Elise betrachtete einige Zeitlang das Treiben, und ihr Mut sank. Wieder einmal suchte sie nach der Nadel im Heuhaufen. Sie ging zu einer matronenhaft aussehenden Frau mit grauem Haar und verdrießlicher Miene, die, in weiße Tracht gekleidet, hinter einer dicken Glasscheibe saß.

»Guten Tag.« Elise hielt ihr den Ausweis vor die Scheibe.

Die Frau, auf deren Schild der Namenszug Gottfriede Schubert geschrieben stand, warf einen kurzen Blick darauf und nickte. »Liegt hier im Krankenhaus vielleicht jemand mit dem Namen Leuwang? L-e-u-w-a-n-g.«

Schwester Gottfriede sah Elise streng an und begann, sich an ihrem Computer zu schaffen zu machen. Es dauerte nur eine Minute. »Nein.«

»Danke.«

Enttäuscht trat sie einen Schritt zurück, um einen aus allen Knopflöchern strahlenden jungen Mann mit einem großen Strauß roter Rosen Platz zu machen.

Nachdem er fort war, trat sie noch einmal an die Scheibe.

»Können Sie mir sagen, wer vor etwa zehn Tagen hier an der Anmeldung Dienst gehabt hat?«

Wieder ein strenger Blick. »Ich habe die Tagschicht.«

»Ich weiß, es ist viel verlangt, aber ich möchte Sie bitten, sich ein Foto anzusehen und mir zu sagen, ob Sie sich vielleicht an diesen Mann erinnern.«

Die Augenbraue über Schwester Gottfriedes linkem Auge hob sich. »Wissen Sie, mit wie vielen …«

Elise hatte bereits das Foto des toten Karl Leuwang, das sie von der Pinnwand in ihrem Büro genommen hatte, hervorgeholt und hielt es flach vor die Scheibe.

Schwester Gottfriede seufzte vernehmlich und sah sich das Foto an. »Ja, der war hier.«

Elise war so überrascht über die Antwort, dass sie einen Augenblick wie erstarrt vor der Scheibe stand. Die beiden Frauen sahen sich an.

»Er war nicht besonders sicher auf den Beinen und trotz des Stocks, den er bei sich hatte, ist er auf dem glatten Boden hingefallen«, erklärte die Schwester. »Hat mir einen mächtigen Schrecken eingejagt. Ich habe sofort einen Arzt gerufen, aber Gott sei Dank ist ihm nichts passiert. Er bekam ein Beruhigungsmittel, und dann ging es.« Ihr Blick fiel noch einmal auf das Foto, das in der Pathologie gemacht worden war.

»Ist er tot?«

»Ja. Ich glaube, er wollte jemanden hier besuchen. Es wäre wichtig für mich zu wissen, wen.«

»Ja, ja. Er wollte zu jemandem. Wir haben ihn dann raufgebracht. Warten Sie …« Sie überlegte einen Moment. »Es war die Kardiologie. Ich rufe oben die Stationsschwester an. Fahren Sie rauf in den 3. Stock.«

»Vielen Dank.« Elise nahm den Aufzug und unterdrückte ihre Aversionen gegen das sterile Krankenhausambiente tapfer.

Auf der Station war man zuvorkommend, erinnerte sich aber nicht an Leuwang.

Elise begann ohne viel Hoffnung, das Foto allen zu zeigen, die ihr begegneten, Pflegern, Ärzten, Schwestern – ohne Erfolg. Mit der Erlaubnis einer der Schwestern ging sie schließlich durch einige der Zimmer.

Eine der Schwester, Karin, kam mit einem großen Becher. Elise trank dankbar den heißen Kaffee. »Ich spiele Don Quichotte und kämpfe gegen Windmühlen.«

»Ein Zimmer haben Sie ja noch.«

Sie trank den Kaffee aus und klopfte an die Tür zu Zimmer 215. Es war von zwei Patientinnen belegt, von denen eine, eine alte Frau, reglos in ihrem Bett lag. Die andere saß in einem Stuhl am Fenster und las. Sie sah von ihrem Buch auf und wandte den Kopf, als Elise eintrat. Sie steuerte direkt auf sie zu, stellte sich vor und erklärte ihr Anliegen. »Waren Sie zu dieser Zeit schon hier?«

»Ja«, sagte die Frau.

Elise zog das Foto hervor. »Ich muss Sie warnen, es ist das Bild eines Toten.«

Die Frau nickte abermals und nahm das Foto entgegen. Sie betrachtete es lange, dann sagte sie: »Ganz sicher bin ich mir nicht, er sieht verändert aus, aber ich glaube, dieser Mann war hier.«

Elises Herz begann heftig zu klopfen.

»Damals lag Frau Wiesener noch hier im Zimmer. Er hat sie besucht.«

»Wo ist Frau Wiesener jetzt?«

»Ich weiß es nicht. Man hat sie vor einer Woche verlegt.«

»Haben Sie gehört, worüber die beiden gesprochen haben?«

Der Frau war die Frage sichtlich unangenehm. »Ich glaube, Frau Wiesener war sehr überrascht, ihn zu sehen. Ich bin dann aus dem Zimmer gegangen. Als ich wiederkam, war er weg.« Sie zögerte. »Es war der einzige Besuch, den sie bekommen hat. Sie war danach sehr aufgeregt und irgendwie – bedrückt.«

»Danke. Vielen Dank.«

Elise stürmte aus dem Zimmer und suchte Schwester Karin. Sie fand sie im Schwesternzimmer. »Frau Wiesener«, sagte sie atemlos. »Wo ist sie?«

Schwester Karin zögerte. »Sie hat jetzt ein Einzelzimmer. Aber das geht nicht, Frau Wiesener ist sehr krank. Sie können sie nicht befragen. Das kann ich nicht zulassen.«

Elise kniete sich vor die sitzende Stationsschwester. »Bitte.«

Schwester Karin blieb hart. »Nicht ohne Zustimmung des Arztes.«

Elise setzte ihren rührseligsten Hundeblick auf, und Schwester Karin ließ sich seufzend überreden. Gemeinsam suchten sie den Stationsarzt, einen kleinen, wendigen, noch sehr jungen Mann mit blondem Stoppelhaarschnitt.

Geduldig hörte er sich ihr Anliegen an.

»Es ist sehr dringend. Sie ist vielleicht eine wichtige Zeugin in einem Mordfall.«

»Ich verstehe Sie ja, Frau Brandt«, entgegnete der Arzt. »Aber das Wohl meiner Patienten muss für mich im Mittelpunkt stehen. Frau Wiesener ist sehr krank. Und jede Aufregung kann unabsehbare Folgen haben.«

»Nur zehn Minuten, in Ihrer Gegenwart.«

Nach kurzem Zögern nickte der Arzt. »Na gut. Aber nur zehn Minuten. Kommen Sie.«

Er gab der Stationsschwester Anweisungen, verschiedene Medikamente bereitzuhalten, und Elise folgte ihm den Flur entlang bis zu einem Zimmer. Er klopfte zaghaft und öffnete die Tür.

In dem Zimmer herrschte eine Totenstille. Vor das Fenster waren cremefarbene Vorhänge gezogen. Ein einziges Bett stand im Raum, das irgendwie verloren wirkte.

Maria Wiesener lag darin und hatte die Augen geschlossen. Als Elise und der Arzt eintraten, öffnete sie die Augen und sah die beiden an.

Ihr Körper schien nur noch aus Haut und Knochen zu bestehen. Es war unmöglich, ihr Alter zu schätzen, die kalkweiße Haut war durch die rapide Gewichtsabnahme innerhalb kurzer Zeit in unzählige Falten gelegt. Das dicke schwarze Haar war im Nacken zu einem Pferdeschwanz gebunden und stand in krassem Gegensatz zu der Blässe der Haut. Die rissigen Lippen waren von unnatürlicher hellvioletter Farbe. Sie war an eine Infusion angeschlossen.

Elise und der Arzt näherten sich langsam dem Bett.

23

Zum ersten Mal kehrte Avide nach Köln zurück und hatte nicht das heimatliche Gefühl, das ihn sonst überkam. Die Stadt, die er liebte, war zurzeit sein Feind.

Er ließ sich von Guillaume am Neumarkt absetzen, bedankte sich herzlich und gab dem jungen Mann noch etwas extra.

Die wenigen Schritte bis St. Aposteln legte er zu Fuß zurück. Dort, gegenüber der Kirche, lag das vorläufige Ziel seiner Reise.

Weidenmann erwartete ihn schon. »Avi!«

Sie umarmten sich herzlich. Er sah seinen Freund besorgt an. Weidenmann war blass und wirkte erschöpft.

»Es tut mir leid, dass ich dir das alles zugemutet habe«, sagte Avide schuldbewusst.

Weidenmann lächelte. »Ich habe das Dritte Reich überstanden, da wird mich doch wohl das hier nicht umwerfen.«

Nach der herzlichen Begrüßung streifte Avide seinen Mantel ab und ging voran ins Wohnzimmer.

»Ich habe darauf geachtet, dass mir niemand gefolgt ist«, sagte Weidenmann, fast mit ein wenig Stolz in der Stimme.

»Gibt es was Neues?«

Weidenmann schüttelte langsam den Kopf. »Nein. Und bei dir?«

»Ich habe mich noch ein wenig durch Sarzacs Dossier gearbeitet.«

Weidenmann hörte gespannt zu.

»Wenn von dem, was da drin steht, nur die Hälfte stimmt, dann hat Sarzac verdammt recht.«

»Womit?«

»Er hat gesagt, diese Firma würde vom Bösen geleitet.«

»Was willst du nun tun?«, fragte Weidenmann besorgt.

»Auf keinen Fall warten wie die Maus im Loch. Diese Polizistin, was hat sie für einen Eindruck auf dich gemacht?«

»Sie ist sehr jung. Aber da ist etwas in ihr, das sie sehr reif wirken lässt. Sie hat sich ziemlich in den Fall verbissen, aber ich denke, du kannst ihr vertrauen.«

24
Köln 1490

Sanft streicht die zarte Hand über das Brustbein und wandert langsam tiefer. Albrechts Blick ruht auf dem Scheitel des jungen Mädchens. Ihr seidiges, dunkelbraunes, schulterlanges Haar schimmert im Kerzenschein. Ihre Lippen senken sich auf seine erhitzte Haut, und ihre Zunge liebkost eine seiner Brustwarzen.

»Gefällt's Euch so?« Elsbeth hebt den Kopf und lächelt ihn an.

Er nickt. Eine köstliche Schwere drückt ihn in die Laken. Trotz ihrer Jugend ist Elsbeth eine Könnerin, was den Liebesakt betrifft.

Die junge Dirne lässt den Kopf auf seine Brust sinken, und für einen Augenblick verharrt sie in regloser Erschöpfung. Ihre verschwitzen Leiber verschmelzen ineinander, und Albrecht entflieht der Welt in einen schwerelosen Dämmerzustand.

»Was sagen denn die feinen Herren dazu, wenn Ihr Hübschlerinnen zeichnet? Oder tut Ihr es in ihrem Auftrag?« Sie betrachtet mit schief gelegtem Kopf die Zeichnung, die der Maler von ihr, nackt, sich auf dem Bett räkelnd, gezeichnet hat.

Albrecht öffnet widerwillig die Augen und wendet den Kopf. »Das sind nur Studien.«

Elsbeth lacht hell. »Am Ende macht Ihr noch eine Maria in einem Altarbild aus mir!«

Er lässt sich von dem hellen Lachen anstecken, nimmt ihr das Blatt aus der Hand und lässt es achtlos zu Boden fallen. Er zieht ihr fein geschnittenes, helles Gesicht mit den eisblauen, lachenden Augen und den verführerischen Grübchen in den Wangen näher an seines und küsst sie.

»Und? Würde dir das nicht gefallen? Wenn die Pfaffen vor dir knieten und zu dir beteten? Und deinen Segen erbäten?«

Die junge Dirne lacht wieder. »Ihr seid verrückt!« Sie erhebt sich und setzt sich auf den Bettrand. Das Haar fällt in Kaskaden über die schmalen weißen Schultern. Unter der Haut zeichnen sich die Wirbel des Rückgrates ab.

»Kennst du eine, die schon vor zehn Jahren hier gewesen ist?«

Sie sieht ihn über die Schulter hinweg an. »Seid Ihr verrückt? Das hält keine so lange aus.« Ein Schatten, ein Anflug von Traurigkeit legt sich über ihr Gesicht.

»Was ist mit Mutter Dora, der Hauswirtin?«

»Sie ist schon lange hier. Fragt sie.«

Eine Viertelstunde später klopft Albrecht an eine Tür im Untergeschoss des Hauses.

Der Raum dahinter ist klein und muffig. Außer einem Bettgestell und einem Schrank sind ein Tisch und einige einfache Holzstühle die einzigen Möbel. Durch ein kleines quadratisches Fenster fällt etwas Licht in den Raum. Auf einem der Stühle hinter dem Tisch sitzt Mutter Dora. Vor ihr liegen Stapel von Münzen.

Als Albrecht eintritt, hebt die Alte den Kopf. Unter einer schmuddeligen Haube lugen Strähnen grau-weißen Haares hervor, die das verhutzelte Gesicht einrahmen. Die Unterlippe des zahnlosen, eingefallenen Mundes ist trotzig vorgeschoben.

»Was wünscht Ihr? Wart Ihr nicht zufrieden?« Sie beäugt ihn argwöhnisch. Ein riesiger Buckel auf der linken Schulter drückt sie nach vorn, und es bereitet ihr Mühe, den Kopf erhoben zu halten. Nicht wenige haben Angst vor ihr. Außer als Hausvorstand im Dirnenhaus betätigt sich die Alte auch als Kräuterhexe.

»Es ist alles in Ordnung«, sagt Albrecht. »Ich würde Euch gern eine Frage stellen.«

»Und?«

»Wart Ihr vor zehn Jahren schon hier im Haus?« Er beobachtet sorgsam ihre Reaktion.

Statt einer Antwort dringt ein unverständliches Brummeln aus Mutter Doras Maul.

»Und wenn?«, fragt sie widerstrebend. »Warum wollt Ihr das wissen?«

»Es interessiert mich. Ich würde mich die Antwort auch etwas kosten lassen.« Er legt eine Münze vor sie hin. Blitzschnell fliegt eine krallenartige Hand hervor und packt das Geldstück. »Ja, ich war vor zehn Jahren schon hier.«

»Könnt Ihr Euch an einen Kaufmann erinnern? Sein Name war Bicher. Er soll hier ein und aus gegangen sein.«

»Ich erinnere mich nicht einmal mehr, was gestern gewesen ist«, sagt die Alte mürrisch.

Albrecht ist enttäuscht, aber eigentlich hat er keine andere Antwort erwartet.

Er wendet sich wortlos ab und verlässt den Raum. Er will gerade das Haus verlassen, als ein leises Flüstern ihn zurückhält. Es ist Elsbeth, die am Fuße der Treppe ins obere Stockwerk steht und ihn zu sich winkt.

»Sie hat Euch wohl nichts gesagt, was?«, flüstert sie verschwörerisch.

Albrecht schüttelt den Kopf.

»Die alte Hexe ist ein Teufelsbraten!« Sie sieht sich nach allen Seiten um, ob sie auch wirklich allein sind, und zieht ihn näher an sich heran. »Ein über den anderen Tag kommt die Griet und macht bei uns sauber. Man sagt, sie sei früher auch einmal hier Hübschlerin gewesen, doch dann hat ihr ein betrunkener Freier das Gesicht zerschnitten. Die Griet, die hört und sieht alles. Vielleicht weiß sie etwas.«

»Wo finde ich sie, wenn sie nicht hier ist?«

»Sie säuft wie ein Loch. Fragt in den Schänken am Heumarkt.«

Sie drückt ihm einen Kuss auf die Wange und verschwindet im Dunkel des oberen Stockwerks. Kurz darauf hört Albrecht eine Tür zufallen.

Er tritt in die Kühle des nahenden Abends hinaus. Hätte er hinter sich geschaut, so hätte er Mutter Doras Gesicht gesehen, die ihn durch ihr kleines Fensterchen beobachtet. Kaum ist er um die nächste Ecke verschwunden, humpelt sie aus dem Raum und ruft mit krächzender Stimme einen Namen.

Eine Tür öffnet sich, ein junges Mädchen, das flachsblonde Haar zu Zöpfen gebunden, kommt auf den Flur hinaus. Die Alte drückt dem

Mädchen ein Stück Papier in die Hand. »Anna, kennst noch den Weg zu dem Haus, wo ich dich letzte Woch' mit der Brigida hingeschickt hab?«

Das junge Mädchen nickt.

»Das bringst du jetzt dorthin. Und sagst, es käm von mir. Aber du gibst es nur dem Herrn, bei dem du letzte Woch' warst. Hast du das verstanden?«

»Ja.«

»Dann geh. Aber lass das rote Tuch weg.«

Mutter Dora sieht dem Mädchen nach, bis es das Haus verlassen hat. Sie zieht sich den Wollschal enger um die Schultern und geht zurück in ihre Stube.

Albrecht legt den Silberstift beiseite und betrachtet kritisch das eben entstandene Porträt. Er nickt befriedigt. Die Proportionen stimmen: Es ist ein Porträt in Dreivierteldrehung, die Lider halb niedergeschlagen. Das Gesicht eines zerstörten Menschen. Die malträtierte äußere Umhüllung einer zerschlagenen Seele. Die vom Weingenuss aufgedunsenen Wangen glühen rot, ebenso die fleischige Nase. Die fülligen Lippen verdecken ein lückenhaftes Gebiss. Die breite Stirn wird von einer schlecht verheilten Narbe verunziert, die groben Hände sind übersät von Narben und sehen aus, als seien sie aus einzelnen Stücken zusammengeflickt.

Unmöglich, Griets Alter zu schätzen.

Sie sieht Albrecht aus glasigen Augen schelmisch an. »Ihr Maler seid schon ein seltsames Volk. Findest keine anderen, hübscheren, die du malen kannst?« Sie hebt erneut den Becher an die Lippen.

»Die finde ich an jeder Ecke. Ich suche Ausdruck.« Albrecht hat in drei Schänken nach Griet gefragt. Erst in der vierten ist er fündig geworden.

»Dank jedenfalls für den Wein«, sagt Griet und hält ihm den Becher entgegen.

»Ich habe gehört, du putzt im Dirnenhaus auf dem Berlich.«

»Ich bin viel unterwegs«, sagt sie ausweichend.

»Warst du schon vor zehn Jahren dort?«

»Kann sein.«

»Kanntest du vielleicht einen Kaufmann mit Namen Bicher? Ein Gewürzhändler.«

Griet hebt ruckartig den Kopf. »Nein.«

»Bist du sicher? Er soll häufig dort gewesen sein.«

»Was soll das? Wer bist du?« Der trübe Schleier ist schlagartig aus Griets Augen verschwunden. Sie kommt Albrecht so nahe, dass er ihren weingetränkten Atem riechen kann. Sie mustert ihn lange, dann sinkt sie zurück, als hätte jemand sie bei den Schultern gepackt und nach hinten gezogen. »Die Toten soll man ruhen lassen.«

»Also du weißt, dass er tot ist.«

»Aus dem Fluss gezogen haben sie ihn wie einen toten Fisch.« Sie nimmt den Becher und leert den Rest in einem Zug.

»Griet! Was weißt du von ihm?« Er sieht, wie sich ihre Lippen aufeinanderpressen.

»Ich sitze auf dem Trockenen«, sagt sie tonlos.

Albrecht lässt noch zwei Becher kommen.

Mit jedem Schluck, den Griet trinkt, scheint ihr Körper mehr aufzuweichen. Schließlich hängt sie wie ein leerer Sack in dem Stuhl.

»Er ist immer zu mir gekommen, der Bicher«, sagt sie leise. »Und gut gezahlt hat er. Ein feiner Mann, da können alle anderen sagen, was sie wollen.«

»Ich hab gehört, er hatte abartige Fantasien.«

»Blödsinn! Ein feiner Mann.« Sie nickt mehrmals.

»Was ist passiert?«

»Sie haben mich gefragt, ob ich viel Geld verdienen will. So viel, dass ich hätte weg können vom Berlich. Sie wollten, dass ich mir ins Gesicht schlagen lasse. Und dann sagen, es sei der Bicher gewesen. Und ihn anzeigen.«

»Aber du hast es nicht gemacht.«

Sie schüttelt den Kopf. »Ein feiner Mann«, wiederholt sie und führt wieder den Becher zum Mund.

»Was war dann?«

»Sie haben eine andere gefunden. Ich hab der Dora gesagt, ich mach da nicht mit. Ich geh und klär die Sache auf.« Sie verstummt und senkt den Blick in den Schoß. »Am nächsten Tag haben sie mir aufgelauert und mich fertig gemacht.«

»Wer ›sie‹, Griet? Wer?«

Doch sie wehrt ab, trinkt den letzten Schluck und knallt den Becher auf den Tisch. Mühsam wuchtet sie sich hoch und torkelt davon.

»Ein feiner Mann«, hört Albrecht sie noch murmeln.

25

Es war bereits dunkel, als Elise nach Köln zurückkehrte, und es regnete. Auf dem Asphalt spiegelten sich die Lichter. Als sie vor dem Präsidium hielt und an der Fassade hochblickte, sah sie, dass in ihrem Büro noch Licht brannte. Widmer hatte gewartet. Kurze Zeit später war sie oben.

»Und?«

»Es ist seine Tochter.« Sie ließ sich erschöpft in ihren Stuhl fallen.

»Leuwangs Tochter?«

Elise nickte. Sie fühlte sich wie zerschlagen nach dem langen Gespräch im Krankenhaus. »Sie ist todkrank. Das Herz. Der Kontakt zu ihrem Vater war über viele Jahre abgebrochen, erst als es ihr sehr schlecht ging, hat sie sich bei ihm gemeldet. Sie brauchte Geld für eine Operation.«

»Aber er hatte doch nichts.«

»Es war ein Versuch. Und Leuwang, selbst mit einem Bein im Grab, wollte alles daransetzen, ihr zu helfen.«

»Also doch Erpressung.«

»Ich bin mir ziemlich sicher. Er hatte etwas gegen Winters in der Hand. Er wusste ja, dass er ein reicher Mann war. Wahrscheinlich die einzige Geldquelle, die ihm in dieser ausweglosen Situation einfällt.«

»Aber er ist alt und gebrechlich und bittet Freddi, ihm zu helfen, stellt ihm einen Teil des Geldes für das Baby in Aussicht«, ergänzt Widmer.

Elise sah auf die Uhr. Sie musste duschen und sich umziehen und würde zu Seibold etwas zu spät kommen. »Hast du den Halter des Wagens ermittelt, dessen Kennzeichen ich dir gegeben habe?«

»Ja. Er heißt Walter Umbreit.«

»Adresse?«

»Hier in Köln.«

»Den werden wir morgen früh als Erstes aufsuchen. Gute Nacht, Mike. Bis morgen.«

Sie fuhr nach Hause und hastete die Treppen hinauf. Birte steckte den Kopf aus der Küche, als sie die Haustür hörte.

»Arbeit?«, fragte sie, als sie sah, dass Elise schon in der Diele begann, sich ihrer Kleider zu entledigen.

»Date«, antwortete sie knapp.

Birte strahlte. »Geh duschen, ich such dir was Passendes raus.«

»Du bist ein Schatz!«

Zwanzig Minuten später prüfte Elise im Spiegel kritisch ihr Aussehen. Die junge Schwedin schaute ihr über die Schulter und nickte zufrieden.

Sie hatte etwas Make-up aufgelegt und Birte hatte ihr ein enganliegendes dekolletiertes schwarzes Kleid herausgesucht, zu der es eine passende bordeauxrote Stola gab. Sie trug das Haar hinter den Ohren festgeklemmt und ein paar ausgefallene große Ohrringe mit dunkelroten Strasssteinen, die ihren schlanken Hals betonten.

»Festlich elegant, aber nicht aufdringlich«, kommentierte Birte und nickte zufrieden über ihre Wahl. Sie legte den Arm um Elises Schulter. »Ich bleibe heute Nacht hier. Falls du es nicht nach Hause schaffst.« Sie zwinkerte ihr aufmunternd zu.

Elise gab ihr einen Kuss auf die Wange und war noch in derselben Minute aus der Haustür. Sie hatte sich entschieden, ein Taxi zu nehmen, das bereits vor dem Haus wartete. Sie betete, dass der Verkehr sich in Grenzen hielt, und nannte dem Fahrer die Adresse des Restaurants. Zehn Minuten später stieg sie aus dem Wagen und betrat das »Dolce Vita«, ein kleines, sehr exklusives italienisches Restaurant. Sie ließ den Blick schweifen und entdeckte Seibold an einem kleinen Tisch im hinteren Bereich. Auch er sah sie und erhob sich strahlend.

»Ich bin zu spät. Es tut mir leid«, entschuldigte sie sich.

»Das macht nichts«, sagte Seibold und rückte ihr den Stuhl zurecht, damit sie sich setzen konnte.

»Bei meinem Beruf ist es leider sehr schwierig, Verabredungen einzuhalten.«

»Das kann ich mir vorstellen. Was möchten Sie trinken?«

»Einen Grappa als Aperitif.«

Seibold winkte dem Kellner und gab seine Bestellung auf. »Ich freue mich, dass Sie gekommen sind.«

»Und ich habe mich über die Einladung gefreut.«

Der Kellner brachte den Grappa, der gut war und die Kehle wärmte.

»Wir haben den Halter des Wagens, dessen Kennzeichen sich die Sekretärin Ihres Großvaters gemerkt hatte.«

»Und?«

»Er heißt Walter Umbreit.«

Seibold schüttelte enttäuscht den Kopf. »Nie gehört.«

»Ich werde ihm morgen einen Besuch abstatten. Lassen Sie uns von etwas anderem reden.«

Der Anwalt war ein charmanter Plauderer und Elise begann den Abend wirklich zu genießen. Erst als der Ober den Espresso brachte, kamen sie noch einmal auf den Ursprung ihres Gesprächs zurück.

»Marianne Wessling hat mir gegenüber erwähnt, dass Erhard Wagner in seinem Testament angeordnet hat, wer Briefe aus seinem Privatarchiv zurückerhält.« Er beugte sich verschwörerisch vor. »Ich habe in sein Testament geschaut.«

Elise musste lächeln. »Und?«

»Ich habe sie aufgeschrieben. Ich werde den Zettel unter dem Tisch verlieren. Wer ihn aufhebt und liest, damit habe ich nichts zu tun.«

»Danke.«

»Nichts zu danken. Ich fühle mich sicherer, seit ich mit Ihnen gesprochen habe.«

Sie sprachen noch eine Weile über ihren Alltag, über Vorlieben und Abneigungen, und Elise begann sich in Seibolds Gegenwart zunehmend wohler zu fühlen.

Als er schließlich den Ober rief, um zu zahlen, bedauerte sie, dass der Abend schon vorüber war. Während er bezahlte, beobachtete sie ihn. Wie weit würde er gehen? Wie weit würde sie gehen? Wenn er nun fragte? Wie würde sie reagieren?

Als sie sich erhoben, sah sie, wie ein kleiner weißer Zettel aus Seibolds Hosentasche auf den Boden fiel. Sie bückte sich schnell, hob ihn auf und steckte ihn ein. Seibold hatte ihr den Rücken zugewandt und sah Richtung Ausgang.

Gemeinsam verließen sie das Lokal. Die Nachtluft war frisch und klar, die Wolken hatten sich verzogen, am Himmel glitzerten die Sterne.

Auf dem Bürgersteig vor dem Restaurant standen sie sich gegenüber. Keiner von beiden sagte ein Wort. Einige Passanten drängten sich an ihnen vorbei.

»Es war ein schöner Abend«, sagte Elise.

»Ja.«

Sie sahen sich an. Er wirkte verlegen, was vielleicht weniger an ihr als an der Rolle lag, die sie verkörperte.

Ein dunkler Wagen fuhr hinter Seibold, der mit dem Rücken zur Straße stand, an den Bordstein.

Später, als Elise an diesen Moment zurückdachte, kam es ihr oft so vor, als sei alles in Zeitlupe geschehen. Sie sah wieder Seibold, der den Mund öffnete, um etwas zu sagen, sah im gleichen Augenblick, wie an dem Wagen hinter ihm die getönte Scheibe des hinteren Seitenfensters lautlos nach unten glitt. Sie sah etwas Unbestimmtes im Dunkel des Wageninneren aufblitzen, hörte ein dumpfes Aufschlagen auf etwas. Sie sah Seibolds verwunderten Gesichtsausdruck, den halb geöffneten Mund, die aufgerissenen Augen, bevor er ganz langsam, als schwebe er auf sie zu, in ihre Richtung fiel.

All das geschah innerhalb von Sekunden, und Elise erlebte es, als habe jemand die Zeit angehalten. Sie breitete die Arme aus, instinktiv, und er fiel sanft, ohne Aufregung, hinein. Sie wankte unter dem Gewicht des Anwalts, fing sich aber und versuchte sich auszubalancieren, während der schwarze Wagen mit quietschenden Reifen davonfuhr, eine Wolke aus aufspritzender Gischt und gräulichem Qualm hinter sich herziehend.

Aus dem Restaurant kamen Gäste auf die Straße, auch der Ober. Sie nahmen ihr Seibold ab, legten ihn auf den Bürgersteig. Elise fühlte einen Arm, der sich um ihre Schultern legte, hörte aufgeregte Stimmen, ganz dumpf, als sei sie in Watte gepackt. Jemand versuchte sie in das

Restaurant zu ziehen, doch sie wehrte sich. Sie kniete sich neben Seibold auf den Bürgersteig und nahm seine Hand. Sie war kalt, viel zu kalt.

26
Köln 1490

Es ist ein strahlender Morgen, und Albrecht genießt die Sonne. Er läuft die Große Wischgasse hinunter, vorbei an St. Maria Lyskirchen. Sein Ziel ist der Holzmarkt am Rheinufer. Er will einige Paneele besten Lindenholzes erwerben, das sich am besten zur Bemalung eignet.

Schon von Weitem sieht er eine aufgebrachte Menge, die sich am Rheinufer gesammelt hat. Männer und Frauen, die lauthals miteinander debattieren. Erst bei näherem Hinsehen erkennt er den Grund für die Ansammlung. Im Rhein treibt ein menschlicher Körper. Zwei junge, kräftige Burschen haben es gewagt, in den Fluss zu springen und sind gerade dabei, den Körper ans Ufer zu zerren. Es ist eine männliche Leiche.

Albrecht tritt gerade dazu, als man den leblosen Körper, der mit dem Gesicht nach unten auf einem Stück Rasen liegt, umdreht.

Er weicht entsetzt einen Schritt zurück. Zwei riesige, schreckensweit aufgerissene Augen starren ihn an. Augen, die er nur zu gut kennt. Sie gehören dem verrückten Mattes.

Er kniet neben dem Toten nieder und streicht ihm einige nasse Strähnen aus der Stirn. Eine der Hände, zur Faust geballt, liegt auf der Brust. Durch zwei leicht gespreizte Finger sieht Albrecht etwas Goldenes funkeln. Er dreht den Arm und versucht die steifen Finger auseinanderzubiegen, was ihm nur mit Mühe gelingt. Was zum Vorschein kommt, trifft den jungen Maler wie ein unvermittelter Faustschlag. Er hält einen goldenen Ring mit rot funkelndem Stein in der Hand …

»Das konnte kein gut's Ende nehmen.«

Rath gießt Albrecht aus einem Pokal Wein in ein schön geschliffenes Glas. Sie sitzen in der guten Stube in Raths Haus an der Hohenpfortengasse. Der junge Maler ist entsetzt vom Holzmarkt geflohen.

»So wie mit seinem Ziehvater, dem Bicher?«, fragt er tonlos.

Rath antwortet nicht. Die Stille im Raum wird bedrückend.

»Ich habe mit einer Frau gesprochen, die vor zehn Jahren als Hübschlerin in der Schwalbengasse gearbeitet hat. Sie kannte Bicher und nannte ihn einen feinen Herrn. Er war oft bei ihr. Sie hat mir erzählt, dass man ihr viel Geld geboten hat, wenn sie sich schlagen lässt und hinterher sagt, es sei der Bicher gewesen. Aber sie hat abgelehnt. Da haben sie eine andere gefunden.«

Der Tuchhändler blickt Albrecht mit ernster Miene an. »Das sind schwere Anschuldigungen. Habt Ihr Beweise? Namen?«

Albrecht denkt an den Ring, der sicher verwahrt in einem kleinen Lederbeutel an seiner Hose hängt. Wie viele der Apokalyptiker mögen diesen Ring tragen?

Er schüttelt den Kopf. »Sie haben es sehr geschickt angestellt. Fast jede dieser Frauen würde alles tun, um an so viel Geld zu kommen, um vom Berlich verschwinden zu können. Die Dirnen aus der Schwalbengasse sind zwar ohne Bürgerrechte, aber sie stehen unter Stadtpatronat. Der Rat würde sich ihre Anschuldigungen anhören.«

»Wer glaubt schon einer Hübschlerin? Dem Bicher wäre, selbst wenn die Anschuldigungen wahr gewesen wären, nicht viel passiert.«

»Darum ging es nicht. Sie wollten den Bicher in eine bestimmte Ecke drängen und seinen Ruf als seriöser Geschäftsmann in der Stadt untergraben.«

»Wenn ich Euch recht verstehe, dann glaubt Ihr also, man hat den Bicher verleumdet und so in den Selbstmord getrieben? Und Mattes?«

»Rütt hat niemals Ruhe gegeben. Er hat zu viele Fragen gestellt.«

»Niemand hat ihn ernst genommen. Jeder wusste, dass er verrückt und ein Säufer war. Warum sollte ihn ausgerechnet jetzt, nach so vielen Jahren, jemand in den Rhein stoßen wollen?«

»Weil er einen neuen Zuhörer gefunden hatte«, erwidert Albrecht bedrückt. »Mich.«

27

Elises Hände zitterten. Sie hielt sich krampfhaft an einer Tasse sehr heißen Kaffees fest, den ihr Mike Widmer gerade gebracht hatte. Ihr Blick glitt durch das leere Restaurant zu den halb mit Gardinen verhangenen Fenstern hinaus. Sie sah die hektisch umherspringenden Silhouetten der Männer der Spurensicherung, die draußen vor dem Lokal ihrer Arbeit nachgingen. Es hatte wieder zu regnen begonnen, und der Regen wusch das Blut Manfred Seibolds weg, vermischte sich mit ihm, verdünnte es und spülte es in den Abfluss, wo es die Ratten tranken. Elise hatte Mühe, einen Brechreiz zu unterdrücken.

Sie spürte eine Hand auf ihrer Schulter. Widmer stand neben ihr. Sein kurzes Haar glänzte vor Feuchtigkeit, auf seiner Jacke perlten Regentropfen. Er sagte nichts, ließ nur seine Hand auf ihrer Schulter, und sie war dankbar dafür.

»Wie weit sind die draußen?«

»Fast fertig. Viel zu untersuchen gab es nicht.«

»Haben Sie ihn schon …«

Er nickte.

»Weiß Strothmann von der Sache?«

»Ja, sicher.«

Sie versuchte ein dünnes Lächeln. Ihre großen smaragdgrünen Augen glänzten feucht. »Wenn ich schon mal ein Date habe, was?«

Widmer legte seine Hand auf ihre. »Was glaubst du? Abrahamsson?«

Sie wandte den Kopf ab. »Vielleicht. Was weiß denn ich.«

»Würde er wirklich so weit gehen?«

»Das kommt darauf an, für wie groß er die Gefahr hält, die Seibold für ihn und die WWS bedeutet, Mike. Er hatte Zugang zu den Unterlagen der Kanzlei und den privaten Unterlagen seines Großvaters. Der alte Seibold war jemandem auf der Spur. Irgendjemandem, Abrahamsson, sonst wem.«

Elise verstummte und setzte langsam die Kaffeetasse auf dem Tisch ab. Etwas von der dunklen Flüssigkeit schwappte über den Rand und verursachte einen Fleck auf der weißen Tischdecke.

»Ich bin schuld, Mike.«

»Was?«

Elise wagte nicht, ihn anzublicken. »Ich bin schuld«, wiederholte sie leise.

»Blödsinn.«

»Ich konnte meinen Mund nicht halten bei Abrahamsson. Meinetwegen ist er auf Seibold aufmerksam geworden. Er muss ja geglaubt haben, dass Seibold eine Gefahr für ihn ist.«

»Aber du weißt doch gar nicht, ob Abrahamsson etwas damit zu tun hat«, wandte Widmer ein. »Wir werden uns mit Seibolds Kompagnons beschäftigen, die Akten der Kanzlei durchforsten. Es gibt Dutzende von Gründen, einen erfolgreichen Anwalt zu erschießen.«

Elise wollte ihm so gerne glauben, doch tief in ihrem Innern spürte sie, dass sie es nicht konnte. Sie wusste es besser.

»Du fährst jetzt nach Hause, nimmst eine Tablette und schläfst einen ganzen Tag. Ich werde mit Strothmann reden.«

Sie schüttelte den Kopf. »Nein. Ich könnte es nicht.«

»Brauchst du einen Arzt?«, fragte Widmer besorgt.

»Nein.«

»He! Ich bin es. Du brauchst mir nicht die starke Frau vorzuspielen.«

»Das tue ich nicht.«

Tat sie das wirklich nicht? Es war das Gefühl des Versagens, das sie tief im Innern erschütterte, nicht zum ersten Mal in ihrem Leben, doch zum ersten Mal beruflich.

Sie hatten weder den Mörder von Winters noch von Leuwang oder Francine Moreau, noch das Verbindungsstück, das alle drei miteinander verband, das es gab, davon war sie überzeugt. Sie hatte keine Spur von Freddi und einen Zeugen, den man vor ihren Augen erschossen hatte. Von Dupas und St. Cyr ganz zu schweigen. Sie sah die betretenen Mienen der BKA-Beamten direkt vor sich, die zweideutigen Blicke, die sie austauschten …

Sie hatte versagt.

Bei dem Gedanken an all das musste sie wieder mit dem Würgereiz kämpfen. Wann immer sie glaubte etwas in der Hand zu halten, zerrann es ihr zwischen den Fingern.

Der Zettel fiel ihr wieder ein.

Sie suchte und fand ihn in ihrer Handtasche. Einen Moment lang starrte sie ihn an, das Weiß des Papiers leuchtete ihr entgegen, unnatürlich hell im Halbdunkel des Raumes. Sie sah die schönen geraden Buchstaben, die mit schwarzem Stift darauf geschrieben waren. Sie schloss die Augen und faltete den Zettel wieder zusammen, gab ihn Widmer. »Hier stehen Namen, die in Wagners Testament erwähnt sind. Sie alle haben mit ihm korrespondiert. Wagner hat die Briefe archiviert und sie ihnen testamentarisch zurückgeben lassen. Warum auch immer. Vielleicht kannst du etwas über sie herausfinden.«

»Gut.«

Elise erhob sich langsam. Ihr war schwindlig, sie schwankte leicht.

Widmer hielt sie besorgt am Arm fest.

»Ich bin in Ordnung«, beruhigte sie ihn. »Vielleicht kannst du mir ein Taxi rufen.«

»Das soll wohl ein Witz sein?«

»Was meinst du?«

»Glaubst du, ich lasse dich jetzt allein nach Hause fahren? Ein Beamter wird dich bringen und dir nicht von der Seite weichen. Von jetzt an machst du keinen Schritt mehr allein!«

»Das kommt überhaupt nicht infrage.«

Widmer wurde böse. »Ist dir schon mal in den Sinn gekommen, dass die da draußen genauso gut dich gemeint haben können?«

»Dann läge ich jetzt da draußen. Solche Leute machen keine Fehler.«

»Sie können nicht sicher sein, dass du nicht jemanden erkannt hast.«

»Dafür ging es viel zu schnell. Und das wissen sie.«

Er schüttelte heftig den Kopf.

Zehn Minuten später war Elise auf dem Weg nach Hause. Sie hatte zugestimmt, sich von einem der Beamten fahren zu lassen, zu mehr war sie nicht bereit.

Es war wenig Verkehr, und die Lichter der Häuser am Straßenrand spiegelten sich auf dem glänzenden Asphalt. Sie schloss die Augen. Sofort tauchte Seibolds Gesicht aus dem Dunkel auf. Sie hatten eine

Grenze überschritten. Elise war nicht mehr unbeteiligt. Man hatte sie mit dieser Kugel genauso getroffen wie Seibold. Sie fror plötzlich. Der Schatten, den das Böse immer warf, breitete sich aus und hüllte sie in düstere Schwärze. Sie war gefangen in diesem Labyrinth aus Bösartigkeit und Hinterhalt, irrte ziellos umher …

Ikarus!

Wenn sie sich doch nur Flügel machen könnte, um all dem zu entfliehen, doch sie wusste, sie wären ja nur aus Wachs, auch wenn sie ein trügerischer Schein von Freiheit umgäbe.

Die Figur in der Residenz. Der Ikarus. Was hatte auf dem Messingschild gestanden? Elise versuchte sich zu konzentrieren. Dann fiel es ihr ein: Colette, 1938.

Sie fischte ihr Handy aus der Handtasche und drückte die Taste, hinter der Widmers Nummer hinterlegt war. Er meldete sich sofort, war noch im Restaurant.

»Mike, sieh doch nochmal auf den Zettel. Da war ein Frauenname dabei.«

Es dauerte einen Augenblick, bis Widmer den Zettel gefunden und entfaltet hatte.

»Stimmt. De Bruyn, Colette de Bruyn.«

»Fang mit diesem Namen an, Mike. Such in Künstlerlexika- oder verzeichnissen.«

28

Er hasste es, wenn die Kleidung klamm war und an der Haut klebte. Er liebte den Sommerregen nach einem heißen Tag, wenn die Erde dampfte.

Beherzt griff Avide in seine Jackentasche, fühlte das Handy und zog es hervor. Er wartete einen Augenblick, sah sich um, doch außer ihm war niemand da. Seine Finger zitterten, als er die Nummer eintippte, die Weidenmann ihm gegeben hatte.

Er hielt das Handy an sein Ohr und wartete. Freizeichen.

»Ja?«

»Spreche ich mit Hauptkommissarin Elise Brandt?«

»Ja?«

»Ich glaube, Sie suchen mich.«

Elise spürte, wie sich die feinen Härchen in ihrem Nacken aufrichteten. Eine Gänsehaut lief ihr über Schulter und Rücken. »Herr St. Cyr?«

»Ich muss Sie sprechen. Allein.«

»Es ist gut, dass Sie sich stellen wollen. Wo sind Sie?«

»Ich ziehe es vor, nach meiner Methode vorzugehen.«

Elise unterbrach das Gespräch und ließ das Handy sinken. Es verging eine halbe Minute, dann ertönte das Summen erneut.

»Ja?«

»Wenn ich Sie nicht überzeuge, komme ich freiwillig mit. Aber ich muss Sie zuerst alleine sprechen.«

»Das kommt nicht infrage.«

»Können Sie sich diese Abfuhr leisten? Ich habe etwas, das Sie bestimmt interessiert.«

Elise antwortete nicht. Sie stand da, allein, im Regen, in der Dunkelheit, und sie merkte, dass es ihr plötzlich egal war. Alles. Eine Falle? Vielleicht. Was hatte sie für Alternativen? Was spielte es jetzt noch für eine Rolle?

»Wenn Sie unschuldig sind, warum sind Sie geflüchtet?«

»Das sage ich Ihnen, wenn wir uns sehen.«

»Wo?«

»Kommen Sie zum Neumarkt. Allein. Ich erwarte Sie dort in einer halben Stunde am Adenauer-Denkmal vor der Kirche.«

29
Köln 1490

Albrecht hört nicht, wie sich leise quietschend die Tür öffnet. Wenn er über einer seiner Arbeiten sitzt, vergisst er Raum und Zeit. Prüfend hält er inne und besieht kritisch das Geschaffene.

»Ihr seid ein fleißiger Arbeiter.«

Erschrocken fährt der junge Maler hoch. Ein langer Schatten fällt in den Raum und berührt fast Albrechts Fußspitze.

Arturo Benedetti Clementis Augen leuchten dem jungen Maler im Halbdunkel entgegen. »Kommt Ihr gut voran?«

»Ja. Ich bin zufrieden. Das Material hier in Köln ist gut. Besonders die Pigmente für die Farben.«

Der Mönch tritt einen Schritt näher. Er macht so leichte, fließende Bewegungen, dass man meinen kann, seine Füße würden den Boden nicht berühren.

»Ihr kommt doch zur Andacht heute Abend? Ich habe Freunde aus Italien hier, die uns Interessantes zu berichten wissen aus Rom.«

Für einen Augenblick tritt Stille ein. Albrecht zögert, dann fasst er Mut.

»Man hat heute Morgen einen toten Mann aus dem Fluss gefischt. Ich war dabei.«

»Der Tod ist leider allgegenwärtig.«

»Ich kannte ihn. Ich habe ein paar Mal mit ihm gesprochen.«

»Was bedrückt Euch?«

»Er hat die Apokalyptiker, zumindest einen Teil von ihnen, beschuldigt, vor zehn Jahren seinen Ziehvater in den Tod getrieben zu haben.« Plötzlich empfindet Albrecht wieder die alte Angst in der Gegenwart des Italieners.

»Hat er gesagt, warum unsere Brüder das getan haben sollen?«

»Dieser Kaufmann, Bicher hieß er, hat sich geweigert, den Apokalyptikern beizutreten. Er sprach von geheimen Absprachen unter den Brüdern, die Kaufleute, die nicht unserem Bund beigetreten sind, benachteiligen.«

»Das sind schwere Anschuldigungen. Aber derlei ist mir nicht unbekannt. Unsere Gruppierung ist vielen Anfeindungen ausgesetzt, wie es Bruderschaften oft sind. Die Menschen misstrauen, was sie nicht kennen. Auch die römisch-katholische Kirche hat nichts unversucht gelassen, uns in Misskredit zu bringen.«

»Seid Ihr deshalb aus Italien geflohen?«

»Ja. Unter anderem. Ich war noch nicht bereit für den Scheiterhaufen. Meine Aufgabe ist noch nicht getan.«

»Aber es werden doch unter dem Dach dieses Hauses Geschäfte gemacht. Ich habe es mit eigenen Augen gesehen.«

»Sicher. Und warum auch nicht? Wir haben viele ausländische Gäste, zumeist Kaufleute und Händler.«

»Jesus Christus hat die Händler und Geldwechsler aus dem Tempel gejagt.«

»Und was hat er damit erreicht? Er hat den Zorn der Priester auf sich gezogen, die ihn anklagten, und er fand den Tod.«

»Also das ist es. Davor habt Ihr Angst. Bin ich darum hier? Um Eure Macht gegenüber denen zu stärken, die die Apokalyptiker längst als geheime Gaffel benutzen? Lasst Ihr darum Euer Buch nicht vervielfältigen? Es ist das Symbol Eurer Macht, nicht wahr? Seht! Dies ist mein Wort, darauf fußt alles, und ich halte es in Händen. Und solange ich dies tue, bin ich der Ordensführer.«

»Ihr habt großen Zorn in Euch«, sagt der Mönch leise.

»Ja, ich bin zornig, Meister. Ich bin Eurem Wort gefolgt und glaubte, dem Licht der Erkenntnis zu folgen. Doch jetzt sehe ich, dass dies alles nur bloßer Schein ist, der einen ebenso in die Irre führt wie der Schein der Messkerzen auf den Altären der Kirchen.«

Unvermittelt macht der Mönch einen Satz nach vorn und erfasst Albrechts Schultern. »Ihr seid im Irrtum! Ihr habt meine Worte gelesen, Ihr habt sie verinnerlicht und in Bilder umgesetzt, wie nur Ihr es konntet! Ihr müsst wissen, dass nur sie allein, und der Glauben daran, unsere Seelen retten können!«

Albrecht schüttelt die Hände des Mönches ab und weicht zurück. Er ergreift den Ring, den er dem toten Mattes aus der Hand genommen hat und hält ihn Clementi vor das Gesicht. »Hier! Das ist die einzige Wahrheit. Leugnet Ihr, dass dieser Ring das Erkennungszeichen der Ordensbrüder ist und viele der Apokalyptiker ihn tragen? Diesen habe ich aus der Hand des Toten aus dem Rhein. Ich werde gehen, Meister. Aber zuvor werde ich den Besitzer dieses Ringes finden!«

30

Avide sah nervös auf die Uhr. Noch zehn Minuten. Würde sie kommen? Er schob vorsichtig die Gardine beiseite und tastete mit den Augen die Straße ab. Nichts Ungewöhnliches. Vor dem wolkenverhangenen Himmel zeichneten sich düster und bedrohlich die Türme von St. Aposteln als schwarze Riesen ab.

Elise sah sich um. Es waren an diesem Abend nicht viele Menschen unterwegs. Sie überquerte den Neumarkt, auf dem ein Zirkus seine Zelte aufgeschlagen hatte, dessen bunte, feucht glänzende Planen das Licht der Straßen reflektierten. Ein großes, weiß geschminktes Clownsgesicht mit roter Nase und weit aufgerissenem Mund lachte ihr entgegen. Sie überquerte die Straße und näherte sich langsam der Kirche.

Er erkannte sie sofort, kaum dass sie ihren Platz neben dem Denkmal eingenommen hatte, obwohl einige Entfernung zwischen ihnen lag. Er wartete, nahm dann sein Handy.

»Ja?«

»Sind Sie allein?«

»Sehen Sie außer mir noch jemanden?«

»Ich vertraue Ihnen.«

»Hoffentlich schnell. Mir ist kalt.«

Avide lächelte. Ihre Stimme gefiel ihm. »Wenn Sie geradeaus blicken, sehen Sie die Front eines griechischen Restaurants. Gehen Sie langsam darauf zu.«

Sie überquerte die Straße und blieb schließlich vor der verschlossenen Eingangstür des Restaurants stehen, über der in großen geschwungenen Buchstaben »Kallephones« geschrieben stand.

Sie wartete einen Augenblick, und als nichts geschah, griff sie nach der Klinke und drückte sie langsam herunter. Die Tür war unverschlossen. Elise trat ein. Es war still, und der abgestandene Geruch von Olivenöl und Knoblauch lag in der Luft. Auf den Tischen lagen keine Decken, die Stühle waren hochgestellt.

»Hallo?« Sie ließ den Blick durch den dunklen Raum schweifen.

»Ich glaube, es hätten nicht viele so reagiert wie Sie.«

Sie konnte nichts erkennen, hörte nur seine Stimme: »Sie scheinen sich Ihrer Sache sehr sicher zu sein.«

»Kommt Ihnen das so vor?«

»Sie haben keine Sicherheitsvorkehrungen getroffen.«

»Das Haus hat einen Hinterausgang.«

»Dort könnten schon meine Männer stehen.«

»Nein.«

»Nein?«

»Nein. Sie sind nicht der Typ, der Spielchen spielt.«

»Was tun wir dann gerade hier?«

Avide trat aus dem Dunkel nach vorn. Er war größer, als Elise ihn in Erinnerung hatte. Er forschte in ihrem Gesicht. Sie war blass, wirkte müde. Nur die durchdringend grünen Augen, die ihn schon einmal in ihren Bann gezogen hatten, leuchteten. »Sie wissen, dass ich Francine Moreau nicht ermordet habe.«

»Das tue ich durchaus nicht. Nicht ohne polizeitechnische Untersuchung. Stellen Sie sich ihr?«

»Ja. Zu gegebener Zeit.«

»Ich weiß, nach Ihren Regeln.«

Er kam langsam näher. »Wie weit sind die Ermittlungen?«

»Wir kommen voran.« Sie ahnte, dass er die Zweifel in ihrer Stimme nicht überhörte.

»Wollen wir uns nicht setzen?« Er wies mit dem Kopf auf einen der Tische im hinteren Bereich.

Elise folgte ihm zögernd. Er holte aus dem Thekenbereich ein Windlicht, das er entzündete und auf den Tisch stellte. Die flackernde Kerze malte tanzende Schatten auf ihre Gesichter. Einen Augenblick blieben sie stumm sitzen und sahen sich an.

»Was würden Sie an meiner Stelle denken?«, fragte Elise schließlich.

»Ich weiß es nicht.«

»Warum sind Sie fortgelaufen in dieser Nacht?«

Avide lächelte. »Das klingt fast so, als würden Sie es bedauern. Ich musste Gewissheit bei einigen Punkten haben. Meine Position war schlecht.«

»Zugegeben. Und, haben Sie jetzt Gewissheit?«

»Nein. Eher das Gegenteil.« Er sank zurück in den Stuhl. Er wusste, jetzt war es an der Zeit, die Karten offen auf den Tisch zu legen. Er hob den Koffer hoch und öffnete ihn langsam. Elise folgte interessiert jede seiner Bewegungen. Avide nahm die kleine Dose heraus, öffnete auch diese. Er entnahm ihr den Brief, entfaltete ihn behutsam und legte ihn auf den Tisch. Dort lag er, so friedlich, so unspektakulär, als hätte er nicht diese unendliche Reise durch die Jahrhunderte hinter sich; ein beschriebenes Stück Pergament, nicht mehr – und nicht weniger.

Elise registrierte die schön geschwungene Schrift, sah die dunklen Flecken auf dem hellockerfabenen Untergrund, ohne die wahre Bedeutung des Schriftstückes in diesem Augenblick wirklich ermessen zu können. Ein Schauer lief ihr über den Rücken.

»Albrecht Dürer«, sagte Avide, ohne noch ein weiteres Wort hinzuzufügen, und dieser Name stand von nun an im Raum, als habe ihn jemand als Leuchtschrift im Dunkel installiert.

»Ist das sicher?«

»Gehen wir doch für den Augenblick einfach mal davon aus.«

»Diesen Koffer haben Sie also mitgenommen, in der Gymnicher Straße?«

Er nickte. »Er enthält noch etwas anderes.«

»Die Vita des Ignatius von Bern. Weidenmann hat es mir gesagt. Ich wusste, dass das Buch aus Winters' Bibliothek verschwunden war.« Ihre Blicke verhakten sich ineinander, keiner ließ den anderen mehr aus den Augen.

»Was wollten Sie in der Gymnicher Straße? Was haben Sie mit alldem zu tun?«

»Ich kenne Winters schon seit einigen Jahren.«

»Sie haben für Ihr Buch bei ihm recherchiert?«

»Ja. Doch es gibt noch eine andere Verbindung.«

»Luise Winters ist Ihre Patentante.«

»Ja. Richtig kennengelernt habe ich sie erst auf der Beerdigung meiner Mutter vor fünf Jahren. Sie lud mich in ihr Haus ein, und ich besuchte sie. Wir verstanden uns, ich ging von da an regelmäßig zu ihr. Natürlich faszinierte mich die Sammlung. Später lernte ich dann Winters kennen. Dieser seltsame verschlossene Mann übte eine eigenartige Faszination auf mich aus. Die Kunst war eine gemeinsame Gesprächsbasis, auf der wir uns fanden. Luise entging nicht, dass wir uns gut verstanden, und ich hatte das seltsame Gefühl, dass es ihr nicht recht war. Wie Marcel übrigens auch nicht. Aber ausgesprochen hat sie es nie. Ich hatte damals den Eindruck, beide versuchten mich vor etwas zu beschützen. Als ginge von Winters eine Gefahr aus.«

»Aber Sie empfanden das nicht so?«

»Nein. Was die Kunst und seine Sammlung betrifft, und nur da kann ich mir ein Urteil erlauben, empfand ich ihn als sehr feinsinnig und sensibel. Es entstand so etwas wie ein Vertrauensverhältnis. Allerdings nur bis zu einem gewissen Punkt. Winters ließ sich nicht gern in die Karten gucken. Er bot mir sogar irgendwann einmal eine Art Kuratorenstellung für seine Sammlung an.«

»Sie haben abgelehnt?«

»Ja. Marcel hatte mir abgeraten.«

»Wie ging es weiter?«

»Wenige Tage vor Winters' Tod rief mich Luise an und bat mich zu sich. Sie war allein und eröffnete mir, ihr Mann sei bei seiner Geliebten, in ihrer gemeinsamen Wohnung in der Gymnicher Straße. Ich war überrascht. Sie schien beunruhigt. Ihr Mann, sagte sie, habe sich verändert, sei nervös und noch verschlossener als sonst. Sie machte sich Sorgen. Er hatte die Firma aufgegeben. Sie glaubte zu wissen, was der Grund für seine Unruhe war, wollte mir jedoch nichts Näheres sagen. Sie machte Andeutungen, Briefe, die er bekommen hatte, seltsame Besuche, häufige Reisen. Aber nichts Konkretes. Ich glaube, sie hat ihn überwachen lassen. Je mehr ich darüber nachdenke, desto überzeugter bin ich, dass sie Angst hatte. Wirkliche Angst. Und sie wusste nicht, an wen sie sich wenden sollte.«

»Das bezweifle ich«, warf Elise ein. »Ich weiß, dass sie ihn für den Tod ihres Vaters verantwortlich gemacht hat. Und je mehr ich über ihn herausfinde, desto mehr bin ich geneigt zu glauben, dass sie recht hat. Sie hat ihn überhaupt nur geheiratet, um einen Teil dessen zurückzubekommen, von dem sie glaubte, dass es ihr zustünde. Ihr Erbe, das Winters ihrem Vater gestohlen hatte.«

»Vielleicht hatte sie Angst um sich selbst. Sie bat mich, mit ihm zu sprechen, glaubte, er würde sich mir am ehesten öffnen.«

«Er vertraut dir, Avide … An niemanden sonst kann ich mich wenden …« Er hörte Luise Winter's Stimme in seiner Erinnerung.

Seine Augen glitten an ihr vorbei in das Dunkel des Raumes. »Ich fuhr zur Gymnicher Straße und traf auf Francine Moreau. Winters war nicht da. Ich stellte mich vor, sie war sehr nett. Wir unterhielten uns. Plötzlich hielt sie inne und sagte: ›Sie kommen von ihr, nicht wahr?‹ Ich war erschrocken und verlegen. Francine aber lächelte und sagte: ›Sagen Sie ihr, dass ich ihn liebe, und fragen Sie sie, ob sie das Gleiche von sich behaupten kann.‹ Ich ging. Ich war wütend auf Luise, dass sie mich in diese Geschichte hineingezogen hatte, und hatte nicht die Absicht, noch einmal zu Francine Moreau zu gehen. Kurz darauf wurde Winters ermordet. Ich suchte Luise noch einmal auf.«

»Das war am Nachmittag nach der Beerdigung, als ich Sie aus dem Haus der Winters kommen sah.«

Er nickte. »Sie war vollkommen lethargisch. Ich hatte sie noch nie so erlebt. Sie fasste mein Handgelenk und sagte: ›Seine Unterlagen sind bei dieser Frau. Du musst sie mir holen. Sie haben ihm den Tod gebracht.‹ Ich war erschüttert – und neugierig.« Er senkte den Kopf. »Das kann ich nicht bestreiten, auch wenn ich nicht stolz darauf bin.«

»Was ist in der Gymnicher Straße geschehen?«

»Francine war überrascht, mich zu sehen. Sie wirkte fahrig, ängstlich. Sie war vollkommen aufgelöst. Ich sah durch den geöffneten Türspalt, dass auf dem Bett ein geöffneter Koffer lag. Sie wollte weg. Ich fragte nach Winters' Unterlagen. Zu meinem Erstaunen führte sie mich sofort ins Arbeitszimmer und gab mir den Koffer. Ich hatte den Eindruck, sie wollte ihn so schnell wie möglich loswerden.

In diesem Augenblick klingelte es. Sie bedeutete mir, im Arbeitszimmer zu bleiben und mich still zu verhalten, schloss die Tür. Ich hörte, wie sie die Wohnungstür öffnete, und eine gedämpfte Männerstimme. Dann war es plötzlich still. Zu still. Ich sah nach und fand sie in der Diele. Sonst niemanden. Die Wohnungstür stand offen. Irgendwo im Haus hallten Schritte. Ich war in Panik. Es klingelte erneut.«

»Diesmal war ich es.«

»Es war eine absolute Kurzschlussreaktion. Ich presste den Koffer an mich und lief hinaus.«

»Sie haben niemanden gesehen?«

»Nein.«

»Er muss im Haus geblieben sein. Sonst wäre er mir direkt in die Arme gelaufen. Und als ich Ihnen dann hinterhergespurtet bin, hat er sich aus dem Staub gemacht.«

»Haben Sie jemanden in Verdacht – außer mich?« Er lächelte gequält.

Elise antwortete nicht. Stattdessen deutete sie auf seine verbundene Hand. »Sie wurden überfallen?«

»Ja. Ich war bei Philippe Valois, einem Händler und Experten für alte Handschriften. Als ich ihn verließ, wurde ich überfallen. Ich denke, es ging um den Koffer.« Er langte in die Tasche seiner Jacke, förderte den Schlüsselanhänger zutage und legte ihn neben den Brief.

Elise starrte ihn fasziniert an. »Wären wir jetzt nicht hier, sondern in meinem Büro, wo wir eigentlich hingehörten, könnte ich ein Pendant daneben legen.«

Avide war überrascht. »Meinen hat mein Angreifer verloren«, sagte er.

»Meiner war im Besitz eines Handelsvertreters, den ich hier in einem Hotel tot aufgefunden habe. Man hat ihn erschossen. Am gleichen Tag wie Francine Moreau. Es sieht so aus, als hätte er Kontakt zu ihr gehabt.«

»Ein Handelsvertreter?«

»Balatier. Ein französisches Unternehmen.«

»Ich habe mit einem namhaften französischen Wirtschaftsjournalisten über Balatier gesprochen. Er hält diesen Konzern für das Böse schlechthin. Aber das erklärt noch lange nicht die Verstrickungen in diesen Fall und das Interesse an dem Brief.«

Elise hatte ihren Blick fest auf das Papier vor ihr auf dem Tisch geheftet. »Dieser Brief …«

»Was ist damit?«

Sie sah hoch. Ihre Blicke trafen sich. »Vielleicht ist er ein Puzzlestück, nach dem ich schon lange suche.«

»Sie glauben mir also?«

»Ob wir hier irgendwo eine Flasche Wein auftreiben? Ich habe das Gefühl, das wird eine lange Nacht.«

31
Köln 1490

Ein feiner Nieselregen, der schon in der Nacht begonnen hat, macht die Pflastersteine glitschig, vertieft die Schlammlöcher und weicht den Boden zwischen den Steinen auf. Die Stadt verwandelt sich langsam in einen riesigen übelriechenden Sumpf, ein Gemisch aus schlammigem Straßendreck, Abfällen und Tierkot. Vorbeifahrende Lastenkarren spritzen den Dreck in die Umgebung und besudeln die Kleider der Fußgänger. Immer wieder versucht der Rat, dem Herr zu werden. Bisher ohne Erfolg. Auch die Lösung, einem unabhängigen Unternehmer, später dann einem Bauern, die Säuberung der Straßen zu übertragen, hat nicht gefruchtet. Selbst der Versuch, zwei Müllabladeplätze auf unbebauten Plätzen zu schaffen, ist fehlgeschlagen. Die Anzahl an toten Tieren, die dort heimlich abgeladen worden sind, der damit verbundene Verwesungsgestank und die gesundheitliche Gefahr haben jedes Maß überschritten.

Als Albrecht aus dem Zunfthaus der Maler auf die Schildergasse hinaustritt, hat er nur noch einen Wunsch, so schnell wie möglich zurück ins Haus seines Vetters Niklas, der ihm jetzt wieder Obdach gewährt. Ein Bleiben im Beginenhof ist ihm unmöglich geworden. Er wird Köln bald verlassen und seine Wanderschaft fortsetzen. Aber zuvor muss er noch etwas erledigen.

Er läuft, Haken schlagend, um den Schlammpfützen auszuweichen, und erreicht bald den Alten Markt. Eine aufgebrachte Menschenmenge hat sich dort versammelt.

Zwei Henkersknechte schieben den Schinderkarren über den Marktplatz, bewacht von grimmig dreinschauenden Bütteln. Einige Marktfrauen werfen fauliges Gemüse und Unrat, den sie aus dem Rinnstein aufgeklaubt haben, auf die Person in dem Karren.

Die alte Dora hat sich auf der schmutzigen Ladefläche, auf der sonst tote Tiere, Dung oder der Inhalt der Abortgruben transportiert werden, bis in die hinterste Ecke geflüchtet, sitzt dort zusammengesunken und starrt apathisch vor sich hin, den Kopf vom Buckel niedergedrückt.

Albrecht wendet sich entsetzt ab und verlässt den Alten Markt Richtung Berlich. Viele wirre Gedanken schießen ihm durch den Kopf, während er erst die Botengasse und schließlich die Breite Straße hinauf läuft.

Er findet das Haus der Hübschlerinnen in der Schwalbengasse in heller Aufregung. Viele der jungen Dirnen stehen, den Kopf mit einem roten Tuch bedeckt, wie es in der Öffentlichkeit außerhalb des Dirnenhauses vorgeschrieben ist, auf der Straße.

Auch Elsbeth ist darunter. Sie winkt ihn zu sich.

»Was ist passiert?«, fragt der Maler aufgeregt.

Das junge Mädchen zieht das Tuch enger um die Schultern und sieht sich nach allen Seiten um, ob auch niemand lauscht. »Sie haben die alte Dora mitgenommen. Gerade durchsuchen die Stadtsoldaten das ganze Haus.«

»Was wirft man ihr vor?«

»Sie haben die Griet gefunden. Tot. In ihrem Zimmer, in der Schmiergasse. Sie soll vergiftet worden sein. Und jeder weiß doch, dass die alte Dora die Griet nicht leiden konnte und sie immer schikaniert hat und dass sie eine alte Kräuterhexe ist.« Sie senkt ihre Stimme. »Und eine Engelmacherin.«

Erst Mattes, jetzt Griet. Das konnte kein Zufall sein.

»Die alte Dora soll noch am Abend bei ihr gewesen sein, das haben die Nachbarn bezeugt. Sie hat doch der Griet immer einen Kräutersud gemacht, wenn sie vom Saufen einen dicken Schädel hatte.«

»Wohin bringen sie sie?«

»In den Weckschnapp an der St. Kunibertstorburg, unten am Rheinufer. Und von da fort gibt's nur noch einen Weg. Hinaus zum Hahnentor.«

Albrecht erschrickt. Er weiß von Niklas, dass vor dem Hahnentor nicht nur das den Leprakranken vom Rat zugewiesene Wohngebiet Melaten liegt, sondern auch eine der Hinrichtungsstätten der Stadt Köln. »Aber warum hätte sie die arme Griet umbringen sollen?«

Elsbeth zuckt die Schultern. »Die brauchen keinen Grund, wenn sie einen einmal auf dem Kieker haben. Mutter Dora hat schon ein paar Mal Ärger gehabt mit dem Rat. Sie soll sogar einmal das Wechselbalg von einer Ratsherrentochter weggemacht haben. Hat sich immer um Sachen gekümmert, die sie nichts angingen.«

»Was geschieht jetzt mit euch?«

»Was schon? Wir werden weitermachen wie bisher. Eine Mutter Dora gibt es an jeder Ecke. Und eine ist wie die andere.« Sie kommt einen Schritt näher. »An dem Tag, als Ihr mit Mutter Dora gesprochen habt, da hat sie anschließend eines von den Mädchen rausgeschickt. Ohne Tuch! Sie musste jemandem etwas bringen. Ein Papier. Sie hat's mir hinterher erzählt.«

»Wem musste sie es bringen?« Albrechts Herz schlägt schneller.

»Ich kenne seinen Namen nicht. Es ist einer, der nicht hierherkommt. Ab und an bestellt er sich bei der Mutter ein paar Mädchen nach Haus. Obwohl das nicht erlaubt ist. Er hat viel Geld.«

»Weißt du, welches der Mädchen?«

»Ja. Aber Ihr könnt nicht mit ihr sprechen. Darüber nicht. Es ist gefährlich für uns.«

Die Schmierengasse macht ihrem Namen alle Ehre. Eine Aneinanderreihung trostloser, windschiefer, heruntergekommener Häuser im Schatten von St. Andreas, die, wie ihre Bewohner, Gelegenheitsarbeiter, Abortausfahrer, die sogenannten »Goldgräber«, Knochensammler, Karrenschieber und Henkershelfer, in den meisten Fällen Säufer, noch nie bessere Tage gesehen haben. Albrecht braucht nicht lange, um das Haus zu finden, in dem Griet gewohnt hat. Die Stadtwache hat einen Posten vor dem Eingang positioniert. Er geht an ihm vorüber, ohne ihn zu beachten, und schlüpft in einen Hauseingang zwei Häuser weiter. Ein schmaler dunkler Flur empfängt ihn, in dem es abgestanden nach fauligem Gemüse und nicht geleerter Abortgrube riecht. Eine schmale Holztreppe mit ausgetretenen Stufen führt ins obere Stockwerk. Irgendwo schreit ein Kind. Er läuft den Flur durch und gelangt auf die Hinterseite. Wie er gehofft hat, gibt es keine Unterteilung hinter den einzelnen Häusern, nicht einmal einen Zaun, dafür einige Gemüsebeete und eine Ziege, die unter einem Baum liegt und döst. Er schlüpft lautlos durch die Hintertür ins Haus und sieht sich um. Der Flur unterscheidet sich in nichts von dem des Hauses, durch das er hereingekommen ist. Er hofft, dass die Stadtwache nicht auch im Inneren des Hauses einen Posten abgestellt hat, und steigt langsam die knarzenden Stufen in den ersten Stock empor. Wieder ein dunkler, trostloser Flur, von dem mehrere Türen abgehen, die alle bis auf eine geschlossen sind. Vor dieser Tür bleibt er stehen.

Vorsichtig lugt er in das Zimmer. Das gesamte Mobiliar besteht aus einem Bettgestell, einem alten Holztisch und einem Schrank, der aussieht, als würde er jeden Augenblick zusammenbrechen. Auf dem Bett liegt ein Mann, nur mit Hemd und Hose bekleidet, und starrt mit offenen Augen zur Decke.

Albrecht nimmt allen Mut zusammen und betritt das Zimmer. Der Mann scheint ihn erst zu bemerken, als er schon fast das Bett erreicht hat. Schwerfällig wendet er den Kopf und starrt Albrecht aus glasigen Augen an. Er mag an die dreißig Jahre sein, das spitze Kinn von einem Dreitagebart bedeckt, die dunklen Haare so kurz geschoren, dass man die Kopfhaut sehen kann.

»Ich suche das Zimmer von Griet Märtes«, sagt Albrecht.

Der Fremde runzelt die Stirn, zieht die Augen zusammen und blickt auf Albrechts Mund. Er scheint sich über die Anwesenheit des Malers nicht zu wundern, wahrscheinlich hält er ihn für einen weiteren Abgesandten des Rates. Der junge Maler unterlässt es, ihn aufzuklären. Im ganzen Zimmer riecht es nach billigem Wein. Albrecht sieht eine Flasche auf dem Boden neben dem Bett stehen, die in diesen Rahmen ebenso passt, wie es ein teures Bild an der Wand oder ein Mantel aus Samt getan hätten.

»Nebenan«, sagt der Liegende unverhältnismäßig laut und dreht den Kopf wieder ab.

»Ich möchte es mir gerne ansehen«, bittet Albrecht.

Der Mann reagiert nicht. Er überlegt einen Moment. Dann streckt er seine Hand aus und zupft ihn am Ärmel. Widerwillig wendet sich der Mann dem jungen Maler noch einmal zu. Er wiederholt das Gesagte und bemerkt wieder, dass der sich ganz auf seinen Mund fixiert.

Albrecht nickt. Er hat es sich gedacht, er ist taub, liest das Gesagte von den Lippen ab.

»Wer wohnt hier noch, außer Euch?«, fragt Albrecht und achtet darauf, langsam zu sprechen.

»Niemand. Die anderen Zimmer sind im Moment nicht vermietet.«

Albrecht dankt ihm und verlässt das Zimmer. Ein idealer Ort, um jemanden umzubringen, denkt er bei sich. Außer der Griet gibt es nur einen Stocktauben nebenan. Niemand hat sich die Mühe gemacht abzusperren. Wahrscheinlich gibt es nicht einmal einen Schlüssel. Die Behausung der armen Griet ist genauso trostlos wie der Raum nebenan. Nur ein Bettgestell mit Heusäcken, darauf ein löchriges, fleckiges Leinentuch ausgebreitet. Die Stille im Haus ist unheimlich. Albrecht öffnet den Schrank und findet ein Leinenkleid und etwas Unterwäsche. Das sind alle Habseligkeiten der armen Frau. Hinten im Schrank, im Halbdunkel, funkelt etwas. Albrecht bückt sich und greift ins Dunkel. Er zieht eine Flasche Wein, halb leer, hervor. Er betrachtet die Flasche interessiert, sie sieht aus wie die, die er vorhin im Nebenzimmer gesehen hat. Er riecht am Flaschenhals. Es ist ein würziger, harziger Wein, dunkel und schwer, gut und teuer. Denn nur solche werden in Glasflaschen geliefert. Zu teuer für die Griet. Er nimmt die Flasche und geht zurück in den Nebenraum. Der Taube liegt noch immer regungslos auf dem Bett. Und wieder bemerkt er Albrecht erst, als der ihn am Ärmel zupft. Der junge Maler hält die Flasche hoch. »Woher stammt dieser Wein?«

Blitzschnell greift der Taube neben das Bett und nimmt die Flasche an sich. Wie ein trotziges Kind seinen größten Schatz hält er sie an sich gepresst. Misstrauisch fixiert er den für diese Gegend zu feinen, zu neugierigen Mann.

»Ich will sie Euch nicht wegnehmen«, sagt Albrecht beschwichtigend. »Ich will nur wissen, wo sie her ist.«

Der Taube antwortet nicht. Er starrt zur Decke, die Flasche umklammert, und murmelt unverständliche Worte.

32

Je weiter die Zeit fortschritt, desto seltsamer, unwirklicher kam Elise die ganze Situation vor. Sie saßen sich gegenüber, ihre Gesichter in das Licht des orangeroten Windlichts getaucht, und ließen sich treiben auf ihrem Gedankenozean, ohne Aussicht auf Land, ohne Orientierung. Aus dem Hintergrund drangen gedämpft die Geräusche der Straße zu ihnen, so weit entfernt, als kämen sie aus einer anderen Welt. Sie erzählte von ihren Nachforschungen, von Leuwang und seiner Tochter, von den Wagners, von Abrahamsson. Eine konfuse, bunt zusammengewürfelte Mischung aus Eindrücken, Glauben, Gefühlen. Es tat ihr gut, es einmal aussprechen zu können.

Avide berichtete von Sarzac, seinem Treffen auf dem Arc de Triomphe und von dem kleinen seltsamen Mann in der Rue Octave Gréard, Frankfurter, der sich vor dem Leben hinter seinen Papierstapeln versteckte.

Und die ganze Zeit lag die Dose mit dem inzwischen wieder sicher verwahrten Brief zwischen ihnen auf dem Tisch, dieses zerrissene, fleckige Papier, das vor fünfhundert Jahren ein Künstler in bestimmter Absicht beschrieben hatte. Ein Schatten aus der Vergangenheit, der sich über die Gegenwart legte.

Je mehr sich die Flasche leerte, desto länger wurden die Pausen, die angefüllt waren mit Blicken. Sie erforschten sich. Und je schwerer die Glieder wurden, desto mehr wuchs die Sehnsucht nach Halt. Nur nicht mehr allein treiben in der Dunkelheit! Immer mehr Schranken fielen, das gemeinsame Terrain, das ihnen zur Verfügung stand, wuchs. Und sie waren mehr als bereit, es zu erkunden.

Je weiter die Nacht fortschritt, desto weiter ging das Vergessen, bis alles um sie herum fortgewischt war, Gegenwart und Vergangenheit mit all ihren Fragen und Rätseln, und desto näher kamen sie sich, bis seine Lippen die ihren berührten, seine Wärme sie durchdrang bis ins Mark und sie sich aneinander fesselten.

Avide breitete ihre Jacken auf dem Steinfußboden aus, und sie sanken hinab. Seine gesunde Hand fuhr langsam fordernd unter Elises T-Shirt, und ihr Körper bebte leise unter seiner Berührung. Ihre Blicke verschmolzen und Avide versank in ihren Augen wie in den smaragdgrünen Fluten eines tiefen Ozeans.

Seine Liebkosungen ließen sanfte Schauer über ihren Rücken laufen. Sie hatte dieses Gefühl so lange entbehrt, dass sie die Empfindungen, die es auslöste, zu überwältigen drohten. Sie schob seinen Pullover hoch und spürte die feste, zitternde Muskulatur seiner Brust unter sich, sah auch hier die dunklen Verfärbungen der Blutergüsse. Haut auf Haut. Seine gesunde Hand tastete über ihr Rückgrat, tiefer, immer tiefer, und schließlich unter den Bund der Jeans, während sie sich in ihren Küssen verloren.

Das Andante aus Bachs A-Moll-Concerto für Violine, meisterhaft eingespielt von Itzak Perlman, erklang leise und erfüllte langsam den Raum.

Vladimir Nentchew legte vorsichtig, fast ängstlich, ein störendes Geräusch zu verursachen, die Fernbedienung seiner Stereoanlage neben sich auf dem Schreibtisch ab und lehnte sich zurück. Der Raum war durch indirekte Beleuchtung in ein warmes, gedämpftes Licht getaucht. Kein Geräusch drang von außen hinein.

Seine Hand bewegte sich langsam zu einem Knopf auf seinem Schreibtisch, fast lautlos glitten rechts und links von ihm Wände zur Seite; Landschaften, Figurenarrangements, Bibelszenen, Stillleben, gemalt in Öl und Pastell, von Meisterhand gezeichnet mit Kohle und Bleistift, tauchten wie von Geisterhand herbeigezaubert auf, wo woher nichts gewesen war. Seine Blicke fuhren die Wände entlang, saugten sich an jenem Detail fest.

Wie durch einen Laser eingescannt hatten sich die Bilder auf seiner Netzhaut eingebrannt. Sie leuchteten ihm aus der Dunkelheit seines Inneren entgegen, so real, er hätte danach greifen können. Sie vertrieben die Schatten, und damit auch das Grauen, das darin lauerte. Er trickste sein Gehirn aus, indem er vor die Schwärze seiner Erinnerungen, wie zuvor die kahlen Wände vor die Gemälde, eine von Meisterhänden eingefangene, lichthelle Schönheit schob.

In Gedanken wanderte er von Bild zu Bild, als sei er in einem Museum, blieb wie stets, auch wenn er jedes Gemälde schon unzählige

Male betrachtet hatte, fasziniert stehen; Monet und van Gogh, Rembrandt, Tizian, Veronese und Holbein; jeder eine Welt für sich, eine bestimmte Sicht der Dinge, ein Meister.

Er wusste, es würde nicht ewig dauern, die Visionen würden verblassen, die kalte Brutalität seiner Erinnerungen wieder in den Vordergrund treten. Sie ließen sich nicht löschen, nur in den Hintergrund drängen, für eine Weile wenigstens. Dort blieben sie lauernd, auf den nächsten Augenblick wartend, in dem sie gnadenlos zuschlagen konnten; die Jugend in Armut, Kälte und Hunger; ohne Schulen und Ausbildung; eine Mutter mit zerstörter Seele, die nur noch Hülle war, ohne Leben und Gefühle; erbarmungslose Kämpfe, die er durchgefochten hatte wie ein abgerichteter Kampfhund, und das langsame Absterben jeder menschlich zu nennenden Regung in ihm.

Er hatte einen hohen Preis gezahlt, an den ihn die Schmerzen seiner inzwischen zwar vernarbten, aber niemals heilenden Wunden jeden Tag aufs Neue erinnerten, und er würde sich den erreichten Platz nicht wieder streitig machen lassen.

Ein leises Klopfen an der Tür riss ihn aus seinen Gedanken. Er zögerte einen Augenblick, drückte dann jedoch noch einmal auf den Knopf. Wieder setzten sich die Wände mit leisem Surren in Bewegung. Als sich die Tür öffnete, erschien die Silhouette einer schlanken, hochgewachsenen Gestalt im Türrahmen. Elsbieta Kostrowa näherte sich langsam dem Schreibtisch.

Wieder einmal musste Nentchew die Eleganz ihrer fließenden Bewegungen bewundern. Als sie am Schreibtisch angelangt war, lächelte sie. Er sah strahlend weiße Zähne hinter blutrot geschminkten Lippen, zu denen ihr schulterlanges, schwarzes Haar einen interessanten Kontrast bildete.

»Es ist alles vorbereitet, der hohe Gast kann kommen.«

Nentchew nickte. Natürlich. Er hatte nicht daran gezweifelt. Elsbieta Kostrowa hatte ihn niemals enttäuscht. Bis jetzt.

»Eventuell werde ich eine kleine Änderung in meinem Plan vornehmen müssen«, sagte Nentchew langsam. Er vermied es, sie anzublicken, sah auf die polierte Schreibtischfläche hinab, auf die er die Hände gelegt hatte. Die Glätte des Holzes beruhigte ihn.

»Ich verstehe nicht …?«

»Man weiß, dass ich in Berlin bin.«

Jetzt sah er hoch. Trotz der Schminke bemerkte er, dass Elsbieta Kostrowa eine Spur blasser geworden war. Sie sah ihn ernst an. »Das ist unmöglich.«

Nentchew antwortete nicht, sah sie lediglich an.

Elsbieta sagte nichts. Ihr war klar, was nun kam.

Mehr als einmal hatte sie miterlebt, was Nentchew mit Verrätern tat, lästigen Zeugen, überflüssigen Mitwissern. Zu ihrem Erstaunen wandte er sein Gesicht ab.

Seine Entscheidung fiel ihm nicht leicht, und seltsamerweise löste diese unverhoffte Gefühlsregung in ihr eine gewisse Beruhigung aus. Es würde wenigstens schnell gehen.

Ein leises Geräusch bedeutete ihr, dass sie nicht allein im Zimmer waren. Grigorij, Nentchews Vertrauter, Kammerdiener, Chauffeur und Gott allein wusste, was sonst noch, hatte die Tür nicht von außen geschlossen, als sie ins Zimmer getreten war.

Dieser stumme Mann, ohne den Nentchew keinen Schritt tat, der wie ein Schatten stets in seiner Nähe war, kein eigenes Leben, keine eigene Existenz zu haben schien, stand wenige Schritte hinter ihr. Der hünenhafte Russe aus dem unwirklichsten Teil Sibiriens konnte seine mongolischen Vorfahren nicht verleugnen. Er maß hingegen fast zwei Meter, ein Mensch wie ein Fels, ebenso unverrückbar wie gefühllos.

Sein Mondgesicht mit den breiten Wangenknochen, über die sich eine wettergegerbte, dunkle Haut zog, zeigte niemals eine Regung. Als Kind hatte man ihm die Zunge herausgeschnitten, sodass alles, was er erlebt, was seinen Hass auf die Menschen geschürt hatte, für immer in diesem riesenhaften Körper verschlossen blieb. In krassem Gegensatz zu alldem stand die teure, elegante Markenkleidung, die er trug. Nentchew ließ niemals einen Anzug nur für sich anfertigen, stets wurde auch Grigorij neu eingekleidet, nach der neuesten Mode, mit den besten Stoffen – was ihn bei den Maßen seines Kammerdieners ein Vermögen kosten musste. Ob sich Grigorij in den teuren Gewändern wohlfühlte? Niemand wusste es zu sagen.

Allein seine Hände verrieten seine Herkunft, grob und klobig, voller hervorspringender Muskeln und Sehnen, von klein auf an harte Arbeit gewöhnt; Bauernhände aus einer kleinen, von Gott verlassenen Einöde, in der es niemals Frühling wurde. Ihre kaum zu zügelnde Kraft war seine gefährlichste Waffe. Die Gerüchte, wie und wo sich die beiden unterschiedlichen Männer kennengelernt hatten, verstummten niemals. Die Wahrheit kannten nur die beiden.

Eine schwere Hand legte sich auf Elsbietas Schulter. Sie wehrte sich nicht, ließ sich von Grigorij langsam aus dem Raum führen. Im Türrahmen blieb sie stehen und sah sich noch einmal kurz um, ließ für einen kurzen Moment den Blick noch einmal auf Nentchew ruhen, der zusammengesunken hinter seinem Schreibtisch saß, den Blick nach innen gerichtet. Dann schloss sich die Tür.

Vierter Tag

1

Elise erwachte mit einem Kater und ohne jede Ahnung, wo sie war. Sie hob vorsichtig den Kopf und sah sich um. Es war ein Schlafzimmer, und es war ihr vollkommen unbekannt. Die Tür stand offen, und sie blickte in einen Flur. Von weit her waren vertraute Küchengeräusche zu hören, das Rauschen von Wasser, das Klappern von Tellern. Wie durch einen dichten Nebel drangen langsam Erinnerungsfetzen.

Irgendwann waren sie nach oben gegangen, in die Wohnung seines Freundes, des Griechen, der über dem Restaurant wohnte. Auch hierzu hatte Avide die Schlüssel.

»Du kannst jetzt nicht nach Hause«, hatte er leise in ihr Ohr geflüstert. »Bleib bei mir heute Nacht. Hier sind wir sicher.«

Seltsamerweise empfand Elise keine Reue. Sie fühlte den Nachklang seiner Berührungen, roch wieder seinen Duft, spürte den sanften Druck seiner Hände.

»Ich hoffe, ich habe dich mit meinem Geklapper nicht geweckt.«

Elise sah hoch. Avide stand im Türrahmen. Er trug seine Hose, sonst nichts.

Sie schüttelte den Kopf, was ihr ein Dröhnen und Hämmern unter der Schädeldecke bescherte, und verzog das Gesicht.

Avide lächelte. »Kater?«

»Du etwa nicht?«

»Ich vertrage eine ganze Menge.« Er grinste. »Ich bin Grieche.«

»Halb.«

Er lachte, wurde aber sofort wieder ernst. »Bereust du es?«

Elise zögerte einen Augenblick, dann schüttelte sie mit Bestimmtheit den Kopf.

Er kam langsam auf das Bett zu und legte sich zu ihr. Sie schmiegte sich in seine Arme.

»Wie geht es jetzt weiter?«

»Wir machen eine Analyse. Sie wird beweisen, dass du nicht der Täter sein kannst. Gib deine Geschichte bei meinem Kollegen zu Protokoll.«

»Wirst du dabei sein?«

Elise nickte.

»Gut.«

»Ich weiß nicht einmal, ob ich noch zuständig bin.«

»Was meinst du?«

»Ich habe dir gestern Abend etwas nicht gesagt. Das BKA hat die Finger nach Winters ausgestreckt. Mein Chef will den Fall loswerden, weil ich keinen Erfolg habe und er seine weiße Weste pflegen will.«

»Das BKA?«

»Sie glauben, dass Winters Kontakte zur russischen Kunstmafia hatte und dass er deshalb ermordet wurde.«

»Blödsinn.«

»Das denke ich auch. Ich werde versuchen, hinter ihrem Rücken meinen Weg weiterzuverfolgen. Das wird schwer genug. Ich werde jede Hilfe brauchen können.«

Er küsste sie, erst zögerlich, dann heftiger. Sie rollten zur Seite, liebkosten sich. Avide verspürte eine ungeheure Lust, ihren warmen, gerade erwachten Körper zu streicheln. Und wieder begann Elise sich von der Welt zu lösen. Niemals zuvor hatte sie so empfunden. Er war keine Last wie die Männer vor ihm. Immer war es so gelaufen. An einem bestimmten Punkt hatten ihre Berührungen ihre Haut verbrannt. Die Berührung eines Mannes, das war immer Problem, immer Überwindung gewesen. Die dunklen Schatten ihrer Erinnerung hatten sich langsam gelöst und waren immer näher und näher gekommen.

Doch dieses Mal war alles anders. Die Schatten blieben zurück. Lag es an den sich überstürzenden Ereignissen, diesem Wechselbad an Gefühlen, dem sie in den letzten vierundzwanzig Stunden ausgeliefert gewesen war?

Irgendwann, das war ihr klar, würde sie zu ihm sprechen müssen davon, ihm erzählen von verbotenen Berührungen, von Angst, von Qualen und einer zerstörten Kinderseele. Irgendwann …

2
Köln 1490

»Habt Ihr eine Ahnung, was Ihr da von mir verlangt, Dürer?«

Albrecht sieht, wie sich das Gesicht von Rath vor Zorn und Empörung mit einer leichten Röte überzieht.

»Aber Ihr seid doch Ratsherr. Wenn es jemandem möglich ist, eine Besuchserlaubnis zu bekommen, dann Euch.«

»Aber man besucht nicht einfach so jemanden im Weckschnapp. Dazu müssen triftige Gründe vorliegen.«

»Ich bin überzeugt, dass sie unschuldig ist.«

»Was kümmert Euch die alte Hexe?«

»Ich habe vor Kurzem mit ihr gesprochen und sie nach Bicher gefragt. Sie gab mir keine Auskunft. Aber ich weiß, dass sie kurz darauf eines der Mädchen mit einem Papier in die Stadt geschickt hat.«

»Das wäre dumm. Wenn man eines der Mädchen außerhalb ihres Bezirks erwischt, geht's ihr schlecht.«

Albrecht lächelte. »Ich weiß auch, dass sich einige die Mädchen heimlich nach Hause kommen lassen.«

Der Tuchhändler seufzt tief und vernehmlich. »Ich frage lieber nicht, woher Ihr diese Informationen habt.«

»Sie muss gewusst haben, dass es jemanden hier in der Stadt gibt, den es interessiert, dass ich nach Bicher frage, und hat ihm eine Nachricht geschickt. Und dieser Jemand hat es ihr schlecht heimgezahlt und sie ans Messer geliefert. Er hat zwei Fliegen mit einer Klappe geschlagen damit. Er ist Griet los und die alte Dora. Beide waren schon vor zehn Jahren im Dirnenhaus.«

Da Albrecht sieht, dass Rath noch immer nicht überzeugt ist, greift er nun zu seinem letzten Trumpf. Er nimmt den Ring aus dem Ledersäckchen an seinem Gürtel und hält ihn dem verblüfften Ratsherren hin.

»Dieser Ring ist das Erkennungszeichen der Apokalyptiker. Viele dort tragen ihn. Mein Vetter Niklas hat einige gemacht. Ich habe diesen Ring in der Hand des toten Mattes gefunden. Er muss ihn seinem Mörder im Todeskampf vom Finger gerissen haben.«

Rath starrt eine Zeitlang auf den Ring, dann wendet er sich ab, durchquert den Raum, öffnet die Tür und ruft einen jungen Mann, der im Kontor des Händlers als Schreiber arbeitet. »Schick einen Boten zu Roderich Greven, dem Hauptmann der Stadtwache. Er untersucht im Auftrag des Rates den Tod dieser Frau aus der Schmierengasse. Ich möchte ihn hier sprechen. Er soll sich beeilen.« Rath kehrt zu Albrecht zurück. Seine Stirn ist von Sorgenfalten zerfurcht.

Als der Gesuchte erscheint, findet er die beiden noch immer in hitziger Diskussion.

Roderich Greven ist ein stämmiger Mann mit grimmigem Gesicht und buschigem Schnurrbart. Er steht kerzengerade im Raum und sieht missmutig von einem zum anderen.

»Danke, dass Ihr gekommen seid, Hauptmann«, sagt Rath. »Wie weit seid Ihr mit Euren Ermittlungen?«

Greven räuspert sich. »Das ist ein verflucht' Viertel um die Schmierengass'«, sagt er. »Die halten zusammen wie Pech und Schwefel, und die Obrigkeit zählt da nicht viel. Außer der alten Dora, die ab und an gekommen ist, hat sich niemand bei Griet Märtes blicken lassen. Die beiden sollen sich nicht gut gewesen sein. Allemal gab's Gekeife. Die Griet hat der Alten ihre Kräuter besorgt, seit sie selbst nicht mehr so kann, ohne viel zu fragen. Wahrscheinlich hat es Streit wegen der Bezahlung gegeben. Die Alte ist knauserig wie der Teufel selbst.«

»Und der Tote im Fluss?«

»Der verrückt' Mattes? Ein stadtbekannter Säufer. Wahrscheinlich ist er im Suff in den Rhein gestürzt und ersoffen.« Er wendet den Kopf und beäugt Albrecht, dessen Gegenwart er nicht recht einzuschätzen vermag.

»Ich habe hier ein Papier, das es diesem Herrn ermöglicht, die alte Dora im Weckschnapp zu besuchen.«

Greven nimmt das Blatt kommentarlos entgegen und nickt.

»Wer hat den Tod von Griet Märtes gemeldet?«, fragt Albrecht.

Greven zögert, sieht Rath an, dieser nickt, und der Hauptmann spricht.

»Der Bewohner des Nachbarzimmers. Er arbeitet als Goldgräber, leert die Abortgruben. Er hat ausgesagt, die alte Griet wäre am Abend bei ihr gewesen. In der Nacht sei er dann von lautem Stöhnen wach geworden und rübergegangen. Sie hat auf dem Bett gelegen und sich in Krämpfen gewunden. Kurz darauf war sie tot.«

»Gut«, sagt der Ratsherr und entlässt den Hauptmann.

»Klingt alles ganz normal.«

»Bis auf eine Kleinigkeit«, erwidert Albrecht. »Ich kenne Griets Nachbar. Er ist taub.«

3

Elise fühlte sich unwohl bei dem Gedanken, mit Strothmann zusammentreffen zu müssen.

Er erwartete sie und Mike Widmer in seinem Büro. Als die beiden Beamten eintraten, sah er von Papieren auf und musterte sie stumm. Es war noch eine weitere Person im Raum, die ihnen den Rücken zugewandt an einem der Fenster stand. Der Mann war groß und trug einen dunklen Anzug. Sein dunkles, sehr kurz geschnittenes Haar war an den Seiten leicht angegraut. Die Neuankömmlinge schienen ihn nicht zu interessieren.

»Wie geht es Ihnen, Frau Brandt?«, fragte Strothmann.

»Gut, danke.«

»Eine unschöne Sache gestern Abend.« Sein Blick traf sie und es war, als habe sie zwei Eiswürfel geschluckt.

»Ja.«

»Sie wissen, dass Ihnen jederzeit psychotherapeutischer Beistand zusteht. Unsere Psychologin …«

»Danke. Aber das ist nicht nötig. Wirklich nicht.«

Der Mann am Fenster machte mit dem Kopf eine kaum merkbare Drehung. Auch wenn er sich nicht umwandte, so schien er doch genau zuzuhören.

Strothmann wirkte skeptisch, ließ es aber dabei bewenden und zuckte nur kurz mit den Schultern. Er hatte seine Pflicht getan – unter Zeugen. Jetzt konnte er wieder zum Tagesgeschäft übergehen.

Elise und Mike setzten sich auf zwei unbequeme Designerstühle vor Strothmanns ausladendem Schreibtisch.

»Eine Sache«, fuhr der Kriminalrat fort, »die das BKA sehr interessieren wird. Es scheint, als sei die Spur, die man in Richtung der russischen Kunstmafia verfolgt, die richtige.«

»Wir haben bisher keinerlei Hinweise, die in diese Richtung zeigen«, sagte Elise trotzig.

»Aber Sie waren doch gestern Abend, wie ich dem Bericht hier entnehme, noch der Überzeugung, dass das Attentat auf Herrn Seibold mit unserem Fall zu tun hat.«

»Aber in anderer Beziehung. Manfred Seibold war der Anwalt der Wagner-Wolfarth-Stiftung, in dessen Stiftungsrat Winters vor vielen Jahren kurz saß, zu einer Zeit, als Seibolds Großvater der juristische Betreuer war. Er hat das Mandat nach dem Tode seines Großvaters als dessen Nachfolger übernommen.«

Strothmanns Miene vereiste. »Also deshalb waren Sie bei Dr. Abrahamsson? Ein unentschuldbarer Alleingang! Sie wollen mir doch nicht ernsthaft erzählen, dass dieser Mann, der seit vielen Jahren eine mehr als verdienstvolle Arbeit leistet, eine Stütze der Gesellschaft, hergeht und seinen Anwalt erschießt? Ohne erkennbaren Grund?«

Widmer sah, wie aus Elises Gesicht die Farbe wich. Strothmann hatte einen wunden Punkt getroffen. »Ich denke, dass Abrahamsson ihn für eine Gefahr hielt, weil er sich an mich gewandt hat. Seibold hatte Angst. Es stimmt etwas nicht mit der Wagner-Wolfarth-Stiftung, und wir haben Hinweise darauf, dass Seibolds Großvater kurz vor seinem Tod dahintergekommen ist. Abrahamsson arbeitet eng mit der Firma Balatier zusammen, ein französisches Pharmaunternehmen. Viele der Stipendiaten der TWS landen hinterher bei Balatier.«

Jetzt wandte sich der Mann am Fenster um. Unter den leicht vorgewölbten Schläfenknochen lagen zwei große bernsteinfarbene Augen, die sie interessiert und neugierig begutachteten.

Strothmann wischte die Erläuterungen mit einer knappen Handbewegung vom Tisch. »Alles Spekulationen! Ohne Beweise!« Er sah sie mit solch unverhohlener Skepsis an, dass sie es für sinnlos hielt weiterzureden. »Ihre Theorien, Frau Brandt, haben uns, das werden Sie nicht bestreiten, bisher noch keinen Schritt weitergebracht. Also werde ich sie außer Acht lassen. Sie wissen, wie heikel der Fall ist. Außerdem stellt sich die Frage, was Sie mit dem, laut Ihrer Aussage, Zeugen in einem Mordfall abends in einem italienischen Restaurant zu besprechen hatten.« Er schürzte die Lippen. »Ich werde Ihnen etwas sagen: ich werde darüber hinweggehen. Ich erwarte jeden Moment Kenso Klar vom BKA, der einige seiner Leute mitbringt. Wir werden eine Sonderkommission bilden, der Sie und Ihr Kollege selbstverständlich angehören. Ich erwarte Kooperation in jeder Hinsicht. Ihre bisherige Vorgehensweise war in keinerlei Beziehung professionell oder dem Fall dienlich. Das muss aufhören.« Plötzlich schien ihm die Gegenwart des stummen Zuhörers bewusst zu werden, der noch immer regungslos am Fenster stand.

»Bitte entschuldigen Sie, ich hätte Sie fast vergessen«, sagte er, halb zu ihm gewandt. »Das ist Inspektor Marc Leviolet aus Paris. Er ist uns von den französischen Kollegen geschickt worden. Er hat einige Fragen an Sie, Frau Brandt.«

Der Franzose nickte ihnen zu, ohne Elise dabei aus den Augen zu lassen.

4
Köln 1490

Die glatte Stirn Meister Schultens hat sich in Falten gelegt. Er ist nervös, starrt wie gebannt auf einen ganz bestimmten Punkt. Vor ihm auf einem schmalen Stück Rasen im Hinterhof der Apotheke windet sich ein Hund in Krämpfen. Sein leises Röcheln erfüllt die Stille. Es ist ein Straßenhund, mehr tot als lebendig, den Albrecht in der Stadt aufgelesen hat, der Körper ausgemergelt und von Geschwüren bedeckt. Ein Bild des Jammers. Es hat einiges an Überredungskunst bedurft, den Apotheker dazu zu bringen, dem Hund ein Schälchen der Flüssigkeit zu geben, die Albrecht mitgebracht hat.

Jetzt starren beide wie gebannt auf den Hund. Der Todeskampf dauert zwanzig Minuten, dann ist es vorbei.

Brigitta steht hinter den beiden im Türrahmen und blickt ihnen vorwurfsvoll über die Schulter. Meister Schulten bleibt noch einen Moment an seinem Platz und fixiert mit schief gelegtem Kopf das Ergebnis ihres Experimentes, dann macht er kehrt und geht zurück ins Haus. Albrecht und Brigitta folgen ihm.

Hinter der Apotheke hat Schulten sein »Labor«. Die Wände sind bis zur Decke von Holzregalen zugestellt, die mit Flaschen, Tiegeln, Phiolen und Keramikbehältnissen aller Art angefüllt sind. Zwei große Holztische sind sonst die einzigen Möbel. Auf einem stehen eine Waage und allerlei Zubehör, Keramikschalen, Mörser und Stößel zum Fertigen der verschiedensten Pulver und Salben. Auf dem zweiten Tisch steht eine Flasche.

»Ihr hattet recht«, sagt er zu Albrecht, der jetzt neben ihm steht. »Es war der Wein. Es ist ein sehr schwerer, würziger Wein, der jeden anderen Geschmack gut verdeckt.«

»Was vermutet Ihr?«

»Da gibt es viele Möglichkeiten. Den Symptomen nach, die wir gerade beobachten konnten, Magenkrämpfe, Durchfall ... vielleicht Hahnenfuß. Er wächst gut auf feuchtem Boden. Ich benutze ihn in geringen Mengen als Abführmittel. Nur bei sehr hoher Dosierung ist er gefährlich. Und er ist bitter im Geschmack. Ihr werdet kein Rindvieh finden, das es auf der Wiese frisst.« Er überlegt. »Wahrscheinlich eine Mischung. Etwas Eisenhut, etwas Hahnenfuß. Auf jeden Fall kannte sich derjenige mit Kräutern aus.«

»Ungewöhnlich ist die Flasche«, sagt Albrecht und fixiert das Behältnis aus dickwandigem Waldglas. Sie hat die charakteristische, vom Eisenoxid herrührende grüne Farbe, ist dickbauchig und hat einen kurzen Hals, an deren Öffnung man noch die Reste des Siegellacks erkennen kann, mit dem sie verschlossen worden ist.

Er sieht hoch. Sein Blick fällt auf ein Regal an der Wand, in dem mehrere sogenannte Kuttrolfs oder Angsters, mit dem aus mehreren schmalen Röhrchen geflochtenen charakteristischen Flaschenhals, mit verschiedenfarbigen Flüssigkeiten gefüllt, einträchtig nebeneinanderstehen.

»Woher bezieht Ihr diese Flaschen?«, fragt Albrecht.

»Sie kommen von einem Händler am Neumarkt. Er hat eine Glashütte oben im Spessart.«

Albrecht hat keine Mühe, das Geschäft des Glashändlers Felsengroth zu finden. Als er den Laden betritt, schlägt die Glocke von St. Aposteln zur Mittagsstunde. Da er allein ist, sieht er sich um. Auf zahlreichen Regalen ringsum an den Wänden stehen Glaserzeugnisse verschiedenster Art. Vornehmlich Glasbecher, die sogenannten Nuppenbecher, mit gerader Wandung, auf der sich die Glasnuppen befinden, und leicht ausladendem Lippenrand, und die bauchigen Becher, die Krautstunks, hohe Stangengläser mit Kelchfüßen und geschwungenen Glaskelchen. Auch einige sehr schöne Gläser aus eierschaldünnen farblosem Glas sind darunter, einige von ihnen kunstvoll mit Glaspaste bemalt.

»Venedig.«

Albrecht wendet sich erschrocken um. Ein hochgewachsener älterer Mann mit kurzem eisgrauem Haar und sehr hellen, wachen Augen lächelt ihn an. Er hat den Laden durch eine Tür im hinteren Bereich betreten.

»Sie sind wunderschön«, sagt Albrecht.

Eckhart Felsengroth nickt zustimmend. »Ach, die Venezianer! Sie haben das Glasmachen zu einer Kunst erhoben, von der wir nur träumen können. Wir importieren schon in der dritten Generation.«

»Ich habe gehört, Ihr stellt auch selber her.«

Der Händler nickt. »Wir haben eine Glashütte im Spessart.«

»Ist es schwierig?«

»Es ist aufwändig«, sagt Felsengroth. »Sand und Pottasche werden in Fritteöfen bei 750 Grad gekocht, einen Tag und eine Nacht lang. Dann wird das Gemisch von Verunreinigungen gesäubert und vom Glasmacher ausgearbeitet. Vor allem wird viel Holz benötigt. Eine Hütte verbraucht im Jahr schon mal so an die 2000 bis 3000 Festmeter.«

Der Maler hört fasziniert zu. Er trägt die Flasche in einem Leinensack bei sich, den er jetzt hochhebt, um sie hervorzuziehen. »Erkennt Ihr diese Flasche?«

Felsengroth nimmt das Gefäß entgegen und prüft, indem er es mehrmals hin- und herdreht.

»Ja, die ist von uns«, sagt er schließlich und reicht sie Albrecht zurück.

»An wen liefert Ihr sie?«

Felsengroth zögert, gibt dann aber Auskunft: »Die Mönche des Kartäuserklosters beziehen sie bei mir. Sie besitzen zahlreiche Weinberge, auch hier in Köln. Sie bauen einen sehr guten, schweren, würzigen Wein an, der nur für besondere Zwecke genutzt wird. Einer der Mönche, Pater Anselm, schwört auf die Lagerung in Flaschen, um den besonderen Geschmack unverfälscht zu erhalten.«

»Also kann nicht jeder diesen Wein beziehen?«

»O nein. Diesen nicht. Man muss schon gute Beziehungen zum Kloster haben, um eine Flasche zu ergattern. Der Rat der Stadt bezieht bei ihnen für besondere Bewirtungen.«

5

»Möchten Sie Kaffee oder ein Wasser?«, fragte Widmer.

Leviolet verneinte. Er sprach deutsch mit starkem Akzent und hatte dabei eine sanfte Stimme, die nicht so recht zu seinem männlichen Auftreten passen wollte.

Elise bot ihm ihren Stuhl an und setzte sich selbst auf die Kante des Schreibtisches.

»Nun, Monsieur Leviolet?«

Der Franzose kramte eine Schachtel Gauloises aus der Tasche seines dunklen Jacketts und hielt sie hoch. »Darf ich?«

Elise nickte.

Er steckte erleichtert eine Zigarette in Brand und inhalierte tief. »Dupas.«

Der Name stand für einige Sekunden im Raum. »Eigentlich bin ich hier, um ihn zurück nach Frankreich zu überführen.«

»In welcher Beziehung standen Sie zu ihm?«

»Dupas hat für uns gearbeitet. Ich bin Chef einer Sonderkommission. Er arbeitete als verdeckter Ermittler für uns.«

»Laut unseren Recherchen arbeitete er seit Längerem als Handelsvertreter für die Firma Balatier. Soll das heißen, Sie haben ihn dort eingeschleust?«, fragte Elise überrascht.

»Es war lebenswichtig für Dupas, und sehr wichtig für uns und unsere Arbeit, dass seine Deckung gewahrt bleibt. Ich dürfte gar nicht hier sein und mit Ihnen sprechen. Niemand weiß davon. Ich hoffe, ich begehe keinen Fehler?« Er blickte von einem zum anderen.

»Dupas wäre ein wichtiger Zeuge in unserem Fall gewesen. Er hatte hier in Köln Kontakt zu einer Frau namens Francine Moreau. Sie war die Geliebte von Hugo Winters, dessen Ermordung ich aufzuklären versuche.«

»Ich weiß.«

»Was erwarten Sie also von uns?«

Leviolet ließ seine zögernde Haltung fallen. Er beugte sich vor. »Ich werde Ihnen, und nur Ihnen, Informationen geben, die für Ihren Fall vielleicht wichtig sind. Im Gegenzug gewähren Sie mir vollständigen Einblick in die Ermittlungsakte Hugo Winters.«

»Sie sehen also einen Zusammenhang.«

»Sie werden verstehen, wenn ich Ihnen alles erzählt habe. Für mich ist nur eines entscheidend: Ich will den Mörder meines Freundes.«

Die Karten waren ausgespielt, und es lag nun bei Elise, auf das aufgedeckte Blatt zu reagieren.

»Gut.«

Leviolet nickte erleichtert. Er konzentrierte sich und begann zu erzählen: »Ihr richtiger Name war Marguerite.« Er hielt inne und verfolgte interessiert, wie sich die Rauchschwaden seiner Zigarette im Zimmer verteilten. »Marguerite Frontier. Es ist derselbe Name wie der des Mannes, der hier unter dem Namen Dupas in der Leichenhalle liegt. Marguerite war seine Schwester.«

»Dupas' Schwester?«, fragte Widmer erstaunt.

Leviolet nickte. »Wir kennen uns von Kindheit an. Die beiden waren schon damals unzertrennlich. Als er zur Polizei ging, tat sie einige Jahre später das Gleiche, gegen den Willen der Eltern.« Sein Blick ging in die Ferne. »Das nur am Rande zur Erklärung. Frontier arbeitete schon sehr früh als verdeckter Ermittler. Er hatte die Begabung, überzeugend in die verschiedensten Rollen zu schlüpfen.« Wieder hielt er inne. Dann sah er Elise direkt in die Augen. »Es ist ein gefährliches Leben. Eigentlich gar keines«, fügte er leise hinzu. »Aber man kann nicht zurück, wenn man sich einmal darauf eingelassen hat.«

»Seine Arbeit bei Balatier war also Tarnung?«

»Ja. Wir haben ihn vor einem Jahr dort eingeschleust. Es war die schwierigste Aufgabe, die er jemals hatte. Und die gefährlichste. Vor anderthalb Jahren wurde unter strengster Geheimhaltung eine Sonderkommission gegründet, die sich ausschließlich mit Balatier beschäftigt. Sie ist direkt dem Innenministerium unterstellt, kein Ermittlungsrichter, der die Leitung hat.

Sie sehen, wie brandheiß die Sache ist. Balatier hat Regierung und Justiz infiltriert. Es gibt reichlich Kontakte, nicht nur zur obersten politischen Führung Frankreichs. Das ist ein weltweit operierendes Unternehmen. Die Sonderkommission besteht aus handverlesenen Spezialisten. Es war uns allen klar, dass wir auf einem Pulverfass saßen, das jeden Moment hochgehen konnte. An einen solchen Brocken kommen Sie nur, wenn Sie bis in den Kern, bis ins Innerste vorstoßen. Eine Arbeit, die Jahre in Anspruch nehmen kann. Jahre, in denen Regierungen wechseln, Personen, die Sie unterstützen, plötzlich weg sind und ersetzt werden. Wir schleusten Frontier mit gefälschtem Lebenslauf in die Firma ein. Balatier hat eine sehr klare hierarchische Gliederung. Es gibt mehrere Ebenen, die unabhängig voneinander, nur kontrolliert und geleitet von der obersten Führungsebene, arbeiten. In diesen engsten Kreis Einblick zu erhalten ist so gut wie unmöglich. Und doch war und ist genau das unsere Aufgabe. Immer noch kennen wir nur einige Namen, mehr nicht.«

»Gehört ein Dr. Abrahamsson dazu?«, fragte Elise.

Ein verhaltenes Lächeln huschte über seine Lippen. »Ich wusste, dass Sie auf ihn zu sprechen kommen. Ich habe Ihren Ausführungen vorhin mit Interesse gelauscht.

Abrahamsson scheint ziemlich weit oben zu stehen. Er ist wie ein grauer Nebel, der überall und doch nirgends zu sein scheint. Er tritt selten in Erscheinung, scheint aber doch alles zu wissen. Seine Aufgabe und seine Stellung in der Firma sind unklar. Aber zweifellos gehört er zum engsten inneren Kreis.«

»Ich verstehe immer noch nicht, wie Francine, oder besser gesagt, Marguerite, da hineinpasst«, warf Widmer ein.

»Frontier ist weiter gekommen als jeder andere vor ihm. Und doch traten wir auf der Stelle. Vor etwa einem halben Jahr waren unsere Ermittlungen ziemlich festgefahren. Wir hatten immer mehr das Gefühl, aufs Abstellgleis geschoben zu werden, die Unterstützung der politischen Ebene kippte. Wissen Sie, die Arbeit von Ermittlungsrichtern, die normalerweise in unserem Land die Leitung solcher Sonderoperationen haben, ist nicht unumstritten. Bürgerliche Parteien, Unternehmerverbände fordern eine Justizreform und eine Abschaffung der Ermittlungsrichter, die für viele zu viele Freiheiten haben. Andererseits haben die Richter mit finanziellen Engpässen und Personalknappheit zu kämpfen. Einige sind mit der Zahl der Ermittlungsverfahren hoffnungslos überfordert. Dass es weiterging, haben wir nur dem Einfluss einer, nennen wir sie ›hochgestellten Persönlichkeit‹ zu verdanken, dessen Sohn ein Opfer von Balatier war. Er hat Druck auf das Innenministerium ausgeübt.«

»Ein Opfer?«

»Es war einer der größten Medizinskandale Frankreichs. Ein Medikament zur Migränebehandlung, das, obwohl noch nicht ausgetestet, auf den Markt gelangt war. Es stellten sich verheerende Nebenwirkungen ein, Menschen starben, fielen ins Koma. Balatier vertrieb das Mittel nicht unter eigenem Namen, sondern mittels einer eigens dafür gegründeten Tochterfirma und schob dem Geschäftsführer der Firma die Schuld in die Schuhe, behauptete, er habe ohne das Wissen des Mutterkonzerns gehandelt. Man konnte ihnen das Gegenteil nicht beweisen. Balatier zahlte nicht einen Franc an die Opfer oder die Hinterbliebenen, Michel Tourant, der Geschäftsführer, wurde angeklagt und verurteilt und nahm sich kurz darauf in der Haft das Leben. Es gibt Papiere, die nicht nur beweisen, dass Balatier davon gewusst hat, dass das Medikament noch nicht ausgetestet war, sondern dass es bewusst so früh auf den Markt gelangte, um weitere hohe Forschungskosten zu sparen, die den Gewinn, den man mit dem Mittel erhoffte machen zu können, drastisch gesenkt hätten. Balatier hatte immense Summen an Bestechungsgeldern gezahlt, um das Mittel herausbringen zu können, für das bereits eine breit angelegte, europaweite Werbekampagne gelaufen war, Ministerien, Gesundheitsämter, Kontrollbehörden. Ein unglaublicher Coup. Der Sohn der hochgestellten Persönlichkeit, von der ich sprach, gehörte zu den Opfern des Medikamentes. In dieser schwierigen Situation kam Frontier und behauptete, an etwas dran zu sein, das, nach seinen Aussagen, viel versprechend war, eine Verbindung zum innersten Kreis.«

Der Rauch der Zigarette, die er im Aschenbecher auf dem Schreibtisch ausgedrückt hatte, verzog, und Elise erkannte, dass sich ein Schatten über sein Gesicht gelegt hatte. Es fiel ihm schwer, über das alles zu reden. Er war ein Gefangener, das erkannte sie jetzt, besessen davon, Licht ins Dunkel zu bringen. Sie ließ den Blick zu der Pinnwand hinter Leviolet wandern. All die losen Fäden, würden sie jetzt ein Bild ergeben?

»Je mehr Frontier sich dieser Spur widmete, desto verschlossener wurde er. Ich hatte das Gefühl, er traute uns nicht mehr.« Er schloss die Augen. »Auch mir nicht«, fügte er leise hinzu. »Immerhin bekam ich so viel aus ihm raus, dass er der felsenfesten Überzeugung war, Winters sei der Schlüssel zum inneren Kreis. Er biss sich fest an ihm, durchleuchtete seine Vergangenheit, seine Gegenwart. Und doch, er stieß immer nur bis an eine bestimmte Grenze. Ein weiteres Problem war, dass Winters deutscher Staatsbürger war. Ihm war klar, dass er seine Kompetenzen weit überschritt. Winters hatte bisher keine Rolle gespielt. Doch ich nahm Frontier ernst, auch wenn er sich mit Informationen zurückhielt.«

Er stockte, fischte sich eine weitere Zigarette aus der Schachtel und steckte sie sich an. »Eines Abends saßen wir beisammen. Er sah mich an, durchdringend, als unterziehe er mich einem strengen Test. Ich drängte ihn, mir mehr Informationen zu geben. Schließlich sagte er: ›Winters hat sich plötzlich von allen Geschäften zurückgezogen. Er hat die Firma verlassen. Aber er sucht jemanden, der ihm zur Hand geht, Korrespondenz, Assistenz. Ich habe mit Marguerite gesprochen.‹

Er brauchte nicht mehr zu sagen. Ich verstand auch so. Bald waren wir in eine hitzige Diskussion vertieft. Ich wusste, Marguerite würde es tun. Er hatte großen Einfluss auf sie, auch wenn sich ihr Verhältnis, wie mir aufgefallen war, in letzter Zeit etwas abgekühlt zu haben schien.« Er lehnte sich erschöpft zurück, wirkte plötzlich sehr müde. Seine Augen folgten den Rauchschwaden, die er ins Zimmer blies, als könnten sie ihn wie geisterhafte Fabelwesen an einen anderen, besseren Ort führen.

»Ich bat ihn, drängte ihn, mir seine Nachforschungsergebnisse mitzuteilen, doch er weigerte sich, forderte mein absolutes Vertrauen, mehr noch, den Ausschluss der anderen. Schließlich gab ich nach.« Er sah die beiden Beamten fast hilfesuchend an, senkte dann den Blick zu Boden. »Wir waren besessen. Es war wie ein dunkler Keim in uns, dessen schwarze Früchte in uns reiften. Es war der schlimmste Fehler meines Lebens.«

»Sie beide haben Marguerite bei Winters eingeschleust.«

»Es war nicht schwer. Wir gaben ihr die Identität einer Toten, ein Fall, den ich einmal bearbeitet hatte. Ein ehemaliges Callgirl, das man umgebracht hatte. Die Papiere waren bei den Akten. Niemand wusste davon, nur wir drei. Ihr Bruder war die einzige Kontaktperson. Er erreichte es, dass man ihm als Handelsvertreter das Kölner Gebiet zuwies. So konnte er ohne aufzufallen nach Köln reisen und sich mit Marguerite treffen. Winters war sofort vernarrt in Marguerite. Er war alt und einsam. Sie schlug einen Ton in ihm an, der nicht ungehört verhallte. Unser Plan ging auf. Doch mit einem hatten wir nicht gerechnet.«

Elise und Mike sahen sich an.

»Auch Marguerite fühlte sich zu ihm hingezogen. Frontier und ich mussten hilflos mit ansehen, wie Winters sie in seinen Bann zog. Sie wurde seine Geliebte, mehr noch, seine Vertraute. Etwas, das wir ja gewollt hatten, doch…« Er unterbrach sich und atmetet tief durch. »Je vertrauter sie mit Winters wurde, desto mehr entzog sie sich uns. Frontier kam damit nicht klar. Er verstand sie nicht mehr. Er bedrängte sie. Und er wurde unvorsichtig, hatte nur noch sie im Kopf. Er wurde zur Gefahr.

Unterdessen spitzte sich die Lage bei uns zu. Der Druck von höchster Stelle wuchs. Und er wächst weiter. Man ist in einigen Kreisen sehr angespannt. Man ist sich sehr bewusst, wie gefährlich Balatier ist.«

Leviolet schien zunehmend nervös zu werden. »Ich spreche über Dinge, die der absoluten Geheimhaltung unterliegen«, betonte er noch einmal. »Wir sind in einer schwierigen Situation. Einerseits fürchtet man Balatier, seine Macht, andererseits will man dieses gefährliche Tier auch bändigen, das vollkommen zügellos umherstreift. Frontier hat bei seinen Nachforschungen festgestellt, dass an der Spitze Balatiers Umwälzungen im Gange sind. Der Mensch, der seit Jahrzehnten die Zügel fest in der Hand hatte, Pauline Balatier, die Witwe des Sohnes des Firmengründers, ist sehr alt, und es gibt anscheinend nicht wenige, die nur darauf gewartet haben, dass ihre Kraft sie verlässt. Auch in Regierungskreisen sieht man die Geschäftspraktiken Balatiers mit Sorge. Wir müssen vorsichtig sein. Sie können sich vorstellen, wie belastend die Sache mit Marguerite wurde. Frontier war mein bester Mann. So weit wie er war niemand gekommen. Doch so wurde er untragbar für mich. Er verlor unsere Sache aus den Augen, fokussierte sich vollkommen auf Marguerite. Es gab seit Längerem Gerüchte, es gäbe einen Maulwurf. Den anderen war die Veränderung Frontiers nicht entgangen. Sein Name fiel. Ich allein wusste, was die Veränderungen bewirkt hatte. Doch es war ein ungenehmigter Alleingang gewesen, in einem fremden Land. Das konnte ich niemandem erklären. Ich redete auf ihn ein, bedrängte ihn, doch ich erreichte ihn nicht mehr. Marguerite hatte sich vollkommen von ihm abgewandt. Er ertrug es nicht.«

»Wussten Sie, dass er hier in Köln war?«

»Nein. Als ich ihn das letzte Mal gesehen habe, war er nur noch ein Schatten seiner selbst. Ich fürchte, sein Verhältnis zu Marguerite ging weit über geschwisterliche Zuneigung hinaus. Ich glaube, in meinem Inneren habe ich es immer gewusst, doch ich habe es verdrängt. Vielleicht war das der Grund, warum sie sich so in Winters' Arme warf. Sie wollte weg von Frontier, weil das Verhältnis zu ihm immer belastender wurde.«

»Was kann ihn dazu gebracht haben, sich so auf Winters zu versteifen?«

»Ich weiß es nicht. Aber ich habe seinem Urteilsvermögen immer vertraut. Wenn er sich an Winters' Fersen geheftet hat, dann aus gutem Grund. Verstehen Sie jetzt, warum ich wissen möchte, wie der Stand Ihrer Ermittlungen ist? Ich stochere im Nebel herum, und das macht mich einfach wahnsinnig.« Er hielt einen Moment inne und forschte in Elises Gesicht. »Haben Sie irgendetwas Ungewöhnliches oder Auffälliges bei Frontier gefunden?«

Sie sah in die Augen des Mannes, dessen Selbstvorwürfe ihn langsam auffraßen. Sie schüttelte langsam den Kopf. »Nein, nichts.«

»Balatier«, sagte Leviolet verächtlich. »Diese Menschen sind eine Gefahr für die Demokratie und den Frieden der Welt. Unsere Politiker sind schwach und vergeuden ihre wertvolle Kraft mit dem Verwalten von Schuldenbergen. Das ist bei uns nicht anders als bei Ihnen. Niemals war die Gefahr, dass die obersten Wirtschaftsbosse ungehindert nach ihren eigenen Regeln schalten und walten, größer als heute, da sich die Regierenden mehr mit sich selbst beschäftigen, als dringende Probleme zu lösen oder wichtige Entscheidungen zu treffen. Leute, wie sie an der Spitze von Balatier stehen, kennen nur Profit, Menschen, Gesellschaft, soziales Gefüge interessieren sie nicht. Balatier ist ein Musterbeispiel dafür. Ganze Abteilungen in dieser Firma sind damit beschäftigt, dreckige Geschäfte zu vertuschen, Politiker zu schmieren. Aus diesem Grund ist ein festes Gefüge immens wichtig. Eine straffe Hierarchie. Ist da einmal ein Loch, durch das Wasser sickert, sind bald die Grundmauern unterspült und die Stützpfeiler, auf denen alles ruht, wanken. Pauline Balatier und ihre Helfer haben es bis jetzt geschafft, dieses Gefüge zusammenzuhalten und wasserdicht zu machen. Das Gefährlichste aber ist der werkseigene Sicherheitsdienst. Die Firma Balatier verfügt über einen eigenen Geheimdienst. So nenne ich das. Er wird als Werkschutz getarnt.«

»Sie glauben also, dass Frontiers Tarnung aufgeflogen ist?«

Leviolet zuckte resigniert die Schultern. »Es wäre eine Möglichkeit. Diese Leute vom Sicherheitsdienst sind übelstes Kaliber, brutal und ohne Skrupel. Sie führen Aufträge aus, ohne zu fragen, egal welche. Der Chef, Claude Bernheim, ist ein ehemaliger Söldner schlimmster Sorte. Er übernimmt persönlich die Ausbildung. Alle seine Männer sind handverlesene Ausnahmeerscheinungen, sowohl was ihre körperliche Beschaffenheit als auch ihre Skrupellosigkeit angeht. Und er verlangt absoluten Gehorsam. In gewissen Kreisen nennt man diese Privatarmee auch ›La secrête Legion‹. Will man versuchen, ein solches Gefüge auseinanderzusprengen, muss man Zugang zum inneren Kreis finden«, fuhr Leviolet fort und wiederholte noch einmal mit Nachdruck, was er schon zu Beginn ihres Gespräches gesagt hatte.

»Also Pauline Balatier«, ergänzte Elise leise und war damit, ohne es auszusprechen, wieder bei einem bestimmten Mann. Leviolet sah, dass sie ihn verstand. Er überlegte laut: »Sie sind fast ein Jahrgang. Winters war Deutscher, hier aus Köln. Auch Paulines Geburtshaus stand in Köln. Sie ist erst nach dem Krieg nach Frankreich gegangen.«

»Auch ich habe eine Theorie, was Hugo Winters betrifft. Ich glaube, er wurde erpresst. Von einem Mann namens Karl Leuwang«, sagte Elise.

»Erpresst? Womit?«, fragte Leviolet interessiert.

»Ich weiß es nicht. Leuwang brauchte Geld. Seine Tochter liegt im Universitätsklinikum in Essen und kämpft mit dem Tod. Er wollte ihr eine Operation im Ausland bezahlen. Doch irgendetwas ging schief. Leuwang ist tot. Man hat ihn geschlagen, er erlitt einen Herzinfarkt. Ein junger Mann, der mit ihm im gleichen Haus wohnte und sich um ihn gekümmert hat, ist seither spurlos verschwunden. Leuwang und Winters, zwei alte Männer, die sich vielleicht schon vor dem Krieg kannten«, sagte Elise nachdenklich zu sich selbst. »Und Pauline Balatier.«

»Man weiß sehr wenig über sie und über ihr Leben, bevor sie Balatier heiratete.«

»Leuwang und Winters standen in Verbindung zu einer Künstlergruppe, die sich die ›Apokalyptiker‹ nannten. Haben Sie diesen Begriff jemals gehört?«

Elise beobachtete, wie sich Leviolets Gesichtsausdruck veränderte. Er wirkte plötzlich noch angespannter.

»Nein.«

Es war ein wenig überzeugendes Nein.

»Abrahamsson und seine Stiftung. Hatten Sie jemals Kontakt zu einem der ehemaligen Stipendiaten?«

Der Franzose hatte die Unterarme auf die Oberschenkel gestützt und hielt den Kopf gesenkt. Seine Finger spielten nervös miteinander. »Diese Stiftung arbeitet eng mit Balatier zusammen. Wir haben es versucht. Aber diese Leute haben alle Spitzenstellungen, sind Geheimnisträger. Sie werden streng bewacht und stehen unter ständiger Observation des Sicherheitsdienstes. Es ist sehr schwer, an sie heranzukommen, jedenfalls ohne auffällig zu werden. Ihre oftmals überragende Intelligenz ist das wahre Kapital der Firma.«

Es klopfte kurz an der Tür, und ein strahlender Gianfranco Bley stand im Türrahmen.

»Gott zum Gruße«, brüllte er mit kräftigem Bass, sodass es die Blätter der Pflanzen auf der Fensterbank schüttelte. Der fast zwei Meter große Gerichtsmediziner füllte den gesamten Türrahmen aus. Mit Schwung warf er die Tür hinter sich zu.

Leviolet blickte ihn irritiert an.

»Dr. Frankenst – pardon, Doktor Bley, der Chef der Gerichtsmedizin«, stellte Elise vor.

»Keine Frechheiten, Miss Jekyll«, sagte Bley und zwinkerte ihr zu. »Sonst nehme ich das, was ich mitgebracht habe, wieder mit.«

»Und würde mich das ärgern?«

»Aber hallo!« Bley verzog die Lippen zu einem breiten Wolfslächeln unter einem schwarzen Schnurrbart.

Sie fuhr sich mit dem Finger über die Oberlippe. »Wie schnell wächst bei Ihnen ein Bart, Gianni? Den hatten Sie gestern doch noch nicht.«

Bley riss theatralisch den Zeigefinger der rechten Hand in die Höhe. »Hier ist die Stelle, wo ich sterblich bin!«

»Ah, Schiller. Don Carlos.«

Bley war begeistertes Mitglied einer Laienschauspielertruppe. »Dieser verfluchte Schnurrbart ist so fest angeklebt, dass ich ihn nicht mehr abkriege. Morgen Abend ist Premiere. Ich rechne mit Ihnen.«

»Tun Sie das nicht, Gianni. Tun Sie das nicht.«

Bley seufzte. »Ein unkultiviertes Volk seid ihr.«

»Mag sein. Was ist denn nun?«

Er hob abwehrend die Hände und ließ seinen Blick über die Anwesenden gleiten, als wolle er sich versichern, dass er auch wirklich das volle Interesse seines Publikums besaß. »Ich habe einen Kunden auf dem Tisch, einen Mann Mitte bis Ende dreißig, mit einem Herzdurchschuss.«

Elise richtete sich gespannt auf. Es konnte sich nur um den Schusswechsel in der Steinkopfstraße handeln. Luigis Volltreffer.

»Und? Ist er wieder aufgestanden, nachdem Sie ihn mit dem Messer gekitzelt haben?«, fragte Widmer.

»Nein. Aber er hat eine DNA, die euch interessieren dürfte.«

»Ich verstehe nicht …«

Bley machte wieder eine kleine Pause, dann sagte er: »Ihr wisst, dass wir unter den Fingernägeln von Francine Moreau Haut- und Haarpartikel gefunden haben?«

Jetzt richtete sich auch Leviolets ganze Aufmerksamkeit auf die Worte des Gerichtsmediziners.

»Sie gehören eindeutig dem Mann mit dem Herzschuss. Ich würde sagen, in meinem Keller liegen Opfer und Täter einträchtig nebeneinander aufgebahrt.«

6
Köln 1490

Das Kartäuserkloster liegt im Nordwesten der Stadt, nahe der Ulrepforte mit ihrer Windmühle, zwischen St. Panthaleon und St. Severin, umgeben von weiten Feldern. Erst die Erweiterung der Befestigungsanlage, begonnen 1180 als Antwort auf die unsichere Lage, die die Feindschaft zwischen Kaiser Barbarossa und Heinrich dem Löwen den Kölnern beschert hat, hat sie dem Stadtgebiet zugeführt. Philipp von Heinsberg, zu dieser Zeit Erzbischof von Köln, hatte sich fleißig eingemischt und den Krieg damit bis ins Kölner Stadtgebiet gezogen. Die künftige Stadtmauer, siebeneinhalb Kilometer lang, mit zwölf gewaltigen Torburgen und zweiundfünfzig Wehrtürmen, umfasst schließlich auch die Klosteranlage, die bis dahin noch vor den Toren der Stadt gelegen hat und mit ihnen Liegenschaften und Ländereien, Obst- und Rebgärten.

Das Klostergelände ist eingefasst von einer hohen Mauer, in die man ein Tor eingelassen hat, durch das man den Innenbereich betreten kann. Eine himmlische Ruhe empfängt Albrecht. In einiger Entfernung sieht er einen in eine dunkle Kutte gehüllten Mönch, der fleißig dabei ist, in seinem Gärtchen Unkraut zu zupfen.

»Ich suche Bruder Anselm.«

Der junge Mönch, wohl nicht älter als er selbst, nickt stumm und bedeutet Albrecht, ihm zu folgen. Sie betreten den großen Kreuzgang und dann die Klosterkirche, in der ihnen starker Weihrauchgeruch entgegenschlägt. Bruder Anselm ist dabei, den Altar mit Blumen zu schmücken. Albrecht wartet, bis der junge Mönch seinen Mitbruder unterrichtet hat und sie dann alleine lässt.

Bruder Anselm, groß und schlank, die Hände in den weiten Ärmeln seiner Kutte verborgen, kommt lächelnd auf Albrecht zu. »Was kann ich für Euch tun, Bruder?«

Der Maler stellte sich kurz vor und holt die mitgebrachte Flasche aus dem Leinensack. »Bezieht Ihr dieses Gefäß bei dem Händler Felsengroth am Neumarkt?«

Bruder Anselm sieht ihn überrascht an. »Ja, ich denke schon.«

»Wer bezieht bei Euch diesen Wein?«

»Warum wollt Ihr das wissen?«

Albrecht zögert einen Augenblick, dann sagt er: »Ich hab den Verdacht, dass man mit dem Wein in dieser Flasche einen Menschen vergiftet hat.«

Das Gesicht des Mönchs wird ernst. Er streckt die Hand aus und weist auf die Tür zum Kreuzgang.

Während die beiden Männer stumm nebeneinanderher laufen, scheint es Albrecht, als ringe der Kartäuser mit sich.

»Das ist eine sehr schwere Anschuldigung«, sagt Bruder Anselm.

»Ich weiß. Aber ich habe Beweise. Dem Wein wurde ein giftiges Kraut zugesetzt. Stimmt es, dass der Rat der Stadt Flaschen bei Euch bezieht?«

»Ja, das stimmt. Er wird bei besonderen Gelagen bei Tisch serviert.«

»Wer sonst noch?«

»Nur einige Auserwählte, die sich dem Kloster gegenüber mit Schenkungen großzügig zeigen.«

7

Als sie in Elises Büro zurückkamen, durchquerte Leviolet zielsicher den Raum und postierte sich gedankenverloren vor dem Fenster, so wie er es schon in Strothmanns Büro getan hatte. Er hatte den Leichnam in der Pathologie als Mikael Digescu identifiziert. Ein Rumäne, ehemals Securitate, zuletzt Mitarbeiter im Sicherheitsdienst von Balatier.

Elise goss sich eine Tasse Kaffee ein und trat hinter den Franzosen. »Was für einen Grund konnte Digescu haben, Marguerite zu ermorden?«

Leviolet blieb stumm, als hätte er sie nicht gehört. Schließlich sagte er, ohne sie anzublicken: »Er war ein Befehlsempfänger. Diese Leute tun nichts auf eigene Faust, eine Maschine, durchtrainiert, gut geölt, gefühllos.«

»Vielleicht war Frontier zu oft in Köln. Man hat ihm misstraut, ihm nachspioniert – und ist so auf Marguerite gekommen«, schlug Widmer vor.

Elise schüttelte heftig den Kopf. »Es ging um die Papiere. An dem Tag, an dem man Hugo Winters die Kehle durchschnitt, war auch Marguerites Leben verwirkt, weil sie im Besitz seiner Papiere war.«

Leviolet wandte ruckartig den Kopf. »Papiere?« Seine Hände ballten sich zu Fäusten. Sein ganzer Körper spannte sich wie eine Sehne. »Sie haben sie hier? Kann ich sie sehen?« Er ging einige Schritte auf Elise zu. Sie sah das Leuchten in seinen Augen; in diesen tieftraurigen Augen. Trauerte er wirklich nur um seinen Freund? Er kam ihr so nahe, dass sie seinen rauchgeschwängerten Atem riechen konnte.

»Sie sind nicht hier. Jemand hat sie in Verwahrung«, sagte sie. »Es sind Kostbarkeiten.«

Er wich wieder einen Schritt zurück, machte den Eindruck eines zu Tode erschöpften, gehetzten Tieres. »Aber sie sind hier in Köln?«

»Ja.«

»Ist ein Brief darunter? Ein sehr alter Brief?«

»Warum wollen Sie das wissen?« Sie bemerkte, dass er am ganzen Körper zitterte.

»Ich bin sehr offen zu Ihnen gewesen. Offener, als ich hätte sein müssen – und dürfen. Ich habe alles verloren, nur den Kampf gegen Balatier nicht, noch nicht. Ich bitte Sie, helfen Sie mir! Ich muss diesen Brief sehen.«

»Was ist mit diesem Brief? Warum ist er so kostbar für Balatier?«

»Ich werde Ihnen alles sagen. Sie werden verstehen. Aber ich muss ihn sehen.«

8

Avide sah nervös auf die Uhr.

Elise hatte die Zeit, die sie ausgemacht hatten, um sich anzurufen, um eine halbe Stunde überzogen. Im Hintergrund lief leise der erste Satz aus dem Piano Concerto No.1 in D-Dur von Johann Sebastian Bach, meisterhaft eingespielt von Glenn Gould, dirigiert von Leonard Bernstein.

Er beobachtete Weidenmann, der nervös wie ein Tiger im Käfig im Raum umherlief.

»Du weißt nicht, was du tust«, sagte der alte Mann. »Schläfst mit dieser Frau.« Er schüttelte den Kopf.

»Ich vertraue ihr.«

»Offensichtlich.«

»Was war in der Steinkopfstraße? Warum hast du mir nichts davon erzählt?«

»Das war nichts.«

»Die Polizei sieht das anders. Wen hast du dort besucht?«

Weidenmann antwortete nicht. »Was soll jetzt weiter geschehen? Du musst den Brief und die Vita der Polizei aushändigen.«

»Nein. Das BKA hat den Fall übernommen. Sie glauben, dass Winters Geschäfte mit der russischen Kunstmafia gemacht hat und die ihn umgebracht haben. Aber das ist nicht Elises Meinung. Und meine auch nicht. Sie will weiter ihren eigenen Weg gehen. Wenn die Sache mit mir ausgestanden ist, werden wir uns weiter um den Brief kümmern. Er ist der Schlüssel zu diesem Fall.«

»Du behältst die Unterlagen?«, fragte Weidenmann unsicher.

»Im Augenblick. Bis sich die Lage geklärt hat.«

»Ist das vernünftig?« Er sah sich um. »Und dass du hierher zurückgekommen bist, in deine Wohnung?«

»Im Moment sind wir nirgendwo sicher.« Avide blickte an ihm vorbei in Richtung seines Arbeitszimmers. Der Koffer lag verschlossen auf dem Schreibtisch.

Weidenmann sah erschöpft aus. Seine Augen waren von dunklen Schatten umrahmt. Er wirkte auf Avide in diesem Augenblick so hilflos und allein, wie er ihn niemals zuvor gesehen hatte. War es nur die Sorge um ihn? Er ging einige Schritte auf seinen Freund zu, da klingelte es.

Als er die Tür öffnete, ging ihm ein leichter Stich durchs Herz. Elise stand dort und hinter ihr ein hochgewachsener Mann mit versteinerter Miene.

Sie sagte nichts und lächelte. Er sah in ihren Augen, als sie sich ihm langsam näherte, dass sie ihn küssen wollte, aber es nicht wagte. Auch Avide hielt sich zurück.

Er riss die Hände hoch. »Ich leiste keinen Widerstand. Du hättest keine Verstärkung mitzubringen brauchen.«

»Ich glaube, wir werden noch froh sein, dass wir diese Verstärkung haben«, sagte Elise und drängte sich an ihm vorbei in die Diele. »Darf ich vorstellen, Inspektor Marc Leviolet aus Paris.«

Avide zog erstaunt die Augenbrauen hoch und reichte dem Franzosen die Hand. Leviolet erwiderte den Gruß mit einem kräftigen Händedruck, der nicht zu dem melancholischen Ausdruck und der leicht gebeugten Haltung, als laste etwas schwer auf seinen Schultern, passen wollte.

Sie gingen in einen großen hellen Raum, dessen hohe Fenster auf die schmale Lochner Straße hinausgingen. Elise verliebte sich auf der

Stelle in diese Wohnung, die so gar nicht den konventionellen kleinräumigen deutschen Behausungen entsprach. Eine kleine Küche war nur durch eine Theke mit hohen Barhockern davor abgetrennt. Im Hintergrund führte eine Treppe auf eine schmale Galerie im ersten Stock, von der mehrere Türen abgingen. Sie ließ den Blick durch den Raum schweifen, der nur mit wenigen Möbeln ausgestattet war. In der Mitte stand auf einem quadratischen Teppich eine großzügige beigefarbige Couchgarnitur, deren freundliche Helligkeit im Kontrast zu dem dunklen Parkettboden stand. Bücherregale an den Wänden, ein schöner alter Sekretär aus poliertem Holz. Auch zwischen den hohen Fenstern kleine, halbhohe Bücherborde und eine Kommode aus Nussbaum mit kunstvollen Griffen und Verschlägen. Durch eine geöffnete Schiebetür sah sie in ein Arbeitszimmer. Weidenmann, der in Gedanken versunken an einem Schreibtisch saß, sah auf. Er hielt ihrem Blick nicht stand und senkte den Kopf. Sie sah, wie er die Augen schloss.

»Ich habe gute Neuigkeiten«, sagte Elise und zog ein Foto aus der Jackentasche. »Hast du diesen Mann schon einmal gesehen?«

Er besah sich stumm die Fotografie und reichte sie ihr zurück. »Nein.«

»Sein Name ist Mikael Digescu. Er hat beim Sicherheitsdienst der Firma Balatier gearbeitet. Es ist der Mann, den man bei dem Feuergefecht in der Steinkopfstraße erschossen hat. Du solltest einen Kranz zu seiner Beerdigung schicken.«

Avide sah sie verständnislos an.

»Unser Gerichtsmediziner hat Haut- und Haarpartikel von Digescu unter Francines Fingernägeln gefunden und entsprechende Hautabschürfungen bei ihm. Er ist ihr Mörder.«

Er brauchte einige Sekunden, um sich die Tragweite dessen, was er eben gehört hatte, klarzumachen. Erst langsam gewann die Erleichterung Oberhand.

Marcel Weidenmann kam aus dem Arbeitszimmer, trat zu ihm und legte seinem Freund väterlich eine Hand auf die Schulter. Elise beobachtete die beiden interessiert.

Leviolet mischte sich ein. »Sie haben etwas, das ich gerne sehen würde.«

Avide sah verunsichert zu Elise.

»Er will den Brief sehen. Es ist in Ordnung. Er ist Leiter einer Sonderkommission, die sich mit Balatier beschäftigt. Ich erkläre es dir später.«

Er nickte und deutete mit der Hand zum Arbeitszimmer. Weidenmann trat einen Schritt nach vorn, als wolle er Avide zurückhalten, doch der war schon vorausgegangen. Der Franzose folgte ihm.

Elises Handy klingelte.

»Brandt.«

»Lise, bist du noch mit Leviolet zusammen?«, fragte Widmer, und sie bemerkte sofort die Unruhe in seiner Stimme.

»Ja. Wir sind noch bei St. Cyr.«

»Bleib ganz ruhig und sag jetzt nichts. Ich habe mit Frankreich gesprochen. Irgendetwas an diesem Leviolet hat mir nicht gefallen. Und ich hatte recht. Er hat die Seiten gewechselt. Man hat ihn schon vor geraumer Zeit kaltgestellt.«

Sie sah hoch und richtete ihren Blick auf Marc Leviolet, der gerade in diesem Augenblick von der Metalldose in seinen Händen hochsah.

Langsam ließ sie das Handy sinken.

9
Köln 1490

Der Weckschnapp, ein kleines Türmchen unterhalb der St. Kunibertstorburg am Rheinufer, beherbergt die Wachposten, die darauf zu achten haben, dass niemand das Stapelrecht umgeht. Sie dienen gleichzeitig als Gefängniswachen, seit man in dem Turm auch einige Gefängniszellen eingerichtet hat. Die Torburg markiert den Punkt, an dem alle Schiffer, die von flussaufwärts den Rhein hinunterkommen, anhalten, um sich kontrollieren zu lassen. Drei Tage müssen sie ihre Waren in der Stadt verkaufen, bevor sie weiterziehen können.

Albrecht präsentiert einer der Wachen den Passierschein und wird ohne Zögern eingelassen. Im Inneren des Turms herrscht eine dumpfe Stille. Das nahe Wasser verbreitet eine klamme Feuchtigkeit, und damit einhergehend einen unangenehmen Modergeruch. Das ganze Gebäude macht nur eine einzige Aussage: Tod und Verdammnis. Die einzelnen Zellen sind mit Holztüren verschlossen. Die Wache führt einen Schlüssel in ein Schlüsselloch und schiebt krachend einen schweren Eisenriegel zurück. Die Zelle ist ein quadratischer Raum von vielleicht drei mal drei Metern, verteilt auf dem Boden liegt verschimmeltes Stroh. Einzige Lichtquelle ist ein kleines Fenster, so hoch oben in der Wand, dass ein Normalsterblicher nicht heranreicht, um hinaussehen zu können. Ein leises Rascheln verrät die Anwesenheit von Ratten.

Die alte Dora hockt in einer Ecke auf dem Boden. Albrecht kann nur einen Schatten erkennen. Die Wache lässt die beiden alleine und geht hinaus auf den Flur. Der rasselnde Atem der Alten erfüllt den Raum.

»Was wollt Ihr?«, fragt eine heisere, gebrochene Stimme aus dem Dunkel.

»Ich war einmal auf dem Berlich. Erinnert Ihr Euch? Ich habe nach einem Kaufmann gefragt. Einem gewissen Bicher.«

»Habe ich Euch eine Antwort gegeben?«

»Nein.«

»Dann wird das so bleiben.«

»Ich kann Euch helfen. Ich glaube nicht, dass Ihr die Griet vergiftet habt.«

»Das ist so eine Sach' mit dem Glauben. Man hat ihn oder man hat ihn nicht. Nützen tut er einem so oder so nichts.«

Albrecht fährt unbeirrt fort. »Die Griet musste sterben, weil ich zu neugierig war. Sie und der verrückte Mattes, der sich mir anvertraut hat. Was wisst ihr, die Griet und du?«

Aus der Ecke kommt kein Laut. Albrecht tritt einen Schritt näher, das Stroh knirscht unter seinen Füßen, ein schwarzer Schatten huscht hinter ihm von einer Ecke in die andere. »Ihr kennt den Mann, der hinter all dem steckt, der Mann, zu dem Ihr eines Eurer Mädchen geschickt habt, nachdem ich bei Euch war und Fragen gestellt habe. Ist es der gleiche, der bei den Mönchen vom Kartäuserkloster teuren Wein bezieht, den er dafür verwendet, arme Tagelöhner zu schmieren, damit die zu den Stadtwachen gehen, um den Tod der armen Griet zu melden, lange nachdem ihr Mörder fort ist und nicht mehr verdächtigt werden kann? Der diesem Wein giftige Kräuter zusetzt, damit ihr in Verdacht kommt, und damit gleich zwei Mitwisser mit einem Schlag auslöscht? Wer, Alte, ist es? Warum schützt Ihr ihn mit Eurem Leben?«

Blitzschnell schießt eine krallenartige Hand aus dem Halbdunkel hervor und packt den überraschten Maler an die Kehle. Er taumelt, findet keinen Halt, und sie fallen gemeinsam zu Boden. Der Griff lockert sich. Vom Lärm aufgescheucht, stürzt die Wache in die Zelle, zieht die Alte gewaltsam von Albrecht weg und stößt sie unsanft in ihre Ecke zurück. Er nimmt den Maler beim Arm und führt ihn aus der Zelle.

»Die ist total verrückt, die Al'«, sagt der junge Wachsoldat, während er Albrecht hinausbegleitet. »Die gehört ins Feuer.«

»Bist ja so bedrückt, Albrecht.« Niklas legt dem Vetter freundschaftlich die Hand auf die Schulter. »Immer noch die Geschicht' mit dem Mönch?«

Der junge Maler berichtet von seinem Besuch im Weckschnapp.

»Lass die Sach' ruhn«, rät er ihm. »Da ist nichts Gut's dabei. Diese Leut' haben viel Macht hier in Köln.«

»Der vergiftete Wein war sein Fehler«, sagt Albrecht verbissen. »Er ist selten und teuer. Nicht viele beziehen ihn bei den Mönchen vom Kartäuserkloster. Das schränkt den Täterkreis ein. Außer dem Rat kommen nur die Förderer des Klosters infrage. Bruder Anselm hat mir Einblick in ein Verzeichnis gegeben, das er führt. Es sind vermögende Kaufleute, sogar einige Patrizier. Einige der Namen kenne ich von den Apokalyptikern.« Er schlägt mit der blanken Hand auf den Tisch. »Und nicht einmal der Ring nützt mir etwas. Er kann sich inzwischen einen neuen gekauft oder einem der anderen den seinen gestohlen haben.«

»Welcher Ring?«

»Der tote Mattes hat seinem Mörder beim Kampf einen Ring vom Finger gezogen. So einen, wie du ihn mir gezeigt hast.«

»Wo ist er?«

Der Maler fasst in seine Hosentasche und legt das Schmuckstück vor Niklas auf den Tisch, der ihn einer eingehenden Prüfung unterzieht.

»Ein seltener Stein. Ein sehr schönes Exemplar. Auch die Ausführung des Rings ist sehr kunstvoll.« Er lächelt. »Obwohl meine Arbeiten natürlich besser sind.«

»Natürlich!«, neckt Albrecht ihn, und sie lachen beide.

Niklas seufzt. »Wenn dir gar so viel daran liegt – ich kann mich ja mal umhören. Es sollte mich wundern, wenn ich den Goldschmied, der ihn gemacht hat – wenn er in Köln gemacht wurde – nicht fände.«

10

Seltsamerweise war Elise ganz ruhig, als Leviolet die Waffe auf sie richtete.

»Das nützt Ihnen gar nichts, Marc. Nehmen Sie die Waffe runter. Meine Kollegen sind unterwegs.«

»Das Handy und Ihre Waffe. Werfen Sie sie weg.«

Elise gehorchte. »Seien Sie vernünftig …«

»Niemandem wird etwas geschehen.« Er ließ seinen Blick ruhig von einem zum anderen wandern. »Ich will nur den Brief.«

»Frontier hatte herausgefunden, dass Sie ein doppeltes Spiel treiben, nehme ich an.« Sie versuchte, Blickkontakt zu halten. »Deshalb war er in Köln. Er wusste, dass er und Marguerite in höchster Gefahr schweben. Er wollte sie retten. Vergeblich.«

Leviolets Hand mit der Waffe, die er immer noch auf Elise gerichtet hielt, zitterte. »Ich wollte nicht, dass Marguerite etwas passiert. Das war unnötig. Aber dieser Digescu, dieser Scheißkerl. Er war außer Kontrolle geraten. Wir wollten nur den Brief.« Eine Träne löste sich aus dem linken Augenwinkel und rollte die Wange hinab. »Ich wollte nicht, dass Marguerite stirbt«, wiederholte er.

»Und Frontier?«

»Ich war bei ihm im Hotel. An diesem Morgen. Er hat mir auf den Kopf zugesagt, dass er mich für den Maulwurf hält. Er hätte nicht sterben müssen. Ich habe versucht, ihn zu überzeugen. Balatier hätte uns eine Zukunft gegeben. Nicht mehr dieses elende Leben, das dauernde Verstecken, die ständige Angst davor, entdeckt zu werden. Aber er war …«

»Zu anständig«, ergänzte Elise. »Und als Marguerite ihn dann im Hotel zu erreichen versuchte und er sich nicht meldete, ahnte sie, dass es zu spät war, geriet in Panik und packte ihre Koffer.«

»Wir wollten nur den Brief«, wiederholte Leviolet. Es klang kläglich.

»Warum? Welches Interesse hat Balatier daran, dass dafür kein Preis zu hoch ist?«

Ein hässliches Lächeln zierte seine schönen Lippen. »Was spielt das für eine Rolle? Sie wollen ihn.« Er ging langsam rückwärts, die Waffe weiter auf die drei gerichtet, wandte sich ruckartig ab, lief in die Diele und von dort in den Hausflur.

11
Köln 1490

Melaten. Allein der Name genügt, um allen Kölnern einen Schauer über den Rücken zu jagen. Die Leprosensiedlung vor der Stadt an der Aachener Straße ist eine der ältesten und die größte im Kölner Raum, neben den drei anderen am Judenbüchel, am Bayernturm und in der Nähe des Eigelsteintors. Lepra ist eine der Geißeln der Menschheit, eine Strafe Gottes, die, nach landläufiger Meinung, nur die schlimmsten Sünder befällt. Es bedeutet nicht nur Entstellung und Siechtum bis zum Tod, sondern vor allem Ausschluss aus der Gemeinde mittels Aussegnung. Lebende Tote, die die Stadt nur mit Genehmigung des Hospitalsmeisters in weißer Kutte, dem Siechenmantel, mit Handschuhen und Kopfbedeckung, in der Hand eine lärmende Klapper, an wenigen Tagen im Jahr zum Betteln betreten dürfen. Die Brüder des Hospitals vom heiligen Johannes in Jerusalem, die sogenannten »Johanniter«, kümmern sich um die Erkrankten.

Albrecht sieht sich um. Ein von einer hohen Mauer umgebener Platz, einige Reihen einfacher Häuser, die ein dahinter liegendes, noch größeres Areal abtrennen. In einiger Entfernung ist der schmale Kirchturm der kleinen Kapelle sichtbar, die der Kölner Erzbischof Konrad von Hochstaden 1245 geweiht hat.

Ein dunkler Schatten huscht zwischen den Häusern umher. Albrecht steht etwas verloren da, als sich in einem der Häuser eine Tür öffnet und eine hochgewachsene Gestalt auf den Platz tritt. Sie trägt eine bodenlange Mönchskutte, die Ärmel sind hochgekrempelt, und ein leinenes Handtuch ist lässig über die Schulter geworfen. »Kann ich etwas für Euch tun?«

Albrecht atmet erleichtert auf. Es scheint sich um einen Gesunden zu handeln.

»Ich suche Bruder Peter von den Johannitern.«

»Ihr habt ihn gefunden.« Der Angesprochene beginnt sich die Hände an dem Handtuch abzutrocknen.

»Mein Name ist Albrecht Dürer. Ich bin Maler. Man hat mir gesagt, dass Ihr ein Freund des Hieronymus Bicher gewesen seid.«

Die Augen des Bruders weiten sich erstaunt. »Bicher ist schon seit vielen Jahren tot.«

»Ich weiß. Ich habe seinen Ziehsohn in der Stadt getroffen.«

»Mattes? Wie geht es ihm?«

»Er ist tot. Man hat ihn aus dem Rhein gefischt.«

Bruder Peters Augen schließen sich schmerzerfüllt. Er hebt die Hände und faltet sie zum Gebet, beginnt leise einige lateinische Worte zu murmeln. Albrecht wartet.

»Was führt Euch her?«, fragt der Geistliche schließlich.

»Ich glaube nicht an einen Unfall.«

Bruder Peter blickt ihn unsicher an. »Selbstmord?«

Der junge Maler schüttelt den Kopf.

»Kommt.« Er öffnet die Tür ganz, um ihn einzulassen.

Albrecht folgt ihm ins Haus, es ist einfach eingerichtet, aber sauber. Sie setzen sich an einen großen Holztisch. Aus einem Topf, der über der offenen Feuerstelle hängt, dringt ein verführerischer Geruch nach frischen Kräutern. »Wie lange macht Ihr diese Arbeit hier schon?«, fragt er interessiert.

»Seit neun Jahren. Seit mein Bruder an Lepra erkrankte und hierher musste. Ich habe mit meinem früheren Leben abgeschlossen und hier meine Erfüllung gefunden. Lepra ist eine Prüfung, nicht das Ende. Die Menschen hier haben Bedürfnisse wie jeder andere auch und brauchen vor allem medizinische Betreuung. Die Lepra macht Gott sei Dank keinen Unterschied zwischen Reich und Arm. Darum ist Melaten, dank großzügiger Stiftungen und testamentarischer Verfügung, keine arme Siedlung.« Er hält inne und sieht Albrecht skeptisch an. »Ihr glaubt also, man hat den armen Mattes in den Rhein geworfen?«

»Ja, das glaube ich. Und zwar dieselben Personen, die vor zehn Jahren seinen Vater in den Ruin stürzten, ihn verleumdeten und vielleicht sogar umbrachten. Mattes war jedenfalls fest davon überzeugt. Ihr wisst, von wem ich spreche, nicht wahr?«

12

»Es war fast, als hätte er es drauf angelegt«, sagte Michael Widmer. »Er hätte nicht zu sterben brauchen. Aber er hat direkt auf uns gezielt. Wir hatten keine Wahl.«

Elise saß auf der Couch und hielt den Kopf fest zwischen beide Hände gepresst.

»Wahrscheinlich hat er gedacht, was für ein Glückskind er doch ist. Nachdem bisher alles schiefgelaufen war. Digescu hatte Marguerite umgebracht und war ohne den Brief zurückgekommen. Dann haben sie sich an deine Fersen geheftet, Avide, und du hast ihnen einen Strich durch die Rechnung gemacht und bist nach dem missglückten Überfall untergetaucht. Und die Observation deines Freundes war schließlich das totale Fiasko, bei dem auch noch Digescu gestorben ist. Ich war seine letzte Hoffnung.« Die Schüsse unten auf der Straße, kaum dass Leviolet aus der Wohnung gestürmt war, hallten in ihren Ohren wider.

»Und das alles wegen des Briefes?« Weidenmann schüttelte verständnislos den Kopf.

»Was tun wir jetzt?« Avide sah fragend in die Runde.

»Wir?«, brauste Widmer auf.

»Wir ziehen am gleichen Strang«, versuchte Elise ihren Kollegen zu beruhigen. »Avide kann uns eine große Hilfe sein.«

Widmer trat näher an die Couch heran und senkte seine Stimme. »Was läuft da zwischen euch?«

»Ja, das würde mich auch interessieren.«

Alle Anwesenden wandten sich fast gleichzeitig in die Richtung, aus der die Stimme gekommen war.

Das dunkle, an den Schläfen angegraute Haar des Neuankömmlings glänzte feucht. Es musste wieder angefangen haben zu regnen, sein heller Trenchcoat wies zahlreiche Wasserflecke auf. Er war klein und drahtig, sein rundes Gesicht geprägt von einem Paar tiefschwarzer Augen, deren ovaler Zuschnitt ihm ein asiatisch geprägtes Aussehen gab. Das perfekte Exemplar eines Eurasiers. Er nestelte mit klobigen Fingern am obersten Knopf seines Hemdes, bis er ihn aufhatte, und lockerte die schlampig gebundene Krawatte. Sein Blick glitt abschätzend von einem zum anderen. »Ich habe mich nicht vorgestellt: Kenzo Klar, Bundeskriminalamt. Abteilung Organisiertes Verbrechen. Mein Kommen war für später angekündigt. Aber ich war zu ungeduldig.« Seine Stimme war dunkel und wohltönend. »Zu Recht?« Er griff in die Tasche seines Regenmantels und zog die Dose hervor, in der sich der Brief befand, und betrachtete sie versonnen.

»Der böse Durst, der mich zerreißt, es brauchte wohl um ihn zu stillen so viel des Weins.«

»Baudelaire«, entgegnete Elise.

»Wir hatten hier wohl einen sehr durstigen Mann.« Er legte die Dose vorsichtig auf den niedrigen Couchtisch. »Lieben Sie gefährliche Spiele, Frau Brandt?«

»Das kommt darauf an«, antwortete die Hauptkommissarin.

»Worauf?«

»Wie meine Position in diesem Spiel ist.«

Klar lächelte. »Kluge Antwort. ›Du wirst also über dich selbst richten, antwortete der König. Das ist das Schwerste. Wenn es dir gelingt, über dich selbst gut zu Gericht zu sitzen, so bist du ein wirklicher Weiser.‹ Saint-Exupéry.«

»›Zum Amazonengefecht verlieh ich den Danaern Waffen. Es siegt, wem die hohe Dione hold‹«, antwortete Elise.

»›Ja, ein Sieg wie der brächte den Männern schimpf.‹ Ovid, Liebeskunst. Ich weiß.« Klar wandte den Kopf ab und sah hinüber zum Arbeitszimmer. »Kann ich Sie einen Moment unter vier Augen sprechen?«

Elise stand auf und folgte ihm.

Klar schloss sorgfältig die Schiebetüren. Sein Regenmantel verströmte einen muffigen Geruch im Raum nach feuchter Erde. »Sie sind sehr vertraut mit Herrn St. Cyr?«

»Wir kennen uns erst seit gestern.«

Seine Augenbrauen gingen kurz in die Höhe. »Eigentlich möchte ich nur eines wissen: Werden wir zusammenarbeiten?«

»Darf ich mit einer Gegenfrage antworten? Haben Sie sich über mich erkundigt?«

Kenzo Klar antwortete nicht.

»Natürlich haben Sie das. Und Sie haben erfahren, dass ich eigensinnig bin, wenig mitteilsam und zu unkontrollierten Alleingängen neige.«

»›Kann man trau'n einer Kunst, die durch lange Übung mir wurde; nun so glaubt meinem Lied: treulich hält's, was es verspricht.‹ Wenn wir schon bei Ovid sind.« Er blieb vor einem der Bilder stehen und betrachtete es mit schief gelegtem Kopf. Es war eines der Blätter aus der Holzschnittfolge zur Apokalypse von Albrecht Dürer. Die vier apokalyptischen Reiter. »Sehr schön«, sagte er anerkennend. Abrupt drehte er sich um. »Etwas anderes hat mich mehr interessiert.«

»Und?«

»Ihre Erfolgsstatistik.«

»Habe ich eine?«

»Eine sehr beachtliche.« Seine Augen blitzten schelmisch. »Für eine Person Ihres Alters.« Er trat einige Schritte auf sie zu. »Aber der Erfolg ist ein schmaler Weg, der an einem tiefen Abgrund entlang führt. Und er ist launisch wie eine Kurtisane, die sich ihres Wertes bewusst ist.«

»Ich übe meinen Beruf nicht wegen der Erfolgsstatistik aus.«

»Sehen Sie, Frau Brandt, und das glaube ich Ihnen sogar.«

Sie standen sich gegenüber wie zwei Duellanten, die sich der Gefährlichkeit ihrer Waffen sehr bewusst sind. Klar schien zu überlegen, welche Waffe wohl am effektivsten sein mochte.

»Hugo Winters war kein unbeschriebenes Blatt. Er hatte Kontakte zur Kunstmafiaszene. Sagt Ihnen der Name Vladimir Nentchew etwas?«

Elise überlegte kurz. »Nein.«

»Nentchew ist das, was man im Allgemeinen einen ›Paten‹ nennt. Seine Organisation, die er über Jahrzehnte in mühevoller, absolut kaltblütiger Kleinarbeit aufgebaut hat, ist zurzeit führend, was den Handel mit gefälschter und gestohlener Kunst angeht. Er hat auf seinem Weg Dutzende von Leichen hinter sich gelassen. Er ist ein sehr gefährlicher Mann. Nentchew ist Deutschrusse und hochintelligent. Und er ist ein Phantom. Es gibt nur wenige, die wissen, wo er sich gerade aufhält. Er hat sich in Russland Feinde gemacht, und so hat er schon vor geraumer Zeit die Bundesrepublik als bevorzugten Umschlagplatz seiner ›Geschäfte‹ entdeckt, was kein Zufall ist. Wenn er hier ist, agiert er von Berlin aus, er hat sich dort eine Zweitniederlassung seiner Organisation aufgebaut.« Er unterbrach sich, und sein intensiver Blick fesselte Elise auf ihrem Platz.

»Womit wir bei mir und meinen Kollegen wären. Wir beschäftigen uns ausschließlich mit dem organisierten Verbrechen. Nentchew ist eines unserer bevorzugten Ziele.

Wir glauben, dass er hinter gut fünfzig Prozent aller derzeit ausgeführten Kunstdiebstähle weltweit steckt. Er ist ein sehr erfolgreicher Geschäftsmann. Aber er ist, wie gesagt, ein Schatten. Wir sind in den letzten zwei Jahren in der Lage gewesen, seiner Organisation beträchtlichen Schaden zuzufügen, ihn selbst aber konnten wir bisher nicht festnageln.« Seine Stimme senkte sich. »Aber genau das ist es, was ich will. Ich will den Kopf des ›Zeck‹. Haben wir ihn, ist der Rest der Organisation reif für den Reißwolf.«

»Und Winters?«, fragte Elise.

»Winters und Nentchew«, sinnierte Klar. »Ein interessantes Gespann. Wir haben Beweise, dass er schon seit Jahren Kontakt zu Nentchew hatte und er der Grund ist, warum Nentchew hier in Deutschland Fuß gefasst hat. Ich würde ihn vielleicht als ›stillen Teilhaber‹ dieser Organisation bezeichnen. Wir haben ihn schon seit längerer Zeit im Auge. Einzig die Tatsache, dass Winters eine hochgestellte Persönlichkeit mit Verbindungen zu höchsten Stellen war, hat uns noch daran gehindert, ihm die Daumenschrauben anzusetzen.« Seine Lippen pressten sich aufeinander. »Was ich zu gern getan hätte«, fügte er leise hinzu. »Aber Winters' Sammlung ist bedeutend. Der Gedanke, dass er sie vielleicht außer Landes schaffen und einem ausländischen Museum als Dauerausstellung übergeben oder sogar vermachen könnte, hat einigen Herren die Schweißperlen auf die Stirn getrieben. Einflussreichen Herren.« Er betrachtete wieder den Dürer-Druck, ging noch einen Schritt weiter heran. »Wir müssen bei Nentchew höchste Vorsicht walten lassen. Er ist mit allen Wassern gewaschen. Winters war ein Schlüssel zu ihm. Leider ist er jetzt tot.«

Elise schüttelte den Kopf. »Ich verstehe das nicht. Wenn irgendwann herausgekommen wäre, dass Winters mit international gesuchten Verbrechern, einem Kunstschwarzhändler und -schmuggler, zusammengearbeitet hat, er hätte den Ruf seiner Sammlung aufs Spiel gesetzt. Sammler, die mit Leuten wie Nentchew zusammenarbeiten, betreiben ihre Sammelleidenschaft im Geheimen. Sie könnten sich mit den gestohlenen Kunstwerken niemals an die Öffentlichkeit trauen. Winters' Sammlung hat immer im Licht der Öffentlichkeit gestanden. Es war klar, dass sie nach seinem Tod der Allgemeinheit zugänglich gemacht wird.«

Klar nickte langsam. »Es ging nie um die Sammlung. Die ist sauber. Das haben wir überprüft. Alle Kunstwerke sind legal erworben. Hier ging es nur um die Beschaffung von Geldmitteln. Geld, das Hugo Winters, erst einmal reingewaschen, in seine Sammlungen steckte. Sehr geschickt gemacht. Nentchew brauchte ihn und seine Verbindungen in der Kunstwelt. Winters hat im Hintergrund die Kontakte geknüpft, Mittelsmann gespielt. Er war integer, anerkannt, ein klug taktierender Geschäftsmann. Es ist eine Medaille mit zwei Seiten, Winters war die Seite mit der schön schimmernden Oberfläche, Nentchew die dunkle Seite. Eine sehr lohnende Mésaillance.« Er seufzte. »Das Thema Kunst ist sehr heikel seit dem Krieg, seit es den Begriff

Beutekunst gibt. Die Regierungen der Länder fassen es mit Samthandschuhen an, aus Angst vor diplomatischen Verwicklungen – und vor Entblößung. Keiner der Beteiligten hat in diesem Spiel eine saubere Weste.«

»Ich glaube nicht an einen Mafiamord, was Hugo Winters angeht«, stellte Elise mit Nachdruck fest.

»Ja, ich weiß. Ich habe meine Hausaufgaben gemacht.«

»Warum sollte Nentchew Winters töten lassen, wenn diese ›Mésalliance‹, wie Sie sagen, so erfolgreich war?«

Plötzlich wandte Klar sich ab, ging hinter den Schreibtisch und blickte demonstrativ auf den geöffneten Koffer. »So etwas nennt man, glaube ich, Unterschlagung von Beweismitteln.«

»Sie wissen, dass es so ist.«

Klar lugte über den Rand seiner Brille. »Ich auch nicht.«

»Wie?«

»Sie sagten vorhin, Sie glauben nicht an einen Mafiamord.«

»Aber ich dachte …«

Er stützte sich mit den Handflächen auf der Schreibtischplatte ab und beugte sich nach vorn. »Frau Brandt, Sie müssen begreifen, dass es im Moment nicht darum geht, was Sie oder was ich denke.«

»Worum geht es dann?«

»Fakten. Die Abarbeitung von Fakten. Ein Puzzle, dessen einzelne Stücke zu einem Ganzen gefügt werden. Aber es müssen schon die realen Stücke sein, nicht irgendwelche erfundenen, die die Lücken schön ausfüllen. Nichts anderes erwartet man von uns. Von mir wie von Ihnen.« Er lächelte. »Zumindest vordergründig.«

»Und was erwarten Sie von mir?«

Klars Antwort kam schnell. »Zusammenarbeit. Nicht mehr und nicht weniger. Und Sie werden sehen, dass wir vielleicht gar nicht so weit voneinander entfernt sind, wie Sie im Moment glauben.« Er begann ein weiteres Bild an der Wand zu studieren. »Ihr Freund ist sehr wohlhabend«, murmelte er nachdenklich.

»Wie viel Spielraum lassen Sie mir?«

Klar wandte sich wieder ihr zu. »Ich will Ihre Mitarbeit, auch wenn Ihr Vorgesetzter sich das etwas anders gedacht hat. Nein, nein, so dumm bin ich ja nun auch nicht. Ich kenne Typen wie Strothmann, weiß, wie sie denken. Er glaubt, er schlägt zwei Fliegen mit einer Klappe, halst mir seinen Toten auf, dessen Ermordung er nicht klären kann, und eine störrische Untergebene, die er nicht in der Lage ist, im Zaum zu halten. Aber ich bin nun mal jemand, der es gern hat, etwas von allen Seiten beleuchtet zu sehen. Auch darum habe ich mich darauf eingelassen. Mal von der Tatsache abgesehen, dass ich Winters' Tod nicht einfach ignorieren kann, auch wenn ich nicht glaube, dass Nentchew ihn initiiert hat. Strothmann hat an den Türen der richtigen Leute geklopft. Er hat gute Beziehungen. Auch wenn ich mir gern einbilde, gewisse Freiheiten zu haben, so sind sie in der Realität doch beschränkt.

Auch ich spiele ein Spiel und es gibt Regeln, an die ich mich halten muss. Dennoch bin ich in der Lage, Ihnen Spielraum zu geben. Solange Sie mit offenen Karten spielen. Meine Priorität heißt Nentchew. Was Winters anbelangt, so sind da noch viele offene Fragen. Und die haben die Angewohnheit, mich sehr zu irritieren. Und meine Neugier zu wecken.« Wieder unterbrach er sich. Er kam bis auf wenige Schritte an sie heran: »Wir sind in einer Phase, in der jeder unbeleuchtete Fakt ein Risiko bedeuten kann. Nentchew ist in Berlin, um ein großes Geschäft abzuwickeln, so groß, dass er, was er sonst niemals tut, selber in Aktion tritt.«

»Sie wissen gut Bescheid ...«

Klar versank für wenige Sekunden in Schweigen. Er ließ den Blick nicht von Elise. Schließlich sagte er: »Wir haben jemanden in Nentchews Organisation. Und zwar an ziemlich hoher Stelle. Wie anders könnten wir sonst an Informationen kommen? Ich sagte ja, der schwarze Kunstmarkt ist ein heikles Geschäft. Man muss mit Fingerspitzengefühl vorgehen. Und es hat gedauert. Lange, quälende Monate, bis die ersten verwertbaren Informationen kamen. Es war ein Risiko, jemanden in Nentchews Organisation zu installieren, und schwierig genug. Und es gab und gibt von Seiten des Innenministeriums Bedenken. Wir bewegen uns auf einem sehr schmalen Grat. Man will Ergebnisse, Aufklärung, die Wahrheit, aber man will nichts dafür bezahlen.« Er legte eine kurze Pause ein und fuhr dann fort: »Und gerade die Wahrheit ist ein teures Gut. Mein Spielraum ist eng, Frau

Brandt, das Risiko hoch. Ich kann mir jetzt keine Schlappe mehr leisten. Ein Versuch, eine Chance. Mehr nicht. Fast zwei Jahre Arbeit und ein Menschenleben, das unseres Informanten, stehen auf dem Spiel.«

Elise wurde deutlich, wie weit Klar sich in diesem Augenblick aus dem Fenster lehnte.

»Wir wissen immer noch zu wenig über Winters' Aktivitäten in den letzten Wochen vor seinem Tod. Es gibt Ungereimtheiten.« Sie wies auf den Koffer.

»Und es gibt diesen Brief«, ergänzte Klar.

Elise nickte. »Und ein Buch. Ein sehr altes, sehr kostbares und sehr geheimnisvolles Buch. Die Fabula Vita des Ignatius von Bern.«

Klar hörte ihr aufmerksam zu. »Im Moment scheint mir der Brief die heißere Spur zu sein. Und Sie wissen immer noch nicht, woher Winters ihn hatte?«

Elise zögerte einen Augenblick und begann dann, von Leuwang zu erzählen.

Klar schien nicht überzeugt. »Da der Brief sich in Winters' Besitz befand, würde das bedeuten, dass er diesen Mann umgebracht hat. Es gibt zwei Dinge, die der Mensch fürchten muss: etwas zu begehren, von dem er weiß, dass er es niemals bekommen wird, und – es wirklich zu bekommen.«

Elise sah ihn irritiert an.

»Oscar Wilde.« Er lächelte.

13
Köln 1490

»Was haltet Ihr von einer Schüssel Suppe?«

Der Johanniter steht auf, geht zu dem Topf über dem Feuer und beginnt mit einem großen Holzlöffel darin zu rühren. »Wer in Köln zu Macht und Einfluss gelangen will«, führt er aus, »der muss es über die Zünfte und Gilden versuchen. Sie bestimmen neben den kirchlichen Institutionen das Leben der Stadt. Seit uns Konrad von Hochstaden

1294 das Stapelrecht gewährte, haben die Kaufleute in Köln eine besondere Position. Die Fahrrinne des Mittelrheins hier ist weniger tief als die des Niederrheins. Also müssen die Waren, die per Schiff kommen, zwangsläufig umgeladen werden. Das Stapelrecht zwingt die ausländischen Kaufleute, ihre Waren den Kölner Zwischenhändlern drei Tage lang zum Kauf anzubieten, bevor sie auf anderen Schiffen weiterreisen können. Also laufen in Köln alle Fäden des Ost-West-Handels zusammen, die Stadt ist bevölkert von internationalem Publikum. Ein idealer Ort, wenn man seine Lehren und Schriften verbreiten will. Die flammenden Reden des Venezianers haben bald Zuspruch gefunden, seine Saat ist auf fruchtbaren Boden gefallen. Die Stadt ist fest in der Hand der katholischen Kirche, auch wenn der Erzbischof seine Übermacht verloren hat. Es hat in der Vergangenheit immer wieder heftigen Streit mit der Kirchenobrigkeit gegeben, bis hin zum Krieg. Die Erzbischöfe haben alles versucht, ihre ursprüngliche Macht zu erhalten. Auch wenn Köln eine fromme Stadt ist, so hört man es doch auch gern, wenn jemand sich gegen die Macht der Kirche auflehnt.«

»Er hat seinen Platz also gut gewählt«, wirft Albrecht ein.

»Clementi hatte bald eine feste Anhängerschaft, einen Kern, der bis heut' unerschütterlich zu ihm steht. Die anderen, die bei ihm ein und aus gehen, benutzen die Apokalyptiker nur. Sie besitzen hier in Köln inzwischen durch Schenkung und Erbschaft nicht geringen Grundbesitz. Unter anderem gehört ihnen ein großes Lagerhaus am Hafen. Das Umlagern der Waren übernehmen Arbeiter an Kränen, die unter der Führung eines Kranleiters stehen. Das Erfassen der einzelnen Waren wird von Holzmessern, Weinrödern, Kohlen- oder Salz- und Kornmüddern übernommen. Es gibt städtische Kräne auf der Kaimauer, aber es gibt auch bewegliche auf Schiffen auf dem Rhein. Die Apokalyptiker besitzen solche Kräne, und sie zahlen den Kranmeistern und den Arbeitern mehr als die Stadt. Wesentlich mehr. Dafür schaffen sie die Waren anstatt in die großen Kaufhäuser des Rates, auf dem Malzbüchel, am Alten Markt oder an der Rheingassenpforte und der Mautgasse, in das Lagerhaus am Hafen.«

»Und im Beginenhof treffen sich die auswärtigen Kaufleute dann mit den hiesigen und treiben guten Handel miteinander«, ergänzt Albrecht trocken.

Bruder Peter nickt.

»Und das alles am Rat vorbei? Der noch dazu aus Mitgliedern der Kaufmannsgilden besteht?«

»Das ist es ja gerade. Die besondere Stellung der Gaffeln hier in Köln spielt den Apokalyptikern in die Hände. Es ist die Zusammensetzung des Rates, der ja, wie Ihr wisst, aus den Mitgliedern der Kaufmannsgaffeln besteht. Er ist bereits so weit unterwandert, dass die Apokalyptiker seit vielen Jahren unbehelligt geblieben sind. Hier in Köln ist das Klingeln der Münzen in den Beuteln, neben dem Läuten der Glocken, ein wohlgefälliges Geräusch.«

»Und Bicher wusste das alles?«

»Ja. Er hat mit mir darüber gesprochen.«

Albrecht erhebt sich und tritt auf den Geistlichen zu. »Und Ihr habt geschwiegen, all die Jahre, und Euch hier verkrochen! Ihr könntet mit dem Unrecht endgültig Schluss machen und es gäbe Gerechtigkeit für Bicher, seinen Sohn und die anderen Opfer.«

Bruder Peter zögert.

Albrecht gibt nicht auf: »Ich gehe mit der Geschichte vor den Rat. Aber dafür brauche ich mehr, als ich im Moment in der Hand habe. Ich muss die Schlinge um den Hals einer bestimmten Person so eng ziehen, dass selbst der Rat, auch wenn er von den Apokalyptikern unterwandert ist, nicht mehr wegsehen kann.«

»Was wollt Ihr von mir?«, fragt der Johanniter.

»Schreibt alles auf, was Ihr mir erzählt habt.«

14

Michael Widmer hüllte sich in eisiges Schweigen und starrte konzentriert über das Lenkrad auf den regennassen Asphalt. Die aufspritzende Gischt der vor ihnen fahrenden Wagen nahm ihm einen Großteil der Sicht.

»Was muss ich tun, damit du wieder mit mir redest?«

»Dich in George Clooney verwandeln. Nackt.«

»Wie findest du ihn?«, fragte Elise.

»George Clooney?«

»St. Cyr!«

»Attraktiv, charmant, intelligent und reich. Ein echter Hauptgewinn.« Widmer riss sich von der Straße los und wandte sich ihr zu. »Ist es ernst?«

»Er hat etwas berührt in mir.«

»Schön. Unter anderen Bedingungen. Ich meine, entschuldige, er stand gestern noch unter Mordverdacht.«

»Das ist doch längst erledigt.«

»Du vertraust ihm.«

»Ja.« Ihre Antwort kam schnell.

»Wie soll es jetzt weitergehen? Er behält den Brief?«

»Er will einige Kontakte nutzen, um etwas mehr über seine Herkunft und die Geschichte der Vita herauszubekommen.«

»Hoffentlich hier in Deutschland.«

Michael Widmer hielt in zweiter Reihe vor einer großen Einkaufspassage am Neumarkt, um Elise aussteigen zu lassen. Er hatte erfahren, das Heinrich Fischau, einer der Namen aus Erhard Wagners Testament, in einer großen Buchhandlung seinen neuesten Kunstband signierte, die Essenz seines grafischen Werkes aus den letzten vierzig Jahren. Elise wollte mit ihm sprechen, erhoffte sich weitere Einblicke in Winters' Vergangenheit.

Sie sah noch einen Augenblick dem Wagen hinterher, bis er im Gewühl des Straßenverkehrs aus ihrem Blickfeld verschwand. Widmer fuhr zu Walter Umbreit, dem Namen hinter dem Kennzeichen, das sich Wilhelm Seibolds Sekretärin auf dessen Beerdigung gemerkt hatte.

Sie erfuhr an der Kasse, dass Heinrich Fischau in der Kunstbuchabteilung in der ersten Etage saß, und fuhr mit der Rolltreppe hinauf. Der Künstler war umringt von Neugierigen und Kunstinteressierten, Malerkollegen und Mitarbeitern der Buchhandlung. Er thronte, sichtlich zufrieden mit dem Interesse an seiner Person, hinter einem alten Schreibtisch, auf dem ein mittelhoher Stapel des DIN-A4 großen dicken Bildbandes lag.

Ein freundlicher alter Mann, sehr gepflegt, gebräuntes Gesicht, mit einem Kranz weißer Haare. Er trug einen leichten hellgrauen Anzug, ein weißes Hemd und einen bordeauxfarbenen Seidenschal.

Als Elise sich endlich zu ihm durchgekämpft hatte, lächelte er sie an und griff wie automatisch zu einem der Bildbände.

Sie legte ihre Hand auf die des Künstlers. »Ich muss Sie sprechen, Herr Fischau. Es ist sehr wichtig.«

Das Lächeln erstarb. Seine hellblauen, sehr wachen Augen musterten sie argwöhnisch.

»Mein Name ist Brandt, Hauptkommissarin Brandt, und ich ermittle in einem Mordfall. Kann ich irgendwo allein mit Ihnen sprechen?«

Er nickte und bat um eine kurze Pause, die seinem fortgeschrittenen Alter geschuldet war. Man führte die beiden in ein kleines Büro im Hintergrund, in dem sich Papiere und Bücher stapelten.

»Nun, was ist denn so wichtig, mein Kind?«

»Hugo Winters.«

»Ich habe davon gelesen. Aber ich fürchte, ich kann Ihnen nicht helfen. Ich habe ihn kaum gekannt.« Fischau lächelte. »Und ich habe ein Alibi. Ich bin erst gestern aus Italien zurückgekehrt.«

Elise erwiderte das Lächeln. »Sie stehen nicht unter Verdacht. Ich brauche einige Informationen. Sie sagten, Sie kannten ihn flüchtig?«

»Wir sind uns auf Vernissagen begegnet, ab und an.«

»Und früher? Vor dem Krieg?«

Fischau machte eine deutliche Pause. Seine offene Haltung wandelte sich. »Wir sind uns, glaube ich, das eine oder andere Mal begegnet. Aber kennen ist zu viel gesagt.«

»Sie kannten Erhard Wagner.«

»Ein Freund aus Jugendtagen. Er ist schon lange tot.«

»Sie haben lange Jahre mit ihm korrespondiert, Wagner hat die Briefe archiviert und sie sind nach seinem Tod wieder an Sie zurückgegangen. Warum?«

Fischau antwortete nicht. Er faltete die Hände zusammen und legte das Kinn auf die aufgerichteten Zeigefinger.

»Gut«, sagte Elise. »Dann werde ich Ihnen sagen, was ich glaube. Außer Ihrem werden noch zwei weitere Namen erwähnt, an die Wagner testamentarisch Briefe hat zurückgehen lassen: Colette de Bruyn und Wilhelm Seibold. Ich habe nach einem gemeinsamen Nenner für alle drei Namen gesucht und ich denke, dass ich ihn in einem Begriff zusammenfassen kann: Die Apokalyptiker.«

Der Grafiker verlor etwas von seiner straffen Haltung. Ins Schwarze getroffen, dachte sie. Dennoch blieb er stumm.

»Was ist damals geschehen, das eventuell in dieser Korrespondenz Erwähnung gefunden hat und vor der Nachwelt verschwiegen werden soll? Sie sind ein bekannter Künstler, ich denke, Frau de Bruyn auch. Sie müssen auf Ihren Ruf achten, wenn er Ihr Werk nicht beschädigen soll. Ist es das?«

Mit einem Seufzer gab Fischau seine demonstrative Abwehrhaltung auf.

»Man soll niemals vor seiner Vergangenheit davonlaufen«, sagte er leise. »Sie ist immer schneller und holt dich ein.« Er erhob sich umständlich. »Kommen Sie, wir gehen ein paar Schritte. Dieses Zimmer hier ist mir zu eng.«

Sie verließen das Büro und fanden sich nach einigen Umwegen über verwinkelte Schleichwege seitlich der Einkaufspassage auf der Straße wieder.

Um sie herum war das Leben, Menschen, hupende Autos. Die Kommissarin verstand, dass Fischau hier besser sprechen konnte als in dem kleinen muffigen Raum. Der Grafiker hatte die Hände auf seinem Rücken verschränkt und blieb ab und zu vor der Auslage eines der zahlreichen Geschäfte stehen. So liefen sie schweigend nebeneinanderher.

Elise wartete geduldig, bis Fischau endlich begann zu reden: »Verstehen Sie mich nicht falsch, Frau Brandt. Es gibt nichts, was ich zu leugnen bräuchte über die Zeit damals. Es waren meine Anfänge. Mein Gott, waren wir jung und übermütig. Überall redete man von Krieg, Hitler verschoss seine Giftpfeile, steckte den Reichstag in Brand, baute Konzentrationslager. Aber das interessierte uns nicht. Wir wollten leben, sonst nichts. Wir kamen aus den gleichen Kreisen, aus wohlhabenden Elternhäusern, waren behütet aufgewachsen. Wir hielten uns für Künstler, Maler, Bildhauer, Dichter.«

»Wer gehörte dazu?«

»Unser Mittelpunkt war Endres – Endres Wolfarth.« Er lächelte. »Ein Sprössling aus reichem Hause, die Mutter bei der Geburt gestorben, der Vater, ein sehr kultivierter, intelligenter Mann, litt unter Depressionen und brachte sich um, als Endres zehn Jahre alt war. Er wurde dann von einer jungen, extravaganten Tante erzogen, einer Schwester des Vaters, die nur vierzehn Jahre älter war als er selbst.«

»Adele Wagner.«

Fischau nickte. »Sie zählte zu den schönsten Frauen, die ich je gesehen habe. Sie war eine Zeitlang mein Modell. Ich war sehr verliebt, und sie hat für den Bruchteil einer Sekunde der Ewigkeit mit mir gespielt. Ihre Porträts und Akte sind mit das Beste, was ich geschaffen habe. Ich hüte sie. Sie werden erst nach meinem Tod der Öffentlichkeit preisgegeben. Und natürlich gehörte Marcel dazu.«

»Marcel Weidenmann?«

»Ja. Sie sind überrascht?«

»Er hat mir gegenüber nichts davon erwähnt, behauptet, er hätte nur flüchtig von den Apokalyptikern gehört.«

Fischau schien verunsichert. »Er und Endres waren unzertrennlich. Sie wuchsen gemeinsam in der Wolfarth'schen Villa auf. Ihre Väter waren eng befreundet gewesen und Endres' Vater hatte Marcel nach dem frühen Unfalltod der Eltern zu sich genommen. Sie waren wie Brüder. Aber Endres war sanfter, sensibler, kunstsinniger. Eine echte Künstlernatur.« Er hielt einen Augenblick inne und fuhr dann, den Blick in die Ferne gerichtet, fort: »Und schön wie ein Bild.« Er sah Elise von der Seite verschmitzt an. »Das hört sich alles ziemlich verdreht an, was?«

»Nein«, sagte Elise mit Bestimmtheit.

»Wir trafen uns in der Wolfarth'schen Villa, eine elitäre Gruppe dekadenter, übermütiger Jugendlicher. Aber wir hatten ein Ziel: Wir wollten die Kunst reformieren, ein Gesamtkunstwerk schaffen, das sich aus vielen verschiedenen Mosaiksteinchen, der Malerei, der Grafik, der Bildhauerei und der Dichtkunst, zusammensetzt. Irgendwann stieß Wagner dazu, aber er war älter als wir und hatte keine künstlerische Veranlagung. Er hatte sich in Adele verliebt und sie sich in ihn. Später kam dann Eduard Bauer, den Endres mitbrachte. Und natürlich die Schwestern de Bruyn, Colette und Pauline, ebenso schön wie klug. Wir tranken und sangen – und liebten uns.« Er hielt an und schloss die Augen, als könne er so die Vergangenheit zurückholen: »Ich sehe Endres an dem schönen glänzenden Steinbeck seiner Mutter im Salon sitzen und spielen. Und Colette und Adele sangen. Sie hatten schöne Stimmen. Die Terrassentüren waren geöffnet, und ein sanfter Sommerwind erfüllte den Raum mit dem Duft der Blumen aus dem Park.« Fischau hielt seine Augen weiter geschlossen. »Es war Marcel, der auf die Idee mit der Künstlergruppe kam. Wohl aus Langeweile. Eines Abends sagte er: Wir gründen eine Künstlerkolonie, so wie die Brücke oder Worpswede. Wir suchen uns ein Thema und malen und schreiben und entwerfen und leben von der Luft und der Liebe! Es war ein Spaß. Marcel, der profaner, der Welt zugewandter war als wir, zog uns gern mit unserem Künstlerspleen, wie er es nannte, auf. Wir lachten. Alle außer Endres. Er nahm die Sache von Anfang an sehr ernst und war irgendwann wie besessen von dieser Idee. Das Thema war die Apokalypse, die Offenbarung des Johannes, das Ende der Welt. Eduard Bauer hatte es angeregt. Auch eine Hommage an Dürer, den wir alle verehrten und der dieses Thema so meisterhaft wie niemand anderes behandelt hatte. Und so nannten wir uns die Apokalyptiker.

Die anfängliche Verspieltheit, mit der wir das Thema anpackten, wich bald, unter Endres' Führung, einer tiefgehenden Beschäftigung mit dem Thema, das uns alle gleichermaßen faszinierte. Wir erwarben hochwertige Drucke von Dürers Apokalypse, die unser Leitbild waren. Besonders für Endres und Pauline, bei ihnen hatte es fast schon etwas Zwingendes. Wir räumten alle gemeinsam den Speicher der Villa aus und richteten uns ein Atelier ein. Endres war ein exzellenter Grafiker, ich malte damals noch in erster Linie, Colette schuf Plastiken, Pauline und Marcel dichteten Oden und Balladen. Eduard Bauer schrieb schon damals an einer Dürer-Biografie, die die Lücken, die sich im Lebenslauf des Künstlers finden, ausfüllen sollte. Er tat sehr geheimnisvoll und sprach immer wieder davon, kurz vor der Entdeckung von etwas Sensationellem zu stehen, das die Kunstwelt erschüttern würde. Wir nahmen ihn nie ganz ernst, bis auf Endres. Er war so etwas wie sein Beschützer. Bauer war besessen von seinen Ideen und Theorien. Wir spornten uns gegenseitig an, inspirierten uns. Es entstanden vielleicht keine Werke von Weltrang, aber doch interessante Exponate, besonders wenn man bedenkt, was in jenen Jahren den Kunstmarkt beherrschte. Wir fühlten uns frei und absolut losgelöst vom Rest der Welt.«

»Woher kam dieser Bauer?« Sie hörte den Namen zum ersten Mal.

»Er war ein Bekannter von Endres, eigentlich von seinem Vater, und älter als wir. Er hatte in den späten Zwanzigerjahren in München sein Kunststudium beendet und lebte seither vom Geld seines Vaters, eines wohlhabenden Galeristen, und dem, was er sich mit dem Schreiben von Artikeln und Beiträgen in Kunstzeitschriften und Aufsätzen in Lehrbüchern verdiente. Er hielt auch Gastvorlesungen an Kunsthochschulen und Universitäten. Aber er vertrat teilweise recht radikale Ansichten, die im Gegensatz zu der langläufigen, bestimmenden Meinung der führenden Kunstexperten standen, und eckte damit an. Wissen Sie, das waren andere Zeiten als heute. Es gab ein feststehendes Bild bestimmter Künstler und Kunstepochen, die teilweise auf Forschungen des letzten Jahrhunderts und davor fußten. Man hinterfragte nicht. Künstler wie Dürer, den man als den deutschen Künstler überhaupt empfand, verehrte man, stellte man auf einen hohen Sockel und umkränzte ihn mit Lorbeer. An den historischen Tatsachen und Fakten war man nicht interessiert. Schon gar nicht, wenn sie ein kritisches Licht auf den Künstler warfen. Jeder Künstler ist auch ein Mensch, und die Lebensbahnen der Menschen verlaufen nun mal nicht gerade direkt in den Himmel zeigend. Sie schlagen Haken, gehen abwärts und aufwärts. Bei einem wahren Künstler erkennt man dies in seinem Werk. Es spiegelt immer auch das Leben wider, Trauer und Freude, vielleicht Hass, Vorurteile und Engstirnigkeit. Das muss man akzeptieren. Aber damals war eben alles anders. Denken Sie nur an Richard Wagner. Hitler war ein glühender Wagner-Verehrer. Glauben Sie, er hätte zugelassen, dass man eine Schrift veröffentlicht, in der Wagners Antisemitismus, seine Egozentrik und hemmungslose Geltungssucht ein Thema waren?« Er schüttelte den Kopf.

Mittlerweile hatten sie die Hohe Straße erreicht und liefen nun direkt auf den Dom zu. Die Stadt war belebt und Fischau betrachtete ein bisschen wehmütig die jungen Mädchen in den engen Hosen mit weitem Schlag, die auf ihren Plateauschuhen liefen, als hätten sie die schweren Arbeitsstiefel von Bauarbeitern an.

»Bauer hat damals ein dünnes Bändchen veröffentlicht, in dem er seine über Jahre hinweg akribisch verfolgten Dürer-Studien zu einigen gewagten Thesen zusammenfasste, die in bestimmten Kreisen für Aufregung sorgten. Das war neununddreißig, kurz vor Kriegsausbruch. Er wohnte damals in der Wolfarth'schen Villa. Wir hatten uns in der Kunstwelt einen kleinen Namen gemacht. Die Veröffentlichung von Bauers Thesen änderte alles. Wir rückten in den Focus der Nationalsozialisten, die in unserer Künstlergemeinschaft plötzlich einen Hort von Aufrührern und Querdenkern sahen. Aus heutiger Sicht weiß ich, dass unser Werk damals nicht kritisch, nicht ›dagegen‹ genug war, obwohl wir nicht angepasst waren. Doch seltsamerweise lenkte erst Bauers Veröffentlichung die Aufmerksamkeit auf uns. Dazu kam, dass er Halbjude war. Man schickte uns einen als Journalisten getarnten Gestapomann, der Interesse an unserer Gruppe heuchelte, uns aber nur ausspionieren wollte.«

Elise blieb abrupt stehen. »Karl Leuwang?«

»Möglich«, sagte er. »Ich erinnere mich nicht.«

Natürlich. Karl Leuwang.

»Dann kam der Krieg. Ich wurde eingezogen, später auch Marcel. Ich verlor für Jahre den Kontakt. Als ich heimkehrte, stand die Villa leer, Endres war verschwunden und blieb es auch. Ich denke heute, wir hätten mehr kämpfen müssen. Wir waren jung und stark. Aber wir haben nur an uns gedacht, an unser Vergnügen. Wir waren doch noch zu angepasst, unsere Herkunft stand uns im Weg. Ich bin nicht stolz darauf.«

»Was wurde aus Eduard Bauer?«

»Ich weiß es nicht. Er war, wie gesagt, Halbjude. Es haben nur wenige überlebt. Jedenfalls wurde nichts wieder von ihm veröffentlicht, soviel mir bekannt ist. Erhard Wagner schrieb mir später, nach dem Krieg, dass Endres verzweifelt versucht habe, ihn zu retten. Er war ein glühender Anhänger seiner Theorien. Er …«

Fischau unterbrach sich, suchte nach Worten. »Nein, da war mehr als Verehrung. Er hat ihn geliebt. Wirklich geliebt. Und Bauer ihn. Endres war hochsensibel. Wenn es jemanden gibt, der zu wahrer, bedingungsloser Liebe fähig war, dann er. Damals konnte so etwas natürlich nur im Verborgenen passieren. Unter unserem Schutz. Wir waren Künstler, offen für alles. Es gab keine Tabus.« Er lächelte traurig. »Die Letzte, die Kontakt zu ihm hatte, war Colette. Er hatte sie im Februar vierundvierzig um Hilfe gebeten, doch es ging ihr nicht sehr gut. Sie war ausgebombt und das Vermögen ihrer Familie im Krieg verloren gegangen. Sie war einmal mit Wilhelm Seibold liiert gewesen, doch das hatte sich zerschlagen.«

»Und Sie haben nie wieder etwas von ihr oder den anderen gehört?«

»Nur mit Erhard Wagner hatte ich bis zu seinem Tod noch Kontakt. Ich erinnere mich, dass er mir irgendwann, das muss achtundvierzig oder neunundvierzig gewesen sein, schrieb, dass Colette geheiratet hätte. Ich erinnere mich nicht mehr an den Namen. Ich glaube, es war etwas Ausländisches, etwas Asiatisches. So etwas wie Tsching oder Wang. Nein, ich erinnere mich nicht. Ein Kunstkritiker. Ich habe ihren Werdegang verfolgt. Ihre Werke sind in Frankreich sehr bekannt.«

»Was ist mit Hugo Winters?«

Fischau spitzte die Lippen und starrte geradeaus. »Er hat sich bemüht, zu uns zu gehören. Er wollte mit aller Macht einer von uns sein, doch wir – wir haben ihm die kalte Schulter gezeigt. Er war niemand aus unseren Kreisen, verstehen Sie. Er war ein billiger Emporkömmling, eine Krämerseele, ein Kleingeist. Eine Zeitlang tauchte er immer wieder bei uns auf. Er hatte sich an Pauline herangemacht, und sie war niemand, die einen gut aussehenden jungen Mann, der ihr zu Füßen lag, von der Bettkante gestoßen hätte. Er war regelrecht vernarrt in Pauline, und seine Besuche wurden kurz, bevor ich eingezogen wurde, immer häufiger. Besonders Endres missfiel er. Nach dem Krieg habe ich ihn ein- oder zweimal wieder getroffen, wie gesagt, auf Vernissagen, aber wir hatten uns nichts zu sagen.« Er blieb stehen. »Glauben Sie wirklich, dass sein Tod etwas mit uns, mit den Apokalyptikern zu tun hat? Ich sehe den Zusammenhang nicht.«

»Wir haben seine Leiche in der Wolfarth'schen Villa gefunden.«

Aus Fischaus Gesicht wich die Farbe. »Das wusste ich nicht. Wem gehört sie denn jetzt?«

»Sie steht noch immer leer und verrottet langsam. Laut Unterlagen gehört sie Adele Wagner.«

»Ich habe gehört, dass sie noch leben soll. Unglaublich.« Er holte tief Luft. »Ich sollte sie vielleicht einmal besuchen.«

Elise legte ihm sanft die Hand auf den Arm und schüttelte den Kopf. »Bitte behalten Sie sie so in Erinnerung, wie Sie sie gekannt haben.«

Er legte seine Hand auf die ihre. »Danke.«

Sie setzten ihren Spaziergang fort.

»Was war so umstößlerisch an Bauers Theorien?«, fragte Elise.

»Ich habe Bauers Aufzeichnungen nie gelesen. Aber es ging wohl um Dürers vermeintliche Mitgliedschaft in einer Loge oder Vereinigung, geführt von einem zwielichtigen Venezianer. Die Tatsache, dass der deutsche Apelles, der größte deutsche Künstler, Humanist, Wegbereiter der Kunst und Freund zahlreicher Gelehrter und Philosophen seiner Zeit einer ominösen Vereinigung, heute würde man vielleicht Sekte sagen, angehört haben könnte, schien undenkbar. Dürer war durch sein stark religiös gefärbtes Œuvre auch eine moralische Instanz, an deren makelloser Umhüllung man nicht kratzen durfte. Es gab doch damals keinen religiös geprägten Haushalt, in dem nicht ein Druck von Dürers betenden Händen an der Wand hing. Seine Druckfolgen der Apokalypse, des Marienlebens waren Werke, die das Bewusstsein ganzer Generationen von Deutschen geprägt haben. Man hatte seine Bilder vor Augen, wenn man den Bibeltext hörte. Sie müssen sich vorstellen, dass er der Erste war, der den Bibeltext durch Bebilderung der breiten Masse zugänglich machte, weil er auf die neuen Verfahren der Druckgrafik und der damit verbundenen Kopierbarkeit in beliebiger Anzahl setzte.«

»Was ist mit Winters? Hat er sich mit Bauers Theorien auseinandergesetzt?«

Fischau schüttelte bedauernd den Kopf. »Ich weiß es nicht. Aber es ist anzunehmen. Er war ebenfalls ein Verehrer Dürers.«

Kurz vor der Domplatte machten sie kehrt und gingen den gleichen Weg zurück.

»Haben Sie jemals Marcel Weidenmann wiedergesehen?«

Er schüttelte erneut den Kopf. »Er soll nach Endres' Verschwinden ins Ausland gegangen sein. Ebenso wie Pauline. Sie heiratete nach Frankreich. Unsere Lebenswege haben sich getrennt, und das ist auch gut so. Keiner von uns wollte die damalige Zeit wiederaufleben lassen. Ein abgeschlossenes Kapitel.«

»Weidenmann ist wieder in Köln.«

»Das wusste ich nicht. Er war emotionell sehr involviert. Endres und er hatten eine enge Beziehung. Es muss ihn furchtbar getroffen haben, dass er aus dem Krieg nicht heimgekehrt ist.«

Sie standen sich auf der Schildergasse gegenüber und sahen sich an. Elise las in Fischaus Augen. Plötzlich sah sie sich einem alten Mann gegenüber, der die Vergangenheit in eine Schublade gesteckt und sie zugeschoben hatte. Doch er hatte nicht bedacht, dass diese Art von Schubladen niemals ein Schloss haben, das man verschließen kann. Elise wusste das nur zu gut. Jeder konnte sie öffnen, und es kam, früher oder später, immer jemand, der es tat.

Er hielt ihrem Blick nicht stand. »Ich muss zurück. Man wartet auf mich.«

Diesmal war das Schweigen zwischen ihnen bedrückend. Kurz bevor sie den Neumarkt erreichten, spürte sie plötzlich eine Hand auf ihrem Arm.

»Colette …« Es fiel ihm nicht leicht, weiterzusprechen. »Sie lebt hier in Köln unter dem Namen ihres Mannes. In einer sehr feudalen Altersresidenz.«

15
Köln 1490

Albrecht streichelt Elsbeths zarte Wange. Die junge Dirne kuschelt sich enger an ihn.

»Wie geht es jetzt bei euch?«, fragt Albrecht.

»Der krumme Wichert, der Wirt vom Hurenhaus in der Filzgass, hat uns mit übernommen. Ist schon ganz in Ordnung. Er schlägt uns nicht und nimmt auch nicht die Freier aus.«

»Ist das der Alte unten in Doras Stube?«

»Das ist sein Vetter, der lahme Pitter. Wichert selbst bleibt in der Filzgass und schickt den Pitter zum Aufpassen und Abkassieren her.«

Albrecht rollt sich langsam auf Elsbeths weichen, warmen Körper. Ihre Nasen berühren sich neckisch, und er ertrinkt in ihren schönen, hellen Augen.

»Ich war bei der Alten. Sie schützt jemanden. Es muss jemand sein, dem sie so nahesteht, dass sie für ihn ins Feuer geht.«

»Die alte Dora hat niemanden«, sagt Elsbeth verwundert.

»Bist du sicher?«

»Frag doch den Pitter.«

»Wieso den Pitter?«

»Er kennt die Dora schon lang. Es heißt, sie waren früher mal zusammen.«

Wieder empfindet Albrecht die niedrige Stube als erdrückend. Der lahme Pitter, ein grobschlächtiger Mann mit einer eisgrauen Mähne und dunklen, verschlagenen Augen unter buschigen Augenbrauen, beäugt ihn argwöhnisch. Er thront auf einem alten Holzstuhl, das lahme Bein in einen schweren Lederstiefel eingeschnürt und weit von sich gestreckt.

Niemand, dem man in der Nacht allein begegnen möchte, denkt der Maler.

»So, bei der alten Dora wart Ihr«, sagt er mit dröhnender Stimme und lehnt sich im Stuhl zurück, der unter seinem Gewicht ächzend aufstöhnt.

»Ich habe gehört, Ihr wart einmal befreundet und dachte, es interessiert Euch vielleicht.«

»Es wird zu viel gered'«, sagt der Pitter unwirsch. »Das ist alles schon lange her und längst nicht mehr wahr.«

Albrecht zuckt mit den Schultern und wendet sich ab. Er hat die Hand bereits auf der Türklinke, als der lahme Pitter ihn zurückhält. »Wie geht es ihr denn?«

Er dreht sich wieder um. »Schlecht. Aber sie will sich nicht helfen lassen.«

»Könntet Ihr das denn?«

»Vielleicht. Ich glaube, sie schützt jemanden, dem sie sehr nahesteht. Sie wird ins Feuer gehen für ihn. Ich glaube, diese Person ist es, die das getan hat, was man ihr anlastet.«

»Das ist die Aufgabe des Büttels.«

»Ihr wisst, dass sich der Büttel einen Dreck um Leute wie Euch schert. Verzeiht.«

Der alte Pitter brummt etwas Unverständliches, das nicht sehr freundlich klingt.

»Es hat da immer etwas Geheimnisvolles in ihrem Leben gegeben«, sagt er schließlich. »Sie hat nie drüber gesprochen. War schon immer verdammt eigensinnig, das Weibsbild. Sie ist bei den Cellitinnen in der Antonsgass aufgewachsen, im Lorenkonvent. Die haben sie als Kind aufgenommen. Ihre Eltern sind bei einem Brand umgekommen. Sie ist da auch später immer noch heimlich hingegangen. Hatte da wohl eine Freundin oder Vertraute. Ich bin ihr mal nachgegangen dorthin, ohne dass sie es gemerkt hat.«

Albrecht erkennt, dass dem lahmen Pitter die alte Dora wohl einmal sehr nahegestanden hat. Da ist plötzlich etwas Weiches, fast Menschliches in diesen harten Zügen.

»Ich hab mit ihr gesprochen, Schwester Anna hieß sie, weil ich nicht mehr klargekommen bin mit der Dora. Sie hat damals gesagt, sie hat ein Kreuz zu tragen, das niemand ihr abnehmen kann, und mich weggeschickt.«

16

Walter Umbreit hatte ihm nicht ohne Umstände geöffnet, schien selbst seinem Ausweis zu misstrauen. Er führte Widmer schließlich in einen Raum, der außer einer in ein Bett zu verwandelnden Couch, einem niedrigen Tisch und einem hohen Sessel nur Bücherregale an den Wänden aufwies, in der sich lose Papiere sorgfältig aufgereiht zu Stapeln schichteten.

Durch eine geöffnete Tür konnte Widmer einen Blick in das neben liegende Zimmer werfen: er sah eine Schreibtischkombination und darauf, neben einem Computer, seltsame Aufbauten, Versuchsanordnungen, zylinderförmige Glasgefäße, Reagenzgläser mit bunt schimmernden Flüssigkeiten und ein großes Mikroskop.

Umbreit schloss die Tür zu dem Zimmer, bevor er sich zu Widmer gesellte, der es sich auf der Couch bequem gemacht hatte.

Er schätzte den großen, schlanken Mann auf Anfang vierzig, das Haar an den Schläfen begann schon zu ergrauen. Er trug eine verwaschene Jeans und ein helles, ungebügeltes Hemd.

»Ich bin Biologe«, sagte er und deutete mit dem Kopf auf die Tür zum Nebenzimmer.

»Ich verstehe«, sagte Widmer. »Sie arbeiten zu Hause?«

»Nein, nein. Das ist quasi ein Hobby. Ich bin Lehrer an einem Gymnasium.«

»Fahren Sie einen Wagen mit dem amtlichen Kennzeichen K-TW 1928?«

»Ja.«

»Waren Sie vor etwa einem halben Jahr auf der Beerdigung eines Mannes namens Wilhelm Seibold?«

»Ich verstehe nicht ...«

»Sie und Ihr Wagen wurden dort gesehen.«

»Ich kann mich nicht erinnern.«

»Kannten Sie Wilhelm Seibold? Standen Sie in brieflichem Kontakt zu ihm?«

Eine spannungsgeladene Stille machte sich im Zimmer breit.

Zu Widmers Überraschung sprang Umbreit plötzlich auf und lief zu einem der Fenster. Er verschränkte die Arme vor der Brust, ballte die Hände zu Fäusten.

»Was sollen diese Fragen? Wer schickt Sie?«, fragte er.

»Ich habe Ihnen doch meinen Ausweis gezeigt …«

»Ausweise! Die beweisen gar nichts!«

»Wir ermitteln in mehreren Mordfällen. Unter anderem den Mord an Seibolds Enkel, Manfred.«

Abrupt drehte Umbreit sich um. Schweißperlen standen auf seiner Stirn. »Tot«, sagte er leise. »Wann?«

»Man hat ihn gestern Abend auf offener Straße erschossen.«

Es war, als sacke der große Mann wie nach einem Schlag in die Magengegend zusammen. Er schleppte sich zu dem Sessel zurück und kauerte sich hinein.

»Wir glauben, dass die Wagner-Wolfahrt-Stiftung etwas damit zu tun haben könnte. Insbesondere der Stiftungsratsvorsitzende.«

»Abrahamsson«, ergänzte Umbreit. Es klang verächtlich.

»Bitte helfen Sie uns. Wenn Sie etwas wissen …«

Umbreit zog die Unterlippe zwischen die Zähne und biss darauf. »Ich war einmal Stipendiat dieser Stiftung.« Sein Blick war starr auf den Boden gerichtet. Sein Oberkörper begann rhythmisch nach vorn und wieder zurück zu wippen. »Ich komme aus einfachen Verhältnissen, wuchs bei Pflegeeltern auf. Es zeigte sich früh, dass ich einen überdurchschnittlich hohen IQ hatte. Die WWS warb damals überall, auch dort, wo ich mein Abitur machte, mit bestem Durchschnitt. Ich bewarb mich, wurde genommen. Es war wie ein Traum, studieren ohne finanziellen Druck an den besten Universitäten. Ich erfüllte alle Voraussetzungen, hatte keine Probleme und begriff nicht, dass ich bereits Teil eines Systems war. Man ließ mich in Ruhe. Erst kurz vor meinem Abschluss meldete sich die WWS wieder und bot mir einen Job in einem der führenden Pharmakonzerne an.«

»Balatier?«, fragte Widmer gespannt.

»Ja. Wieder lief alles prächtig, man förderte mich. Ich stieg schnell auf. Wir begriffen zu spät, dass es eine der perfidesten Formen der Korruption war.«

»Wir?«

»Jörg Krug. Wir hatten gemeinsam studiert. Auch er ein Stipendiat, wie ich hochbegabt.« Er sprach wie in Trance, schien die Anwesenheit Widmers fast vergessen zu haben, der sich jetzt fragte, ob die geröteten Augen nur ein Zeichen von Übernächtigung waren.

»Sie ahnen nicht einmal, welche Macht in den Händen eines Konzerns von der Größe Balatiers liegen kann«, fuhr der Biologe mit zitternder Stimme fort. »Und sein größtes Potenzial sind die Köpfe, die in ihm arbeiten.«

»Und die WWS sucht und findet dieses Potenzial«, ergänzte Widmer.

»Sie ist die Waffenschmiede Balatiers. Und ich meine, was ich sage, wenn ich das Wort Waffe gebrauche. Geben Sie einem hochbegabten Forscher unbegrenzte Mittel an die Hand und absolute Bewegungsfreiheit in einem Terrain außerhalb jeder Legalität, und Sie haben einen Golem erschaffen, den niemand mehr aufhalten kann. Genau das tut Balatier.«

Michael Widmer spürte, wie ein kalter Schauer seinen Rücken entlang kroch.

»Wir leben in Zeiten unkontrollierbar gewordener Epidemien, weltweiter Hungersnöte, die Böden in weiten Teilen der Welt sind unfruchtbar und erbringen nur durch den Zusatz chemischer Substanzen Ernten. Millionen von Menschen in den Ländern der Dritten Welt sind abhängig von den Strategen der Industrieländer des Westens, und die sitzen in der Wirtschaft. Der Kapitalismus der Nachkriegszeit hat uns längst aufgefressen und eine Eigenmotorik entwickelt, die allenfalls noch von den Chefs in den großen Konzernen gesteuert wird; Konzerne, die sich immer mehr zu unüberschaubaren Gebilden zusammenschließen, über die längst keine Regierung mehr Gewalt hat. Da wird eine eigene Politik gemacht. Übrigens ist Balatier nach dem Ersten Weltkrieg mit den Produktionsgeheimnissen groß geworden, die die Deutschen den Franzosen im Anschluss an den Versailler Vertrag preisgeben mussten. Aber das nur am Rande.«

»Woran haben Sie gearbeitet?«

»Biologische Kampfstoffe. Unter anderem. Wir haben Giftcocktails kreiert, von denen die Welt nicht einmal etwas ahnt. Sie schlummern in unterirdischen Geheimtresoren der Usurpatoren des nahen Ostens.«

Widmer schien es, als krieche Umbreit immer mehr in sich zusammen.

»Die Welt hat Angst vor dem Terrorismus, vor den Selbstmordanschlägen der Fundamentalisten von Staaten, die sich nur von ihrem Glauben leiten lassen, dabei sitzt der wirkliche Feind direkt vor ihrer Tür, trägt maßgeschneiderte Anzüge – und lächelt.«

Für einen Augenblick trat Stille ein. Umbreit beobachtete sein Gegenüber. »Ich kann Ihre Gedanken förmlich hören«, sagte er. »Ein Spinner mit Verfolgungswahn, dem sein IQ zu Kopf gestiegen ist.«

Widmer schüttelte den Kopf. »Das denke ich …«

Umbreit hob abwehrend die Hand. »Schon gut. Hätte ich nicht das erlebt, was ich erlebt habe, ich würde es genauso sehen. Aber vielleicht denken Sie einfach einmal über eines nach: Was ist das Wesen der Macht? Es ist die Unterwanderung, die Korruption. Sie korrumpiert jeden. Und was braucht man dazu? Mittel. Unbegrenzte Mittel, wie sie die großen Wirtschaftskonzerne besitzen. Was also sollte sie daran hindern, Gott zu spielen?« Umbreit beugte sich vor. »Was sind Ihre Träume, Kommissar, Ihre unerfüllten Wünsche? Wer hätte nicht einmal mit dem Gedanken gespielt, man hätte plötzlich die Mittel, sich diese Wünsche und Träume zu erfüllen. Es gibt Männer und Frauen auf dieser Welt, die das tun. Und es sind bizarre Träume dabei – und gefährliche. Niemand weiß, was er täte, wenn er plötzlich die Macht hätte, alles tun zu können«, fügte er leise hinzu. »Pauline Balatier ist so ein Mensch mit unbegrenzter Macht. Jörg und ich, wir waren wirklich gut. So gut, dass man uns eines Tages das Angebot machte, ins Herz vorzudringen. Oberste Geheimstufe. Wir ahnten nicht einmal, um was es ging. Unterirdische Labors, kilometerlang, in alten Bunkern aus dem Zweiten Weltkrieg, die jeder längst vergessen hat.« Seine Stimme senkte sich. »Labors, in denen die Menschheit des einundzwanzigsten Jahrhunderts entwickelt und geboren werden wird.«

»Gentechnik?«

»Auf einem so hohen Niveau, dass Sie es sich nicht vorstellen können. Niemand, keine Regierung, keine Kommission, ahnt etwas davon. Balatier hat seine unzähligen Hände an den Kehlen derjenigen, die in dem Irrglauben leben, sie würden ein Land regieren, und drückt unbarmherzig zu.« Sein Blick senkte sich. »Wir waren in den Vorhöfen der Hölle.«

Die Kehle des Kommissars war wie ausgetrocknet, seine Zunge klebte am Gaumen.

»Menschen wie Sie denken, das Schlimmste, was man tun kann, ist, einem anderen das Leben zu nehmen, die glühenden Glaubensfanatiker glauben an die Todsünden.«

Umbreit schüttelte den Kopf. »Ich werde Ihnen sagen, was das Schlimmste ist: Geben Sie einem Wissenschaftler, einem Menschen mit meinem IQ, mit meinem Wissen, meinen Möglichkeiten, unbegrenzte Mittel und unbeschränkte Freiheit, und Sie haben den Teufel erschaffen. Er wird jede Grenze sprengen, jede Ethik auf den Mist werfen.« Das Feuer in seinen Augen erlosch. »Und jedes Verbrechen begehen, zu denen ein Mensch fähig ist. Jörg begriff viel schneller als ich. Er wollte forschen, experimentieren, doch zum Wohle der Gesellschaft, nicht, um die Machtgelüste einiger ihrer kränksten Elemente zu befriedigen. Ich erlebte, wie er in immer größere Gewissenskonflikte geriet, mit jedem Tag, den unsere Forschungen fortschritten. Er wollte raus, doch dem Machtgefüge Balatiers entkommt man nicht. Plötzlich trat Abrahamsson wieder auf den Plan, machte ihm klar, dass er alles, was er war, der WWS verdankte. Jetzt forderte er die Begleichung der Rechnung. Es war ein goldener Käfig, natürlich. Es fehlte uns an nichts. Und doch waren wir Sklaven, unserer selbst vor allem, hin- und hergerissen zwischen den unendlichen Möglichkeiten, die man sich als Wissenschaftler sonst nur erträumen kann, und der Gewissheit, dass die Ergebnisse dieser Forschung niemals zum Nutzen der Allgemeinheit eingesetzt werden würden, sondern um aus Profitgier die perversen Wünsche und Vorstellungen einer ausgewählten Klientel zu befriedigen.« Er lachte verächtlich auf. »Es gibt Abteilungen, die sich ausschließlich mit der Verzögerung des Alterungsprozesse beschäftigen, denn es gibt nur eines, vor dem diese Menschen Angst haben: Verfall und Tod. Die Gerontologische Forschungsabteilung ist bei Balatier eine der bestausgestatteten. Andere Abteilungen beschäftigen sich mit Genmanipulation. Es gibt einen ungeheuren Markt für ›Kinder auf Bestellung‹, von Leuten, die sich alles leisten können. Diese Dinge müssen trotz Infiltrierung der Regierungen mit höchster Vorsicht betrieben werden. Alle Wissenschaftler stehen unter strengster Kontrolle. Die Fachwelt aber drückt beide Augen zu, weil sie ein verblendeter Narziss ist, selbstverliebt ohne Grenzen, die sich berauscht an ihrer eigenen Genialität. Nur die Ergebnisse zählen, nicht ihr Zustandekommen. Bei Balatier zu arbeiten bedeutet in der Fachwelt, in den Olymp aufzusteigen.« Er verstummte wieder und sank noch ein weiteres Stück in sich zusammen. Seine Stimme wurde zu einem heiseren Flüstern. »Sie fanden Jörgs Leiche zwei Tage vor Weihnachten. Ein tödlicher Cocktail aus Alkohol und Tabletten. Er war nicht der einzige. Ich brach völlig zusammen und wurde damit zu einer Gefahr, einem nicht mehr kalkulierbaren Risiko.«

»Sie leben.«

Umbreit nickte stumm, und Widmer überkam das Gefühl, dass er sich gleich dafür entschuldigen würde. Seine Haltung, sein ganzer Ausdruck waren die eines Menschen, der sich täglich fragt: Warum lebe ich? Auch Überleben kann ein Schicksal sein.

»Ich hatte Hilfe. Ich habe meinen eigenen Tod vorgetäuscht. Ein Autounfall in den Ardennen, die Leiche eines Obdachlosen aus unseren Labors war statt meiner im Wagen.«

»Sie machen Versuche mit Obdachlosen?«

»Unter anderem. Sehr beliebt sind auch Straßenkinder. Sie schaffen sie aus aller Welt heran. Niemand vermisst sie. Ideale Versuchsobjekte, wenn sie einmal etwas aufgepäppelt sind. Es gibt eine Station mit einer ganzen Heerschar von Kinderpflegerinnen und Betreuerinnen.«

Widmer erkannte, dass Umbreit sich alles von der Seele redete, was er schon lange mit sich herumtrug, ohne es aussprechen zu können.

»Mit nichts als dem, was ich auf dem Leib trug, kehrte ich zurück nach Köln und begann unter falschem Namen ein neues Leben. So wie Sie mich jetzt vor sich sehen.«

»Warum Seibold?«, fragte Widmer.

»Ja, glauben Sie denn, ich könnte leben, jeden Morgen in den Spiegel sehen, ohne den Gedanken, nicht wenigstens zu versuchen, Abrahamsson zur Strecke zu bringen?«

»Ich verstehe.«

»Balatier ist ein Dämon, aber er wäre nichts ohne die WWS, sie liefert ihnen das, was sie am nötigsten brauchen – junge, hochintelligente, motivierte Wissenschaftler. Sie arbeiten für Balatier selbst oder in von ihnen abhängigen Unternehmen und Labors auf der ganzen Welt. Nur das Beste vom Besten. Nur die Elite. Ein eng geknüpftes, weltumspannendes Netz. Ich habe lange recherchiert, irgendwann stieß ich auf Seibold. Ich forschte und prüfte, bis ich mir sicher war, den richtigen Mann gefunden zu haben. Er saß an einem entscheidenden Hebel und hatte dabei einen tadellosen Leumund. Ein aufrichtiger Mann, der damals zusammen mit Wagner die Idee der Stiftung hatte. Er hatte Nähe zu Abrahamsson und misstraute ihm, allerdings richtete er sein Augenmerk auf die zu verwaltenden Stiftungsgelder. Und in der Beziehung war Abrahamsson untadelig. Einen solchen Mann brauchte ich auf meiner Seite. Ich zögerte, tat dann doch den entscheidenden Schritt.«

»Er hat Ihnen also geglaubt?«

Umbreit nickte. »Es war nicht einfach. Ich musste Beweise liefern. Aber kurz vor seinem Tod hatte ich ihn so weit. Er war erschüttert, fühlte sich hintergangen und machte sich Vorwürfe. Seibold war, wie gesagt, ein ehrlicher Mann, und die Stiftung lag ihm am Herzen. Er hatte sich um die Verwaltung der Stiftung gekümmert, die Finanzierung, die rechtlichen Belange. Ein solches Ausmaß an Eigenmächtigkeit überraschte und überwältigte ihn. Auf die Möglichkeit, dass jemand die Stipendiaten für private Zwecke ›rekrutieren‹ und missbrauchen könnte, darauf wäre er niemals gekommen. Und nichts anderes tut Abrahamsson für Balatier. Er hat aus der Stiftung eine Kaderschmiede für die wahnwitzigen Ideen einer dekadenten Gruppe von Machtbesessenen gemacht. Die Idee der Stiftung unterstütze ich übrigens immer noch. Vielleicht wird es eines Tages möglich sein, daraus etwas Ehrliches, für die Gesellschaft Nutzbringendes zu schaffen.« Und leise fügte er hinzu: »Ohne die Balatiers dieser Welt.«

»Wie sollte es weitergehen?«

»Das war die Schwierigkeit. Nicht nur dass Abrahamsson, und Balatier hinter ihm, gefährlich sind, Seibold war klar, dass eine rechtliche Grundlage für eventuelle Schritte gegen ihn zu schaffen ein fast aussichtsloses Unterfangen darstellte. An diesem Punkt waren wir, als Seibold plötzlich starb.«

»Und der Enkel?«

»Er war unbedarft in die Fußstapfen seines Großvaters getreten. Wilhelm Seibold einzuweihen und zu versuchen, ihn auf meine Seite zu ziehen, war schon ein gewagtes Unterfangen gewesen. Das Risiko, auch seinen Enkel einzuschalten, erschien mir zu hoch.«

»Glauben Sie, dass Abrahamsson etwas geahnt hat? Es scheint, als habe er versucht, Manfred Seibold unter Druck zu setzen.«

Umbreit zuckte die Schultern. »Möglich wäre es. Vielleicht war es aber einfach nur Prävention. Abrahamsson wird versucht haben, ihn auf diese Weise für die Stiftung gefügig zu machen. Den Alten kannte er lange genug, glaubte, ihn im Griff zu haben, aber der Enkel stellte erst mal ein noch nicht kalkulierbares Risiko dar.«

»Er scheint nicht viel von ihm gehalten zu haben«, sagte Widmer nachdenklich und dachte an das Gespräch in Abrahamssons Büro zurück. »Hat man Ihnen gegenüber jemals den Namen Hugo Winters erwähnt?«

Der Biologe dachte einen Augenblick nach. »Nein. Hat man ihn nicht kürzlich ermordet aufgefunden?«

Widmer nickte. »Wir arbeiten an der Aufklärung dieses Todesfalls. Und wir vermuten, dass die Firma Balatier in irgendeinem Zusammenhang damit steht.«

»Hier in Köln?«

Umbreit wirkte plötzlich hellwach. Er richtete sich auf.

»Ja. Kennen Sie Personen aus dem Sicherheitsdienst von Balatier?«

»Nur flüchtig. Sie kommen aus der ganzen Welt. Die reinste Armee. Man hat zu diesen Leuten keinen Kontakt, wenn man bei Balatier arbeitet. Sie unterstehen dem inneren Kreis.«

»Dem inneren Kreis?« Leviolets Worte fielen ihm ein.

»Die oberste Spitze der Hierarchie. Abrahamsson gehört auch dazu.«

»Wer noch?«

»Das weiß niemand wirklich. Jean-Paul Balatier, Paulines ältester Sohn, der die Firma, zumindest nach außen hin, leitet. Aber Pauline hat sich das Heft nie aus der Hand nehmen lassen. Sie hat noch zwei weitere Kinder und einige Enkel, aber inwiefern die involviert sind, entzieht sich meiner Kenntnis.« Er sank wieder nach hinten. »Hier in Köln …«, wiederholte Umbreit leise, als könne er es einfach nicht fassen.

17

»Avide? Ich bin es.« Die Aufzugstüren glitten fast geräuschlos zur Seite und gaben den Blick auf einen dezent beleuchteten Flur frei. Elise trat hinaus und sah sich suchend um. »Wo ist Weidenmann? Ich muss dringend mit ihm sprechen. Bitte, versuch ihn zu erreichen. Kannst du mit dem Namen Eduard Bauer etwas anfangen? Er hat zu den Apokalyptikern gehört. Vielleicht findest du etwas über ihn.«

Sie blieb vor einer makellos weiß getünchten Apartmenttüre stehen. »Danke, wir sehen uns nachher.«

Ihr energisches Klopfen hallte in der Stille, die sie umgab, durch die Flure, als tobe ein Orkan durch sie hindurch.

Es verging geraume Zeit, bis man ihr öffnete.

Im Türrahmen stand eine Frau, groß und hager, distinguiert. Eine Persönlichkeit. Dazu passend der fast militärische Kurzhaarschnitt. Der Duft eines teuren Parfums wehte ihr entgegen. Eine Hand steckte lässig in der Tasche des hellen Hosenanzugs, die andere balancierte eine Zigarettenspitze aus dunklem Holz, in der ein schmales Zigarillo glomm.

»Ja, bitte?«

»Colette Mang?«

Die Frau zögerte. »Ja?«

»Brandt. Elise Brandt, Hauptkommissarin bei der Kripo Köln. Kann ich Sie einen Augenblick sprechen?«

Die Bildhauerin nahm eine gerade Haltung an, als sei sie zum Appell gerufen worden. »Ich habe Sie bereits erwartet.« Sie öffnete die Tür weiter und wies mit der Hand in die Wohnung.

Elise wurde von den Goldberg-Variationen empfangen, die im Hintergrund spielten.

Sie betrat einen großzügig geschnittenen, lichthellen Raum, der beherrscht wurde von Skulpturen aus weißem Marmor, die überall im Zimmer Platz gefunden hatten; ineinander verschlungene Formen, die erst bei genauerer Betrachtung als menschliche Körper zu identifizieren waren, die trotz der Schwere des Materials so leicht wirkten, als schwebten sie. Es waren auch etwa menschengroße Skulpturen darunter. Elise dachte an den Ikarus unten im Foyer.

Sie erblickte im hinteren Teil einen Flügel, auf dessen schwarz glänzender Oberfläche Lichtreflexe tanzten. Die Musik erstarb. Leonore Mayer klappte den Deckel des Instrumentes zu und erhob sich steif. Ihre Blicke begegneten sich.

»Ich verstehe«, sagte Elise und richtete ihren Blick wieder auf Colette Mang, die sich demonstrativ neben die Cellistin stellte. »Sie spielen auch Klavier?«

Leonore Mayer antwortete nicht.

»Darf ich Ihnen einen Tee anbieten?«, fragte die Bildhauerin in die entstandene Stille.

»Ich habe soeben unten erfahren, dass die Leiterin des Hauses, Frau Dr. Mang, einen längeren Urlaub angetreten hat. Ich kann wohl eine zufällige Namensgleichheit ausschließen. Ihre Tochter?«

Colette nickte.

»Dieser ›Urlaub‹ hat wohl nicht zufällig etwas damit zu tun, dass ich bei ihr vorstellig geworden bin und nach Adele Wagner gefragt habe?«

»Katja hat mit alledem nichts zu tun«, sagte Colette. »Vielleicht sollten wir uns setzen.«

Elise blieb stehen. »Ich komme gerade von Heinrich Fischau. Er war sehr offen. Auch wenn ich denke, dass er mir nicht alles gesagt hat. Ebenso wie Marcel Weidenmann, der seine Beteiligung an den Apokalyptikern mir gegenüber ganz verschwieg. Fischau hat mir Ihren Namen genannt. Er scheint zu glauben, dass Sie eher bereit dazu sind, über die damalige Zeit zu sprechen.«

»Sie glauben also immer noch, dass Winters' Tod mit Ereignissen aus der Vergangenheit zu erklären ist?«, fragte Leonore.

»Mehr denn je.« Sie trat einen Schritt auf die beiden Frauen zu. »Sechs Menschen sind tot. Wie viele sollen noch dazukommen, für eine Vergangenheit, die nicht sterben kann?«

18

Langsam wurde es belebter im Saal. Die Vorlesung war gut besucht. Es freute Avide immer zu sehen, dass sich junge Menschen für die Kunst interessierten.

Es waren auch einige Ältere dabei, die Interesse an dem Thema hatten, und er registrierte einige Fakultätskollegen, die etwas abseits in einer kleinen Gruppe standen und sich unterhielten.

Pünktlich hatten alle ihre Plätze eingenommen, und Stille trat ein.

Der Dozent, ein kleiner, schmaler Mann mit verschmitztem Lächeln und sichtlichem Vergnügen an seiner Aufgabe, stützte sich auf den Schreibtisch, der vor ihm stand, und ließ den Blick zufrieden über das Halbrund des Saales mit seinen aufsteigenden Sitzreihen schweifen. Professor Markus Tersteeg war wie immer elegant gekleidet, eine dunkelrote Fliege rundete das Bild ab. Tersteeg war bei den Studenten beliebt, ebenso wie bei seinen Kollegen. Die Studenten schätzten seine lockere, unverkrampfte Art, die Kollegenschaft seine Sensibilität und sein Wissen.

»Ich danke Ihnen für Ihr zahlreiches Kommen«, begann er seinen Vortrag. »Ich danke Ihnen vor allem im Namen der Künstler, über die ich heute sprechen will und die ihre Aufmerksamkeit wirklich verdient haben.

Ich habe für das heutige Thema einen Künstler als Fixpunkt gewählt, den Sie alle zu kennen glauben, denn er zählt zu den größten Kunstschaffenden aller Zeiten. Ich spreche von Albrecht Dürer, dem Maler, dem Grafiker, dem Schriftsteller und nicht zuletzt Humanisten, was für die damalige Zeit, wie wir noch sehen werden, von großer Bedeutung war.

Ich möchte Sie zuvor bitten zu versuchen, alles, was Sie landläufig mit dem Namen Dürer verbinden, zu vergessen. Man kann sich einem solchen Künstler, und damit seiner Zeit, nur annähern, wenn man versucht, unter der dicken Schicht von Staub, Verfälschung, Verglorifizierung, Verleumdung und schließlich auch Vermarktung nach der Wahrheit zu suchen, die irgendwo zwischen alldem im Verborgenen ruht.

Also: Vergessen Sie die Hasen, die Rasenstücke – und die betenden Hände. Vergessen Sie das uns so lange ins Gedächtnis eingebrannte Porträt Elsbeth Tuchers, das jahrzehntelang millionenfach durch unsere Hände gegangen ist, sodass wir einen Dürer alle schon einmal in unserem Besitz hatten. Kaum ein Künstler ist so von seinem Land in Besitz genommen worden wie Albrecht Dürer, den viele als den deutschen Künstler schlechthin betrachten und ihn gern auf den Sockel der Erhabenheit über alle ihm nachfolgenden Kunstschaffenden stellen. Ohne Frage ist seine Vorreiterrolle, was den Kupferstich, den Holzschnitt und das Landschaftsaquarell betrifft, beispiellos. Aber leider ist der Individualist, der Mensch hinter diesem so beeindruckenden Werk, fast zu einer schemenhaften Silhouette geworden, zu einer Projektionsfläche, auf die man immer wieder bestimmte Muster wirft, die ein Bild geprägt haben, das in den Köpfen der Menschen fest verankert ist. Was, das werde ich später noch ausführen, da es auch einen entscheidenden Einfluss auf die spätere Beurteilung seines Werkes hatte.

Man hat sich in den vergangenen fünfhundert Jahren seit Dürers Tod einen Künstler erschaffen, wie er erwünscht war, in erster Linie von tiefer Religiosität und Humanismus durchdrungen, ein sensibler Künstler, mit einer Schaffenskraft, die man nur als von Gott gegeben bezeichnen kann. Tatsache ist, dass Albrecht Dürer ein Kind seiner Zeit war, einer Epoche, die für die Menschen mit kaum fassbaren Neuerungen aufwartete, die Unsicherheit und Unverständnis auslösten, Verwirrung und Angst. Im Gegensatz zu vielen anderen seiner Zeitgenossen aber stellte sich Dürer dieser Herausforderung und, mehr noch, beeinflusste entscheidend ihren weiteren Verlauf.

Seine Kupferstiche und Holzschnitte prägten das Bild, das sich die Menschen von den Geschehnissen in jenem Buch machten, das für die damalige Zeit das alles bestimmende Werk war: die Bibel.

Und gerade vor diesem Hintergrund ist es mehr als bemerkenswert, dass sich Dürer zwei bestimmte Themen für sein Hauptwerk ausgesucht hat: die Apokalypse des Johannes und das Leben Mariens. Das eine die Vision des absoluten Chaos, des Endes der Welt, das andere der Trost und die Verheißung auf etwas Besseres, das Licht, gebracht von einer überall hoch verehrten Heiligen.

Ich will hier und heute den Jahreswechsel 1499 zu 1500 in direkten Zusammenhang mit dem Jahreswechsel 1999 zum Jahre 2000 bringen, der uns am Ende des Jahres bevorsteht. Auch in diesen Tagen werden wieder Stimmen laut, die uns das Weltenende prophezeien wie damals. Das Zeitalter des Fisches, das Zeichen des Petrus, findet nach zweitausend Jahren ein Ende.

Was wird kommen? Jahrtausendwenden sind immer etwas Einschneidendes. Damals wie heute. Wohin geht der Weg?

Und es gibt eine weitere interessante Parallele: Die Kirche steckte damals wie heute in einer schweren Krise. Die Welt stellt die selbsternannten Vertreter Gottes infrage. Vor fünfhundert Jahren brachten diese Zweifel eine herausragende Persönlichkeit hervor: Martin Luther – und mit ihm eine neue Ordnung. Wen wird das neue, das dritte Jahrtausend nach Christi Geburt hervorbringen?«

19
Köln 1490

Das Haus in der Antonsgasse, unweit des Neumarktes im Schatten von St. Cäcilien und St. Peter, das die Cellitinnen des Lore-Konvents bewohnen, ist der Begine Greta schon 1312 von der Kölner Bürgerin Lore von Vylich geschenkt worden. Anders als in vielen Beginenhäusern übt nicht der Pfarrer der Gemeinde, sondern die Äbtissin des Kanonissenstifts St. Cäcilien das Amt des Superiors aus, bestimmt, wer aufgenommen wird und wer nicht. Im Haus des Lore-Konvents gibt es ein Refektorium, einen Spinn- und Websaal und Möglichkeiten zur Behandlung von Kranken. Das Dormitorium ist in einzelne Zellen aufgeteilt.

Albrecht sieht sich um. Eine der Cellitinnen, die ihn durch das Haus geführt hat, ist hinter einer Tür verschwunden und lässt ihn warten. Die Wände sind weiß getüncht und ohne Schmuck. Alles wirkt sehr sauber. Es riecht nach Kräutern und Weihrauch. Die Tür öffnet sich, und die freundliche Schwester winkt ihn zu sich.

Er betritt einen kleinen Raum mit einem Fenster, das zur Antonsgasse hinausgeht. Schwester Anna, inzwischen die Vorsteherin des Hauses, erwartet ihn hinter einem hohen Holztisch sitzend, die Hände vor der Brust gefaltet. Der Habit des Ordens lässt außer den Händen nur das Gesicht frei. Es ist ein fein geschnittenes Gesicht, voller Güte und Wärme.

»Bitte.« Sie weist auf einen einfachen Stuhl. »Was kann ich für Euch tun?«

Albrecht macht keine großen Umschweife. »Es geht um die alte Dora aus dem Hurenhaus auf dem Berlich. Ihr kennt sie?«

Schwester Anna nickt, und der Stoff ihres Habits raschelt leise.

»Man hat sie verhaftet. Sie wird beschuldigt, eine Frau vergiftet zu haben.«

Ihre sanften Augen weiten sich erschrocken. Sie bekreuzigt sich.

»Ich glaube, sie schützt jemanden. Den wahren Täter. Ihr seid eine Vertraute von Dora. Ihr könnt ihr vielleicht helfen. Sonst ist ihr das Feuer gewiss.«

Tränen schimmern in den Augen der Cellitin. Sie zögert, spricht dann doch.

»Dora kam als Kind hierher. Ihre Eltern besaßen einen kleinen Hof außerhalb der Stadt. Ein Blitzschlag hatte den Hof in Brand gesetzt. Die Eltern und drei Geschwister kamen ums Leben. Eine Tante von Dora lebte damals hier im Konvent. Sie nahm das Kind zu sich. Ich war nur zwei Jahre älter als Dora. Auch ich hatte niemanden mehr. Wir fanden zueinander. Sie war vollkommen verschüchtert, natürlich auch wegen ihrer körperlichen Verformung. Sie hatte auf dem Hof ihrer Eltern ein elendes Dasein geführt, kaum besser gehalten als ein Tier. Im Konvent blühte sie auf. Sie fand Freunde, Menschen, die ihr zuhörten, sie verstanden. Sie wollte hierbleiben, Cellitin werden. Das war ihr größter Wunsch. Als sie herangewachsen war, betrauten sie die

Schwestern mit ersten eigenständigen Aufgaben. Sie hatte ein Händchen für Kranke, schon damals. Sie vertrauten ihr.

Und sie verstand etwas von Kräuterkunde. Sie begann im Hospital zu arbeiten. Eines Tages erreichte uns der Hilferuf der Hausfrau eines wohlhabenden Kaufmannes. Er war gestürzt und lag schwer zu Bett. Zu dieser Zeit grassierte wieder einmal das Fieber, und es mangelte an Krankenbetreuung. Auch hier im Konvent hatten wir alle Hände voll zu tun. Also schickte man zwei junge Novizinnen ins Haus des Kaufmannes, der nicht transportfähig war. Dora und ich blieben mehrere Tage dort. Ihre Kräuterkenntnisse waren von großem Nutzen. Wer hätte ahnen können …?«

Albrecht horcht auf. Wieder zögert die Schwester, fährt dann fort: »Gottes Wege sind verschlungen und allzumal führen sie uns in den Abgrund. Doch wer wollte seinen Willen bezweifeln? Der Kaufmann hatte einen jungen Sohn, kaum siebzehn Jahre. Die beiden verliebten sich ineinander. Trotz ihres verwachsenen Körpers war sie ein schönes Mädchen mit ebenmäßigen Zügen. Ihre Behinderung schien dem Jungen nichts auszumachen. Er war bereit, alles für sie hinzugeben. Dora hatte niemals geschwankt, seit sie bei uns im Konvent gewesen war, jetzt wurde sie in einen furchtbaren Gewissenskonflikt gestürzt. Nächtelang weinte sie. Damals sagte ich ihr: Es ist Gottes Wille, dass wir unserem Herzen folgen.« Sie bekreuzigte sich abermals. »Bei Gott, ich wollte, ich hätte es nicht getan. Es dauerte nicht lange, bis der inzwischen genesene Vater des jungen Mannes herausbekam, mit wem sich sein Sohn eingelassen hatte. Er tobte. Er wollte nichts davon wissen, sein Sohn war bereits einer wohlhabenden Patriziertochter versprochen. Der Sohn beugte sich. Damit war Doras Schicksal besiegelt.«

»Ihr meint …?«

Schwester Anna nickt. »Sie trug bereits ein Kind unter ihrem Herzen.«

Also das ist es. Ein Kind! Inzwischen ein erwachsener Mensch.

»Hat sie es zur Welt gebracht?«

»Hier im Konvent. Heimlich. Es war ein Knabe.« Sie seufzte. »Sie gab dem Vater Bescheid, kaum dass es zwei Tage alt war. Sie wollte im Konvent bleiben, wo sollte sie sonst hin? Es war ihr sehnlichster

Wunsch. Mit dem Kind war das unmöglich. Sie wollte, dass der Vater es zu sich nimmt. Die Familie war wohlhabend. Einen Tag später kam eine Hausmagd und nahm es mit sich. Leider erfuhr das die damalige Leiterin des Konvents. Sie war sehr streng, Gott und dem Glauben verpflichtet. Sie warf Dora hinaus. Für Huren, sagte sie, sei kein Platz hier.«

»Und der Vater des Kindes hat sich nicht um sie gekümmert.«

»Er hat es versucht. Aber er war zu schwach. Er konnte und wollte die Stellung seiner Familie nicht gefährden. Um das Kind allerdings hat er sich gut gekümmert. Und seine spätere Frau hat es an Kindes statt angenommen. Es wuchs zu einem stattlichen, jungen Mann heran. Erst auf dem Sterbebett des Vaters erfuhr er die Wahrheit. Heute leitet er die Geschicke des Hauses.«

Schwester Anna weicht Albrechts Blick aus. Sie weiß, was er sie nun fragen wird. In ihr fein geschnittenes Gesicht haben sich tiefe Sorgenfalten gegraben.

»Den Namen«, sagt Albrecht leise. »Ich brauche den Namen, Schwester.«

20

Markus Tersteeg strahlte über das ganze Gesicht, als er Avide erkannte.

»Bitte, mein Freund, kommen Sie herein!« Er war dabei, Papiere auf seinem Schreibtisch zu ordnen, und winkte sie zu sich.

»Ein wunderbarer Vortrag, Markus«, sagte Avide anerkennend. »Ich würde Sie gerne etwas fragen. Ich bin zurzeit an einer Sache dran, die mir Kopfzerbrechen bereitet.«

»Für die Versicherung?«

»Nein, diesmal nicht. Sagt Ihnen der Name Bauer etwas? Eduard Bauer?«

Tersteeg wurde ernst. »Eine tragische Figur. Ein brillanter Kopf, der sich leider in seinen eigenen Ideen und Theorien verstrickte. Sie sind zu jung, mein lieber Avide, aber für meine Generation hat der Name

Bauer durchaus noch eine Bedeutung. Er hat einige sehr interessante und aufschlussreiche Lehrwerke über die Frührenaissance verfasst, die heute leider in Vergessenheit geraten sind.«

»Aber warum?«, fragte Avide.

»Man schweigt ihn tot«, antwortete Tersteeg. »Er vertrat radikale Theorien, die, wenn auch interessant, nicht zu beweisen waren. Das hat ihn dann unglaubwürdig gemacht bei den offiziellen Stellen. Wir Studenten damals haben die wenigen Werke Bauers gelesen, ohne dass unsere Professoren etwas davon wussten. Sie standen schon damals auf keinem Lehrwerksindex, was sie natürlich umso interessanter machte. Bauer verschwand noch während des Krieges spurlos. Einige glauben, er habe sich das Leben genommen, weil er es nicht schaffte, seine Theorien, von denen er besessen war, zu belegen. Es ist wahrscheinlicher, dass er den Häschern des Dritten Reiches nicht entkommen ist. Er ist eine dieser schemenhaften Figuren, um die sich gerne Mythen und Legenden ranken, etwas unheimlich, mit vielen Geheimnissen. Denken Sie an Salinger. Das machte seinen Reiz aus.«

»Um was für Theorien ging es? Es wurde etwas von einer Sekte angedeutet, der Albrecht Dürer angehört haben soll.«

»Womit wir bei den Apokalyptikern wären!«

»Ich verstehe nicht …«, sagte Avide.

Tersteeg wirkte jetzt aufgekratzt. Er war in seinem Element. »Sie denken an die Künstlergruppe von vor dem Krieg hier in Köln. Aber sie waren nicht die ersten, die sich so nannten. Es gab eine Organisation, die sich auch so betitelte. Sie entstand im ausgehenden fünfzehnten Jahrhundert und ihr Führer war eine ebenso faszinierende wie unheimliche Figur. Sein Name war Arturo Benedetti Clementi. Ich würde sie als so eine Art Freimaurerloge bezeichnen, obwohl sie sich selber wohl anders sahen. Wissen Sie, mein Freund, heute kann man den größten Blödsinn erzählen, ohne dass es irgendwelche Konsequenzen hat, aber damals, zu Bauers Zeiten, war das anders. Dieser ›Orden‹ wurde der fürchterlichsten Verbrechen beschuldigt und in Zusammenhang mit allen seltsamen Vorfällen gebracht, für die man sonst keine Erklärung finden konnte. Clementi wurde unterstellt, er sei mit dem Teufel im Bunde, aber das passierte schnell in jenen Tagen. Eine Figur wie Albrecht Dürer mit ihnen in Verbindung zu bringen war ein ungeheuerlicher Vorgang und erforderte viel Mut.«

»Ich habe noch nie etwas darüber gehört.«

Tersteeg zuckte die Schultern. »Das war vor Ihrer Zeit. Für mich ist Bauer durchaus noch ein Begriff.«

21

Ein Schatten legte sich über das Gesicht der alten Frau. Ihre ausdrucksvollen Augen blickten traurig. Sie sah an Elise vorbei zu einer ihrer Skulpturen, deren strahlendes Weiß etwas wahrhaft Reines hatte, umgeben von einer Aura der Unberührbarkeit. Colette Mang bemerkte, dass Elise ihrem Blick gefolgt war. »Ich habe nie etwas anderes als makellosen weißen Marmor aus einem kleinen Steinbruch in der Lombardei verwendet. Ein anderer Werkstoff konnte mich nicht inspirieren.«

»Ihre Skulpturen gefallen mir sehr«, erwiderte Elise.

Colette schien sie nicht gehört zu haben. »Die Wurzeln des Bösen«, sagte sie leise, »haben eine unangenehme Eigenschaft. Sie schlagen nicht in der Erde aus, im Dunkeln, sondern an der Oberfläche, ganz deutlich, vor aller Augen – und doch sind sie für die meisten unsichtbar. Sie sehen sie nicht, weil sie sie nicht sehen wollen. Ich habe einmal eine Skulptur gemacht, die diesen Titel trug: Die Wurzeln des Bösen.«

Colette wandte den Kopf und sah Elise an. »Die Vergangenheit ruht nie. Wir können sie verdrängen, aus unserem Leben ausschließen, aber sie ist da. Man muss irgendwie versuchen, mit ihr fertig zu werden. Vor allem muss man sie zulassen. Das habe ich gelernt im Leben.« Sie sah Elise eindringlich an. »Ich glaube, dass Sie verstehen, was ich meine.«

Elise nickte stumm. Ja, das tat sie.

»Heinrich hat Ihnen einiges von damals erzählt?«

»Ja.«

»Er hat Ihnen gesagt, dass wir jung waren und unbedarft. Wir wollten leben, nach unseren Maßstäben, unsere Ideen verwirklichen, unsere Träume wahr werden lassen.«

»Das ist das Vorrecht der Jugend.«

»Ja. Aber Sie vergessen die Zeit. Als ich, als wir jung waren, war nicht die Zeit für Träume. Meine Güte, wir haben geglaubt, wir stünden über den Dingen. Können Sie sich das vorstellen? Wir waren ja erleuchtet, durchschauten alles!« Sie hielt für einen Augenblick inne. »Aber getan haben wir nichts. In Wirklichkeit haben wir die Außenwelt ausgesperrt. Und es kam, wie es immer kommt. Sie hat sich gewaltsam Zugang zu unserem Hause verschafft.«

Elise versuchte, ihr zu folgen. »Winters?«

Colette sah sie überrascht an. »Wie kommen Sie auf ihn?«

»Ich habe immer wieder gehört, dass er verzweifelt versuchte, zu ihrem Kreis zu gehören. Er war die Außenwelt, die Sie nicht haben wollten, nicht wahr?«

Colette nickte langsam. »Zumindest ein Teil von ihr. Er war ohne Fantasie, ohne Kreativität. Aber maßlos ehrgeizig. Wir anderen stammten alle aus der gleichen Schicht. Winters wollte dazugehören, mit allen Mitteln. Er konnte es nicht ertragen, von jemandem nicht akzeptiert zu werden. Er war nicht dumm. Er versuchte es über Luise, doch sie ließ ihn abblitzen. Und so machte er sich an ihren Vater heran. Sein unbestreitbares kaufmännisches Talent, seine Rücksichtslosigkeit machten ihn für Mayer zu einem interessanten Partner. Er hatte keine Söhne, er machte sich Gedanken um seine Nachfolge. Unsere Familien verband zur damaligen Zeit aber noch etwas anderes. Unsere Väter«, sie wies auf Leonore, die dem Gespräch stumm folgte, »waren Anhänger einer Bruderschaft. Einer sehr alten Vereinigung, deren Wurzeln bis ins vierzehnte Jahrhundert zurückreichen. Sie nannten sich ›Die Apokalyptiker‹. Es war eine Art Freimaurerloge, man traf sich, machte Geschäfte untereinander. Salomon Mayer war der Vorsitzende, mein Vater der Schatzmeister. Die Zugehörigkeit zu den Apokalyptikern hatte eine lange Tradition.«

»Und dass Mayer Jude war, war kein Problem?«

Colette schüttelte den Kopf. »Es ging um Geld. Für einen jüdischen Kaufmann war es keine schlechte Art, Geschäfte zu machen. Als die Familie Mayer den Apokalyptikern beitrat, herrschten andere Zeiten. Die Juden wurden nicht mehr in Ghettos gepfercht. Ihre Situation hier in Köln war immer schwierig gewesen, nach dem Ghetto wies der Rat sie 1424 ganz aus der Stadt, erst gegen Ende des achtzehnten Jahrhunderts konnten sie zurückkehren, es bildetete sich eine orthodoxe Gemeinschaft, man baute Synagogen. Mit Aufnahme bei den Apokalyptikern gehörte man schließlich zu einem auserwählten Kreis, wurde akzeptiert. Selbst die jüdische Gemeinde hatte Vorteile. Für einen Geheimbund mit strengem Reglement könnte man glauben, das sei erstaunlich liberal. Aber da spielten ganz andere Dinge eine Rolle.«

»Mein Vater genoss hohes Ansehen als Mensch wie als Kaufmann. Und so wählte man ihn zum Vorsitzenden«, ergänzte Leonore.

»Aber gegen Ende des neunzehnten Jahrhunderts war plötzlich Schluss.«

Elise hörte gespannt zu. Sie ahnte, dass Colette noch eine Überraschung für sie bereithielt.

»Gier ist etwas Furchtbares«, fuhr die Künstlerin leise fort. »Salomon Mayer war nicht nur Kaufmann. Er war auch Sammler und ein glühender Dürer-Verehrer. Und die Apokalyptiker sollen etwas über die Jahrhunderte in ihrem Besitz gehabt haben, von dem nur die Mitglieder etwas wussten. Holzstiche, angeblich von der Hand Dürers, gefertigt für die Apokalyptiker.« Sie sah Elises erstaunten Blick. »Hat Heinrich Ihnen gegenüber Eduard Bauer erwähnt?«

Die Kommissarin nickte.

»Er war besessen davon zu beweisen, was die Kunsthistoriker über Jahrhunderte verschwiegen. Man hätte die Kunstgeschichte umschreiben müssen, Dürer in anderem Licht gesehen. Der berühmteste deutsche Maler als Mitglied der Apokalyptiker und seine Werke ihr größter Schatz, sorgsam gehütet, vor der Außenwelt verborgen.«

»Und mein Vater der letzte Hüter des Grals«, warf Leonore ein.

»Aber es war alles nur Theorie, solange die Beweise fehlten. Man lachte, die Kunsthistoriker mieden ihn. Die Apokalyptiker selbst gab es seit einer regnerischen Nacht im Oktober 1899 nicht mehr, ein Blitzschlag legte das Haus, in dessen Kellergewölben sie sich trafen, um geheimnisvolle Riten zu vollziehen, in Schutt und Asche. Mein Vater und Mayer waren die einzigen Überlebenden. Es gab Gerüchte, man munkelte hinter vorgehaltener Hand von Brandstiftung. Es gab eine Untersuchung, doch die Ermittlungen verliefen im Sande, zu mächtig waren die Beteiligten.«

»Vierzig Jahre vergingen«, sagte Leonore. »Dann führte das Schicksal eine Gruppe junger Männer und Frauen zusammen, die vielleicht nie hätten zusammenkommen dürfen.«

»Hugo Winters und Eduard Bauer, zwei Männer vom Ehrgeiz zerfressen, wenn auch aus anderen Motiven. Und Pauline.«

In diesem Augenblick begriff Elise. »Ihre Schwester, Frau Mang, nicht wahr? Fischau erwähnte, sie sei nach dem Krieg nach Frankreich gegangen, habe dort geheiratet.«

Die Bildhauerin nickte bestätigend. »Den Besitzer eines pharmazeutischen Betriebs. Auguste Balatier.«

22
Köln 1490

Matthias Rath spielt gedankenverloren mit den Fransen eines dicken gewebten Läufers, der den großen Eichenholztisch bedeckt, an dem sie sitzen. Er vermeidet es, die Anwesenden anzusehen. Es sind verschiedene Ratsmitglieder anwesend, darunter der Jurist Johann van Hirtze, die Kaufleute Hirmelin, Slyper und Hardevust, der Fernhändler Arnold van Westerburg, der Kerzenmacher Heinrich von Benrath und Johan Broelmann sowie der oberste Ratsschreiber Emund Frunt und der Bürgermeister der Stadt, der Provisor der Universität, Goswin von Strailen. Am Kopfende des Tisches thront der Dekan und Magister Gottfried von Schopper, Scholaster des St.-Gereon-Stiftes und Sprecher des Kölner Sekundarklerus, der juristische Berater des Kölner Erzbischofs Hermann VI. von Hessen, als Vertreter des Kölner Domkapitels.

Eine illustre Runde. Es herrscht angestrengte Stille in dem holzgetäfelten, von einigen Kerzen erleuchteten Raum im Kölner Rathaus, der sonst nur zu Gelagen vor oder nach Ratssitzungen genutzt wird. Der Hauptmann Roderich Greven, in voller Montur, hat sich kerzengrade vor der Tür aufgestellt und blickt starr geradeaus, über die Köpfe der Anwesenden hinweg auf einen imaginären Punkt im Halbdunkel.

Ein leises Klopfen durchbricht die Stille. Greven richtet seinen Blick auf den Bürgermeister, der ihn durch ein stummes Nicken auffordert, die Tür zu öffnen.

Albrecht tritt mit beherztem Schritt in den Raum und lässt seinen Blick über die von flackerndem Kerzenschein erhellten Gesichter gleiten.

Greven schließt die Tür hinter ihm wieder.

Der Bürgermeister hebt den Kopf. »Albrecht Dürer?«

Der junge Maler nickt.

»Ich bin der Bürgermeister der Stadt, Goswin von Strailen. »Er weist in die Runde. »Mitglieder des Rates, Dekan Schopper vom Domkapitel.«

Albrecht neigt den Kopf zum Gruße und lässt den Blick von einem zum anderen schweifen dabei.

»Ich habe diese Zusammenkunft gefordert«, fährt der Bürgermeister fort, »weil ich durchaus der Meinung bin, dass die Sache, die hier zur Sprache kommen soll, noch nicht so gründlich beleuchtet ist, dass sie vor das Hochgericht gehört. Die Anschuldigungen sind sehr schwerwiegend. Also, Herr Dürer, überzeugt uns.«

Strailen setzt sich auf seinen Stuhl. Die Köpfe aller Anwesenden sind ihm zugewandt, die Gesichter zeigen Anspannung und Neugierde. Albrecht ist sich der ungeteilten Aufmerksamkeit aller gewiss.

»Ich bin mir der Schwere der Anschuldigungen durchaus bewusst«, sagt der junge Maler. »Dennoch werde ich sie hier wiederholen. Und versuchen, sie mit Beweisen zu unterlegen. Ich bin nur ein junger Künstler auf Wanderschaft, der in dieser Stadt gestrandet ist. Ich fand Unterkunft bei meinem Vetter Niklas, der Goldschmied hier in Köln ist. Doch schon bald nach meiner Ankunft wechselte ich in ein ehemaliges Beginenhaus, das zurzeit als Stätte der Zusammenkünfte der Apokalyptiker dient. Ich gebe zu, dass mich die Ideen der Apokalyptiker faszinierten. Ich ließ mich blenden. Doch jetzt weiß ich, dass sich hinter der tugendhaften Fassade etwas anderes verbirgt. Ich beschuldige einen aus der Mitte der Apokalyptiker, vor zehn Jahren den Kaufmann Hieronymus Bicher verleumdet und in den Tod getrieben oder sogar selbst getötet zu haben. Er wurde gedrängt, den Apokalyptikern beizutreten, die untereinander, unter Ausschluss der Öffentlichkeit, Geschäfte betreiben, dazu zählen auch Preisabsprachen.« Albrecht langt in den ledernen Beutel, den er bei sich führt, und zieht ein Pergament hervor. »Ich habe hier die von ihm selbst aufgezeichnete Aussage des Peter Mechtelsperger, der vor zehn Jahren ebenfalls Kaufmann und ein Freund von Bicher war. Ihm hat dieser sich damals anvertraut. Bicher musste sterben, nicht nur, weil er sich weigerte, den Apokalyptikern beizutreten, sondern weil er um die illegalen Machenschaften einiger Gruppierungen innerhalb der Gemeinschaft wusste. Um zu verhindern, dass sich Bicher mit seinem Wissen an den Rat wendet, zerstörte man systematisch seinen guten Ruf mittels einer gekauften Hübschlerin. Eine weitere Hure, Griet Märtens, die das Geld, das man ihr geboten hatte, ablehnte, sowie die Vorsteherin des Hurenhauses, Dora Vischer, waren die einzigen Zeugen. Nach Bichers Tod fühlte man sich sicher, doch es gab jemanden, der keine Ruhe ließ. Mattheus Rütt, der Ziehsohn Bichers. Er hatte das Unglück, das über das Haus gekommen war, nicht verkraftet und wurde zum Säufer. Man stempelte ihn als verrückt ab. Der verrückte Mattes. Niemand glaubte ihm. Dann wandte er sich an mich. Ein neues Gesicht, eine fleckenlose Seele bei den Apokalyptikern. Damit wurde er gefährlich. Denn ich begann Fragen zu stellen, man erkannte, dass der Keim, den Rütt gesät hatte, auf fruchtbaren Boden gefallen war. Er musste weg. Also stieß man ihn in den Rhein. Der Unfalltod eines Säufers, der niemanden interessiert. Als ich noch immer keine Ruhe gab, mich auch mit Griet Märtens traf, beschloss man, auch sie, die Zeugin von damals, inzwischen ebenfalls dem Alkohol verfallen, zum Schweigen zu bringen. Ein perfider Plan, denn indem man den Verdacht auf Dora Vischer lenkte und dafür sorgte, dass sie in den Weckschnapp kam, wurde man gleichzeitig die zweite Zeugin von damals los. Und wie wir gleich sehen werden, hat der Mann, den ich all dieser Verbrechen, zumindest jedoch der Mittäterschaft und Anstiftung bezichtige, noch ein zweites, besonderes Motiv, die alte Dora mundtot zu machen.«

Albrecht langt ein weiteres Mal in den ledernen Sack und holt den Ring hervor, dessen roter Stein im Schein der Kerzen flammend aufleuchtet. Er setzt sich langsam in Bewegung und umrundet den Tisch. Alle Blicke folgen ihm. Hinter dem Stuhl einer ganz bestimmten Person bleibt er stehen, wartet einen Augenblick. Dann reckt er sich über die Schulter des Mannes und legt den Ring vor ihm auf den Tisch.

»Ich gebe ihn Euch zurück«, sagt Albrecht leise. »Ihr werdet ihn schon vermisst haben.«

Cornelius Slyper starrt auf den Ring vor ihm auf dem Tisch, ohne eine Miene zu verziehen. Niemand sagt ein Wort. Alle blicken auf den Gewürzhändler.

»Ihr seid verrückt«, zischt Slyper. »Was fällt Euch ein?«

Albrecht kehrt an seinen Platz zurück. »Ich habe diesen Ring in der Hand des toten Mattes gefunden. Er hat ihn seinem Mörder vom Finger gerissen.«

»Von diesen Ringen gibt es viele in Köln. Die Hälfte der Apokalyptiker tragen sie.«

»Mein Vetter Niklas hat den Goldschmied ausfindig gemacht, bei dem Ihr ihn habt anfertigen lassen. Er hat die Angewohnheit, alle Schmuckstücke, die er fertigt, mit einer Nummer zu stempeln. Dieser Ring trägt eine Nummer und Ihr seid in den Büchern des Goldschmieds als Auftraggeber und Käufer verzeichnet.«

Die Hände des Gewürzhändlers, die auf der Tischplatte liegen, zittern. »Man hat mir diesen Ring gestohlen.«

»Stimmt es, dass Eure Familie stets großzügig das Kartäuserkloster unterstützt hat und Ihr es noch tut?«

»Was hat das mit dieser Sache zu tun?«

»Die Mönche des Kartäuserklosters stellen Wein her, den sie in Flaschen abfüllen.« Albrecht zieht die Flasche aus seinem Beutel hervor. »Herr Bürgermeister, Ihr werdet diesen Wein kennen. Er wird außer an den Rat der Stadt nur an Förderer des Klosters abgegeben. Euer Name, Slyper, steht auf den Listen der Mönche. Ich habe diese Flasche im Zimmer von Griet Märtens gefunden und mithilfe eines Apothekers herausgefunden, dass er vergiftet war.

Eine weitere Flasche fand ich im Nebenzimmer, das ein Goldgräber bewohnt, den Ihr mit dem teuren Getränk bestochen habt. Er hat auf Euren Wunsch behauptet, dass am Abend des Todes der armen Griet die alte Dora bei ihr war, die daraufhin natürlich verdächtigt wurde. Jeder weiß, dass sie sich mit jeder Art von Kräutern gut auskennt.«

Slyper sieht hoch. Seine Augen sind blutunterlaufen vor unterdrückter Erregung.

»Ihr habt endlich eine Gelegenheit gesehen, die alte Frau loszuwerden, die Euch stets daran erinnerte, dass Ihr von niedererer Herkunft seid, als Ihr wahrhaben möchtet.«

Ein leises Raunen geht durch das Zimmer.

Slyper senkt wieder den Kopf und starrt stumm vor sich auf den Tisch.

»Eure uneheliche Geburt schwebt wie ein Damoklesschwert über Eurem Kopf, solange Eure leibliche Mutter, Dora Vischer, noch lebt. Sie wird niemals aussagen. Sie schützt Euch, geht für ihren Sohn ins Feuer. Vielleicht sieht sie darin sogar eine Möglichkeit, ihre Schuld abzutragen, die sie Euch gegenüber zu haben glaubt. Der Goldgräber aber wird nach einigem Druck mit Sicherheit aussagen. Ihr fühltet Euch sicher, weil Ihr Menschen benutzt habt, die keine Stimme haben, die nichts wert sind und auf deren Aussage niemand einen Pfennig gibt. Aber bei der Last der Anschuldigungen wird das Hochgericht nicht darum herum können.«

Bürgermeister von Strailen schlägt mit der flachen Hand auf den Tisch und erhebt sich. »Slyper! So sagt etwas, um Gottes willen. Verteidigt Euch!«

Der Gewürzhändler aber verfällt plötzlich in irrsinniges Lachen. Sein gesamter Körper bebt. Schließlich schlägt er verzweifelt die Hände vor sein Gesicht.

Der Bürgermeister sinkt betroffen auf seinen Stuhl zurück.

Plötzlich springt Slyper auf. Sein Stuhl kippt nach hinten und fällt krachend zu Boden. Alle Anwesenden zucken zusammen.

»Was wisst ihr schon!«, ruft er verächtlich. »Was wisst ihr schon, wie es ist, immer nur das Balg zu sein, ein lästiges Anhängsel, das niemand will. Ja, mein Vater hat mich in sein Haus aufgenommen, doch niemand wollte mich dort. Für seine Frau war ich eine einzige stumme Anklage. In eine Dachkammer hat sie mich gesperrt. Aus ihren Augen wollte sie mich. Als sie dann ein eigenes Kind gebar, war ich nicht mehr vorhanden. Aber warum nur? Ich konnte es nicht erklären. Was hatte ich getan? Was war anders an ihm als an mir? Erst als mein Vater starb, ich war schon ein erwachsener Mann, da erfuhr ich die Wahrheit. Dora Vischer! Doch das Schicksal wendete sich! Das Balg war zäh! Zäher als alle anderen, die längst auf dem Kirchhof liegen. Ich bin jetzt der Herr des Hauses. Jetzt entscheide ich! Und niemand wird mir dass streitig machen!« Die letzten Worte gehen in einen Weinkrampf unter. Slyper sinkt geschlagen auf die Knie. Hauptmann Roderich Greven tritt zu ihm, fasst ihn unter den Arm und zieht ihn hoch. Sein Blick geht zum Bürgersmeister.

»Ich lasse Euch verhaften, Cornelius Slyper, Gewürzhändler zu Köln, unter dem Verdacht der Ermordung des Mattheus Rütt und der Griet Märtens.«

Greven nickt und führt den wimmernden Slyper mit sich.

Der Bürgermeister hält den Hauptmann noch einmal zurück, bevor dieser die Tür wieder hinter sich schließt. »Und Greven – lasst die alte Dora aus dem Weckschnapp.«

Kaum dass sich die Türe hinter dem Hauptmann geschlossen hat, tritt wieder Stille ein. Einige der Anwesenden blicken auf den Ring, der noch immer auf seinem Platz auf dem Tisch liegt.

Wie viele der hier anwesenden Ratsmitglieder sind Mitglieder bei den Apokalyptikern? Wird der Rat die Bruderschaft anklagen? Ein Mann wie Cornelius Slyper, dessen ist sich Albrecht sicher, hat in der Bruderschaft eine Art Ersatzfamilie gefunden. Dort war er angesehen, wurde von niemandem zurückgestoßen. Dort konnte er Entscheidungen treffen, die nicht angezweifelt wurden.

Bleibt für ihn noch eine Frage offen. Wie weit ist der Venezianer, ist Arturo Benedetti Clementi, eingeweiht?

23

»Winters war damals ein attraktiver Mann mit Zukunft.« Colette Mang wanderte durch den Raum. Der würzig riechende Rauch des Zigarillos, das sie sich angezündet hatte, begann sich langsam im Zimmer zu verteilen und umkreiste wie ein neugieriger Museumsbesucher ihre Skulpturen.

»In einem Punkt ergänzten sich die beiden perfekt: ihr Ehrgeiz.« Sie lachte rau auf. »Es bedurfte damals nicht viel, Pauline – wie sagt man heute? – rumzukriegen. Winters' stoische Konsequenz beeindruckte sie. Sie glaubte an ihn, an die Karriere, die er machen würde. Aber sie hätte ihn nicht mit zu uns bringen dürfen«, fügte sie leise hinzu.

»Was ist geschehen?«

»Wir lehnten ihn ab. Er war ordinär und profan, dachte nur ans Geld. Aber er war fasziniert von der Welt des freien Künstlertums. Er war durchaus eine gespaltene Persönlichkeit. Paulines Ehrgeiz und Materialismus taten ihm nicht gut, förderten seine schlechten Eigenschaften, nährten den bösen Keim in ihm. So wie bei jedem, der in ihren Bannkreis gerät.« Sie inhalierte tief. »Die wirklichen Probleme begannen, als Bauer zu uns stieß, der Idealist, der Träumer, der in seiner eigenen Welt lebte und besessen war von seinen Theorien. Endres hatte ihn mitgebracht. Er hatte einmal eine von Bauers Vorlesungen an der Universität besucht.«

»Fischau erwähnte, dass zwischen Wolfarth und Bauer mehr als nur Freundschaft war.«

Colette nickte. »Er hat recht. Es war Hörigkeit. Endres war von Bauer vollkommen gefangen. Bauer hatte in diesen Tagen längst seinen Posten an der Universität verloren und war in einer verzweifelten Situation, seiner Existenzgrundlage beraubt, gefangen im Netz seiner Tagträume.« Colettes Lippen pressten sich fest aufeinander. Grimmig sagte sie: »Endres' Zuneigung zu ihm, fast bis zur Selbstaufgabe, zerstörten ihn. Er war eine tragische Figur, der jeden, der sich mit ihm einließ, mit in seinen Abgrund riss. Endres war sehr sensibel, sehr weich – sehr biegsam.«

»Sie missbilligten die Beziehung der beiden?«

»Weil ich sah, wie sie Endres langsam zerstörte. Es geschah eines Abends, im Winter, Anfang 1940. Seit September '39 war Krieg. Die Männer unserer Gruppe konnten jeden Tag eingezogen werden. Die Stimmung war bedrückt. Unsere unbeschwerten Tage waren vorbei, das wussten wir. Wir saßen am offenen Kamin, Heinrich und ich, Pauline, Winters und Marcel. Wir redeten und tranken und diskutierten, und bald landeten wir bei unserem Lieblingsthema: Dürer. Er übte auf jeden einzelnen von uns eine magische Anziehungskraft aus. Sein Werk bestimmte unser Schaffen.« Ihr Blick ging in die Ferne. Dann schloss sie die Augen. »Ich sehe Endres und Bauer, die gemeinsam die Treppe herunterkommen. Ihre Gesichter sind erhitzt. Es wirkt, als hätten sie gestritten. Winters spricht. Er erzählt uns stolz, dass er von Mayer die Geschäfte übernommen hat, der ins Ausland gegangen sei, und er habe sogar die Villa übernommen. Mit allem. Ich sehe hinüber zu Pauline, die ernst auf Winters blickt. Sie wirkt besorgt. Sie versucht uns abzulenken, das Thema zu wechseln, doch Winters hat zu lange auf diesen Augenblick gewartet. Er will uns allen zeigen, wie überlegen er uns ist. Der kleine Kaufmann aus armem Hause und die Söhne und Töchter der oberen Schicht. Darauf hat er gewartet. Er hat zu viel getrunken, sein Gesicht ist gerötet. Ich höre, wie er sagt: ›Ihr ahnt ja gar nicht, was der Alte alles in seinen Kellern versteckt hat!‹ Pauline versucht ihn abermals zu stoppen, doch diesmal hält Endres sie zurück. Bauer bleibt im Hintergrund.

›Also‹, sagt Endres fröhlich, ›was hat er denn so Tolles, der Alte?‹ Genau wie wir alle, hält er Winters für einen Aufschneider und will ihn bloßstellen.

Winters steht auf und geht in die Diele. Kurz darauf kommt er mit einem Gegenstand zurück, den er sorgfältig in ein kariertes Tuch gewickelt hat. Er hat mit dieser Reaktion gerechnet. Er trägt ihn vorsichtig im Arm wie ein Neugeborenes. Auf seinem Gesicht ist ein triumphierendes Lächeln, als er den Gegenstand behutsam auswickelt. Er wirft das Tuch zur Seite und hält ihn mit beiden Händen fest umklammert in Höhe der Brust. Wir alle sitzen wie erstarrt, keiner sagt ein Wort.« Colette öffnete die Augen und sah Elise an, die gespannt an ihren Lippen hing.

Einen Moment hielt sie inne, dann sagte sie leise: »Es war eine Maske aus weißem Gips. Ein verhärmtes Gesicht voller Leiden, und doch, um die Lippen spielte ein entrücktes, erlöstes Lächeln. Die Ähnlichkeit zum letzten Selbstbildnis war frappierend und unübersehbar. Sie war es. Daran zweifelte in diesem Augenblick niemand von uns. Dürers Totenmaske.«

Ihre Blicke trafen sich. Elise blieb stumm.

»Bauer wirkte wie versteinert. Alle Farbe war aus seinem Gesicht gewichen. Winters genoss seinen Triumph. ›Und da ist noch mehr‹, sagte er prahlerisch. ›Ein wahrer Schatz.‹ Er wusste, was für eine Wirkung das auf uns haben musste. Wir, die wir alle Dürer verehrten, allen voran Bauer. Er wusste, dass Mayer bei den Apokalyptikern gewesen war, hatte immer wieder versucht, mit ihm in Kontakt zu kommen, doch der hatte ihn stets abblitzen lassen, aus gutem Grund.«

»Mein Vater betrachtete das Vermächtnis der Apokalyptiker als letzter Überlebender als sein Eigentum. Colettes und Paulines Vater war inzwischen gestorben«, warf Leonore ein. »Gott allein weiß, was er getan hat, um in seinen Besitz zu kommen«, fügte sie bedrückt hinzu.

»Ich stelle mir vor, in Bauers Kopf formte sich langsam das Bild eines Kellers voller Beweise für seine Theorien. Nie war er seinem Ziel so nahe gewesen, seine Thesen endlich beweisen zu können. Endlich konnte er der Welt zeigen, dass er, der Verlachte, der Verstoßene, recht hatte. Und Winters? Der kostete seinen Triumph aus. Er war am Ziel, er glaubte sich uns ebenbürtig.«

Elise formulierte vorsichtig in ihrem Kopf vor, was sie dann aussprach: »Wie weit, glauben Sie, ist Winters gegangen, um in den Besitz dieser Sammlung zu gelangen?«

Colette schloss erneut die Augen. »Niemand von uns hat der Wahrheit ins Gesicht sehen wollen, damals. Wir wollten Winters' Geschichte glauben, Mayer und seine Familie seien sicher im Ausland und er verwalte den Besitz nur.«

Jetzt erhob auch Leonore sich. Sie ging langsam zum Flügel und nahm eine Mappe, mit der sie zu Elise zurückkehrte.

»Meine Schwester ist tot«, sagte sie. »Sie starb gestern Nachmittag friedlich im Schlaf.«

»Das tut mir leid«, sagte die Kommissarin aufrichtig.

Leonore Mayer reichte ihr die Mappe. »Es gibt eine Verfügung, dass diese Unterlagen nach ihrem Tod an mich auszuhändigen sind. Ihr Anwalt hat sie mir heute übergeben. Ich denke, Sie werden verstehen, wenn Sie das lesen.«

24

Kenzo Klar löschte nacheinander sämtliche Lampen in seinem Hotelzimmer, bis als einzige Lichtquelle nur ein Streifen Tageslicht übrig blieb, der unter den geschlossenen Vorhängen hervorlugte.

Er trug einen weiten, schwarzen Kimono, hatte sich damit von allem Europäischen weit entfernt und war zu seinen asiatischen Wurzeln zurückgekehrt. Auf dem Schreibtisch verteilt lagen zahlreiche Akten, die die letzten Tage in Köln dokumentierten. Er hatte geraume Zeit damit zugebracht, sie eingehend zu studieren. Aufgeschlagen daneben lag eine Ausgabe von Baudelaires »Blumen des Bösen«.

Jetzt setzte er sich im Schneidersitz auf das Bett und faltete die Hände im Schoß.

Langsam schloss er die Augen und entglitt der realen Welt. Das leise Surren der Klimaanlage erstarb, ebenso die Schritte auf dem Flur vor seinem Zimmer. Er glitt hinein in einen diffusen Nebel, der ihn einhüllte und schwerelos zu machen schien. Je länger dieser Zustand anhielt, desto leichter wurde er. Er wurde getragen allein von seinen Gedanken.

Ein schriller Ton. Das Gedankengebäude fiel in sich zusammen.

Klar öffnete die Augen. Er zögerte einen Moment, dann griff er nach dem Mobiltelefon auf dem Nachttisch. »Ja?«

Er hörte stumm zu, was der Gesprächspartner am anderen Ende sagte. Eine Träne löste sich und nahm unaufhaltsam ihren Weg über Wange und Kinn, um schließlich einsam im Stoff des Kimonos zu versickern.

25

Vladimir Nentchew hielt Grigorij das Telefon hin, der es mit kurzem Nicken entgegennahm und damit zurück zu der gepanzerten Limousine ging, die draußen auf sie wartete.

Ein scharfer Wind fegte durch die große Fabrikhalle, hineingetragen durch die kaputten Fensterscheiben. Hier hatten einmal zahlreiche Arbeiter ihren Lebensunterhalt verdient, jetzt scharrten die Ratten in den Ecken. Er blickte teilnahmslos auf die leblose Gestalt neben sich am Boden, die zusammengesunken, wie eine von einem Kind achtlos fortgeworfene Puppe, an einem der rostigen Stahlpfeiler lehnte.

Die Tauben, die sich auf den Deckenstreben niedergelassen hatten, schlugen mit den Flügeln und gurrten leise. Das Klappen einer schweren Autotür scheuchte sie auf.

»Ich habe nach Ihnen gesucht«, sagte Baruch Abrahamsson. »Ich sehe, es ist erledigt.« Die Gegenwart der Toten schien ihn nicht zu stören.

Nentchews Zögern irritierte ihn.

»Ich hoffe, das genügt Ihnen als Beweis unserer Zuverlässigkeit. Ich halte mein Wort.«

»Wer?«

»Das spielt keine Rolle. Unsere Leute sitzen dort, wo sie für uns am nützlichsten sind. Uns bleibt nichts verborgen.«

Der Deutschrusse nickte stumm.

»Wir haben Ihnen den Maulwurf geliefert, eine Frau, der Sie vollkommen vertrauten. Sie sind uns etwas schuldig. Sie wissen, was wir wollen«, er näherte sich Nentchew bis auf wenige Schritte, sah ihm tief in die Augen, »und was auf dem Spiel steht. Mit dem Brief steht meiner Wahl zum Vorsitzenden der Apokalyptiker nichts mehr im Wege. Die Zeit Pauline Balatiers ist abgelaufen. Sie hat sich überlebt.« Er streckte die Hand aus und fasste ihn am Ärmel. Vladimir Nentchew zuckte zusammen und trat einen Schritt zurück.

Abrahamsson ließ sich nicht irritieren. »Unbegrenzte Macht! Niemand kann uns mehr aufhalten. All die Jahre des Wartens im Schatten sind vorüber. Wir werden eine neue Welt kreieren!«

Erschöpft und angewidert schloss Nentchew für einen Moment die Augen, wandte sich dann zum Gehen und ließ ihn stehen.

26

Der Anruf kam überraschend. Avide zog sein Handy hervor und meldete sich.

»Wo bist du?«, fragte Elise.

»In der Augustastraße. Marcel ist verschwunden.« Er blickte besorgt an der hellen Fassade empor. »Er hat nicht auf meine Anrufe reagiert. Und in seiner Wohnung ist er auch nicht.«

»Kannst du zur Kaiserin-Theophanu-Residenz kommen?«

Kaum eine Viertelstunde später hielt sein Taxi auf dem Parkplatz. In der Eingangshalle traf er auf Michael Widmer, der ihn feindselig anstarrte.

»Sie hat mich herbestellt«, sagte Avide entschuldigend.

Sie fuhren gemeinsam in den zweiten Stock. Elise erwartete sie an der Tür. Sie wirkte aufgekratzt, führte sie in den großen Salon und stellte sie den anwesenden Frauen vor.

»Dies hier«, sie hielt eine lederne Aktenmappe hoch, »ist die Hinterlassenschaft von Hugo Winters' Witwe. Sie ist gestern Nachmittag gestorben.« Sie holte einen handgeschriebenen Brief hervor und begann laut vorzulesen:

»Meine geliebte Schwester,
wenn man Dir diesen Brief übergibt, werde ich tot sein. Ein langes, schmerzvolles Leben hat sich vollendet. Ich scheide sehnsüchtig, in der Hoffnung, wo auch immer der Weg hinführt, dort eine erfüllende, sinnvollere Bestimmung zu finden, als es mir das Leben im Diesseits bereithielt.

Diejenigen, die den gewaltsamen Tod meines Mannes aufzuklären versuchen, werden unweigerlich hineingezogen in das verzweigte Labyrinth eines Lebenskonstrukts, aus Irrungen, falschen Facetten und Doppelbödigkeiten. Doch die Vergangenheit stirbt nie. Und wahres Unrecht verjährt nicht, besonders dann nicht, wenn es ungesühnt geblieben ist.

Ich habe ein Leben dazu gebraucht, die Papiere, die sich in dieser Mappe befinden, zusammenzutragen. Ich habe dies allein für uns getan, die Opfer eines Jahrhundertwahnsinns.

Die Wahrheit, die in ihnen steht, so grausam sie ist, hat mir geholfen. Sie hat nicht den Schmerz gelindert, aber sie birgt einen Schlüssel, der dem namenlosen Bösen, vor dem man immer wieder fassungslos steht, ein Gesicht, eine Richtung gibt. Es war mir sogar möglich, gewisse Handlungen meines Mannes nachzuvollziehen. Dennoch, die Erkenntnis, dass er dies alles nicht aus Zwang tat, als Folge einer unmenschlichen Zeit, ist mehr als bedrückend und raubt einem den Verstand. Vieles von dem, was hier schwarz auf weiß steht, war für mich lange Zeit nur eine Ahnung, ein Verdacht. Auch das war ein Grund, diese Mappe zusammenzustellen. Ich wollte Gewissheit. Ein anderer Ausgang, ein falscher Verdacht meinerseits, ein durch den Wahnsinn einer Zeit verwirrter Geist, wäre schließlich möglich gewesen. Doch dem war nicht so. Alle meine Verdächtigungen haben sich bestätigt. Diese Erkenntnis war furchtbar, und doch gab sie mir auch die Beruhigung, das Richtige getan zu haben.

Ich betone hier nochmals, dass ich dies nicht aus Rache tue. Hätte ich mich rächen wollen, hätte ich diese Papiere zu Lebzeiten meines Mannes verwenden müssen. Sie hätten ihm sehr schaden können. Am Ende war wohl doch das Gefühl des Mitleids mit einer in die Irre geleiteten Seele stärker.

Je näher ich dem Tod bin, desto mehr Last fällt von mir ab. Und die zurückbleibende Leichtigkeit versetzt mich in die Zeit meiner Jugend, in der alles noch so unbeschwert und schön war. Dorthin kehre ich zurück – ins Glück.«

Elise ließ langsam den Brief sinken und ging zu Avide. »Ich denke, sie hat jetzt ihren Frieden.«

Avide nickte.

»Ich habe die Mappe durchgesehen«, fuhr sie fort. »Es ist unglaublich. Alles ist belegt, Zeugenaussagen, eidesstattliche Erklärungen. Sie hat das Treiben ihres Mannes in den Jahren 1938 bis 1945 fast minutiös recherchiert. Wie eine Besessene. Offenbar haben Hugo Winters und seine damalige Geliebte Pauline de Bruyn eine Organisation aufgebaut, die Juden gegen Bezahlung die Flucht aus Deutschland versprach. Geld interessierte ihn nicht. Er war schon damals von der Kunst besessen. Doch die Sammlung von Salomon Mayer reichte ihm nicht. Und so fanden er und Pauline einen Weg, günstig an weitere Kunstwerke zu kommen. Pauline, die aus den besten Kreisen stammte, wusste, bei wem es sich lohnte. Es schien am Anfang ein perfektes Verbrechen. Sie mussten nur dafür sorgen, dass es keine Zeugen gab. Also keine Flucht. Man brachte die Flüchtlinge zu verschiedenen Verstecken, wog sie in Sicherheit und ließ sie warten, auf eine Passage nach Amerika, eine Fluchtmöglichkeit in die Schweiz. Dann verrieten sie das Versteck an die Nazis, die in den Konzentrationslagern die Drecksarbeit für sie erledigten. Luise Winters hat mit Überlebenden gesprochen, sogar mit reuigen Tätern, und ließ sie ihre Geschichte aufschreiben. Sie hat noch mehr getan und die Opfer mit Geld von Konten der WinCo AG entschädigt. Natürlich verschleiert, über die Schweiz. Auch das war ein Grund, warum sie bei ihm geblieben ist.« Sie hielt erneut die Mappe hoch. »Hiermit hat sie ihren Mann erpresst, der nichts dagegen machen konnte. Er wusste immer, dass es diese Unterlagen gab, sorgfältig verwahrt bei einem Anwalt. Auch als Schutz ihres eigenen Lebens. Zum Schluss hatte sie ein fast komplett zusammengesetztes Puzzle. Nur eines fehlte ihr.« Elise entnahm der Mappe ein schmutziges Blatt Papier und wendete es um. Es war eine Zeichnung, das Porträt eines jungen Mannes.

»Dieser Mann hat uns damals bei der Flucht geholfen«, erklärte Leonore Mayer. »Luise hat es dann nach dem Krieg aus dem Gedächtnis gezeichnet. Er brachte uns nach Amsterdam und dort in ein Versteck.«

»Doch er arbeitete für Winters' Organisation«, fuhr Elise fort. »Mehr noch als von Geschäft und Villa war Winters besessen von Salomon Mayers Sammlung. Der offiziellen wie der geheimen.« Auf die fragenden Blicke der beiden Männer begann Elise zu erzählen, was ihr Colette Mang von den Apokalyptikern berichtet hatte. Salomon Mayers Schatz, den er in den Kellern der Villa hütete.

»Er musste Mayer und am besten seine ganze Familie loswerden. Und er fand einen Weg. Luise Winters hat den Namen des Mannes auf der Zeichnung nie erfahren, sosehr sie auch suchte, er blieb die Lücke in ihrem Mosaik. Mike, hast du die Unterlagen mitgebracht, um die ich dich gebeten hatte?«

Widmer holte einen Aktenordner hervor und gab ihn ihr.

Es waren auch die Bilder darin, die sie an die Pinnwand ihres Büros geheftet hatten.

Eines zog sie nun hervor. Sie ging zum Flügel und legte das von Luise Winters gezeichnete Porträt und die Fotografie nebeneinander. Einen Augenblick betrachtete sie beides. Michael Widmer und Avide traten hinter sie und sahen ihr über die Schulter. Sie kamen alle drei zu dem gleichen Ergebnis.

»Ich war mir nicht sicher gewesen«, sagte Elise leise.

»Er ist es«, bestätigte Widmer.

»Wir kennen den Mann, der Hugo Winters half, unschuldige Menschen in den Tod zu schicken. Auch Sie und Ihre Schwester«, sagte Elise an Leonore gewandt. »Er heißt Karl Leuwang. Wir haben ihn tot in seiner Wohnung gefunden. Wir glauben, dass er jemanden erpressen wollte, da er Geld für eine Operation brauchte, die seiner kranken Tochter das Leben retten sollte.«

»Er kannte Winters' Vergangenheit, war ein Teil von ihr«, warf Widmer ein.

»Es gibt auch noch eine andere Möglichkeit«, sagte Avide, noch immer nachdenklich die Fotografie betrachtend. »Ich war doch bei diesem Mann in Paris, diesem Papierexperten. Winters wollte zu ihm, ist jedoch nie dort angekommen. Als ich ihm den Brief zeigte, glaubte er ihn wiederzuerkennen.« Er fasste zusammen, was Frankfurter ihm erzählt hatte. »Was, wenn dieser Mann damals Karl Leuwang gewesen ist?«

»Du meinst, er hat den Brief all die Jahre in seinem Besitz gehabt?«, fragte Elise ungläubig.

»Er war kein Experte, mag den Wert des Briefes gar nicht gekannt haben. Aber er wusste vielleicht, dass er für jemand ganz Bestimmtes mit viel Geld von Bedeutung ist. Jetzt braucht er selber welches, und der Brief, den er vielleicht in eine Schublade gestopft und ganz vergessen hat, fällt ihm wieder ein.«

»Hugo Winters.«

»Das würde erklären, woher Winters ihn hatte«, sagte Avide.

Colette gesellte sich zu ihnen und legte schützend einen Arm um Leonore. »Es war Winters' und Paulines Pech, dass das Tausendjährige Reich nur zwölf Jahre dauerte. Damit hatten sie nicht gerechnet.«

»Karl Leuwang war ein einfacher Mann und ein überzeugter Nationalsozialist. Winters und Pauline brauchten sicher nicht viel Überzeugungsarbeit zu leisten, um ihn für ihre Zwecke einzuspannen. Ein williger, gut zu manipulierender Befehlsempfänger.«

»Solchen Menschen wusste meine Schwester immer schon eine Rolle zuzuweisen. Damals wie heute«, sagte Colette trocken.

»Das Böse in seiner perfidesten Form, als perfekt organisiertes System, hierarchisch gegliedert. Woran erinnert uns das?« Avide begegnete Colettes Blick.

»Ich sehe, wir verstehen uns.« Sie ließ Leonore los und ging zum Tisch, um sich ein weiteres Zigarillo anzuzünden.

Elise war zu einer der Büsten gegangen, die auf einem hohen, nach unten spitz zulaufenden Holzpodest thronte. Es war der Kopf eines jungen Mannes. Seine ebenmäßigen Züge nahmen sie sofort gefangen. Er hatte die Augen fest geschlossen und schien gänzlich der Welt entrückt. Sie betrachtete ihn lange, berührte irgendwann sogar liebevoll die eiskalte Wange. In den Marmorblock, der als Stütze diente, war ein Name eingraviert: Endres.

»Pauline hatte schon während des Kriegs gute Kontakte ins Ausland«, fuhr Colette fort. »Sie setzte sich rechtzeitig in die Schweiz ab und begegnete dort Auguste Balatier, der zwar beim Einmarsch der Deutschen seine Firma, nicht aber sein immenses Vermögen verloren hatte, das auf Bankkonten in Zürich schlummerte. Winters war vergessen. Er gehörte jetzt zur Verliererseite. Er war, wie alles in ihrem Leben, nur ein Spielball für ihre kranken, ehrgeizigen Pläne. Sie ist das Böse, das hinter allem steckt, machtbesessen, intelligent und ohne jedes Gefühl. Balatier verfiel ihr vollkommen – und machte damit einen guten Fang. Sie gingen nach dem Krieg zurück nach Frankreich und Pauline baute seine Firma wieder auf.«

Alle Anwesenden wussten, was sie daraus gemacht hatte. Avide dachte an sein Gespräch mit Sarzac, Michael Widmer an die Unterhaltung mit Walter Umbreit.

»Also ist sie es, die diesen Brief will?«, brachte es Avide auf den Punkt.

»Will sie ihn?«, fragte Colette erstaunt.

»Seit man Hugo Winters tot aufgefunden hat, hängt der Schatten der Firma Balatier über uns wie ein Damoklesschwert«, sagte Elise. Sie berichtete von Leviolet und Marguerite Frontier. Avide und Widmer ergänzten den Bericht: der Überfall in Paris, die unheilvolle Rolle der WWS, Abrahamsson, der Tod Manfred Seibolds.

Colette hörte aufmerksam zu, umflort von den Rauchschwaden ihres Zigarillos, die seltsame Luftgebilde kreierten. »Sie hat die Apokalyptiker wieder aufleben lassen.« Ein Blick in die Runde zeigte ihr betroffene und ungläubige Mienen.

Avide war der Erste, der das betretene Schweigen brach. »Ich habe mit einer Freundin gesprochen, einer Historikerin, deren Spezialgebiet Geheimgesellschaften und -bünde sind. Die Apokalyptiker des ausgehenden fünfzehnten Jahrhunderts, also zu Dürers Zeiten, waren eine der mächtigsten und geheimnisvollsten Logen ihrer Zeit. Sie resultierten aus der Angst der Menschen an der Schwelle der Jahrhundertwende. Bis etwa Mitte des vierzehnten Jahrhunderts hatte die Bevölkerung mehrheitlich aus Bauern und kleinen Handwerkern bestanden, deren Weltbild vollkommen geprägt war von dem, was die Priester und Mönche den Menschen verkündeten. Der Kalender des Jahres, der Ablauf der Zeit waren die Feiertage der Heiligen. Vernichtete schlechtes Wetter die Ernten, brannte ein Haus durch Blitzschlag ab, war es der Zorn des Herrn. Gute Ernten waren ein Segen Gottes. Gott war keine imaginäre, zweifelhafte Figur, wie sie es heute ist. Er war fester Bestandteil des Lebens. Dann kommt der Fortschritt, der Mensch beginnt zu denken, zu forschen, nimmt nicht mehr alles einfach als gottgegeben hin. Vielen, besonders den Bauern, geht es schlecht, und der Hass auf die reich begüterte Geistlichkeit wächst. Die bestehende Ordnung wird angezweifelt.«

»Der Nährboden für Luther«, wirft Elise ein.

»Ja. Er wird das prägendste Sprachrohr der Reformation. Dieser Italiener, Clementi, wird 1450 in Venedig in eine begüterte Kaufmannsfamilie hineingeboren. Aber er interessiert sich nicht fürs Geschäft, ist schon früh vom Glauben beseelt. Es ist ein tiefer, unerschütterlicher Glaube an einen unbeugsamen Gott, der die Ungläubigen mit ewiger Verdammnis straft. Er lehnt die offizielle Kirche vehement ab, ebenso die Leitfiguren der Reformation, deren Gottesbild ihm nicht radikal genug ist.

Man weiß nicht, wann und warum er damit begonnen hat, sich auf die Offenbarung des Johannes zu berufen, der den Weltuntergang prophezeit. Diese seltsame Prophezeiung, die bisher niemand entschlüsselt hat, wird die Grundlage seiner religiösen Berufung. Er ist charismatisch, hält flammende Reden und zieht damit viele in seinen Bann.

Seine gegründete Glaubensvereinigung, die ›Apokalyptiker‹, finden rasch Zulauf. Er ködert sie, indem er ihnen, als Verkünder des reinen und wahren Glaubens, die Auferstehung nach der Apokalypse, dem Weltuntergang, verspricht. Seine ersten ›Jünger‹ sind wie er von diesem Glauben beseelt. Doch schon früh gibt es Anfeindungen. So viele Anhänger er findet, so viele Feinde hat er auch, durch seine rigorosen, unbeugsamen Anschauungen. Man bezichtigt sie der übelsten Verbrechen, der Zelebrierung schwarzer Messen mit Menschenopfern. Wer diese Gerüchte in die Welt gesetzt hat, wird man nie genau wissen.

Die Verleumdungen zeigen Wirkung. Je mehr die Bruderschaft ins Zwielicht gerät, desto mehr zieht er sich zurück, desto geheimer werden die Treffen. Schließlich beginnt man von offizieller Seite die Apokalyptiker zu verfolgen, will sich dieser lästigen, geheimnisvollen Bruderschaft, deren Mitglieder so viele wichtige Positionen innehaben, entledigen. Es gibt Verhaftungen, Verhöre, viele schwören ab.

Der übrig gebliebene Rest ist eine elitäre, weltentrückte Versammlung von Kaufleuten, denen es längst nicht mehr um den Glauben geht. Man macht, von der Öffentlichkeit abgewandt, im Schutz der Bruderschaft Geschäfte miteinander.

Da hat sich Clementi schon überlebt, um das Jahr 1490 herum gibt es letzte Lebenszeugnisse, übrigens hier aus Köln. Er verschwindet spurlos und wird somit zur Legende.«

»Die Apokalypse«, sinnierte Widmer. »Und das Buch des heiligen Ignatius, der, der Legende nach, den Schlüssel zur Offenbarung des Johannes in seinem Besitz gehabt haben soll. Das kann doch kein Zufall sein.«

Avide dachte an das, was ihm Marcel Weidenmann darüber erzählt hatte. Viele bezweifelten seine Existenz. So viele Legenden rankten sich um dieses Buch. Irgendwo hinter dieser kaum zu überwindenden Dornenhecke lag die Wahrheit verborgen.

In Colette Mangs Stimme klang Angst mit, als sie sagte: »Mit Balatiers Mitteln in der Hand war Pauline nicht mehr aufzuhalten gewesen. Eine Mésaillance aus hoher Intelligenz, rücksichtslosem Durchsetzungsvermögen und Machthunger. Sie hat ein Imperium errichtet und es unantastbar gemacht, indem sie eine verschworene Gemeinschaft dekadenter Männer und Frauen mit unermesslichen Mitteln und hohem politischem und wirtschaftlichem Einfluss an sich band. Ein elitärer Club, dessen Mitglieder, alle ebenso machtbesessen wie Pauline selbst, es als Ehre ansehen, in diese Gemeinschaft aufgenommen zu werden. Eine Kaste, die nach ihren eigenen Regeln lebt und handelt. Losgelöst von jeder existierenden Gesetzgebung. Alle, die nicht zu diesem Kreis gehören, sind potenzielle Feinde. Fasziniert von der Geschichte der Apokalyptiker, hat sie schon kurz nach dem Krieg damit begonnen und jetzt, in der dritten Generation, eine bereits weltumspannende Organisation geschaffen. Die Mitgliedschaft ist geheim. Man trifft sich drei Mal im Jahr, ein Datum ist der 21. Mai, Dürers Geburtstag, um Verträge zu erneuern, sich alter Freundschaften zu vergewissern. Man ist unter sich. Die Apokalyptiker der Neuzeit sitzen an den Schaltstellen der Macht. Sie manipulieren und korrumpieren, ein Phantom, das aus dem Dunkeln heraus agiert, gierig und unkontrolliert, das seit Jahrzehnten kontinuierlich gewachsen ist, ohne dass ihm jemand Einhalt geboten hat.«

»Und an der Spitze Pauline Balatier, wie eine Spinne im Netz, die die Fäden in der Hand hält. Sie ist die von allen akzeptierte oberste Instanz«, fügte Avide hinzu.

»Sie war immer eine gefährliche Frau«, sagte Colette traurig. »Jetzt aber, alt und kurz vor dem Tod, ist sie eine tickende Zeitbombe. Alles hat sie kontrolliert, ein Leben lang, nur über eins hat sie keine Macht: Sie altert, ihre Kräfte schwinden. Und je schwächer sie wird, desto näher kommen die Wölfe, die schon seit Längerem lauern. Die Tragik der Könige, der Mächtigen dieser Erde.« Schatten huschten über ihr Gesicht. »Der Brief ist eine Insignie. Die Apokalyptiker vollziehen traditionelle Riten. Sie huldigen Symbolen, die die Macht verkörpern, die ihr Führer über sie hat. So wie die Christen dem Kreuz. Ein Brief von der Hand Dürers, den die Apokalyptiker verehren und noch immer als ihr bedeutendstes Mitglied sehen, hat für sie eine große Bedeutung.«

Sie warf einen Blick zu einer Skulptur in der Nähe des Flügels; eine Frau in wildem ekstatischem Tanz, gehüllt in zarte Seidengewänder, die ihre Nacktheit kaum verbergen. In einer Hand, der Arm ist weit vom Körper gestreckt, hält sie den Kopf eines Mannes, dessen Gesichtszüge grotesk verzerrt sind. Judith und Holofernes. Ein Kopf als Symbol der Macht über andere.

»Dieser Brief im Besitz von Hugo Winters ist ein Mysterium und macht die Sache brisant«, fuhr sie fort. »Er hat nämlich damals einen entscheidenden Fehler begangen. Er hat Pauline vertraut. Als klar war, dass das Dritte Reich untergeht, hat er ihr das Vermächtnis der Apokalyptiker aus den geheimen Kellern der Mayer'schen Villa anvertraut. Sie sollte es ins sichere Ausland bringen. Er hat nie wieder etwas davon gesehen. Sie hat ihm sogar später die Mitgliedschaft in ihrer Organisation verweigert. Er hat sie gehasst dafür. Dieser Brief in seinen Händen, von dem er ahnt, dass ihn Pauline braucht und unbedingt haben will, war vielleicht seine Rache.«

Elise trat auf sie zu. »Sie hassen Ihre Schwester.«

Colette warf den Kopf in den Nacken und verfolgte den Rauch ihres Zigarillos. Was sah sie in den schemenhaften Lichtgestalten, die wie Fata Morganen im Zimmer umherschwebten?

»Pauline hat Kinder, Söhne, aber sie haben weder ihre Intelligenz noch ihr Selbstbewusstsein oder ihr Durchsetzungsvermögen. Sie sind in ihren Augen Schwächlinge. Aber sie will die Macht nicht aus den

Händen der Familie geben. Von Kindheit an war ihr meine Tochter Katja sehr ans Herz gewachsen. In ihr hat sie eine Wiedergeburt ihrer selbst gesehen. Sie hat sie zu einem willigen Adepten ihrer Machtgelüste gemacht und will sie als ihre Nachfolgerin inthronisieren. Ja, Frau Brandt, ich hasse Pauline. Sie hat mir mein Kind genommen.«

Elise war überzeugt, dass da noch mehr war, doch darüber hüllte sich Colette in Schweigen.

»Die beiden fechten also einen uralten Kampf?«, warf Widmer skeptisch ein.

»Eine alte Fehde, vor sechzig Jahren begonnen, die nun, mit Winters Tod, ihren Schlusspunkt erreicht hat«, bestätigte Colette.

»Er hat es womöglich für einen ungeheuren Glücksfall gehalten, als Leuwang irgendwann an ihn herantrat und er erfuhr, womit er ihn erpressen wollte. Ein Brief, den er im Besitz Paulines glaubte und von dem er wusste, was für eine Bedeutung er für sie haben muss«, sagte Elise.

»Und er sieht endlich die Möglichkeit, sich an ihr zu rächen«, warf Avide ein.

Widmer überlegte. »Er will ihn unter allen Umständen in seinen Besitz bringen. Aber warum hätte er Leuwang töten sollen? Er hatte doch alle Mittel, um ihm den Brief abzukaufen.«

»Eben«, sagte Elise nachdenklich. »Vielleicht sind sie in Streit geraten, Leuwang wurde zu gierig, oder aber er wusste zu viel über Winters' Vergangenheit. Es war keine geplante Tat. Leuwang wurde geschlagen und starb an einem Herzinfarkt infolge der Aufregung.«

»Und Freddi?«, fragte Avide skeptisch.

»Ich glaube, er ist unschuldig zwischen die Fronten geraten«, antwortete Elise. »Vielleicht werden wir nie wissen, was mit ihm geschehen ist.«

27
Köln 1490

Es herrscht bedrückende Stille, als Albrecht den Beginenhof betritt; kein fröhliches Lachen, kein Stimmengewirr dringt aus den zahlreichen Räumen. Alles ist still. Totenstill.

Der Mond steht hoch und ist von Wolken umkränzt. Er wirft sein silbriges Licht auf die unheimliche Szenerie.

An diesem Morgen hat man Cornelius Slyper, Kaufmann zu Köln, des Mordes an der ehemaligen Hübschlerin Griet Märtens und dem Tagelöhner Mattheus Rütt angeklagt, für schuldig befunden und draußen vor dem Tor, an der Aachener Straße, am Halse aufgehängt. Auch in den anderen Anklagepunkten, unter anderem Verschwörung zum persönlichen Vorteil durch Preisabsprachen, ist er schuldig.

Ein Abtrünniger, der eine Bruderschaft, die einzig der geistigen und religiösen Erbauung dient, für seine niederen, privaten Zwecke missbraucht hat.

Slyper hatte seit seiner Verhaftung im Ratssaal kein Wort mehr gesagt. Er bleibt stumm bis zu seinem kläglichen Ende. Für die aufgebrachte Menge, der man ihn präsentiert, ist er der perfekte Sündenbock. Ein schwarzes Schaf in der Menge weißer, unschuldiger Lämmer. Albrecht weiß, dass die Wahrheit anders aussieht.

Einige der Ratsmitglieder sind aus der Bruderschaft ausgetreten, der Venezianer, Arturo Benedetti Clementi, verschwindet spurlos, so plötzlich, wie er gekommen ist.

Es hat kurze Aufregung in der Stadt gegeben, dann ist man wieder zum Alltäglichen übergegangen.

Albrechts Weiterreise ist beschlossen, in die Niederlande, dann nach Colmar, zum Schongauer. Eines aber muss er noch tun, bevor er das alles hinter sich lassen kann. Er betritt das Haus und findet den großen Saal mit den zahlreichen Tischen verlassen vor. Zielstrebig durchquert er den lang gezogenen Raum und bleibt vor der halb geöffneten Tür zur Zelle des Mönchs stehen. Es herrscht absolute Finsternis. Auch wenn er weiß, dass er allein ist, so kann er die ehemalige

Gegenwart des Italieners spüren, meint sogar, das Rascheln des Stoffes seiner schwarzen Kutte im Dunkeln zu hören.

Ein Geräusch hinter ihm lässt Albrecht erschrocken auffahren. Vor der Tür hat sich eine massige Gestalt aufgebaut. Konrad Kuyn.

»Euch hätt ich hier am wenigsten erwartet«, sagt er.

»Ich bin hier, um die Druckstöcke zu holen. Die Holzstöcke meiner Holzstiche.«

Albrecht lässt den Blick durch den Raum wandern. »Wo sind die Leuchter? Wo ist das Buch?«

Kuyn wartet einen Augenblick, bevor er antwortet. Unbewegt steht seine massive Gestalt im Türrahmen wie ein Fels. »Sie gehören der Gemeinschaft.« Albrecht begreift, er hat sich fangen und benutzen lassen, sein einzigartiges Talent in den Dienst der falschen Sache gestellt. Das Werk wird überdauern, sein Name für immer mit den Apokalyptikern verknüpft sein. Seine Bilder sind das für alle Zeiten manifestierte, sonst vergängliche Wort eines Mannes, dessen Stimme versiegt ist.

Clementi hat begriffen, dass man ihn nicht mehr braucht. Ihn, den Sterblichen, haben Albrechts Bilder nun unsterblich gemacht. Sein Wort wird niemals mehr verstummen.

Sein Herz rast. Er beginnt im ganzen Gebäude zu suchen, in allen verlassenen Räumen. Im ehemaligen Versammlungsraum, dem Saal der Andacht, in dem sie alle Clementis flammenden Reden gelauscht haben, findet er Kuyn. Die kleinen in dicke Fettpolster gebetteten Augen fixieren ihn argwöhnisch.

»Wo sind die Holzstöcke?«

Der Dicke antwortet nicht. Albrecht sieht einige in Leinen verpackte Bündel. Er versteht. Sie haben den Beginenhof aufgegeben, man hat Kuyn, der sich selbst als Bestaller und Verwalter der Gemeinschaft bezeichnet hat, auserkoren, die Hinterlassenschaft der Apokalyptiker zu retten. Diese Reliquien sind nun, ohne die Stimme des Meisters, das sichtbare Band, das alle zusammenhält. Egal wo sie sich treffen und ihre Riten vollziehen. Sie werden da sein. Die Anbetung der Gebeine der Könige, das Symbol des gekreuzigten Christus.

In wilder Wut rast Albrecht auf den Dicken zu und stößt ihn zur Seite. Der überraschte Verwalter prallt gegen die Wand und sinkt benommen zu Boden. Albrecht beginnt die Bündel aufzureißen. Im letzten findet er, was er sucht.

Die Holzstöcke seiner Holzstiche und die von ihm und Wilhelm zur Ansicht für den Venezianer gedruckten Stiche. »Wo ist das Buch?«

Kuyn, der schwer keuchend an die Wand gelehnt sitzt, meidet den Blick des jungen Malers. »Es ist in Sicherheit«, sagt er keuchend.

Albrecht hebt das Bündel vom Boden auf und strebt dem Ausgang zu, ohne ihn eines weiteren Blickes zu würdigen.

Die kühle Nachtluft beruhigt ihn. Er atmet tief durch. Eines hat er sichergestellt: Die Apokalyptiker sind ohne die Druckstöcke nicht in der Lage, weitere Exemplare der Schriften Clementis zu fertigen. Einer weiteren Verbreitung ist damit Einhalt geboten. Als er das Tor des Beginenhofes hinter sich schließt und die dunkle Gasse hinunterschreitet, ist ihm etwas leichter ums Herz.

28

»Du wirkst immer noch nicht überzeugt«, sagte Avide und forschte in Elises Gesicht.

Sie waren in bedrückter Stimmung ins Präsidium zuückgekehrt. Colettes Ausführungen lagen ihnen auf der Seele.

»Es gibt immer noch Ungereimtheiten.« Sie trat näher an ihn heran und begegnete seinem Blick. »Ich habe noch eine andere Theorie …«

Die Türe öffnete sich und Kenzo Klar trat ins Zimmer. Er wirkte sehr ernst und hatte Schatten unter den Augen. Er trug wieder den zerknitterten Regenmantel und sah von einem zum anderen. Unter dem Arm trug er einige Aktenmappen.

»Lagebesprechnung?« Er ging zum Schreibtisch und legte seine schwere Last darauf ab.

»Wir haben neue Erkenntnisse«, sagte Elise.

»Interessant. Ich habe mir Ihre Ausführungen sehr gründlich angesehen.« Klar deutete auf die Mappen.

»Und?«

Er antwortete nicht, setzte sich auf die Kante des Schreibtisches und sah in die Runde. »Ich habe Nachricht von Vladimir Nentchew. Unser Maulwurf ist aufgeflogen. Wir haben ihn tot in einem alten verlassenen Lagerhaus an der Spree gefunden.«

»Das tut mir leid«, sagte Elise bestürzt, die ahnte, was das für Klar bedeutete.

Er zuckte die Schultern. »Wir haben gespielt, sehr hoch, und verloren.«

»Was passiert jetzt?«

»Es herrscht Panik im Innenministerium. Es wussten nur wenige von der Existenz des Informanten. Die Sache darf nicht an die Öffentlichkeit gelangen. Man wird mich suspendieren. Sie kommen voran?«

Elise berichtete von den Befragungen des Vormittags.

»Kein Wunder, dass alle, die damals mit dabei waren, so verschlossen sind.«

Klar hatte seinen Blick auf die Pinnwand gerichtet. »Sie haben es gewusst, zumindest geahnt. Nichts, woran man gern erinnert werden möchte. Das Treiben der beiden vor sechzig Jahren ist wie ein tiefschwarzer Schatten, den alle Beteiligten nie losgeworden sind.«

»Woran denken Sie?«, fragte Elise.

»An Baudelaire. Der finstre Feind, der uns das Herz zerfleischt.«

»Ich verstehe nicht …«

»Alles hat zwei Seiten. Das Schöne, das Hässliche. Das Gute, das Böse. Und der Hass? Ein starkes Gefühl. Ein Gefühl, das über Jahrzehnte genährt und bewahrt werden kann, wie wir hier«, er wies auf die Pinnwand, »eindrucksvoll sehen können. Und ebenso wie der Hass eines der tiefsten Gefühle ist, die wir kennen, ist es auch sein Gegenpart, seine andere Seite.«

Er wandte sich ab und ging zur Tür, öffnete sie und drehte sich im Türrahmen noch einmal um. »Die Liebe, junge Frau. Die Liebe. Suchen Sie nach ihr in diesem Stück.«

29

In Gedanken versunken schloss Avide seine Wohnungstür auf und warf den Schlüssel achtlos auf ein Sidebord. Er horchte, hoffte auf ein vertrautes Geräusch, doch alles war ruhig.

»Marcel?«, rief er hoffnungsvoll. Keine Antwort. Das Verschwinden seines Freundes bedrückte ihn. Elise hatte ihn noch einmal eindringlich gebeten, zu überlegen, wo er sein konnte. Er blieb ein wichtiger Zeuge. Seine Besorgnis wuchs. Und nicht nur wegen Weidenmann. Nach allem, was sie erfahren hatten, war klar, dass der Besitz des Briefes gefährlich war. Zu gefährlich für einen Privatmann. Elise wollte ihn in der Aservatenkammer des Polizeipräsidiums, unter Aufsicht geschulter Polizeibeamter.

Avide hatte sich angeboten, ihn zu holen. Sie wollte ihm Begleitschutz geben, doch er hatte abgelehnt.

Er durchquerte das Wohnzimmer und schob die Türen des Arbeitszimmers auf. Wie angewurzelt blieb er stehen. Der Schreibtisch war leer, der Koffer verschwunden.

Unzählige wirre Gedanken schossen ihm durch den Kopf. Dass noch jemand anders in der Wohnung war, merkte er erst, als er den harten, kalten Lauf einer Waffe in seinem Nacken spürte.

Fünfter Tag

1

Ein warmer Frühlingswind wehte Elise ins Gesicht und streichelte ihre Haut. Alles erschien heller, größer, weiter. Sie ließ den Blick zum Horizont schweifen.

Alexanderplatz. Ein Name mit Geschichte, mit Klang, angefüllt mit Leben, Tragik, Schicksal.

Das alles war einmal. Es war nicht mehr Döblins Alexanderplatz, nicht mehr der Vorzeigeplatz der DDR-Führung, obwohl jetzt, zehn Jahre nach dem Untergang, noch immer viel von ihrem ehemaligen Einfluss dort zu spüren war. Ein Schatten aus dem Totenreich, der bis in die Gegenwart reichte.

Am Horizont erhob sich der Fernsehturm, der Stolz eines untergegangenen Reiches, der ehemaligen Hauptstadt der Deutschen Demokratischen Republik; er reckte seinen runden Kopf in die Höhe wie ein alter, behäbiger Dinosaurier. Der letzte seiner Art. Er hatte nach Osten und Westen geschaut, hatte Schicksale, Freude und Leid gesehen und von seiner hohen Warte aus auch beim besten Willen keinen Unterschied feststellen können.

Zu seiner Rechten kauerte das Forum-Hotel, leuchtend gelbe Straßenbahnen drehten kreischend ihre Kreise, die Weltuhr, ein ebensolches Relikt vergangener Tage, die Verspottung eines Volkes, das mehr als die Uhrzeit nicht von der Welt zu sehen bekam, zeigte wie ehedem die Zeit aller Länder der Erde, die noch vor wenigen Jahren für die Menschen, die sehnsüchtig vor ihr standen, unerreichbar gewesen waren.

Elise saß auf einer Bank und ließ ihren Blick über den Platz schweifen. Der Gedanke, wie wenig sich in den vergangenen zehn Jahren seit dem Fall der Mauer hier verändert hatte, ging ihr durch den Kopf. Dort auf dem Alexanderplatz zu sitzen, dem Herzen des ehemaligen Ostens, war wie eine Reise zurück in der Zeit. Das wahre, pulsierende Leben fand an anderen Orten statt, in dieser gewaltsam geteilten und wieder zusammengeschweißten Stadt, am Potsdamer Platz, am Bahnhof Zoo, am Kurfürstendamm, die man, oftmals ebenso gewaltsam, in das Korsett des 21. Jahrhunderts gezwängt hatte. Nur wenige U-Bahn-Stationen voneinander entfernt, und doch zwei vollkommen verschiedene Welten. Die eine noch nicht ganz untergegangen, und die andere noch nicht wirklich erwacht.

Sie vergrub die Hände tief in den Taschen, der Kragen ihrer Jacke war hochgeschlagen, als wolle sie sich vor den auf sie einstürzenden Empfindungen und Eindrücken wie in einen Schildkrötenpanzer zurückziehen. Mit geschlossenen Augen ließ sie die letzten vierundzwanzig Stunden Revue passieren, fühlte wieder die Besorgnis, als Avide nicht zurückgekehrt war, nach seinem Angebot, den Koffer mit dem Brief und der Vita aus seiner Wohnung ins Präsidium zu bringen. Hatten sie die Gefahr unterschätzt? Nach immer wieder erfolglosen Versuchen, ihn auf seinem Handy zu erreichen, waren sie und Widmer in die Lochner Straße gefahren und hatten die Wohnung leer und unverschlossen vorgefunden. Der Koffer war verschwunden. Sie spürte wieder die tiefe Enttäuschung, die sie ergriffen hatte, und sah Widmers besorgten, ein wenig vorwurfsvollen Blick. Sie wollte nicht glauben, dass sie sich so getäuscht hatte. Das durfte nicht sein.

Erst am späten Nachmittag erreichte sie der Anruf auf ihrem Handy. Es war eine Stimme mit hartem, osteuropäischem Akzent, die ihr mitteilte, dass Vladimir Nentchew sie zu sprechen wünsche. Sie hatten Avide kurz ans Telefon geholt. Er hatte sie beschworen, nicht darauf einzugehen, zu bleiben, wo sie war.

»Wohin soll ich kommen?«, war ihre Antwort.

»Das ist nicht dein Ernst!«

Michael Widmer hätte alles versucht, sie davon abzubringen, doch Elise war ohne ein weiteres Wort aus dem Büro gestürmt und stand zwei Minunten später vor dem Schreibtisch ihres erstaunten Vorgesetzten. Er war im Beisein von Kenzo Klar.

»Das kommt gar nicht infrage«, sagte der Kriminalrat.

Sie hatte mit Klar einen intensiven Blick getauscht, Dienstwaffe und Ausweis hervorgezogen und Strothmann auf den Tisch gelegt.

Sie fühlte sich unendlich allein in dieser ihr fremden, geteilten Welt, deren Narben noch so gut sichtbar waren. Die Größe der Stadt machte ihr Angst, ihr Gesicht ließ sie schaudern. Krasse Gegensätze, die aufeinanderprallten und verbrannte Erde zurückließen.

Über den jetzt fast menschenleeren Platz tobten einige Jugendliche mit Skateboards und lieferten sich eine wilde Jagd. Einer der Jugendlichen, die Jeans drei Nummern zu groß, Turnschuhe und die unvermeidliche Baseballkappe mit dem Schirm nach hinten, löste sich von den anderen und steuerte auf sie zu. Er umkreiste einmal eine mit Tulpen bepflanzte Rotunde und schoss schließlich wie ein bunter Blitz an ihr vorbei. Etwas Kleines, Dunkles landete dabei auf ihrem Schoß. Elise zuckte zusammen und starrte dem Jugendlichen hinterher, der sich bereits wieder zu den anderen gesellt hatte. Gemeinsam rauschten sie lachend, zu nah an einigen Passanten vorbeirasend, wieder ab.

Elise ergriff das Handy, das ihr der Junge zugeworfen hatte. Kaum hatte sie es in der Hand, erklang ein langgezogener Klingelton.

»Ja?«

Eine Stimme, wieder mit starkem Akzent, zitierte sie in das Café im Fernsehturm.

Es war nicht viel los an diesem Morgen, und die Schlange vor dem Kassenschalter und den Aufzügen hielt sich in Grenzen. Das Innere des Relikts war Originalton DDR der Siebzigerjahre. Elise fröstelte. Ihr war, als habe sie einen Zeitsprung rückwärts in der Geschichte gemacht. Beklommen fuhr sie den schlanken Hals hinauf.

Der Blick über die Stadt durch die getönten Scheiben war atemberaubend. Wie winzig kleine Ameisen huschten die Menschen umher, und die nicht enden wollende Schlange der Autos bewegte sich träge fließend durch den Großstadtdschungel. In einem Souvenirshop wurden noch immer Teile der Mauer verkauft, die die Stadt einst geteilt hatte, und eine Gruppe mit zahlreichen Kameras bewaffneter Japaner erwarben begeistert diese makabren Überbleibsel des Grauens, die wahrscheinlich von den Mauerresten eines der zahlreichen Abbruchhäuser der Stadt stammten.

Elise ging die steilen Stufen ins Restaurant hinauf. Der staubige Charme des Untergegangenen herrschte auch hier vor.

Sie sah in die Runde, konnte nichts Auffälliges entdecken und setzte sich an einen der freien Tische. Sie blickte aus dem Fenster hinunter auf die Museumsinsel und den Dom. Ein weißer Ausflugsdampfer schipperte gemächlich die Spree hinunter; die Touristen darauf ließen sich staunend die Sehenswürdigkeiten der Stadt zeigen, seien es die des untergegangenen Ostens, wie der langsam verfallende Palast der Republik gegenüber des Doms, oder die des Westens, wie das neu entstehende Kanzleramt, das in unaussprechlicher Gigantomanie in krassem Gegensatz zu dem schon fast beschaulich wirkenden Vorzeigebauwerk der ehemaligen DDR-Regierung stand. Die Plattform, auf der sich das Restaurant befand, drehte sich langsam, kaum merklich, und so zog allmählich die gesamte Stadt an ihrem Auge vorbei wie ein Dokumentarfilm.

Es dauerte nicht lange, bis sich ein gutgekleideter Mann mit kantigem Schädel und kurzen, strohgelben Haaren an Elises Tisch setzte. Offensichtlich achtete man in Nentchews Kreisen darauf, einen gewissen Standard zu wahren. Die Zeiten der Hinterhofspelunken waren vorbei. Sie musste unwillkürlich an Pauline Balatiers Privatarmee, den Sicherheitsservice ihrer Firma denken. Auch diese Männer waren tadellos gekleidet.

Sie zeigte sich nicht überrascht. Für ein, zwei Minuten maßen sich die beiden wortlos mit Blicken.

»Frau Brandt?«

»Lebt er?«

Ein verhaltenes Lächeln ließ zwei Grübchen rechts und links des breiten Mundes erscheinen, in das man alles hineindeuten konnte. Es war ein widerliches, erniedrigendes Lächeln, obwohl verhalten, doch schallend wie eine Ohrfeige. Das Lächeln des Siegers.

»Herr Nentchew ist ein viel beschäftigter Mann. Dennoch hat er Ihnen eine halbe Stunde seiner Zeit bereitgestellt.«

»Das ist sehr freundlich. Besonders, da er mich sehen wollte.«

Sein Lächeln erstarb. »Ich hoffe, ich spreche laut genug, damit alle«, er machte eine vielsagende Pause, »mich gut verstehen können.«

»Ich bin allein und ich bin nicht verkabelt«, sagte Elise mit Bestimmtheit. »Ich habe Ihnen eine Frage gestellt.«

»Wir haben kein Interesse daran, dass Ihnen oder Herrn St. Cyr etwas zustößt. Hier geht es nur ums Geschäft.«

Diese Phrasen. Dieses Getue. Dieses Sichumgeben mit dem Mäntelchen der Legalität, die Farce der seriösen Geschäftsgebaren, widerte sie zunehmend an.

»Bitte folgen Sie mir.«

Er erhob sich und wartete, bis auch Elise aufgestanden war. Gemeinsam gingen sie zu den Aufzügen zurück. Für einen jungen Mann aus dem armen Osten Europas, dessen Zukunftsaussichten selbst bei bester Ausbildung, wenn alles gut ging, eine Arbeit war, die ihm ein Bruchteil an Gehalt dessen brachte, was er im Westen verdienen würde, musste eine solche Anstellung das Paradies auf Erden bedeuten. Wahrscheinlich bezahlte ihn Nentchew so gut, dass er in der Lage war, Geld in sein Heimatland zu schicken, wo eine Familie in ärmlichen Verhältnissen bestimmt dringend darauf wartete. Das sicherte ihm uneingeschränkte Loyalität.

Eine Wolkenbank durchzog den bleigrauen Himmel, getrieben von einem frischen Ostwind, und die dicken, weißen Gebilde nahmen nacheinander die verschiedensten Formen an. Der frische Wind tat ihr gut. Sie atmete tief durch und bemerkte den Wagen erst spät, der sich langsam, fast lautlos, an sie herangeschlichen hatte.

Es war eine dunkle Mercedes-Limousine mit getönten Scheiben, die schwer auf dem Asphalt der Straße lag. Eine der gepanzerten Türen öffnete sich und ein blondierter Jüngling stieg aus, der Elise um zwei Köpfe überragte. Wie ihr Begleiter war auch er tadellos in einen dunklen Anzug gekleidet.

Er blieb demonstrativ neben der geöffneten Tür stehen, bis Elise eingestiegen war, schlug sie zu und stieg selber vorne ein. Der Fond des Wagens war durch eine dunkel getönte Trennscheibe vom Rest abgetrennt. Schwerfällig setzte sich das Gefährt in Bewegung.

Dieser Wagen war eine Festung. Gepanzert und schalldicht isoliert. Nichts von der Außenwelt drang hinein, nichts aus dem Wagen hinaus.

Elise ließ sich in die gepolsterten Ledersitze fallen und verdrängte für einen Augenblick ihre Angst um Avide.

Sie fuhren zwanzig Minuten, verließen dann das Stadtgebiet und fuhren über die Autobahn. Irgendwann verlor sie vollkommen die Orientierung. Als der Wagen schließlich hielt, hätten sie überall sein können. Die Wagentür öffnete sich. Elise stieg aus. Kies knirschte unter ihren Schuhen. Sie sah sich um und brauchte einen Augenblick, um sich zu orientieren. Dann traf sie die Erkenntnis wie ein Schlag.

Was hatte sie erwartet, heruntergekommene Hinterhöfe, ein verlassenes Gewerbegebiet? Eine Lagerhalle im Hafen wie die, in die man Elsbieta Kostrowa gebracht hatte? Dunkle, dumpfe Abgeschiedenheit, in die sich kein Normalsterblicher mehr verirrte? Ein Platz abgeschottet vom Rest der Gesellschaft, als Nährboden der sogenannten Unterwelt, jener Begriff, der nicht mehr in die heutige Zeit passte, so antiquiert und überholt war wie die Mode vom letzten Jahr. Rechtsfreier Raum?

Elise ließ den Blick über kiesbestreute Wege gleiten, die sich bis zum Horizont zu erstrecken schienen, eingefasst von sorgfältig geschnittenen Rasenflächen.

Ein Hügel, der sich sanft ansteigend über einem unendlich scheinenden Areal erhob, das zum Verweilen, zum Entspannen, zum Ausruhen einlud. In einiger Entfernung plätscherte Wasser in künstlich angelegten Brunnen. Sie sah vor ihrem geistigen Auge Männer und Frauen in Rokokokostümen mit weißen Perücken, die zwischen den Bäumen lustwandelten, hörte aus großer Entfernung die leisen Töne einer Querflöte.

Sanssouci – Ohne Sorge.

2

Man brauchte sich nicht groß anzustrengen, um sich die Faszination auszumalen, die dieses Areal auf Friedrich den Großen ausgeübt hatte. Er hatte es zu seinem Refugium gemacht, er, der Zerrissene, der Getriebene, der niemals wirklich zur Ruhe kam. Ohne Sorge.

Elise sah nach rechts. Hinter hohen Bäumen waren die sich langsam im Wind drehenden Flügel der holländischen Windmühle zu sehen. Heute eine Touristenattraktion. Unter ihr war der Blick frei auf den breiten Weg, der den weitläufigen Park durchschnitt und das Charlottenpalais mit dem großen Palais verband. Hinter ihr schimmerte die hellgelbe Fassade der frisch renovierten Orangerie, in der Mitte des 19. Jahrhunderts erbaut, um der Italiensucht Friedrich Wilhelms IV. Genüge zu tun.

Friedrich Wilhelm sah, in strahlendem Weiß gemeißelt, von seinem Podest streng über ihre Köpfe hinweg in die Weite des Parks.

Der Blondierte geleitete sie zu einem Seitengang des klotzigen Gebäudes, führte sie ungehindert durch staubige Flure und öffnete schließlich eine Tür.

Zu Elises Erstaunen betraten sie einen riesigen Saal, über dessen polierten Marmorfußboden in hell-dunklem Rautenmuster sich eine hohe, bemalte Decke wölbte. Durch das rechteckige Oberlicht, das den Abschluss der Decke bildete, drang weißlich wattiges, diffuses Licht in den Raum. An den hohen Wänden ringsumher hingen dunkle Bilder in schweren, goldenen Rahmen. Einige Marmorskulpturen standen etwas verloren in Abständen an den Wänden umher.

In der Mitte des Raums, auf einem für Besucher zum Ausruhen aufgestellten, gepolsterten Rundmöbel, saß ein Mann mit dem Rücken zu Elise und schien in die Betrachtung eines der Bilder vertieft zu sein.

»Bitte, kommen Sie näher«, sagte Vladimir Nentchew. Er hob einen Arm und winkte sie zu sich. »Mögen Sie Raffael? Ich liebe Raffael. Dies hier sind natürlich nur Kopien. Aber sehr gute. Ich bin einer der Sponsoren, der die Restaurierung des Raffael-Saals in der Orangerie gefördert hat.« Er ließ den Blick schweifen. »Ich finde das Ergebnis sehr zufriedenstellend.«

Er sprach sehr gutes Deutsch, fast ohne Akzent. Eine angenehme Erscheinung im eleganten Maßanzug, das grauweiße Haar modisch geschnitten, die Hände manikürt. Ein Verbrecher mit Stil.

»Wo ist St. Cyr?« Elise stand nun hinter ihm.

Nentchew wandte sich halb zu ihr um. »Es geht ihm gut.«

»Ich will ihn sprechen.«

»Glauben Sie mir nicht?« Er hatte die Frage mit einem fast beleidigten Unterton gestellt.

»Sie werden verstehen, dass mir das schwerfällt. Was wollen Sie?«

Nentchew ließ einige Sekunden verstreichen. »Was wir immer wollten. Den Brief.«

»Sie haben ihn nicht?«

»Sonst wären Sie nicht hier.«

Elise schossen viele sich überstürzende Gedanken durch den Kopf. Was war geschehen?

»Erst will ich zu St. Cyr. Dann bekommen Sie den Brief. Er ist an einem sicheren Ort deponiert.« Sie setzte alles auf eine Karte. Schweißperlen sammelten sich in ihrem Nacken und begannen den Rücken hinunterzulaufen.

»Sie pokern hoch. Können Sie Ihren Einsatz halten?«

»Ich habe keine Wahl.«

Nentchew stand langsam auf und wandte sich ihr ganz zu. Seine hellen, eiskalten Augen maßen Elise. Seine Miene war regungslos, wie erstarrt. Ein Gesicht wie in Stein gemeißelt. Bewegungslos standen sie sich gegenüber, die Kriminalbeamtin und der Schwerverbrecher. Er reagierte zuerst.

»Kommen Sie.«

Sie verließen den Saal und nahmen den gleichen Weg zurück, den Elise gekommen war. Vor der Orangerie wartete die gepanzerte Limousine. Sie stiegen ein, und der Wagen setzte sich in Bewegung. Die Fahrt begann schweigend. Schließlich sagte Elise: »Was für eine Macht übt Pauline über Sie alle aus? Was ist das, das Sie alle willenlos gehorchen lässt?«

Zu ihrem Erstaunen lachte Nentchew kurz und rau auf. Er wandte sich ihr zu.

»Es ist das, wovon Leute wie ich existieren. Was Leute wie mich erschafft. Gier und Eitelkeit. Die zwei Todsünden, die der Menschheit von Anfang an, mehr als alle anderen, das Verderben gebracht haben.«

So einfach sollte alles sein?

»Wenn Sie einen Menschen wirklich beherrschen wollen, befriedigen Sie seine Gier. Wir alle, die wir zu Pauline Balatiers auserwähltem Kreis gehören, sind gierig. Gierig danach, Macht über andere auszuüben, mehr, immer mehr haben zu wollen als die anderen. Und nichts, nichts befriedigt mehr die Eitelkeit, als sich als Auserwählter zu fühlen. Wenn Sie zu Paulines Kreis gehören, stehen Ihnen alle Türen offen. Es gibt keine Grenzen mehr.«

Ja, so einfach war es.

»Pauline Balatier hat das schon früh erkannt. Sie war ehrgeizig genug und hatte das nötige Rüstzeug, um daraus Kapital zu schlagen. Immenses Kapital.«

»Der Brief ...«

»Ich weiß nicht, was sie in diesem Brief sieht oder welche Bedeutung er für sie hat. Aber zu den Auserwählten der Apokalyptiker zu gehören, bedeutet, einen Befehl, den man Ihnen gibt, auszuführen. Ohne zu hinterfragen.«

»Und die Opfer?«

Nentchew wandte das Gesicht ab, antwortete nicht.

Elise hatte begriffen.

Die weitere Fahrt dauerte fast eine dreiviertel Stunde, in der sie kein weiteres Wort miteinander sprachen. Als der Wagen schließlich hielt und die Türen geöffnet wurden, befanden sie sich im Hinterhof eines der vielen für Berlin so typischen Gebäudekomplexe aus der ersten Hälfte des Jahrhunderts.

Im Gegensatz zu den Hacke'schen Höfen war hier von etwaigen Sanierungsplänen nichts zu merken. Die Wohnungen schienen leer zu stehen. Hinter teilweise zerbrochenen Scheiben klafften dunkle Löcher. Sämtliche Häuser des Karrees schienen den langsam zermürbenden Kampf mit der Zeit aufgegeben zu haben.

Der Blondierte, der mit ihnen ausgestiegen war, führte sie zu einer verbogenen Eisentür. Sie war unverschlossen und gab nach sanftem Druck den Weg ins Innere eines der Häuser frei.

Sie betraten einen schmalen, muffig riechenden Flur. Die Farbe an den Wänden war längst abgeblättert, und die einst bunten Kacheln des Bodens waren von einem grau-schwarzen Schmierfilm bedeckt. Elise fiel auf, dass sich zahlreiche Fußabdrücke darauf abzeichneten. Eine Holztreppe mit wackeligem Geländer und ausgetretenen Stufen, die unter jedem Schritt ein ächzendes Geräusch von sich gaben, führte in den ersten Stock. Elise blickte den weiteren Treppenverlauf nach oben und bemerkte, dass der Zugang zur zweiten Etage nach der Hälfte der Stufen mit Ziegelsteinen zugemauert war, was angesichts des Zustands des Hauses nicht verwunderlich war.

Nun geschah etwas Seltsames. Der Blondierte kramte eine Art Fernbedienung aus der Tasche seines Jacketts hervor und tippte eine Kombination von Zahlen ein.

Eine der beiden ramponierten Wohnungstüren vor ihnen schwang wie von Zauberhand mit einem leisen Surren zur Seite und eine weitere, direkt dahinter befindliche Tür aus Metall öffnete sich.

Aladins Schatzhöhle. Sie betraten einen großer Raum, eine Art Entrée; elegante, teure Teppiche belegten das gebohnerte, im Schein der indirekten Beleuchtung sanft schimmernde Parkett.

Im hinteren Bereich befand sich eine Schreibtischkombination aus poliertem Mahagoni, von der einige lose Kabel herunterhingen. Ein Telefon war das einzige, was darauf stand. Die zahlreichen Türen waren geöffnet, und man konnte in leere Büros sehen, die offenbar in großer Eile geräumt worden waren.

Elise hatte keinen Zweifel, dass dem Deutschrussen der gesamte Häuserblock gehörte. Ein genialer Ort. Niemand käme auf die Idee, dass der Verfall der Häuser rein äußerlich war, während sich im Inneren ein perfekt organisiertes Verbrechersyndikat mit allem nur erdenklichen Luxus und technischem Knowhow eingerichtet hatte. Die Wände ringsumher waren durchbrochen von kleinen Nischen, in denen antike Statuen, von Strahlern geschmackvoll angeleuchtet, ihren Platz gefunden hatten. Griechische Jünglinge reckten ihre wohlgeformten Körper empor und die blinden Augen in den steinernen Köpfen eleganter Römerinnen der gehobenen Klasse, vor dreitausend Jahren von Meisterhand verewigt, blickten sie neugierig an. Zwischen den Nischen hingen auf den mit zartgelben Seidentapeten bedeckten Wänden Gemälde und Zeichnungen verschiedenster Kunstepochen.

In der Mitte des Raums erhob sich als Blickfang die lebensgroße Statue eines in eine Tunika gehüllten Mannes, der in der rechten, zur Decke erhobenen Hand eine zur Grimasse verzogene Theatermaske hielt. Das Gegenstück dazu, die Maske eines lächelndes Fauns, lag zu seinen Füßen.

Elise glaubte sich erinnern zu können, ein Bild dieser Statue in einer Zeitung oder im Fernsehen gesehen zu haben. Ein spektakulärer Kunstraub aus einem französischen Museum. Unvermittelt blieb Elise davor stehen.

»Sie stehlen auch zum Privatgebrauch?«

Nentchew ließ sich nicht zu einer Antwort herab.

»Ich finde das alles hier ungeheuer deprimierend für eine Polizeibeamtin«, sagte Elise trocken. »Schade, dass Sie Ihr gemütliches Nest so überstürzt verlassen müssen.«

Der Blondierte wanderte ab und verschwand irgendwo im Hintergrund.

Nentchew bedeutete ihr, ihm zu folgen, und öffnete eine verschlossene Tür.

Sie betraten ein weitläufiges Büro, teure Antiquitäten, goldgerahmte Bilder, edle Teppiche und indirekte Beleuchtung.

Avide saß in einem Sessel vor einem ausladenden Schreibtisch aus der Zeit Ludwigs des XV. Als sie den Raum betraten, wandte er sich um, erkannte Elise und sprang auf. Trotz der unüberschaubaren Situation, in der sie sich befanden, war Elise froh, ihn unversehrt zu sehen. Sie umarmten sich, sprachen nicht. Er wirkte übernächtigt, sonst schien ihm nichts zu fehlen.

»Sie Schwein.« Avide löste sich aus ihrer Umarmung.

Vladimir Nentchew bedachte ihn mit einem melancholischen Blick. Dann wandte er sich ab, verließ den Raum und schloss die Tür hinter sich. Sie waren allein.

»Ist alles in Ordnung?«, fragte Elise.

Avide nickte. »Als ich nach Hause kam, haben sie bereits auf mich gewartet.«

Fast lautlos hatte sich im hinteren Teil des Raums eine Tür geöffnet. Erst ihr Zuklappen ließ die beiden aufhorchen.

»Abrahamsson«, sagte Elise tonlos.

Baruch Abrahamsson setzte sich in einen hohen Lehnstuhl hinter den Schreibtisch und beobachtete die beiden mit gespannter Aufmerksamkeit.

Elise hatte ihn schon einmal in einer solchen Haltung gesehen, bei ihrem ersten Zusammentreffen. Wieder fiel ihr die Blässe seiner Haut auf, die sich über den breiten Wangenknochen spannte.

»Sie müssen sich sehr sicher fühlen«, sagte Elise.

»Sehr, sehr sicher«, bestätigte er mit erschreckend fester Stimme.

Natürlich. Elise musste an Kenzo Klars Worte denken. Das Innenministerium ist in Panik, nicht viele wussten von unserem Informanten. Sicherheit. Er gehörte zu einem auserwählten Kreis, für den es keine Grenzen gab.

»Sie wollen Pauline mit Ihren eigenen Waffen schlagen. Sie wollen die Herrschaft der Balatiers beenden«, konfrontierte sie ihn.

Abrahamsson hörte ihr aufmerksam zu.

»Winters' Tod. Dieser Mord ist Ihnen gehörig in die Parade gefahren.«

Er ließ einige Sekunden verstreichen, bevor er sagte: »Das war eine ärgerliche Sache, die zu viel Staub aufgewirbelt hat.«

»Alles, was Sie in der derzeitigen Lage nicht gebrauchen konnten, war zu viel Aufmerksamkeit. Dieser Kampf, wie viele Menschenleben soll er noch kosten?«

»Dieses eine Mal wird Pauline Balatier nicht gewinnen.« Abrahamsson lachte kurz und hässlich auf. »Den Kampf gegen die Zeit. Sie begreift nicht, was das Entscheidende ist. Das, was sie geschaffen hat. Ein Leben hier auf Erden ist begrenzt. Auch wenn sie das nie hat wahrhaben wollen. Doch wir leben in denen weiter, die uns nachfolgen und unser Werk fortsetzen. Ich werde es leiten und fortführen. Zu ungeahnten Höhen. Nur ich bin in der Lage dazu.«

Elise sah den fiebrigen Glanz in Abrahamssons Augen. Es war eine Krankheit, die Gier nach mehr und immer mehr. Die verlockendste Verführung von allen, die Welt nach seinen Ideen zu gestalten. Elise war überzeugt, dass in den geheimen unterirdischen Labors von Balatier bereits an einem Menschen, einer Rasse experimentiert wurde, die seinen Vorstellungen von einem Lebewesen entsprach. Er hatte sich das, was er dazu brauchte, die fähigsten Forscher und Wissenschaftler, selbst herangezüchtet. Das war die einzige Aufgabe der WWS.

»Ich erwarte nicht, dass Sie mich verstehen.«

»Aber ich erwarte etwas«, sagte Elise, »und zwar eine Erklärung. Warum der Brief? Was ist mit ihm?«

Abrahamsson hob langsam den Kopf. Seine stechenden Augen glitten an den beiden hinauf und hinab. Er maß sie. Er wog sie. Waren sie es wert, dass er seine kostbare Zeit mit ihnen verschwendete?

»Ich weiß es nicht«, sagte er langsam. Er lehnte sich zurück. »Pauline will ihn. Unbedingt. Das genügt mir als Grund.«

Elise schloss langsam die Augen. Sie fühlte, wie sich ein Kloß in ihrem Hals bildete. Sie waren wahnsinnig. Beide.

»Sie wollen mir sagen, Sie wollen diesen Brief nur, weil Pauline Balatier ihn haben will?«

Abrahamsson verzog die Lippen zu einem Lächeln. »Ich sagte ja, ich erwarte nicht, dass Sie mich verstehen.«

»Kennen Sie Paulines Vergangenheit?«

Abrahamsson nickte. »Jede kleine, dreckige Einzelheit.«

Natürlich. Man muss seinen Gegner kennen, wenn man ihn besiegen will. Jede kleine, dreckige Einzelheit.

»Was ist geschehen vor einem halben Jahr? Irgendetwas muss passiert sein. Hugo Winters zog sich von seinen Geschäften zurück. Frontier, der als Maulwurf bei Balatier arbeitete, wurde auf ihn aufmerksam. Er hielt ihn für einen Schlüssel zu Paulines innerem Kreis. Er ging sogar so weit, seine eigene Schwester auf ihn anzusetzen.«

Abrahamsson hob den Zeigefinger der rechten Hand und wedelte damit hin und her.

»Ich wollte jemanden in Winters' Nähe. Und zwar so nah wie möglich.«

»Sie gaben Leviolet den Auftrag, der da schon auf Ihrer Gehaltsliste stand.«

Abrahamsson nickte. »Er kam auf die Idee mit Frontiers Schwester. Die drei kannten sich schon sehr lange. Marguerite vertraute Leviolet. Sie war perfekt.«

»Und doch ist es schiefgegangen. Marguerite hat den Auftrag angenommen, um von ihrem Bruder fortzukommen, der sie liebte. Sie stürzte sich in Winters' Arme. Sie wurde seine Geliebte.«

»Sie verlor ihre Objektivität.«

»Und dann ihr Leben.«

»Dafür bin ich nicht verantwortlich. Digescu sollte den Brief holen, mehr nicht. Tote erregen unnötige Aufmerksamkeit, wie ich bereits sagte.«

»Das hat Sie allerdings bei Seibold auch nicht abgehalten.«

»Seibold war eine Gefahr. Er war labil. Er wurde gefährlich – jetzt.«

Elise wandte sich ab und klammerte sich an Avide.

»Ach kommen Sie, Frau Brandt. Sie kennen die Regeln des Spiels. Ich habe sie übrigens nicht aufgestellt. Pauline Balatier war es. Sie hat einmal zu mir gesagt, es gäbe nur eines im Leben, das man fürchten muss: schwach zu sein.«

Elise hatte sich wieder gefangen. Sie löste sich von Avide. »Warum Winters?«

Abrahamsson maß sie erneut mit seinem kalten, abschätzenden Blick.

»Vor etwa einem halben Jahr erhielt der Chef des Sicherheitsdienstes von Balatier von Pauline den Auftrag, einen gewissen Hugo Winters zu beschatten. Bernheim steht – wie sagten Sie doch so schön? – auf meiner ›Gehaltsliste‹. Er weiß, wer allein die Zukunft der Firma sichern kann. Er kam zu mir.«

Elise nickte. Man muss seine Gegner kennen, jede dreckige Einzelheit.

Alles, was Pauline interessierte, zog auch automatisch Abrahamssons Interesse auf sich. Abrahamsson, der im Hintergrund auf eine passende Gelegenheit wartete. Irgendwann musste auch Pauline einen Fehler machen.

»Natürlich war mir Winters nicht unbekannt. Er hatte einmal kurz im Stiftungsrat gesessen. Warum plötzlich diese Fokussierung auf ihn? Pauline Balatier setzte die Maschinerie des Sicherheitsdienstes nicht leichtfertig in Gang. Mein Interesse war geweckt. Bis dahin wusste ich nichts von …«

»Winters und Paulines gemeinsamer Vergangenheit.«

Abrahamsson nickte. »Bernheim war emsig. Er hatte von Pauline lediglich den Auftrag, ihn zu beobachten, ihr Bericht zu erstatten. Das tat er. Die Ergebnisse des Restes seiner Nachforschungen landeten auf meinem Schreibtisch. Und das war der wesentlich interessantere Teil.«

»Glaubten Sie wirklich, Pauline Balatier mit einer über fünfzig Jahre zurückliegenden Vergangenheit zur Strecke bringen zu können?«, fragte Elise skeptisch.

»David gegen Goliath.« Abrahamsson lächelte. »Richtig angewendet, kann selbst ein Kieselstein eine tödliche Waffe sein.«

»Und Sie haben Pauline damit konfrontiert, dass Sie die Wahrheit über ihre Vergangenheit wüssten.«

Abrahamsson lächelte kaum merklich. »Aber nein. Es ging mir um jemand anderen. Jemanden, der zu Pauline Balatier wie zu einer Göttin aufschaut. Der Paulines ganzes Vertrauen besitzt, in dessen Hände sie ihr Erbe legen will.«

»Katja Mang.«

Abrahamsson lehnte sich langsam in den Sessel zurück. Seine Selbstsicherheit verursachte Elise Brechreiz.

»Sie wollten Zwietracht säen zwischen ihr und Pauline, Katja die Augen öffnen, über ihr Idol und Pauline damit der Thronfolgerin berauben.«

Abrahamsson faltete die Hände und berührte mit den Fingerspitzen seine Lippen. »So in etwa. Inzwischen hatten wir Marguerite auf Winters angesetzt, was am Anfang sehr gut funktionierte. Er war sehr offen zu ihr. Bald wusste ich, warum Pauline ein solches Interesse an Winters zeigte. Die beiden fochten einen uralten Kampf.«

Elise überlegte einen Augenblick und forschte dabei in Abrahamssons Gesicht.

»Das Erbe der Apokalyptiker«, sagte sie. »Hugo Winters hatte es Pauline noch während des Kriegs aus Sicherheitsgründen zur Aufbewahrung gegeben, die damit ins Ausland flüchtete, weil er nicht wusste, was aus Deutschland werden würde. Und er hat es nie wiedergesehen. Er stand am Ende seines Weges und wollte seinen Schatz zurück. Es wäre die Krönung seiner Sammlung gewesen. Nur sie zählte noch für ihn.«

Abrahamsson nickte.

Winters und Pauline Balatier, zwei alte Menschen am Ende eines langen, raffgierigen Lebens, die nur noch eines im Sinn haben: ihr Erbe, ihr Vermächtnis für die Nachwelt, Winters seine Sammlungen, Pauline die Firma. Diese Sammlungen, die ihn unsterblich machen sollen, die allen zeigen sollen, dass er mehr war als nur ein kleiner Krämer, dass ihn alle unterschätzt haben, Luise, die Apokalyptiker, alle, die mit Verachtung auf ihn hinabgeblickt hatten. Es mochten ähnliche Beweggründe gewesen sein, die die Mayers, die geächteten Juden, einst bewogen, den alten Apokalyptikern beizutreten.

Beide wussten, dass ihnen nicht mehr viel Zeit blieb.

Was hatte Winters ihr geboten? Was konnte man einer solchen Frau noch bieten?

3

Bach. Die französischen Suiten.

»Es gibt Puristen unter den Musikwissenschaftlern, die glauben, dass nur das Cembalo oder das Klavierchord für diese Werke angemessen seien«, sagte Vladimir Nentchew. »Ich glaube, Bach hätte sich sehr über eine solche Einstellung gewundert.«

Die Musik lief leise im Hintergrund, während über Lautsprecher Abrahamssons Stimme ertönte.

»Ich habe genug gehört.«

Die schlanken Finger einer zarten Hand legten den Schalter des Lautsprechers um. Nur die Musik blieb noch, die jetzt den ganzen Raum einnahm.

Nentchew nickte. Er hob die Hand, und Grigorij, der sich diskret im hinteren Teil des Raums bereithielt, trat nach vorn.

Sie tauschten einen intensiven Blick, Nentchew bewegte seinen Kopf kaum merklich in Richtung Tür, Grigorij nickte, wandte sich ab und verließ den Raum.

»Ich habe Sie immer vor Abrahamsson gewarnt.«

»Ja.«

»Sie sind – persönlich betroffen?«

Stille erfüllte den Raum, in der die intensive Musik noch einmal deutlich anzuschwellen schien. Vladimir Nentchew erhielt keine Antwort.

»Was machen wir mit den beiden?«

»Lassen Sie sie gehen. Ich will nicht auch noch eine tote Polizistin. Das alles ist schon unangenehm genug.«

Er verfolgte stumm die eleganten Bewegungen seines Gegenübers. Katja Mang klappte den Kragen ihres Nerzmantels hoch, als würde sie unter seinem eisigen Blick frieren, und wandte sich ab.

Er atmete erleichtert auf, als sich die Tür hinter ihr schloss, und nickte bestätigend. Er hatte auf die richtige Karte gesetzt.

Er lehnte sich langsam zurück, in der Nase noch den Nachklang ihres teuren französischen Parfums, der im Raum haftete, und lauschte andächtig der Sarabande.

4

Als sich die Tür öffnete, wandten Elise und Avide gleichzeitig erschrocken den Kopf. Ein riesiger, elegant gekleideter Asiate betrat den Raum. Er sagte nichts, sah die beiden nur kurz an und ging an ihnen vorbei in Richtung des Schreibtisches.

»Ich sehe, unsere Zeit ist um«, sagte Abrahamsson. »Und wir haben immer noch nicht die Frage geklärt, wo der Brief ist. Dies ist Ihre letzte Chance – fürchte ich.«

Elise und Avide beobachteten, wie der Asiate den Schreibtisch umrundete und sich diskret hinter Abrahamsson stellte, der aufgestanden war und die beiden fordernd ansah.

Der Rest ging schnell.

Eine gespenstische Stille erfüllte den Raum, eine Stille, die das leise Knacken von Baruch Abrahamssons brechendem Genick umso eindringlicher und schrecklicher machte.

Es dauerte keine zwei Minuten, und der Asiate verschwand so lautlos, wie er gekommen war. Er ließ sie allein zurück, mit den sterblichen Überresten Baruch Abrahamssons, der zusammengesunken in seinem Sessel hinter dem Schreibtisch saß. Seine Augen waren geöffnet, sein Mund ebenfalls. Er wirkte überrascht, als sei er mitten in einem Satz unterbrochen worden, den er nun nie mehr zu Ende sprechen würde.

Sechster Tag

1

Kriminalrat Strothmann hörte sich Elises Bericht stumm an. Seine Miene blieb regungslos, doch seine ganze Haltung ihr gegenüber, noch distanzierter als sonst, sprach Bände.

In diesem Fall konnte sie die Kritik durchaus nachvollziehen. Auch sie konnte mit der Entwicklung der Ermittlungen nicht zufrieden sein. Es blieben noch immer ungeklärte Fragen. Vor allem: Wer hatte Hugo Winters ermordet?

Sie hatte die Nacht bei Avide in der Lochner Straße verbracht, gekuschelt in seine Arme, und seine Wärme und Nähe hatten sie für einen Augenblick alles vergessen lassen. Erst als der Morgen graute, gewann die Realität wieder die Oberhand.

Es gab noch eine letzte Spur, und sie musste Strothmann mit Engelszungen überreden, ihr noch einmal eine kurze Frist zu gewähren. Ihm blieben nicht viele Alternativen. Das BKA hatte Klar abgezogen und dachte nicht daran, sich weiter um Winters zu kümmern. Die Sache war für sie abgehakt. Es sah so aus, als würde die ganze Sache in einem Disaster enden. Vor allem das Verschwinden des Koffers war eine delikate Angelegenheit. Resigniert ließ er sie ziehen.

Als sie in ihr Büro zurückkehrte, wartete Avide auf sie. Bei aller Nähe, allen Gefühlen, die sie füreinander empfanden, der Fall Hugo Winters stand wie eine Mauer zwischen ihnen. Er fühlte sich schuldig am Verschwinden des Koffers, und Elise ging eine Sache nicht aus dem Kopf, von der sie wusste, dass sie einen weiteren Keil zwischen sie treiben könnte.

Sie wurde von Widmer abgelenkt, der sich fluchend an der Fensterbank zu schaffen machte und begonnen hatte, die zahlreichen Pflanzen in ihren Übertöpfen hin- und herzuschieben. Sie waren seine ganz eigene Domäne, und er verstand keinen Spaß, was ihre Pflege anging.

»Mit den Putzfrauen habe ich ein Hühnchen zu rupfen.«

»Was ist denn?«

»Meine Glyzinie ist verschwunden. Bestimmt hat sie eine der Putzfrauen runtergeschmissen und dann mitgenommen. Sie haben einfach einen Farn in das Loch gestellt und denken, ich merke es nicht!«

Elise konnte den Blick nicht von Widmer abwenden und verfolgte sein Treiben mit wachsendem Interesse.

»Avide?«

Er stand wieder vor der Pinnwand und betrachtete stirnrunzelnd ihr Puzzle.

Jetzt drehte er sich zu ihr um.

»Hast du einen Schlüssel zu Weidenmanns Wohnung?«

2

»Sagst du mir jetzt endlich, was du hier willst?«

Elise durchquerte zielstrebig die Diele und blieb im Wohnzimmer vor dem Bücherregal stehen. Avide folgte ihr.

»Was ist?«

»Findest du nicht, dass hier etwas nicht stimmt?«

Er ließ seinen Blick über das Regal streifen. »Nein.«

Elise streckte die Hand aus und berührte mit fast liebevoller Geste die Wange Voltaires, nahm dessen Gipsbüste und platzierte sie in ein schmales Loch, zwischen einer Ausgabe seines langjährigen Briefwechsels mit Friedrich dem Großen und der mehrbändigen Rousseau-Ausgabe.

»Ich verstehe immer noch nicht.«

»Als ich zum ersten Mal hier war, verließ Weidenmann den Raum, und ich sah mich um. Ich bewunderte die Bücherwand. Dein Freund ist ein ordentlicher Mensch. Alles ist geordnet, steht dort, wo es literaturgeschichtlich hingehört. Nur eines fiel mir auf. Diese Büste steht neben den französischen Existenzialisten, neben Verlaine und Rimbaud. Voltaire? Damals habe ich mir noch nichts dabei gedacht. Aber es ist mir im Gedächtnis geblieben.«

Avide betrachtete die Lücke, die die fortgenommene Büste gerissen hatte. Er wirkte beunruhigt.

»Es war der Blumentopf. Vorhin im Büro. Er stand nicht dort, wo er hingehörte, und das ist Mike sofort aufgefallen. Ich glaube, als ich bei Weidenmann meinen Besuch ankündigte, ging er zu diesem Regal und nahm etwas heraus, was ich nicht sehen sollte. Nur eine Vorsichtsmaßnahme. Eigentlich ganz überflüssig. Er wollte auf Nummer sicher gehen. Das entstandene Loch verdeckte er, indem er schnell irgendetwas hineinstellte. Die Büste Voltaires. Es gibt etwas, Avide, das in dieses Loch passen könnte und imstande ist, eine direkte Verbindung zu Winters' Tod herzustellen. Das kann allerdings nur der Mörder wissen.«

Sie sah, wie Verzweiflung und Unglauben in ihm wuchsen. Das konnte nicht sein.

»Was hat hier gestanden, Avide?«

Er wandte sich ab, konnte ihren fragenden Blick nicht mehr ertragen. »Baudelaire. ›Die Blumen des Bösen‹. Ich habe ihm die Ausgabe zu seinem siebzigsten Geburtstag geschenkt.«

3

Sie saßen schweigend nebeneinander, Elise fuhr. Die Stille, die sich über sie gesenkt hatte, war bedrückend. Sie sah, wie sehr sich Avide quälte. Weidenmann war mehr als ein Freund, er war ein Vertrauter, vielleicht sogar so etwas wie ein Vaterersatz. Ihre Anschuldigungen waren ungeheuerlich. Es musste eine andere Lösung geben. Er hatte sich den Kopf zerbrochen, wo Weidenmann sich hingeflüchtet haben konnte. Dann war Elise die Steinkopfstraße eingefallen.

»Seit wann verdächtigst du ihn schon?« Er fragte, ohne sie dabei anzublicken.

»Seit mir Fischau von den Apokalyptikern erzählt hat und wie sehr Weidenmann bei ihnen involviert war. Mir gegenüber hatte er behauptet, er kenne sie nur flüchtig, dem Namen nach. Da habe ich allerdings noch an die Möglichkeit geglaubt, mit ihnen in Verbindung gebracht zu werden sei ihm einfach nur unangenehm wie den anderen. Doch dann habe ich bei Colette die Büste eines jungen Mannes gesehen. Seither habe ich einen bestimmten Verdacht. Ich glaube, Klar ist viel früher auf die Lösung gekommen. Seine Äußerung, ich solle die Liebe suchen in diesem Stück, hat mir die Augen ganz geöffnet. Vielleicht, wenn der Fall anders verlaufen wäre und sich Balatier nicht eingemischt hätte, wären wir schon früher auf ihn gekommen.«

Avide hörte stumm zu, die Lippen verzweifelt aufeinandergepresst. »Aber warum? Warum denn nur?«, murmelte er leise.

Elise parkte den Wagen, und sie begannen in der kleinen übersichtlichen Straße an allen Häusern die Namensschilder zu studieren.

Es war das dritte Haus in der Steinkopfstraße, ein Anschlussbau an das große Haus des Kolpingwerks. Sie rief Avide zu sich und deutete auf einen Namen neben der Klingel für eine Wohnung im zweiten Stock. Franz Schmitt.

Es dauerte nicht lange, bis ihnen aufgedrückt wurde.

Franz Schmitt stand im Türrahmen und erwartete sie. Er schien nicht überrascht.

Wieder kam er Elise so klein und zerbrechlich vor wie schon bei ihren vergangenen Zusammentreffen. Sein Gesicht war von einer tiefen Traurigkeit beschattet.

»Er ist sehr krank«, sagte Schmitt. »Er stirbt.«

Avide drängte sich an ihnen vorbei in die Wohnung.

Weidenmann saß in einem hohen Lehnsessel, Schmitt hatte eine Decke über seine Beine gebreitet. Er hielt die Dose mit dem Brief fest umklammert. Avide kniete sich neben den Sessel und ergriff seine Hand. Weidenmann hatte die Augen geschlossen, sein Atem ging stockend. Die Wangen waren eingefallen, dunkle Schatten rahmten die einst so ausdrucksvollen Augen ein. Er schien um Jahre gealtert.

»Er nimmt seine Tabletten nicht mehr«, sagte Schmitt leise. »Er muss große Schmerzen haben.«

»Krebs?«, fragte Elise.

Schmitt nickte stumm.

Es dauerte einen Moment, dann öffnete der alte Mann die Augen.

Er sah Avide an, und der Anflug eines Lächelns umspielte seine bläulich violett verfärbten Lippen.

»Ich bin froh, dass du gekommen bist«, sagte er. Seine Stimme war kaum hörbar.

Avide senkte den Kopf. Er konnte ihm nicht in die Augen sehen. »Sag, dass es nicht wahr ist.«

»Es tut mir leid. Aber es musste sein. Es war der Abschluss.«

»Das alles ist meine Schuld«, sagte Franz Schmitt. »Ganz allein meine Schuld.«

Elise ließ den alten Hausdiener reden.

»Es war die Schrift. Die Handschrift. Auf dem Brief. Ich erkannte sie sofort. Nach all den Jahren.« Er schüttelte traurig den Kopf. Die Schatten der Vergangenheit senkten sich auf ihn, verdunkelten sein Gesicht, beugten seine Schultern. Er ging mit schleppendem Gang zu einem weiteren Sessel und ließ sich hineinfallen.

»Es geht um Bauer, Eduard Bauer, nicht wahr?«, sprang Elise ihm hilfreich zur Seite. »Es ging immer nur um ihn.«

Schmitt nickte. »Ich bin Eduard Bauers Halbbruder.«

Sie wandte den Kopf und sah zu Weidenmann. »Der Bruder und der Geliebte. Darf ich das so sagen – Herr Wolfarth?«

Avide blickte verwirrt hoch. Er sah zu Weidenmann, dann wieder zu Elise.

»Der Mann mit den sanften braunen Augen, so Kunst liebend, so feinsinnig, so sensibel. Ich hätte früher darauf kommen müssen«, sagte Elise. »Man hat Sie mir so beschrieben. Und dann die Büste bei Colette. Ich habe sie, trotz des Altersunterschiedes, sofort wiedererkannt.«

»Du bist Endres Wolfarth?«, fragte Avide ungläubig.

Der alte Mann hielt die Augen geschlossen. Er nickte. Seine Stimme klang plötzlich, als käme sie aus weiter Ferne. »Marcel starb neben mir, zerfetzt von einer Granate, da hatte das Schlachten bei Stalingrad noch nicht einmal richtig angefangen. Er hätte gar nicht da sein dürfen. Er war zuvor schon einmal verwundet worden, hatte die Papiere für die Heimreise bereits in der Tasche. Er wollte sich von mir verabschieden. Wir haben uns sehr nahegestanden.«

»Sie haben die Papiere genommen und sind in seine Identität geschlüpft«, ergänzte Elise.

»Was hätten sie ihm noch genutzt? Mir haben sie das Leben gerettet. Ich bin nicht mehr zurückgekehrt, habe bis Kriegsende im Untergrund gelebt.« Er hielt inne, sein Gesicht war von Schmerz verzehrt. »Danach wollte ich nicht mehr in meine alte Identität zurück. Ich konnte es nicht, hatte alles hinter mir gelassen. Ich wollte ein neues Leben beginnen. Endres Wolfarth war tot.«

»Sie waren der Besucher bei Adele Wagner?«

Er nickte. »Mein einziger Kontakt zur Vergangenheit. Sie ist meine ganze Familie. Ihr langsames, quälendes Sterben bedrückt mich sehr.«

»Was ist geschehen, damals, in dieser Villa in Rodenkirchen?«

»Lassen Sie ihn«, sagte Schmitt. »Ich werde es Ihnen sagen.«

Aber Wolfarth hob abwehrend die Hand. Mit Mühe, unter großer Kraftanstrengung begann er mit leiser Stimme zu reden, einer Stimme, die längst nicht mehr von dieser Welt war. »Es war eine Winternacht, eisig kalt, und der Wind heulte. Es war der Winter von '39 auf '40. Seit September war Krieg, und wir waren bedrückt. Wir wussten, auch uns würde man bald holen.«

Elise nickte. Colette hatte ihr von diesem verhängnisvollen Abend erzählt. Die Nacht, in der Hugo Winters Dürers Totenmaske, die Trophäe seines Triumphes über Salomon Mayer, allen stolz präsentierte.

Quälend langsam erzählte der alte Mann von dieser Nacht. Er war mit Bauer im oberen Stockwerk gewesen, sie hatten sich gestritten. Er wollte mit ihm fliehen. Er selbst vor dem Krieg, Bauer vor der drohenden Deportation.

Doch Bauer ließ sich nur schwer überzeugen, glaubte, dass sie keine Chance hätten. Allein die Liebe zu Wolfarth ließ ihn schließlich zur Einsicht kommen. In jener Nacht war er bereit, die Flucht zu wagen.

Als sie zu den anderen kamen, erzählte Winters von Mayers Schatzkammer.

»Als er schließlich die Totenmaske hervorholte, war es wie ein Schock«, fuhr Wolfarth fort. »Eduard war von dieser Sekunde an wie verwandelt. Es war keine Rede mehr von Flucht. Er war wie besessen davon, Winters zu überzeugen, ihm Zutritt zu Mayers Sammlung zu gewähren. Nichts anderes interessierte ihn mehr. Er glaubte die Beweise für seine Theorien, für die er so viele Jahre erbittert gegen alle gekämpft hatte, endlich in greifbarer Nähe. Er entfernte sich von allem, auch von mir. Schließlich warf er mir sogar vor, ihm in den Rücken zu fallen. Ich war verzweifelt. Irgendwann ging ich zu Winters, flehte, bettelte. Es war ein Genuss für ihn, mich so zu sehen. So groß war der Hass auf uns, die ihn stets abgelehnt hatten. Nachdem er sich genug an meiner Erbärmlichkeit geweidet hatte, gab er nach. Zwei Tage später standen wir im Keller von Mayers Villa, umgeben von einem seit Jahrhunderten streng gehüteten, vor der Außenwelt verborgenen Schatz: dem Vermächtnis der Apokalyptiker. Eduard brach fast zusammen vor Ergriffenheit.«

Er sah Avide an, es war ein Blick voller Liebe. Er sah ihn und doch nicht ihn.

»Es war alles so erniedrigend, Winters, der uns ›seinen‹ Schatz präsentierte, die Bilder, die betörend schönen Holzstiche, ringsumher an den Wänden. Kunstwerke, die über Jahrhunderte nur eine Handvoll Menschen zu Gesicht bekommen hatte. Sorgsam vor der Außenwelt verborgen gehalten, wirkten sie, als seien sie an diesem Tage erst entstanden. Die Schönheit ihrer Unberührtheit war überwältigend. Eduard verbrachte Stunden dort, studierte die Manuskripte und schriftlichen Hinterlassenschaften. Irgendwann verließ ich den Raum, weil ich ihn zunehmend als bedrückend empfand. Ich wanderte durch das leere, dunkle Gebäude, das auf mich einen so abweisenden, kalten Eindruck machte wie eine Gruft. Ich stellte mir Winters vor, in diesem riesigen Haus, allein mit seinem zusammengerafften Schatz. Er tat mir leid. Dieses eine Mal. Als ich zurückkehrte, waren die beiden in eine hitzige Diskussion vertieft. Eduard versuchte Winters davon zu überzeugen, ihm eines der Schriftstücke zu überlassen. Als Beweis für seine Theorien. Er wollte einen bestimmten Brief – einen Brief von der Hand Albrecht Dürers. Flucht ins Ausland, dann Veröffentlichung seiner Schriften und als Beweis den Abdruck des Briefes. Zu meiner Überraschung gab Winters plötzlich nach. Er nahm den Brief aus der Vitrine und gab ihn Eduard. Als wir die Villa verließen, drehte ich mich noch einmal um. Ich sah Winters in der Auffahrt stehen und uns nachblicken. Er lächelte. Dieses Bild habe ich niemals vergessen.« Er musste sich unterbrechen, rang nach Luft. Avide bat Elise, ein Glas Wasser zu holen.

»Ich konnte nur noch daran denken, dass Eduard endlich zur Flucht bereit war. Wir machten Pläne bereits für den nächsten Morgen«, fuhr er fort, nachdem er einen Schluck getrunken hatte.

»Wir mussten so schnell wie möglich fort. Wir verbrachten eine letzte gemeinsame Nacht.« Seine Augen richteten sich voller Wehmut auf Avide. »Sie kamen im Morgengrauen. Wir hatten keine Chance. Sie schlugen mich zusammen, ließen mich mehr tot als lebend liegen, in dem Glauben, ich würde sterben. Eduard nahmen sie mit. Wir hatten unser Leben verwirkt, in dem Moment, als uns Winters seinen Schatz zeigte. Darum die Großzügigkeit. Er hatte unseren Tod schon vorher geplant, davon bin ich überzeugt, doch auf seinen Triumph, sich uns gegenüber als Sieger zu präsentieren, hatte er nicht verzichten wollen. Er hatte Eduard großzügig den Brief überlassen, in der Gewissheit, dass er ihn schon bald wieder in der Hand halten würde, ausgehändigt von seinen Häschern. Générosité sans risque.«

Franz Schmitt stand schwerfällig auf. »Unsere Mutter lebte damals schon im Ausland. Sie hatte 1929 wieder geheiratet, im Jahr darauf wurde ich geboren. Im September 1940 erhielten wir einen Brief von Eduard. Er war in Köln aufgegeben worden. Er schrieb uns, dass es ihm gut gehe und er in Sicherheit sei. Wir wunderten uns damals, dass unsere Adresse auf dem Briefkuvert in einer anderen, uns fremden Schrift geschrieben war, aber was konnten wir tun? Wir warteten auf weitere Lebenszeichen.« Er senkte den Kopf. »Doch es ist nie wieder etwas gekommen. Meine Mutter hat es nie überwunden.«

»Wieder einmal war Adele da, mich zu retten«, fuhr Weidenmann fort. »Sie fand mich, pflegte mich gesund. Ich wusste, dass ich Eduard für immer verloren hatte. Sie wollte mir zur Flucht verhelfen, doch ich wollte nicht mehr. Als der Einberufungsbefehl kam, ging ich.«

»Nach dem Krieg kam ich nach Deutschland«, erklärte Schmitt. »Meine Mutter war schwer krank. Doch sie wollte nicht sterben ohne Gewissheit. Ich versprach ihr, nach Eduard zu suchen. Doch ich war erfolglos. Ich lernte meine Frau kennen. Sie ist Jüdin und war zusammen mit Luise und Leonore Mayer im Konzentrationslager. Ihre ganze Familie kam im Holocaust um. Sie war allein. Luise nahm sich ihrer an. Als sie Winters heiratete und in das Haus ihres Vaters zurückkehrte, ging meine Frau mit und nahm die Stelle der Hausdame ein. Als sie Luise sagte, sie sei verliebt und wolle mich heiraten und fortgehen, bestand Luise darauf, dass sie bliebe und mich stattdessen mit ins Haus brachte. Es war eine gut bezahlte Stellung. Wir blieben. Auf der Suche nach Eduards Freund Endres, von dem er uns so viel geschrieben hatte, stieß ich auf Adele Wagner. Sie hörte sich meine Geschichte an. Sie war die einzige, die von Endres und seinem Identitätswechsel wusste. Sie sagte mir, dass er unter dem Namen Marcel Weidenmann in Paris lebte. Ich fuhr hin. Wir lernten uns kennen, es wurde Freundschaft daraus.«

»In der Hölle erscheint einem selbst das trostloseste Leben noch begehrenswert«, sagte Wolfarth. »Ich war nach Stalingrad gegangen, um Eduard in die Ewigkeit zu folgen. Meinem Leben selbst ein Ende zu setzen, dazu hatte ich nicht den Mut. Dann, inmitten des Granatendonners, der zerfetzten Leichen, war es, als hörte ich Eduards Stimme. Immer und immer wieder. Er schimpfte mich einen Feigling. Ich müsse leben, sagte er. Für uns beide. Ich hatte seine Schriften bei Adele gelassen, sie versprach mir, sie ins sichere Ausland zu schaffen. Vielleicht gab es eine Möglichkeit, sie doch noch zu veröffentlichen und so Eduards Namen den Klauen der Vergessenheit zu entreißen. Ich war es ihm schuldig, zumindest einen Versuch zu machen. Als dann die Sache mit Marcel passierte, ergriff ich das Seil, das mir das Schicksal zugeworfen hatte.« Seine Augen schlossen sich. Er atmete schwer. »Aber das Leben, das man mir geschenkt hatte, war schwieriger, als ich dachte. Die Vergangenheit ließ mich nicht nur nicht los. Sie war wie eingebrannt in meine Seele und fraß sich langsam durch meinen Körper. Ich versuchte, Eduards Schriften zu veröffentlichen, doch ich scheiterte. Seine Thesen waren durch nichts fundiert. Es fehlte der Beweis. Nach wie vor.

Sein Gesicht hatten sie vergessen, die Häme, das Unverständnis waren geblieben. Es war wie ein Fluch.«

»Die Jahre flossen dahin«, sagte Schmitt. »Meine Mutter starb. Ich hatte mit Eduards Schicksal meinen Frieden gemacht, ein Schicksal, wie es so viele hatten im Krieg. Bis zu jenem Tag. Dem Tag, als der Brief kam.«

»Sie sagten vorhin, Sie erkannten die Schrift?«

Er nickte. »An dem Tag, als der Brief kam, nahm ich wie immer die Post entgegen. Ich sortierte sie vor, wie ich es immer tat. Da Winters nur noch selten in der Villa war, sammelte ich seine Post, und er nahm sie dann mit, wenn er kam. Den Rest legte meine Frau dann Frau Winters vor. Dann hatte ich plötzlich diesen Brief in der Hand und war nicht fähig, ihn zu den anderen zu legen. Ich erkannte die Schrift sofort, sie war etwas steifer, etwas ungelenker, aber sie war es. Sie hatte einige ganz bestimmte charakteristische Eigenarten, die mir schon damals aufgefallen waren. Ich war mir sicher. Es war die Schrift auf dem Kuvert, in dem Eduards letzter Brief an uns gekommen war. Meine Frau bemerkte meine Bestürzung. Sie hielt mich für verrückt, nach all den Jahren eine Schrift wiederzuerkennen. Doch ich war mir sicher. Ich fuhr nach Hause, um Eduards Brief zu holen, den ich sorgsam aufbewahrt hatte. Sein letztes Lebenszeichen. Niemals hätte ich ihn fortwerfen können. Ich sah, wie erschrocken meine Frau war, als ich ihr den Umschlag zum Vergleich gab.

Die Schrift war unverwechselbar, ich hatte recht gehabt. Sie zögerte keinen Moment und öffnete den Brief. Ich glaube, den Mut hätte ich einfach nicht gehabt. Ich sah ihre Bestürzung, als sie las, was Leuwang geschrieben hatte. Sie sah mich an und sagte: ›Wir müssen diesen Brief Frau Winters zeigen.‹ Erst als auch ich ihn las, begriff ich.« Er sah an Elise vorbei und fixierte seinen Blick auf einen imaginären Punkt im Zimmer. »Luise Winters und ihr einsamer Kampf«, sagte er leise.

»Ich weiß«, sagte Elise. »Ich habe die Unterlagen gesehen.«

»Die jahrzehntelange Suche nach den Phantomen der Vergangenheit. Ihr Bestreben, die Lücken zu füllen, ihnen Gesichter und Namen zu geben, Schuldige zu benennen. Es war eine Wahrheit, die ihr mit jedem Schritt, der sie ihr näher kam, nur noch mehr ihres Daseins vergiftete. Ich hätte das alles nicht verstanden, wäre nicht meine eigene Frau demselben Schicksal ausgesetzt gewesen.«

»Was stand in dem Brief?«

Schmitt sah sie traurig an. »Es war eine reine Erpressung. Er wollte Geld für einen sehr wertvollen Brief, von dem er glaubte, dass er für

Winters von großem Interesse sei. Das Entscheidende aber war, dass er Winters an ihre gemeinsame Vergangenheit erinnerte. Leuwang, der willige Gehilfe des Todes. War ich es nicht, schrieb er, der dir gegeben hat, was du so lange schon begehrtest? Habe ich dir nicht Mayer und seine Familie aus dem Weg geschafft, damit für dich der Weg frei ist?« Die plötzliche Stille im Raum, nur unterbrochen von den unregelmäßigen, leise rasselnden Atemstößen Wolfarths, breitete sich wie ein Grabtuch über ihnen aus. Elise sah zu Avide, der noch immer die Hand des alten Mannes hielt. Er hatte die Augen geschlossen, weil er es nicht über sich brachte, der Wahrheit ins Gesicht zu sehen.

Es schien eine Ewigkeit zu vergehen, bis Schmitt weitersprach. »Es war die letzte Lücke, die sich schloss. Der Name des Mannes, der sie und ihre Familie im Auftrag ihres Mannes an den Teufel verkauft hatte. Der Handlanger des Todes. Die Suche nach diesem Mann war ihr ganzes Streben gewesen, denn sie hat immer gewusst, mit ihm hatte sie auch den endgültigen Beweis der Schuld ihres Mannes in der Hand. Für uns alle war eine lange Suche zu Ende.«

»Aber sie hat den Brief nie zu sehen bekommen«, sagte Elise. Sie dachte an die Unterlagen, Leuwangs Name war nirgendwo aufgetaucht.

Schmitt sah wieder an Elise vorbei. »Nein. Ich konnte meine Frau davon überzeugen, dass ihn zuerst jemand anderes sehen musste.«

»Wolfarth.«

Schmitt nickte bedrückt. »Ein furchtbarer Fehler. Aber konnte ich denn ahnen …?«

»Franz rief mich an«, ergänzte Wolfarth. »Ich war wieder nach Köln zurückgekehrt. Als ich von meinem Arzt die Diagnose Krebs erhielt, beschloss ich den Rest meines Lebens hier zu verbringen und es hier zu beenden, hier, wo alles angefangen hatte. Adele hatte recht behalten. Ich kehrte zurück.« Er lächelte matt.

»Adele. Sie hat immer zu mir gestanden. Sie war die einzige, die wusste, dass ich noch lebe. Sie hat die Villa nie verkauft, weil sie der festen Überzeugung war, dass ich irgendwann zurückkomme. ›Wo willst du denn dann hin?‹, hat sie mich einmal bei einem ihrer zahlreichen Besuche in Paris gefragt. ›Es ist doch dein Zuhause. Es wartet auf dich.‹

Aber in die Villa konnte ich nicht zurück, nicht nur, weil sie inzwischen unbewohnbar geworden war, da Adele durch die Demenz nicht mehr auf sie hatte Acht geben können. Die Erinnerung überwältigte mich beim bloßen Anblick des Hauses. Franz und ich trafen uns, er brachte den Brief mit. Er kannte die Geschichte, ahnte, dass der Brief, von dem in dem Schreiben die Rede war, nur der Brief sein konnte. Und im Gegensatz zu ihm war mir der Name, der als Absender angegeben war, durchaus bekannt. Karl Leuwang.«

»Sie wussten, was für Geschäfte Winters und Pauline im Krieg machten?«

Wolfarth nickte schwerfällig. Erneut verzog sich sein Gesicht, und in der Zeit, bis es sich entspannte, herrschte wieder eine bedrückende Stille im Raum.

»Marcel und Colette, Heinrich und ich, wir wussten es alle. Nicht alles, aber genug. Dann tauchte dieser Leuwang plötzlich bei uns auf, unter dem Vorwand, diesen Artikel schreiben zu wollen. Uns war klar, dass er uns für die Nationalsozialisten ausspionieren wollte. Wir versteckten Eduard. Es war eine furchtbare Zeit. Wir standen unter großem Druck. Wir waren nicht stark genug, um sie aufzuhalten. Was hätten wir tun sollen?« Wieder musste er eine kurze Pause machen. »Plötzlich ergab alles einen Sinn«, fuhr er fort. »Leuwang, der willige Helfer, der für Winters die Drecksarbeit machte und für ihn, wie viele andere, auch Eduard aus der Welt schaffte. Aber ich brauchte Gewissheit. Ich musste den Brief sehen. War er es, war alles klar. Es gab nur eine Möglichkeit, wie er in seinen Besitz gelangt sein konnte.« Er hielt inne, hob die Hand und legte sie auf Avides Kopf. »Eduard hatte Dürers Brief bei sich gehabt, als sie ihn holten.«

Elise nickte. Winters wandte sich an Leuwang, der gute Kontakte zu den Nazis hatte. Leuwang, der Mann fürs Grobe. Einen untergetauchten Juden verhaften zu lassen, konnte keine Schwierigkeit gewesen sein. Er fand den Brief bei Bauer. Doch dann geschah etwas, mit dem Winters nicht gerechnet hatte. Leuwang gab ihn nicht zurück. Warum nicht? Das werden wir nie erfahren, dachte Elise. Sie hielt es für am wahrscheinlichsten, dass sich Leuwang absichern wollte. Etwas in der Hand zu haben, falls Winters oder Pauline irgendwann einmal glauben sollten, ihn nicht mehr brauchen zu müssen, war sicher nicht verkehrt. Oder wusste er um seinen Wert und hatte die Absicht, ihn irgendwann einmal zu Geld zu machen? Er hatte es versucht. Elise dachte an Avides Bericht von Frankfurter, der behauptet hatte, den Brief schon einmal gesehen zu haben. Wieder hatte es einen Toten gegeben. Erschrocken beschloss er das wertvolle Schriftstück erst einmal in einer Schublade verschwinden zu lassen. Es wurden fast sechzig Jahre daraus, bis zu dem Tag, an dem er Nachricht von seiner Tochter erhielt. Er hatte nichts mehr zu verlieren, er war so gut wie tot. Er erinnerte sich an den Brief, ahnte oder wusste, dass er für Winters von großer Bedeutung war, der ihn für sich verloren glaubte.

»Ich hätte Endres Leuwangs Brief niemals zeigen dürfen«, sagte Schmitt niedergeschlagen. »Er war wie ausgewechselt. Ich hatte mich mit Eduards Verschwinden nach all den Jahren abgefunden und meinen Frieden gemacht. Er nicht.«

»Und Sie gingen zu Leuwang?«

Wolfarth nickte. »Ich dachte, ich hätte es im Griff. Ich würde es durchstehen. Nach all den Jahren.«

»Und dann stehen Sie plötzlich einem alten Nazi gegenüber, der nichts gelernt hat, für den die Vergangenheit die Gegenwart bedeutete. Ich verstehe …«

»Er war redselig. Er schien es zu genießen, war noch immer stolz auf sich, glaubte noch immer daran, die Welt damals ›gesäubert‹ zu haben. Ein homosexueller Halbjude war für ihn kein Mensch. Er erzählte mir alles. Es war gängige Praxis, die Opfer zu zwingen, Briefe an ihre Familien zu schreiben, um sie in Sicherheit zu wiegen.« Erschöpft hielt er inne. Sein Kopf sank langsam zur Seite. Die Lider flatterten.

»Er muss sofort zu einem Arzt«, sagte Avide mit flehender Stimme.

Franz Schmitt legte seine Hand auf Avides Arm und schüttelte traurig den Kopf.

»Aber ich kann ihn hier nicht sterben lassen!«

In diesem Moment schlug Wolfarth die Augen auf. Sein Atem ging unregelmäßig. Er sah Elise an. »Ich wollte es nicht«, sagte er leise. »Leuwang …«

Elise sah traurig, dass seine schönen Augen ihre viel gepriesene Sanftheit verloren hatten. Sie war einer Trauer gewichen, tief und unüberbrückbar. Er schien jetzt nur noch zu sich selbst zu sprechen. »Ich habe Eduard sehr geliebt. Sein Tod war so sinnlos. Ich weiß nicht mehr genau, wie es geschehen ist. Plötzlich war da eine große, schwarze Leere. Es war wie ein Rausch. Als ich wieder zu mir kam, waren wir im Schlafzimmer, Leuwang lag tot am Boden. Ich war wie von Sinnen. Ich suchte in der ganzen Wohnung nach dem Brief. Ich wollte ihn haben. Er war so wichtig gewesen für Eduard. Doch ich fand ihn nicht.«

Elise überlegte. Und ihr fiel nur eine Möglichkeit ein: Freddi. Leuwang musste Freddi den Brief zur Aufbewahrung gegeben haben. Zur Sicherheit. Schmitt hatte Leuwangs Erpresserschreiben nicht an Winters weitergeleitet und der alte Mann wartete vergeblich auf eine Antwort, wurde nervös. Dann kam Wolfarth. Wahrscheinlich hatte Freddi Leuwang tot in seiner Wohnung gefunden und die Tat für eine Reaktion Winters auf die Erpressung gehalten. Er war der Situation nicht gewachsen. Was sollte er tun? Er war wütend, hatte den alten Mann gemocht. Und er brauchte das Geld. Deshalb rief er nicht die Polizei. Leuwang war tot, das konnte er immer noch tun. Er verließ die Wohnung und verschloss sie. Ja, das ergab Sinn. So hatten sie sie vorgefunden, von außen zweimal verschlossen. Er glaubte jetzt zu wissen, dass Winters der Brief wirklich wichtig war, und musste Verbindung mit ihm aufnehmen. Seine einzige Anlaufstelle war die Villa. Und Freddi war dort gewesen. Dreesen hatte ihn wiedererkannt.

»Der Kunststudent …«, sagte sie laut.

Schmitt erwiderte betroffen ihren Blick. »Ja. Der Kunststudent.«

»Hat er Ihnen gesagt, was er von Winters wollte?«

»Es war einer der wenigen Tage, an dem er in der Villa war. Sonst war er ja immer in der Gymnicher Straße. Er wollte ihn sprechen. Als ich fragte, ob er einen Termin habe und was er von Herrn Winters wolle, sagte er: ›Sagen Sie ihm, ich komme von Leuwang. Er wird dann schon wissen. Es wäre besser, mich vorzulassen.‹

Ich erschrak. Was konnte er wollen? Dass Endres an diesem Morgen bei Leuwang gewesen war, wusste ich nicht. Plötzlich stand Winters in der Halle und hörte, was der junge Mann sagte. Die Erwähnung von Leuwangs Namen muss auch ihm einen Schrecken eingejagt haben. Ein Schatten aus der Vergangenheit, sicher hatte er ihn totgeglaubt. Er maß den Jungen mit abschätzendem Blick, sagte kein Wort. Dann schickte er mich weg. Ich hörte noch, wie er zu dem jungen Mann sagte: ›Nicht hier. Kommen Sie.‹ Dann verließen sie gemeinsam die Villa.«

Elise nickte. Die Villa wurde ja überwacht. Überall waren Kameras.

»Ich weiß nicht, was dann geschehen ist.«

»Winters war im Besitz des Briefes und Freddi ist seit diesem Tag nicht wieder gesehen worden.«

Schmitt schüttelte traurig den Kopf.

»Sie haben Ihrem Freund Wolfarth von dem Besuch erzählt?«

»Ja, ich habe ihn sofort angerufen. Er war vollkommen durcheinander, erzählte mir, was an diesem Morgen passiert war. Und dass er den Brief nicht gefunden hatte.«

Elise sah Avide an. »Er brauchte nur noch zwei und zwei zusammenzuzählen und konnte sich denken, dass es um den Brief ging und Leuwang nicht allein gewesen war. Die Erpressung ging weiter, und Winters hatte alle Mittel und würde sich diese Gelegenheit nicht entgehen lassen. Wieder würde er siegen.«

»Das durfte nicht sein«, sagte Wolfarth leise. »Das konnte nicht sein. Erst war ich wie gelähmt. Es vergingen einige Tage, dann war mir klar, was ich tun musste. Ich wusste von Franz, dass Winters fast immer in der Gymnicher Straße war. Ich wollte doch nur Gerechtigkeit. Nach all den Jahren.« Eine Träne löste sich und rann die Wange hinab.

»Ich rief ihn an:

›Hallo?‹

›Hallo, Winters. Hier spricht ein Toter. Einer der zahlreichen Toten aus deiner Vergangenheit.‹

›Was?‹

›Ich bin es: Endres. Endres Wolfarth.‹

Stille.

›Das kann nicht sein.‹

›Deine Vergangenheit holt dich am Ende ein, Winters. Erst Leuwang, jetzt ich. Du weißt, dass wir beide noch eine unbeglichene Rechnung haben.‹

›Ich weiß nicht, wovon du redest.‹

›Für Ausflüchte reicht unsere Zeit nicht mehr, Winters. Du hast den Brief.‹

›Welcher Brief? Wovon redest du?‹

›Von Leuwangs Brief. Ein junger Mann hat ihn dir doch gebracht, nicht wahr?‹

Er schien mehr als überrascht zu sein. Ich hatte Angst, er würde auflegen, doch er tat es nicht.

›Du warst bei Leuwang. Du hast ihn umgebracht.‹

›Das spielt jetzt keine Rolle mehr. Ich weiß alles, Winters. Alles. Wir müssen uns sehen.‹

›Ich wüsste nicht, warum.‹

Er hatte aufgelegt. Ich rief noch einmal an.

›Was willst du?‹

Seine Stimme klang gereizt. Nervös. Damit hatte er nicht gerechnet.

›Treff dich ein letztes Mal mit mir. Ich möchte mit dir reden. Wir können eine Lösung finden, die uns beide befriedigt. Der Brief muss an die Öffentlichkeit, er muss geprüft und begutachtet werden. Seine Echtheit …‹

Er lachte hässlich.

›Immer noch Bauer?‹

Diese Worte trafen mich wie ein Faustschlag. Noch immer zog er alles in den Dreck.

›Ich werde alles sagen, alles an die Öffentlichkeit bringen. Deine ganze schäbige Vergangenheit. Ich muss dich sehen.‹

Für einen Moment herrschte Stille.

›Also gut. Wo?‹

›Dort, wo alles angefangen hat. In der Villa. Heute Abend.‹

›Du bist verrückt!‹

›Vielleicht. Und du ein Verbrecher. Ich werde dich zerstören, wenn du nicht kommst. Dich und deine verfluchte Sammlung.‹«

Wolfarths Stimme brach. Er rang nach Luft und Avide führte das Wasserglas an seine Lippen. Doch der alte Mann wehrte ab.

»Und er ist gekommen …«, ergänzte Elise leise.

Als Wolfarth weitersprach, sah er bewusst an Avide vorbei.

»Die Villa. Ja, sie hat auf mich gewartet, mit all ihren Erinnerungen, diesen schönen und schrecklichen Erinnerungen. Sie hat auf diese eine Nacht gewartet, in der sich der Kreis schließt …«

Seine Hände verkrampften sich. Eine Welle des Schmerzes durchfuhr ihn. Dann entspannten sich seine Züge. Er hob langsam die Hand und strich sanft über Avides Wange.

»Ich glaube, außer Eduard habe ich nur dich in diesem Leben geliebt«, sagte er leise. »Du warst wie ein Sohn für mich. Vergib mir. Verachte mich nicht.«

Avide schüttelte verzweifelt den Kopf.

Die Kraft aus Endres Wolfarths Hand schwand. Alle Spannung wich aus seinem Körper. Eine lange, stürmische Reise war zu Ende.

Nachklang

I.

Dunkle Wolken flüchteten über den Himmel, getrieben von einem unsichtbaren Verfolger. Elise beobachtete nachdenklich das schnelle Wechselspiel der Formationen.

Die Seibolds besaßen eine prächtige Familiengruft auf dem Mälatenfriedhof. Imposanter weißer Marmor, bewacht von zwei weinenden Engeln.

Der Pfarrer fand bewegende Worte, einige Freunde Seibolds ebenfalls, einer der Kompagnons der Kanzlei hob die Ehrbarkeit und Professionalität des Junganwaltes hervor.

Elise konnte sein lachendes Gesicht mit den hübschen Augen nicht vergessen. Wenn sie die Augen schloss, schien es zum Greifen nah. Sie hatte eine rote Rose mitgebracht, die sie als letzte in die Grube warf, wie es vor erst wenigen Tagen Marguerite Dupas unweit von hier an einer anderen Gruft getan hatte.

Wer hätte ahnen können, dass die Aufklärung des gewaltsamen Todes Hugo Winters zu Elises schwierigstem und emotional belastendstem Fall werden würde.

Seit sie sich in der Steinkopfstraße getrennt hatten, war der Kontakt zu Avide abgebrochen. Sie sah wieder seinen Blick aus tränennassen Augen, voller Ablehnung.

»Dein Fall ist gelöst. Ich hoffe, du bist zufrieden.« Dann hatte er sie stehen lassen und war verschwunden.

Sie riss sich los und ging zurück zum Hauptweg. In einiger Entfernung sah sie einen Mann und eine Frau, die langsam über die große Hauptstraße schritten.

Colette Mang trug einen dunklen Pelz, Heinrich Fischau einen breitkrempigen, schwarzen Hut. Sie blieben stehen, als sie Elise erkannten.

»Frau Brandt«, sagte Colette. Es war eine Feststellung, als hielte sie es für selbstverständlich, sie hier zu sehen. »Es erscheint alles so sinnlos – diese vielen Toten.«

»Ist Ihre Tochter noch in Paris?«

Colette zögerte einen Augenblick. »Ja. Sie wird dort bleiben. Pauline geht es sehr schlecht.«

»Nett, dass Sie gekommen sind«, sagte Fischau. »Wir beide, Colette und ich, fanden, dass wir es Endres schuldig sind zu kommen.« Er senkte den Blick. »Ich kann nicht anders, als zu denken, dass, wenn wir damals aufmerksamer gewesen wären, näher zu ihm gestanden hätten, vielleicht alles anders gekommen wäre.«

»Zu spät«, sagte Colette und legte ihre Hand tröstend auf Fischaus Schulter.

Elise brauchte einen Augenblick, bis sie begriff, dass die beiden auf dem Friedhof waren, um an Endres Wolfarths Begräbnis teilzunehmen.

Die beiden setzten sich in Bewegung und erwarteten wie selbstverständlich, dass sie ihnen folgen würde.

Sie zögerte. Dann ging sie ihnen nach.

Als sie die Einsegnungskapelle betraten, waren nur wenige Menschen dort. Elise erkannte die Nachbarin, die sie befragt hatte. Franz Schmitt saß in der ersten Reihe, in einen dunklen Mantel gehüllt.

Avide saß neben ihm. Er trug einen dunklen Anzug. Sein Haar glänzte feucht. Er hielt den Kopf gesenkt.

Die drei nahmen in einer der hinteren Reihen nebeneinander Platz.

Der Sarg, in dem Endres Wolfarths sterbliche Überreste ruhten, war schlicht, aus hellem Holz, ein Gesteck aus roten Rosen lag darauf.

Der Pfarrer sprach kurz. Danach ertönte eine Instrumentalversion der Bach-Kantate: Jesu bleibet meine Freude.

Als Avide hinter dem Sarg die Einsegnungskirche verließ, kreuzten sich ihre Blicke. Er zögerte kurz, ging dann aber unbeirrt weiter. Als man wenige Minuten später den Sarg in die Grube senkte, sah sie, dass seine Hände zitterten. Auch er hatte eine rote Rose mitgebracht, die er auf den Sarg warf.

Elise bemerkte, dass es bereits einen Stein gab. Und sie vermutete, dass Wolfarth selbst ihn in Auftrag gegeben hatte. Er hatte zwei Namen in den Marmor meißeln lassen:

Endres Wolfarth
Eduard Bauer

Und darunter die ersten Zeilen aus Baudelaires Gedicht »Unstern«:

Solch eine schwere Last zu heben,
braucht Sisyphus, es deine Stärke!
Und geht man auch beherzt zu Werke:
Lang ist die Kunst und kurz das Leben.

Sie blieben schließlich allein am Grab zurück. Es hatte wieder angefangen zu regnen und Avide stand regungslos vor der Grube und sah hinunter, in stiller Zwiesprache mit dem Toten, scheinbar ohne etwas um sich herum wahrzunehmen.

Elise wollte auf ihn zugehen, doch sie war wie gelähmt. Der hasserfüllte Blick, den er ihr bei ihrem letzten Zusammentreffen zugeworfen hatte, stand ihr vor Augen.

Was sollte sie sagen? Hatte das alles überhaupt je eine Zukunft gehabt? Verunsichert wandte sie sich ab.

»Geh nicht.«

Elise blieb abrupt stehen. Sie spürte plötzlich eine Hand auf ihrer Schulter. Avide drehte sie sanft zu sich um. Er wirkte erschöpft und unendlich einsam, hatte dunkle Schatten unter den Augen.

Sie sah, dass er, wie sie selbst auch, unfähig war, Worte zu finden und diese Hilflosigkeit schuf eine erste Grundlage, auf der sie sich aufeinander zubewegen konnten.

»Hätte ich etwas tun können?«, fragte er. »Warum hat er mir nichts gesagt, bevor das alles passiert ist? Wir haben immer über alles gesprochen.«

»Das war eine Sache, mit der geht man zu niemandem. Das war etwas, das er ganz allein mit sich abmachen musste. Er hatte seine Entscheidung getroffen. Für sich. Niemand hätte es verhindern können.«

»Er hatte alles vorbereitet. Das Grab, den Stein …«

»Vielleicht ist er nicht glücklich gestorben. Aber sicher mit der Gewissheit, er habe seinen Teil der Schuld, die er glaubte, Bauer gegenüber zu haben, abgetragen.«

Ihre Blicke suchten und fanden sich. Inzwischen waren sie beide nass, doch Elise spürte nichts. Sie hatte nur ein Bedürfnis, ihn in ihre Arme zu schließen. Doch noch immer hielt sie irgendetwas ab. Auch Avide zögerte. So standen sie sich gegenüber wie zwei Kinder, die sich gestritten haben und nicht wissen, wie sie sich wieder versöhnen sollen.

Das Bedürfnis nach Nähe und einer Umarmung, die einzig in der Lage war, die Einsamkeit in ihnen zu verscheuchen wie die ersten Strahlen der Sonne am Morgen den Spuk der Nacht, siegte schließlich.

Avide machte den ersten Schritt auf Elise zu, der alle Distanzen, so weit sie auch zu sein schienen, überbrückte.

Als sie sich in den Armen lagen, während der Regen sein trauriges Lied auf das Holz des Sarges hinter ihnen trommelte, Avide sich förmlich festklammerte an Elise und sie sich an ihn, da war ihr klar, dass sie nie wieder loslassen wollte und konnte. Sie spürte die vertraute Angst tief in sich, doch es spielte keine Rolle mehr.

»Bitte«, flüsterte sie leise in sein Ohr.« »Sieh mich nie wieder so an …«

II.

»Was beschäftigt dich?«

Elise hob langsam den Kopf von Avides Brust und sah ihm fragend in die Augen. Sie mochte diesen Satz nicht. Sie wusste, er würde die friedvolle Ruhe dieses Augenblicks mit einem Schlag zerstören. Alles Schöne im Leben sind nur Augenblicke. Es muss sterben wie alles, was lebt. Und doch hatte sie ihn ausgesprochen. Sie spürte seine innere Unruhe. Er hatte noch keinen Schlussstrich gezogen.

»Was meinst du?«

Avide richtete sich im Bett auf. Er sah Elise unsicher an. Er war sich nicht sicher, worauf sie hinauswollte.

»Ich habe vorhin in dein Arbeitszimmer gesehen. Was lässt dich nicht los?«

Avide atmete tief ein. »Seit Marcel …« Elise merkte, wie schwer es ihm fiel, darüber zu sprechen. »Seit er tot ist, versuche ich mich abzulenken. Ich weiß auch nicht. Es gibt noch so viele ungeklärte Fragen. Und du? Du bist auch nicht entspannt.«

Sie richtete sich auf und ließ sich neben ihn in die Kissen fallen, die Augen zur Decke gerichtet. Er hatte recht.

»Wir wissen weder, warum Winters die Vita aus der Bibliothek entfernt und in die Gymnicher Straße mitgenommen hat, noch woher er sie überhaupt hatte.«

»Und warum Pauline plötzlich auf Winters aufmerksam wurde und beschloss, ihn beschatten zu lassen.«

»Was Abrahamsson auf den Plan rief.«

»Einen gibt es, der uns vielleicht eine Antwort geben kann«, sagte Avide. »Seine Rolle in diesem Spiel ist immer noch ungeklärt und ich habe eine Rechnung mit ihm offen.«

III.

Ein leichter Wind fuhr Elise durch das Haar, während ihr Blick über die Seine glitt. Weit hinten zeichneten sich unklar die Türme des Louvre ab. Sie wandte sich um und sah Avide nach, dessen groß gewachsene Gestalt sich langsam entfernte. Kurz bevor er die Quaitreppe hinaufstieg, drehte er sich noch einmal um und winkte ihr zu. Elise erwiderte sein Winken. Sie lächelte. Sie fragte sich, ob sie jemals in der Lage sein würde, ihm mit Worten oder auf irgendeine andere Art klarzumachen, wie viel ihr diese kleinen Gesten, die viele für unbedeutend hielten, wert waren. Sie hatte sie so lange entbehrt.

Er wollte allein zu Valois gehen. Elise hatte es verstanden. Sie würde auf ihn warten.

Strothmann hatte ihr widerwillig die Insignien ihres Amtes zurückgegeben, auf sanften Druck Reberkötters. Er war erleichtert, dass die Akte Hugo Winters, wenigstens für die Öffentlichkeit, geschlossen werden konnte. Aber er hatte darauf bestanden, dass sie sich ein paar Tage Urlaub nahm. Als Avide sie gefragt hatte, ob sie ihn nach Paris begleiten wolle, hatte sie sofort Ja gesagt.

Sie begann an der Quaimauer entlangzulaufen, ihre Gedanken waren bei Avide. Sie stieg langsam die steinerne Treppe hinauf und blickte an den Fassaden der hohen, für Paris so typischen alten Häuser hinauf. Sie ging weiter, betrachtete die Auslagen einiger Geschäfte.

Plötzlich blieb sie wie angewurzelt stehen. Sie starrte auf ein Plakat, das im Fenster der Tür eines Ladenlokals angebracht war. Es war ein Plakat der Polizei.

»Wer kennt diesen Mann?«, stand dort in großen roten Lettern. Darunter die Fotografie der Leiche eines jungen Mannes. Elise suchte fieberhaft all ihre Französischkenntnisse zusammen und las den kleinen gedruckten Text darunter:

»...wurde die Leiche eines etwa zweiundzwanzig- bis fünfundzwanzigjährigen Mannes, Hautfarbe weiß, Haarfarbe mittelbraun, Augenfarbe grau, besondere Kennzeichen: Narbe an der linken Hand, vor drei Tagen aus der Seine gefischt. Das Opfer weist eine Schädelverletzung am Hinterkopf auf. Für sachdienliche Hinweise ...«

Elises Blick ging wieder zurück zu dem Foto. Freddi.

Claude Valois stand, über ein aufgeschlagenes Buch gebeugt, hinter dem Schreibtisch und blickte hoch, als das Glockenspiel über der Tür den Besucher meldete.

Avide sagte nichts. Er schloss sorgfältig die Tür hinter sich und postierte sich inmitten des Ladens. Sofort wurde er von feinen Staubschleiern eingehüllt.

Die beiden alten Freunde fixierten sich abschätzend.

»Bist du weitergekommen?«, fragte Claude.

Avide nickte. »Ja, Winters' Tod ist aufgeklärt. Und doch bleiben noch offene Fragen.«

Claude zögerte einen Augenblick, dann nickte er, kam schwerfällig hinter dem Schreibtisch hervor, durchquerte den Laden, ging an Avide vorbei und schloss die Ladentür ab.

Als er sich umwandte, begegneten sich ihre Blicke. Avide verstand den Zwiespalt, in dem er sich befand. Er war hin- und hergerissen zwischen der Liebe und der Verehrung für seinen erfolgreichen Vater und dem Wissen um dessen dunkle Seite.

Philippe Valois war wie Winters ein Besessener. Und beide hatten eine Grenze überschritten.

»Komm!«

Avide folgte Claude hinaus aus dem Laden ins Treppenhaus und in die Wohnung.

Der Antiquar steuerte direkt auf das Arbeitszimmer seines Vaters zu. Er zögerte kurz, dann klopfte er.

Ein tiefes Brummen, gedämpft durch die massive Tür, zeigte Claude an, dass er eintreten durfte.

»C'est Avide, Papa.«

Er nickte Avide kurz zu und schloss die Tür hinter ihm.

Der Alte war wie immer vom Dunst einer seiner Zigarren umnebelt. »Ich wusste, dass du noch einmal kommst«, sagte er mit rauchiger Stimme. Er sah von unten zu ihm hinauf. »Ihr habt den Fall gelöst?«

»Ja«, antwortete Avide. Er ging einige Schritte auf den Schreibtisch des Antiquars zu. »Was spielst du für ein Spiel, Philippe?«

Valois hüllte sich in Schweigen.

»Warum war Winters mit dem Brief bei dir? Es konnte ihm nicht um die Echtheit gehen. Er wusste, dass er echt war. Die Quelle, aus der er stammte, ließ keine andere Schlussfolgerung zu. Es ging um die Vita, die du ihm verkauft hast. Ich irre mich doch nicht?«

Valois blieb regungslos auf seinem Stuhl sitzen und ließ ihn sprechen. Wie eine alte Schildkröte, gefangen in ihrem Panzer, der sie nicht nur als Schutz vor den bösen Einflüssen von der Außenwelt abschottete, sondern sie auch von der Realität abschirmte, hockte er da.

»Winters hat das kostbare Buch kurz vor seinem Tod aus seiner Bibliothek entfernt und mit in die Wohnung seiner Geliebten genommen. Irgendetwas hat ihn aufgeschreckt. Er wollte es bei sich haben«, fuhr Avide unbeirrt fort. Er konnte das Räderwerk förmlich hören, das in Valois' Gehirn malte.

»Moral ist etwas für Leute, die es sich leisten können«, sagte der Alte schließlich gedehnt. »In der Geschäftswelt hat sie nichts zu suchen. Es ist nicht einfacher geworden in den letzten Jahren. Vor geraumer Zeit wurde ein junger Mann bei Claude vorstellig. Er war nervös, wirkte nicht gerade vertrauenerweckend. Er präsentierte ihm eine Inkunabel, vierzehntes Jahrhundert, dessen Wert Claude schon nach kurzer Prüfung erkannte. Er kam damit zu mir. Ich bestätigte seine Einschätzung. Natürlich war uns klar, dass ein solcher Fund eine Vorgeschichte haben musste. Ich ließ den jungen Mann zu mir kommen und nahm ihn ins Verhör. Er hielt meinen Fragen nicht lange stand. Es handelte sich um einen jungen Novizen aus einem Konvent hier in Paris.«

»Und die Inkunabel stammte aus der Bibliothek.«

»Ja. Der Junge war eine Waise und schon als Kind von den Brüdern aufgenommen worden. Doch er hörte den Ruf Gottes nicht. Er verliebte sich in die Tochter eines Lebensmittelhändlers, der das Kloster belieferte. Er wollte durchbrennen mit ihr. Doch ohne Geld? Da kam er auf die Idee mit den Büchern. Das Kloster verfügt über eine umfangreiche Bibliothek, um die sich seit Jahrzehnten niemand mehr recht kümmert. Sie ist weder katalogisiert noch inventarisiert.«

Avide sah das Funkeln in Philippe Valois' Augen. Ein Goldsucher, der auf den ganz großen Fund gestoßen war.

»Der Junge versicherte mir, niemandem falle es auf, wenn er ab und an ein Buch aus der Bibliothek entferne. Niemand vermisse sie«, fuhr Valois fort. »Ich hatte eine Entscheidung zu treffen. Ich will nicht behaupten, dass sie mir leichtgefallen ist, aber ich hatte deswegen auch keine schlaflosen Nächte.« Er lehnte sich zurück und das Holz des antiken Stuhles, in dem er saß, knarrte unter der Last seines Gewichtes. »Er kam regelmäßig und ich sagte ihm, worauf er achten müsse, damit er lernte, den wertlosen Plunder von den wirklich kostbaren Stücken zu unterscheiden.«

»Und irgendwann erschien er dann mit der Vita?« Avide konnte nicht glauben, was er hörte.

Valois drückte den Rest seiner Zigarre mit Entschiedenheit in einem gläsernen Aschenbecher aus. »Ja. Das bei Weitem kostbarste Stück, das er mir brachte, wie du dir vorstellen kannst.«

»Das ist mehr als untertrieben, Philippe.«

»Der Junge hat mir erzählt, dass das Kloster des heiligen Ignatius Anfang der Sechzigerjahre niederbrannte und der einzige Überlebende fand Aufnahme in den Konvent in Paris. Er hatte die Vita aus den Flammen gerettet. Der Junge ahnte nicht einmal, was er mit da präsentierte.«

»Das muss ein unglaubliches Gefühl gewesen sein.« Avide konnte sich durchaus in Valois hineinversetzen. Auch wenn er dessen Vorgehensweise ablehnte.

»Es war wie ein Erdrutsch«, sagte der Alte trocken. »Ich habe in meinem Leben viele fantastische Dinge gesehen, dieses Buch gehört mit Sicherheit zu den Höhepunkten.«

»Und du hast sofort an Winters gedacht?«

»Wir haben oft über dieses Buch gesprochen.«

»Aber er war doch gar nicht auf diese Zeit spezialisiert. Und auch nicht auf das Œuvre. Seine Sammlung ist berühmt für ihre Druckgrafiken. Da ist noch etwas anderes.« Es fiel ihm nicht leicht weiterzusprechen, doch er musste es tun. »Bist du Mitglied bei den Apokalyptikern? Gehörst du zu ihrem auserwählten Kreis?«

»Non.«

»Bitte antworte mir ehrlich, Philippe. Tu es für unsere lange Freundschaft, für die Freundschaft zu meinem Vater.«

Die Antwort kam schnell und heftig. »Ich war immer auf Winters' Seite!« Er schlug mit der flachen Hand auf die Schreibtischplatte. »Ich liebe mein Land. Pauline Balatier hat es korrumpiert und missbraucht.« Er sah an ihm vorbei in den Raum und brummte: »Dieser Dummkopf Winters und seine ewigen Rachegelüste gegen Pauline. Gegen diese Frau gewinnt man nicht.«

»Das ist keine Antwort auf meine Frage.«

Oder war es das doch? Natürlich. Valois spielte ein doppeltes Spiel. Er war Mitglied bei Paulines Apokalyptikern, auch wenn er sie selbst verachtete. Er war Geschäftsmann, eine der herausragenden Persönlichkeiten des Landes, die Mitgliedschaft in einem solch erlesenen Club war für ihn wahrscheinlich eine Selbstverständlichkeit. Und doch hatte er die Vita, kaum dass er sie in seinen Krallen hatte, nicht an Pauline, sondern an Winters gegeben.

»Pauline wusste, dass Winters die Vita hatte. Woher?«

Valois' schwerer Atem erfüllte die Stille des großen Raums, dessen Inventar Avide plötzlich zu erdrücken schien. »Winters wollte es. Ich habe ihn gewarnt. Aber bei diesem Thema war nicht mit ihm zu sprechen. Er bestand darauf, dass Pauline erfährt, dass er im Besitz der Vita ist. Ich habe abgelehnt, wollte die Sache so diskret wie möglich ablaufen lassen.«

»Aber er hat dich unter Druck gesetzt, nicht wahr, Philippe? Wenn an die Öffentlichkeit gelangt wäre, aus welcher Quelle die Vita stammte, dass du aus Klosterbibliotheken gestohlene Bücher verkaufst …«

Valois hob ungeduldig die Hand. Avide verstummte. Er konnte sich denken, wie er sich gewunden haben musste, damit bei der ganzen Sache sein Name aus dem Spiel blieb. Der alte Fuchs war über seine eigene Schlauheit gestolpert und hatte sich selbst in eine unangenehme Lage manövriert. Wieder einmal hatte Winters sein wahres Gesicht gezeigt.

Aber es war ein gefährliches Spiel, auf das er sich eingelassen hatte, das musste Winters wissen. Mit einer übermächtigen Gegnerin, die alles gegen ihn auffahren würde, was sie in der Lage war aufzubieten. Und sie tat es. Kein Wunder, dass der Sammler immer verschlossener wurde und sich in sein Schneckenhaus zurückzog, sogar in Panik geriet und die Vita in seiner Nähe haben wollte.

»Ihr habt beide die Grenzen überschritten«, sagte Avide angewidert. »Winters war von seinen Sammlungen besessen. Er wollte sie einzigartig machen. Er hat sich mit der Unterwelt zusammengetan, weil er wusste, dass sie Zugang zu Quellen hatte, die ihm verschlossen waren.« Avide dachte an Vladimir Nentchew, der dem Sammler geholfen hatte, die im Krieg erbeuteten Kunstwerke diskret an den Mann zu bringen. Mit dem so gesäuberten Geld finanzierte er seine Sammlung. »Und du …« Er konnte nicht weitersprechen.

Im Zimmer machte sich eine bedrückende Stille breit. Schließlich sagte Valois: »Winters wusste, dass es etwas gibt, das seine Sammlung wirklich einzigartig gemacht hätte.« Er schien mit sich zu ringen, inwieweit er Avide einweihen konnte – und durfte.

Avide verstand. »Ein Brief, den er vor fast sechzig Jahren verloren hatte. Der Brief.«

»Er glaubte fest daran, dass Pauline ihn hatte«, sagte Valois. »Warum, weiß ich nicht.«

»Einer seiner damaligen Helfer hatte ihn belogen. Er hieß Karl Leuwang. Winters muss geglaubt haben, dass dieser Mann mit Pauline gemeinsame Sache macht und ihr den Brief gegeben hat, aber Leuwang behielt ihn und so verschwand er für Jahrzehnte in den Tiefen einer Schublade.«

»Über die Hintergründe hat er nie gesprochen«, sagte Valois.

Kein Wunder, dachte Avide.

»Er sagte so oft: Dabei weiß sie nicht einmal, welchen Schatz sie hat.« Valois zögerte einen Moment, sprach dann weiter. »Als ich ihm dann die Vita anbot, machte er einen letzten Versuch. Er wollte ihr einen Tauschhandel vorschlagen, den Brief gegen das Buch.«

Avide versuchte Valois gedanklich zu folgen. Die Vita des Ignatius von Bern, die, mehr als ein Buch, eine einzige Legende ist: Abgesehen von seiner Kunstfertigkeit soll es den Schlüssel zum größten Geheimnis der Bibel bergen, der Offenbarung des Johannes, der Apokalypse, und damit die Aussicht auf ewiges Leben, unbeschränkte Macht. Wer dieses Buch in Händen hält, ist als Führer der Apokalyptiker unantastbar.

Hatte Winters von Valois von den Grabenkämpfen erfahren, die um die Nachfolge der gealterten, dem Tode näher als dem Leben stehenden Firmenchefin entbrannt waren? Er wusste es. Und er fühlte den Tag seiner Rache endlich näher kommen.

Winters gibt seine Geschäfte auf, hat nur noch ein Ziel: ein letztes Aufbegehren gegen Pauline, seine alte Feindin.

Aber Pauline geht nicht darauf ein. Konnte sie gar nicht, denn sie hat den Brief nicht. Avide forschte in Valois' feistem Gesicht und ahnte, dass da noch mehr war.

»Auf welcher Seite stehst du, Philippe? Pauline oder Abrahamsson?«

»Ich stehe immer und ausschließlich auf meiner Seite«, sagte der Alte.

Avide lächelte. Er hatte keine andere Antwort erwartet.

»Abrahamsson ist tot. Der Brief und die Vita sind für die Apokalyptiker verloren. Was wird jetzt geschehen?«

»Noch ist Pauline Balatier nicht tot.« Ein seltsames Funkeln trat in seine Augen. »Wo ist der Brief jetzt? Hast du ihn noch?«

Avide erkannte, dass Valois tiefer bei den Apokalyptikern involviert war, als er geahnt hatte und auch wissen wollte. Er lachte kurz auf. »Du bist wirklich unglaublich, Philippe.« Er forschte in Valois' Gesicht. Es hatte eine unnatürlich rote Färbung und er schwitzte. »Der Brief ist in Sicherheitsverwahrung. So lange, bis er seine Bestimmung gefunden hat und klar ist, wem er denn nun eigentlich gehört.«

»Aber du kennst seinen Inhalt, hast ihn gelesen, vielleicht sogar transkribiert?«

Avide wurde ungeduldig. »Sag mal, worauf willst du hinaus?«

Der Alte hantierte umständlich an seiner Zigarre herum und ließ die Asche in den Aschenbecher fallen. »Weißt du, um was es wirklich in dieser Geschichte geht?«, fragte er gedehnt.

Avide sah ihn verständnislos an.

»Um die Macht der Bilder.«

Ein leises Zittern durchlief Elises Körper, als Avides Arme sie von hinten umfingen. Er drehte sie langsam zu sich herum und sah erschrocken, dass sie tränenfeuchte Augen hatte. Sie hatte ihn auf seinem Handy erreicht und zum Quai des Ofevres bestellt. Beunruhigt hatte er den alten Valois allein zurück bei seinen bibliophilen Kostbarkeiten gelassen.

»Ich habe gerade mit einem Inspektor gesprochen«, sagte sie und zog das Plakat hervor, das sie in dem kleinen Geschäft entdeckt hatte. »Man war sehr zuvorkommend.«

Avide starrte mit unverständnis auf das Papier.

»Es ist Freddi. Sie haben seine Leiche aus der Seine gefischt. Können wir bitte woanders hingehen?«

Sie verließen den Quai des Ofevres und wanderten langsam, Hand in Hand, den Quai du Marché Neuf entlang Richtung Notre-Dame.

»Ich kann es mir nicht vorstellen«, sagte Avide.

»Es ist die denkbarste Lösung. Freddi ist tot und Winters hatte den Brief.«

Elise ließ ihren Blick über die Seine schweifen. »Es war die Angst, Avi. Die Angst vor dem, was Freddi von Leuwang erfahren haben konnte. Über ihre gemeinsame Vergangenheit. Winters war emotional sehr aufgewühlt. Dieser Brief, den er für immer verloren geglaubt hatte. Du weißt doch jetzt, wie wichtig er ihm war. Er war so kurz vor seinem Ziel. Leuwang hatte bereits jemand für ihn beseitigt. Und jetzt, durch diesen einfachen, dummen Jungen, war alles wieder infrage gestellt. Er konnte nicht riskieren, sein Lebenswerk zu gefährden.«

»Das schöne Märchen vom uneigennützigen Sammler, der sich einzig und allein dem künstlerischen Erbe einer Nation verpflichtet fühlt – so wollte er, dass ihn die Nachwelt sieht –, wäre ausgeträumt gewesen. Es gibt geringere Mordmotive.«

»Winters war über achtzig.«

»Der Junge wurde von hinten niedergeschlagen. Das ist nicht schwierig. Winters geht mit ihm hier an den Quais entlang und lässt etwas fallen. Freddi bückt sich und Winters schlägt zu, mit einem Stein, irgendetwas. Es reicht, wenn er bewusstlos ist.«

Sie stockt. »Freddi ist ertrunken.«

Die grauen Wasser der Seine flossen ungerührt an ihnen vorbei. Sie allein kannten die Antwort.

»Er leert seine Taschen und rollt ihn zum Wasser«, fuhr Elise fort. »Niemand kennt ihn in diesem Land. Eine unbekannte männliche Leiche. Wären wir nicht zufällig hier …«

»Und wie hat er ihn nach Paris gelockt?«

»Freddi sah nur noch das Geld. Winters kann ihm vorgemacht haben, den Brief auf seine Echtheit prüfen zu lassen, dass er in Paris einen Experten habe. Freddi hätte den Brief nie aus der Hand gegeben. Also bietet Winters ihm an, mit ihm sofort hinzufahren.«

»Möglich.«

Elise fröstelte. Alle Spekulationen waren müßig. Sie würden niemals erfahren, was wirklich geschehen war. Nur die Leiche des jungen Mannes war grausame Realität.

»Was hat Valois gesagt?«

Avide fasste das Gespräch mit dem Antiquar zusammen. »Er glaubt allerdings, dass es noch um etwas anderes gegangen sein könnte.«

Elise wandte sich erstaunt zu ihm um.

»Die Druckstöcke. Die Originalholzstöcke der Holzschnitte.«

»Die kleinen Geschäfte eines einfachen Novizen, der sich so verzweifelt ein Leben außerhalb der Klostermauern wünscht«, sagte Elise ungläubig. Sie hielt die elegante Porzellantasse mit beiden Händen fest umklammert und wärmte sich die Hände.

Avide hatte sie in eines seiner Lieblingscafés entführt, dem Ladurée auf den Champs-Élysées. Hier hatte er sich oft mit Marcel getroffen. Er liebte die elegante Stille des Kaffeehauses, das sich den Charme der Jahrhundertwende in einer Welt aus Lärm und Designerarchitektur, die am Tage der Fertigstellung schon überholt und langweilig war, bewahrt hatte. Im exklusiven Jugendstilinterieur des Cafés, prunkvoll und keinesfalls zurückhaltend, wie es die Zeit auch nicht gewesen war, bewegte sich selbst die Bedienung würdevoller. Der Salon de Thé auf der Avenue des Champs-Élysées war eine 1997 eröffnete Dépardance des berühmten Hauses an der Rue Royale, das Ernest Ladurée 1862 gegründet hatte. Die Patisserie des Cafés hatte einen legendären Ruf, und die Bedienung, in schwarzem Kleid mit gestärkter weißer Schürze, brachte würzigen, duftenden Kaffee und den Kuchen, den sie sich zuvor in der Vitrine ausgesucht hatten. Das Ladurée musste man genießen, ebenso wie die Speisen und Getränke. Und sie taten es.

»Sie waren der Auslöser für eine Spirale der Gewalt.« Elise schüttelte traurig den Kopf.

»Es hätte keinen unglücklicheren Zeitpunkt geben können. Hinter den Kulissen von Paulines Machtapparat war ein gnadenloser Kampf um das Erbe entbrannt.«

»Abrahamsson will die Macht an sich reißen und erfährt, dass Pauline den Sicherheitsdienst auf Winters angesetzt hat, vielleicht weil sie prüfen lassen will, ob der nicht nur blufft …«

»Oder sie will ihm die Vita mit ihren Mitteln abjagen.«

»So rückt der Sammler auch in seinen Fokus. Er setzt Leviolet auf ihn an und der die Geschwister Frontier. Doch der Schuss geht nach hinten los. Marguerite, die sich von ihrem Bruder bedrängt fühlt, der ihr nicht nur familiäre Gefühle entgegenbringt, flüchtet sich in Winters' Arme. Und verliebt sich in ihn.«

»Von nun an geht alles schief. Karl Leuwang braucht Geld für seine Tochter und will Winters erpressen.«

»Mir dem Brief, von dem er glaubt, er sei im Besitz von Pauline.«

»Und dann tritt Marcel auf den Plan. Er sieht sich endlich in der Lage, seinen von Winters ans Messer gelieferten Geliebten zu rächen. Er geht zu Leuwang und bringt ihn um. Doch er findet den Brief nicht.«

»Den hat Freddi. Und der will nun die Erpressung fortsetzen, die für Karl Leuwang ein so tragisches Ende gefunden hatte.«

»Ich glaube, Winters war mit der Situation überfordert. Er ist plötzlich im Besitz des Briefes, den er seit sechzig Jahren sucht, und der Vita. Pauline zeigt keine Reaktion und er sieht sich mit einem jungen Mann konfrontiert, von dem er nicht weiß, wie viel er über seine Vergangenheit von Leuwang erfahren hat. Von Luise weiß er, dass sie aus eigenem Interesse mit ihrem Wissen nicht an die Öffentlichkeit gehen wird. Aber der Junge kann ihm wirklich schaden.«

»Ich habe mir etwas überlegt«, sagte Avide. »Es sieht so aus, als hätte Marcel mich als Alleinerben eingesetzt. Es ist etwas Geld da. Was hältst du davon, wenn ich es aufteile: Eine Hälfte bekommt Mia und für die andere Hälfte richte ich ein Sparkonto für das Kleine ein, damit es einmal eine gute Ausbildung bekommt. Ich glaube, das wäre in Marcels oder besser gesagt Endres' Sinn.«

Elise nahm dankbar seine Hand. »Das wäre wundervoll. Wie war das mit den Druckstöcken?«

Avide lehnte sich zurück. »Valois denkt, dass es Winters gar nicht um den Brief an sich ging, obwohl er als bisher unbekanntes handschriftliches Zeugnis eines Künstlers wie Dürer schon eine Sensation ist, sondern um den Inhalt. Winters scheint der festen Überzeugung gewesen zu sein, dass der Brief einen Code enthält, der ihm den Aufbewahrungsort der Originaldruckstöcke von Dürers Holzstichen verrät. Es sollen Illustrationen seines Buches sein, das der Italiener Clementi seiner Bruderschaft hinterlassen hat, eine Art ›Bibel‹ mit Leitgrundsätzen, Thesen, Kommentierungen. Mit diesen Holzstöcken wäre seine Sammlung dann wirklich einzigartig gewesen. Darum hat er ihn zu Frankfurter geschickt. Er sollte das Papier auf Geheimtinte untersuchen. Ich nehme an, die Sache mit Freddi ist ihm dazwischengekommen. Darum ist er nie bei ihm gewesen.«

»Glaubst du daran?«

Avide zögerte mit der Antwort, sagte dann: »Jeder große Künstler hat seine kleinen Geheimnisse. Und ich finde, man sollte sie ihm lassen. Das macht es spannender und sie etwas menschlicher. Die Apokalyptiker finden nirgendwo in Dürers Hinterlassenschaft eine Erwähnung. Ich denke, er wollte nicht, dass ihn die Nachwelt mit einer obskuren Bruderschaft in Verbindung bringt.

Und ich glaube auch nicht, dass es von Bedeutung ist. Das bekannte Werk Dürers ist noch längst nicht erschlossen. Da ist noch genug zu tun, auch ohne obskure Codes.

Und verschollene Originale. Ich habe recherchiert und den Weg des Briefes zu einem Kunsthändler namens Rosenthal zurückverfolgen können. Er war der Bruder von Eduard Bauers Mutter. Franz Schmitt hat mir erzählt, dass Eduard sein Lieblingsneffe war und der schon als Junge mehr Zeit bei ihm verbrachte als zu Hause. Auch Rosenthal war ein Dürer-Verehrer. In der Familie galt er als ein bisschen verrückt. Vielleicht hat er dem Jungen den Floh mit dem Code ins Ohr gesetzt. Auf jeden Fall hat er seine Leidenschaft für Dürer begründet. Nach Rosenthals Tod hat seine Witwe alles zu Geld gemacht, was ihr in die Finger gekommen ist. Der Brief landete bei August Meering, wo ihn dann Frankfurter später gesehen hat, und von dort zu Salomon Mayer.«

»Und dieser sagenumwobene Schatz der Apokalyptiker?«

Avide zuckte mit den Achseln. »Das werden wir nie erfahren. Der Kreis um Pauline und ihre Nachfolger lassen sich nicht in die Karten gucken. Ich habe Philippe gefragt, aber er hüllt sich in Schweigen, was das betrifft. Schade, es wäre schön, noch etwas mehr von Dürer der Öffentlichkeit preisgeben zu können als das wenige, was die Zeit überdauert hat.«

»Was wird jetzt werden?«

»Man wird den Brief wissenschaftlich untersuchen und transkribieren. Und vielleicht gibt er seine Geheimnisse preis. Aber genauso gut ist es möglich, dass Bauer und all die anderen nur einem Gespenst hinterhergejagt sind. Das ist nicht selten in der Kunstwelt. Wie immer es auch ausgehen wird, es hat zu viele Menschenleben gekostet.«

Elise lächelte. »Das habe ich nicht gemeint.«

Avide verstand. »Wir werden sehen …«, sagte er leise.

Personenverzeichnis (Auswahl)

Gegenwart, Köln

Elise Brandt	Hauptkommissarin bei der Kölner Kriminalpolizei
Michael Widmer	Kommissar bei der Kölner Kriminalpolizei
Wichert Strothmann	Kriminalrat bei der Kölner Kriminalpolizei
Wolf Reberkötter	Oberstaatsanwalt
Gianfranco Bley	Gerichtsmediziner
Avide St. Cyr	Kunstwissenschaftler und freier Mitarbeiter einer Versicherung, die sich auf Kunst spezialisiert hat
Kenzo Klar	BKA-Abteilung SO, schwere und organisierte Kriminalität
Willi Ferse	Privatdetektiv
Manfred Seibold	Rechtsanwalt
Karl Leuwang	Rentner
Marc Leviolet	Inspektor bei der Pariser Polizei
Hugo Winters	Kaufmann, Multimillionär und Kunstsammler
Luise Winters	dessen Ehefrau
Leonore Mayer	Schwester von Luise Winters
Marcel Weidenmann	Kunsthistoriker und Mentor von Avide St. Cyr
Franz Schmitt	Diener beim Ehepaaar Winters
Pauline Balatier	Vorsitzende eines Pharmakonzerns
Colette Mang	Schwester von Pauline
Baruch Abrahamsson	Vorsitzender der Wagner-Wolfarth-Stiftung
Vladimir Nentchew	Chef der russischen Kunstmafia
Marcel Dupas	Handelsvertreter und verdeckter Ermittler
Francine Moreau	Geliebte von Hugo Winters und verdeckte Ermittlerin

Gegenwart, Paris

Philippe Valois	Buchantiquar
Jean Frankfurter	Papierexperte
Max Sarzac	Wirtschaftsjournalist
Frédéric Fontaine	Hotelmanager

Köln um 1500

Albrecht Dürer	Maler
Arturo Benedetti Clementi	Gründer der Apokalyptiker
Niklas Unger	Cousin von Dürer, Goldschmied
Mattheus Rütt	Tagelöhner
Cornelius Slyper	Gewürzhändler
Matthias Rath	Stoffhändler
Meister Schulten	Apotheker
Elsbeth	Dirne auf dem Berlich
Dora	Hurenmutter
Griet Märtes	ehemalige Dirne, Tagelöhnerin
Bruder Peter	Johanniter auf Melaten
Schwester Anna	Vorsteherin des Beginenhauses